D1925438

BASTEI LÜBBE

Von Timeri N. Murari erschien bei BASTEI-LÜBBE:

25 231 Der Sahib

Timeri N. Murari

RAMAYANA

Aus dem Englischen von
Ekkehart Reinke

BASTEI
LÜBBE

BASTEI-LÜBBE-TASCHENBUCH
Band 12 416

Deutsche Erstveröffentlichung
Titel der englischen Originalausgabe:
The Last Victory
Copyright © 1988 by V.A.S.U. Ltd.
First published in Great Britain in 1988 by
New English Library, Mill Road, Dunton Green, Sevenoaks, Kent.
Copyright © 1995 für die deutsche Übersetzung
by Gustav Lübbe Verlag GmbH, Bergisch Gladbach
Printed in Great Britain November 1995
Einbandgestaltung: Gisela Kullowatz
Titelfoto: THE LAST VICTORY WEL
Satz: hanseatenSatz-bremen, Bremen
Druck und Bindung: Cox & Wyman, Ltd.
ISBN 3-404-12416-2

Der Preis dieses Bandes versteht sich einschließlich
der gesetzlichen Mehrwertsteuer.

Für meine Schwester PADMINT
in Liebe

An seiner Quelle läßt sich der Bach
noch mit einem Zweig umleiten.
Ist er aber zum Fluß angeschwollen,
kann ihn nicht mal ein Elefant überqueren.

– Sa'di

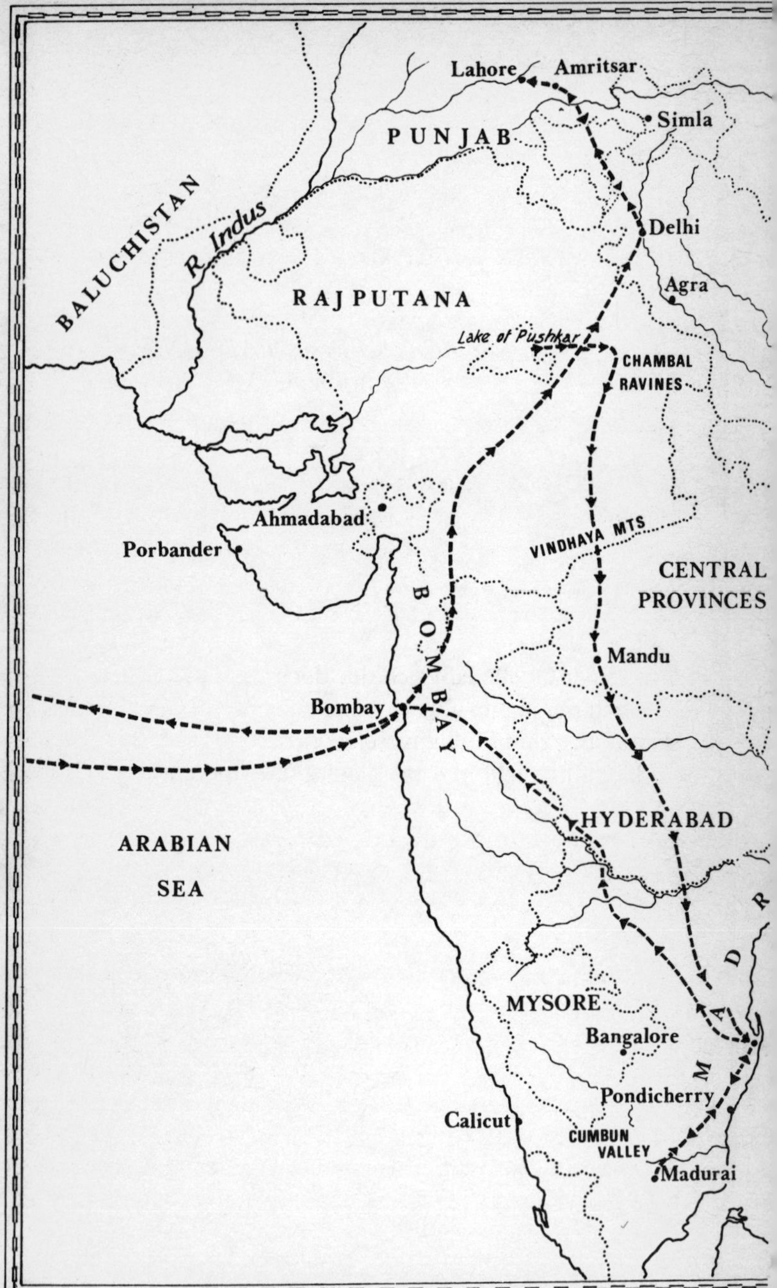
Lahore
Amritsar
Simla
PUNJAB
BALUCHISTAN
R. Indus
Delhi
Agra
RAJPUTANA
Lake of Pushkar
CHAMBAL RAVINES
Ahmadabad
Porbander
VINDHAYA MTS
CENTRAL PROVINCES
BOMBAY
Mandu
Bombay
HYDERABAD
ARABIAN SEA
MADR
MYSORE
Bangalore
Pondicherry
Calicut
CUMBUN VALLEY
Madurai

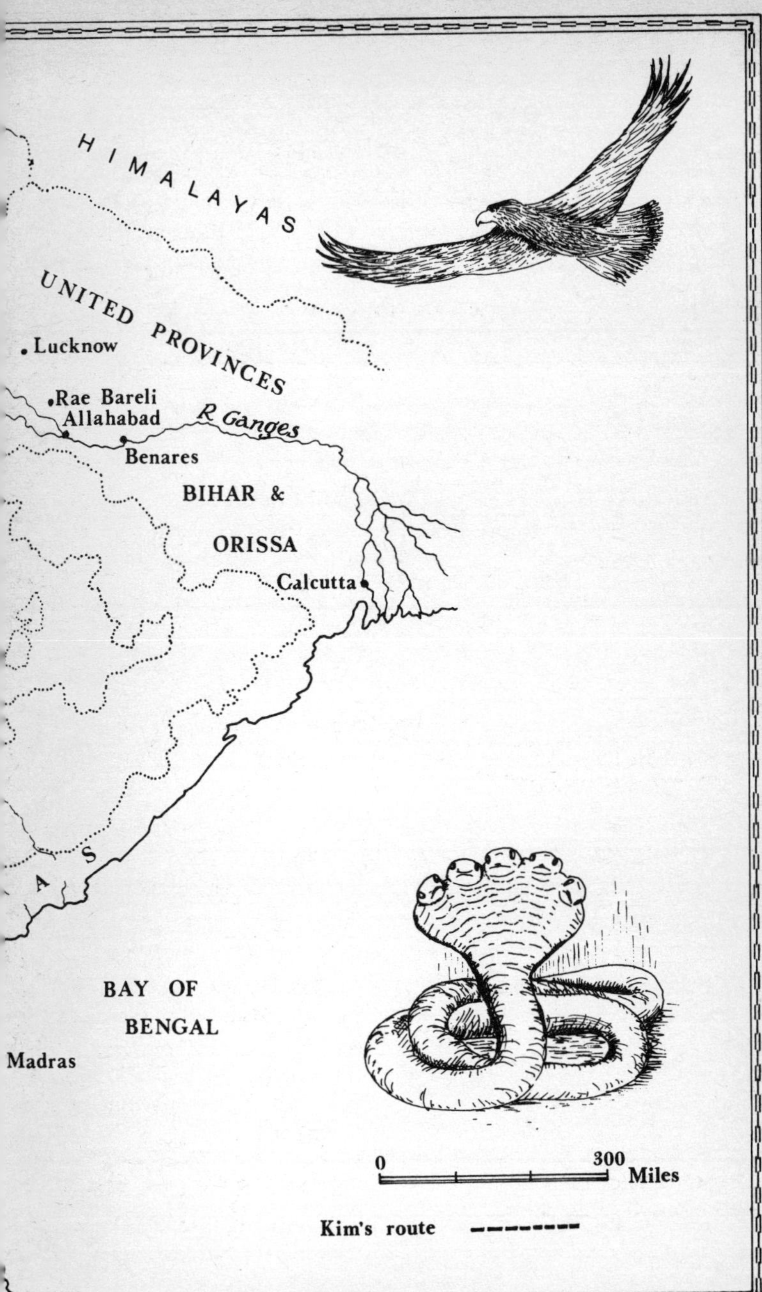
HIMALAYAS
UNITED PROVINCES
Lucknow
Rae Bareli
Allahabad
R Ganges
Benares
BIHAR &
ORISSA
Calcutta
S
A
BAY OF
BENGAL
Madras
0
300
Miles
Kim's route

Erstes Kapitel

Oktober 1910

Beim Frühstück fühlte der Oberst sich höchst einsam. Das einst so angenehme Ritual mißfiel ihm jetzt gründlich. Früher war es die einzige Mahlzeit gewesen, die er gemeinsam mit seinen Kindern eingenommen hatte.

›Wenn ich scharf lausche, kann ich sie noch hören‹, dachte er. ›Ihre Stimmen erklingen hier immer noch wie ein fernes Echo. Mal sind es die hohen, schrillen Stimmen kleiner Kinder, mal die tieferen Töne von Erwachsenen. Gott sei Dank leben sie nur in meiner Einbildung. Geister leben nicht. Denn wenn sie es täten und wir könnten sie hören, würde ich auch von den Bergen den Widerhall von Richards Todesschreien vernehmen ...‹

Er verdrängte diese schmerzvollen Erinnerungen und nahm am Tisch Platz. Es standen nur zwei Stühle da. Die anderen hatte er wegschaffen lassen. Sie hätten nur wieder Kummer in ihm geweckt. Von seinem Platz aus sah er Veranda und Garten vor sich. Er sah einen Jacaranda-Baum, ein Beet Channas und eine Reihe von Töpfen mit Wunderpflanzen. Er konnte die Spatzen auf dem frisch gesprengten Rasen herumhüpfen sehen und hören, wie sich Krähen und Eichhörnchen beschimpften. Zu dieser Tageszeit liebte er Indien am meisten. Da war es noch voller Verheißung und unschuldig wie ein Kind. Gegen Mittag würde es sein wahres Wesen zeigen, uralt und unehrlich.

Abdul stellte die Teekanne auf den Tisch, verbeugte sich und begab sich wieder zu seinem Platz an der rückwärtigen Veranda. Seine weiße Uniform wies von der Morgenarbeit schon Flecken auf. Seitwärts auf einem Tablett lagen die Zeitschrift *Englishman* und ein lederfarbenes Telegramm. Auch sonntags war der Oberst wie immer korrekt gekleidet und trug einen frischgebügelten Leinenanzug, ein gestärktes weißes Hemd und die Regimentskrawatte. Als Europäer war er der Meinung, daß die Eingeborenen ihn nie anders als in tadelloser Aufmachung sehen durften. Sogar sein militärischer Schnurrbart wurde täglich gestutzt.

Der Oberst beachtete das Telegramm nicht, da er im Gegensatz zu anderen Männern ständig Telegramme erhielt und abschickte. Sie waren seine täglichen Kommunikationsmittel und bedeuteten keine besondere Dringlichkeit. Ungeöffnet ließ er es in die Tasche gleiten. Als seine Kusine Emma erschien, erhob er sich halb und wechselte ein höfliches »Guten Morgen« mit ihr. Abdul brachte eine Terrine Haferflocken. Emma saß dem Oberst kerzengerade und steif wie ein betender *Mantis* gegenüber. Sie war eine entfernte Kusine, eine ältliche Witwe, die dem Oberst schon seit vielen Jahren den Haushalt führte. Sie lebte ihr eigenes Leben, halb unsichtbar, immer in Reichweite, aber nie aufdringlich. Als Gesellschafterin konnte er sie kaum betrachten. Um das Schweigen nicht peinlich werden zu lassen, hatte er die Gewohnheit angenommen, bei Tisch die Zeitung zu überfliegen.

Ungeduldig schob er den halbgeleerten Teller weg, entschuldigte sich, tätschelte die Hunde und schlenderte auf die Veranda. Seine *Gharri* wartete, und der *Syce* hielt ihm die Tür auf. Die *Gharri* hielt nicht weit entfernt auf der Straße, und er hörte, wie sein Fahrer Sen jemanden losschickte. Der Oberst schob den Kopf aus dem Fenster und sah einen untersetzten Mann mit einem verärgerten, mürrischen Gesicht, der den Kopf des Pferdes hielt.

»Komm her!« befahl er und öffnete die Tür. Der Mann kam hinkend herüber, erklomm die Stufen und hockte sich auf den Fußboden. Sobald die Tür wieder geschlossen war, konnte man ihn von der Straße aus nicht mehr sehen.

»Was ist los?« fragte der Oberst.

»Kim ist uns entwischt«, sagte Madan, ohne den Oberst anzusehen. Dessen Blick machte ihn immer nervös. Die kühlen blauen Augen, die von dichten Augenbrauen und Tränensäkken eingerahmt waren, erinnerten Madan an ein Raubtier. »Und mein Bruder ist tot.«

»Das tut mir leid. Er war ein guter Mann.« Damit meinte der Oberst nur, daß er ihm treu ergeben gewesen war. Diese Eigenschaft stand für ihn an erster Stelle. Madans Bruder war ein grausamer Mann gewesen, gefährlicher als Madan selbst.

»Wer hat ihn getötet?«

»Kim. Ich hab es mit eigenen Augen gesehen. Er hätte mich auch getötet. Aber ich konnte noch flüchten.«

»Jemanden einfach zu töten, ist nicht Kims Art. Dafür kenne ich ihn zu gut, wie meinen eigenen Sohn. Wenn er getötet hat, muß er einen Grund gehabt haben.«

»Mein Bruder hat seinen Begleiter getötet, den dunkelhäutigen Dünnen.«

»Narain«, sagte der Oberst seufzend. »Narain stand Kim nahe. Ja, dafür würde er jemanden töten. Und die Frau?«

»Er hat sie aus dem Inselpalast befreit. Es war noch ein dritter Mann dabei. Zuerst hab ich ihn nicht gesehen, aber als ich die Treppe von der Festung runterlief, kam er aus dem Dunkeln. Er trug ein Schwert. Oberst-Sahib, Sie haben mich nicht vor ihm gewarnt.« Madan war gekränkt über diesen Mangel an Vertrauen. Der Mann hätte ihm beinahe das Schwert in den Leib gerammt.

»Von dem wußte ich nichts. Beschreibe ihn!«

»Er ist so groß und dünn wie ein Storch, hat eine Brille auf und . . .«

Der Oberst bedeutete ihm zu schweigen. Isaac Newton! Newton war sein Geheimdienstchef in Bombay. Wie war er nach Ranthambor gekommen? Er konnte Kim und Narain nicht vom Gefängnis Tihar gefolgt sein. Oder hatte Narain seinem Onkel von Delhi aus telegrafiert, sich dort mit Ihnen zu treffen? Bestimmt nicht. Also hatte Newton von Bombay aus Madan und seinen Bruder verfolgt. Das stellte seine Treue in

Frage. Für diesen Verrat verdiente Newton eine Strafe. Nicht sofort, aber dann, wenn es an der Zeit war.

»Hat er mit Kim gesprochen?« fragte der Oberst, in der Hoffnung, er habe es nicht getan.

»Ich weiß es nicht, Oberst-Sahib. Sie haben mich zu zweit angegriffen, und ich bin Ihnen nur um Haaresbreite entkommen.«

»Sie haben dich aber gesehen?«

»Ich glaube, ja.«

Der Oberst fühlte sich machtlos. Er wollte sich die offensichtliche Wahrheit nicht eingestehen. Wenn Newton und Kim sich getroffen hatten, dann wußte Kim jetzt, daß Madan sein, des Obersten Mann war. Madan hatte Kim vor Jahren in Bombay angeschossen. Zugegeben, es war ein unglücklicher Zufall gewesen, aber Kim hätte tot sein können.

»Hat Kim dich erkannt? Oder war es noch dunkel?«

»Es war ganz früh am Morgen, Oberst-Sahib. Man konnte nicht die Hand vor Augen sehen.«

»Was macht das für einen Unterschied?« sagte der Oberst laut zu sich selbst. Er war jetzt überzeugt, daß Newton ihn verraten hatte. Und Kim wußte nun, daß Madan sein Mann war. »Es ist ein Jammer, daß dein Bruder getötet wurde. Er war ein guter Mann und kein Dummkopf wie du. Kannst du Befehle entgegennehmen?«

»Befehlen Sie mir, Oberst-Sahib! Ich werde keinen Fehler mehr machen. Wünschen Sie, daß Kim getötet wird? Dann werde ich es tun.«

»Nein, nein, nein, du Dummkopf! Ich habe nie gewünscht, daß Kim getötet wird. Ich habe deinem Bruder befohlen, zu warten, Kim zu beobachten und ihm zu folgen. Statt dessen läßt er sich umbringen, und jetzt weiß Kim, daß du für mich arbeitest. Geh dorthin zurück, wo du ihn aus den Augen verloren hast! Er hat die Frau bei sich und kann nicht so schnell vorwärtskommen, als wenn er allein unterwegs wäre. Du mußt herausfinden, in welcher Richtung sie geflüchtet sind.

Danach erstattest du mir Bericht. Er darf nicht einmal den Verdacht haben, daß du ihm folgst. Hast du verstanden?«

»Ja, Sahib. Aber er wird nicht mehr in Ranthambor sein.«

»Das weiß ich«, sagte der Oberst. Er mußte sich zusammennehmen, um seine Verärgerung nicht zu zeigen. »Es genügt, wenn du die Leute fragst. Sie werden dir alles sagen. Er hat die Frau bei sich. Viele werden sie gesehen haben. In diesem Land gibt es keine Geheimnisse, die nicht entdeckt werden. Er wird sich wahrscheinlich nach Norden gewandt haben. Dort kennt er das Land, und dort hat er viele Freunde. Viele!«

»Ich brauche Geld«, sagte Madan.

Der Oberst gab ihm eine Handvoll Rupien. Madan zählte sie sorgfältig. Dann schlüpfte er hinaus und verschwand in der Menge. Der Oberst hoffte, Madan werde nicht mehr tun, als er ihm befohlen hatte. Er war halsstarrig und rachsüchtig, während sein Bruder diszipliniert und gefährlich gewesen war, ein nützliches, aber nicht vollkommenes Werkzeug. Kim hatte ihn also getötet. Er hätte gern gewußt, wie Kim, der ein frommer Mann war, sich nach dieser Tat fühlen mochte.

›Was wird Kim jetzt denken? Er wird meine Pläne kennen und glauben, ich hätte mich gegen ihn gestellt. Er wird nicht verstehen, daß ich keinem Menschen, nicht einmal ihm, die Treue halten darf, sondern allein der Krone. Um unsere Ziele zu erreichen, muß ich mich der Menschen bedienen, selbst wenn ich gezwungen bin, sie zu hintergehen und ihren Tod herbeizuführen. Ich muß ihm diese Treue verständlich machen. Er muß begreifen, daß das Indien, das er liebt, nur vor dem Chaos bewahrt werden kann, wenn es weiterhin von England beherrscht wird. Sobald er das verstanden hat, kann ich ihn sicherlich zurückgewinnen. Dann wird er wieder mir und damit der Krone dienen.‹

Der Oberst hoffte inbrünstig, daß Kim ihm nicht verloren sei. Seine Kinder liebt man aus väterlichem Pflichtgefühl, aber wie steht es mit einem fremden Kind? Kim war sein drittes Kind und stand ihm näher als die beiden anderen, weil er es sich selbst ausgesucht hatte. Seine Zuneigung zu Kim war frei von Pflichtgefühl, sie kam aus dem Herzen. Sein Schmerz über Kims Treuebruch war stärker, als wenn er getötet worden wäre. Denn der Tod schließt immer Vergebung ein. Der Oberst hatte ihn ausgewählt und seine Erziehung überwacht. Kein Fürst konnte glücklicher gewesen sein.

Zugegeben, er hatte es zu seinem eigenen Vorteil getan. Der Oberst brauchte Kim. Er brauchte seine Fähigkeit, ein Inder zu sein und kein Engländer, der einen Inder spielte. Und er war des festen Glaubens, daß Kim auch ihn brauchte, um ihn daran zu erinnern, daß er ein Brite war, und ihn vor einem frühen Tode im Elend zu bewahren. Der Oberst hatte ihn zur Treue zu sich und der Krone erzogen. Sie hatten das Große Spiel an der Nordwestgrenze gut gespielt.

Doch dann hatte ein neues Spiel begonnen, und er hatte Kim gegen Indien ausgespielt. Er hatte geglaubt, er hätte Kim seiner natürlichen Mutter, der Mutter Indien, entwöhnt. Das war ein Fehler gewesen. Der Oberst hatte ihn aufgefordert, seine Wahl zu treffen, und ihn dann gegen seine eigenen Landsleute eingesetzt. Doch von einem Punkt war er überzeugt: Kim war sich seiner Identität noch immer nicht sicher. War er Inder? Oder Engländer? Kim schwankte zwischen beidem. Und er war viel zu wertvoll, als daß der Oberst ihn leichten Herzens aufgeben konnte. Er mußte ihn finden und ihn wieder umwerben, wie er es getan hatte, als er den gutaussehenden, frechen Jungen zum erstenmal erblickt hatte. Damals war Kim mit einem alten Lama durchs Land gewandert. Jetzt, da Indien sich zu verändern begann, brauchte er Kim mehr denn je.

Dem Oberst fiel das Telegramm ein. Er riß es auf in der Erwartung, eine Nachricht in Codeschrift vorzufinden. Statt dessen erlebte er eine freudige Überraschung. Im geschützten Inneren seiner *Gharri* lächelte er erfreut. GLÜCKWUNSCH ZUR ERHEBUNG IN DEN RITTERSTAND STOP WURDE SOEBEN IN DER EHRENLISTE ANLÄSSLICH DES KÖNIGLICHEN GEBURTSTAGS BEKANNTGEGEBEN STOP SCHLAGE VOR ERSTES SCHIFF NACH ENGLAND

ZUR ENTGEGENNAHME DES RITTERSCHLAGS ZU NEHMEN STOP BRAUCHE IHRE ANWESENHEIT AUCH FÜR WICHTIGE BESPRECHUNGEN STOP MORLEY.

John Morley war Kolonialminister für Indien. Vor drei Jahren hatte er Indien besucht, um mit Lord Minto Gesetzesreformen auszuarbeiten. Morley wollte mehr Inder in den Beratungsausschüssen des Gouverneurs haben, die bis dahin exklusiv Briten vorbehalten waren. Die Gouverneure der indischen Provinzen waren beinahe Vizekönige und regierten autoritär, denn sie hatten gegenüber den Beschlüssen der Ausschüsse das Vetorecht. Die Inder, die bei noch stark eingeschränktem Wahlrecht hineingewählt wurden, waren reiche Landbesitzer oder Universitätsabsolventen. Sie würden nur als Aushängeschilder dienen.

Lord Minto und den Mitgliedern im Rat des Vizekönigs und des indischen Verwaltungsdienstes war es zudem gelungen, auch dieses liberale Gesetz zu unterlaufen. Sie sorgten dafür, daß Inder nur in die Stadträte gewählt wurden. Immerhin mußte die indische Regierung zugestehen, daß Mr. Morley einen Inder in den Rat des Vizekönigs berief. Während Morleys Aufenthalt in Indien war der Oberst für Lord Minto eine große Hilfe bei dessen erfolgreichem Widerstand gegen die Reformen gewesen. Daher kam seine Erhebung in den Ritterstand nicht gänzlich unerwartet.

Beim Betreten des weitläufigen Irrgartens des Writer's Building, dem Verwaltungszentrum der indischen Regierung, merkte der Oberst, daß bereits alle Bescheid wußten. Männer schüttelten ihm die Hand, klopften ihm auf den Rücken und schlugen vor, das Ereignis zu feiern. Die Inder verbeugten sich ehrerbietig. Beides nahm der Oberst mit gleichbleibender Höflichkeit und Bescheidenheit entgegen.

In seinem Büro verließ ihn die gehobene Stimmung. Er hatte niemanden, der seine Freude wirklich mit ihm teilte. Er fühlte sich leer. Wie beim Frühstück hatte er das Empfinden, unter Fremden zu leben, und wieder bedauerte er zutiefst, daß Richard tot war. Er stellte sich vor, wie Richards Gesicht vor

Freude gestrahlt hätte. Er hätte laut gejubelt und getanzt, und sie hätten die ganze Nacht zusammengesessen und Champagner getrunken. Der Oberst lächelte kurz und wurde gleich wieder ernst. Richard würde es nicht mehr erfahren.

Der Oberst setzte ein Telegramm an Elizabeth auf, die sich an Bord ihres Schiffs befand: WURDE MIT DER ERHEBUNG IN DEN RITTERSTAND GEEHRT STOP WERDE SOBALD WIE MÖGLICH NACH ENGLAND REISEN STOP ANKUNFTSDATUM UND NAME DES DAMPFERS WIRD TELEGRAFISCH MITGETEILT STOP IN LIEBE VATER.

Er war nicht sicher, was seine Tochter denken würde. Sie hatten sich mit bitteren Worten getrennt, denn sie war über seinen ungeheuerlichen Betrug sehr wütend gewesen.

Der Oberst verdrängte die Gedanken an seine Tochter. Er hatte einen Berg von Arbeit vor sich. Wenn er vom Kolonialminister nach London gerufen wurde, so hatte das einen Grund. Sie wollten einen Bericht von ihm haben. Nach seinen Empfehlungen als Chef des politischen Geheimdienstes würden der Kolonialminister und die britische Regierung eine langfristige Politik für Indien entwerfen.

Er forderte Akten an, und obwohl er die meisten kannte, las er noch einmal aufmerksam die Geheimberichte seiner Agenten, der Polizei, politischer Informanten und der Sekretäre aller Ministerien. Er arbeitete den ganzen Tag ununterbrochen und nahm sich nicht mal die Zeit zum Mittagessen. Ein Bote brachte ihm ein Sandwich und eine Kanne Tee. Als der Tag zur Neige ging, hatte er einen ganzen Block mit Notizen gefüllt. Müde, aber zufrieden, lehnte er sich zurück. Er glaubte, das Muster der zukünftigen politischen Entwicklung in Indien vor sich zu sehen. Und er hatte eine Formel gefunden, die London anwenden konnte, um diese Entwicklung zu gewährleisten.

Er stand auf und schaute aus dem Fenster. Die Dunkelheit draußen war wie Samt, bestickt mit Tausenden flackernder Lichter. Seine Büroangestellten und Boten warteten geduldig im Vorzimmer. Er hatte sie ganz vergessen. Nun entließ er sie für heute. Das Writer's Building war bereits menschenleer. Seine *Gharri* wartete an der Vortreppe, und er stieg ein.

»Nach Haus, Sahib?« rief Sen vom Bock herunter.

»Nein. Dalhousie Lane.«

Die *Gharri* fuhr an einem dunklen Herrenhaus vor. Nur hinter einem Fenster brannte Licht. Der Oberst ging hin und klopfte an die Fensterläden. Sie öffneten sich, Lichtstreifen fielen auf ihn. Dann wurden die Läden wieder geschlossen. Er ging zur Hintertür und trat ein.

»Oberst-Sahib, ist es nicht sehr bequem, daß ich immer für Sie zu Haus bin?« Sushila lachte. Er beugte sich vor und berührte ihre Wange mit den Lippen. Ihre Haut war glatt und seidenweich, und er atmete den feinen Duft von Sandelholz und Jasmin ein. Ihr schwarzes Haar schillerte im Lampenlicht. Sie nahm seine Hand und führte ihn in ihr Zimmer. Auf dem Bett verstreut lagen Bücher. »Sie haben mich seit Wochen nicht besucht.«

»Hatte leider viel zu tun.« Er nahm das Glas mit Whisky und Wasser entgegen. Ihr Ehemann hatte nur den besten Scotch und war im Begriff, sich damit zu Tode zu saufen. Vom Tag ihrer von der Familie arrangierten Hochzeit an hatten sie getrennt gelebt, sie in Kalkutta, er auf seiner Teeplantage, die dreihundertzwanzig Kilometer von der Stadt entfernt lag. Er war noch ein junger Mann, würde aber wegen seiner Zügellosigkeit bald tot sein. Der Oberst hatte ihn einmal überprüfen lassen, nur als Vorsichtsmaßnahme.

»Ach, welch eine undankbare Aufgabe, ein Empire zu regieren! Werden wir Eingeborenen Ihre Leistung je zu würdigen wissen, Oberst Sahib?«

Er runzelte die Stirn. Ihr ovales Gesicht war von einer unschuldigen Schönheit, die ihn sofort angezogen hatte, als er ihr bei der Gartenparty in der Residenz des Vizegouverneurs zum erstenmal begegnet war. Noch immer konnte er sein Glück nicht fassen. Sie hatte in Gesellschaft anderer indischer Damen an der Abschiedsparty für Lord Curzon teilgenommen und ihn so sanft und freundlich angelächelt, daß er zuerst glaubte, er bildete sich das nur ein. »Sushila, manchmal bist du zu kühn. Ich weiß nie, in was für einer Stimmung du bist. Zuweilen bist du sanft und gefügig. Aber jetzt willst du mich provozieren.«

»Oberst, niemand könnte Sie provozieren. Ich habe nur die Leistung der Briten beim Regieren dieses Landes erwähnt. Wenn sie uns überlassen wäre, würde ein Chaos entstehen.«

»Allerdings«, stimmte er ihr zu und sah, wie sie lächelte. Wieder spürte er den Spott unter ihrer äußeren Sanftheit. Sie hatte gewollt, daß er ihr zustimmte. Er lachte. »Du bist also in deiner politisch-freiheitlichen Stimmung. Es wird nicht dazu kommen, meine liebe Sushila. Ihr braucht uns, und wir brauchen euch. Wir regieren euch nur, weil ihr es uns gestattet. Wenn das Volk sich erhöbe, wären wir viel zu wenige, um euch im Zaum zu halten. Aber ich bin nicht hergekommen, um über Politik zu sprechen.« Er hielt inne und sagte dann: »Ich wurde in den Ritterstand erhoben.«

Sie zeigte echte Freude, klatschte in die Hände, stürzte sich auf ihn, küßte seine Wange und verweilte dann lange auf seinen Lippen.

»Oberst Sir Creighton-Sahib. So wirst du doch dann angeredet?«

»Ja«, bestätigte er. Er wollte sie nicht berichtigen, das hätte ihre Freude nur getrübt. »Ich habe den ganzen Tag darauf gewartet, herzukommen und es dir sagen zu können. Ich wußte, daß du die einzige bist, die sich wirklich mit mir darüber freut. Du freust dich doch, nicht wahr?«

»Natürlich freue ich mich. Und ich habe auch ein besonderes Ritterschaftsgeschenk für dich.« Sie brachte ihm ein dünnes, in Seide eingewickeltes Päckchen, überreichte es ihm und hatte Mühe, ihre kindliche Erregung zu unterdrücken. Er löste den Knoten und fand ein Häufchen spröder Papiere darin. Vorsichtig nahm er eines der Blätter heraus. Es war mit persischer Schrift bedeckt, und das zweite Blatt bestand aus einem schönen Aquarell. Es zeigte einen prächtig gekleideten Mann, der, umringt von Höflingen, unter einem goldenen Thronhimmel saß. »Dies sind die Gedichte des Kaisers Jahangir. Eine

Freundin hat sie mir beschafft. Nur wenige Exemplare haben die Jahrhunderte überlebt, und sie sind sehr wertvoll.«

»Jahangir.« Ehrfürchtig flüsterte der Oberst den Namen des Großmoguls und hielt behutsam die Gedichte in der Hand. Er stellte sich den Kaiser vor, wie er auf seinem Silberthron saß und sie niederschrieb. Dann hüllte er das Päckchen wieder ein und drängte es ihr auf. »Jahangir! Nein. Du darfst sie mir nicht schenken. Sie sind viel zu wertvoll.«

»Aber ich liebe dich, und ich möchte, daß du sie bekommst. Sie sind mein Geschenk dafür, daß du mir so oft in meiner Einsamkeit Gesellschaft geleistet hast. Bitte, Jack, es ist nur ein kleines Geschenk.«

Widerstrebend und doch voller Stolz nahm er das Päckchen an. Nach ihrem ersten Zusammentreffen hatte sie erfahren, daß es sein Hobby war, Gedichte auf urdu und auf persisch ins Englische zu übersetzen. Bei dieser liebevoll betriebenen Beschäftigung fühlte er sich Indien enger verbunden. Dann kam er sich wie ein Teil seiner unendlichen Geschichte vor.

»Ich werde sie wie meinen Augapfel hüten. Hast du sie übersetzt?«

»Dieses Vergnügen habe ich dir überlassen. Komm, laß uns keine Zeit vertrödeln! Es ist so lange her, daß du hier warst.«

Später lag der Oberst zufrieden neben Sushila. Bei jedem Atemzug roch er ihr Sandelholzparfüm. Er schwelgte in der Wärme ihres Körpers. Er dachte, was für ein Glück ihm zuteil geworden war, da er sie besaß. Sie vermittelte ihm das Gefühl, zu Indien zu gehören, ein Teil dieses Landes zu sein. Sein ganzes Leben hatte er in Indien verbracht. Und manchmal fühlte er sich schon wie ein Inder und der verwobenen Geschichte des Landes zugehörig. Zu anderen Zeiten fühlte er sich zu seiner Verblüffung wie ein völlig Fremder. Seine Gedanken gingen zu Elizabeth. Er hatte gehofft, daß bei der Rückkehr nach der Ausbildung in England ihre Liebe zu dem Land ihrer Kindheit neu entflammen würde. Doch nach Richards Tod und dieser katastrophalen Geschichte mit dem jungen Peter Bayley sah sie keinen anderen Ausweg, als nach England zu fliehen.

»Weißt du, mir fehlt Elizabeth«, sagte er und war über dieses Geständnis selbst überrascht. »Du als Frau mußt doch ahnen, was in den Herzen anderer Frauen vorgeht. Glaubst du, daß sie mir verzeihen wird?«

»Irgendwann vielleicht. Für einen so klugen Mann, wie du einer bist, war es sehr dumm von dir, ihr zu verschweigen, daß deine Frau noch lebt. Hat sie dich wirklich so sehr gehaßt?«

»Ja. Sie war eine schreckliche Frau. Sie betrog mich und die Kinder. Eine Ehe ist doch etwas Heiliges. Elizabeth konnte einfach nicht begreifen, daß ihre Mutter dieses Treuebündnis gebrochen hat.«

»Ja, immer sind wir Frauen die Schuldigen, nicht wahr?«

»Ergreifst du ... Partei für meine Frau?«

»Nein. Ich kenne ja ihre Version der Geschichte nicht, sondern nur deine. Aber die Männer beherrschen uns nach ihren Regeln, und wenn wir sie brechen, werden wir bestraft. Doch wenn es den Männern gefällt, dann ändern sie ihre Regeln beliebig wieder. Weißt du, wovor du wirklich Angst hat? Daß Elizabeth denken könnte, ihre Mutter sei im Recht und du im Unrecht.«

»Hoffentlich nicht«, sagte der Oberst mit Nachdruck. »Ich glaube, daß Elizabeth es schließlich einsehen wird. Was meinst du, wie lange es dauern wird?«

»Das kann ich dir nicht sagen, Jack. Sie scheint ein Mädchen mit starkem Willen zu sein. Du mußt versuchen, sie umzustimmen.«

»Ich habe ihr heute ein Telegramm geschickt und ihr mitgeteilt, daß ich bald in England sein werde, um den Ritterschlag zu empfangen.«

Sushila richtete sich auf und sah auf ihn hinab.

»Wie lange bleibst du weg? Du wirst mir fehlen.«

»Nicht lange. In England fühle ich mich immer unwohl. Werde ich dir wirklich fehlen?«

»Selbstverständlich. Wer sonst sollte mich dann lieben?«

Der Oberst wäre gern bis zum Morgengrauen geblieben, aber seine Zeit war jetzt begrenzt. Bevor er nach England abreiste, hatte er noch eine Menge Arbeit zu bewältigen. Um Mitternacht fiel Sushila in Schlaf. Er kleidete sich beim flakkernden Lampenlicht an und verließ das Haus. Die *Gharri* wartete am Tor. Aber der Oberst ging an ihm vorbei und trat ins Dunkel. Im Näherkommen hatte er gesehen, wie sich ein Mann erhoben hatte.

»Was hast du gesehen?« fragte der Oberst den Polizisten.

»Ich selber habe nichts gesehen, Oberst-Sahib.«

»Paß weiter gut auf!« Der Oberst bestieg die *Gharri*, Jahangirs Gedichte fest in der Hand. Zufrieden lächelte er ins Dunkel, nicht über Sushilas schönes Geschenk, sondern weil kein anderer Mann sie inzwischen besucht hatte. Er wußte nicht, wie er reagieren würde, wenn er jemals entdecken sollte, daß sie außer ihm noch einen anderen Liebhaber hatte. Nachdem ihn einmal eine Frau betrogen hatte, fürchtete er ständig, es könnte wieder geschehen.

Zweites Kapitel

Oktober 1910

Körperlich hatte Kim keine Schmerzen. Er litt seelisch. Seine Umgebung nahm er kaum wahr, nicht einmal die Frau, die er an einen sicheren Ort trug. Sie lag still, atmete kaum und war so leicht wie ein Kind. Er liebte sie und befürchtete, daß ein böser Zauber ihr den Tod bringen würde. Aber selbst diese Furcht konnte ihn nicht dazu bringen, sich schneller zu bewegen.

Nur einen anderen Menschen hatte er in seinem Leben geliebt. Einen Mann, dem er gehorcht und den er geachtet hatte wie einen Vater. Er hatte von Kims Kindheit an sein Schicksal gelenkt und ihn zum Agenten des Empire gemacht. Doch jetzt hatte Kim erfahren, daß dieser Mann ihn absichtlich manipuliert und verraten hatte. Aus der begünstigten Stellung eines Sohnes war er abrupt zum winzigen Stein im Großen Spiel der Empire-Herrschaft herabgestuft worden. Kim stand noch immer unter Schock. Die Wunde saß tief. Er wehrte sich, an Verrat zu glauben, wußte aber, daß er tatsächlich verübt worden war. Die trübe Landschaft spiegelte seine Verzweiflung wider. Er zweifelte schon an seinem eigenen Wert. Aber wem wäre es nicht so ergangen, nachdem er auf solche bittere Weise verstoßen worden war?

›Ich war dem Oberst-Sahib treu. Ich war dem Empire treu. Und ich habe beiden treu gedient. Aber dann kam für mich die Zeit, zwischen ihnen und Indien zu wählen. Ich wählte Indien. Der Fehler liegt weder ganz auf seiten des Oberst-Sahib noch auf meiner Seite. Wir dienen beide demselben Land, aber mit unterschiedlichen Zielen. Ich habe mich geändert. Ich schulde dem Oberst und dem Empire nicht länger blinden Gehorsam. Dieser Abschnitt meines Lebens ist zu Ende. Ich habe einen Vater verloren, und ich habe eine Berufung verloren.‹

Aus großer Höhe wachte Jatayu, in weiten, die halbe Erde umspannenden Kreisen schwebend, über Kim. Brahma hatte Jatayu nach seinem Heldentod im Kampf gegen den Dämon Ravana Unsterblichkeit verliehen und ihm gestattet, seine Gestalt zu wechseln. Aus einem Geier war er ein edlerer Vogel geworden. Der Adler sah, wie Kim ab und zu nach oben schaute. Langsam führte er ihn nach Osten.

Eine Stunde hinter ihm bewegten sich zwei mit Gewehren bewaffnete Verfolger im Laufschritt vorwärts. Kim schaute sich um. Obwohl er sie nicht sehen konnte, wußte er, daß sie ihn und die Frau jagten. Dann sah er am Horizont den ersten Rauchfaden vom Scheiterhaufen aufsteigen, der für seinen toten Freund Narain errichtet worden war. Er zögerte. Doch ihm war klar, daß er weitergehen und das Ritual Isaac Newton überlassen mußte. Für Kim war es ehrenrührig zu fliehen, aber die Sicherheit der Frau in seinen Armen ging vor. Im Geist empfahl er Gott Narains Seele.

›Woran soll ich bei diesem elementaren Geheimnis unserer Existenz glauben, Narain? Als Engländer wurde ich belehrt, daß deine Seele wie Rauch zum Himmel steigen oder zur Hölle niederfahren wird. Trotz der von uns in diesem Leben begangenen Sünden kann ich nicht glauben, daß deine Seele zur Hölle verdammt ist. Aber der Inder in mir kann diese einfache Lösung des Rätsels nicht anerkennen. Ich glaube, daß die Menschen an das endlose Rad der Wiedergeburt gekettet sind, bis sie sich aus eigener Kraft befreien und *moksha* erlangen. Wenn so etwas wie die Seele existiert, und die Menschen haben es jahrhundertelang nachzuweisen versucht, dann wird man dir sicherlich gestatten, wieder zu einem höheren Wesen zu werden. Ich bete, daß du in hohem Range wiedergeboren werden wirst, noch höher als ein Brahmane. Ich weiß nicht, wer oder was diese Dinge so genau beurteilen kann, daß er das Recht hat, eine Seele in den Körper einer Wanze oder in den eines Menschen zu versetzen. Ich kann nur darum beten, Narain, daß du auf einer höheren Ebene wiedergeboren wirst.‹

Er sah auf Parvati hinab, flüsterte ihren Namen und schüttelte sie leicht. Aus bernsteinfarbenen Augen starrte sie blicklos in den Himmel. Die Erschöpfung hatte tiefe Ränder um ihre Augen gegraben, und die Haut war dort so schwarz geworden, als wäre sie mit Antimonpulver bestrichen. Die zarte Schönheit ihres Gesichts verwandelte sich langsam in eine Totenmaske. Ihr Körper war spröde und zerbrechlich, fast als könnte er jeden Augenblick zu Staub zerfallen. Zuweilen erwachte sie aus ihrer Trance und erkannte ihn. Aber die Dämonen, die in sie gefahren waren, forderten sie sogleich wieder zurück. Seine Liebe reichte nicht aus, die Dämonen zu besiegen und Parvati zu erlösen.

Um die Mittagszeit hielt er im Schatten eines marmornen *Chaatri* am Rand eines Dorfes an. Das *Chaatri* bestand aus sechs Säulen, die eine kleine Dachkuppel trugen und war das Denkmal irgendeines längstvergessenen Fürsten oder Generals. Rajputana war voll solcher Erinnerungen. Parvati schlief friedlich weiter. Flimmernde Hitze brannte auf die braunen Hügel herab. Die Senffelder flammten gelb, und in der Luft summten Insekten. Kim hätte zufrieden sein können, wenn die Frau, die neben ihm ruhte, nicht in so großer Gefahr schweben würde. Das Herz war ihm schwer, als er auf sie hinabblickte, und er fühlte sich hilflos.

Er wartete ab, bis die Hitze nachließ, und setzte dann die Reise fort. Das Land wurde rauh, brüchig und staubig. Ziegen und knochige Rinder knabberten am harten Gras, das so braun war, daß es aussah, als fräßen sie Erde. Rajput-Dorfbewohner kratzten und stachen in den Boden, um ihm ihren mageren Lebensunterhalt abzuringen. Die Männer trugen ausladende safrangelbe oder mennigerote Turbane und die Frauen blutrote Kleider.

Um Mitternacht machte er wieder halt. Das Land war leer. Nirgends ein Dorf. Er verließ die Straße, um sich in einem flachen Graben auszuruhen.

Bei Tageslicht wurde er durch lautes Klappern und Knallen geweckt und durch die Stimme einer Frau, die obszöne, aber poetische Flüche ausstieß. Sie war von großer Sprachgewalt, und Kim blieb noch eine Weile liegen, voller Bewunderung für so viel Erfindungsgabe. Wen sie beschimpfte und was die knallenden Geräusche zu bedeuten hatten, interessierte ihn kaum. Der Lärm weckte auch Parvati. Sie lächelte ihn an. Trotz ihrer Abgezehrtheit sah sie für ihn immer noch schön aus.

»Geht es dir gut?« fragte er sie

»Im Augenblick ja. Gott allein weiß, wie lange noch. Ich habe zwei verschiedene Träume. Einmal träume ich von Frieden und Schönheit, und dann wieder ängstigen mich häßliche Dinge. Ich kann dir nicht sagen, was wirklich ist und was nicht. Träume können Wirklichkeit sein. Und wenn wir wach zu sein glauben, können wir schlafen.« Sie streichelte sein Gesicht und zwirbelte die Enden seines Schnurrbarts, die ungepflegt herabhingen. »*Du* fühlst dich aber echt an.« Sie setzte sich auf und schaute über den Grabenrand.

Auf der Straße stand ein glänzendes gelbes Automobil, dessen Motorhaube geöffnet war. Die Scheinwerfer waren silbern eingefaßt, die Sitze aus rotem Leder. Die beiden Männer, die daneben standen, spiegelten sich in dem blanken Chassis. Auf dem Rücksitz saß eine kleine Frau, kaum größer als ein Kind, in einem glänzenden lilafarbenen Sari und behängt mit Schmuck. Ihr Gesicht konnte Kim nicht sehen, aber die Stimme war zweifellos die einer Frau, melodisch und kräftig. Im Moment mußte sie gerade Luft holen. Die Zielscheibe ihrer verächtlichen Worte war der Fahrer, der eine weiße Uniform, blankgeputzte Stiefel und einen scharlachroten Turban trug. Er wand sich, rang die Hände und bat stöhnend um Gnade. Neben ihm stand, weniger prächtig gekleidet, der Putzer. Er konnte nicht verbergen, wie erleichtert er war, daß die Dame ihren Zorn nicht gegen ihn richtete.

»Ich werde dir mit eigener Hand deine Männlichkeit abschneiden und sie an die Pfauen verfüttern«, schrie sie jetzt. »Deine Hände werfe ich den Affen vor, und mit deinem Kopf werde ich Polo spielen, wie es meine Ahnen mit denen gemacht haben, die in Ungnade gefallen waren. Deine Mutter wird es noch bereuen, daß sie mit einem *Langur* geschlafen und eine so häßliche und nutzlose Kreatur wie dich geboren hat.«

Nun hatte Kim zwar keine Ahnung von Automobilen, aber aus Neugier verließ er sein Versteck, um es sich eingehender anzusehen. Er schaute in einen silbernen Scheinwerfer und sah seinen Kopf darin, der mal lang und schmal, mal platt und dick aussah.

»Und was will dieser Kerl aus dem Dschungel hier?« Die Frau wandte sich Kim zu. Sie war jung, aber häßlich. Er zuckte bei ihrem Anblick zusammen. Wie grausam das Schicksal sein konnte! Ihre Nase war krumm, ihr Mund schief. Es sah aus, als wäre das Gesicht ebenfalls im spiegelnden Scheinwerfer verzerrt worden. Ihre Augen aber strahlten eine großartige Vitalität aus und milderten ein wenig die obszöne Häßlichkeit des Gesichts. Auch war sie so zierlich gebaut wie ein Vogel.

»Hast du noch nie ein Automobil gesehen? Geh weg, geh weg!«

»Große Königin«, sagte Kim, »ich bin nicht gekommen, um das Auto anzustarren, sondern um in Ihren schönen Augen zu versinken.«

»Du hast eine kluge Zunge. Wenn du gesagt hättest, ich wäre schön, dann hätte ich dich hinrichten lassen. Aber meine Augen – ja, die sind schön. Verstehst du etwas von Motoren?«

»Ich schau mir die Sache mal an, große Königin.«

Er ging näher heran und betrachtete den Motor. Er war ein Wunderwerk, aber völlig unbegreiflich. Mürrisch stand der Chauffeur neben ihm. Nur Isaac Newton hätte sich in den metallenen Eingeweiden des Autos ausgekannt.

»Na, nun hast du es dir angeschaut. Was hast du gesehen? Oder bist du ein *Badmash*, der die Lage einer hilflosen Frau schamlos ausnutzt?«

»Maharani, nie würde jemand auf die Idee kommen, Sie wären hilflos. Nicht bei dieser Stimmgewalt und so viel Verstand und Witz.«

Kim sah, daß ein Draht lose herabhing. Da er wußte, daß bei den Briten immer alles seinen Zweck haben mußte, suchte er nach dem freien Ende. Zuversichtlich packte er zu und befestigte es um einen Kupferknopf. Der Länge des Drahts nach mußte es die richtige Stelle sein.

»Was hast du da gemacht?«

»Wenn ich es Ihnen sagte, könnten Sie es selber tun.«

»Solche frechen Reden von einem Kerl aus dem Dschungel gefallen mir nicht sonderlich. Wer bist du?«

»Ein Mensch.«

»Diese Antwort gefällt mir noch weniger. Weißt du, wer ich bin?«

»Eine große Königin.«

»Ja. Ich bin die Rani von Amar, und du befindest dich in meinem Staat.«

»Dann sollten Sie für jeden Menschen dankbar sein. Denn ringsum sehe ich nur Sand, Steine und Felsen.« Ohne ihr empörtes Schnaufen zu beachten, sagte er zu dem Fahrer: »Laß den Motor an!«

Der Chauffeur, ein kleiner Dicker mit feingezwirbeltem Schnurrbart, versuchte es, und sofort heulte der Motor auf. Er warf Kim einen giftigen Blick zu.

»Hier«, sagte die Rani und zog einen großen Rubinring vom Finger ab.

»Ich habe es nicht um reichen Lohnes willen getan. Geben Sie ihn Ihrem Fahrer, der mich so fachmännisch beraten hat!«

»Du kannst kein gewöhnlicher Mann sein. Vom Erlös dieses Ringes könnte ein ganzes Dorf ein Jahr lang leben.«

»Und bestimmt mußte ein ganzes Dorf ein Jahr lang für dieses Schmuckstück Hunger leiden.«

Ärgerlich schob die Rani den Ring wieder auf ihren Finger. Der Fahrer starrte mit steinerner Miene nach vorn.

»Ich bitte Sie um einen Gefallen, Rani. Ich bin in großer Eile. Daher wäre ich Ihnen dankbar, wenn Sie mich ein Stück mitnehmen würden.«

»Warum nicht? Du wirst ein angenehmer Gesellschafter sein.«

»Mich und die Frau, mit der ich unterwegs bin.«

Kim holte Parvati aus dem Versteck.

»Ich will ehrlich zu Ihnen sein, große Königin. Diese Frau ist mit einem bösen Zauber behaftet. Es gibt nur eine Möglichkeit, Ihr das Leben zu retten. Ich muß sie zu den Füßen der Brüder Bala und Bala bringen. Sie befinden sich irgendwo ostwärts von hier, aber ich weiß nicht, wie weit weg. Und sie ist dem Tode nahe.«

Er schaute nach oben, ebenso wie die Rani. Er sah Jatayu kreisen, wobei er sich nach Osten entfernte. Doch die Rani sah nur einen Punkt am Himmel, der mit der Geduld eines Greifvogels endlose Kreise zog.

Parvati räusperte sich. Sie zitterte vor Schwäche, hielt sich aber aufrecht. Ihre Lebensgeister schienen neu erwacht zu sein.

Doch wenn man ihr aufmerksam in die Augen sah, erblickte man den Tod. Sie selber vermied es, der Rani ins Gesicht zu schauen, denn es erinnerte sie an die Dämonen.

»Ich kann nicht erkennen, daß sie krank ist. Außerdem möchte ich keine Frau von solcher Schönheit bei mir haben, die mich dauernd an meine Häßlichkeit erinnern würde. Aber sie ist sehr mager.«

»Sie wird sich vor ihrem Blick verschleiern, doch nicht vor Ihrer Großmut. Und Ihre Augen, Rani, zeigen Ihre wahre Schönheit.«

»Deine Silberzunge klingt mir zu süß. Steigt ein, steigt schon ein! Ich habe von Bala und Bala vernommen, hörte sie aber noch nie singen. Man hat mir gesagt, sie seien blind.«

»Ja. Sie sind von Geburt an blind gewesen. Ich bin ihnen vor fünf Jahren in der Nähe von Burhanpur begegnet und bin ein Stück Wegs mit ihnen gewandert. Ihr Vater war Hofmusiker bei einem Radscha in Süd-Indien und ein *Bhakta* von Gott Krischna. Er bat Krischna, seinem Sohn eine wunderbare Stimme zu verleihen. Als ihm Zwillinge geboren wurden, verlieh Gott Krischna beiden diese Gabe. Und er befahl, daß sie ihre Stimmen in ganz Indien hören lassen sollten. Sobald sie laufen konnten, gingen sie deshalb auf die Wanderschaft. Brahma erfuhr von der Gabe, die ihnen Gott Krischna verliehen hatte, und schenkte ihnen dazu das Augenlicht. Doch es ist kein Augenlicht, wie Sie und ich es kennen, Rani. Sie haben nämlich keine Augen. Sie sehen mit ihrem geistigen Auge. Wenn sie beide das fünfundzwanzigste Lebensjahr erreichen, werden sie ihre Stimmen verlieren und normales Augenlicht erlangen, und dann können sie als gewöhnliche Sterbliche in Ihr Dorf zurückkehren. Doch sollte einer vorher auf der Reise sterben, wird der andere innerhalb einer Minute seinem Bruder in den Tod folgen. Danach werden noch zahllose Menschen sterben, und es werden gewaltige Umwälzungen eintreten, die niemand voraussehen kann. Und die Verantwortlichen für den Tod der Brüder werden den Fluch Brahmas auf ihre Häupter laden, auf die Häupter ihrer Familie und auf das Königreich, dem sie angehören. Parvati hörte sie im Palast Ihres Ehemannes singen, und eines ihrer Lieder handelte von uns beiden, aber sie erinnert sich nicht mehr daran. Ich hatte ihnen von meiner Suche nach Parvati erzählt. Sie gab ihnen eine Botschaft für mich mit. Mit ihren Stimmen riefen sie nach Jatayu. Der fand mich und sagte mir, wo ich sie finden könne.«

»Auch früher hat es schon Männer mit solchen Stimmen gegeben«, sagte die Rani. »Tansen, der Hofsänger des Kaisers Akbar, konnte mit seiner Stimme Regen heraufbeschwören. Und ich habe gehört, daß es im fernen Süden einen Tempel gibt, in dem sich das Götzenbild herumgedreht hat. Ein Unberührbarer hatte hinter dem Tempel gestanden und das Götzenbild angesungen. Darauf stürzte die Tempelwand ein, und das Götzenbild drehte sich, damit der Sänger es anbeten konnte.«

»Auch ich habe von solchen Sängern vernommen. Wenn wir Glück haben, werden wir Bala und Bala singen hören. Und ich bete zu Gott, daß ihre Kraft ausreicht, um die Dämonen aus Parvati auszutreiben.«

Die Rani versprach, sie bis nach Pushkar mitzunehmen, wo sie zu einer Hochzeit eingeladen war. Sie war eine Frau, die frei von der Leber weg zu sprechen pflegte, und so erzählte sie Kim, daß kein Fürst sie je heiraten würde, weil sie so häßlich sei. Ihre Mutter, die bei ihrer Geburt starb, war eine große Schönheit gewesen. Doch weil sie ihrer Mutter das Leben genommen hatte, sagte der *Prohit*, daß Gott sie mit Häßlichkeit strafen werde.

Ihr Vater, der Radscha, war jedoch nachsichtiger als Gott. Denn ihre Mutter hatte einen häßlichen Charakter gehabt, und er war froh, daß sie tot war. Zudem war er ein weiser und gerechter Herrscher. Er ließ seiner Tochter die gleiche Erziehung zukommen wie ihrem Bruder. Sie hatten einen englischen Hauslehrer, einen Mr. Weatherby. Bei ihm lernte sie nicht nur lesen und schreiben, sondern auch Philosophie, Französisch und Geographie. Sie spielte sowohl Kricket wie Polo und war eine gute Schützin. Eines Tages starb ihr Vater auf ziemlich geheimnisvolle Weise, und die Briten machten ihren Bruder zum

Radscha. Der Tod ihres Vaters betrübte sie tief, denn sie hatte ihn geliebt, und sie hatte ihren Bruder im Verdacht, ihn ermordet zu haben. Vor einem Jahr nun war ihr Bruder auf die gleiche geheimnisvolle Art gestorben, und die Briten hatten sie zur Herrscherin ernannt.

»Man hat sicherlich auch da einen Mordverdacht gehabt.«

»Sicherlich. Aber der Tod eines Inders bedeutet den Briten nicht viel, es sei denn, sie hätten dadurch Unannehmlichkeiten.« Sie kicherte über irgendein Geheimnis, zu dem sie sich jedoch nicht äußern wollte. »Außerdem hatte mein Bruder große Fehler begangen. Kannst du dir vorstellen, daß der Dummkopf dem Residenten einen Brief schickte, in dem er schrieb, er werde sich seinen Anordnungen nicht fügen? Natürlich leugnete er später ab, den Brief geschrieben zu haben, doch sein Schicksal war besiegelt. Als er starb, war die Regierung mehr als zufrieden, mich zur Rani von Amar ernennen zu können.« Sie begleitete die Nennung ihres Ranges mit einer großartigen Geste, und ihre Stimme erhob sich laut über das Dröhnen des Motors. »So, und wer bist du?«

»Ich bin Kim, der Freund aller Welt. Ich wurde in Lahore geboren, und meine Eltern starben, als ich noch ein Säugling war. Ich wuchs im Basar auf. Ich habe keine Angehörigen und kein Heim.« Er erzählte ihr aber nicht, wie er Oberst Creighton kennengelernt hatte und als Agent des Empire rekrutiert worden war und daß ihn jetzt die Polizei jagte.

Zur Mittagszeit bemerkte er zu seinem Erstaunen, daß ein anderes Automobil vorausgefahren war. Die Insassen hatten bereits ein kleines Lager aufgeschlagen. Dazu gehörte auch ein großes Zelt für die Rani, in dem sie gemütlich und in Zurückgezogenheit baden, essen und ruhen konnte. Diese Sitte hatte man von den Mogulkaisern übernommen, die Nomaden gewesen waren. Das Mahl war schon zubereitet, und Kim und Parvati wurden dazu eingeladen. Das Zelt war sehr geräumig, und die Rani, frisch gewaschen und umgekleidet, wies ihnen ihre Plätze an.

»Man darf Ihr nichts Festes zu essen geben«, sagte Kim. »Geben Sie ihr Reiswasser!«

»Aber ich habe Hunger«, sagte Parvati. »Mir knurrt der Magen so stark, daß es sehr weh tut.«

»Natürlich muß sie essen«, sagte die Rani.

»Nein«, sagte Kim. »Damit füttert sie nur die Dämonen. Das Reiswasser ist besser für sie.«

Doch angesichts von Parvatis Schmerzen und der Hartnäkkigkeit der Rani gab Kim nach. Essen wurde auf Parvatis Silberteller gehäuft. Sie sahen, wie der erste Bissen in ihrem Mund verschwand. Sofort verfiel sie wieder in ihre Trance. Erschrocken schrie die Rani auf. Kim ordnete an, daß das Essen abgeräumt werde, und fütterte sie mit Reiswasser. Parvati trank es gierig. Doch die Dämonen spuckten es gleich wieder aus. Reiswasser war ein dünner, bitterer Brei. Wenn er geglaubt hatte, es würde ihr helfen, so sah er sich getäuscht.

»So etwas habe ich noch nie erlebt«, sagte die Rani. »Wer hat diesen bösen Zauber über sie verhängt?«

»Ihre Schwiegermutter Gitabhai.«

»Deine Mutter?«

»Wir sind nicht miteinander verheiratet.«

»Ahhh. Sie ist also die Frau eines anderen. Wer ist ihr Mann?« Die Rani liebte Klatsch und vermutete, es sei ein Mann von Bedeutung.

»Ich möchte seinen Namen lieber nicht nennen. Er ist zu bekannt.«

Die Rani nahm seine Weigerung gnädig auf, merkte sich aber den Namen Gitabhai. Dann erhob sie sich, ging in eine Ecke des Zeltes, in dem eine Statue von Durga stand, und kam mit einer goldenen Taschenflasche zurück.

»Hier drin ist Wasser vom Ganges. Ich werde sie damit ein wenig beträufeln.«

Die Wirkung des heiligen Wassers auf Parvati war erstaunlich. In dem Augenblick, da die Tropfen auf ihre Haut fielen, begannen sie zu zischen und verbrannten. Sie schrie und wälzte sich auf dem Boden. Kim hielt sie fest, damit sie sich nicht verletzte. Dann wurde sie plötzlich still und fiel in tiefen, ruhigen Schlaf.

»Wir müssen uns beeilen, um diese Brüder zu finden«, sagte die Rani. »Anfangs habe ich dir nicht geglaubt, als du mir von dieser Frau und den Dämonen erzählt hast.« Sie klatschte in die Hände, und sogleich fuhr der Wagen am Zelteingang vor.

Sie fuhren durch den Tag und in die Nacht. Unterwegs hielten sie nur einmal, damit sich der Chauffeur eine Viertelstunde ausruhen konnte. Stündlich benetzte die Rani den Saum ihres Sari mit dem Ganges-Wasser und wischte Parvatis Gesicht damit ab. Es wirkte wie Balsam, beruhigte die schlafende Frau und beschützte sie.

Dann sahen sie im schwindenden Licht der Abenddämmerung den See von Pushkar glänzen. Am Ufer stand eine kleine Ansammlung von Tempeln. Kim dachte: ›Der Mensch schreibt dem Wasser Heiligkeit zu, baut an den Ufern Tempel, und das Wasser gibt seine Heiligkeit dem Land zurück.‹ Der Brahma-Tempel stand am entgegengesetzten Ende des Dorfes, doch das Automobil mußte vor dem Dorf stehenbleiben, da die Straße zu schmal wurde. Schon strömte die Dorfbevölkerung herbei, um alles anzustarren und anzufassen.

»Mein Auto kann nicht weiterfahren«, sagte die Rani. »Nun geh mit Gott! Ich bete zu ihm, daß du die Brüder rechtzeitig erreichst und sie von ihnen gerettet wird.«

»Große Königin, ich danke Ihnen für Ihr Mitgefühl. Bestimmt wird Gott Sie für diese gute Tat segnen.«

Parvati erwachte und schaute dumpf um sich. Bei jedem Erwachen war sie schwächer. Sie war auch noch mehr geschrumpft. Ihr Gesicht bestand nur noch aus Höhlungen. Kim nahm sie auf die Arme und wurde sofort zur Spitze einer Prozession. Er kam an vielen Tempeln vorbei – Tempel für Shiwa, für Vishnu, für Durga, sogar an einem für Meenakshi. Die schmale Straße endete am Brahma-Tempel. Über dem Portal stand eine geschnitzte Gans, sein himmlisches Gefährt. Seltsamerweise war dies der einzige Brahma-Tempel in ganz Indien.

»Lieber Kim«, flüsterte Parvati. »Wie viele Leiden habe ich

über dich gebracht! Wenn du mich nicht liebtest, wärst du davon frei. Wir haben so wenig Zeit miteinander verbringen können, und ich weiß, daß ich sterbe. Als wir noch getrennt waren, habe ich nur von der Hoffnung gelebt, daß ich eines Tages mein ganzes Leben an deiner Seite verbringen würde. Meine Seele wird immer bei dir sein.«

»Du darfst noch nicht sterben«, sagte Kim leise. »Sehr bald werden wir Bala und Bala finden. Ich weiß, daß sie dich retten können.« Er wandte sich an die Menge. »Hat jemand von euch von den beiden Brüdern gehört, die so schön singen können, daß sie den Stein in Honig verwandeln und Feuer und Sturm besänftigen können?«

»Ja«, sagte ein gutaussehender Mann mit einem dicken Turban und einem goldenen Ring in jedem Ohr. Kim hatte ihn bis dahin noch nicht gesehen. Ihm fiel auf, daß die Dörfler sich vorsichtig von ihm entfernt hielten. Der Mann trug ein *Jezail.* Damit zeigte er jetzt auf die Schluchten vor Ihnen. »Sie wandern in den Schluchten von Chambal nach Osten. Ich selber habe sie noch nicht singen hören, aber ich habe von ihren wunderbaren Stimmen vernommen. Die Leute wandern viele, viele Stunden weit, um sie zu hören. Ich werde euch begleiten. Ich bin Kishore Singh.«

Es lag in Kims Natur, daß er auf Fremde, Männer wie Frauen, anziehend wirkte. Er bewegte sich mit unbefangener Würde, und seinem Gesicht war Humor und Frömmigkeit anzusehen, dagegen weder Habgier noch Neid. Wenn Kim bereit war, sich für diese von Dämonen besessene Frau zu opfern, dann hielt Kishore Singh es der Mühe wert, sich mit Kim anzufreunden und ihm bei der Suche nach Bala und Bala zu helfen.

Die Schluchten waren Erdwälle, die aussahen wie tiefe Runzeln auf der Haut. Sie erstreckten sich hundertfünfzig Kilometer weit. In Ihren Falten konnte sich eine ganze Armee verbergen, und die *Dacoits* hatten sie seit Jahrhunderten als Versteck benutzt.

»Wir dürfen keine Zeit verlieren. Sie ist dem Tode nah. Wie weit sind Bala und Bala entfernt?«

»Eine Tagesreise, vielleicht noch mehr. Wir werden sie finden. Sie wandern sehr langsam.«

Kim folgte ihm, Parvati auf den Armen. Es war nicht weit bis zum Rand der Schluchten, aber der Weg war schmal und steinig, und an beiden Seiten erhoben sich steile Sandmauern. Sie hielten oft an, damit Kim sich ausruhen konnte. Kishore Singh bot ihm aber nie an, Parvati ein Stückweit zu tragen. Er betrachtete es als Kims Pflicht, als sein Karma, diese Last zu tragen. Jeder Mensch hatte sein Karma, und es wäre dumm gewesen, es unnötigerweise mit ihm zu teilen.

»Lieber, lieber Kim«, flüsterte Parvati. »Du bist ein dummer Mann, und ich bin eine dumme Frau. Immer stecke ich in Schwierigkeiten, und wenn du mich nicht immer wieder retten würdest, dann würden meine Schwierigkeiten längst beendet sein. Wenn du mich auf dem Bahnsteig in Delhi nicht gepackt hättest, dann hätten mich die *Goondas* meines Mannes ergriffen. Dann wäre mein Leben schon zu Ende gewesen.«

»Und mir wäre die Freude, dich zu lieben, versagt geblieben. Sprich jetzt nicht! Du mußt dich schonen.«

»O Kim«, seufzte sie, »ich bin so müde. Mir ist, als würde ich von innen verzehrt. Ich werde sterben.«

Bei Einbruch der Nacht machten sie halt. Kim hatte den Eindruck, daß sie keine große Wegstrecke zurückgelegt hatten. Die Landschaft sah unverändert aus. Sie waren einem vielfach gewundenen Weg gefolgt, und soweit er es beurteilen konnte, mochten sie noch an derselben Stelle sein, an der sie morgens den Marsch begonnen hatten. Doch er hatte Vertrauen zu Kishore Singh, der sich so sicher in diesem Irrgarten von Erdwällen bewegte.

»Warte hier auf mich!« sagte Kishore Singh und verschwand in der Dunkelheit.

Müde streckte Kim sich aus. Seine Arme schmerzten ihn vom Tragen, und seine Kehle war wie ausgetrocknet. Er schaute in den klaren, unermeßlichen Himmel. Doch dann konnte er die Augen nicht länger offenhalten. Er schlief ein und träumte von den Bergen. Er fühlte kalte Luft seinen Kopf umfächeln und sah, wie die Morgensonne die Gipfel streifte. Er hörte den Wind durch die Himalajazedern und die Fichten streichen und schmeckte das kühle Wasser der Bergbäche. Doch als er davon trank, erstarrten seine Lippen, und ihre eisige Berührung kitzelte seine Wangen.

Ein scharfer Stoß weckte ihn. Er schlug die Augen auf und sah den schwarzen Lauf einer Muskete vor sich. Er setzte sich auf. Es war Kishore Singh. Hinter ihm standen drei Männer, jeder mit einer Muskete. Er stellte sie nicht vor.

»Bala und Bala sind nicht weit von hier. Wenn wir jetzt aufbrechen, holen wir sie bei Tagesanbruch ein.«

Kim sah auf der Erde eine provisorische Trage stehen: ein zwischen zwei Stangen geknüpftes Netz aus Stricken. Vorsichtig legte er Parvati darauf. Einer der Männer faßte an einem, Kim am anderen Ende an. Schweigend wand sich der Zug durch die Schluchten. Kim fiel auf, wie überaus vorsichtig Kishore Singh geworden war. Plötzlich blieben sie stehen, und Kishore Singh glitt in die Dunkelheit davon. Minuten später kam er zurück und winkte ihnen weiterzugehen.

»Was ist los?« fragte Kim.

Kishore Singh gab keine Antwort, bewegte sich aber mit noch größerer Vorsicht weiter. Wenn die Schluchten im Schatten lagen, waren sie rabenschwarz. Jedesmal, wenn sie an einen vom Mond bestrahlten hellen Streifen kamen, rannten sie in Abständen hindurch, als wäre es ein Wasserlauf. Während die Männer am Fußende der Trage sich abwechselten, blieb Kim die ganze Zeit am Kopfende. Parvati war kaum noch bei Bewußtsein, und Kim befürchtete, sie würde vielleicht nicht bis zum Morgengrauen durchhalten. Als sie einmal aufstöhnte, verschloß ihr Kishore Singh blitzschnell mit der Hand den Mund. Kim hätte ihn gern zu höchster Eile angetrieben, aber er nahm als sicher an, daß seine Vorsicht gute Gründe hatte. Am Nachthimmel sah er, daß sie nach Westen marschierten. Mehr wußte er nicht. Sanft stieg die Morgendämmerung herauf. Als die Sterne zu verblassen begannen, ordnete Kishore Singh eine Rast an.

»Die Stimmen tragen hier weit«, flüsterte er. »In diesen Schluchten hockt ein Feind von mir. Wir suchen uns gegenseitig, und jeder betet, daß er bei einer Begegnung den anderen überrumpeln kann. Dieser Mann hat meinen Vater Man Singh verraten und ermordet. Mein Vater saß im Gefängnis Tihar, und dieser Mann, der sein Stellvertreter war, sollte ihm und seinen drei Gefährten zur Flucht verhelfen. Darunter war auch ein gewisser Anil Ray, den ich nicht kenne. Statt dessen stellte der Mann ihnen eine Falle und erschoß meinen Vater auf der Flucht.«

»Ich war auch in Tihar, habe deinen Vater aber nicht kennengelernt«, sagte Kim leise. »Aber es ist ein merkwürdiger Zufall, daß du an einem so verlassenen und trostlosen Ort den Namen eines Mannes aussprichst, den ich kenne und der uns bei der Flucht geholfen hat. Das ist ein Omen. Wir werden unser ganzes Leben lang miteinander verbunden sein. Es ist wieder eines meiner Karmas. Aber ich mag Anil Ray nicht. Er ist zu verbittert.«

Eine Stunde nach Tagesanbruch fanden sie endlich die Brüder Bala und Bala. Hand in Hand wanderten die beiden ostwärts und folgten damit der unsichtbaren Linie, die sie vor so vielen Jahren aus ihrem Dorf fern im Süden hergeführt hatte. Ihre Wanderung erfolgte nach einem bestimmten Muster. Einen Tag lang gingen sie von Osten nach Westen, am nächsten Tag nach Norden und am übernächsten von Westen nach Osten. Auf diese Weise durchquerten sie Indien und würden schließlich im Himalaja ihre Reise beenden.

Seit Kim sie zuletzt in der Nähe von Burhanpur gesehen hatte, waren sie gewachsen, und auf ihren Wangen sproß der erste Flaum. Doch ihre Gesichter sahen wegen ihrer Blindheit noch immer wie unvollendet aus. Ihre Züge waren weich, aber keineswegs ungeformt. Damals hatte Kim gedacht: ›Die Augen sind der Spiegel der Seele. Einem Blinden aber kannst du nicht ins Herz sehen.‹ Der Bala zur Rechten trug seine *Ravanhatta*, der Bala zur Linken das Zimbal. Diese Ordnung behielten sie immer bei, denn der Bala zur Rechten sah nur die rechte Seite der Welt, und der andere Bala nur die linke Seite. Wenn sie da einen Wechsel vornähmen, würden sie nichts mehr mit ihrem geistigen Auge sehen können.

Sie erkannten Kim, und zur gleichen Zeit erschien das gleiche Lächeln auf ihren Gesichtern.

»Wir haben geahnt, daß wir uns wiederbegegnen würden«, sagten sie in vollkommenem Gleichklang. »Wenn wir kreuz und quer durchs Land ziehen, begegnen wir in unserem Leben manchen Menschen, die wir später wieder treffen. Unser Schicksal ist verwoben mit dem Schicksal solcher Menschen wie du. Hast du die Botschaft erhalten, die wir Jatayu für dich gegeben haben?«

»Ja. Dies hier ist die Frau, die sie euch gegeben hat. Ihr müßt euch an sie erinnern. Sie ist besessen und dem Tode nahe. Ich kenne sonst niemanden, der die bösen Geister austreiben kann. Ihr seid meine letzte Hoffnung. Jatayu hat uns zu euch geführt. Schaut nach oben, und ihr werdet den großen Vogel sehen!«

Aber als sie alle in den Himmel schauten, sahen sie nichts als die endlose, wolkenlose Bläue.

»Wir erinnern uns an sie. Sie war in diesem Inselpalast.«

Dann schwiegen sie und sahen weder Parvati noch Kim an. Obwohl sie die Augen geschlossen hielten, konnte man Ihren Blick spüren. Kim fühlte, daß sie sich schweigend berieten. Kishore Singh und seine Männer waren nicht in der Lage, so feine Unterschiede in ihrem Verhalten zu bemerken. Sie waren zu sehr von Ehrfurcht überwältigt und hatten sich hingehockt, um offenen Mundes die jungen Männer anzustarren, die so harmonisch gemeinsam sehen und sprechen konnten.

»Wir werden es versuchen«, kündigten Bala und Bala an. »Legt sie in den Schatten!«

Parvati wurde in nord-südlicher Richtung in den Schatten einer Tamarinde gelegt. Ein Bruder setzte sich zu ihren Füßen, der andere an ihren Kopf. Parvatis Lider flatterten schwach,

Ihr Atem ging flach. Selbst hier im Schatten herrschte erstikkende Hitze. Kim und die Männer hockten sich seitwärts hin.

Im Liegen sah Parvati, wie die Sonnenstrahlen zwischen den Blättern hindurchstachen. Es fiel ihr schwer, ihre Gedanken zu ordnen. Noch nie hatte sie in so großer Gefahr geschwebt.

›Ich sterbe. Mein Leben schwankt wie diese Blätter. Ich komme aus dem Schatten in die Sonne, flatternd und zerbrechlich wie sie. Was habe ich verbrochen, daß mein Leben auf so elende Art enden soll? Man hat mir gesagt, ich leide aus Strafe für meine bösen Taten in einem früheren Leben. Aber ich . . . das Ich, das jetzt hier liegt . . . bin nicht für diese Person aus der Vergangenheit verantwortlich. Warum muß ich seine oder ihre Strafe ertragen? Sollen auch meine Sünden ein Kind im nächsten Leben heimsuchen? Das ist ungerecht. Ich bin meinem bösen Ehemann entflohen und habe Kim getroffen, der mir lieber ist als dieses Leben, das so entsetzlich elend geworden ist. Jetzt wird man mich von Kim fortreißen. Dabei habe ich mich sehr geändert. Ich war nichts als eine Plaudertasche, jetzt bin ich ein vollwertiger Mensch. Ich habe gearbeitet, meinen Lebensunterhalt verdient, habe große Gedanken gehabt und sie aufgeschrieben. Ich hatte einen Lebensinhalt. Jetzt bin ich nichts weiter als schrumpfendes Fleisch. Sind diese Dämonen wirklich in mir? Oder habe ich sie nur unter Gitabhais Einfluß erfunden? Ich kann es nicht sagen. Bei solchen Gedanken verliere ich jede Kontrolle. Es ist leichter, daran zu glauben, daß jemand einen bösen Zauber auf einen geworfen hat, als an das Böse in sich selbst.‹

Sie merkte, wie Kim ihre Hand nahm. Er wärmte sie, und sie verlangte nach seiner Kraft. Was um sie herum vorging, lenkte sie von ihren Gedanken ab. Die Luft schien nach Weihrauch zu duften, und sie spürte die leichte Bewegung unter den Männern, die zusahen und auf ein Wunder warteten. Sie hoffte, auch in ihrem Inneren eine Bewegung zu spüren, den Auszug der giftigen Geister. Doch sie spürte nichts. Sie wurde nur schläfrig.

Beim ersten Ton der *Slokas*, die aus den Mündern der Brüder ertönten, zuckte Parvati zusammen und wurde steif. Ihr Rücken bog sich, die Augenlider flogen auf, und Ihr Mund verzerrte sich zu einer häßlichen Grimasse. Kim sah weg. Er wollte nicht sehen, wie Dämonen diese Schönheit entstellten.

Eine Stunde verging, und die Luft um sie war kalt geworden. Die Berge hatten Winde ausgeschickt. Sie sollten den Liedern lauschen und sie zu den Bergen bringen. In der zweiten Stunde verwandelten sich ringsum die welken braunen Gräser und Büsche in üppiges Grün. Die Früchte der Tamarinde reiften und fielen in großer Zahl auf sie herab. Die Erde bebte in Ekstase, als tanzte der Gott Nataraj. Der Baum war nun voller Vögel. Skorpione entsprangen der Erde und umringten die kleine Versammlung. Ihre Schwänze lagen flach am Boden, und ihr tödliches Gift war fest eingeschlossen.

Die Brüder fuhren fort zu singen, und es vergingen viele Stunden. Parvati lag noch mit verrenkten Gliedern da, als Kim bemerkte, daß sich die Luft um sie herum verfärbte. Aus ihrem Mund stieg brauner Nebel auf wie ein sichtbar gewordener Schrei und wurde langsam dunkler. Kim sah Gestalten in dem dunklen Nebel, auch Blut und Eingeweide. Schrecklich verformte, wahnsinnige Kreaturen kämpften gegen die Mächte, die der Gesang beschworen hatte. Wilde Feuerstrahlen zuckten wie Schlangenzungen, und dazwischen tanzten Blitze.

Von Furcht gepackt sahen die Männer, wie die Kreaturen, die so schrecklich anzuschauen waren, daß sie die Augen abwenden mußten, eine nach der anderen besiegt wurden. Sie fielen in sich zusammen, lösten sich auf, und mit jedem neuen Sieg wurde der Nebel kleiner.

Und während er schrumpfte, löste sich Parvati langsam aus ihrer Erstarrung. Die Fäuste öffneten sich, die weitaufgerissenen Augen wurden schläfrig, ihre Beine zitterten nicht mehr, sondern lagen still. Ihr Mund blieb ein wenig geöffnet, wie zu einem Kuß.

Der Abend kam, aber die jungen Männer hörten nicht auf zu singen, denn noch hielt sich eine Nebelblase. Sie pendelte wie verrückt hin und her und versuchte, der heiligen Kraft zu entkommen, die sie schon zum größten Teil zerstört hatte. Die Männer hörten das Geheul und die schrecklichen Flüche, die gegen die Brüder geschleudert wurden. Doch Brahma hielt seinen Schild über Bala und Bala, und so konnten die überlebenden Kreaturen nichts gegen sie ausrichten. Als die Nacht anbrach, flammte in dem Nebel ein schwaches violettes Licht auf, und die Männer erblickten zeitweise die böse Macht selbst. Es schien, als wäre sie so stark, daß sogar Brahma sie nicht vernichten könnte. Doch Bala und Bala setzten ihren Gesang fort und forderten Gott Krishna, Shiwa und Vishnu auf, in die Schlacht einzugreifen.

Als die Sonne aufging, war die Luft klar und rein, als wäre Regen gefallen und hätte die Erde gewaschen. Parvati schlief friedlich, und die Brüder dämpften allmählich die Stimmen und hörten schließlich auf zu singen. Lange Zeit rührte sich nichts. Dann seufzte die Luft reumütig und wurde warm. Die Skorpione tanzten mit erhobenen Schwänzen davon. Und was grün geworden war, verwelkte wieder.

»Wie kann ich euch danken?« fragte Kim. Als Bala und Bala aufstanden, warf er sich vor ihnen nieder und berührte ihre staubigen, narbenbedeckten Füße. Auch Kishore Singh und seine Begleiter drückten die Köpfe in den Staub und berührten die Füße der Brüder. Sie waren Zeugen von Wundern geworden. Die Jungen halfen Kim und den Männern, sich zu erheben.

»Gott Krishna hat uns diese Stimmen nicht verliehen, um dafür Lohn zu ernten.« Sie nahmen sich an den Händen. »Wir müssen unsere Reise jetzt fortsetzen. Aber wir wissen, daß unsere Wege sich wieder kreuzen werden, Kim.«

Er sah ihnen nach, bis sie immer kleiner wurden und im Dunst verschwanden. Parvati schlief ruhig. Sie trugen sie, so schnell sie konnten, ins nächste Dorf. Es war ein kleines, armes Dorf, aber als sie um Essen baten, wurde es ihnen großzügig gespendet. An diesem Tag hatte nur ein Haushalt ein Fleischgericht gekocht, und der Kaufmann des Ortes gab ihnen Ziegen-Curry. Als Kim genügend Nahrung beisammen hatte, weckte er Parvati. Sie lächelte ihn mit solcher Freude an, daß ihm das Herz aufging. Ihr Gesicht hatte einen friedlichen Ausdruck, alle ihre Ängste waren fort.

»Hier, iß, soviel du kannst! Wir bleiben so lange hier, bis du wieder bei Kräften bist. Dann setzen wir unsere Reise fort, weg von diesem Teil des Landes.«

Sie nahm einen Bissen Fleisch und schluckte ihn hinunter. Ängstlich wartete sie dann auf den Dämon. Auf einmal merkte sie, wie gut es schmeckte, und nun fing sie gierig zu essen an. Mit jedem Bissen kehrte etwas von ihrer Kraft zurück. Ihre Haut nahm Farbe an, und wieder einmal spürte sie die Freude, noch am Leben zu sein.

Drittes Kapitel

Oktober bis November 1910

Es war kein Wunder, daß Anil Ray, als sein Name fiel, gerade in entgegengesetzter Richtung langsam durch die Schluchten schlich. Kim hatte recht in seinem Glauben, daß ihrer beider Schicksal miteinander verbunden war. Jeder lebte an der Peripherie des anderen. Sie waren sich auf hundert Meter nahe, doch die Erdwälle verhinderten, daß sie sich sahen.

Im übrigen hätte Kim sowieso Anil Ray nicht sofort wiedererkannt. Als sie sich nach ihrem Ausbruch aus dem Gefängnis Tihar trennten, hatte Anil Ray einen Bart und lange Haare gehabt und wirkte mit seinen zornigen Augen furchteinflößend. Seit damals ging er als *Sunyassi* verkleidet, hatte sich Schädel und Gesicht rasiert, trug die safrangelbe Kutte und hatte einen Wanderstab und eine Eßschale bei sich, die aus einem getrockneten Kürbis hergestellt war.

In der Schale lag unter einer Banane und einem Tuch ein Revolver.

Anil Ray war sich bewußt, daß er im Volk zu einer lebenden Legende geworden war. Dabei hatte er noch niemanden umgebracht. Aber die Geschichten über seine aufsehenerregende Rache an dem Polizisten, der seinen Onkel getötet hatte, wanderten durch ganz Indien. Sie stellten die Tat übertrieben dar und machten ihn zu einem gefürchteten Helden. Als wollte die Regierung die Gerüchte auch noch bestätigen, hatte sie eine hohe Belohnung von 50 000 Rupien auf seinen Kopf ausgesetzt. Die Hälfte dieser Summe hatte Parvatis Ehemann Lal Bahadhur Ram Shanker gestiftet. Er war der erste Inder, der als Mitglied in den Rat des Vizekönigs berufen worden war. Die Belohnung war so hoch, daß Anil Mißtrauen gegen jeden Mann, jede Frau und jedes Kind hegte, denen er begegnete. Doch er bereute nichts.

Anil sah den Morgen heraufdämmern. Zu dieser Stunde wurden die Schatten in den Schluchten weicher, und die messerscharfen Kuppen der Wälle begannen zu verschwimmen. Es war noch kühl, weil sich die Nachtluft hier unten länger hielt. Er fand sich nur schwer zurecht. Anders als Kim empfand er diesen Himmel fremd wie eine neue Dekoration. Daher hoffte er, daß der Mann, den er töten wollte, ihn bald finden würde. Dieser Pflicht konnte er sich nicht entziehen. Er hatte dem sterbenden Man Singh geschworen, ihn zu rächen. Hätte er gewußt, daß Man Singhs Sohn den gleichen Racheschwur abgelegt hatte, dann wäre er wohl zufrieden gewesen, daß jemand anderer ihm diese Pflicht abnahm.

In jedem Dorf dieser Region hatte er sich nach dem Aufenthaltsort des *Dacoit*-Anführers Ranjit Lal erkundigt. »Von diesem Mann wissen wir nichts«, hatten die Dorfbewohner stets geantwortet. Wenn er sich dann geduldig in den Schatten hockte, fragten sie ihn etwas später: »Warum suchst du ihn eigentlich?« Worauf ihnen Anil zur Antwort gab: »Ich bin ein *Sunyassi* und habe von seiner Größe gehört. Ich bin gekommen, um ihm *Dharshan* zu bringen.« Selbst Verbrecher wünschten, daß ein heiliger Mann sie segnete. Die Sache würde früher oder später Ranjit Lal zu Ohren kommen, und dann würde er schon den *Sunyassi* zu finden wissen, der ihn segnen wollte.

›Und was dann? Wen soll ich als nächsten umbringen? Das möchte ich gern wissen. Ich kann doch nicht mein ganzes Leben lang Rache üben. Doch ich fühle, wie es in mir nagt, wie schon in all diesen Jahren. Wie angenehm wäre mein Leben verlaufen, wenn man meinen Onkel nicht in den Vorbergen von Simla ermordet hätte! Statt dieses demütigen Kittels würde ich eine schwarze Seidenrobe tragen und vor den Richtern Debatten über juristische Spitzfindigkeiten führen. Ach was, ich darf nicht träumen! Träume sind ein Luxus, den sich nur Menschen erlauben können, die ein glückliches Leben führen. Ich gebe den Briten zweifache Schuld. Erstens, weil sie mich gezwungen haben, sie nachzuäffen – denn wie sonst hätte ich den ehrgeizigen Erwartungen meines Vaters entsprechen können, als daß ich ein braunhäutiger Engländer wurde? Zweitens, daß sie mich zu einem Wilden gemacht haben. Man muß sie aus Indien vertreiben, zurück auf ihre kleine Insel! Wir dürfen nicht mit ihnen in Gerichtshöfen debattieren oder die Brosamen aufsammeln, die sie uns von ihren glanzvollen Festmählern in Form geringfügiger Gesetzesänderungen hinwerfen. Solange sie uns unterjochen, können wir nicht auf festen Füßen stehen. Wir sind dreihundert Millionen Menschen. Wir müssen uns Waffen verschaffen und die Briten ohne Ausnahme töten – Männer, Frauen, auch die Kinder. Das wird von jetzt an der Sinn meines Lebens sein. Ich werde Indien befreien und damit mich selbst!‹

Solcherlei Gedanken richteten ihn auf. Beim Gehen stieß er den Stab so heftig auf die Erde, als töte er dabei jedesmal einen Engländer. Doch als sich seine Gedanken seiner Kusine Sushila Basu zuwandten, setzte er den Stab sanfter auf. Sie hatte ihn aufgenommen, getröstet und geliebt, als er Unterkunft, Trost und Liebe brauchte. Noch einmal hätte sein Leben eine andere Wendung nehmen können ...

Rasch verdrängte er die Gedanken an sie. Was vergangen war, ließ sich nicht ändern. Sein Schicksal war bestimmt und duldete keine Umkehr. Er konnte niemals Tage, Monate und Jahre mit Sushila teilen. Bestenfalls konnte er ein, zwei flüchtige Stunden bei ihr verweilen. Danach blieb ihm nur die Erinnerung an ihre Stimme, ihr Parfüm und die Berührung ihrer Hand an seinem Gesicht. Sein Platz war nicht an ihrer Seite. Sie war für ihn verloren wie sein Land und all sein Erbe. Er würde ein hartes, ein gefährliches Leben führen. Solchen Unannehmlichkeiten durfte er sie nicht aussetzen. Hielt er sich irgendwo längere Zeit auf, so forderte er die Verhaftung und schließlich den unvermeidlichen Tod heraus.

Er war so in seine Gedanken versunken, daß er den Schatten über ihm nicht bemerkte. Hoch oben auf dem Erdwall hockte ein Mann mit einer Muskete. Als Anil vorbeischritt, winkte der Mann einem zweiten zu, der ein Stück weiter wartete. Anil erreichte das Ende eines Tals und blieb zögernd stehen. Das Tal teilte sich, und Anil wählte das rechte Seitental. An den Schatten, die die Hügel warfen, erkannte er, daß er immer noch in westlicher Richtung marschierte. Er hatte keine Ahnung, wie lange es dauern würde, bis Ranjit Lal ihn fand. Doch bis dahin mußte er in diesen Schluchten bleiben. An einer schattigen Stelle machte er halt, um die Banane zu verzehren. Als er sich auf den Boden setzte, sah er fünf Männer warten. Sie sahen verwahrlost aus und lächelten nicht. Ihre Mienen waren hart. Einer stieß Anil mit der Muskete an.

»Du bist der *Sunyassi*, der Ranjit Lal sucht?«

»Ja. Ich möchte ihm nur *Dharshan* geben. Ich habe von seiner Größe gehört. Man sagte mir, er ist dank seiner Weisheit und Großzügigkeit ein Akbar unter den Menschen.«

»Spar dir die Schmeicheleien für seine Ohren auf! Wenn du Ranjit Lal für einen so großen Mann hältst, dann verdienst du es, ihn kennenzulernen.«

Der Sprecher war klein, drahtig und älter als die anderen.

»Wie weit ist es noch zu ihm?«

Keiner antwortete. Anil legte die Banane, die in der Hitze

schon zu faulen begann, wieder in die Schale und folgte ihnen. Jetzt kam ihm sein Leben nicht mehr sonderbar vor. Mit Räubern durch ein ausgedörrtes, fahlbraunes Land zu wandern, gehörte zu dem gleichen bösen Traum wie seine Jahre im Gefängnis Tihar. Er hielt die Bettelschale fest in der Hand. Er war überrascht, daß sie nicht hineingeschaut hatten. Doch wer würde in einem heiligen Mann einen Mörder vermuten? Endlich machten sie um die Mittagszeit halt, und Anil wählte den Platz neben dem älteren Mann.

»Wie weit noch?«

»Wir warten hier.« Der Mann legte sich auf die Erde und schloß die Augen.

»Hat er kein Vertrauen zu mir?«

»Er traut keinem Menschen. Seit dem Mord an unserem Anführer Man Singh bewegt er sich nur seitwärts wie ein Krebs. Wir haben gehört, daß Kishore Singh ihn jagt.« Er seufzte. »Am besten ist es, man überläßt es den anderen, mit einem so nichtswürdigen Mann fertig zu werden. Solange ich etwas zu essen bekomme und Geld habe, ist für mich ein Anführer wie der andere.«

»Warum hilfst du diesem Kishore Singh nicht?«

»Wozu?«

»Dann wärst du von Ranjit Lal befreit.«

»Du bist ein Dummkopf, *Sunyassi.* Warum sollte Kishore Singh anders sein? Alle Anführer sind gleich. Vielleicht ist er sogar noch schlimmer. Der beste war Man Singh, und ein Sohn ist nie so gut wie sein Vater.«

»Und was ist, wenn Ranjit Lal im Kampf getötet wird?«

»Das werden wir dann schon sehen.« Schweigend betrachtete er Anil. »Für einen *Sunyassi* stellst du viele Fragen.«

»Das *Ramayana*, unser großes heiliges Epos, rät nicht zum Abwarten, sondern zum Handeln. Wo Ungerechtigkeit herrscht, muß man handeln. Wenn du handelst, kannst du Anführer werden.«

»Das stimmt. Aber dann könnte ich nur noch mit dem Rükken zur Wand schlafen. So wie jetzt ist es mir lieber. Jemand gibt Befehle, ich gehorche. Dem Anführer ein *Namaskaar*, wer immer es sei.«

Plötzlich griff er nach Anils Bettelschale. Während er sie in der Hand hielt und die Banane herausnahm, sah er Anil scharf ins Gesicht. Er hob die Schale und gab sie Anil zurück, ohne das Tuch weggezogen zu haben.

»Das ist eine schwere Schale für einen *Sunyassi*, der nichts besitzen darf. Hier, iß deine Banane auf! Du brauchst Kraft, wenn du mit dieser Schale vor Ranjit Lal treten willst.«

Anil Ray mußte bis zum Abend auf Ranjit Lal warten. Der Anführer der *Dacoits* trat vorsichtig aus dem Dunkeln, gefolgt von einem halben Dutzend Männern. Sie waren bis an die Zähne bewaffnet und ebenso schweigsam wie Anils Begleiter. Als sie sich hinsetzten, bemerkte Anil einen siebenten Mann, der unbewaffnet war. Er schien ein Gefangener zu sein, trug zwar keine Fesseln, doch ständig war ein Gewehrlauf auf seinen Rücken gerichtet.

Anil hatte Ranjit Lal nur zweimal kurz gesehen. Das erstemal war es nicht mehr als ein starres, grausames Gesicht unter einem prächtigen roten Turban gewesen. Man Singh hatte es in den überfüllten Straßen von Delhi erkannt. Offenbar hatte Ranjit Lal die Fluchtroute herausgefunden. Die zweite Begegnung war schlimmer verlaufen – vor einem Flintenlauf. Ranjit Lal und seine Männer hatten Man Singh und Charan erschossen, als sie aus der Arbeitsgruppe der Gefangenen geflohen waren. Es war ein Verrat, und Anil hatte Glück gehabt, daß er nicht auch getötet worden war. Jetzt konnte er nur hoffen, daß Ranjit Lal ihn nach diesen beiden Begegnungen nicht wiedererkennen würde.

Doch es war dunkel, und so war er noch eine Weile in Sicherheit. Ranjit Lal beachtete ihn nicht, sondern setzte sich mit seinen Vertrauten zusammen. Anil hörte sie flüstern: »Töte ihn!« – »Nein, hör ihn dir an!« Er dachte schon, sie sprächen über ihn. Seine Hand glitt in die Schale und packte den Revolver. Dann wurde der Gefangene vorwärtsgestoßen.

Anil zog die Hand aus der Schale und glitt langsam näher heran.

»Sag uns, warum wir dir nicht die Kehle durchschneiden sollen!« sprach Ranjit Lal.

»Sahib, dein Ruhm drang bis zu mir im Norden von Delhi, und deine tapferen Taten haben mein Blut in Wallung gebracht.«

»Werde ich gefürchtet?«

»Ja, Sahib.« Die Lider des Mannes flatterten. Er merkte, daß seine Schmeichelei ihre Wirkung nicht verfehlt hatte. »Sehr gefürchtet. Du bist nicht nur tapfer, sondern auch weise.«

Der Gefangene war Mahender, der Diener von Lal Bahadhur Ram Shanker. Da Ranjit Lal auf seine Lügen hereinfiel, hielt er ihn für einen Dummkopf. Mahender war eigentlich hinter Kim und Mohini her, der Frau, die Kim Parvati nannte. Unglücklicherweise war er dabei Ranjit Lal und seinen Männern in die Hände gefallen. Wäre sein Bruder Rajender bei ihm gewesen, so hätten sie das Feuer eröffnet und wären entkommen. Aber er hatte Rajender zurückgeschickt, um Gitabhai zu berichten, daß sie Kim und Mohini bis Pushkar verfolgt und dort gehört hatten, die beiden seien mit Kishore Singh weiter nach Westen gezogen.

Ranjit Lals Stimme schwoll vor Stolz an. »Gut, sehr gut. Aber dies alles war mir bereits bekannt. Du hast mir immer noch nicht gesagt, warum ich dir nicht die Kehle durchschneiden soll.«

»Sahib! Wäre Geld, ein Batzen Geld, vielleicht sogar ein *Lakh* ein Grund, der dich bewegen könnte, mein wertloses Leben zu schonen?«

Wenn es nötig war, konnte Mahender zum Kriecher werden. Innerlich wütete er gegen sein Pech, von so einem Possenreiter gefangen worden zu sein. Und während er sich hier winden mußte, würde sich Mohini auch noch weiter entfernen. Er mußte sie aber erwischen. Sie würde die Belohnung für seine Dienste sein, wenn Bahadhur Sahib über ihre zweite Flucht noch wütend genug war. Bahadhur Sahib hatte – zugegeben, in höchster Wut – versprochen, er werde sie, wenn sie sich nicht gut benehme, seinen Dienern zur gefälligen Benutzung übergeben. Das Verlangen nach ihr war Mahenders Antrieb. Die Vorfreude darauf, wenn sie unter ihm liegen würde, berauschte ihn. Nachdem sein Bruder und er sie bei dem Treffen der Kongreßpartei in Allahabad entführt hatten, hatte er sie einmal nackt im Fluß baden sehen. Und diesen Anblick konnte er nie vergessen. Danach war sie hochmütig an ihm vorbeigegangen, als wäre er ein Stein ohne Leidenschaft, ohne körperliche Begierden. Er betete darum, daß er sie fangen würde.

»Du siehst viel zu arm aus, um jemals so viel Geld auf einem Haufen gesehen zu haben.«

»Ich habe nicht gesagt, daß es mein Geld ist. Aber ich weiß, wie du an ein *Lakh* herankommen kannst.«

»Dann sag es!«

»Hier vor allen?«

»Ja.«

Erwartungsvolles Schweigen trat ein. Die Männer hielten den Atem an. Keiner von ihnen hatte je ein *Lakh* gesehen. Die Aussicht auf ein königliches Lösegeld befeuerte sie. Anil hörte ein lautes Klicken. Jemand hatte den Hammer seines Revolvers gespannt.

»Ich jage einen Mann«, sagte Mahender. »Er hat meinem Herrn einen Gegenstand von hohem Wert gestohlen. Außerdem fahndet die Polizei nach diesem Mann. Aber wenn ich ihn aufspüre, bevor die Polizei ihn schnappt, und das gestohlene Gut zurückbringe, zahlt mir mein Herr ein *Lakh* als Belohnung.«

»Was ist das für ein kostbarer Gegenstand, den dieser Mann gestohlen hat? Er könnte auch mehr wert sein als ein *Lakh.*«

»Er ist nur für einen einzigen Menschen ein *Lakh* wert. Es ist seine Frau.«

»Dann muß sie sehr schön sein.«

»Das ist sie. Aber wenn du ihr auch nur ein Haar krümmst,

wird mein Herr dich töten. Er steht den britischen Herrschern sehr nahe, und er wird sie veranlassen, euch zu verfolgen und dich samt allen deinen Männern zu töten.«

»Die Angrezi machen mir keine Angst«, prahlte Ranjit Lal. »Er zahlt ein *Lakh*, wenn sie heil zu ihm zurückkehrt?«

»Ja. Aber seinen Namen nenne ich dir nicht. Denn sonst schneidest du mir die Kehle durch und wendest dich direkt an ihn.«

»Dann nenne den Namen des Mannes, den du verfolgst!«

»Kim.«

›Wenn es einen Gott gibt‹, dachte Anil, ›warum läßt er mein Leben im Kreis verlaufen? Kim hat den Verlauf meines Lebens verändert wie Dynamit den Lauf eines Flusses. Er hat es wiedergutgemacht, indem er mir zur Flucht verhalf. Wird nun von mir erwartet, daß ich ihm den Gefallen zurückzahle und ihn vor diesen Männern rette? Ich könnte ihn warnen. Aber soll ich mich in das Geschick eines anderen Menschen einmischen, nur weil er sich in meins eingemischt hat? Er ist auch ein Engländer, und ich habe geschworen, sie alle ohne Ausnahme aus dem Lande zu vertreiben. Dieser Entschluß steht fest. So soll er der erste sein, der stirbt. Wenn nicht durch meine Hand, dann durch die Ranjit Lals. Aber bin ich nicht hier, um Ranjit Lal zu töten? Da hat mir das Schicksal eine raffinierte Falle gestellt. Töte ich Ranjit Lal, dann ist Kim gerettet. Tu ich es nicht, dann habe ich das Versprechen gebrochen, das ich Man Singh gab. Doch ich sehe einen Ausweg. Ich werde Ranjit Lal töten, aber erst, nachdem er Kim getötet hat.‹

»Wo ist dieser Kim jetzt?« fragte Ranjit Lal.

»Nicht weit von hier. Er war nur eine Tagesreise vor mir. Er hat einen Begleiter: Kishore Singh.«

»Kishore, Kishore!« rief Ranjit Lal. »Diesen Teufel werde ich auch töten! Gut, du gefällst mir. Jetzt hast du mir einen Grund genannt, warum ich dir vorläufig nicht die Kehle durchschneiden muß. Statt dessen werde ich Man Singhs Sohn die Kehle durchschneiden.«

›Du lieber Himmel‹, dachte Anil, ›wenn ich Ranjit Lal nicht

töte, wird Man Singhs Sohn sterben. Kann ich nach einer so ehrlosen Tat noch weiterleben? Vater und Sohn? Wenn ich rasch handle, dann kann ich den Tod seines Sohnes verhindern.‹

»Geht und sucht diesen Kim und Kishore Singh!« befahl Ranjit Lal. Zwei Männer standen auf und verschwanden in der Nacht. »Wo ist jetzt dieser *Sunyassi*, der mich kennenlernen will?«

Anil erhob sich und trat vor. Dabei stolperte er über eine Muskete, trat einem Mann aufs Bein, stieß einen anderen mit dem Fuß an und tappte weiter, bis er sich vor Ranjit Lal auf die Erde setzte. Der faßte nach seinem Kopf und tastete den kahlen Schädel und das rasierte Gesicht ab.

»Nun, *Sunyassi*?«

»Sahib, im Gegensatz zu diesem Mann hier hatte ich noch nie von dir gehört, bis ich eines Tages am Ganges, der Mutter aller Flüsse, meditierte. Da hatte ich eine Vision, in der ich Durga auf einem Tiger reiten sah. Sie rief mich an und sagte: ›Westlich von hier lebt an einem Fluß ein tapferer Mann, der eines Tages ein großer Führer sein wird. Geh zu ihm und wandle in seinem Schatten! Gib ihm den geistlichen Beistand, den er benötigt, um sein *Dharma* zu erfüllen. Sein Name ist Ranjit Lal.‹ Als ich aus der Vision erwachte, begab ich mich unverzüglich auf diese Pilgerfahrt. Ich bin viele Tage und Nächte lang gewandert, und auf allen Straßen habe ich nach Ranjit Lal gefragt und überall von deiner Größe gehört.«

Anil hielt inne. Er hatte fabelhaft gelogen. Eine Vision konnte nicht geleugnet werden. Das Versprechen einer glänzenden Zukunft würde auch den ehrenhaftesten aller Männer in Versuchung führen. Um so leichter würden die Unehrenhaften wegen ihrer Habgier zu verführen sein.

»Durga selbst?«

»Ja, Sahib. Sie trug ihre Kriegswaffen und ritt auf einem Tiger, der so groß war wie ein Elefant. Ihre Stimme war süß und voller Wohlklang, und ich habe jedes ihrer Worte deutlich vernommen.«

»Dann bleibe bei mir, *Sunyassi*, und gib mir deinen *Dharshan*!«

Anil hob den Arm, die Handfläche auswärts gekehrt, murmelte ein Gebet und fühlte, wie Ranjit Lal nach seinen Füßen tastete. Sein Zeh wurde erfaßt und wieder losgelassen. Als Ranjit Lal sich niederbeugte, hätte er ihn erschießen können. Doch er hatte mit dieser Geste nicht gerechnet und fluchte später leise in der Dunkelheit.

Viertes Kapitel

September bis November 1910

Alice Soames gehörte nicht zu den privilegierten Personen, die zur Begrüßung des neuen Vizekönigs von Indien, Lord Hardinge von Penshurst, eingeladen waren. Man betrachtete sie als unerwünscht, denn als Journalistin kritisierte sie ständig die englische Herrschaft über Indien und stellte deren »göttliches Recht« in Frage. So war sie von der Gesellschaft ausgestoßen worden. Ihre ketzerischen Artikel schrieb sie für die amerikanische Zeitung *The New York Herald Tribune* und, was noch schlimmer war, für *Sher*, ein englischsprachiges Magazin, das in Bombay erschien. Sie war seine Gründerin und Redakteurin, Verleger war ein Eingeborener namens Romesh Nairoji. Unbestätigte Gerüchte wollten wissen, daß die beiden ein Liebespaar waren, und damit stand sie völlig im Abseits.

Alice amüsierte sich über ihren schlechten Ruf und hatte durchaus nicht den Wunsch, zu den steifen, kriecherischen Gästen zu gehören, die unter dem *Shamiyana* vor Hitze beinahe umkamen. Im Mittelpunkt stand der Gouverneur von Bombay, umgeben von seinen Ratsherren und den Mitgliedern des

Rats des Vizekönigs sowie allen ihren Memsahibs. Alice vermutete, daß sich unter den verschwimmenden Köpfen der Menge auch ihr Ehemann befand. Sie hatte von seiner Erhebung in den Ritterstand erfahren und bereits den ersten Entwurf eines bissigen Artikels geschrieben. Der Angriff galt nicht ihm persönlich, sondern durch ihn der Regierung von Indien. Er würde bestimmt nicht begeistert davon sein. Und er konnte gefährlich werden.

Hinter der Polizeiabsperrung, eingekeilt in einer riesigen neugierigen Menschenmenge, sah sie die Ankunft von Lord und Lady Hardinge. Das Meer war ein hartes, flaches Blau, vollkommen still und daher metallisch wirkend, und die Köpfe der wartenden Würdenträger glänzten wie der weiße Schiffsrumpf. Als Lord Hardinges Fuß indischen Boden betrat, verkündeten Trompeten den bedeutenden Augenblick, und in einiger Entfernung begannen die Kanonen vom Fort Bombay den 51schüssigen Salut abzufeuern.

Der neue König von Indien war eingetroffen. Kein Mensch in England, mochte er noch so reich und mächtig sein, konnte in seinen kühnsten Träumen je die Macht und den Ruhm erlangen, die den Vizekönig von Indien erwarteten. Der Vizekönig von Indien hatte ein Leben, das noch glänzender und prachtvoller war als das seines einzigen Vorgesetzten: König George V. Auf indischem Boden verneigte sich selbst der Prinz von Wales zu Ehren des Vizekönigs. Sein Gefolge zählte nach Hunderten, und er würde mit allem Pomp und Zeremoniell eines Großmoguls durch Indien reisen.

Alice betrachtete Lord Hardinge, einen großen, schlanken, gutaussehenden Mann mit einer aristokratischen hohen Stirn. Er trug Reithosen und eine Smokingjacke unter der himmelblauen Robe des Vizekönigs, die an Kragen und Saum mit Hermelin besetzt und in die mit Goldfäden sein Orden, der Stern von Indien, eingewebt war. Als er die Rajput-Ehrengarde abschritt, nickte die Feder auf seinem Dreispitz bei jedem Schritt. Er wirkte zögernd und unsicher, als sei er von seiner neuen Stellung ein wenig erschreckt. Aber das würde vorübergehen, sobald er das ganze Ausmaß seiner Macht begriff. Während er unter einem ausladenden Seidenschirm mit Goldstab, den ein Bediensteter über ihn hielt, über den roten Teppich auf seinen Landauer zuschritt, bahnte sich Alice einen Weg durch die Menge. Eine Schwadron der bengalischen Ulanen auf kohlschwarzen Pferden hatte sich formiert, um während der Fahrt zur Residenz des Gouverneurs die Eskorte des Vizekönigs zu bilden.

Die Zeremonie weckte bei Alice unliebsame Erinnerungen. Während sie sich auf eine schattige Hotelveranda zurückzog, dachte sie an die Ankunft des vorigen Vizekönigs, Lord Minto, zurück. Damals war sie in Begleitung von Mohini dabeigewesen.

Ihr melancholischer Seufzer erregte die Aufmerksamkeit eines Dieners. Ihr gutgeschnittenes Gesicht war angespannt und zugleich müde, und sie war sich der von Kummer und Verzweiflung geprägten Falten um den Mund bewußt. Es war ihre Schuld gewesen, daß Mohinis Ehemann sie bei der Sitzung der Kongreßpartei in Allahabad hatte entführen lassen. Sie hätte sie nicht hinschicken dürfen, um für *Sher* über die Veranstaltung zu berichten. Alice hatte Mohinis Verschwinden bei der Polizei angezeigt, aber die hatte natürlich nichts unternommen. Mohinis Mann, das erste indische Mitglied im Rat des Vizekönigs, war viel zu mächtig.

Unvermittelt stand sie auf und ging auf ihre *Gharri* zu, als wolle sie sich den trübseligen Gedanken entziehen. Sie war eine hochgewachsene Frau, die einmal ein schönes Mädchen gewesen war. Das Alter und Indien hatten ihre Schönheit verblühen lassen, doch ihr Gang und ihre Haltung verrieten, daß sie eine starke, unabhängige Frau war.

Die Fahrt zu ihrem Bungalow auf dem Malabar-Hügel dauerte eine halbe Stunde. Sie stieg aus und ging in das friedliche stille Innere des Hauses. Es wirkte gemütlich und ein wenig unordentlich, wie oft bei alleinstehenden Frauen. Der Bungalow spiegelte ihre Interessen wider. Auf Tischen und Stühlen türmten sich Bücher und Magazine, und in ihrem kleinen Arbeitszimmer überfluteten Papiere das Rollpult aus Rosenholz.

Um sich von den Gedanken an Mohini abzulenken, setzte sie sich an den Schreibtisch und las noch einmal ihren Entwurf für den Leitartikel in *Sher.*

Treue muß selbstverständlich belohnt werden. Ohne Loyalität würde das britische Empire über Nacht zusammenfallen. Männer haben aus Treue ihr Leben dafür gegeben, daß die britische Herrschaft über Indien ewig währe. Und auch wer nicht sein Leben aufs Spiel setzt, sondern in einem weniger gefährlichen Beruf tätig ist, wird für Treue im Dienst der Krone reichlich belohnt.

Zweifellos sind Männer wie Oberst Creighton, der Chef des politischen Sicherheitsdienstes bei der indischen Regierung, ihres Lohnes würdig. Oberst Creightons Name ist anläßlich des Königs-Geburtstags in der Ehrenliste aufgeführt worden. Er soll zum Ritter geschlagen werden. Oberst Sir John Creighton, das hört sich sehr gut an. In den Fluren des Writer's Building und im Rat des Vizekönigs wird Oberst Sir John sicherlich in Zukunft ein noch mehr geachteter Mann sein als zuvor. Obwohl wir wenig von der wirklichen Arbeit seiner Abteilung erfahren, gibt uns ihre Bezeichnung einen Hinweis auf die Art seiner Pflichten.

»Politisch« und »geheim« sind schreckliche Worte. Sie bedeuten Überwachung und, was noch schlimmer ist, Manipulation, die sich hinter einem Schleier von Lügen verbirgt. Die beiden Worte schließen auch Unterdrückung ein. Unterdrückung von Ideen, Unterdrückung von Hoffnungen und Träumen und schließlich die Unterdrückung von Menschen, die solche Träume hegen. Zweifellos hat der Oberst seine Pflicht, wie immer sie beschaffen sein mag, erfüllt. Also verdient er die Ritterschaft für seinen langjährigen Dienst im Interesse der Regierung von Indien, doch nicht im Interesse des indischen Volkes.

Alice ließ die Blätter sinken und lachte in sich hinein. Welche Ironie des Schicksals! Sie konnte sich jetzt bald Lady Creighton nennen. Sie sah in den kleinen Garten hinaus, wo der *Mali* einen Eimer Wasser über die Bougainvillea goß. Vor Zorn hätte sie am liebsten geschrien: Ich habe dir doch schon hundertmal gesagt, du sollst ihnen kein Wasser geben! Energisch wandte sie sich ab und betupfte sich Gesicht und Hände mit einem kleinen Handtuch. Die feuchte Hitze war erstickend. Nur an Tagen wie diesen dachte sie an Oxford und die Nachmittage am kühlen Fluß zurück, denn sonst dachte Alice wenig an England und niemals mit Sehnsucht oder dem Verlangen nach Heimkehr. Ihre Heimat war Indien.

Auch ihre Tochter nahm ihre Gedanken in Anspruch. Elizabeth war jetzt so weit entfernt. Es war tragisch, daß sie so lange auf ein Wiedersehen hatte warten müssen. Elizabeth machte ihre Mutter für die Entfremdung verantwortlich, Alice dagegen den Oberst. Er hatte sie in den Augen der Kinder »getötet«. Ihre Wiederauferstehung und ihr plötzliches Auftauchen in Kalkutta hatten Elizabeth bis ins Mark erschüttert. Diese Reaktion war nicht unerwartet gewesen, doch Alice hoffte, daß sie sich mit der Zeit anfreunden würden. Mutter und Tochter würden sie nie wieder werden. Alice betete aber darum, daß sie wenigstens Freundinnen werden würden. Es würde nicht die Freundschaft zweier etwa gleichaltriger Frauen sein, sondern die einer älteren Frau, vielleicht einer Tante, mit ihrer Nichte. Alice war keine mütterliche Frau. Für eine so untergeordnete Rolle war sie zu kühn und zu rastlos. Sie wünschte, sie hätte Richard kennengelernt. In dem tragischen Tod ihres Sohnes für das Empire lag die wahre Ursache ihres lebenslangen Grolls.

Sie hatte Elizabeth versprochen, ihr jede Woche zu schreiben. Antwortbriefe erwartete sie jedoch nicht. Schon bei dieser einen kurzen Begegnung hatte sie erkannt, daß ihre Tochter genau so einen Dickschädel hatte wie sie selber. Sie konnte nur hoffen, daß ihre wöchentlichen Briefe Elizabeths Herz wenigstens ihr gegenüber weicher stimmen würden. Doch nach Indien würde Elizabeth wohl nie wieder kommen, das ahnte sie jetzt schon.

Alice versiegelte den Brief und frankierte ihn. Dann steckte sie den Artikel in einen Umschlag, nahm den Federhalter zur Hand und schrieb die Adresse darauf. Solange Mohini noch an dem Magazin mitarbeitete, hätte sie ihn ihr gegeben. Der *Mali* hockte am Tor und zupfte planlos Unkraut aus. Sie rief ihn zu sich und gab ihm genaue Anweisungen. Den einen Brief sollte er bei der Post aufgeben, den anderen persönlich bei Romesh Nairoji abgeben und eine unterschriebene Quittung zurückbringen. Sie sah, wie der lange, träge Mann durchs Tor hinausschlenderte.

Als Gärtner war er unbrauchbar, aber sie hatte nicht das Herz, ihn zu feuern. Sie hätte den Artikel auch selber abliefern können, da ihr Weg an der Redaktion vorbeiführte, aber sie wollte Romesh jetzt nicht begegnen. Er würde wissen wollen, wohin sie fuhr. Und wenn sie es ihm sagte, würde er alles in seiner Macht Stehende versuchen, ihr das auszureden. Romesh übertrieb seine Beschützerrolle, eine Eigenschaft, die bei einem Liebhaber liebenswert ist, aber zu Zeiten auch nerven kann. Er hätte gern gehabt, daß sie so unterwürfig wäre wie eine indische Frau, zwar nicht immer, aber bei solchen Gelegenheiten, wenn sie seinen Wünschen zuwiderhandelte. Dieses heimliche Treffen würde bestimmt nicht seine Zustimmung finden.

An der Ecke mietete Alice eine *Gharri* für diesen Abend. Sie gab dem Fahrer absichtlich nur vage Anweisungen. Er solle sie in die Stadt fahren, danach würde sie ihm die weitere Richtung angeben. Die Fahrt entlang der Strandstraße zur Stadt war angenehm. Die Hitze hatte nachgelassen, und es wehte eine abendliche Brise. Hätte sie sich unterwegs umgedreht, dann wäre ihr nicht entgangen, daß der *Mali* geduldig der langsam fahrenden *Gharri* hinterhertrottete.

Die *Gharri* fuhr durch die Stadt und dann weiter in die Außenbezirke. Es war jetzt dunkel, und der Kutscher zündete seine Lampen an. Sie kamen zu dicht beieinanderstehenden

Lehm- und Strohhütten. Hier und da flackerten Öllampen. Aus den offenen Abflußgräben stank es entsetzlich, und Alice hielt sich ein parfümiertes Taschentuch vor die Nase. Der Kutscher wurde nervös und erhob Einwände. Die Menschen hier seien arm, hungrig und gefährlich, und sie solle lieber nicht dorthin fahren. Alice befahl ihm weiterzufahren. Widerstrebend gehorchte er.

Sie ließen die Slums hinter sich. Dahinter erhoben sich schwarz und bedrohlich die Baumwollmühlen, nicht anders als die »dunklen Mühlen des Satans« in Birmingham oder Manchester. Dann machte der Weg mit seinen tief eingefahrenen Radspuren einen Bogen, und sie kamen auf offenes Gelände. Nach einer Viertelstunde fuhren sie in eine Senke, in der eine Gruppe von Männern schweigend wartete. Sie spürte sie mehr, als daß sie sie sah. Sie hatten nicht mal eine Kerze bei sich. Ein Mann stand auf und näherte sich vorsichtig der *Gharri*.

»Miß Soames-Memsahib?«

»Ja.«

Sie stieg aus und trat zu Arvind Joshi. Er war ein untersetzter kleiner Mann, der Alice nur bis zur Schulter reichte. Normalerweise war er ein freundlicher Mensch, aber heute gab er sich düster und mißtrauisch. An ihr vorbei spähte er in die Nacht.

»Haben Sie irgendwem erzählt, daß Sie hierher kommen, Memsahib?«

»Selbstverständlich nicht.«

»Seien Sie nicht böse, Memsahib!« sagte Arvind Joshi. »Sie sind Britin, wir sind Inder. Ihnen wird niemand etwas tun, aber wir werden geschlagen und ins Gefängnis gesteckt. Kommen Sie!«

Alice setzte sich mit gekreuzten Beinen auf die Erde und sah in die dunklen Gesichter. Mehr als hundert Männer saßen ihr schweigend gegenüber. Ein *Beedi* glühte. Ein Mann hustete. Geduldig warteten sie weiter. Sie sah das Weiße in den Augen und blitzende Zähne. Aber keiner sagte ein Wort, bis Arvind zu sprechen anfing. Er sprach zu ihnen über die

Notwendigkeit, eine Gewerkschaft zu gründen, wie sie die Arbeiter in anderen Ländern hatten.

»Diese Memsahib will uns dabei unterstützen. Sie war es, die den Vorschlag gemacht hat, daß wir uns hier versammeln und die Dinge besprechen, bevor wir etwas unternehmen. Wir wissen alle, daß wir von den Mühlenbesitzern ausgebeutet werden. Sie zahlen uns Hungerlöhne und zwingen uns, viele Stunden dafür zu arbeiten. Wenn wir uns beschweren, werden wir entlassen, und man betrügt uns auch noch um das uns zustehende Geld. Diese Memsahib arbeitet für eine Zeitung von jenseits des *Kala pani*, und sie will über unsere Bemühungen um mehr Gerechtigkeit schreiben.«

Fünftes Kapitel
November 1910 bis Februar 1911

Und was geschah dann?«

»Soames-Memsahib erklärte den Männern, wie sie dieses Ding, das sich Gewerkschaft nennt, gründen sollen. Sie hat gesagt, es würde gefährlich sein, und die Mühlenbesitzer würden sie prügeln und sogar umbringen lassen. Wo immer Männer sich zusammenschließen, um mehr Gerechtigkeit zu fordern, werden sie heftig angegriffen. Sie sagte, daß in Am-er . . ., Am-er . . .«

»Amer-ika«, sagte Newton.

»Ja, das ist das Wort«, sagte der *Mali*. Demütig stand er an der Türschwelle des Zimmers. »In Amer-ika haben die Bergleute eine Gewerkschaft gegründet und einen Streik ausgerufen . . . was ist eigentlich ein Streik?«

»Ein *Bandh* der Arbeiter.«

»... Streik ausgerufen, und die Besitzer haben sie geprügelt und umgebracht. Aber die Männer sollten festbleiben. Man würde andere Männer zur Arbeit in die Mühlen schicken, und sie sollten sie überreden, die Arbeit nicht anzunehmen.«

»Ha! Ich frage dich, wie kann jemand hungernde Männer überreden, keine Arbeit anzunehmen? Macht es denen denn etwas aus, wenn sie schlecht behandelt werden? Natürlich nicht. Sie wollen den Lohn haben. Weiter! Und dann ...?«

»Soames-Memsahib erzählte ihnen noch mehr über diese Gewerkschaft, über ihre Regeln und wie sie einen Leiter und ein Komitee wählen sollen. Sie hörten ihr schweigend zu. Ich habe nicht gesehen, daß einer reagiert hat. Außer diesem Arvind Joshi. Er ist der Unruhestifter. Als sie fertig war, stieg sie in die *Gharri* und fuhr nach Haus.«

»Und Joshi?«

»Ich hatte Anweisung, die Memsahib zu verfolgen und nicht Joshi.«

Isaac Newton entließ den *Mali* und dachte dann an Arvind Joshi und Alice Soames. ›So ein dummer Mann! So eine dumme Frau! Was hat es für einen Sinn, frage ich mich, gefährliche Ideen in die Köpfe ungebildeter Männer zu säen? Sie bringen ja alles durcheinander. Wie wollen sie ein Komitee bilden, wenn sie nicht mal wissen, wie eine Wahl vonstatten geht? Eine Wahl, die einfachste Idee, und wir wissen nicht mal, wie man sie abhält. Was für eine dumme Frau! Ich werde meinen Bericht schreiben, und der Oberst wird gegen seine eigene Frau vorgehen müssen. Er kann gar nicht anders. Der Artikel, den mir der *Mali* heute nachmittag gezeigt hat, der Artikel über die Erhebung des Obersten in den Ritterstand, ist ausgesprochen aufwieglerisch. Daran gibt es nichts zu deuteln. Wenn ein Inder solche Gotteslästerungen schriebe, würde er im Handumdrehen ins Gefängnis wandern, nachdem er eine ordentliche Tracht Prügel bekommen hätte. Es wird interessant sein zu sehen, wie die Briten in einem solchen Fall ihre eigenen Landsleute behandeln.‹

Mit sauberer Handschrift fertigte Newton seinen Bericht an.

Er war sehr stolz auf seine makellose Schriftgewandtheit. Als Verehrer von Walter Scott eiferte er ihm darin nach, lange Sätze zu bilden. Einer davon füllte eine ganze Seite. Als er den Bericht über Alice Soames abgeschlossen hatte, heftete er ihn sorgfältig in einer Akte ab. Allmählich wurde sie dicker. Aus Zetteln waren Seiten geworden. Er wußte viel über Alice, über ihre Arbeitsgewohnheiten, ihre Gedanken und ihren Liebhaber. Daß die Memsahib mit einem Inder schlief, schockierte ihn. Sorgfältig verschloß er die Akte in seinem Safe.

Dann ging er an seinen Schreibtisch zurück. Unter der Akte hatten Diamanten gelegen, die ein Vermögen wert waren. Sie fühlten sich kalt an. Jeder einzelne war wertvoller als das Leben dieser Mühlenarbeiter. Besonders einer, der so groß war wie ein Taubenei. Mit seinem Erlös könnten sie sich die Bäuche ein ganzes Jahr lang vollstopfen. Er betrachtete ihn durch seine Juwelierlupe. Sein Schliff war vollkommen. Newton war der beste Diamantenschleifer in Bombay und in aller Bescheidenheit stolz auf seine Kunstfertigkeit. Vorsichtig schüttete er die Diamanten in eine Papiertüte und legte sie dann beiseite.

Sein von den Vorfahren ererbter Beruf hatte schon längst an Reiz für ihn verloren. Als Knabe hatte er eine leidenschaftliche Liebesaffäre mit Maschinen begonnen. Für ihn waren sie geradezu magisch, und er wollte einmal wunderbare Erfindungen machen. So sehr liebte er die Wissenschaft des Westens, daß er sogar seinen Namen Gopal Krishnan in Isaac Newton umwandelte. Er hatte sogar lange und ausführlich darüber nachgebrütet, ob er dem Namen auch ein »Sir« voransetzen sollte. Aber dann hatte er darauf verzichtet, es erschien ihm doch als zu vermessen. Er würde damit warten, bis er einen Erfolg aufzuweisen hatte. Doch dieser Erfolg wollte sich nicht einstellen. Zwischen Phantasie und Ausführung war bis heute eine gähnende Kluft geblieben. Dieses Zimmer und das ganze Obergeschoß seines Hauses in der Jewellers Lane waren vollgestopft mit den Zeugen seiner Bemühungen. Verärgert ließ er den Blick über die in dunklen Ecken kauernden Objekte schweifen.

Seit der Ermordung seines Neffen Narain hatte Newton auch die Lust an seiner Tätigkeit als Geheimagent für den Oberst-Sahib verloren. Newton hatte Narains Leiche in Ranthambor verbrannt und die Asche in den Fluß gestreut. Wie schnell der Mensch doch so dahingehen konnte! Asche ... Narain, der ein Mann von heißem Blut und Mut gewesen war, hatte in seine zusammengelegten Handflächen gepaßt und war wie lose Flocken im Wasser verschwunden.

›Ich möchte gern wissen, was aus meinem Freund Kim geworden ist. Ist er den Verfolgern entkommen? Lebt er noch? Und sie – diese Frau, für die er alles aufs Spiel gesetzt hat? Das Leben jedes Menschen ist ein Roman, und wenn sich unsere Wege trennen, fragen wir uns, wie es mit ihm weitergehen wird. Wie sieht sein nächstes Kapitel aus? Wird es traurig oder glücklich sein? Gibt es eine geradlinige Fortsetzung oder wie bei Narain ein abruptes Ende?‹

Solch schwermütigen Gedanken gab Isaac Newton sich hin, weil er selber unglücklich war. Seit dreißig Jahren diente er dem Oberst. Er war noch ein Jugendlicher gewesen, als der junge Hauptmann wie der Held einer alten Sage in sein Dorf eingeritten war – und damit in sein Leben. Er sah aus wie ein Gott, herrlich anzuschauen in seiner Uniform mit den glänzenden Schuhen, dem Koppelzeug und dem *Topi*, das seine Augen vor der Sonne schützte. Noch nie hatte Gopal so einen Mann gesehen, mit so weißer Haut und so himmelblauen Augen. Damals begann er gerade sein Handwerk zu vernachlässigen und bastelte an irgendeiner Erfindung. Amüsiert hatte der Captain ihn beobachtet. Sie sprachen über die Erfindung, die allerdings fehlgeschlagen war. Und bevor der Sahib weiterritt, hatte er Gopal vorgeschlagen, er solle sich umhören.

»Auf was soll ich hören?« fragte er. Der Sahib erwiderte: »Auf den Wind, auf Stimmen, auf Geflüster. Und wenn du etwas Interessantes hörst, dann komm zu mir und berichte!«

Damals wußte er nicht, was gemeint war. Monate später aber folgte er dem Ruf eines Radscha, der ihm den Auftrag gab, ein Diamanthalsband für seinen Affen anzufertigen. Häßliches Kroppzeug, sowohl der Mann wie das Tier! Bei dieser Gelegenheit kam Gopal zu Ohren, daß der Radscha die Ermordung seines Onkels plante. Er hätte darüber Schweigen bewahren können, fühlte sich aber dem Radscha nicht zur Treue verpflichtet. Wenn er das dem Sahib mitteilte, würden sie den Radscha zum Teufel jagen, nahm er an.

Seine Annahme erwies sich als zutreffend. Der elende Bursche verschwand von der Bildfläche, und sein Onkel, ein angenehmer Mensch voll tiefer Frömmigkeit, übernahm seine Stellung. Ein Jahr verging. Dann befahl der junge Offizier Gopal zu sich. Er war nicht mehr in Uniform, sondern saß an einem Schreibtisch. Er war der Meinung, Gopals Fähigkeiten seien in einem kleinen Dorf fehl am Platz, ließ ihn nach Bombay umziehen und finanzierte sein Geschäft.

Aber jetzt wußte der Oberst-Sahib, daß Newton bei Kims Flucht die Hand im Spiel gehabt hatte. Wenn er zwei und zwei zusammenzählte, mußte er zu dem Ergebnis kommen, daß Isaac die Mörder verfolgt hatte.

›In diesem Beruf voller Listen und Täuschungsmanöver‹, dachte Isaac Newton, ›ist es am besten, wenn nur ein einziger Mann über alles Bescheid weiß. Nur eine Spinne kann ein gutes Netz weben. Weil ich von anderen Teilen des Netzes Kenntnis hatte, bin ich in Gefahr geraten. Gottverfluchtes Wissen! Nur wenn wir unwissend bleiben, können wir zufrieden sein. Statt dessen habe ich wie eine allzu neugierige Katze die beiden Männer von Bombay aus verfolgt, das Hinkebein und den gefährlichen Burschen. Hinkebein wird mich dem Oberst-Sahib beschrieben haben. Und nun wird er wissen, daß Isaac Newton seine Befehle mißachtet, seinen ihm zugewiesenen Posten in Bombay verlassen und seine verdammte Nase in Dinge gesteckt hat, die ihn nichts angingen. *Ahre bhai*, was habe ich mir da aufgeladen! Ich muß um mein Leben fürchten. Und doch ist meine Empörung noch stärker als meine Angst. Ja, ich bin empört! Ich, ein Mann, der wie ein Wissenschaftler seine Gedanken und Gefühle im Zaume hält! Der Oberst treibt sein Spiel mit den Menschen. Er spielt uns gegeneinander aus. Ich frage mich, wem er die Treue hält. Indien? Oder nicht Indien, sondern England? Wenn es so ist, wie kann er dann erwarten, daß ich treu bleibe? Er hat immer gesagt, er diene Indien, nur Indien allein. Aber seine Vorgesetzten sind keine Inder. Wir sind seine Diener. Seine Vorgesetzten befinden sich jenseits des *Kala pani* und sind Männer seines Bluts.‹

Newton gebot sich Einhalt. Dies waren Gedanken eines Verräters und führten zu schlaflosen Nächten. Wenn der Oberst seine Gedanken erriet, würde er noch im Gefängnis landen. Isaac Newton, der stets mit größter Aufrichtigkeit an die britische Herrschaft geglaubt hatte, zweifelte jetzt an ihr. Das war es, was ihm am meisten zu schaffen machte. Wenn nicht sie, wer dann? Darauf gab es keine Antwort. Trotz seiner Zweifel konnte er sich nicht vorstellen, daß die Inder ihr eigenes Land regieren könnten. Die Ansicht von der eigenen Unterlegenheit war so tief in ihm verwurzelt, daß ihm ein solcher Gedanke nie in den Kopf gekommen war. Sicher, er hatte Tilaks Schrei nach *Swaraj* gehört. Aber das war ja nur ein *Mantra,* kein Plan oder Entwurf für Selbstherrschaft. Er konnte sich nur vorstellen, daß auf die Briten ein Vakuum, ein verwaister Thron und Anarchie folgen würden.

Er mußte diese Gedanken verdrängen. Doch weder die Diamanten noch seine Erfindungen konnten ihn noch fesseln. In Tücher eingewickelt, standen Narains letzte Geschenke an ihn im Zimmer. Zweifellos gestohlen. Newton packte das erste aus. Es war eine kastenförmige Maschine mit einem Zylinder und einer Linse, und innendrin war eine große Glühbirne. Er hockte sich hin und überlegte eine Zeitlang. Das Ding kam ihm merkwürdig bekannt vor. Er hatte etwas sehr Ähnliches in einem Magazin gesehen. Er stand auf und ging auf die Suche.

Im Nebenzimmer waren seine Bücher und Magazine vom Fußboden bis unter die Decke gestapelt, hinter Glas in Schränken aus Rosenholz, alles sauber katalogisiert. Newtons wissenschaftlichem Verstand war klar, daß man seine Informationen immer zur Hand haben mußte. Er blätterte in dem in Leder gebundenen Hauptbuch und fand die entsprechende Eintragung. Alles, was ihn interessierte, und ihn interessierte fast alles, war hier verzeichnet. Er fand die Nummer der *Illustrated London News*, las den Artikel noch einmal und betrachtete die Zeichnungen. Narain hatte ihm einen Filmprojektor als Geschenk gebracht!

Eilig packte er das andere Geschenk aus. Es war eine Filmkamera. Newton hatte noch nie einen Film gesehen. Aufgeregt schloß er den Projektor an seinen Generator an. Nun sah er einen Mann, der sich bewegte. Er ging, rannte und sprang. Es war das wunderbarste Ereignis seines ganzen Lebens. Wieder und wieder ließ er den Film ablaufen. Er hatte gelesen, daß das Bioskop sogar Geschichten erzählen konnte. Narain hatte auch eine Filmrolle gestohlen, und Newton legte sie vorsichtig in den wuchtigen Kasten ein, der auf einem Dreibein ruhte. Als er hindurchblickte, stand sein Zimmer kopf. Er nahm sich vor, auf der Straße Bilder aufzunehmen. Und er wäre sofort hinuntergegangen, wenn nicht gerade eine Mitteilung vom Oberst-Sahib eingetroffen wäre, die ihn ins Regierungsgebäude rief. Die Aufforderung kam plötzlich und unerwartet. Das beunruhigte ihn. Er ging zum Schreibtisch und schrieb sorgfältig einen Brief an seinen Vorgesetzten.

Newton legte seinen einzigen Anzug an. Er paßte schlecht. Ein Hosenbein war zu lang, ein Ärmel fünf Zentimeter zu kurz, und das Jackett ließ sich vorn nicht zuknöpfen. Der örtliche Schneider war mit Newtons eckiger, dünner Storchenfigur nicht zurechtgekommen. Er legte die MCC (Marylebone Crikket Club)-Krawatte um und verknotete sie am Hals. Die Schuhe und den Bericht über Alice Soames nahm er in einem Tuchbeutel mit. Am Portal des Regierungsgebäudes schlüpfte er in die Schuhe und ging zitternd hinein. Dies konnte ein verhängnisvolles Treffen sein. Der Oberst würde ihn entlassen. An die damit verbundene Strafe wollte Newton lieber gar nicht denken, denn er kannte die Ansichten des Obersten. Der Oberst haßte Ungehorsam. Das war für ihn Untreue. Und Untreue war gleichbedeutend mit Verrat.

Der Oberst ließ ihn warten. Newton stand im Schatten eines

Banyan-Baums, bis ein *Peon* ihn grob und auffällig hochmütig rief. Durch ihren Dienst bei den Sahibs kamen sich diese Niedriggestellten ihren eigenen Landsleuten gegenüber wie etwas Besseres vor.

»Oberst-Sahib, meine Glückwünsche zu dieser großen und wundervollen Ehrung durch den König des Empires. Mögen noch viele Ehrungen dazukommen, auch eine Lordschaft!«

»Danke, Newton. Nun, was haben Sie zu berichten?«

Der Oberst nahm die Akte entgegen, lehnte sich zurück und las sie schweigend. Unregelmäßig bewegte sich das *Punkah* und ließ die Papiere auf dem Schreibtisch flattern. Newton begann zu schwitzen. Der Oberst hatte seine Untreue noch nicht erwähnt. Aber Newton war klar, daß er von ihr wußte. ›Wenn er trotzdem kein Wort darüber verliert‹, dachte Newton, ›dann führt er gegen mich etwas im Schilde. Gott weiß, was. Wer kann die Gedanken eines anderen Menschen lesen? Das ist eine höhere Wissenschaft als Astrologie, Astronomie oder Biologie.‹

Während Newton so überlegte, bemerkte er, wie sich die Miene des Obersten leicht veränderte. Er sah, wie er ärgerlich den Mund zusammenzog und die Lider senkte. Alice Soames versetzte ihn in Zorn. Newton trat unruhig von einem Bein aufs andere. Er haßte es, Nachrichten zu überbringen, die den Zorn seines Vorgesetzten erregten. Der Oberst schlug die Akte zu, stand auf und ging ans Fenster. Das leise Rauschen des Meeres beruhigte ihn. Als er zum Schreibtisch zurückkam, war er wieder die Ruhe selbst.

»Gut«, sagte der Oberst. »Man muß über alles Bescheid wissen. Das war immer meine Ansicht. Wer druckt dieses Magazin *Sher*?«

Newton zog sein Notizbuch zu Rate. »Mohan Prasad von Lunar Presses.«

»Ich werde ihn wegen Aufwiegelung verhaften lassen. Das wird diesem ganzen verdammten Unsinn ein Ende setzen. Und was wissen Sie über Arvind Joshi?«

»Noch nichts, Oberst. Er schien harmlos zu sein . . .«

»Nichts ist harmlos. Jemand hat ihn dazu angestiftet, über diese Gewerkschaft zu reden. Stellen Sie fest, wer! Ich brauche einen Namen. Und zwar rasch.«

»Ja, Oberst-Sahib. Und Miß Soames? Soll ich sie weiter überwachen lassen?«

»Ja.« Es klang wie das Zischen einer Schlange. »Setzen Sie mehr Männer ein! Ich will wissen, mit wem sie sich trifft, ohne Ausnahme. Ich habe den Verdacht, daß sie diese Dinge vielleicht finanziell unterstützt.«

»Aber sie lebt in einfachen Verhältnissen, Oberst-Sahib.«

»Frauen leben nie in einfachen Verhältnissen. Ich will Beweise gegen sie haben.« Er lehnte sich zurück und lächelte. Es war ein warmes, freundliches Lächeln. Sein Zorn hatte sich verflüchtigt. »Und wie geht es Ihnen, Newton?«

»Ich bin traurig, Oberst-Sahib«, sagte Newton, der auf diese Frage vorbereitet war. »Mein Neffe Narain ist ermordet worden.«

»Das tut mir leid. Ich habe ihn einmal kennengelernt. Er wollte Jura studieren.«

»Auf anderen Gebieten war er noch besser. Er war eine große Hilfe für mich, Oberst-Sahib.« Newton holte tief Luft. »Einer von Ihren Männern hat ihn ermordet. Ich habe die beiden – den Gefährlichen und das Hinkebein – bis dorthin verfolgt, wo sie auf Kim warteten. Sie überfielen ihn und Narain. Den Mann, der Narain ermordete, hat Kim getötet. Damit war der Gerechtigkeit Genüge getan. Den anderen habe ich verscheucht.« Er hielt inne. Der Oberst sah ihn starr an. Sie hörten die Eichhörnchen und die Krähen und das Rascheln des *Punkah.* »Aber das wissen Sie ja schon alles.«

»Ja. Und ich bin wütend über Ihren Ungehorsam. Warum haben Sie meine Männer verfolgt?«

»Aus Neugier, Oberst-Sahib. Neugier bringt die Katze um. Aber wenn ich Ihnen gute Dienste leisten soll, muß ich über alles Bescheid wissen. Nach Kims Beschreibung war mir klar, daß das Hinkebein der Mann war, der ihn angeschossen hat. Ich hatte keine Ahnung, ob Sie das gewußt haben. Aber zu dieser Zeit hatte ich nach ihnen gesucht. Nachdem ich sie aufgespürt hatte, konnte ich sie nicht mehr aus den Augen lassen.«

»Das hättest du aber tun sollen.«

»Ich werde kündigen. Hier ist mein Kündigungsbrief.« Newton legte ihn auf den Tisch. Der Oberst überflog den Brief, zerknüllte ihn und warf ihn in den Papierkorb. Es war als dramatische Geste gedacht. Er konnte Newtons Kündigung nicht annehmen. Er wußte um zu viele Geheimnisse. Nur in seinem Grab wären sie sicher aufgehoben.

»Ich brauche Sie noch. Sie sind eine wertvolle Kraft.« Er läutete zweimal. Statt des *Peon* kam ein junger britischer Polizeioffizier herein. Da wußte Newton, daß dieses Treffen verabredet war. »Das ist Unterinspektor Edlecliff-Johnstone, einer unserer neuen Offiziere vom indischen Polizeidienst. Christopher, das ist der berühmte Isaac Newton.«

»Der Oberst hat sehr anerkennend über Sie gesprochen, Mr. Newton.«

Edlecliff-Johnstone zerquetschte beinahe Newtons Hand. Im Gegensatz zu dem dünnen, schwachgebauten Newton war der junge Mann stämmig und muskulös. Er sah zu jung und unschuldig aus, und seine grauen Augen blitzten vor Lebensfreude. Die Hitze hatte ihm die blonden Haare an den Schädel geklebt. Er lächelte Newton an wie einen alten Freund, und Newton fühlte sich geschmeichelt wie ein älterer Vater.

»Er ist ein Oxford-Mann. Christ Church, nicht wahr?«

»Balliol, Sir.«

»Ach ja, Balliol. Und Sie haben bei der Polizei-Abschlußprüfung als Bester abgeschnitten?«

»Ja, Sir. Ich trat bei der Kriminalpolizei in Bombay ein und diente dann beim Geheimdienst in Karachi, wo ich zum Unterinspektor befördert wurde.«

»Ich möchte, daß Sie den Unterinspektor ausbilden, Newton. Zeigen Sie ihm, wie Sie arbeiten!«

»Alles, Oberst-Sahib?« fragte Newton und vermied es, Edlecliff-Johnstone dabei anzusehen. Es war ihm aufgefallen, daß er den Oberst mit »Sir« anredete, und er fragte sich, ob er es auch tun sollte. Aber er war die Anrede »Oberst-Sahib« gewohnt. Sie bezeugte auch mehr Respekt als »Sir«. Um sich Liebkind zu machen, könnte er noch den Rittertitel hinzufügen, »Sir Oberst-Sahib«. Aber das wäre wohl des Guten zuviel gewesen.

»Alles. Ich will, daß er später Bombay für mich leitet. Danke, Christopher.«

Als Edlecliff-Johnstone ging, lächelte er Newton freundlich an. Newton hätte sich am liebsten auf einem Sessel niedergelassen. Der Oberst hatte ihn aber nicht aufgefordert, Platz zu nehmen, und so blieb er stehen. Er versuchte zu begreifen, welche Folgen sich aus dem eben Gehörten ergaben. Wenn dieser angenehme junge Mann Bombay übernahm, war er seine Stellung los. Andererseits hatte der Oberst seine Kündigung abgelehnt, das Schreiben lag zerknüllt im Papierkorb. Als er Edlecliff-Johnstone hatte eintreten sehen, hatte er zunächst geglaubt, er sollte verhaftet werden. Was nun? Was würde aus seinen Freunden werden, aus seiner Bücherei und seinen wertvollen Erfindungen? Die Filmkamera hatte ihm eine freudige Überraschung beschert. Er hatte schon den Plan gehabt, mit ihr Filme zu drehen. Was nun?

Er sprach es laut aus: »Was nun?«

»Ich werde Sie nach Amritsar versetzen.«

»Amritsar? Was ist in Amritsar schon los? Es ist ein Dorf.«

»Den Grund werden Sie bald erfahren. Sobald Sie den jungen Edlecliff-Johnstone ausgebildet haben, gehen Sie nach Amritsar und suchen sich eine geeignete Lage für Ihr Geschäft. Sie müssen dort ein Informantennetz aufbauen.«

»Aber hat dieser Mann denn Erfahrung in solchen komplizierten Angelegenheiten?« Den Namen des jungen Mannes brachte Newton nicht über die Lippen. Der war doch noch ein Kind und kannte sich in Täuschungsmanövern nicht aus.

»Sie brauchen ihm nur zu zeigen, wo es langgeht, Newton«, sagte der Oberst. »Es heißt, daß er hochbegabt und ein hervorragender Polizeioffizier ist. Der Polizeichef von Bombay hat ihn empfohlen.« Der Oberst kam hinter dem Schreibtisch hervor und klopfte Newton auf die Schulter. »Machen Sie nicht so ein belämmertes Gesicht, alter Freund! Das ist für Sie eine Beförderung. In ein paar Monaten werden Sie merken, warum. Und schicken Sie mir ein Telegramm, wenn während meiner Abwesenheit etwas Wichtiges passieren sollte!« Er öffnete Newton selber die Tür und ließ ihn hinaus. Sonst machte das immer der *Peon.*

Noch einmal las der Oberst Alices Artikel. Daß eine Engländerin – seine Frau! – ein solches Gift verspritzen konnte, trieb ihm die Zornesröte ins Gesicht. Sie wollte sich an ihm rächen. Sie war eine verbitterte, haßerfüllte Frau, und jetzt griff sie ihn sogar persönlich an. Seit jener verhängnisvollen Nacht vor vielen Jahren hatte er sie nicht mehr gesehen. Er stellte sie sich als ein mürrisches, ekelhaftes und häßliches Etwas vor, ein Zerrbild ihrer einstigen stolzen Schönheit.

Manipulation! Lügen! Sie mußte wahnsinnig sein. Nur kurz erwog er, den Artikel erscheinen zu lassen. Mit Sicherheit würde er unter den Ratsmitgliedern und Beamten Gelächter erregen. Sie alle unterwarfen sich pflichtbewußt dem Diktat des Kolonialministeriums. Nur einige der weniger durchdachten Vorschläge verstanden sie zu umgehen, weil sie es besser wußten als London.

Unterdrückung! Auch das noch! Nein, der Artikel durfte nie erscheinen. Wenn er ihn durchgehen ließ, würden sich ein paar Eingeborene ermutigt fühlen, ähnlich gefährliche Phantastereien zu schreiben. Immerhin beschloß er, Alice nicht wegen Aufwiegelei festnehmen zu lassen. Aber nur, weil sie Europäerin war. Das würde sonst einen schlechten Eindruck machen. Und natürlich würde sie dem Richter mitteilen, daß Oberst Creighton einmal ihr Ehemann gewesen war – nein, daß er es tatsächlich immer noch war. Es war besser, den Druckereibesitzer zu verhaften.

Er schaute aufs Meer hinaus. Es war jetzt grün, wurde aber bei dem schwindenden Tageslicht wieder dunkler. Morgen mittag würde er abreisen. Aber nur wegen des Ritterschlags und der Aufforderung des Kolonialministers. Sonst würde ihn nichts dazu bringen, diese Reise zu unternehmen. Obwohl er Kindheit und Jugend in England verbracht hatte, verbanden ihn keine lieben Erinnerungen mit der Insel. Als sechsjähriges Kind hatte man ihn hingeschickt, und er war erleichtert und froh, als er mit einundzwanzig Jahren nach Indien zurückkehren durfte. Sein Vater, ein Major in Skinners Kavallerieregiment, war beim Aufstand der Sepoys gefallen. Seine Mutter war kurz danach gestorben. An gebrochenem Herzen, wie er damals noch glaubte, doch er war zu jung gewesen, um es besser zu wissen.

Sie hatten ihn als Waise, aber nicht ohne Mittel zurückgelassen. Drei Generationen von Tee- und Kaffeepflanzern hatten ihm genügend Geld vermacht, um ein unabhängiges Leben führen zu können. Solange er minderjährig gewesen war, hatten Treuhänder, die von Regimentsfreunden seines Vaters eingesetzt waren, sein Vermögen verwaltet. Sie hatten ihn auch in die alte Schule seines Vaters geschickt: Wellington. Er selber wollte Indien nie verlassen, aber es war nun einmal Sitte, die Kinder zur Ausbildung in die Heimat zu schicken. Wenn er arm gewesen wäre, hätte er St. Lawrence in Sanawar oder Bishop Cotton in Simla besucht. Das hätte ihm durchaus genügt. Er wäre unter Freunden in einer vertrauten Umgebung gewesen, aber statt dessen verurteilte man ihn zu einem kalten Exil.

Der Schock der Einsamkeit hatte Narben hinterlassen, eine kühle Zurückhaltung, die niemand durchdringen konnte. Schon am Tag seiner Ankunft waren die Schranken errichtet worden. Die Evans, eine angloindische Familie, hatten in indischen Zeitungen inseriert: ein warmherziges Ehepaar mit einem weitläufigen Haus in Brighton. Sie erboten sich, angloindische Kinder in den Ferien aufzunehmen.

Hauptmann Evans behauptete, als Offizier bei den bengalischen Ulanen gedient zu haben, aber er hatte nicht die geringsten Kenntnisse von Indien und war ein Schinder. Seine Frau war auch nicht besser. Sie hatten sich über seinen Akzent lustig gemacht, und die Kinder der Evans stahlen ihm sofort sein Taschengeld. Als sich der kleine Junge beschwerte, verpaßte ihm Mr. Evans ein paar Ohrfeigen. Er schrieb an die Treuhänder und bat sie, eine andere Familie für ihn zu finden. Daraufhin hatten sie sich bei den Evans erkundigt, die über seine Anschuldigungen Erstaunen heuchelten. Und als er den Sommer über bei ihnen wohnen mußte, quälten sie ihn mit abgefeimter Grausamkeit. Sie nannten es Disziplin, doch er empfand es als Folter. Und so lernte er schon als Kind die hohe Kunst der Täuschung.

Die Vorbereitungsschule war ein willkommener Anlaß, von der widerwärtigen Familie wegzukommen. Mit den Jungen seines Alters konnte er fertig werden, allerdings nicht mit den Lehrern. Die ließen bei ihren Schülern durchblicken, die Angloinder wären ihnen unterlegen. Als wären es Eurasier! Es besuchten noch andere angloindische Jungen die Schule, und er wurde ihr Anführer. Rasch begriff er, daß man als Anführer unnahbar bleiben muß. In Wellington hatte er Jungen kennengelernt, deren Väter in der Armee zu hohem Dienstrang aufgestiegen waren. Trotzdem waren viele ihrer Söhne unwissende Snobs. So entstanden einige bittere Feindschaften, die die fünf Jahre in Wellington überdauerten und sich auch in Sandhurst fortsetzten.

Er hatte nie Heimaturlaub nach England genommen wie die anderen, die es alle drei Jahre taten. Dort würden ohne sein Zutun wieder diese quälenden Erinnerungen aufsteigen. Auch jetzt fuhr er nur widerwillig nach England, aber die Ehrung gebot es. Und was sollte er dem Kolonialminister für Indien berichten? Der Oberst war kein Mann der lebhaften Phantasie. Dafür besaß er zu viel Erfahrung in seiner Arbeit. Um so entsetzter war er, als er merkte, daß er sich vorstellte, ein gewaltiger Geist, ein amorphes Etwas wäre in Indien erwacht, hier ein Licht, dort ein Licht, die sich ausbreiteten wie die Elektrifizierung, die auch entfernte Gegenden erhellte. Langsam begann Indien sich zu vereinen, nicht aus eigenem Willen, sondern unter der Führung von Aufrührern.

Das Volk selbst war seiner Ansicht nach ganz zufrieden. Wenn man es in Ruhe ließ, fand es sich durchaus mit der britischen Herrschaft ab. Sogar die Kongreßpartei verlangte keine *Swaraj.* Ihr genügte ein kleiner Anteil an der Macht. Es war ein anderer, bösartiger Teil des Geistes, der gegen England konspirierte und einen Aufstand herbeiführen wollte.

Ein Aufstand! Der Gedanke beunruhigte ihn. Vor dreiundfünfzig Jahren hatte es mal einen Aufstand gegeben, der rücksichtslos niedergeschlagen worden war. Doch diesmal würden sie besser vorbereitet sein. Sie hatten aus den Ereignissen, die zur Meuterei der Sepoys führten, ihre Lehren gezogen und würden es nicht mehr dazu kommen lassen.

Der Oberst wachte früh auf, zog sich warm an und ging aufs Deck. Wenn er erwartet hatte, es ganz für sich zu haben, so hatte er sich geirrt. Die beiden Decks waren voller Passagiere, auf dem oberen die Europäer, auf dem unteren die Inder. Ihr Atem stand wie Nebel vor den Mündern, und vor dem Schiffsbug lag noch dichterer Nebel, der keine Sicht zuließ.

›Auch das Meer verändert uns‹, dachte der Oberst. ›Aber in anderer, ja, entgegengesetzter Weise als die Inder, die diese Wasser überqueren. Sie kommen nach draußen in das Land ihrer Beherrscher, und mit jedem Tag bleibt ihre Vergangenheit mehr hinter ihnen zurück. Sie sehen sich aus den Fesseln der Familie, der Kaste, der Sitten befreit. Die Ketten fallen von ihnen ab. Dagegen erleiden wir auf der Heimreise einen Verlust. Wir treten ruhiger, weniger autoritär, weniger hochmütig auf. Sobald Port Said hinter uns liegt, dämpfen wir die Stimmen und kommandieren die Kellner, Stewards und Ordonnanzen nicht mehr herum. Der Ozean macht uns gleich. Seemeile um Seemeile steigen wir von unserer großen Höhe als Herrscher hinab zu dem gewöhnlichen Volk. Ja, gewöhnlich. Wir sind keine Sahibs mehr. Wir verlieren diesen Titel, der uns allen nur aus dem einzigen Grunde verliehen wurde, weil wir Briten sind. Jetzt sind wir nur noch ein einfacher ›Mr.‹ wie Millionen anderer Menschen.‹

Plötzlich wurde ihm bewußt, daß er vor sich England sah. Dunkles Land erhob sich aus dem Nebel, Lichter funkelten, Stimmengemurmel ging durch die Decks. Jetzt hatten sie alle das Land gesehen. Es war weder dramatisch noch faßbar. Wie ein unerfülltes Versprechen verblaßte es wieder. Er hörte die Sirenen der Schleppdampfer und Stimmen, die über das Wasser drangen. Als das Land langsam wieder deutlicher zu sehen war und nun sichtbar blieb, wurden auch die Stimmen deutlicher. Werften und Docks kamen näher. Das Schiff legte am Kai an, und blasse Gesichter schauten zu ihnen herauf. Taue wurden hinuntergeworfen und festgemacht. Dann senkte sich tiefe Stille über das Schiff. Es war eine geisterhafte Ruhe. Er hatte sich so an das Stampfen der Motoren gewöhnt, daß es ihm vorkam, als wäre das Schiff gestorben.

In der Liverpool Street nahm der Oberst eine Pferdedroschke zum Oriental Club. Er stieg lieber im Club ab als bei Freunden. Es beließ ihm seine Unabhängigkeit. Zudem war er kein Mensch, der ewig höflich sein mochte. Aus Gewohnheit war er in all den Jahren Clubmitglied geblieben.

Der Oriental Club lag an der Oxford Street. Es war ein eindrucksvoller Granitbau, der weit hinten in einem Garten stand. Korinthische Säulen flankierten das Portal. Der Salon war unverändert. Noch immer hingen dieselben Ölgemälde von Indien und Hongkong an den Wänden. Auch andere Beamte kamen regelmäßig aus Indien hierher, und die meisten waren den Dienern bekannt. Doch den Oberst hatten sie noch nie gesehen.

Verlegen wartete er, während ein Diener wegging, um sich zu vergewissern, daß er wirklich Mitglied war und eine Reservierung vorgenommen hatte. Das war eine unliebsame Überraschung für ihn. Wäre er in Simla oder Rawalpindi abgestiegen, hätte kein Diener es gewagt, ihn beim Eintritt in einen englischen Club aufzuhalten. Natürlich war ihm klar, daß er sich hier nicht von einem Mann auf der Straße unterschied. Hier war er kein Sahib, den man auf der Stelle als solchen erkannte. Vorübergehend fühlte er sich verloren und herabgesetzt. London schüchterte ihn ein, es hatte sich stark verändert. Überall gab es neue Gebäude, und die Hetze auf den Straßen war für einen Menschen, der an ein langsameres Tempo gewöhnt war, furchteinflößend.

Der Diener kam zurück, entschuldigte sich und nahm seine Koffer auf. Er folgte dem Mann durch trübe beleuchtete Zimmer voller Armsessel und dösender Mitglieder. Er würde nicht überrascht ein, wenn er beim Abendessen ein bekanntes Gesicht unter ihnen entdeckt hätte. Vermutlich zogen sich die Mitglieder zum Abendessen noch um. Oder hatte sich England bis zur Unkenntlichkeit verändert?

Als der Oberst sich zum Essen umkleidete, brachte ihm der Diener einen Brief. Er war von Elizabeth. »Vater, ich bedauere, Dich nicht treffen zu können. Aber sei beruhigt, mir geht es gut. Glückwunsch zu Deiner Erhebung in den Ritterstand. Herzlich Elizabeth.« Der Oberst faltete das Schreiben zusammen und legte es gewissenhaft in einen Koffer. Er war froh, daß er seine Tochter nicht wiederzusehen brauchte, und hatte deswegen ein leichtes Schuldgefühl. Doch er hatte seine Schuldigkeit als Vater getan, und sie war alt genug, um auf sich selber aufzupassen. Sie verfügte über ein standesgemäßes Einkommen, das ihr monatlich von seinem Bankkonto überwiesen wurde. Mehr konnte er nicht für sie tun. Er zweifelte nicht daran, daß sie immer noch hinter Peter Bayley her war. Aber das war er ja ebenfalls, wenn auch aus weniger romantischen Gründen.

Auf der Straße vor dem Club winkte er eine Droschke heran. Es war bereits dunkel und kaum etwas zu sehen. Dennoch fiel ihm auf, wie still es in London war. Eine indische Stadt würde zu dieser Tageszeit voller Leben und Treiben sein, die Luft wäre mit erregenden Gerüchen erfüllt. In der Nähe des Trevor Square ließ er sich vor einem stattlichen Wohnhaus absetzen. Er läutete und mußte eine Weile warten, bis ihm schließlich ein alter indischer Diener mit weißem Bart die Tür öffnete. Unter dem Turban musterte er den Oberst.

»Ich bin's, Dass. Oberst Creighton.«

»Ja, Oberst-Sahib. Ich habe Sie gleich erkannt.«

»Wie geht es dir?«

»Mir geht es gut, Sahib. Aber mir fehlt mein Heimatland. Es wird ein schlimmer Winter, und ich bin an diese Kälte nicht gewöhnt. Auch als ich mit Murchison-Sahib nach Kaschmir ging, war es dort nie so kalt. Ich melde jetzt Sahib und Memsahib, daß Sie hier sind.«

Überall in diesem Haus war Indien lebendig. Seidene Kaschmirteppiche bedeckten die Fußböden, Mogulkaiser und ihr Hofstaat hingen an den Wänden, bronzene Chola-Götter tanzten auf den Tischen, in Gold geprägt auf silbernen Tellern und schimmerten in Vitrinen. Geschnitzte Elfenbeinkommoden, in denen einst die Saris der Ranis gelegen hatten, dienten jetzt gelegentlich als Tische. Schwerter mit goldener Filigranverzierung, mit kostbaren Steinen geschmückt, hingen unter Silber- und Bronzeschilden. Auf dem Fußboden in der Halle knurrte lautlos ein Tiger. In einem Elefantenfuß standen Spazierstöcke und Regenschirme. Eine silberne Tempeltür führte in das Eßzimmer. Der Oberst berührte den aus Jade gearbeiteten Weinkelch des Kaisers Shah Jahan und den Goldkamm des Maharadschas von Mysore.

Beatrice Murchison eilte herein, einen Schritt vor ihrem Mann. Sie war eine silberhaarige, außerordentlich hübsche Frau, und der Oberst fühlte sich geschmeichelt, weil sie ihn mit einer Umarmung und einem leichten Kuß auf die Wange begrüßte. Stanley Murchison, ein hochgewachsener, hagerer Mann, schüttelte ihm fest die Hand. Der Oberst freute sich, die vertrauten Gesichter wiederzusehen. Die Murchisons hatten wie die Creightons seit Generationen in Indien gelebt. Murchison würde in der Lage sein, ihm Ratschläge zu geben, wie er sich gegenüber Lord Crewe, dem neuen Kolonialminister von Indien, verhalten sollte.

Mit leiser Stimme berichtete ihnen der Oberst von ihren gemeinsamen Freunden in Indien. Allerdings konnte er über Geburten, Todesfälle und Heiraten, von denen Beatrice gern ausführlich gehört hätte, nur ungenaue Angaben machen. Was heimliche Liebesaffären anging, verhielt er sich diskret. Doch Beatrice war sicher, daß der Oberst genau wußte, wer es mit wem trieb. So teilte er ihnen nur allgemeine Neuigkeiten mit. Zudem ahnte Beatrice, daß er es kaum abwarten konnte, mit Stanley allein zu sein. Stanley war jetzt Berater in der Kontrollkommission für Indien. Die Kommission, die aus Parlamentariern und Männern mit großer Erfahrung in Indien – sie mußten mehr als fünf Jahre dort gelebt haben – zusammengesetzt war, beriet den Kolonialminister in allen indischen Fragen.

Nach dem Abendessen überließ Betrice sie ihrem Brandy und den Zigarren. Sie würden über ein Indien diskutieren, das sie nicht interessierte.

»Ich brauche deine Unterstützung für meine Zusammenkunft mit Lord Crewe«, sagte der Oberst. »Hardinges Ansichten kenne ich, aber Crewes Ansichten interessieren mich mehr.«

»Natürlich ist er über die wachsende Unruhe in Indien besorgt«, sagte Murchison. »Er hat deine Vorschläge über verstärktes Verhaftungsrecht und strengere Strafen für Verschwörer geprüft. Im Augenblick will er aber eine Entscheidung noch aufschieben.«

Der Oberst nahm die Zurückweisung ruhig auf. Er war daran gewöhnt, daß man in London anders dachte. Lord Crewe war ein Tory und neigte zu einer liberaleren Einstellung gegenüber Indien.

»Wie will er denn damit fertig werden? Sollen wir Tilak freilassen und den Terroristen die Köpfe streicheln?«

»Das nicht gerade. Aber er meint, wir sollten politische Lösungen finden und keine drakonischen Gesetze erlassen. Die Unruhen haben, besonders in Bengalen, ihre Ursache in der von Lord Curzon angeordneten Teilung der Provinz. Er plant, dort Ost und West wiederzuvereinigen und einen Gouverneur für die Provinz einzusetzen.«

»Wiedervereinigen! Es wird jedem schwerfallen, eine so große Provinz zu regieren. Diese Ost-West-Teilung gehört doch zu unserer ständigen Politik, um die Hindus in Schach zu halten. Indem wir den Moslems Ost-Bengalen überließen, haben wir die Trennung vollzogen, die uns gestattet, Bengalen unter Kontrolle zu halten. Wenn sie aufgehoben wird, fühlen sich die Moslems von uns hintergangen. Selbst wenn das nicht der Fall sein sollte, wird die Wiedervereinigung Bengalen zu einer starken politischen Macht verhelfen. Die Babus bilden sich dann ein, sie hätten den Sieg davongetragen. Das wird sie ermuntern, zu weiteren Gewalttaten aufzurufen, weil sie denken, wir hätten den Rückzug angetreten.«

»Das ist allerdings möglich«, sagte Murchison. »An deiner Stelle würde ich Lord Crewe auf diese Punkte aufmerksam machen. Dann könntest du ihn vielleicht dazu bringen, daß er seine Meinung ändert.«

»Aber du zweifelst daran.«

»Er scheint ziemlich fest entschlossen zu sein.«

Der Oberst war gegen jeden Rückzug. Er wußte, was die bengalischen Extremisten denken würden: daß die Briten der Gewalt wichen, und wenn das einmal geklappt hatte, dann könnten sie es auch wieder versuchen, und sich *Swaraj* erkämpfen. Sie hatten schon dazu aufgerufen und waren nur durch die Teilung Bengalens davon abgekommen. Doch wenn sie die Wiedervereinigung erreichten, würde ihr nächstes Ziel *Swaraj* sein.

Am nächsten Morgen nieselte es, und der Oberst konnte mit Befriedigung feststellen, daß es auch Dinge gab, die sich nie änderten. Er zog sich warm an, bemerkte aber beim Frühstück, daß sich kein anderer außer ihm vor der Kälte zu fürchten schien. Man hatte nicht mal Feuer gemacht.

Von seinem Club aus war es nicht weit bis Whitehall. Raschen Schritts ging er durch den stärker werdenden Nieselregen, ein gesunder Mann von auffallend militärischer Haltung und einer etwas dunkleren Gesichtsfarbe als die Passanten, denen er auf den Londoner Straßen begegnete. Ein aufmerksamer Beobachter hätte in ihm sofort den Kolonialoffizier auf Heimaturlaub erkannt.

Der diensthabende Pförtner führte den Oberst zu Sir Gerald Bartholomews Dienstzimmer. Es lag zum Park hinaus im ersten Stock. Er brauchte nicht lange zu warten, bis man ihn einließ. Sir Gerald erwartete ihn kerzengerade wie ein Offizier der Garde. Sein Gesicht war faltig, und die dünnen Lippen verliehen ihm ein zynisches und etwas finsteres Aussehen. Wie der Oberst sah er seinem Gegenüber starr und leidenschaftslos ins Auge. Obwohl sich die beiden Männer noch nicht kannten, kamen sie sofort gut miteinander aus. Sie übten einen ähnlichen Beruf aus, und so verstand einer den anderen auf Anhieb.

»Leider haben wir Ihre Tochter aus den Augen verloren, Oberst«, sagte Sir Gerald. Überraschenderweise sprach er mit leiser Stimme. Der Oberst mußte sich in seinem Armsessel vorbeugen, um ihn genau zu verstehen. »Wir erhielten Ihre Mitteilung, sie bei der Ankunft ihres Schiffs zu erwarten. Unser Mann folgte ihr bis zu den Murchisons. Danach beobachteten wir sie rund um die Uhr. Sie verhielt sich sehr geschickt. Mein Mann folgte ihr zu Harrod's, wo sie in die Abteilung für Damenbekleidung ging. Sie wählte drei oder vier Sachen zur Anprobe und begab sich in eine Umkleidekabine. Mein Mann wartete natürlich im Verkaufsraum. Nach einer halben Stunde ... nun, ich muß ihrer Tochter ein Kompliment machen. Hätte sie nur ein Kleid mitgenommen, dann wäre er nach einigen Minuten mißtrauisch geworden. Aber sie nahm ja vier mit. Deshalb glaubte er, es würde eine Weile länger dauern. Dann bat er eine Verkäuferin, in der Umkleidekabine nachsehen zu dürfen. Da war sie aber schon weg. Sie hatte offenbar gemerkt, daß noch ein zweiter Ausgang vorhanden war, und durch den ist sie einfach verschwunden.«

»Und haben Sie etwas über Peter Bayley ermitteln können?«

Sir Gerald nahm eine dünne Akte auf, hielt sie in die Höhe und ließ sie mit einer vielsagenden Geste wieder fallen.

»Er ist nicht das, was er vorgibt zu sein. Aber er kennt viele einflußreiche Leute, sowohl in der Stadt wie unter dem Adel. Wir befragten seine Bekannten – Freunde scheint er nicht zu haben –, und keiner konnte sich so recht erinnern, woher er ihn kannte. Sie seien einander irgendwann vorgestellt worden, so in dieser Art. Alle schildern ihn als charmanten Mann und guten Gesellschafter. Eton oder eine der besseren Internatsschulen hat er nicht besucht. Bei den anderen prüfen wir noch nach. Er scheint einfach eines Tages in London aufgetaucht zu sein.«

»Genau wie in Indien.«

»Sie hatten ihn im Verdacht, ein russischer Agent zu sein?«

»Ich bin mir nicht sicher. Sagen wir, ich habe ihn noch immer im Verdacht.«

»Tut mir leid, daß ich darauf komme, aber es ist wichtig. Ihr Verdacht wird doch nicht einfach dadurch begründet, daß er in ... freundschaftlichen Beziehungen ... zu Ihrer Tochter steht?«

»Ganz gewiß nicht«, sagte der Oberst.

»Nehmen Sie mir das bitte nicht übel.«

»Immerhin hat es sich so angehört, als verhielte ich mich unprofessionell. Selbstverständlich möchte ich gern wissen, wo sie sich aufhält. Aber auch deshalb, weil sie uns zu ihm hinführen könnte.«

»Wie lange haben Sie ihn schon im Verdacht? Er hat sich doch einige Zeit in Indien aufgehalten, nicht wahr?«

»Zwei Jahre, mit Unterbrechungen«, sagte der Oberst, und sein Gesicht verdunkelte sich etwas. Es war das einzige Anzeichen dafür, daß er peinlich berührt war. »Er freundete sich mit meiner Tochter an, kannte aber auch viele andere englische Familien in Kalkutta. Er schien eigene finanzielle Mittel zu besitzen, und natürlich kam er mit tadellosen Empfehlungen in Indien an. Abgesehen davon ... nun ... er benahm sich so typisch englisch.«

»Und natürlich kann man unmöglich annehmen, daß ein englischer Gentleman ein russischer Agent sein könnte.«

»Die Agenten, die wir gefaßt haben, kamen immer über das Gebirge. Sie traten als Jäger, Botaniker oder Geologen auf, waren aber mühelos zu durchschauen und wurden sofort festgenommen.«

Sie schwiegen eine Weile. Der Verkehrslärm aus der Parliament Street drang nur gedämpft zu ihnen. In diesem bequem ausgestatteten Zimmer mit der hohen Decke klangen seine Erklärungen fadenscheinig. Er wußte zu wenig über Bayley, wußte ja kaum, wie es ihm gelungen war, sich in seiner eigenen Familie einzuschmeicheln. Aber in Indien zeigt man sich exzentrischen Typen gegenüber tolerant, es sei denn, es handelt sich um einen ausgemachten Schurken. Doch wenn jemand die Maske fallen ließ, wurde er verwarnt und nachdrücklich aufgefordert, das Land zu verlassen. Abgesehen von der Angelegenheit mit Elizabeth hatte sich Bayley aber untadelig aufgeführt.

Diese Sache ging dem Oberst unter die Haut. Da seine Tochter einbezogen war, war sein Urteil getrübt. Ebensogut hätte ja auch irgend jemand anderer ihr Liebhaber sein können. Elizabeths bedauernswertes Verhalten war darauf zurückzuführen, daß ihr die Mutter fehlte. Dennoch konnte er sich nicht vorwerfen, Alice aus dem Haus getrieben zu haben. Ihre zum Himmel schreienden Unbesonnenheiten hätten ihn beinahe die Karriere gekostet. Um ein Haar wäre er aus dem Geheimdienst geflogen. Nein, er gab Alice die Schuld.

»Wie ging es weiter?«

»Elizabeth hat mir einen Brief geschrieben. Er war am Trafalgar Square abgestempelt worden, was nicht das geringste zu sagen hat. Immerhin könnte es sich lohnen, das Postamt zu beobachten. Der Brief wurde übrigens abends aufgegeben.« Sir Gerald machte sich eine Notiz. »Wie Sie vielleicht wissen, bin ich unter anderem deshalb nach London gekommen, um den Ritterschlag entgegenzunehmen.«

»Ich weiß und bin erfreut.«

»Danke. Sie wird natürlich nicht dabei sein. Aber sie ist immer noch meine Tochter, und ich bin überzeugt, daß sie neugierig sein wird. Tag und Uhrzeit der Zeremonie werden auf den Hofseiten der *Times* bekanntgegeben werden. Sie könnte vielleicht versuchen, mich vor dem Palast heimlich zu sehen.«

»Ich werde einige Männer unter der Menge verteilen. Vielleicht entdecken sie sie. Und jetzt schlage ich vor, daß wir gemeinsam zu Mittag essen.«

Die Murchisons, als seine einzige »Familie« in London, begleiteten ihn in der nächsten Woche zum Palast. Für den König von England und Kaiser von Indien, George V., war der Oberst kein Unbekannter. Er hatte ihn vor sechs Jahren kennengelernt, als er, damals noch als Prinz von Wales, Indien einen Besuch abgestattet hatte. Der Oberst fühlte sich geschmeichelt, als sich Seine Majestät seiner in herzlichen Worten erinnerte und ihn nach der Zeremonie zu einer privaten Audienz einlud, um mit ihm über die Lage in Indien zu diskutieren.

Der König nahm an seiner indischen Domäne persönlichen Anteil und mißbilligte entschieden Lord Curzons Teilung von Bengalen. George V. dachte gern an seinen Besuch zurück, nur die Einstellung seiner englischen Untertanen hatte ihn erschreckt. »Offenbar«, schrieb er in sein Tagebuch, »sind wir allzu sehr geneigt, auf die Eingeborenen als eine besiegte und heruntergekommene Rasse hinabzusehen . . . und der Eingeborene, der mehr und mehr Bildung erlangt, empfindet das auch so.«

Der König, ein kleiner Herr, sah im Vergleich zum Oberst bleich und unerfahren aus. Er vertraute dem Oberst an, daß er beabsichtigte, im Dezember dieses Jahres Indien einen zweiten Besuch, nunmehr als König und Kaiser, abzustatten. Im Juni würde seine Krönung in London stattfinden, und die zweite Krönung würde vor seinen indischen Untertanen vorgenommen werden. Er hatte Lord Hardinge angewiesen, ein glanzvolles *Durbar* in Delhi vorzubereiten, und sprach die Hoffnung aus, das Vergnügen zu haben, den Oberst in Indien wiederzusehen.

Vom Buckingham-Palast fuhren Oberst Sir John Creighton und die Murchisons ins Savoy, wo sie zum Lunch einen Tisch bestellt hatten. Der Oberst musterte die Menge vor dem Palast. Die Gesichter waren eine verschwommene Masse, und

Elizabeth konnte er nicht entdecken. In Sir Gerald Bartholomews Dienstzimmer war er noch davon überzeugt gewesen, daß sie kommen würde. Jetzt war er es nicht mehr. Er fragte sich, ob Kinder überhaupt je ihren Eltern verzeihen. Er hatte mit seinen Kindern nicht lange genug zusammengelebt, um ihnen sehr viel echtes oder eingebildetes Leid und Unrecht zuzufügen. Natürlich war es auch möglich, daß seine Erhebung in den Ritterstand Elizabeth völlig gleichgültig war.

Beim Essen nahm er kaum etwas zu sich, und zum erstenmal nach vielen Jahren war er von zuviel Champagner mitten am Tage leicht beschwipst. Im Club half ihm später der Diener in sein Zimmer und überreichte ihm einen Brief, der für ihn abgegeben worden war. Der Oberst bemühte sich, einen klaren Blick zu bekommen, dann erkannte er die gekritzelte Unterschrift. Der Brief war von Sir Gerald. »Meine Männer haben Ihre Tochter vor dem Palast entdeckt und sind ihr bis zu ihrer Wohnung gefolgt. Sie hat ein Zimmer in Shepherd's Bush gemietet. Bayley werden wir weiter beobachten.«

Der Oberst war hocherfreut. Nicht weil sie gefunden worden war, sondern weil sie an einem frostkalten Tage vor dem Palast gestanden hatte, um ihn kurz zu sehen. Er fühlte, daß ihm verziehen worden war.

Am Abend vor seiner Abreise aß er bei den Murchisons. Die Unterhaltung drehte sich um allgemeine Dinge, bis sich Beatrice zurückzog und die Männer ihrem Brandy und den Zigarren überließ. Lange bewahrten sie ein kameradschaftliches Schweigen, das schließlich von Murchison gebrochen wurde.

»Hattest du einen angenehmen Aufenthalt?«

»Nein«, sagte der Oberst. »Doch, ja, in gewisser Hinsicht schon. Es war eine Ehre für mich, zum Ritter geschlagen zu werden. Und dann natürlich, daß ich einige Minuten mit dem König sprechen durfte. Aber es stört mich außerordentlich, daß kein Mensch Interesse an Indien nimmt. Der Mann auf der Straße hat überhaupt keine Ahnung, doch die Abgeordneten des Parlaments sind noch zehnmal schlimmer. Ich hatte mir vorgenommen, mit einigen von ihnen über die indische Situation zu diskutieren, aber sie schwafelten nur dummes Zeug. Wenn sie es nicht begreifen, wie sollen wir dann die notwendigen Gesetze erlassen?«

»Creighton, man kann das Unterhaus nicht schneller leerkriegen, als wenn man eine Debatte über Indien ansetzt. Nur wenn etwas ganz Schreckliches in Indien passiert, werden sie dir Aufmerksamkeit schenken. Solange Indien die Regierung kein Geld kostet, wird keiner ein Wort sagen.«

»Aber du sitzt doch in der Kontrollkommission für Indien. Kannst du sie nicht zu der Einsicht bringen, daß Indien für dieses Land wichtig ist?«

»Indien ist das Juwel in unserer Krone, aber sie werden es erst begreifen, wenn es zu spät ist. Ich werde dich in der Kommission unterstützen, so gut ich kann. Aber einem englischen Parlamentarier etwas über Indien beizubringen, ist ungefähr so, als wolltest du aus einem *Jutka*-Pony ein Rennpferd machen. Sie wissen nichts von Indien und sind auch noch stolz auf ihr Unwissen. Für sie ist es ein fernes, undurchsichtiges Land. Sie denken, je weniger sie darüber wissen, um so besser. Ihr seid da draußen wirklich auf euch allein gestellt . . . bis ein Parlamentarier zu euch auf Besuch kommt und euch einen lichtvollen Vortrag darüber hält, wie das Land zu regieren ist. Es ist wirklich einfacher für einen dieser Kongreß-*Wallahs*, herzukommen und mit ihnen zu reden, als für einen Mann wie dich.«

Das Gespräch deprimierte den Oberst. Danach fühlte er sich einsam und unverstanden. Es schien, als wären alle seine Jahre dort unten in der Hitze vergeudet gewesen. Der Ritterschlag war ein Brosamen, das gelegentlich weggeworfen wurde, um alle, die der Krone dienten, zu besänftigen und sie in ihrem Glauben aufzurichten. Darüber hinaus wurde nichts getan.

Langsam ging der Oberst die Gangway hinauf. Er stellte sich an die Reling, schaute über die Dächer der Zollschuppen und versuchte, ein letztes Bild von England in seinem Gedächtnis zu verankern. Vor seinem geistigen Auge lag nicht die dunkle, graue Stadt, sondern da breiteten sich die grünen Felder und welligen Hügel aus, die von hier aus nicht zu sehen waren. Er stand ganz allein da, steif wie ein Ladestock, sich selbst genug. Es lag eine Einsamkeit in seiner aufrechten Haltung. So trotzte er dem Kummer, den er sich selbst geschaffen hatte. Die anderen Passagiere waren in Begleitung und hielten sich umschlungen. Er faßte die Reling. Die Schiffssirene dröhnte, ein einsamer Schrei. Ihr Klang erinnerte ihn an die indischen Drachen. Die hörten sich leiser und schriller an, waren aber irgendwie ähnlich.

Keine Farben, nur der Lärm der Kapelle und die Abschiedsrufe. Der Himmel und die Docks waren grau, die Luft war kalt. Es fing zu nieseln an, eine letzte Erinnerung an England für die Abreisenden. Auf dem unteren Deck waren ein paar junge Mädchen. Sie riefen und lachten und warfen Papierschlangen an Land. Sie waren die Fischereiflotte – Mädchen, die sich in Indien einen Ehemann angeln wollten. Sie würden dort so ankommen, wie sie hier abgefahren waren, ohne die geringste Ahnung von dem Leben, das sie erwartete, wenn sie einen Ehemann eingefangen hatten. Einige würden auch keinen Mann abbekommen, man nannte sie »abgewiesene Hülsen«.

Der Oberst verließ das Deck, und sein Platz blieb einen Augenblick leer. Es schien, als hinterließe er eine bedeutsame Lücke, doch dann füllte sie sich mit nachdrängenden Menschen. Er hätte stehenbleiben und alles beobachten können, doch er war kein Mensch, der sich gern Gefühlsaufwallungen hingab. Er hatte England nie gemocht und war froh, daß es sich an diesem Abreisetag kalt und abweisend zeigte. So würde er es in den kommenden Jahren in Erinnerung behalten. Er wußte mit Bestimmtheit, daß er nie zurückkehren würde.

Sechstes Kapitel

Februar 1911

Wenn ich doch nur Alice mitteilen könnte, daß ich in Sicherheit bin und daß es mir gut geht!« sagte Parvati. »Sie wird sich große Sorgen um mich machen. Ich möchte ihr auch gern berichten, wie Gitabhai einen bösen Zauber über mich verhängt hat und wie du mich wieder befreit hast. Mir fehlt ihre Freundschaft und meine Arbeit bei *Sher.*«

Sie saßen im spärlichen Schatten eines kleinen Hügels, nicht weit von dem Dorf ohne Namen. Seit der Austreibung der bösen Dämonen waren drei Monate vergangen, und Parvati hatte allmählich ihre alte Kraft wiedergewonnen. Kim kannte jetzt ihre wahre Geschichte und ihren wirklichen Namen. Doch er brachte es nicht über sich, sie Mohini zu nennen. Auch sie hatte diesen Namen fast vergessen, war zufrieden darüber und dachte an sich selber als Parvati, die Tochter des Himalaja.

Zum erstenmal in ihrem Leben bekam Parvati ein Verständnis für die Mühen und Leiden ihres eigenen Volkes. Das Land war grausam und gewährte nur widerwillig den spärlichen Lebensunterhalt. Die Dorfbewohner lebten von einer Handvoll Hirse, Zwiebeln und scharfen Gewürzen, die solch eine Mahlzeit wenigstens schmackhaft machten, obwohl es ihnen dabei im Mund wie Feuer brannte. Es gab kein Wasser. Die Frauen mußten anderthalb Kilometer bis zu einer fast ausgetrockneten Quelle wandern, wo nur zögernd Wasser in ihre Gefäße rann. Doch die Menschen waren freundlich und gaben großzügig von dem wenigen ab, das sie hatten. Und da sollten sich diese ausgehungerten, mißachteten Menschen wie ein Mann erheben und ihre Unterdrücker aus dem Lande treiben? Sie empfand Schuld, Demütigung und Zorn, alles zugleich. In der Stadt hatte sie nicht ein einziges Mal an diese Menschen gedacht. Von nun an würde sie es immer tun.

Und zum erstenmal im Leben hatte Kim jemandem seine ganze Geschichte erzählt. Den anderen hatte er immer nur ein Stück daraus offenbart, so daß sein Leben für alle ein Rätsel geblieben war, denn niemals erfuhr jemand von ihm mehrere oder gar alle Stücke. Parvatis Augen wurden groß und rund, als er von seiner Kindheit erzählte. Sie wagte kaum zu atmen, aus Angst, er könnte diese Erzählung von Abenteuern und Intrigen abbrechen. Manchmal hätte sie ihm gern Fragen gestellt, die in ihr brodelten, aber sie blieb still. An einem heißen Nachmittag hatte er zu erzählen angefangen, und als die Schatten länger wurden, erzählte er immer noch weiter. Als er fertig war, sah sie im silbernen Mondschein deutlich jeden Zug in seinem Gesicht.

»Ich hätte nie gedacht, daß du ein Angrezi bist. Du benimmst dich wie einer von uns.« Das war ihr erster Kommentar. Es fiel ihr schwer, das zu verdauen. Sie hatte bei *Sher* über die Unterdrücker geschrieben, und nun war der Mann, den sie liebte, einer von denen. Und doch benahm er sich nie so, sondern stets wie ein Inder. Ihr waren ja selber sein Mitgefühl und das völlige Fehlen von Hochmut aufgefallen. »Als wir uns kennenlernten, hast du mir aber erzählst, du wärst Afghane.«

»Und du hast dich für einen Jungen ausgegeben«, sagte Kim. »Beim ersten Zusammentreffen müssen wir uns alle verstellen. Für meine Eltern kann man mich nicht verantwortlich machen. Ich habe weder Vater noch Mutter gekannt und verbrachte meine Kindheit in den Bazars von Lahore, und meine Gefährten waren *Chokras*, die sich nicht darum kümmerten, ob ich ein Angrezi war oder nicht. Ich wußte es ja selber nicht, bis der Oberst das Geheimnis meines Armbands löste. Ändert das deine Gefühle für mich?«

Sie glättete die Falten auf seiner Stirn. »Lieber Kim, selbst wenn du ein Wesen von einem anderen Stern wärst, wäre mir das egal. Trotz allem, was du von mir wußtest, hast du nie aufgehört, mich zu lieben. Und meine Sünden sind viel größer als der Zufall deiner Herkunft.«

Das Dorf war zu arm, um ihnen ein gastliches Dach bieten

zu können. So schliefen sie etwas entfernt in einer flachen, sandigen Vertiefung, in der es noch lange nach Sonnenaufgang kühl blieb, weil die Nachtluft sich hier hielt. Der Sand war ihre Matratze. Sonst hatten sie nur eine löcherige Decke. Heute nacht zeigten sich nur wenige Sterne am Himmel. Der Mond überstrahlte das Universum.

»Gehst du zurück, und arbeitest du wieder für den Oberst?« flüsterte Parvati.

»In aller Demut gesagt, komme ich mir vor wie Arjuna in der *Ramayana.* Ich habe aber keinen Wagenlenker, der mir den Weg weist. So bin ich vom Streitwagen abgestiegen und stehe auf der Erde zwischen zwei aufmarschierenden mächtigen Armeen. Die eine ist streng diszipliniert und wird gut geführt, die andere ist ohne Disziplin und führerlos. Wie Arjuna habe ich auf beiden Seiten Freunde. Dem Blut nach gehöre ich zu der disziplinierten Macht, die das Land regiert, aber der Liebe und der Seele nach bin ich ein Inder. Wohin ruft mich die Pflicht in dem bevorstehenden Kampf? Ich kann es dir nicht sagen.«

»Auf unsere Seite«, sagte Parvati.

»Wofür?«

»Für die Freiheit, versteht sich.«

»Und wie wird diese *Swaraj* aussehen? Wer wird dieses Land regieren? Indien wird wieder in das Chaos der Vergangenheit verfallen. Und wieder werden despotische Fürsten uns beherrschen.«

»Nein, wir werden von den Briten lernen. Schon haben einige Inder das Wahlrecht erlangt. Wir werden unsere Führer selber wählen, wie man es in England macht.«

»Das ist nur ein schöner Traum. Ich glaube nicht, daß wir das schaffen. Und solange wir nicht einmal wissen, was wir wollen, können wir nie siegen. Die britische Herrschaft war gerecht . . .«

»Ungerecht war sie«, flüsterte Parvati. »Jetzt sprichst du wie einer von denen.«

»Möglich«, erwiderte Kim leise. »Aber Gokhale und unsere

anderen Politiker sagen dasselbe. Sie sagen uns nicht: Treibt die Briten raus! Sie wollen nur einen Anteil an ihrer Macht haben. Allein Männer wie Tikal verlangen ihre totale Niederwerfung, aber er sagt uns nicht, was wir anstelle der britischen Herrschaft errichten sollen.«

Parvati war am Verzweifeln. Sie könnte sich die ganze Nacht mit ihm herumstreiten, aber nur aus blindem Gefühl heraus. Sie hatte ja auch keine Ahnung, wer dann herrschen sollte. Sie wollte nur, daß die Briten es nicht mehr taten. Verärgert schalt sie Kim, er denke wie ein Engländer. Aber so dachten ja viele Inder. Sogar Mr. Motilal Nehru hatte für Tikals Ruf nach *Swaraj* nur Spott übrig. Wenn ein gebildeter, reicher Mann wie er nicht an ein von Indern regiertes Indien glaubte, wie konnte sie dann Kim dafür tadeln, daß er ähnlich dachte?

»Aber meinst du nicht, wir sollten wenigstens an ihrer Macht teilhaben, statt uns von ihnen wie Kinder behandeln zu lassen? Sie handeln ohne unsere Zustimmung. Wir müssen das Recht haben, die Gesetze zu genehmigen, die uns die Ausländer auferlegen. Würdest du nicht wenigstens dafür kämpfen?«

Kim schaute zum Himmel auf und fühlte, wie Parvati ihn in Erwartung einer Antwort forschend anblickte. »Das könnte ich tun. Doch dann kommt unweigerlich der Tag, an dem sich mitten in der Schlacht einer zu mir umdreht und fragt: ›Können wir dir überhaupt trauen? Blut ist ein stärkeres Band als Liebe. Eines Tages wirst du uns verraten.‹«

»Niemals.«

»Es wird so kommen. Du liebst mich, und deshalb zweifelst du nicht an mir. Aber andere, die mich nicht lieben, werden mir mit Mißtrauen begegnen.«

»Dann werden wir an dieser Schlacht nicht teilnehmen.«

»Du kannst nicht gleichgültig abseits stehen, Parvati. Jeder spürt dein leidenschaftliches Anliegen. Wenn ich diesen Kampfgeist in dir unterdrücke, wirst du dich eines Tages gegen mich wenden.«

»Das ist mir gleich, solange ich . . .«

Kim verschloß ihr mit der Hand den Mund. Vorsichtig hob

er den Kopf über den Hügelrand und spähte in die gespenstische Landschaft. Das Mondlicht war trügerisch und warf unbestimmte Schatten. Nichts rührte sich. Doch er hatte ein wohlbekanntes Geräusch gehört. Jemand hatte den Hahn seiner Schußwaffe gespannt. In der unheimlichen Stille war jeder Laut weithin zu hören. Er drang durch die Wüste, lange bevor etwas zu sehen war.

»Da kommen Männer. Sie schleichen sich an. Sie führen nichts Gutes im Schilde.«

»Was wollen sie denn?« Sie spähte über den Rand und sah nichts. Die Erde schien still zu schlafen. Es kam ihr vor, als wären sie die beiden einzigen lebenden Wesen. »Im Dorf ist nichts zu holen.«

»Nichts für dich, aber für sie schon. Ich kann nicht sagen, wie viele es sind.«

»Ich sehe nichts.«

Kim sah, wie sich ein Schatten bewegte, schnell auf das Dorf zulief und sich dann wieder hinwarf. Die Männer kamen von Westen her aus den Schluchten. Seine Sandhöhle lag im Norden, sie befand sich außerhalb ihres Sichtkreises. Das Dorf schlief hinter einem dünnen Zaun von Dornbüschen. Der Eingang war zugesperrt. Aber die Angreifer würden mit einer so schwachen Barrikade leichte Arbeit haben.

»Ich muß Kishore Singh warnen«, sagte Kim. Er kletterte den Hang hinauf, und Parvati klammerte sich an sein Bein.

»Sie werden dich umbringen!«

»Ich kann hier nicht ruhig liegen und mitansehen, wie ein Freund stirbt. Jemand muß ihn verraten haben. Das sind Ranjit Lals Männer. Bleib hier still liegen, bis ich zurückkomme!«

Parvati wollte schreien, aber Kim war schon weg. Er kroch in dem schmalen Schatten entlang, den der Hügel über das Land warf, und sah, wie ein anderer Schatten vorwärtsschlich und dann verharrte. Es war immer noch unmöglich, die Stärke der Angreifer abzuschätzen. Ihm selbst kamen seine Bewegungen, das Knirschen des Sandes unter den Füßen, das Rollen eines Kieselsteins unnatürlich laut vor.

Kim erreichte die Barrikade. Sie war übermannshoch und fest in den harten Boden eingegraben. Die Dornen stachen wie Skorpione und rissen blutige Schrammen. Kim zog das Hemd aus und wickelte es sich um die Hand. Sehen konnte er die Angreifer nicht, aber er hörte sie deutlich, wenn auch gedämpft. Vorsichtig schob er die Dornen zur Seite und schuf eine Öffnung, die er langsam verbreiterte, bis sie ihm genügend Platz bot, um sich hindurchzuwinden. Die Dornen kratzten ihm über Rücken und Oberschenkel und hinterließen blutende Schrammen. Geduckt huschte er zu Kishore Singhs Hütte. Der Mann hatte einen leichten Schlaf. Er wurde sofort wach, als Kim etwas flüsterte, und griff nach seiner Muskete.

»Ich bin's, Kim. Es kommen Männer angeschlichen. Wie viele, weiß ich nicht. Es könnten Ranjit Lals Männer sein.«

»Wo kommen sie her?«

»Von Westen. Halte dich nach Norden!«

Die Frau, mit der sich Kishore Singh eingelassen hatte, wachte auf und wollte schreien. Er brachte sie zum Schweigen und verließ schnell die Hütte. Zwei seiner Männer schliefen in der Nähe. Er weckte sie, und zu viert huschten sie zu der Öffnung in der Hecke. Das Land lag in tiefem Schweigen, doch überall bewegten sich Schatten, die die Gestalt von Männern annahmen. Sie glaubten wohl, daß eine kleine Armee sie erwartete. Kim betete, daß Parvati im Versteck bleiben und nicht nach ihm suchen werde. Noch war nichts zu hören. Einer der Männer wand sich durch die Öffnung und hockte sich auf der anderen Seite nieder, die Muskete im Anschlag. Als der zweite Mann halb durch war, sah Kim Mündungsfeuer aufblitzen, und der Mann, der vor der Dornenhecke hockte, fiel tot vornüber. Seinem Tod folgte ein scharfer Knall.

Kim packte die Fußknöchel des Mannes, der auf halbem Weg in der Barrikade steckte, und zog ihn zurück. Hinter ihm regte es sich im Dorf, ein Mann stieß einen Warnruf aus, und in den Türen tauchten vorsichtig Schatten auf.

»Wir kommen hier nicht raus«, sagte Kishore Singh. Er kniete sich hin und feuerte auf die Stelle, wo er den Mündungsblitz der Muskete gesehen hatte. Aber der Schuß ging daneben, eine zornige, aber zu späte Antwort. Ein halbes Dutzend Musketen schossen von Osten und Süden her. Keine Kugel traf. Kishores Mann feuerte. Jetzt antworteten Musketen vom Westen. Der Ring war geschlossen, und Kishore Singh fluchte, weil sie in der Falle saßen. Er würde sterben, weil er zu lange in dem Dorf ohne Namen geblieben war. Wegen einer Frau hatte er mit seiner Gewohnheit gebrochen, ständig unterwegs zu sein, um Ranjit Lal aus dem Wege zu gehen.

Parvati war klugerweise still liegengeblieben. Unter dem Hügelrand war ein langer, schmaler Schattenstreifen. Sie robbte hin und preßte sich dort in den Sand. Ihr Sari war dunkel, und sie trug keinen Schmuck, der im Mondlicht hätte funkeln können. Ihr war zumute wie einem verängstigten Kind. Sie hielt die Augen fest geschlossen, um nichts zu sehen. Sie hörte die Schüsse und die Schreie und wollte zum Dorf rennen, weil sie sich vorstellte, daß Kim getroffen wäre und im Sterben läge. Die Phantasie spiegelte ihr auch ihren eigenen Tod vor. Das Herz wurde ihr vor Kummer unerträglich schwer, sie wollte laut schreien. Dann aber drückte sie das Gesicht fest in den Sand. Sie wußte nicht, was sie tun sollte. Zum Dorf laufen? Vom Dorf weglaufen? Liegenbleiben?

Sie hielt den Atem an. Nur ein, zwei Meter entfernt knirschte der Sand unter dem Fuß eines Mannes. Sie hörte sein aufgeregtes Atmen. Sie hatte das Gesicht weggekehrt und wagte nicht, sich umzudrehen und auszuspähen. Statt dessen erwartete sie jeden Augenblick, daß jemand sie packen und ihr die Kehle aufschlitzen oder noch etwas Schlimmeres tun würde. Wenn sie gewußt hätte, daß der Mann, der jetzt nur um eines Armes Länge von ihr getrennt hockte, Mahender war, wäre sie ohnmächtig geworden. Wenn es einen Menschen gab, den sie noch mehr haßte als ihren Mann, so war es Mahender. Nur sein Herr hielt den grausamen Mann in Schach. Sie wußte, daß sie geschlagen und geschändet werden würde, wenn sie wieder in seine Hände fiel.

Aber das Glück stand ihr zur Seite. Mahenders ganzes

Trachten war auf das Dorf gerichtet, wo er sie wiederfinden würde. Dann wäre sie endgültig in seiner Gewalt, und er schwelgte schon in Vorfreude auf die lange Rückreise. Er meinte ihren Körper unter sich zu spüren. Was für ein Vergnügen es ihm bereiten würde, wenn sie unter seiner Berührung vor Ekel zusammenzuckte! Er würde sie kneifen und schlagen und beißen, bis sie um Gnade winselte.

Dann hörten sie Ranjit Lals Stimme. Er rief: »Wenn noch ein einziger Schuß abgefeuert wird, zerstöre ich das ganze Dorf!« Alle Bewohner hatten sich jetzt in der Mitte des Dorfes eng zusammengekauert. Der *Seth*, der als einziger seinen Besitz über sein Leben stellte, rief Kishore Singh zu: »Tu, was er sagt! Sonst müssen wir alle sterben.«

»Über deinen Tod wird niemand trauern, Geldverleiher!« antwortete Kishore Singh und wandte sich dann flüsternd an Kim: »Was soll ich tun?«

»Ich sehe keine Fluchtmöglichkeit. Auf dem freien Gelände schießen sie uns nieder.«

»Werft eure Gewehre über die Barrikade!« rief Ranjit Lal von draußen. Seine Genugtuung war nicht zu überhören. »Ich sagte alle! Sofort! Sonst eröffnen wir das Feuer, und Gott kann mir das nicht zur Last legen.«

»Willst du für den Tod der Frauen und Kinder verantwortlich sein?« flüsterte der *Seth* erregt. Er war jung, kahlköpfig und dick und hatte sich genau in der Mitte der Bewohner niedergekauert.

»Am liebsten wäre ich für deinen Tod verantwortlich«, sagte Kishore Singh. Er hatte sich entschlossen, eine Muskete zurückzuhalten. Damit konnte er Ranjit Singh noch als Sterbender töten.

»*Seth*-Sahib«, rief Ranjit Lal laut. »Ich weiß, daß Sie an Ihrem Leben hängen und nichts mit unserer Auseinandersetzung zu tun haben möchten. Und da Sie auch ein kluger Mann sind, werden Sie dafür sorgen, daß wirklich alle Gewehre herausgeworfen werden. Wenn auch nur eins zurückbleibt, töte ich Sie!«

»Hörst du?« sagte der *Seth* in höchster Angst zu Kishore Singh. »Mich will er auch töten. Weiß er denn nicht, daß mein Bruder der *Thanedar*-Sahib in Jaipur ist?«

»Er ist nur ein einfacher Polizist«, antwortete ihm einer der Dorfbewohner. Der *Seth* versuchte, den Sprecher ausfindig zu machen. Sollte er später einmal Geld von ihm leihen, dann würde er zwei Prozent mehr Zinsen von ihm verlangen.

»Werft die Gewehre raus!« kommandierte er.

Angeekelt warf Kishore Singh seines über die Barrikade. Das Leben des *Seth* kümmerte ihn nicht, aber er hatte Mitleid mit den unschuldigen Dörflern. Seine Kameraden folgten seinem Beispiel. Ein paar Bewohner besaßen *Jezails* und warfen sie ebenfalls hinaus.

»Sind das alle, *Seth*-Sahib?«

»Ja.«

»Dann kommen wir jetzt. Und wenn nur ein Schuß auf uns abgefeuert wird, bringen wir euch alle um. Und Ihnen schneiden wir die Hände ab, damit Sie Ihr Geld nicht mehr zählen können.«

Draußen erhoben sich die Männer vom Boden und kamen vorsichtig näher. Kishore zählte neunzehn Mann. Dann trat er ins Dunkel zurück und zog sein Messer. Kim griff nach dem Stab eines Ziegenhirten und prüfte ihn. Vor vielen Jahren hatte er in Lucknow bei dem großen Lehrer Kutty die kriegerische Kunst des *Kalari-payyatu* erlernt. Es war ein Kampfstil, der akrobatische Fähigkeiten verlangte, und er kannte alle *Kulumarmams.* Blitzschnell konnte er drei Schläge in der Sekunde auf einen Gegner niederprasseln lassen und ihn töten oder verstümmeln. Er hatte vor, sich so dicht an die *Dacoits* heranzuschleichen, daß er drei oder vier von ihnen entwaffnen und kampfunfähig machen konnte. Dann würden die übrigen vielleicht in Panik geraten.

Der *Seth* forderte einen der Bewohner auf, das Tor zu öffnen. Er hatte wieder Mut geschöpft und eilte vor, um Ranjit Lal willkommen zu heißen. Draußen wurden die Männer schon ungeduldig und stachen mit den Musketen durch die Hecke.

»Schnell, beeilt euch!« sagte Ranjit Lal. »Vor Tagesanbruch müssen wir wieder fort sein.« Als die Tür aufging, schob er zwei Männer als Vorhut hinein. Sie sollten sehen, ob der *Seth* die Wahrheit gesagt hatte. »Wo ist Kishore Singh? Und wo ist der Mann, den sie Kim nennen?«

»Ich kenne keinen Kim«, sagte der *Seth* schnell. »Aber Kishore steht da drüben im Dunkeln. Er hat einen Mann bei sich. Das könnte Kim sein.«

»Woher kennt dich Ranjit?« flüsterte Kishore Singh.

»Ich weiß nicht«, sagte Kim. »Jemand hat uns beide verraten.«

Eine Gruppe von *Dacoits* kam im Gänsemarsch durch den Eingang. Kim hielt unter ihnen Ausschau nach dem Hinkebein. Sie stolzierten herein wie die Gockelhähne, aber soweit er es in dem Zwielicht beurteilen konnte, schien keiner gehbehindert zu sein. Auf einmal erblickte er einen Mann mit einem Wanderstab und einer Bettelschale, der den geschorenen Kopf eines *Sunyassi* hatte. Das überraschte ihn. Was suchte ein heiliger Mann bei solchen Übeltätern? Ein anderer Mann hatte keine Muskete, ein dritter dafür zwei. Kim hatte Mahender noch nie gesehen und schenkte ihm keine Beachtung. Er spähte in die Richtung des Hügels, auf dem er Parvati zurückgelassen hatte. Zu seiner Erleichterung sah er dort keine Bewegung. Zweifellos hatte sie jedes Wort gehört und wußte jetzt, daß Ranjit Lal auch ihn haben wollte.

»Dort sind sie beide!« Beflissen zeigte der *Seth* auf sie, woraufhin die Männer, die Musketen im Anschlag, einen Kreis um sie bildeten, sich jedoch in sicherem Abstand hielten.

»Ich will das Gesicht von Man Singhs Bengel sehen, bevor ich ihn abschlachte. Oder hat er sich schon vor Angst in die Hosen gemacht?«

Kishore trat aus dem Dunkel hervor. Das Messer hielt er hinter dem Rücken versteckt. Kim trat neben ihn auf den freien Platz. Die Männer wichen etwas zurück, und Kim bemerkte, daß der heilige Mann sich Ranjit Lal genähert hatte, als wäre er sein Leibwächter.

»Du bist Kim?«

»Ja.«

»Wo ist die Frau?«

»Wenn du meinst, dieser Stab hier wäre eine Frau, dann ist er eine Frau«, sagte Kim. Seine Verfolger waren also nicht die Männer des Obersten, sondern die von Mohinis Ehemann gewesen.

»Er lügt«, sagte der Unbewaffnete.

»Sie ist tot«, sagte Kim abweisend. »Jemand hat einen bösen Zauber über sie geworfen, den niemand austreiben konnte. Daran ist sie gestorben. Sie ist nur noch Asche.«

»*Seth*-Sahib«, rief Ranjit Lal, ohne sich umzudrehen. »Spricht dieser Mann die Wahrheit? Oder gibt es die Frau noch?«

Obwohl der *Seth* ein Feigling war, hielt er es für unklug, eine Frau zu verraten. Rasch wägte er seine Chancen ab. Die Dorfbewohner würden sie bestimmt nicht verraten. Und wenn er behauptete, sie wäre nicht mehr am Leben, würde er in ihrer Achtung steigen.

»Lal-Sahib, ich habe nur Kishore Singh, diesen Mann namens Kim und zwei von Kishores Männern gesehen.«

»Können Sie das beschwören?«

»Ich schwöre.«

»Das ist aber schade, denn sonst hätten wir beide uns ein *Lakh* teilen können. Das ist die Belohnung für den, der die Frau findet.«

Habgier hat sein eigenes Geräusch: der Atem stockt, dann folgt eine intensive, fast religiöse Stille, und schließlich wird die angehaltene Luft zischend ausgestoßen. In dieser Nacht hörte man das von allen Anwesenden, und Ranjit Lal lachte befriedigt. Kim konnte sich vorstellen, was die Dörfler jetzt dachten. Ein *Lakh* war für sie eine unvorstellbare Summe Geld, ein Ozean von Milch, in dem sie sich allen Hungers entledigen und alle Sehnsüchte erfüllen konnten. Sie würden damit gutes Land, Wasserbüffel und Ziegen erwerben, prunkvolle Hochzeiten für ihre Kinder ausrichten und sich einen geruhsamen

Lebensabend sichern können. Die Erwähnung des *Lakh* ließ ihre welk gewordenen Träume aufblühen. Nun war Kim darauf gefaßt, daß sie Verrat üben würden. Wer würde als erster den Mund aufmachen?

Als erster sprach der *Seth.* Er hatte es eilig. Auch er hatte das Geräusch der Habgier vernommen und wollte sich seinen Anteil an dem Geld sichern, bevor die anderen den Mund auftaten. Der Gedanke, daß ein Dorfbewohner reicher werden könnte als er, bereitete ihm Übelkeit. Er würde jede Achtung verlieren. Und im übrigen, was verstanden sie schon von Geld? Sie pflegten ihre mageren Einkünfte wie Narren auszugeben. Aber Geld war doch wie Samenkörner, die man einpflanzte und hegte und pflegte. Das Schicksal der Armen war vorherbestimmt. Sie hatten arm zu bleiben. Denn wie sollte man ohne die Armen reich werden?

»Lal-Sahib, woher soll ich wissen, daß dieses Geld wirklich vorhanden ist?«

»Ich bin nicht so reich wie Sie, *Seth*-Sahib. Wo sollte ich ein *Lakh* herhaben? Nein, es ist dieser Mann, der uns versprochen hat, daß sein Herr das *Lakh* auszahlen wird.«

Zum erstenmal wandte sich die allgemeine Aufmerksamkeit Mahender zu. Er trat vor und war sich bewußt, daß ihn alle anstarrten und stumm zum Reden aufforderten. Um ihn besser sehen zu können, schlurfte auch der *Seth* ein Stück vor. Mahender sah alles andere als vertrauenswürdig aus. Der *Seth* kam zu dem Schluß, daß es sicherer war, sich an Ranjit Lal zu halten als an diesen Kerl mit dem wilden, brutalen Gesichtsausdruck.

»Und wer ist sein Herr?«

»Das hab ich ihn auch gefragt«, sagte Ranjit Lal, »aber er wollte es mir nicht sagen. Dabei habe ich ihn sogar mit dem Tode bedroht. Deshalb glaube ich, daß er die Wahrheit spricht, denn sonst hätte er mir irgendeinen Namen vorgefaselt.«

»Er sieht aber wie ein Lügner aus.«

»Und du siehst wie ein Dummkopf aus!« schrie Mahender. »Mein Herr hat ein *Lakh* als Belohnung ausgesetzt. Was könnt ihr denn schon verlieren, wenn ihr mir sagt, wo sie ist? Man braucht mir nur die Richtung zu zeigen. Ich werde mir gut merken, wer den Zeigefinger in ihre Richtung ausgestreckt hat.« Er wartete. Doch keiner rührte sich. Statt dessen sahen alle den *Seth* an, als sei dies seine Sache. »Wenn ich gelogen habe und das *Lakh* nicht vorhanden ist, wird Ranjit Lal mich töten. Wenn ich aber die Wahrheit gesagt habe, werdet ihr alle reich werden.«

Als Kim diese Worte hörte, begann er zu verzweifeln. Wenn in einem Menschen die Habgier erweckt wird, kann nur noch Gold sein Verlangen stillen. Er hatte kein Gold zu bieten. Mahender spähte durch das trübe Licht. Jetzt blieb sein Blick an ihm haften. Kim hörte, wie er sich räusperte, um etwas zu sagen, vernahm aber nur einen knurrenden Laut. Selbst wenn Parvati alles mitangehört hatte, wo sollte sie sich verstecken? Diese Männer kannten sich in den Schluchten aus. Es waren zwei Männer gewesen, die ihn vom Inselpalast aus verfolgt hatten. Wo war der andere? Lag er draußen auf der Lauer? Kim hätte gern nach Parvati Ausschau gehalten, um zu sehen, ob sie sich noch in Sicherheit befand. Doch er sah nur starr Mahender an, denn der hätte seinen Blick bemerkt und dann gewußt, in welcher Richtung Parvati zu finden war.

»Es ist sinnlos, mit diesen Dummköpfen zu reden«, sagte Mahender. »Laßt uns nach ihr suchen!« Er spuckte in Kims Richtung aus. »Sie wird sich nicht weit von diesem Mann entfernt versteckt haben. Er ist ihr Geliebter.«

Kim erwartete, daß der *Seth* die Stimme erheben würde, um sich das Blutgeld zu sichern, denn bei einer gelungenen Suchaktion würde er leer ausgehen. Statt dessen trat der *Seth* zurück und ließ sich wieder auf dem Boden nieder. Er hatte die Angelegenheit im Geist erwogen und bezweifelte, daß das Geld vorhanden war. Sein praktischer Sinn überwog die Habgier. Und sollte das Geld wirklich vorhanden sein, wie sollte er seine Hälfte der Belohnung von Ranjit Lal kassieren? Der Mann war ein *Dacoit* und würde ihm eher die Kehle durchschneiden, als etwas herauszurücken. Außerdem, dachte er, wer wird so verrückt sein, ein *Lakh* für eine Frau zum Fenster hinauszuwerfen? Wem eine Frau starb, der fand genügend andere, und die waren stets jünger und hübscher. »Es ist sehr schade«, sagte er inmitten der Dorfbewohner, »daß ich nichts über diese Frau weiß. Kim ist allein hergekommen.«

Enttäuscht stießen die Dörfler einen Seufzer aus. Was sie sonst auch von dem *Seth* halten mochten, sie wußten, daß er noch habgieriger war als sie, aber auch schlauer. Wenn er ein *Lakh* ausschlug, dann mußte das Geld eine Ausgeburt der Phantasie sein.

Mahender merkte, daß er verloren hatte. Er kannte sich mit begriffsstutzigen Dörflern aus, er war ja selbst einmal einer gewesen. »Ihr seid Dummköpfe!« schrie er. »Ein *Lakh* dem, der mir sagt, wo diese Frau ist!«

»Und dann noch ein *Lakh* für Ranjit Lal«, spottete einer aus dem Dorf. »*Ahre*, du gehst aber sehr großzügig mit dem Geld deines Herrn um.« Im Gelächter erstickte ihre Habgier.

»Wenigstens sie ist gerettet«, flüsterte Kishore Singh.

Kim hatte Mahender scharf beobachtet. Der Mann war von einer mürrischen, sturen Ausdauer. Solange noch Atem in ihm war, würde er ihm auf den Fersen bleiben. Er war davon besessen, vielleicht aus Treue für seinen Herrn. Kim konnte nicht ahnen, daß Mahenders Besessenheit in Wirklichkeit Parvati galt.

»Genug«, sagte Ranjit Lal. Es begann hell zu werden, und man konnte allmählich die einzelnen Gesichter erkennen. »Kishore Singh, komm her!«

Kishore berührte Kims Arm. Es war sein Abschiedsgruß. In einer Hand hielt er noch den Dolch, und auch Kim packte den Stab fester. In dem Augenblick, da Kishore zum Angriff vorsprang, würde er den Stock über die dicht beieinanderstehenden Männer wirbeln lassen und sie zurücktreiben.

»Es ist besser für dich, wenn du stirbst, Kishore«, sagte Ranjit Lal. »Ich habe es nicht gewollt, aber ich habe deinen Vater getötet, und du würdest an mir Blutrache üben. Wenn du tot bist, gibt es keine Nachkommen mehr. Dann kann ich endlich in Frieden schlafen, ohne von seinem Sohn verfolgt und gejagt zu werden.« Kishore kam auf ihn zu, und er hob die Flinte. »Bleib da stehen!«

Doch dann wurde seine Aufmerksamkeit abgelenkt, weil Kim den Stock wirbeln ließ. Wie ein Irrwisch zuckte er surrend durch die Luft. Als Kishore vorsprang, ließ Kim dem Stock freie Bahn. Er brach eine Schneise durch die versammelten Männer. In diesem Augenblick fiel ein Schuß. Der Stock fuhr an Mahenders Kopf, die Stirnhaut platzte auf. Dann traf er einem *Dacoit* auf die Nase. Die beiden Männer taumelten zurück und brachten die anderen aus dem Gleichgewicht. Kishore erreichte Ranjit Lal und stieß ihm den Dolch in den Bauch. Einen Moment lang standen sie beieinander, als umarmten sie sich. Dann trat Kishore Singh zurück, und Ranjit Lal sank langsam zu Boden.

»Er war schon tot«, sagte der *Sunyassi.* Dann legte er seinen Revolver auf die anderen Männer an. Sie waren zu überrascht, um an Gegenwehr zu denken. Mahender faßte sich an die Stirn und stöhnte. Der andere Mann gluckste durch die blutende Nase. »Laß eure Waffen fallen, oder ihr seid des Todes!«

Anil war noch ganz im Bann seiner Tat. Er hatte Ranjit Lal erschossen. Es war das erste Mal, daß er jemanden getötet hatte, und seine Tat, ein Schuß in die linke Brust, war hinterlistig und feige gewesen. Es wäre ihm lieber gewesen, wenn Ranjit Lal ihn vorher gesehen und gewußt hätte, was er tun wollte. Aber ihm war keine Zeit geblieben. Er hatte vorgehabt, Ranjit Lal den Lauf in die Seite zu rammen und ihn zu zwingen, seine Flinte fallen zu lassen. Tatsächlich hatte er das auch getan. Doch in der Verwirrung hatte Ranjit, der nur darauf bedacht war, Kishore Singh zu töten, es gar nicht gemerkt.

»Wer bist du?« fragte Kishore Singh.

»Ich habe mit deinem Vater im Gefängnis gesessen, und er ist in meinen Armen gestorben. Er nahm mir das Versprechen ab, ihn zu rächen. Jetzt habe ich dieses Versprechen erfüllt.«

»Du kamst zur rechten Zeit.«

»Nun sind wir durch unsere Taten miteinander verbunden«, sagte Kim.

»Ich will dir nichts vormachen, Kim«, sagte Anil. »Hätte Ranjit Lal dich töten wollen, dann hätte ich nicht geschossen. Wir sind jetzt quitt. Du hast mich aus dem Gefängnis befreit, und jetzt ermögliche ich dir die Flucht von hier.«

»So etwas wie ›quitt‹ sein gibt es nicht. Das Leben ist keine Rechnung, auch wenn wir uns das wünschen. Eine gute Tat schützt uns nicht vor den Missetaten anderer. Wir werden uns in unserem Leben wiedertreffen. Das ist Karma.«

»Dann bist du, ein Angrezi, abergläubischer als ich.«

»Weil du, ein Inder, mehr Angrezi bist als ich.« Er blickte auf Ranjit Lal hinab, dessen Gesicht noch im Tode den Ausdruck des Erstaunens zeigte. »Dieses Töten nahm schon vor Jahren seinen Anfang. Damals, als du dein Versprechen gabst. Und du wirst weiter töten.«

»Nie wieder einen Inder. Nur noch euch Briten.« In fehlerfreiem Englisch mit Eton-Akzent, der sogar in seinen Ohren fremd klang, weil er zu einer anderen Person gehörte, fuhr er fort: »Geh jetzt, Kim! Verschwinde von hier! Geh zu deinen Landsleuten zurück!«

»Hier sind meine Landsleute. Ich gehöre mehr zu ihnen als du.« Dann wandte er sich an Kishore Singh. »Ich bitte dich um einen Gefallen.«

»Sprich!«

Kim zeigte auf Mahender. »Halte diesen Mann eine Woche lang fest! Danach laß ihn frei!«

»Kim, für dich wäre es sicherer, wenn ich ihm jetzt die Kehle durchschneide. Er ist gefährlich und wird Parvati und dich weiter verfolgen.«

»Nein, ich will meine Sicherheit nicht mit seinem Tod erkaufen.«

Kim fand Parvati in ihrem flachen Versteck. Kauernd spähte sie über den Hügelrand. Zuerst machte sie keine Bewegung, aber als sie ihn dann erkannte, sprang sie auf und warf die Arme um ihn. Ihr Gesicht war tränennaß.

»Ich habe geweint, weil ich dachte, du wärst tot. Wenn sie dich eingeäschert hätten, hätte ich mich in den brennenden Holzstoß gestürzt.«

Kim lachte und küßte sie. »*Suttee* ist verboten. Und jetzt müssen wir uns beeilen. Ich habe Kishore gebeten, den Diener deines Mannes eine Woche lang festzuhalten. Aber ich fürchte, er ist zu gerissen und tollkühn und wird vorher entfliehen.«

»Welcher ist es?«

Kim beschrieb ihr Mahender, und Parvati zitterte vor Angst.

»Du hättest ihn umbringen sollen. Er will mich haben, Kim. Er wird nie aufgeben.«

»Du bist zu blutdürstig. Er weiß ja nicht, wohin wir gehen. Komm!«

Siebtes Kapitel

Mai 1911

Kim, der das Wesen des Bösen nur zu gut begriff, behielt in beiden Punkten recht.

In der fünften Nacht seiner Gefangenschaft, als der Mond nur als schmale Sichel am Himmel stand und man die Hand nicht vor Augen sehen konnte, stand Mahender vom Erdboden auf. Geduckt blieb er stehen, blickte sich lauernd um und tastete nach dem Strick, mit dem sein Bein an einen *Dacoit* gefesselt war. Mit angehaltenem Atem schlich er zu ihm und zog dem schlafenden Posten den Dolch aus dem Gürtel. Dann hielt er ihm mit der Hand den Mund zu und schlitzte ihm mit der Klinge blitzschnell die Kehle auf. Niemand hörte das leise Gurgeln. Mahender schnitt das Seil durch und nahm dem Toten das *Jezail* ab. Einen Augenblick überlegte er, ob er auch

Kishore Singh töten solle. Aber das wäre zu riskant gewesen. Kim und Mohini hatten schon fünf Tage Vorsprung, und er mußte sich beeilen.

Bei Tagesanbruch jagten ihm Kishores Männer nach, doch er war schon in den Schluchten verschwunden.

Auch was Anil anging, behielt Kim recht.

Sobald er den ersten Schock abgeschüttelt hatte, schwelgte er nachträglich in Gedanken an den Tötungsakt. Erst nach einigen Wochen wurde ihm die erschreckende Wahrheit bewußt. Die ganzen Tage über hatte er sich beweisen wollen, daß Kim unrecht hatte. Er versuchte, seine wahren Gefühle zu erstikken. Die öde, vernarbte Landschaft paßte zu seiner trüben Stimmung. Er aß und trank wenig und seine Gefährten staunten über seine asketische Lebensführung. Jetzt sahen sie in ihm einen echten *Sunyassi*, der sich selbst kasteite.

Doch sein Mord hatte ihn verändert. Es war alles so leicht gewesen. Es war verführerisch und entfesselte seine Wut auf die Welt. Als er die Kugel abfeuerte, war ihm, als erlebe er einen gewaltigen sexuellen Höhepunkt, der ihn völlig entleerte. Er hatte angenommen, wenn er sein Versprechen erfüllt hatte, würde er sich damit seiner verfluchten Vergangenheit entledigen und nie mehr Gewalt anzuwenden brauchen. Sein Vater hatte gewünscht, er sollte nach Amerika fliehen, dort ein neues Leben beginnen und nie wieder an Indien denken. Aber sein Vater und seine Mutter waren tot. Beide waren an gebrochenem Herzen gestorben, und Anil konnte sich nicht von Indien freimachen. Er hatte ein neues Versprechen gegeben: die Briten zu töten. Es erschien sinnlos, ein Mann gegen so viele. Doch der Revolver machte alle Menschen gleich.

Er mußte einen aufsehenerregenden Mord begehen, der das Empire erschüttern würde. Er konnte irgendwann nachts in den Bungalow eines hohen Verwaltungsbeamten eindringen, der betrunken auf seinem Feldbett lag, und ihn erschießen. Manche hatten so etwas schon getan. Es waren nicht viele. Immerhin war es so oft geschehen, daß die Briten aufgerüttelt worden waren. Die Zeitungen und die Regierung sprachen von

Intrigen, Verschwörungen und Geheimbünden. In Wirklichkeit gab es das alles nicht, nur einsame Männer voll leidenschaftlichen Hasses wie ihn. Doch immer noch glaubten die Briten bei jedem dieser Attentate, dahinter stände eine bestimmte Organisation. Eine einfache Antwort auf alle Fragen. Mißtrauisch spähten sie wie durch einen Schleier auf die Ereignisse von 1857, die sich ihrem Gedächtnis eingebrannt hatten. Auch der Aufstand der Sepoys hatte mit einzelnen Morden begonnen und hatte zu blutigen Massakern geführt. So würde es wieder kommen. Sie wußten es, sie warteten darauf. Diesmal waren sie aber vorbereitet.

Obwohl sein Entschluß feststand und er klare Vorstellungen von der Zukunft hatte, blieb Anil in den Schluchten bei seinen neuen Gefährten. Anführer der *Dacoits* war jetzt Kishore Singh. Die Männer waren heilfroh, daß sie nicht zur Rechenschaft gezogen und getötet worden waren. Bereitwillig liehen sie dem neuen Anführer ihre Dienste. Der aber hatte Anil sein Leben zu verdanken und las ihm jeden Wunsch von den Augen ab. Doch Anil hatte nur den einen Wunsch, in der rauhen Gesellschaft dieser Männer zu bleiben. Sie schauten nicht über diese Schluchten hinweg. Ihnen war es gleichgültig, wer in Indien regierte. An ihren Überfällen auf Eisenbahnzüge und Karawanen beteiligte sich Anil nicht. Er verlangte auch keinen Anteil von der mageren Beute. Er hätte es zwar abgestritten, doch insgeheim wartete er auf ein Zeichen, auf ein Signal wie den Knall der Startpistole bei einem Schulsportfest.

Die Menschen verkennen oft die Wirkung ihrer eigenen Taten. Anil Ray wurde berühmt-berüchtigt. Seit er Inspektor Goode in Lucknow verprügelt und verwundet hatte, war er zum Mythos geworden. Sein Name wurde schnell bekannt, seine Tat weit übertrieben dargestellt, andere Taten wurden fälschlich ihm zugeschrieben. Während er sich fernab still verhielt, wurden immer mehr Geschichten über ihn erfunden, ohne daß er von allem etwas ahnte. Bis zu dem Augenblick, da ihn zwei Männer in den Schluchten fanden.

Sie waren auf der Suche nach einem Helden, einem Führer,

und sie glaubten an Anil Ray. Der eine hieß Satish Mukherjee und war ein stiller, bebrillter junger Bengale, so unauffällig, daß man ihn selbst dann kaum bemerkte, wenn er allein in einem sonst leeren Zimmer stand. Er ging so krumm, daß man an die Haube einer Kobra denken mußte, war unterernährt und sah weit älter aus, als er war. Er hatte einen merkwürdigen Begleiter, der einfach *Bhai* genannt wurde. Mehr sollte Anil nicht über ihn in Erfahrung bringen. Bhai war stumm, und Satish war der einzige, der sich mit ihm verständigen konnte. Er war ein vollkommener Tölpel, doch ein Mann von großer Körperkraft mit einem kindlichen Gesicht, dem jeder Zug von Intelligenz abging. In dieser Einfachheit entdeckte Anil jedoch etwas Doppelsinniges. Er glaubte, sie hätten ihre Gesichter vertauscht.

Satish und Bhai hatten monatelang nach Anil Ray gesucht. Es war nicht leicht für sie gewesen, denn sie fanden keine Spuren, sondern mußten sich auf Gerüchte verlassen, die wie eine Unterströmung durch Indien flossen. In diesem Strom waren sie geschwommen, mal hierhin, mal dorthin und dann langsam westwärts auf die Schluchten zu, wo das Geraune über Ranjit Lals Ende lauter wurde. Einer der *Dacoits* war dabei, als sie in einem Dorf am Ufer des Chambal Erkundigungen über Anil einzogen. Daraufhin brachte der Mann sie mit vorgehaltener Muskete zu ihm. Ohne diesen Zufall hätten sie ihn nie gefunden, sondern wären, anderen Gerüchten folgend, in einer anderen Richtung weitergezogen.

»Was wollt ihr von mir?«

»Du sollst uns führen.« Und sie warfen sich vor ihm zu Boden und berührten seine Füße. Anil sprang zurück. Er haßte diese Art, seine Ehrfurcht zu bezeigen, diese indische Sitte, die Durchschnittsmenschen ins Außergewöhnliche erhob.

»Wohin sollte ich euch führen? Ich habe doch gar keine Pläne.«

»Wohin du willst«, sagte Satish und klapperte mit den Augenlidern. Auch er wirkte stumpfsinnig. Doch wenn Anil ihm einmal kurz in die Augen sehen konnte, meinte er, dahinter einen wachen Geist zu spüren. Nach einer Weile fuhr Satish fort: »Ich habe einen Plan, besitze aber nicht die Fähigkeiten, um ihn auszuführen. Unter allen anderen haben wir dich dazu ausgewählt.«

»Welche anderen?«

»Männer wie du. Aber sie werden meinen Anforderungen nicht gerecht. Nur du. Wir kennen deine Vergangenheit, wir sind mit deinen Taten vertraut.«

»Was verlangt ihr von mir?«

»Du sollst jemanden töten.« Wieder blinzelte Satish heftig. Die ruhige Stimme und die unschuldige Miene standen in krassem Gegensatz zu den blutrünstigen Worten. »Einen Engländer«, fügte er hinzu. »Ich habe einen Plan entworfen.«

Anil lachte. »Wenn du den Plan entworfen hast, dann töte ihn doch selber! Und was haben dir die Engländer getan, daß du einen von ihnen töten willst?«

»Sie sind in unserem Lande. Genügt das nicht? Meine Familie und ich mußten nie so etwas durchmachen wie du und deine Familie. Ich weiß, daß dein Vater und deine Mutter an gebrochenem Herzen gestorben sind. Ich habe lange über mein Vorhaben nachgedacht. Leider bin ich nicht mutig, und ich bin auch nicht stark. Seit meiner Schulzeit ist Bhai mein Beschützer. Wir müssen das tun, was Tilak und Bannerjee gesagt haben: die Briten aus dem Lande treiben! Wir müssen ihnen einen Schlag versetzen, der sie zutiefst erschreckt.« Er sprach mit der ganzen Intensität und Leidenschaft eines Menschen, der seinem bedeutungslosen Leben einen Inhalt geben will. Dies hatte Bedeutung, dies war eine Aufgabe.

Anil ermunterte ihn mit der Frage: »Und wen soll ich deiner Meinung nach töten?«

»Diesen Mann.«

Ehrerbietig zog Satish aus den Tiefen seiner Tasche ein halbes Zeitungsblatt. Sorgfältig entfaltete er es und reichte es Anil. Auf der einen Seite standen eine Verkaufsanzeige für Neuseeländer-Welpen, ein Bericht über ein Kricket-Länderspiel und die Ergebnisse eines Renntags im Royal Bengal Race

Club. Anil drehte das Blatt um. Auf der anderen Seite stand ein ausführlicher Artikel über die bevorstehende Krönung von George V. Viele indische Prinzen waren zu dem großen Ereignis eingeladen worden.

»Ja, und?«

»Die letzte Zeile.«

Auf der letzten Zeile wurde die Absicht des Königs und Kaisers angekündigt, im Dezember in Delhi ein *Durbar* zu veranstalten. Anil las einmal und noch einmal. Erregung packte ihn. Ja, der König und Kaiser war der Mann, den man töten mußte. Seine Ermordung würde das Empire ins Chaos stürzen. Aber vorher mußten sie genaue Pläne schmieden, und er mußte lernen, mit einer Flinte umzugehen.

Achtes Kapitel

Juni bis Dezember 1911

Wieder einmal verschwand Parvati von der Bildfläche. Es geschah noch an dem Tag, als sie das Dorf ohne Namen verließen. Von einem fliegenden Händler, der seine neuen und alten Kleider im Schatten einer Tempelruine ausgebreitet hatte, kaufte ihr Kim bauschige Pyjamahosen, eine lange, weite *Kurta* und eine schwarze, mit verblaßten Goldfäden durchwirkte Weste. Die Weste wies auf dem Rücken einen verdächtigen schwarzen Fleck auf, und man sah noch den dünnen Riß, obwohl er fachmännisch zugenäht war. Kim hatte den Verdacht, daß sie von einem Toten stammte. Doch der Händler bestritt, etwas von einem Mord zu wissen. Außerdem verkaufte er Kim einen blauen Turban, und der band ihn geschickt im Gujerati-Stil, wobei ein Ende bis zur Taille herabhängt, um Parvatis

Kopf. In dieser Verkleidung konnte man sie für einen jungen Mann halten.

»Wir Frauen dürfen nie wir selber sein«, sagte Parvati. »Wir spielen den Männern, unseren Vätern, Ehemännern, ja, unseren Brüdern zuliebe alle möglichen Rollen, aber nie eine, die wir uns wünschen. Ich bin nun schon ein Junge, eine Moslemfrau und eine Ehefrau gewesen, und jetzt werde ich auch noch ein Gujerati.«

»Das geschieht zu deiner Sicherheit«, sagte Kim. »Die Leute werden nur zwei Männer nach Süden wandern sehen. Wenn du im Gewand einer Frau bleibst, wird man uns leicht entdekken.«

»Dich wird man trotzdem erkennen: der hellhäutige, gutaussehende Mann, der so stolz einherschreitet, als wäre ihm die ganze Welt zu eigen. Mahender braucht nur zu fragen: ›Wo ist Kim?‹, und man wird mit Fingern auf uns zeigen.«

»Wie wünschst du mich denn zu sehen? Soll ich mich häßlich machen und gebückt durch die Welt laufen, als hätte ich Angst vor ihr?«

»Du brauchst nur demütig zu gehen und nicht wie ein Fürst.«

»Ich kann meinen Gang nicht ändern, genausowenig wie du deinen. Du sollst wie ein junger Mann gehen, aber ich sehe dich mit den Hüften wackeln.«

Zu Fuß und im Ochsenkarren kamen sie nur langsam voran. Einmal durften sie auf einem *Tonga* mitfahren, da ging es schneller. Sie hätten auch mit dem Zug nach Süden fahren können, aber damit hätten sie sich in die Gewalt von Fahrplänen, Fahrscheinkontrolleuren und der Eisenbahnpolizei begeben. Kim wollte vor dem Beginn des Monsuns den Fluß Narbada überqueren. Noch war der Himmel sonnig und klar, aber die Monsunzeit rückte näher, und wenn er den Kopf hob, witterte er in der Ferne den Regen. Doch Parvati sorgte für eine Verzögerung. Weit vor sich hatte sie die schwachen Umrisse von Mandu erblickt. Es war eine Festung aus dem alten Indien, und sie schwebte über der Erde wie ein *Sadhu*, für den keine Schwerkraft gilt. Sie waren nur noch wenige Kilometer von der Ruinenstadt entfernt, und sie wollte sie unbedingt besichtigen.

»Wie kann ich so einfach an dem Ort vorbeiwandern, an dem Rupmati den Tod gefunden hat?«

»Wir können ja später noch einmal herkommen«, sagte Kim.

»Nein. Es kostet uns nur ein paar Tage. Wir werden uns eben beeilen.«

Die Straße, die über mehrere Pässe hinaufführte, war steil. Manchmal kam es ihnen vor, als stiegen sie eine Wand hinauf. Die Stadt war auf einer Hochebene im Vindhaya-Gebirge erbaut worden, das zu der Felsbarriere zwischen Nord und Ost gehört. Die Gipfel waren nicht schneebedeckt oder blau, sondern stumpfe gelbe Kegel, die wie faule Zähne aussahen. Auf einer schmalen Brücke überschritten Kim und Parvati die wilde Schlucht, die die Hochebene von der Umgebung trennte. Wenn sie hinunterblickten, sahen sie in der Ferne den Narbada-Fluß als eine dünne, gewundene Linie. Vor dem jetzt bewölkten Himmel verschwammen die Berge.

Die Mauern der Stadt der Freude verloren sich müde am Rand der Schlucht. Nur das Delhi Dawarza und der Turm waren noch unversehrt erhalten. Sie gingen unter einem Brückenbogen aus rosafarbenem Sandstein hindurch, den ein tiefblaues Emailmosaik schmückte. Das altertümliche Holztor hing faulend in den rostigen Angeln. Und nun ging es eine schmale, staubige Straße hinunter.

Schweigend standen die rosafarbenen und weißen Ruinen offen unter dem Himmel. Der See des Palastes schien unter dem grünen Lotus zu fiebern, und an der Nordseite stiegen die Ruinen in terrassenförmigen Balkonen empor. Fahlbraun war der Himmel, und ein feiner Nieselregen benetzte ihre Gesichter. Der Jahaz Mahal mit seinen gerundeten Mauern, die einem alten Schiff ähneln sollten, schwamm auf dem Wasser. Gegenüber schien der Hindola Mahal, der nach dem Vorbild eines Palankins, einer überdeckten Sänfte, gebaut war, zu schaukeln und hin und her zu schwingen. Der Wind nahm an Stärke zu, wühlte das Wasser auf und fuhr seufzend durch die Skelette. Sein Seufzen klang wie ein Lied, das seit Urzeiten in den Ruinen verblieben war und sie mit der Erinnerung an eine schöne Frau heimsuchte. Auch Parvati seufzte im Einklang mit dem Wind.

Sie unterhielten sich nur im Flüsterton, denn sie kannten die Geschichte von Rupmati, einer schönen Hindu-Sängerin am Hof des moslemischen Sultans Baz Bahadur. Die beiden hatten sich ineinander verliebt, und er baute ihr in einiger Entfernung von der Stadt einen Palast. Kim und Parvati hatten gestern nacht in dem Dörfchen neben den Ruinen geschlafen. Die Bewohner wußte kaum etwas von der Geschichte oder Legende. Für sie war die Hochebene nur ein Ort zum Überleben.

Bei Tagesanbruch besichtigten Kim und Parvati die Jami Masjid. Daneben befand sich das prachtvolle Marmorgrabmal seines Erbauers Ali Khan Hoschang Shah Gori. Shah Jahan hatte die domartige Kuppel auf dem Tadj Mahal nachbauen lassen. Jetzt hausten nur noch Affen und Fledermäuse in dem erstarrten Glanz. Sie brauchten einen halben Tag, um zu Rupmatis Palast zu gelangen, von dem aber nur noch ein von Unkraut überwucherter Steinhügel übriggeblieben war. Unversehrt aber war der Sandsteinpavillon, und als sie unter ihm standen, glaubten sie, ganz Indien überblicken zu können.

Rupmatis Schönheit war auch ihr Verderben gewesen. Der Mogul Akbar hatte im Jahre 1562 seinen General Adham Khan ausgesandt, um Mandu zu erobern. Baz Bahadur fiel in der Schlacht. Daraufhin marschierte Adham Khan in den Harem und verlangte Rupmati für sich. Nach der Legende hatte sie ihm Wein und Zuckerwerk geschickt und hinter einem *Jali* für ihn gesungen. Dann war sie tot zu seinen Füßen niedergefallen. Zu spät entdeckte Adham Khan, daß sie Gift in ihrem *Hathpool*, dem erlesenen Handschmuck, gehabt hatte. In seiner Wut über diese Zurückweisung hatte er die anderen Frauen seinen Soldaten ausgeliefert und Mandu zerstört. Aus Strafe für die Zerstörung der Stadt ließ Akbar den General von den Mauern des Lal Quila in den Abgrund werfen. Da er nicht gleich tot war, befahl er, ihn wieder heraufzuschleppen und nochmals hinunterzuwerfen. Im Boden und in den Mauern von Mandu hockte seitdem der Tod, und als Kim und Parvati die Stadt verließen, waren sie so erleichtert, als hätten sie einen Friedhof verlassen.

Es dauerte noch eine Woche, bis sie den Fluß Narbada erreichten. Tief hing der dunkle Himmel über dem Land, eine aufgewühlte Wolkenmasse, die nur darauf wartete, sich über das Land zu ergießen. In der Ferne sah man Wetterleuchten, und der Donner grummelte. Sie saßen am Ufer und warteten auf den Fährmann, der sie übersetzen sollte. Der aber saß am anderen Ufer beim Tee und wartete dort auf Passagiere. Sie waren nicht allein. In kleinen Gruppen fanden sich Dorfbewohner ein, die Säcke trugen und Ziegen an der Leine mit sich führten. Alle fürchteten vor dem großen Regen, und Kim wünschte, der Fährmann würde sich beeilen. Zweimal rief er ihn an, aber der Mann rührte sich nicht. Noch war der Narbada ruhig wie ein silbriges Gemurmel, kühl strömte er zwischen den Ufern dahin. Wenn der Regen einsetzte, würde er im Handumdrehen ungeheuer anschwellen und Menschen, Tiere und Land verschlingen. Das Silber würde sich blutrot färben. Dann würden sie wochenlang warten müssen, ehe sein Wasser wieder fiel und zahm wurde.

Endlich kam der Fährmann. Er war so dünn wie die Stange, mit der er stakte. Das Boot war gebrechlich, die Planken waren mit zerfaserten Seilen zusammengebunden, und von unten drang Wasser ein. Jetzt liefen auch die anderen zum Ufer hinab, schauten zum Himmel empor und beteten für eine sichere Überfahrt. Es war ganz still, und gerade diese Stelle machte ihnen angst. Wenn sie mitten auf dem Fluß waren, konnte die Stille jäh unterbrochen werden, der Wind plötzlich auffrischen und sich zum Sturm steigern. Dann würde das bisher so ruhige Wasser aufgepeitscht werden und ins Boot schwappen.

»Schnell!« riefen alle. »Mach schnell!«

Einer von ihnen war ein geckenhafter Mann mit einem

schneeweißen Turban. Er hatte neugierige Augen und die scharfen Gesichtszügen eines Frettchens, und Kim ahnte, daß er Fragen stellen würde. Ohne sich an jemand persönlich zu wenden, aber offenbar für Kims Ohren bestimmt, erklärte er, daß er ein *Pandit* sei, ein Sanskrit-Lehrer, der in hohem Ansehen stehe.

»Und du? Machst du eine weite Reise?«

»Nicht sehr weit, *Pandit-ji*«, sagte Kim. »Wir sind auf Pilgerfahrt. Mein Bruder hatte eine Vision und wurde danach stumm, und Gott hat bestimmt, daß wir jeden Tempel im Lande besuchen müssen, damit er geheilt wird. Und so verbringen wir unsere Tage und mühen uns endlos für seine Genesung ab. Vielleicht ist unsere Reise schon morgen im nächsten Tempel beendet, wenn Gott es für richtig hält, seine Zunge zu lösen. Oder wir werden alt und grau, und unsere Reise findet nie ein Ende. Wahrlich, wir drehen uns mit dem Rad des Lebens, denn nur ein einziger Tempel bringt ihm Erlösung von seinem Leiden.«

Die Geschichte fand den Beifall der Zuhörer. Sie versprach Rettung für alle, die geduldig ausharrten, und bestärkte sie in dem Glauben, daß Gott den Menschen vor Rätsel stellte, die er zu lösen hatte. Die Geschichte lenkte sie von dem drohenden Regen ab. Sie schlugen Kim diesen und jenen Tempel vor, alte Tempel und neue, auch Ruinen. Doch welcher würde der richtige sein? Indien hatte Millionen von Tempeln, so wie das Leben Millionen Bedeutungen hat. Die Frage beschäftigte sie, bis sie den Fluß überquert hatten und am anderen Ufer auseinandergingen. Sie wünschten Kim und Parvati alles Gute, und zwei Frauen baten den jungen Mann um *Dharshan*, weil er eine Vision gehabt hatte. Der Segen wurde schüchtern erteilt. Der *Pandit* und die Dorfbewohner eilten davon, voller Freude, daß sie diese Geschichte weitererzählen konnten. Sie würde noch vor Einbruch der Nacht mit manchen Ausschmückungen bis ins letzte Dorf des Bezirks verbreitet werden.

Noch lange, nachdem der Erzähler verschwunden ist, halten sich seine Geschichten im endlosen Labyrinth Indiens. So war es auch mit dieser. Schließlich kam sie Madan zu Ohren. Er hatte vor dem Unwetter in der Hütte eines Dorfoberhauptes Schutz gesucht und ruhte dort seinen geschwollenen Fußknöchel aus. Die Schmerzen erinnerten ihn ständig an Kim. Bei jedem Hinkeschritt schwor er sich, den Kerl aufzuspüren. Während des großen Regens wurden die Schmerzen durch die Feuchtigkeit, die in den gesplitterten Knochen drang, noch stärker.

Der Befehl des Obersten war eindeutig: Du hast Kim zu finden! Doch er hatte nicht die Absicht, ihn genau zu befolgen. Wenn er Kim gefunden hatte, würde er ihn töten. Kim hatte seinen Bruder getötet, nun würde er Blutrache üben. Doch vorläufig hatte er jede Spur von ihm verloren. Bis in die Schluchten war er Kim und der Frau gefolgt, aber dort waren sie ihm entwischt. Einen Monat später hörte er zufällig von Ranjit Lals Tod und von einem Mann und einer Frau, die ein Dorf ohne Namen verlassen hatten.

Als er von den beiden Reisenden erfuhr, die sich auf einer endlosen Pilgerfahrt befanden, schenkte er der Sache zunächst keine Beachtung. Die Luft war voll von solchen Geschichten. Wunder, böse Zauber und Heilungen gab es immer wieder, dauernd hatte jemand eine Vision: Götter, die als Menschen oder Tiere verkleidet herabstiegen, um Frauen zu vergewaltigen oder Segen zu bringen. Nur aus Höflichkeit hörte er sich die Geschichte an.

Inzwischen wurde Kim bereits übertrieben dargestellt. Er war noch hellhäutiger und größer geworden, während Parvati als kleiner, dünner und dunkler beschrieben wurde, als sie wirklich war. Der *Sar Panch* behauptete sogar, der junge Mann wäre in Trance verfallen und hätte vorausgesagt, die Frau des *Pandit* werde beim nächsten Vollmond ein Mädchen zur Welt bringen. Was auch geschah. Auch dies gehörte zu seinen Ausschmückungen, kam aber der Wahrheit nahe. In Pushkar hatte Madan gehört, daß sich der Junge noch immer in dem sonderbaren Trancezustand befände und nicht geheilt werden könnte.

»Du sagst, der Mann ist sehr hellhäutig. Wie hell?«

»So hellhäutig, wie eine Frau es sein sollte«, sagte der *Sar Panch,* »heller noch als Weizen.«

»War er gutgebaut und schlank, und trug er einen üppigen Schnurrbart? Hatten seine Augen die Farbe des Rauchs, der am Abend zum Himmel steigt?«

»Ja, ja«, sagte der *Sar Panch.*

»War dieser Junge, der in Trance gefallen ist, hübsch?« fragte Madan. »Hatte er feine Gesichtszüge?«

Der *Sar Panch,* der die beiden Fremden gar nicht gesehen hatte, nickte eifrig. »Ja, sein Gesicht war von der Vision noch ganz verklärt.«

»In welcher Richtung sind sie unterwegs?«

Der *Sar Panch* wedelte mit der Hand nach Süden. Madan wollte es darauf ankommen lassen und den Narbada überqueren, sobald dessen Wasser nicht mehr so rauschend dahinschossen.

Kim und Parvati hatten nur achtzig Kilometer weit entfernt in einem Dorf Zuflucht gefunden. Madan bekam sie dadurch nicht zu sehen, aber anderen Augen blieben sie nicht unbemerkt. Von hoch oben beobachtete der Riesenadler Jatayu die beiden. Dieser Adler war einst von Sitas Verführer Ravana tödlich verwundet worden, doch seine Tapferkeit hatte Brahma so beeindruckt, daß er ihm Unsterblichkeit verlieh. Es war eine zweifache Unsterblichkeit, denn seine Taten verwoben sich mit der Phantasie und der Träume aller, die unter der Spannweite seiner Flügel lebten. Sein Bild wurde geschnitzt, gemalt und verehrt. Jetzt war Jatayu das Auge des Zwergs Vamana, des *Avator* von Vishnu, der Kim erschienen war und ihm den Stein geschenkt hatte. Kim trug ihn in einem Lederbeutel um den Hals. Es war ein gewöhnlich aussehender Kieselstein, aber er verlieh ihm die Macht, in höchster Not Vamana beschwören zu können. Einmal hatte der Zwerg ihm schon das Leben gerettet, als er Madans Kugel aus seinem Herzen entfernte.

Durch Jatayus Augen erfuhr Vamana alles, was Kim und alle Männer und Frauen trieben. Er sah alles, was vorging, von Horizont zu Horizont: Madan, der auf das Ende des Monsunregens wartete, Mahender, der in einem Dorf Zuflucht gefunden hatte, und Anil Ray, der Vorbereitungen für das Attentat auf den König traf. Der Regen hielt sie alle wie in einer Falle fest, er verwandelte den Erdboden in Schlamm und den Schlamm in Seen und tosende Flüsse. Straßen, Brücken und Fußwege verschwanden. Niemand wagte sich vom Fleck, bevor der Monsun zu Ende war.

Die Regenfälle wurden schwächer. Das Land war frisch und fruchtbar wie der Körper einer jungen Frau. Sie setzten ihre Reise fort. Der Himmel war ihr Dach, und des Nachts beobachteten sie, wie die Sterne langsam über das Firmament zogen. Das Land, in das sie jetzt kamen, war ihnen neu und fremd. Sie verstanden nicht einmal seine Sprache und mußten sich durch Zeichen und Gesten verständlich machen.

Geduldig zog Jatayu seine Kreise und beobachtete, daß Kim oft nach Norden zurückschaute. Er war dabei, seine Vergangenheit hinter sich zurückzulassen. Dort hatte er sein ganzes Leben verbracht. Kreuz und quer war er durchs Land gezogen, wie ein Spinnennetz verband sein Reiseweg Berge, Täler, Ebenen, Straßen, Basare und Städte. Auch Freunde und Feinde befanden sich in dem Netz, und an sie erinnerte er sich jetzt.

»Ich möchte dir nichts von deinen Erinnerungen nehmen«, sagte Parvati. »Jeden Abend und jeden Morgen schaust du nach Norden. Ich trage die Schuld an diesem Bruch in deinem Leben.«

»Nein. Du bist vor deinem Ehemann geflohen, ich vor meiner Vergangenheit.«

»Dann fehlt dir also dein altes Leben?«

»Ja«, gestand er nach einer Weile. »Es wird mir fehlen. Vor allem fehlen mir meine Freunde und das Land, das mir vertraut war, weil ich es so oft durchstreift habe.«

»Dann gehen wir wieder zurück«, sagte Parvati und stand sofort auf.« Sie hatten jeder nur eine Decke und einen Satz

Kleidung zum Wechseln bei sich. »Ich kann es nicht mitansehen, wenn du unglücklich bist.«

»Nein. Du hast mich nicht verstanden. Wenn mir das, was einmal war, nicht fehlte, hätte mein bisheriges Leben keinen Sinn gehabt. Komm, setz dich hin! Ich möchte, daß du meine Beweggründe verstehst. Dann wird dir klar werden, warum ich mich so verhalte.«

»Du bist ein guter Mensch«, sagte Parvati. »Es ist ausgeschlossen, daß du diesen Lebensabschnitt bereust.«

»Ich will dir sagen, worüber ich nachdenke«, begann Kim. »Darüber, wie ein Mann einen anderen zu seinen Zwecken ausnutzt. Ich war noch ein Kind, als ich zum erstenmal für den Oberst gearbeitet habe. Er sagte mir, alles, was ich täte, sei ehrenhaft und geschehe in bester Absicht. Ich liebte ihn, wie ich meinen Vater geliebt hätte. Ich brauchte diesen Glauben an ihn und an den Beruf, den er mir zugedacht hatte. Er sprach von Königen und Weltreichen und dem Großen Spiel. Einem Agenten muß man einen bestimmten Glauben einimpfen. Ohne ihn bleibt sein Leben inhaltslos. Geld allein kann ihm keinen Sinn und Wert vermitteln. Der Oberst gab mir diesen Glauben. Tagelang erzählte er mir von der Geschichte meines Volkes, über die ich noch nichts gewußt hatte. Bis dahin war ich ein Inder gewesen, Mitglied einer eroberten Rasse. Meine Helden waren die jedes indischen Kindes, legendäre Männer und Ereignisse, die so weit zurücklagen, daß ich sie mir kaum vorstellen konnte. Ich kannte die Ramayana und die Geschichte von Rama und Sita, ich wußte um die große Kraft und Tapferkeit Bhimas. Als Kind hatte ich die Schlachten Udai Singhs gegen die Moguln nacherlebt.«

Nach einer Weile fuhr Kim fort: »Aber dann hatte unsere ruhmreiche Vergangenheit plötzlich ihr Ende gefunden, und wir sprachen nur noch im Flüsterton über unsere Niederlagen. Wir waren zwar stolz auf die Rani von Jhansi, die ihre Soldaten gegen die Briten in die Schlacht geführt hatte und im Kampf gefallen war, und wir waren stolz auf die Sepoys, aber wir waren besiegt worden. Versteh mich recht, ich schämte mich dieser Niederlagen nicht. Wir starben tapfer und leichten Herzens. Dies alles hielt ich für meine Vergangenheit. Doch auf einmal lernte ich die andere Seite kennen. Der Oberst schilderte mir die ruhmreichen Taten von Clive und Hastings, den Triumph über die aufständischen Sepoys, die Tapferkeit Nicholsons, die kühne Vision, die zur Eroberung dieses Landes führte, und das Empire, das sich von einem Sonnenaufgang zum anderen erstreckte. Ich war ein Kind, und Kinder wollen immer auf seiten der Sieger stehen. Der Sieg an sich ist schon ein Glaube, stärker noch als der an Gott. Der Glaube, den er in mich senkte, war Teil dieser Geschichte. Er flocht mich in dieses Heldentum ein, diesen Ruhm einer neueren Welt.«

Wieder trat eine Pause ein, ehe Kim weitersprach. »Es war ganz natürlich, daß ich als Junge nicht zu den Besiegten, sondern zu den Herrschern gehören wollte. Ich wollte ein Engländer sein. Der Oberst unterschied zwischen zwei Arten von Menschen: denen, die Engländer, und denen, die keine waren. Von einem Tag zum anderen wurde ich aus einen Nicht-Engländer zu einem Engländer. Es war wie eine Wiedergeburt. Woran er glaubte, daran glaubte ich auch. Und als er dies merkte, betraute er mich mit einer Aufgabe. Ich wurde Agent des Empire. Doch in dieser Eigenschaft habe ich Menschen hintergangen. Ich verstellte mich vor ihnen, so daß sie mich für ihren Freund hielten. In Wirklichkeit aber war ich ein anderer, ihr Feind. Einige haben es nicht anders verdient, anderen habe ich unrecht getan. Das Schicksal dieser Menschen bedrückt jetzt mein Gewissen.«

Kim schloß: »Ihre Ziele waren nicht weniger ehrenhaft als meine, nur daß sie den Interessen des Empire zuwiderliefen. Man lehrte mich zu glauben, es wäre ehrenhaft und recht, zu lügen und zu betrügen, wenn man damit einem höheren Zweck diente. Ich war noch zu klein, nicht nur altersmäßig, sondern auch in meiner untergeordneten Stellung, um das zu durchschauen. Du mußt wissen, daß ich dem Oberst jahrelang in blindem Gehorsam gefolgt bin. Ich tat, was er mir befahl, ohne zu fragen, aus welchem Grunde er mir diesen oder jenen

Befehl gab. Natürlich wußte ich, daß er zu mir mehr Vertrauen hatte als zu allen anderen. Ich war von seinem Blut, und doch konnte ich durch die Basare streifen und über die Straßen wandern, ohne für einen Engländer gehalten zu werden. Aber mit jedem Betrug verlor ich an menschlichem Wert. Meine Seele schrumpfte, ich fühlte sie richtig schrumpfen. Und da wußte ich, daß es an der Zeit war, die Flucht anzutreten, wenn ich noch in den Spiegel schauen wollte, ohne mich schämen zu müssen.«

»Was hättest du denn sonst getan?«

»Nichts. Bevor er sich meiner annahm, hatte ich kein Ziel. Nach Lust und Laune ließ ich mich treiben. Mein Leben hatte keinen Sinn. Der Oberst gab ihm einen, der Lama gab mir einen anderen. Ich versuchte, beiden gerecht zu werden, doch in mir war ein ständiger Konflikt. Der eine forderte mich auf, dem Empire zu dienen, der andere wollte, daß ich Gott diente. Unablässig tobte dieser Kampf in meinem Inneren.«

»Und jetzt? Bist du jetzt zur Ruhe und zum Frieden mit dir selbst gekommen?«

»Frieden erlangt man nur, wenn einem vergeben wird«, sagte Kim mit rauher Stimme. »Wer ist denn bereit, mir zu vergeben? Es gibt Männer, die durch mich ins Gefängnis kamen oder im Grab liegen. Anil Ray wird mir nie vergeben.«

»Er ist nicht wichtig. Wird es der Oberst tun?«

»Ja. Ich werde ihm einen Kündigungsbrief schreiben. Dann wird er mich verstehen.«

»Er wird deine Kündigung nicht annehmen. Du bist das, was er gern sein würde. Lieber Kim, er braucht dich und wird dich wieder benutzen. Er nahm sich eines Knaben an, um ihn für seine Zwecke zu verderben. Er sah in dir einen Weg zu Indien. Wir sind für ihn ja Fremde. Sie leben in ihren Quartieren und halten sich von uns fern. Deshalb werden sie uns nie verstehen. So kann kein König sein Königreich erhalten. Du bist die Augen und Ohren des Oberst, die einzigen, denen er je getraut hat. Auch von ihm hast du keine Vergebung zu erwarten.«

»Ich kenne ihn gut. Ein Vater vergibt immer.«

»Aber nur, wenn er nicht gezwungen ist, sich zwischen einem Sohn und seiner Pflicht zu entscheiden«, sagte Parvati. »Und was willst du jetzt mit mir anfangen? Du bist kein Mensch, der auf einem Fleck stillsitzen kann. Du wirst immer nach Norden sehen. Du wirst dich immer nach deiner aufregenden Vergangenheit zurücksehnen.«

»Wonach ich mich zurücksehne, ist nicht der aufregende, sondern der unschuldige Abschnitt meiner Vergangenheit.«

Auf einmal sehnte sich Kim nach den Tagen, da er mit dem Lama die große indische Heerstraße entlanggezogen war. Der Lama war die Unschuld selbst. Er hatte ein erfülltes Leben hinter sich, und doch betrachtete er noch immer die Welt mit den Augen eines Kindes. So weit wollte auch Kim es einmal bringen, aber schon jetzt hatte sich sein Kinderauge getrübt.

Im Dezember kamen Kim und Parvati in Madras an. Kim hätte froh sein können, daß das Ende der Reise nahe war, doch statt dessen sehnte er sich immer mehr nach dem Norden. Die Sehnsucht hatte auch körperliche Ursachen, denn noch nie hatte er eine solche Hitze erlebt. Die Luft war feucht, und das Atmen fiel einem schwer. Sie zogen in die feuchte Hitze eines *Hamam* ein.

»In Narains Dorf wird es noch schlimmer sein«, sagte Parvati. »Dort weht nicht mal die Meeresbrise.«

»Er hat aber gesagt, dort sei es kühl.«

»Was ein Inder aus dem Süden unter kühl versteht! Ihm genügt es schon, wenn er sich im Schatten aufhält.«

Wie Parvati sich von Mandu angezogen gefühlt hatte, so zog es Kim zu dem niedrig-breiten Fort aus Granitsteinen. Es sah auf den heißen weißen Sand und das Meer hinaus, das so blau und undurchdringlich war wie der Himmel. Fort St. George war ein schmutzig grauer, krabbenähnlicher Schrein mit einem ausgetrockneten Wassergraben und kleinen Kanonen, die aufs Meer gerichtet waren. Im Geist hatte er es sich so ehrfurchtgebietend und prächtig vorgestellt wie das Lal Quila in Delhi oder Agra. Dieses Fort hier war im Jahre 1644 erbaut worden. Es war Englands erster Brückenkopf in Indien auf einem

Stück Land gewesen, das ihm der Radscha von Chandragiri geschenkt hatte. Die Schenkung war auf einer Goldplatte verewigt worden.

Das Fort war keine gespenstische Ruine, sondern brodelte von Leben. Die stattlichen weißen Herrenhäuser im Inneren beherbergten die Regierungsämter der Kolonialverwaltung Madras. Vielerlei Fahrzeuge, darunter gelegentlich auch ein Automobil, drängten sich in den schmalen Alleen, Beamte schlenderten auf langen Veranden umher, und *Peons* in Weiß mit rotem Kummerbund und Turban nahmen jedesmal Haltung an, wenn einer an ihnen vorbeikam. Ehrfürchtig betrat Kim die kleine weiße Kapelle im Schatten eines ausladenden Banyan-Baums neben dem Exerzierplatz. Drinnen war es kühl und still. Die Wände waren mit Marmor- und Messingtafeln bedeckt.

Eine der Tafeln erinnerte an die Hochzeit des britischen Helden Robert Clive. Parvati sah, wie Kim sorgfältig die alte, verblaßte englische Inschrift las. Man hatte fast jeden Quadratzentimeter Wand ausgenutzt. Überall hingen Erinnerungen an einen Hauptmann oder Major, an eine Ehefrau oder an ein Kind, die in Indien gestorben waren. In der bedächtigen Stille der Kapelle kam ihr Kims englisches Wesen so recht zu Bewußtsein. Dies alles gehörte zu seiner Geschichte, nicht zu ihrer. Hier gab es nichts, was ihr vertraut war. Diese Kapelle verwirrte sie nur. Sie empörte sich gegen ihre Existenz und den Einfluß, den sie auf den Mann ausübte, den sie liebte. Wenn er in ihren Armen lag, trennte sie nichts. Jetzt aber hatte er sich von ihr entfernt. Sie konnte ihn nicht mehr erreichen. Er gehörte zur Rasse der Eroberer. Wenn sie ihn liebte, so verriet sie ihre eigene Rasse. Besäße sie den Mut einer Rupmati, so hätte sie Gift genommen. Aber er hatte sie ja nicht mit Gewalt erobert, sondern durch seine Liebe.

Kim bemerkte ihre Verwirrung.

»Auch dies ist ein Teil Indiens.«

»Nein. Hier gibt es nichts, das ich anerkennen kann.«

»Wo liegt der Unterschied? Wenn du in den Ruinen eines

afghanischen Forts stehen und es als indisches Bauwerk empfinden kannst, warum kannst du das nicht hier? Marmor und Messing sind indisch, der Fußboden und die Bäume über der Kapelle sind indisch durch und durch. Auch diese Menschen haben Indien gedient. Sieh nur, so viele sind hier gestorben!«

»Aber es waren Engländer.«

»Doch sie gehören hierher. Du kannst nicht einen einzelnen Faden ergreifen und ihn aus dem Gewebe entfernen. Damit würdest du den ganzen Stoff, du würdest Indien zerstören. Dies gehört ebenso zu Indien wie die Zeit der Moguln, der Afghanen, der Türken. Du kannst dich über ihre Herrschaft empören, aber du kannst ihnen ihren Platz in der indischen Geschichte nicht streitig machen. Das ist ganz falsch. Du läßt dich von Vorurteilen leiten. Diese Menschen haben durch ihre Anwesenheit unseren Geist geformt und die Weichen für unsere Zukunft gestellt. Der Tag wird kommen, an dem die Geschichte neu geschrieben wird, um ihren Einfluß zu leugnen. Aber diese Geschichte hier ist in ihrer Sprache geschrieben.«

»Du sprichst von ›ihnen‹, dabei gehörst du dazu.«

»Und ich schäme mich dessen nicht. Niemand kann mir die Schuld an dem Zufall meiner Geburt geben, ebensowenig wie jemand dafür verantwortlich ist, daß er als Unberührbarer, als Christ oder als Moslem geboren wurde. Deshalb betrachte ich mich genau wie sie als Inder, nur eben aus einer anderen Kaste, einer anderen Gemeinde.«

»Aber ich habe dich beobachtet und gesehen, wie dein Gesicht vor Stolz aufleuchtete. Das würde bei mir hier nie geschehen. Denn mir ist, als würde ich hier kleiner gemacht. In diesen Wänden könnte ich ersticken.«

Sie traten in den Sonnenschein hinaus und gingen die Strandpromenade entlang zu den schlanken Minaretts und Kuppeln des Justizpalastes von Madras. Eine Kutsche fuhr in raschem Tempo an ihnen vorbei. Im halbdunklen Inneren sahen sie zwei Engländer sitzen.

»Bin ich einer von denen?«

»Nein«, sagte Parvati.

Jetzt war er für sie wieder ein Inder geworden. Er paßte wieder in das Land und zu seinen Menschen, doch ihre Verwirrung wurde nicht geringer. Sie fühlte sich weiterhin unbehaglich. Zwar stellte sie nun in Frage, was sie in der Kapelle gespürt hatte, und doch ahnte sie, daß er ihr fernergerückt war.

Madras lag direkt am Meer, und ein Meer von schattenspendenden grünen Bäumen wölbte sich wie ein Baldachin über den weißen Bungalows. Die Stadt bestand noch nicht lange, und ihre Wurzeln waren eher englisch als indisch. Das Fort war der Ursprung, von ihm gingen alle Straßen und Gebäude aus. Es gab keine alten Festungen oder *Chowks.* Die Basare trugen Namen wie Blumen-Basar oder Rattan-Basar, und die Stadtmitte hieß George Town. Von der hinteren Seite des Forts aus erstreckte sich die Mountain Road, soweit das Auge in der blendenden Hitze sehen konnte. Es waren die echten, keine anglisierten Namen der Orte, denn vorher hatte es hier kein Indien gegeben.

Im Schatten eines Regenbaums auf dem Gelände des Justizpalastes, der früher einmal der Palast eines Nabobs gewesen war, erfuhren sie von dem *Durbar* des Königs und Kaisers. Er sollte in einer Woche in Delhi stattfinden. Ein Schreiber erzählte ihnen, daß der König und Kaiser beabsichtigte, Delhi anstelle von Kalkutta zur Hauptstadt zu machen. Und er erinnerte an den alten Fluch: Wenn eine Dynastie in Delhi eine neue Hauptstadt errichtete, würde sie untergehen. Er sagte, man flüstere sich hinter vorgehaltener Hand betroffen zu, daß die Kosten des Schauspiels auf sechshunderttausend Pfund geschätzt würden. Für den Herrscher hatte man eigens eine neue Krone angefertigt, die Kaiserkrone von Indien. Bei diesem *Durbar* würde er also zum Kaiser von Indien gekrönt werden.

»Dabei sind wir ein armes Volk. Warum sollen wir für so etwas zahlen? Außerdem beabsichtigt der Kaiser, Bengalen wiederzuvereinigen.« Er sprach, als wäre er ein Bengale und kein kleiner, dunkelhäutiger Madras-Mann mit schneeweißem Schnurrbart und hagerem Kopf. Verschwörerisch fügte er hinzu: »Wir müssen *Swaraj* erlangen.«

»Und was wollt Ihr mit dieser Freiheit anfangen?« fragte Kim. Er wunderte sich darüber, daß hier, so weit von dem unruhigen Bengalen entfernt, jemand derartige Gedanken äußerte. »Dann wird euch wieder ein Maharadscha regieren und euch lästige Steuern auferlegen, und es wird Chaos und Unwissenheit herrschen.«

»Dann hätten wir es jedenfalls selber angerichtet«, sagte der Schreiber. »Die Zeiten ändern sich, mein Freund.«

Neugierig musterte er Kim. Dessen Haltung und seine Schwierigkeiten mit der Sprache verrieten ihm, daß er aus dem Norden stammte. Er bewunderte die helle Haut Kims und seines Begleiters, der noch kein Wort gesprochen hatte.

Er saß hinter einem niedrigen Schreibtisch mit den Geräten seiner Zunft: Tintenfaß, Stahlfeder, eine Anzahl weiterer Federn, ein Löschblatt, Papier und Briefmarken. Er schrieb Briefe und Bittschriften für Leute, die selber nicht schreiben konnten. Obwohl Kim und Parvati keine Analphabeten waren, meinte Kim, daß dieser Mann wohl besser geeignet war, seinen wichtigen Kündigungsbrief zu schreiben.

»Kannst du englisch schreiben? In Schönschrift?«

»Ich bin der beste Schönschreiber in dieser feinen Sprache. Sogar der Vorsitzende des Gerichtshofs hat meine Handschrift schon bewundert. In einigen sehr wichtigen Fällen hat allein mein Schreiben sein Urteil bestimmt. Männern, die sich Ihre Briefe von mir schreiben ließen, habe ich dadurch schon zu hohen Posten im Regierungsdienst verholfen. Sag mir, was du ausdrücken willst, und ich bringe es in so schmeichelhaften Wendungen zu Papier, daß man dir jeden Wunsch gewähren wird!«

»Ich bin kein Mensch, der Schmeicheleien verteilt. Du schreibst nur, was ich dir diktiere. Ich kann selber lesen und schreiben, aber du hast wohl eine bessere Handschrift.« Er wartete, bis der Schreiber gewichtig seine Geräte bereitgestellt, mit großer Sorgfalt eine schöne Feder ausgewählt und sie auf den Halter gesteckt hatte. Als er damit fertig war, begann Kim: »Oberst-Sahib . . .«

»Nein, nein, du mußt mir zuerst die Adresse angeben. An wen und wohin soll der Brief geschickt werden? Ich kenne mich da aus. Wenn du das nicht tust, wird der gute Gentleman den Brief gar nicht erhalten.«

»Du schreibst, was ich dir diktiere! ›Oberst-Sahib . . . ‹«

»Du mußt diesen Sahib respektvoller anreden«, sagte der Schreiber. »Ich werde schreiben ›Hochverehrter gnädiger Colonel-Sahib‹.«

»Du schreibst, was ich dir diktiere!« sagte Kim noch einmal. »›Oberst-Sahib, ich habe diese Angelegenheit eingehend überdacht und mir die Entscheidung nicht leicht gemacht. Der Tod‹, nein, schreib ›die Ermordung Narains durch einen Ihrer Männer hat mich tief getroffen. Bis zu diesem Zeitpunkt war ich mir nicht bewußt, welche Täuschungsmanöver in dieser Angelegenheit betrieben wurden. Ich habe Ihnen treu gedient und nie erwartet, daß Sie mich verraten würden. Doch ich will darüber keine weiteren Worte verlieren. Sie und ich wissen, was gemeint ist. Ich leugne nicht die Verdienste des Empire und das große Maß an Ordnung, das es Indien gebracht hat. Ich verleugne auch nicht das Blut, das in meinen Adern fließt. Doch mein Herz, das dieses Blut durch meinen Körper pumpt, ist zerrissen. Wie Sie wissen, war ich eigentlich ein Kind Indiens. Wenn Sie mich nicht gefunden und meine wahre Identität entdeckt hätten, wäre ich vielleicht schon tot, das Opfer einer Krankheit oder, noch schlimmer, des Hungers. Als ich in Ihren Dienst trat, haben wir das Große Spiel gegen ein anderes Weltreich gespielt – gegen die Russen, für die ich keinerlei Liebe empfinde. Wie Sie habe ich ihre Absichten im Hinblick auf Indien gefürchtet. Aber dann war das Spiel beendet, und Sie haben Ihre Aufmerksamkeit auf die inneren Angelegenheiten Indiens gerichtet. In diesem neuen Spiel haben sie mich wie eine Schachfigur hin- und hergeschoben, gegen das indische Volk. Da verlor ich die Lust an dem Spiel. Ich kann mein eigenes Volk nicht verraten, ebensowenig wie ich Sie verraten kann. Ich möchte ohne Verpflichtung der einen wie der anderen Seite gegenüber sein. Hiermit teile ich Ihnen meine Kündigung mit. Über alles, was ich bisher getan und was ich dabei erfahren habe, werde ich schweigen wie das Grab. Ich verbleibe als Ihr demütiger Diener . . .‹«

Der Schreiber hielt inne, wartete und schaute nach einer Weile hoch. Seine Augen waren verschleiert und ließen nicht erkennen, ob er sich die Worte, die er niedergeschrieben, eingeprägt hatte.

»Und dein werter Name, bitte?«

»Den schreibe ich selber. Gib her!«

Kim nahm den Brief an sich. Der Mann hatte wirklich eine schöne, flüssige Handschrift. Das Schreiben wirkte eindrucksvoll, und Kim war zufrieden. Parvati las über seine Schulter mit.

»Das ist aber eine Dummheit, eine gute Stellung bei der Regierung zu kündigen«, sagte der Schreiber. »Und noch dümmer ist es, das auf so respektlose Art zu tun. Dieser Sahib wird dir das nie verzeihen. Laß mich den Brief noch einmal schreiben! Ich werde alles in demütige Worte kleiden.«

»Schreiber-Sahib, ich tue meine Arbeit, und du tust deine! Jetzt schreibe noch einen Brief! ›Mein lieber alter Freund, wie geht es Dir? Ich weiß ja nicht mal, ob Du noch am Leben bist. Als ich Dich verließ, hast Du um Narain getrauert und Holz für die Verbrennung seiner sterblichen Hülle gesammelt. Aus der Ferne sah ich den Rauch aufsteigen und betete zu Gott, er möge seine Seele aufnehmen und ihm gestatten, auf einem höheren Niveau wiedergeboren zu werden. Hierdurch möchte ich Dir mitteilen, daß ich den Dienst beim Oberst-Sahib aufgekündigt habe. Ich kann meine Hand nicht gegen Indien erheben. Was geschehen soll, wird geschehen, ob ich daran teilhabe oder nicht. Es war Narains Tod, oder vielmehr waren es die Umstände seines Todes und der Verrat, der ihn herbeigeführt hat, die diesen Entschluß in mir reifen ließen. Ich möchte nicht, daß der Oberst erfährt, wo ich jetzt bin. Er würde mir zwar nichts Böses zufügen oder versuchen, mich umzustimmen, aber Parvatis Ehemann könnte unseren Aufenthaltsort erfahren und seine Männer wieder nach uns aussenden. Daher bitte ich Dich – und ich weiß, daß ich mich auf Dich verlassen kann –, den Poststempel dieses Briefs geheimzuhalten. Übrigens werde ich nicht mehr lange hierbleiben. Bitte, leite den beiliegenden Brief an den Oberst-Sahib weiter! Ich werde Dir immer in Freundschaft verbunden bleiben.‹«

Parvati beugte sich vor und flüsterte Kim etwas ins Ohr. Er wandte sich an den Schreiber und diktierte ihm noch einen dritten Brief. Er war kürzer und lautete: ›Liebe Alice, ich möchte Dir nur mitteilen, daß ich noch lebe und gesund bin. Derselbe Mann, der mir schon einmal das Leben gerettet hat, bewahrte mich neuerdings vor dem sicheren Tod. Wo ich bin, kann ich Dir nicht schreiben, denn ich schwebe immer noch in Angst vor meinem Ehemann. Ich hoffe nur, daß Du wohlauf bist, wenn Du diesen Brief erhältst. Zu späterer Zeit werde ich Dir ausführlich schreiben und Dir von allen meinen Abenteuern berichten.‹

Kim bezahlte den Schreiber für seine Dienste. Danach schlenderten sie die Strandpromenade hinunter zum Hauptpostamt, einem dunkelroten Gebäude im viktorianischen Stil mit weißen Torbogen und Säulen. Von hier aus führten enge kleine Straßen ab, in denen sich dicht bei dicht Handelsunternehmen aller Art drängten. Beflissene junge Engländer, Geschäftsleute und *Box-Wallahs*, die im Dienst englischer Firmen standen, mischten sich auf den Straßen unter die Eingeborenen. Die Engländer hatten *Topis* auf dem Kopf, und einige trugen Nackenschützer. Diese Erfindung sollte den Träger vor einem Sonnenstich bewahren. Wer sie benutzte, gab sich damit als Neuankömmling zu erkennen.

Der Schreiber verfolgte Kim und seinen jungen Begleiter, nachdem er den Schreibtisch samt allen Geräten in der Obhut eines *Tee-Kadai* zurückgelassen hatte. Er hielt sich immer fünfzig Meter hinter den beiden und murmelte beständig etwas vor sich hin. Hätte ihn jemand dabei belauscht, so würde er Wort für Wort den Text von Kims Briefen vernommen haben. Auf diese Weise prägte er ihn sich ein. Als Schreiber erfuhr er viele kleine Geheimnisse: von Kulis, die in ihr Heimatdorf schrieben, von jungen Männern, die sich um eine Stellung bewarben, und aus Bittbriefen an die Gerichte. Manche beschrieben auch krumme Geschäfte in Handelsunternehmen und schickten sie an andere Leute, die daraus Vorteil ziehen konnten. All dieses Wissen verwandte er im kleinen Maßstab zu seinen Gunsten. Es war eine Art *Dastur* für sein berufliches Geschick. Er hatte sofort gespürt, daß die ihm eben diktierten Briefe von großer Wichtigkeit waren. Noch wichtiger aber mußte der Mann sein, den er jetzt verfolgte.

Der Schreiber sah, wie Kim das Postamt betrat, einen an einer Kette befestigten Federhalter ergriff und die Briefe unterzeichnete. Dann blies er darauf, um die Tinte zu trocknen, statt das bereitliegende Löschblatt zu benutzen. Dadurch vereitelte er jeden Versuch, seinen Namen zu erfahren. Parvati machte es bei ihrem Brief an Alice ebenso.

Kim kaufte drei frankierte Briefumschläge. Sorgfältig schrieb er auf einen: ›An Oberst Creighton‹ und versiegelte ihn. Danach steckte er ihn mit dem Brief an Isaac Newton in den zweiten Umschlag und schrieb dessen Adresse darauf. Während Parvati ihren Brief adressierte, verstand sie, warum Kim die Dienste eines Schreibers in Anspruch genommen hatte. Seine Handschrift war gräßlich.

»Haben sie dir in der Schule nicht beigebracht, anständig zu schreiben?«

»Dafür habe ich sie nicht lange genug besucht«, sagte Kim. »Ich war zwar noch jung, aber in Wirklichkeit war ich schon ein Mann und konnte für solche Feinheiten keine Zeit erübrigen.«

Er wollte seinen Brief gleich aufgeben, doch als er sich umdrehte, erblickte er den Schreiber, der vor dem Telegrammschalter stand. Er kehrte ihm zwar den Rücken zu, doch Kim vergaß nie die Haltung oder den Körperbau eines Menschen, den er einmal gesehen hatte. Parvati gegenüber erwähnte er nichts davon. Sie verließen das Postamt und ruhten sich draußen im Schatten aus, umweht von der kühlen Meeresbrise. Gleich darauf kam der Schreiber heraus. Kim sah, wie er die

Straße entlangspähte. Schließlich erblickte er Kim, ließ es sich aber nicht anmerken, sondern schlug den Weg zum Justizpalast ein. Langsam bog er um eine Ecke. Kaum war er außer Sichtweite, so sprach er zwei dunkelhäutige kleine *Chokras* an, die außer zerrissenen Shorts nichts am Leibe trugen und Aufträge für zahlende Kunden erledigten. Er gab ihnen zwei Annas, beschrieb ihnen Kim und seinen Begleiter und trug ihnen auf, sie zu verfolgen.

»Aber seid vorsichtig!« sagte er zu ihnen. »Das ist ein Mann, dem so leicht nichts entgeht. Und wenn er euch sieht, merkt er sich eure Gesichter. Ihr müßt getrennt bleiben. Wenn er einen von euch bemerkt, dann muß der ihm einen anderen Jungen hinterherschicken.«

Als Kim am Justizpalast vorbeikam, sah er, daß der Schreiber wieder seinem Beruf nachging. Der Bahnhof lag nicht weit entfernt. Während sie in der kühlen Abendluft dort hingingen, drehte er sich häufig um. Er wollte sehen, ob sie verfolgt wurden. Die *Chokras* wimmelten hier wie Fliegenschwärme umher, und so konnte selbst sein geschultes Auge nicht herausfinden, ob sie verfolgt wurden. Wie alle Regierungsgebäude und Eisenbahnhöfe war auch dieser rot angestrichen. Diese Gleichfarbigkeit war sozusagen ein offizielles Kennzeichen, denn auch die Polizeistationen waren rot.

»Warum eigentlich rot?« fragte Parvati, als sie in die höhlenartige Halle kamen. »Warum nicht blau wie unser Himmel? Ich nehme an, Rot ist die kaiserliche Farbe.«

»Nein, lila«, sagte Kim. »Aber dafür braucht man so viel Indigo, daß es zu teuer wäre.« Er gab die Briefe auf und kaufte zwei Fahrkarten nach Madurai.

Später wurde dem Schreiber nahezu jedes Wort berichtet, das die beiden gesprochen hatten. Dazu die Abfahrtszeit ihres Zuges und das Abteil, in das sie eingestiegen waren. Obwohl es schon spät war und er sich im Dunkeln fürchtete, machte sich der Schreiber auf den Weg und schritt die Poonamalli Road entlang. Aus Geiz pflegte er lieber zu Fuß zu gehen, als ein *Tonga* zu nehmen. Die Straße verlief geradeaus, es gab kaum eine Kurve. Sie führte immer nach Westen bis Bangalore. Bald blieb Madras hinter ihm zurück, und es wurde noch dunkler, denn jetzt ging es zwischen Bäumen hindurch, deren Kronen sich über ihm wie ein Tunnel wölbten. Tagsüber wäre ihm ihr Schatten willkommen gewesen, doch jetzt erregte ihn die Dunkelheit und machte ihn ängstlich. Er beschleunigte den Schritt und sah sich dauernd nervös um. Nun war er schon auf dem Lande. Links und rechts der Straße lagen Reisfelder.

Erst als er das Eingangstor sah, mäßigte er seine Eile. Ein *Chowkidar* stand auf Posten und überprüfte den Schreiber gewissenhaft im Schein seiner Laterne. Das Licht fiel auch auf ein Schild am Tor: T. V. Naidu. Der *Chowkidar* schloß das Eisentor auf und ließ den Schreiber ein. Von der Straße aus war nichts von dem Haus zu sehen. Die Auffahrt verlief in sanften Kurven zwischen den Bäumen und setzte sich dann inmitten makelloser Rasenflächen und Blumenbeeten fort. Er hörte Wasser fließen, was seine Nerven beruhigte. Dann sah er, wie in Ausschnitten, Springbrunnen und kleine Kanäle. In der mondlosen Nacht war ihr Wasser noch schwärzer als die Erde.

Er schritt durch die letzte Kurve. Plötzlich erhob sich vor ihm das Herrenhaus wie eine lichterglänzende Felsenklippe. Hundert Meter weiter stand ein Bungalow, der durch einen überdachten Gang mit dem Haus verbunden war. Hunde rasten bellend auf ihn zu. Erschrocken blieb er stocksteif stehen. Sie schnüffelten aber nur an seinen Hacken, und dann kamen schon Diener und zerrten sie weg. Er durfte auf der langen Veranda warten, die das Haus wie ein Wassergraben umgab, und ein Diener brachte ihm Tee und Gebäck.

Endlich kam T. V. Naidu aus dem Haus. Der Schreiber stand auf und legte grüßend die Handflächen aneinander. T V. Naidu war ein schlanker, athletisch wirkender Mann. Er war glattrasiert, jung, Mitte Dreißig und trug eine goldgefaßte Brille. Wie immer war der Schreiber von der Intelligenz des ruhigen Gesichts beeindruckt. T. V. Naidu trug ein scharfgebügeltes weißes *Dhoti* und ein langes Seidenhemd und duftete nach Seife. Neben ihm fühlte der Schreiber sich unsauber. Hinter

T. V. Naidu kam ein Diener mit einem silbernen Tablett, auf dem in einer Zinndose Gold-Flake-Zigaretten und Streichhölzer lagen. T. V. Naidu hatte einen neuen Kricketball in der Hand, den er ständig wie eine Münze in die Luft warf und wieder auffing. Aufmerksam hörte er sich den Bericht des Schreibers an.

»Die einzigen Personen, die namentlich in den Briefen erwähnt wurden, waren Narain und Parvati und die Engländerin Alice. Aber er hatte keine Frau dabei, nur diesen schweigsamen Jungen. Ob der diese Frau gewesen sein könnte?«

Der Schreiber verzog nachdenklich das Gesicht. T. V. Naidu wartete, warf den Ball hoch, der im Lampenlicht glänzte. Er war rot wie alle diese Gebäude, aber wie ein Apfel poliert. Der Schreiber erwog die Anregung, vor seinem geistigen Auge wurde aus dem Jungen eine Frau. »Er war zierlich gebaut. Ja, ja, es war eine Frau.«

»Oberst-Sahib – welcher Oberst? Er ist nicht mehr beim Militär, betreibt aber ein großes Spiel. So hieß es doch: ein großes Spiel?«

»Ein großes Spiel, Sir.«

»Gegen das russische Weltreich. Dann muß dieser Oberst ein Mann aus der Politik sein, ein bedeutender Mann. Vor einigen Monaten ist ein Oberst Creighton zum Ritter geschlagen worden. Doch die Zeitung schrieb nichts über seinen Aufgabenbereich.«

Wie hypnotisiert beobachtete der Schreiber das Auf und Ab des Balles, und unwillkürlich nickte er jedesmal dazu.

»Militärs werden sonst nur in den Ritterstand erhoben, wenn sie Generäle sind. Also handelt es sich möglicherweise um Creighton. Ich werde Erkundigungen über ihn einziehen. Den Namen des Briefschreibers konntest du nicht erfahren?«

»Nein, Sir. Meine Jungen haben ihn nicht nennen hören.«

»Aber er ist ein Engländer?« fragte Naidu.

»Sir, so sah er nicht aus, und so benahm er sich auch nicht. Ich hielt ihn für jemanden aus dem Norden, aber nie für einen Angrezi.«

»Was für den Oberst ideal wäre. Doch anscheinend ist er mit seinem Oberst-Sahib unzufrieden. Er könnte uns also von Nutzen sein. Er kennt Geheimnisse . . .«

»Das hat er in seinem Brief angedeutet. Er will sie für sich bewahren. ›Ich werde schweigen wie ein Grab.‹«

»Geheimnisse sind das Herz und die Seele einer Regierung. Schick ein Telegramm an Srinivasan in Madurai! Er soll den Zug erwarten und diesen Mann und den Jungen im Auge behalten.« Auf einen Wink von ihm trat der Diener mit dem Tablett vor. Er nahm eine Zigarette, und der Diener gab ihm Feuer. »Alice! Der Name kommt mir bekannt vor. Ich muß ihn irgendwo schon einmal gehört haben.«

»Jetzt ist nur noch das Hauptpostamt geöffnet«, sagte der Schreiber. Er machte sich Sorgen, wie er zu dieser späten Stunde zurückkommen sollte. Er hatte gehofft, die Nacht hier verbringen zu können, dann wäre er erst am nächsten Vormittag in die Stadt zurückgekehrt. Beim Gedanken an den langen Fußweg sank ihm das Herz.

»Man wird dich im Automobil hinbringen«, sagte T. V. Naidu und gab dem Diener Befehl, den Wagen zu holen.

Diese Geste kam für den Schreiber nicht sonderlich überraschend T. V. Naidu war für seine Großzügigkeit bekannt. Im Notfall durfte sogar der ärmste Dörfler, selbst ein Unberührbarer, in einem von T. V. Naidus Automobilen mitfahren. Er hatte auch die örtliche Schule bauen lassen und für alle Kinder, ob Junge oder Mädchen, die allgemeine Schulpflicht eingeführt, und seine Küchen belieferten sie täglich mit einem kostenlosen Mittagessen. Und jeder arme junge Mann konnte von Mr. Naidu ein Stipendium für ein Studium in England erhalten, falls er nur intelligent war und die Grundlagen des Kricketspiels beherrschte.

Schweigend saßen sie nebeneinander und lauschten dem Summen der Insekten im Garten. Unaufhörlich flog der Ball auf und ab. Der Schreiber sah auf Mr. Naidus Finger. Sie waren lang, wohlgeformt und grazil. Lange bevor er das Motorengeräusch vernahm, sah er die Scheinwerfer hinter den Bäumen aufleuchten.

Als der Wagen unter der Veranda hielt, stand er auf. Es war ein großes, glänzendes Gefährt, und er hatte noch nie in einem Auto gesessen. Auch T. V. Naidu stand auf, machte aber keine Anstalten, ihn zu begleiten. Statt dessen zog er eine Handvoll Münzen aus der Tasche und ließ sie, ohne sie zu zählen, in die aufgehaltenen Hände des Schreibers fallen.

Neuntes Kapitel

Dezember 1911

Von der Treppe der Jama Masjid, der großen, vom Mogul-Kaiser Shah Jahan erbauten Moschee, beobachteten sie die Vorbereitungen zum glanzvollen *Durbar.* Auf allen Seiten lagen die Ruinen der Vergangenheit. Hier waren die Festungsmauern eines Lodhi-Königs wie Bauklötze eines Kindes eingestürzt, dort verrottete das Grabmal eines persischen Soldaten. Aus den Köpfen der Männer und Frauen ringsum sprach das Erbe der Eroberer. Wie die Bruchstücke eines zerbrochenen Spiegels zeigten sie ein griechisches Profil, die Augen eines Türken, die Nase eines Persers, die Wangenknochen eines Mongolen und den Teint eines Europäers. Einer alten Frau gleich, die vergessen und versteckt in einem verlassenen Palastzimmer gelegen hatte, erwachte die Stadt zum Leben. Sie wurde geschmückt, bemalt und mit Juwelen behängt. Dennoch blieb der Eindruck, als habe sich nichts verändert. Im Laufe der Jahrhunderte hatten viele frühere Bürger derartige Vorbereitungen zu Ehren anderer Monarchen mitangesehen.

Es war ein kalter Tag, und die feinen, dünnen Sonnenstrahlen spendeten ihnen nur wenig Wärme. Um Anil und Satish herum bewegten sich fromme Moslems, einige hatten vor zu beten, andere wurden wie sie von der emsigen Tätigkeit angezogen.

Auf der anderen Seite des ausgedehnten *Maidan* erhoben sich, halb versteckt durch die hin und her eilenden Menschen, Ochsenkarren und Elefanten, die massiven Wälle des Roten Forts. Shah Jahan hatte den Bau begonnen, und sein Sohn Aurangzeb hatte ihn vollendet. Obwohl es aus einer anderen Zeit stammte, erfüllte es noch immer seinen Zweck. Immer noch waren in ihm Truppen untergebracht, und über dem Amar-Singh-Tor wehte die britische Flagge. Das Innere war während des Aufstands der Sepoys teilweise zerstört worden. Doch trotz ihres Rachedursts hatten die Briten den Marmorpalast, der auf den Fluß Jumna hinabblickte, verschont.

Noch nie hatte Anil Ray eine so hektische Tätigkeit gesehen. Auf der braunen Ebene entstand aus Stein und Zelttuch eine Stadt, keine gewöhnliche, sondern kunstvoll gestaltet und mit einer eigenen Magie. Sie zog sich hin, soweit das Auge reichte, und noch darüber hinaus, eine Stadt mit Alleen und Prachtstraßen, Bungalows und Herrenhäusern, Unterkünften für die Diener und Ställen, alles aus Zeltstoff. Sie sollte die Gäste aufnehmen. Sie war so ausgedehnt, daß man eine eigene Gleisanlage gebaut hatte, um die Gäste mit der Eisenbahn abzuholen und zum Fort zu befördern. Die Stadt würde sogar eigene Denkmäler erhalten, die rasch neben den Wällen des Roten Forts in die Höhe wuchsen.

»Das sind zwei konzentrische Amphitheater«, erklärte Satish nach einem Blick in seine Notizen. »Zur Unterhaltung Ihrer Kaiserlichen Majestäten und ihrer Gäste werden zahlreiche Veranstaltungen stattfinden – Paraden, Polospiele, Gesangs- und Tanzdarbietungen.«

Er hatte alles sorgfältig geplant. Jede Nacht, wenn sein Vater schlief, hatte er aus dessen Akten abgeschrieben. Anil gefiel der Plan, weil Satish sich so eingehend um jede Einzelheit gekümmert hatte. Satishs Vater war Kanzleischreiber des Armee-Ingenieurs, der den Bau dieser Zauberstadt leitete. In den Akten waren nicht nur sämtliche Stadtpläne, sondern auch die Sitzordnung und die genaue Reihenfolge beim Festzug enthalten. Menschen und Tieren wurden gleichermaßen ihre Plätze angewiesen. Hier würden die Gouverneure sein, dort die Vizegouverneure. Zur festgesetzten Zeit würden sich die indischen Fürsten in den Zug einordnen. Ihre Plätze entsprachen den jeweils abzufeuernden Salutschüssen, die ihnen die Briten zuerkannt hatten, von einundzwanzig Schüssen für Baroda bis zu einem Schuß für die kleinen Fürstentümer.

Dann würden der König und Kaiser und Ihre Majestät auf einem Elefanten ihren Einzug in Delhi halten. Am Roten Fort würden sie die Treppe zu den Befestigungen über dem Amar-Singh-Tor emporschreiten. Dort würden sie auf einer Marmorplattform unter einem goldenen Baldachin auf ihren Thronsesseln sitzen und den Vorbeimarsch ihrer Untertanen abnehmen. Der König würde die eigens für diese Gelegenheit anfertigte Krone tragen, die Kaiserkrone von Indien. Erst wenn Seine Majestät gekrönt worden und das *Durbar* beendet war, würde die Kaiserkrone von Indien nach England gebracht werden. Damit wollte man verhindern, daß ein unrechtmäßiger Machthaber die Krone stehlen konnte, um sich dann selber zum Kaiser von Indien ausrufen zu lassen.

Selbstverständlich würde die Polizei jeden Fußbreit des Festzugs bewachen und das *Durbar*-Gelände absperren. Der Zutritt war nur mit Sonderausweisen gestattet, die erst einen Tag zuvor ausgegeben wurden. Daher konnte das Attentat nicht auf dem *Durbar*-Gelände stattfinden, sondern mußte nach außerhalb verlegt werden.

Sie gingen den Weg ab, den der Zug nehmen würde, und fanden schließlich einen kleinen Lagerraum über dem Laden eines Seidenhändlers, der zur Straße hin lag. Der Kaufmann freute sich, als er ihn Satish zum doppelten Preis vermieten konnte. Satish sagte ihm, er wollte dort Gewürze lagern, die ihm aus Kalkutta geschickt werden würden. Das Dach grenzte ohne Zwischenraum an zahllose andere Dächer. Die alte Stadt breitete sich aus wie ein großer Strom. Es war leicht, sich von einem Haus aufs nächste zu begeben und über die engen Straßen und Gassen hinwegzuspringen. Die Flucht würde schnell vonstatten gehen.

Anil schritt die Entfernung von dem Haus bis zu der Straße ab, durch die der König und Kaiser einziehen würde. Genau hundert Meter. Für einen sicheren Revolverschuß zu weit. Anil ging noch einmal zu dem Händler, der ihm den Revolver verkauft hatte, und feilschte mit ihm um ein nagelneues 303er-Enfield-Gewehr. Er kaufte es schließlich für dreihundertfünfzig Rupien, die ihm Satish zur Verfügung gestellt hatte, und versteckte es, in Sacktuch eingewickelt, oben im Lagerraum.

Sie übten äußerste Vorsicht und sahen täglich nur eine Stunde bei den Vorbereitungen für den großen Tag zu. Sonst bestand Gefahr, daß sie als Müßiggänger unter all den emsig tätigen Menschen Aufmerksamkeit erregt hätten. Anil hatte ein Zimmer in einem *Serai.* Er war froh, daß er auf diese Weise nicht den ganzen Tag mit seinen neuen Kameraden zusammen sein mußte. Sie fielen ihm auf die Nerven. Satish war wenig gesprächig. Er redete nur, wenn es um irgendeine Einzelheit bei dem geplanten Attentat auf Seine Majestät ging. Er hatte keine Vergangenheit und kein anderes Interesse. Dieses auf ein einziges Ziel abgestellte Verhalten fand Anil deprimierend. Außerdem war Satish humorlos und ziemlich blutrünstig. Er wollte, daß Anil dem König den Kopf abschösse, doch der hatte sich vorgenommen, auf den Körper zu zielen. Auf dem Rükken des Elefanten würde der König eine leicht zu treffende Zielscheibe abgeben.

Satishs Vater, Mr. Mukherjee, war ein spindeldürrer Mann, der mit seinem unnatürlich dicken Bauch wie ein Tonkrug aussah. Seine Stellung als Kanzleischreiber befriedigte ihn außerordentlich. Eine Stellung bei der Regierung war von allen heiß begehrt, denn sie bot Sicherheit, wurde gut bezahlt, und später bekam man eine Pension. Außerdem verlieh sie ihrem Inhaber Ansehen und eine gewisse, wenn auch begrenzte Macht. Alle Freunde und Verwandten beneideten ihn. Während der Bürostunden hockte er am Schreibtisch und gab sich demütig und unterwürfig. Draußen aber stolzierte er wie ein Pfau herum, tyrannisierte seine Frau, seine neun Kinder und jeden anderen, der sich in seinem Machtbereich aufhielt.

Deshalb fiel er vor Schreck fast in Ohnmacht, als er Satishs Abschriften aller seiner Akten in einer Ecke des kleinen Zeltes fand, das man für die Regierungsbeamten aufgeschlagen hatte. Er wußte nicht, was dahintersteckte, hielt seinen Sohn aber nicht für fähig, ein Unrecht zu begehen. Satish war der Älteste, und er erwartete, daß er auch einmal Sekretär werden würde.

»Warum hast du meine Akten abgeschrieben?« wollte er von ihm wissen.

Satish hatte damit gerechnet, daß die Abschriften entdeckt werden würden. Das Zelt war zu klein, um irgend etwas unauffindbar zu verstecken. »Ich wollte nur meine englischen Sprachkenntnisse vertiefen, damit ich nicht durchfalle, wenn ich mich um eine Stellung bewerbe.«

Normalerweise hätte diese Antwort den Vater beruhigt, doch gerade am Vortag hatte ein Polizeiinspektor namens Goode ihnen einen Vortrag darüber gehalten, wie wichtig es war, das Leben ihres Königs und Kaisers zu schützen. Satishs Vater war stolz darauf, für den König und Kaiser zu arbeiten, und jeden Morgen verbeugte er sich bei Arbeitsbeginn zu seinen Ehren.

Inspektor Goode war ein dünner Mann mit einem borstigen roten Schnurrbart. Er grinste ständig. Dieses Grinsen wurde aber von seinem früheren Kieferbruch verursacht. Es entstellte sein Gesicht und ließ dauernd Speichel aus dem Mundwinkel tröpfeln, den er immer wieder mit dem Taschentuch abtupfte. Mr. Mukherjee wußte, wer ihm den Kiefer gebrochen hatte, und er haßte Männer wie Anil Ray, die ihrer aller Ruf in den Dreck zogen. Natürlich hegte er keinen Verdacht gegen Satish, aber der Junge war leicht zu beeinflussen und konnte die Pläne mit der Sitzordnung und dem genauen Zeitplan für den Einzug des Königs und Kaisers in Delhi und den Weg des Festzugs zum *Durbar* herumgezeigt haben.

Er wollte unbedingt verhindern, daß Satish in Schwierigkeiten geriet, und so verbrachte er eine schlaflose Nacht, in der er sich den Kopf über dieses Problem zerbrach. Als Satish und Bhai vormittags ausgingen, nahmen sie die Pläne mit. Der Vater ging ihnen nach. Als er sah, daß sie sich auf der Treppe der Jama Masjid mit Anil trafen, wußte er sofort, daß man Satish zu einem Verräterdienst gezwungen hatte.

Als Satish zurückkam, fragte ihn sein Vater: »Wer ist der Mann, mit dem du dich heute morgen getroffen hast?«

»Ein *Sunyassi*. Er ist mein Guru.«

»Warum interessiert er sich dann für die Abwicklung des *Durbar*?« wollte sein Vater wissen. Als Satish keine Antwort gab, versetzte er ihm eine Ohrfeige. Da er alles andere als kräftig war, fiel der Schlag nicht besonders schmerzhaft aus, doch er bekam selber einen Schreck, weil er sich aus panischer Angst an seinem Sohn vergriffen hatte. »Er hat dich gezwungen, ihm diese Dokumente zu zeigen. Ich weiß es.«

»Er hat mich zu nichts gezwungen. Er ist weiter nichts als ein *Sunyassi*.« Und störrisch sträubte sich Satish gegen jede weitere Diskussion. Er wußte, daß sein Vater stolz darauf war, diese Stellung innezuhaben und für die Engländer zu arbeiten. Und obwohl Satish dadurch ein bequemes Leben hatte, verachtete er seinen Vater.

Bevor sich Mr. Mukherjee an Inspektor Goode wandte, dachte er sich eine Geschichte aus. In seinem besten Anzug, die Hände ehrerbietig gefaltet, ging er in demütiger Haltung zu ihm. Er hatte den Vortrag seiner Geschichte einstudiert und wußte, daß man sie ihm glauben würde. Er redete sich ein, es nur um Satishs willen zu tun, in Wirklichkeit aber tat er es, um eventuelle spätere ungünstige Folgen für die eigene Person abzuwenden. Mächtig schwitzend wartete er im Schatten von Goodes Zelt darauf, vorgelassen zu werden.

Inspektor Goode war nicht mehr der Mann, der er einmal gewesen war. Seit dem Überfall auf ihn hatte er seine Ansichten radikal geändert. Jetzt liebte er Indien nicht mehr, er haßte es. Noch mehr haßte er die indischen Menschen. Deshalb betrachtete er Satishs Vater mit Abneigung und entschiedenem Mißfallen. Vor dem Zwischenfall, der nicht nur sein Gesicht verunstaltet, sondern auch sein Herz und seine Seele getroffen hatte, wäre er ihm mit Geduld begegnet wie ein Vater seinem Kind. Er wurde aber mit seinem demütigenden Erlebnis nicht fertig, weil inzwischen jeder Bescheid wußte. Die Europäer bemitleideten ihn und wünschten insgeheim, er wäre nicht am Leben geblieben, weil seine Gegenwart ihnen peinlich war. Die Inder machten sich hinter ihren listigen Gesichtern über ihn lustig. Nur aus einem einzigen Grunde hatte er nicht um seine Entlassung gebeten und das Land verlassen und der hieß Anil Ray. Er träumte davon, Ray umzubringen, und freute sich schon auf die schrecklichen Todesqualen, die er ihm bereiten würde. Rays Tod würde ihn zwar nicht rehabilitieren, ihm seine regelmäßigen Gesichtszüge nicht wiedergeben oder seine Seele beruhigen, aber er würde ihn endlich von Indien befreien.

»Was zum Teufel willst du denn hier?« fragte ihn Inspektor Goode. »Du hättest dich an meinen Stellvertreter wenden sollen. Aber ich nehme an, daß die Angelegenheit sehr wichtig ist. Faß dich kurz, und dann mach, daß mir deine dreckige Haut aus den Augen kommt!«

»Generalinspektor-Sahib . . .«

»Und laß diese verdammte Schmeichelei! Ich bin Inspektor, du dummer kleiner Nigger. Los, heraus mit der Sprache! Du verstänkerst mir das Zelt.«

Der grobe Empfang brachte Mr. Mukherjee ganz aus der Fassung. Sein eigener Vorgesetzter, Oberst Nichols, war ein höflicher und verständnisvoller Mann. »Inspektor-Sahib, ich bin nur gekommen, um Ihnen etwas zu berichten, was für Sie von größter Wichtigkeit sein könnte. Hier treibt sich ein *Sunyassi* herum, der aber nur so tut, als ob er ein *Sunyassi* wäre. Er zeigt ein verdächtiges Interesse an dem *Durbar.*« Vergeblich wartete er auf eine Bemerkung des Inspektors, dessen starre blaue Augen ihm Angst einflößten. »Mein Sohn hat aber nichts damit zu tun. Man hat ihn gezwungen, ihm die Wegekarte des Umzugs und den Zeitplan zu zeigen. Dieser *Sunyassi* hat ihn in der Hand. Er hat meinen Sohn, der ein sehr guter Junge ist, hypnotisiert.«

»Was du über deinen Sohn sagst, ist gelogen. Ihr seid alle verdammte Lügner, einer wie der andere. Wie heißt dieser *Sunyassi*?«

»Das weiß ich nicht, Inspektor-Sahib.«

»Hol deinen Sohn! Schnell! Sofort! Verschwinde!«

Satish hatte keine Angst vor Goode, ließ sich das aber nicht anmerken. Er hielt den Kopf gesenkt. Innerlich war er wütend auf seinen Vater, der ihn verraten hatte.

»Wer ist dieser Mann?«

»Inspektor-Sahib, er ist ein heiliger Mann und ein großer Bewunderer des Königs und Kaisers. Deshalb wollte er gern wissen, wo er sich aufstellen muß, um Seine gute Majestät möglichst aus der Nähe zu sehen. Nur darum habe ich ihm geholfen.«

»Wie heißt er?«

»Swami Anand.«

»Bring ihn her! Auf der Stelle!«

Mit großer Genugtuung erfuhr Anil Ray, daß Inspektor Goode auch da war. Mit seinem Angriff auf ihn hatte er erreicht, was er wollte. Er hatte ihm die heuchlerische Maske vom Gesicht gerissen und der Welt gezeigt, was er wirklich war: ein von Haß zerfressener Mensch.

»Was soll ich tun?« fragte Satish.

»Sag ihm, daß Swami Anand fort ist und du ihn nicht finden kannst!« sagte Anil. »Wir dürfen uns aber bis zu dem Attentat nicht mehr sehen.«

»Und wo treffen wir uns danach?«

»Auf dem Bahnhof von Delhi«, log Anil. In Wirklichkeit wollte er völlig von der Bildfläche verschwinden und dann als ein ganz anderer wiederkommen.

Satish erstattete Bericht über Swami Anands Verschwinden. Unter dem eisigen starren Blick zwinkerte er rasend schnell. Diese Augen taten weh wie das Sonnenlicht. Goode ließ ihn gehen. Er wußte bereits, daß Swami Anand sich immer noch in

Delhi aufhielt und in dem *Serai* hinter dem Laden des Getreidehändlers Lal Chand im Chandni Chowk-Basar ein kleines Zimmer bewohnte. Da er vorausgesehen hatte, daß Satish ihn anlügen würde, hatte er einen Inspektorenanwärter hinter Satish hergeschickt. Satish würde er später festnehmen.

Der Inspektorenanwärter Neil Dumaine war ein ehrgeiziger junger Mann. Ihm war klar, daß er auf der Karriereleiter nur noch zwei Sprossen emporklimmen konnte. Weiter würde er nie kommen. Die höheren Posten waren den Europäern vorbehalten. Vier Generationen von Dumaines hatten bei der indischen Polizei gedient. Sein Urgroßvater war noch Generalinspekteur der Vereinigten Provinzen gewesen. Doch die Zeiten hatten sich geändert. Dumaine hatte einen kleinen Schuß indischen Bluts in den Adern, und darum konnte er nie in solche Höhen aufsteigen.

Dieser Makel hatte ihn verbittert. Oft träumte er davon, wie anders sein Leben verlaufen wäre, wenn sein Urgroßvater nicht eine Inderin geheiratet hätte. Sie war eine schöne, hellhäutige Jat-Prinzessin gewesen, doch in den Augen seiner Vorgesetzten war sie nur eine »Eingeborene« und er ein *Chi-Chi.* Man mußte schon ein scharfes Auge haben, um seine leichte Färbung zu erkennen. Die Sonne bräunte ihn schnell, er wurde nie so krebsrot wie ein echter Europäer, doch er hatte blondes Haar und graue Augen und überragte wie ein Engländer die Inder um mehr als Haupteslänge.

Seine Pflichten nahm er tödlich ernst, und jetzt hatte er das Gefühl, die Verantwortung für die Sicherheit des Königs und Kaisers läge allein auf seinen Schultern. Er malte sich in Tagträumen aus, wie er Seine Majestät auf dramatische Weise das Leben retten und den hohen Orden des Knight Commander of St. Michael und St. George erhalten würde.

Er erstattete Inspektor Goode Bericht über Satishs Zusammenkunft mit einem *Sadhu.* Die beiden hatten längere Zeit miteinander gesprochen, und dann war der *Sadhu* zur Treppe der Jama Majid gewandert. Dort hatte er eine Stunde lang gesessen und den letzten Vorbereitungen für das *Durbar* zugesehen.

»Wie sieht der Mann aus?«

Auch zu Dumaine benahm sich Goode nicht gerade höflich. Goode hatte ihm stets angesehen, daß der andere ihn bemitleidete. Diese mitleidigen Blicke verfolgten ihn überallhin. Selbst wenn er zum Kap Comorin versetzt werden würde, würde ihn dort jeder Polizist so ansehen. Und das haßte er.

»Er ist kahlgeschoren und glattrasiert. Ungefähr einsachtundsechzig groß. Ziemlich muskulös. Wenn die Leute ihn um seinen *Dharshan* bitten, beachtet er sie nicht.« Das war Dumaine als erstes aufgefallen. Der angebliche heilige Mann hatte den Leuten, die ihn um seinen Segen baten, nur müde mit der Hand gewinkt, sie sollten weitergehen.

»Behalten Sie ihn scharf im Auge, und erstatten Sie mir wieder Bericht!«

Goode war mit den allerletzten hektischen Vorbereitungen vollauf beschäftigt. Schon waren die ersten Gäste eingetroffen und hatten in ihren Zelten Quartier genommen. Es gab bereits Klagen über kleinere Diebstähle, woraufhin er verstärkt Polizeistreifen einsetzte. Am 12. des Monats, also in zwei Tagen, würde der König und Kaiser seinen Einzug in Delhi halten, und entlang des Weges war schon überall Polizei stationiert.

Um nicht aufzufallen, entschloß sich Dumaine zu einer Verkleidung. Da sein blondes Haar und die grauen Augen zu dieser Rolle am besten paßten, verwandelte er sich in einen Kaschmiri. Immer mehr Menschen strömten in die Stadt. Die obersten Verwaltungsbeamten der Bezirke schickten ganze Gruppen, um den Majestäten ihre Untertanentreue zu bezeugen.

Den letzten Tag verbrachte Anil in Zurückgezogenheit. Ein fast religiöses Gefühl hatte ihn erfaßt, ein ekstatisches Erlebnis. Er machte keine Anstalten, aufs Dach zu steigen, sondern saß in ruhiger Nachdenklichkeit am Ufer des Jumna und genoß die Kühle, die vom Wasser aufstieg. Da es ihm noch an Erfahrung fehlte, merkte er nicht, daß Dumaine ihm gefolgt war und ihn beobachtete. Er unternahm einen letzten Spaziergang zum Gelände des *Durbar.* Dort hoffte er, von weitem Inspektor Goode zu erblicken. Durch ihr ineinander verwobenes Schicksal fühlte er sich zu dem Mann hingezogen. Es erging ihm wie mit Kim, das Leben zwang ihn in seinen Umkreis. Es spielte mit ihm wie mit einer Puppe. Zu seiner Enttäuschung bekam er Goode nicht zu Gesicht.

Am 12. wachte er früh auf. Draußen war es noch dunkel und kalt. Auch die Stadt war schon erwacht und fieberte vor Erwartung. Die Beamten, die sich normalerweise eines gesetzten Gangs befleißigten, liefen jetzt in großer Eile, gaben schreiend Befehle und trafen sich dann wieder zu hastigen Besprechungen. Der kaiserliche Sonderzug war im Bahnhof eingelaufen, und in den Außenbezirken der Stadt sammelte sich ein großes Aufgebot an Fürsten und Fürstinnen mit ihrem Gefolge. Wenn sie an der Reihe waren, würden sie sich in Gehorsam und Ehrfurcht vor dem fremden König verbeugen, der den indischen Thron innehatte. Auch fast jedes Regiment hatte eine Abordnung zum *Durbar*-Festzug entsandt. Polizisten und Soldaten, vorwiegend aus den Sikh- und Jat-Regimentern, säumten den Weg. In ihren Uniformen wirkten sie so bunt wie die Bilder auf Keksdosen. Die Menschenmengen wogten und verkeilten sich bereits, doch die Umgebung des Roten Forts war abgesperrt.

Während Anil ein leichtes Frühstück zu sich nahm, bemerkte er den Kaschmiri, der wie ein Dschungelaffe offenen Mundes gaffend herumstand. Anscheinend war er bisher noch nicht über sein Ziegenkaff hinausgekommen. Anil beachtete ihn nicht weiter. Die Kälte machte ihm zu schaffen. Er trug zwar einen Schal, aber keinen Mantel. Der hätte nicht zu seiner Verkleidung gepaßt. Er wünschte, er hätte eine praktischere Rolle gewählt. In der Bettelschale lag der Revolver.

Die Menge war festlich gestimmt und guter Laune. Er ließ sich treiben und näherte sich dann langsam dem Laden des Seidenhändlers. In der Menge raunte es: »Der König und Kaiser kommt!« Es war wie ein Windstoß, der sie dazu trieb, sich weiter vorzudrängen. Doch die Polizei schlug mit den *Lathis*, um sich und drängte sie zurück. Berittene englische Offiziere kontrollierten die enge Durchfahrt, erteilten Befehle und zeigten aufgeregt mal hierhin, mal dorthin.

Rasch schlüpfte Anil in einiger Entfernung von dem Seidenhändler in eine Gasse und erklomm die enge Treppe neben einem Schneiderladen, der wie alle Geschäfte an diesem Tag geschlossen war. Eine volle Minute verharrte er geduckt im Dunkeln, um zu sehen, ob ihm jemand gefolgt war. Doch die Treppe blieb leer. Er flankte über ein Geländer und sprang auf das Nebendach.

Dumaine war aufgeregt. Dies war die erste verdächtige Handlung des *Sadhu.* Seine schnellen Bewegungen verrieten deutlich, daß er etwas im Schilde führte. Flüchtig dachte Neil daran, einen Polizisten mitzunehmen oder den Mann wenigstens mit einem Zwischenbericht zu Inspektor Goode zu schikken, aber ihm fehlte ja noch ein endgültiger Beweis. Deshalb wartete er ab und ließ sich von der Menge stoßen und drängen, während er die leere Treppe im Auge behielt. Dann fühlte er den Revolver unter dem weiten Hemd und der Bauernjacke und schlich vorsichtig Anil nach.

Anil starrte nur auf die in Gold und Silber schimmernde Ebene, die sich vor dem Fort ausdehnte, mit den Flaggen und Wimpeln und *Shamiyanas* in allen Farben des Regenbogens. Er roch den Staub und die Ausdünstungen der Pferde, der Elefanten und der Menschenmenge. Eine solche Geldverschwendung war ein Verbrechen, aber sie hatte ihm auch die Möglichkeit gegeben, den König und Kaiser vor sein Gewehr zu bekommen.

Er schloß den kleinen Lagerraum auf und machte die Tür wieder zu, ohne sie abzuschließen. Dann öffnete er das hoch in der Wand eingelassene kleine Fenster. Es drängte die Welt in ein winziges Rechteck zusammen. Wenn der König und Kaiser in seinem *Howdah* auf dem Elefantenrücken vorbeikam, würde Anil sich nur um ein weniges höher befinden als er. Es war der perfekte Schußwinkel. Würde der Kaiser dagegen auf einem Pferd reiten, dann hätte Anil erheblich höher stehen müssen, um ihn ins Visier zu bekommen.

Er befreite das Gewehr von der umhüllenden Sackleinwand. Es lag gut, stark und mächtig in seiner Hand. Im Magazin waren fünf Patronen, und er hatte die Entfernung auf hundert Meter eingestellt. Dann lud er durch, lehnte das Gewehr an die Wand, stellte die Bettelschale zu seinen Füßen ab und hockte sich geduldig hin. Er wartete auf den lauten Aufschrei der Menge, die ihm anzeigen würde, daß Seine Majestät sich näherte.

Das Volksgemurmel unter ihm blieb jedoch gedämpft und friedlich wie ein schlummerndes wildes Tier. Dann veränderte es sich um ein, zwei Nuancen und wurde lauter. Anil stand auf und spähte durch das Fenster. Er sah in einiger Entfernung, wie die Menge die Köpfe zur Seite wandte und Fähnchen geschwungen wurden. Doch von dem Elefanten des Königs und Kaisers war noch nichts zu sehen. Statt dessen erkannte er auf einmal die mit Gold und Edelsteinen geschmückte *Howdah.* Es war ein reiner Zufall, daß er zugleich die Flagge des Empire erblickte. Sie wurde von einem Ulanen getragen, der vor dem Kaiser einherritt.

Anil stieß einen Fluch aus. Warum ritt der König und Kaiser auf einem Pferd? Gemäß Tagesbefehl sollte Seine Majestät doch auf einem Elefanten einziehen. Anil konnte ja nicht wissen, daß der Kaiser im letzten Augenblick diesen Befehl umgestoßen hatte. Er fand plötzlich, es sei von stärkerer Symbolik, wenn er hoch zu Roß in Delhi einreiten würde, wie er es in England täte, und nicht auf einem Elefanten. Das hatte seine Ratgeber völlig aus dem Konzept gebracht und war auch der Grund, warum die Menge sich bisher so verhältnismäßig ruhig verhalten hatte. Denn jetzt konnten nur die, die ganz vorn standen, den König vorbeireiten sehen.

Anil packte das Gewehr, stellte sich auf Zehenspitzen und versuchte, das Ziel tief unter sich aufs Korn zu nehmen. Doch der Schußwinkel war zu steil. Er hätte einen Stuhl, einen Hokker, irgend etwas zum Draufstellen gebraucht. Zu spät! Der König und Kaiser und seine Eskorte entschwanden schon tänzelnd seinem Blick.

In bitterem Zorn über diesen Schicksalsschlag ließ sich Anil zu Boden gleiten, warf das Gewehr hin und senkte den Kopf. So merkte er nicht, wie sich die Tür langsam öffnete. Dann fiel Licht in das Gemach, und er riß den Kopf hoch.

»Keine Bewegung!« rief Dumaine, richtete den Revolver auf Anil, beugte sich langsam vor und zog das Gewehr zu sich hin.

»Wer bist du?«

»Anil Ray«, sagte Anil mit voller Absicht.

»Ray!«

Dumaine konnte seine Überraschung nicht verbergen. Damit hatte er sich eine Beförderung, eine Summe Geld als Belohnung und die Dankbarkeit von Inspektor Goode gesichert.

Anil beobachtete den Mann und merkte, daß seine Aufmerksamkeit nachließ. Die Aufregung über den Fang, den er gemacht hatte, übermannte ihn. Er dachte nur noch an Ruhm, Geld und Beförderung. Anil Ray blieb ruhig und still hocken und sah zu, wie der Polizeibeamte das Gewehr aus seiner Reichweite zog. Er selber ließ die Hand leicht auf der Bettelschale liegen.

Der Polizeibeamte schnappte sich das Gewehr und wandte sich ein wenig ab, um einen Schritt rückwärts aus dem Gemach zu treten. Anils Hand fuhr in die Schale. Und bevor Dumaine erfaßte, was unter dem safrangelben Tuch lag, sah er den Mündungsblitz des Revolvers, und ein furchtbarer Schlag schleuderte ihn aus dem Lagerraum.

Zehntes Kapitel

April 1911 bis Februar 1912

Alice legte den Federhalter hin und sank in sich zusammen. Alle Muskeln taten ihr weh. Sie war todmüde, aber auch der Schlaf brachte keine Erleichterung. Sie hatte mit Romesh rund um die Uhr gearbeitet, um die neue Ausgabe von *Sher* fertigzustellen. Die Regierung hatte ihren Drucker verhaften lassen und ihn unter der Anklage der Anstiftung zum Aufruhr für sechs Monate ins Gefängnis gesperrt. Nach dem von Lord Minto erlassenen indischen Pressegesetz war *Sher* verboten worden. Insgesamt waren mehr als vierzig indischsprachige Zeitungen verboten worden, aber keine einzige englischsprachige.

Durch ihren Artikel über den Ritterschlag ihres Ehemanns hatte der arme Drucker seinen Lebensunterhalt eingebüßt. Irgend jemand mußte ihn verpfiffen haben. Er war ausgerechnet beim Setzen ihres Artikels verhaftet worden. Am meisten ärgerte sie, daß der Drucker überhaupt keine Schuld hatte. Die Regierung hätte *sie* festnehmen sollen. Aber sie war ja Engländerin. Die Festnahme des Druckers sollte eine Warnung sein.

Doch weder sie noch Romesh hatten sich einschüchtern lassen. Sie hatten in ganz Bombay nach einer anderen Druckerei gesucht, doch niemand wollte die Arbeit übernehmen. Da beschlossen sie, dem Inhaftierten die Druckerpresse abzukaufen. Der war froh, diese gefährliche Verpflichtung loszuwerden. Noch nie hatte Alice sich Romesh so eng verbunden gefühlt wie bei der gemeinsamen Arbeit an der neuen Ausgabe. Sie hatten sich die Mühen des Schreibens und der Produktion geteilt, und Alice war zutiefst zufrieden. Es war schön, für eine gute Sache hart zu arbeiten und dann das Ergebnis zu betrachten. Aber die harte Arbeit nahm sie mehr mit als ihn. Wenn er erschöpft war, wurden nur seine Augen trübe, während bei ihr der ganze Körper streikte und feine Falten ihr Gesicht überzogen. Seit einiger Zeit wagte sie nicht mehr, in den Spiegel zu schauen.

Sie hatten keine Zeit für Intimitäten gehabt, ja, nicht einmal daran gedacht. Doch nachdem sie die Februar-Ausgabe fertiggestellt hatten, konnten sie wieder an sich selber denken. Sie hatten es verdient, diesen Tag zu feiern. Zum Abendessen wollten sie Champagner trinken. Alice räkelte sich im warmen Wasser in der Zinkbadewanne. Wenn sie Liebe gemacht hatten, würde sie bestimmt die ganze Nacht und den folgenden Tag schlafen und schließlich in alter Frische wieder aufwachen.

Sie zog sich an, legte Puder auf und nahm Parfüm. So setzte sie sich in Erwartung Romeshs mit einem Glas Wein auf die Veranda. Sie roch den Staub, in den sich Jasminduft und die angenehmen Gerüche des in der Küche angerichteten Essens mischten. Zikaden lärmten im Garten, und Fledermäuse huschten aus der Dunkelheit vorbei. Ihr war friedlich zumute, sie war daheim. Indiens feuchte Wärme umgab sie, und schon fühlte sie sich wie neugeboren.

Heute abend wollte sie nicht grübeln. Sie goß sich noch ein Glas Wein ein. Romesh hatte schon vor einer Stunde hier sein wollen. Solche Verspätung war ungewöhnlich für ihn, der sich gern seiner westlichen Pünktlichkeit rühmte. Als Parse war er westlicher eingestellt als andere Inder. Die Parsen waren vor elf Jahrhunderten vor der moslemischen Verfolgung geflohen und hatten sich in Bombay niedergelassen. Sie galten als geschickte Geschäftsleute, Gelehrte, Intellektuelle und Sportler, die im Land der Hindus hartnäckig ihre Eigenart und ihre Traditionen bewahrten. Romeshs Onkel Daddhabhai Nairoji hatte sich vom Londoner Wahlkreis Bethnal Green ins Unterhaus wählen lassen, zum Teil, um zu beweisen, daß auch einem Inder, dem Angehörigen einer angeblich unterlegenen Rasse, gesellschaftlicher Aufstieg möglich war. Alice hatte Daddhabhai Nairoji vor acht Jahren für den *Manchester Guardian* interviewt und bei dieser Gelegenheit Romesh kennengelernt. Sie hatten sich auf den ersten Blick gern gehabt, obwohl sie wußte, daß er mit einer Parsin verheiratet war. Romesh hatte ihr auch den Bungalow auf dem Malabar-Hügel zur Verfügung gestellt.

Eine weitere halbe Stunde verging, und vor Alices Augen verblaßten die Sterne, was sie auf den Weingenuß zurückführte. Allmählich begann sie sich Sorgen zu machen. Bisher hatte er sich nur ein einziges Mal verspätet, als seine Frau krank geworden war. Da hatte er ihr aber durch seinen *Peon* eine Nachricht zukommen lassen, und Alice hatte sich in die Rolle der wartenden Geliebten gefügt. Doch jetzt war es bereits 10.30 Uhr abends, und er hatte ihr nicht mal eine Nachricht geschickt. Alice dachte schon daran, sich vom Koch eine *Gharri* holen zu lassen. Aber was sollte sie dann tun? Vor seiner Tür vorfahren? Sie fühlte sich hilflos. Ärger überkam sie. Verdammter Mann, dachte sie, und nahm allein zum Abendessen Platz. Die Champagnerflasche stand in einem Kübel mit geschmolzenem Eis. Sie nahm nur wenige Bissen zu sich. Bevor sie das Haus abschloß, warf sie noch einen langen Blick auf die Straße, die halb im Mondschein, halb im Dunkeln lag. Niemand war dort zu sehen.

Das hartnäckige Klopfen an den Fensterläden schreckte sie auf. Sie erwachte im stockdunklen Schlafzimmer. Der Krach erschien ihr als übles Vorzeichen.

»Wer ist da?«

»Nairoji-Sahibs *Peon*, Memsahib.«

Alice seufzte erleichtert auf. Endlich wenigstens eine Nachricht! Nichts war für eine Frau schlimmer als das Gefühl, vernachlässigt zu werden. Vom Wein hatte sie Kopfschmerzen, und eine bleierne Müdigkeit hielt sie umfangen. Sie öffnete die Haustür, hielt die Lampe in die Höhe und erkannte den alten Mann. Sein Mund war traurig zusammengekniffen. Er hatte keinen Brief bei sich.

»Was ist los?«

»Nairoji-Sahib ist von der Polizei verhaftet worden. Sie haben ihn ins Zentralgefängnis gebracht. Er hat gesagt, ich soll Ihnen Bescheid sagen.«

»Wann war das?«

»Gestern abend. Ich konnte nicht eher kommen. Es gab Probleme.«

»Aber warum haben sie ihn geholt?«

Das konnte er ihr auch nicht sagen. Der arme Mann war viele Kilometer weit zu Fuß gekommen und wollte sich schon wieder auf den Rückweg machen. Alice sagte ihm, er könne auf der Veranda schlafen. Angstvoll zog sie sich rasch an, warf ihm ein paar alte Kleidungsstücke zu und rannte aus dem Haus. Am Tor blieb sie stehen. Es war mitten in der Nacht, der Himmel wurde noch kein bißchen hell. Sie ging wieder ins Haus und sah auf die Uhr. Es war 3.30 Uhr morgens. Sie konnte gar nichts tun und warf sich, so wie sie war, wieder aufs Bett. Romeshs Verhaftung war ein schwerer Schlag für sie, der sie fast körperlich in der Herzgrube getroffen hatte. Die Regierung zog ihr absichtlich den Boden unter den Füßen weg. Sie spielte mit ihr und nahm ihr die Menschen, die ihr lieb waren, um sie vollständig zu isolieren.

Erst zwei Tage später erhielt Alice die Erlaubnis, Romesh zu besuchen. Das Gefängnis war dasselbe düstere Gebäude aus Granitsteinen, vor dem Elizabeth gewartet hatte, als ihr Vater hineingegangen war, um Peter Baileys Diener Rao zu verhören. Es war auch dasselbe Besucherzimmer, spärlich mit zwei Stühlen und einem Tisch möbliert.

Alice erwartete, daß man Romesh in Handschellen hereinführen würde, doch er kam allein und sah frisch zurechtgemacht aus. Hemd und Hose waren sauber, und die schwarzen Haare glänzten vor Öl. Auch in dieser mißlichen Lage blieb er ein gutaussehender Mann, während sie von sich annahm, daß diese beiden Tage sie zu ihrem Nachteil verändert hatten. Sie fühlte sich müde und zusammengeschrumpft.

Er schien keineswegs erfreut, sie zu sehen. Die mürrische Falte, die sie so gut kannte, lag um seinen Mund und erinnerte sie an einen verzogenen kleinen Jungen. Er nickte nur kurz. Das verletzte sie.

Doch erst als sie nach seiner Hand faßte, merkte sie, daß er ein anderer geworden war. Seine Hand zuckte zurück, wenn auch nicht so, daß sie sie nicht ergreifen konnte. Doch sie spürte, wie seine Muskeln sich anspannten, und er zitterte, während er sich um Beherrschung bemühte.

»Was ist passiert?«

»Ich bin im Gefängnis . . . das ist passiert.«

»Du weißt schon, was ich meine. Ich spüre es an deiner Hand.« Sie sahen auf ihre ineinandergelegten Hände, als gehörten sie zwei anderen Menschen. »Du willst sie mir entziehen.«

»Nein«, sagte Romesh, und sie merkte, daß er versuchte, seiner Erregung Herr zu werden. Er mied ihren Blick, doch seine fahlbraunen, feuchten und ausdrucksvollen Augen konnten seine Gefühle nicht verbergen. Ihr war, als blutete er aus einer Wunde. Wie war das geschehen? »Begreifst du denn nicht, warum du auf freiem Fuß geblieben bist? Ich ja, ich ja. Und das ist das Problem. Weil du Engländerin bist und ich ein Eingeborener. Du gehörst zur herrschenden Klasse, ich zu den Unterdrückten. Alice, es wird Zeit, uns zu trennen. Man darf mich nicht mehr mit dir sehen. Wir dürfen nicht mehr miteinander sprechen, wir dürfen uns nicht lieben.«

»Red nicht solchen Unsinn, Romesh! Ich bin deine Geliebte, ich bin deine Freundin. Wir haben schwer gekämpft, um *Sher* herauszubringen. Ich glaube an alles, woran du glaubst – auch an Freiheit für dieses Land.«

»Für dich ist Indiens Freiheit nur ein intellektuelles Spiel. Für mich bedeutet sie dieses Gefängnis, diese vier Steinwände und die Erniedrigung, wie ein Sklave herumkommandiert zu werden. Wie kannst du verstehen, was ich empfinde? Auch wenn man mich wieder freiläßt, werde ich nie vergessen können, daß du hier in meinem eigenen Land immer anders behandelt werden wirst als ich. Ich werde immer der Eingeborene bleiben und du immer das Mitglied der herrschenden Schicht.«

»Zu denen gehöre ich nicht«, sagte Alice verzweifelt. »Mein Leben verläuft völlig abgeschlossen von ihnen. Das weißt du doch. Ich habe nur wenige englische Freunde. Ich bin eine Paria. Wenn auch du dich gegen mich wendest, was bleibt mir dann noch? Du mußt Vertrauen zu mir haben!«

»Muß ich das? Ein Polizeioffizier hat mir gesagt, daß du ihnen verraten hast, wo sie den Drucker finden können.«

Jetzt wurde sie wütend. »Und du hast ihm geglaubt?«

»Nein, natürlich nicht. Ich weiß, daß du so etwas nie tun würdest. Aber es könnte eine Zeit kommen, wo ich mich gezwungen sähe, solche Dinge von dir zu glauben. Wenn ich dich anblicke, sehe ich eine Engländerin. Eine Zeit kommt auf uns zu, in der die Extreme hochgespült werden, Alice. Sie wird für uns beide gefährlich sein. Wenn man uns freundschaftlich miteinander verkehren sieht, wird uns das beide verdächtig machen. Ich muß sauber bleiben, Alice. Ich muß mich vor meinem Volk bewähren.«

Alice fühlte schmerzhaft, wie ihr die Tränen in die Augen stiegen, und sie tupfte sie mit dem Taschentuch ab. Sie war entschlossen, hier im Gefängnis nicht zu weinen. Auch Romeshs Augen schimmerten feucht, und als sie ihm das Taschentuch reichte, tupfte er sie sich ebenfalls ab. Die Inder waren ein sentimentales Volk, sie lachten oder weinten so leicht wie Kinder. Rasch verdrängte sie diesen Gedanken. So von oben herab, so englisch wollte sie sich nicht geben.

»Können wir nicht wenigstens weiter zusammenarbeiten?«

»Das ist möglich«, sagte er. »Aber wir müssen einige Zeit verstreichen lassen. Denn wenn ich in deiner Nähe bin, begehre ich dich, und das darf nicht sein. Ich muß lernen zu vergessen.«

Sie wollte nicht bitten und betteln. Dafür war sie zu alt und zu klug. Sollte er sich ruhig als Märtyrer fühlen! Sie hätte damit rechnen müssen, daß er seine Eigenart bewahren wollte und sich ihr entziehen würde. Ihre Liebe würde sich in eine unbehagliche Freundschaft verwandeln, dann in eine kühle Bekanntschaft und schließlich, wenn die Verbitterung wuchs, in Feindschaft. Sie hoffte inbrünstig, daß es nie dazu käme. Sie wollte auf keinen Fall von Indien ausgeschlossen sein. Wo sollte sie eine Heimat finden, wenn nicht in Indien?

»Weinen werde ich später«, sagte sie, beugte sich vor und gab ihm einen schnellen Kuß auf die Wange. »Am besten, ich ziehe aus dem Bungalow aus.«

»Bitte, bleib da wohnen! Ich schenke ihn dir.«

»Romesh, Romesh, du kannst mir nicht einen Bungalow schenken, ohne daß man dir vorwerfen wird, korrupt zu sein. Du willst sauber bleiben? Dann mußt du uns alle ohne Ausnahme hassen.«

Als sie wieder im Bungalow war, schloß sie Fenster und Türen und überließ sich hemmungslos schluchzend ihrem Leid. Sie weinte wie ein kleines Kind, wurde fast krank davon und blieb zwei Tage lang im Bett liegen. Der dritte Tag war wie eine Auferstehung. Entschlossen verließ sie das Bett. Das Leben mußte weitergehen. Sie schrieb einen kurzen Brief an Romesh im Gefängnis, in dem sie ihm mitteilte, sie werde aus dem Bungalow ausziehen, und hoffe, er werde an der moralischen Haltung festhalten, die er im Gefängnis gefunden hatte.

›Aber leider ist es so leicht, die indischen Führer zu korrumpieren‹, dachte sie ›Tilak ist eine seltene Ausnahme. Er hat keine Angst vor den Briten und bezahlt seine Auflehnung mit Gefängnishaft. Die anderen wollen nur Macht und sind schnell zu Kompromissen bereit. Mit den Morley-Minto-Reformen hat man ihnen eine heißbegehrte Mohrrübe vor die Nase gehalten: die Beteiligung an der Macht. Und sie haben danach gegriffen. Man braucht ja nur an Lal Bahadhur Ram Shanker, Mohinis Mann, zu denken. Er ist Mitglied im gesetzgebenden Rat des Vizekönigs, der erste Inder in einem so erlauchten Gremium. Doch das ist ohne Bedeutung. Er wird zustimmend nicken, wenn man es von ihm verlangt, und eines Tages wird er in den Ritterstand erhoben werden. Er ist kein Patriot, sondern ein Mann, der nur seine eigenen Ziele verfolgt und bestechlich ist.‹

Sie hatte von Gandhis Feldzug in Südafrika gehört und war so stolz auf ihn, als wäre sie selber eine Inderin. Das, dachte sie, ist ein Mann mit Moral. Er hatte sich gegen die Gewaltherrschaft der südafrikanischen Regierung erhoben, ohne seinen Grundsätzen untreu zu werden. Ob er das auch in Indien tun könnte? Nur ein Mensch von hoher Moral konnte für Indien die Freiheit erringen. Sein moralisches Gewissen mußte stahlhart sein. Er durfte den Verheißungen der Regierung nicht nachgeben und, wenn die Verheißungen nicht fruchteten, keine Angst zeigen. Diese moralische Haltung war unabdingbar, wenn ihm die Menschen jeder Gemeinde, Kaste und Religion im Lande Vertrauen schenken sollten. Sie wünschte sich, Gandhi kennenzulernen und ihn reden zu hören, um sich dann selber ein Urteil zu bilden, ob er solch ein Mensch war. Es war ja ganz leicht, sie brauchte nur auf einen Dampfer zu gehen und hinüberzufahren. Sie hatte gehört, daß er gern Fremde in dem *Ashram* empfing, den er außerhalb Durbans erbaut hatte. Aber würde man ihr, wenn sie Indien einmal verlassen hatte, die Rückkehr gestatten?

Sie stand am Fenster und sah zu, wie der Gärtner die Blumentöpfe bewässerte. Seine Fähigkeiten reichten gerade dazu aus, Wasser hin und her zu tragen. Ihr Arbeitszimmer befand sich in einem chaotischen Zustand. Große und kleine Koffer standen offen herum, Bücher und Papiere lagen überall auf dem Fußboden verstreut. Ihre Möbel hatte sie von Lawrence & Co. gemietet. Sie waren ausgesprochen zweckbestimmt, von langem Gebrauch abgestoßen und voller Risse. Mr. Lawrence hatte ihr versprochen, den größten Teil in ihre Mietwohnung zu bringen, und heute erwartete sie den Ochsenkarren für den Umzug. Romesh hatte sie zwar nicht zum Ausziehen aufgefordert, aber sie war zu stolz, um auf Kosten seiner Mildtätigkeit zu leben. Am Church Gate hatte sie eine kleine, aber ausreichende Wohnung gefunden. Nur der Garten und der Blick aufs Meer würden ihr fehlen.

Am Tor stoppte ein Automobil, das eine schwere Staubwolke hinter sich her zog. Indien, dachte sie, ist für solche Fahrzeuge nicht geschaffen. Eine Kutsche wäre ohne dieses Furore von Krach, Dreck und Staub vorbeigefahren. Ein englischer Chauffeur in weißer Uniform mit glänzenden schwarzen Stiefeln riß die hintere Tür auf, und ein schlanker, eleganter Inder stieg aus. Sorgfältig wedelte er mit einem seidenen Taschentuch den Staub von sich, schaute zu ihrem Bungalow herüber und kam dann auf dem Fußweg heran. Alice ließ Lal Bahadhur Ram Shanker zweimal anklopfen, ehe sie hinging und ihm die Tür aufmachte. Mohinis Ehemann sah alt aus. Die Gesichtshaut, die sich über den Knochen spannte, wirkte wie Pergament. Er hatte keine Falten, und die schwarzen Augen waren hart wie Stein.

»Kommen Sie herein, Mr. Shanker! Es ist mir eine hohe Ehre, ein Mitglied vom gesetzgebenden Rat des Vizekönigs bei mir zu empfangen. Übrigens habe ich gerade an Sie gedacht.«

»Hoffentlich in freundlicher Art.«

»Selbstverständlich nicht.«

Alice sagte das mit einem Lächeln, und er kicherte, da er nicht recht wußte, ob das nun englischer Humor oder eine Beleidigung sein sollte. Er konnte nie sagen, wann man sich über ihn lustig machte. Er hatte versucht, sich diesen englischen Humor anzueignen, so wie er ihre gestelzten Manieren übernommen hatte. Es war ihm aber nicht gelungen. Alice bemerkte sein Zögern.

»Sie nehmen sich selber zu ernst, Mr. Shanker. Kommen Sie herein!«

Sie bot ihm Tee an, den er ablehnte. Wie ein Raubvogel saß er ganz vorn auf dem Rattanstuhl. Die zarten, dünnen Hände ruhten auf dem Knauf seines silbernen Spazierstocks. Die Fingernägel waren manikürt. Aber sie stellte sich vor, wenn man seine Hände berührte, würden sich Schuppen ablösen, und sie ekelte sich. Und mit diesem Kerl hatte man die arme Mohini als Kind verheiratet! Er blickte sich im Zimmer um, und sie sah, wie er höhnisch den Mund verzog. Lal Bahadhur staunte immer wieder darüber, daß seine Beherrscher in so einfachen, kärglichen Behausungen lebten. Sogar der Oberst-Sahib lebte so einfach, auch wenn sein Bungalow größer war. Die Engländer verstanden es eben nicht, Vorteile aus ihrer Macht zu ziehen, zumindest einige nicht.

Schließlich wandte er sich ihr zu. Er sah eine blasse, schwitzende Frau mit blonden Haaren, in die sich graue Strähnen mischten. Sie hatte einen ruhigen Blick und anziehende blaue Augen, die seinen starren Blick aushielten, ohne mit der Wimper zu zucken. Im Gegensatz zu ihrer Tochter war sie keine Schönheit, doch die Form ihres Mundes verriet Leidenschaft. Er fand, daß sie ein starkes Gesicht und kräftige Hände besaß. Die Handflächen würden sich sicherlich fest anfühlen.

Das war also die Frau des Oberst-Sahib, ein Geheimnis, das ihre Tochter erst nach dem Tod des Sohnes erfuhr. Lal Bahadhur wußte auch von ihrem Geliebten Romesh, obwohl sie ihr Verhältnis geheimhielten. Vermutlich kannte auch der Oberst ihren Geliebten. Plötzlich hatte er Mitleid mit dem stolzen Mann. Seine Frau mit einem Eingeborenen!

Lal Bahadhur hatte lange darüber nachgedacht, wie er diese Information zu seinen Gunsten ausnutzen könnte. Sie gab ihm eine gewisse Macht über den Oberst. Wenn er die Sache öffentlich machte, würde das fatale Folgen für den Mann haben. Die Briten blieben schon deshalb immer in ihren Enklaven, um ihre Frauen vor sexuellen Beziehungen mit Eingeborenen zu bewahren. Schon ein Blick oder eine Berührung würden Entsetzen und Wut hervorrufen, eine Liebesbeziehung würde zu einem Mord führen.

›Ihre Frauen sind das Symbol ihrer Überlegenheit‹, dachte er. ›Unter großen Kosten bringen sie sie her, wie ihr in Sheffield hergestelltes Porzellangeschirr oder ihre Kanonen. Keine Ehefrau vorweisen zu können, gilt als schreckliche Schande. Ein Engländer würde lieber dahinsiechen und sterben, als eine Inderin zu heiraten, und sollte sie noch so schön und liebenswert sein. Dieser Akt der Selbstverleugnung stellt sie auf eine höhere Stufe, als wir sie innehaben. Indem sie ihre Frauen vor unserer verlockenden Sexualität schützen, beweisen sie sich als Männer. Und wenn sich eine Frau freiwillig mit einem Eingeborenen einläßt, so fügt sie dem Stolz des Engländers eine tiefe, schmerzhafte Wunde zu. Denn nur ein einziger Verstoß gegen diesen Kodex würde uns zeigen, daß sie häßlich sind, häßlich und minderwertig. Darum dürfen sie zwischen ihren

Frauen und den Eingeborenen keine sexuellen Beziehungen zulassen, um ihre Überlegenheit zu bewahren. Wenn eine englische Frau mit einem Eingeborenen schläft, verletzt sie diese ihnen heilige Überlegenheit.‹

Er wußte noch nicht, daß die Liebesaffäre nicht mehr bestand und daß im Nebenzimmer die Trümmer eines beendeten Lebensabschnitts lagen.

»Sind Sie mit meinem Äußeren zufrieden, Mr. Shanker?« fragte Alice und sah, wie er den Spazierstock fester umklammerte.

»Ich wollte Sie nicht anstarren, Miß Soames«, sagte er. Er konnte es nicht leiden, wenn Frauen sich solche Frechheiten herausnahmen. Auch Mohini war frech geworden, und er hatte ihr eine Lektion erteilt. Schade, daß er sie nicht länger in seinen Fängen gehabt hatte, denn dann wäre sie schwach geworden.

»Ich habe zu tun, Mr. Shanker. Sie sind doch wohl aus einem bestimmten Grund hier.«

»Und vermutlich kennen Sie den Grund auch, Miß Soames. Ich suche meine Frau Mohini. Ich weiß, daß Sie sie aufgenommen haben, als sie aus meinem Haus weggerannt war.«

»Selbstverständlich habe ich sie aufgenommen.« Alice hütete sich, ihm zu sagen, daß sie einen kurzen Brief von Mohini erhalten hatte, dann würde er nur noch aufdringlicher werden. »Ich würde das bei jedem tun, der mit Ihnen einmal zu tun gehabt hat. Ich habe das arme Mädchen gesehen, als sie zur Zusammenkunft des Kongresses nach Allahabad abreiste. Ich nehme an, Sie haben daran teilgenommen. Es wundert mich nur, daß Sie sie dort nicht getroffen haben. Offengestanden habe ich geglaubt, Sie hätten sie entführt.«

»Das habe ich auch«, sagte er abrupt. »Aber jemand hat sie mir wieder gestohlen. Meine Liebe zu ihr ist kein Gefängnis, Miß Soames. Ich bin ihr rechtmäßiger Ehemann, und sie ist meine Frau. Wenn Sie wissen, wo sie sich aufhält, müssen Sie es mir sagen. Sonst . . .« Er ließ die subtile Drohung unausgesprochen. Alice sah ihn unentwegt lässig an, weil sie wußte, es würde ihn nervös machen. Trotz seiner hohen Stellung fühlte er sich in Gegenwart von Engländern immer noch unbehaglich.

»Was?«

»Ich könnte rechtliche Maßnahmen gegen Sie ergreifen, weil Sie sich zwischen einen rechtmäßigen Ehemann und seine Frau stellen.«

»Gibt es für solchen Fall ein Hindu-Gesetz? Das überrascht mich. Aber ich bin überzeugt, daß Sie auch zu schlimmeren Mitteln greifen würden, Mr. Shanker. Sie gehören zu den Männern, die am liebsten Gewalt anwenden. Natürlich nicht selber. Das lassen Sie durch andere erledigen. Tut mir leid, aber ich kann Ihnen nicht helfen. Ich habe Ihre Frau nicht mehr gesehen.«

»Haben Sie denn nichts von ihr gehört?« In der flehentlich vorgebrachten Frage glaubte sie das Herz des alten Mannes zu spüren. Trotz seiner ungeheuren Fehler liebte er Mohini wirklich. »Miß Soames, Sie wissen, wie es ist, wenn man einen Menschen liebt. Ich liebe meine Frau, und mein Herz sehnt sich nach ihr. Kann sein, daß sie mich bei Ihnen schlechtgemacht hat. Ich gebe zu, Fehler begangen zu haben, aber nur, weil ich sie zu sehr liebe. Ich frage Sie, ist das ein Verbrechen? Es war Liebe auf den ersten Blick. Ihre Schönheit raubte mir die Sinne. Wenn sie in meiner Nähe ist, wird die Luft klar und kühl und frisch wie im Gebirge. Damals dachte ich nur an mich und mein Glück. Jetzt kann ich nur noch an sie denken. Ich möchte weiter nichts, als sie glücklich machen. Als Frau werden Sie solche Leidenschaft bei einem Manne verstehen. Sie müssen ihr sagen, daß ich sie um Verzeihung bitte. Wenn sie sich entschließen sollte, zu mir zurückzukommen, werde ich ihre Füße mit den Händen berühren. Ich ...«

Alice hob die Hand. »Mr. Shanker, jedem anderen Mann würde ich glauben. Sie haben eine Silberzunge, so glänzend wie der Silberknauf an ihrem Spazierstock, den sie so fest umklammern. Sollte Mohini Ihnen je wieder in die Hände fallen, werden Sie sie mit Sicherheit auf grausame Art bestrafen.«

Seine Augen blitzten bösartig auf. Er heftete den Blick auf sie, als wolle er sie mit seinem Haß in die Knie zwingen. Sie zuckte nicht mal mit der Wimper. Sie hatte sich in ihm einen furchtbaren Feind geschaffen. Aber wenn sie Angst hatte, dann nicht um sich. Sie hielt seinem Blick stand und betete darum, daß er Mohini und Kim nie finden werde.

Abrupt stand er auf. »Ich will Sie nicht länger aufhalten, Miß Soames.« Er öffnete die Tür, blieb aber noch einmal stehen. »Der Name ihres Freundes ist mir entfallen. Er heißt . . .«

Sie hätte »Kim« sagen können. Doch sie schwieg. Er stand auf der Türschwelle, zwischen der Sonnenglut draußen und dem kühlen Halbdunkel des Zimmers, und seine Frage hing in der Luft. Dann wandte er sich grußlos ab, und Alice sah vom Fenster aus, wie er in sein glänzendes Automobil stieg, das eine Staubwolke wie ein königlicher Sonderzug hinter sich her zog.

An dem Tag, als sie in ihre Wohnung am Church Gate umzog, erhielt sie einen schmucklosen, khakifarbenen Brief. Oben auf dem Umschlag stand gedruckt »Im Dienst der indischen Regierung«. Darin lag eine knappe Mitteilung. Sie solle bei Mr. C. J. Edlecliff-Johnstone im Amtsgebäude vorsprechen. Nur der Name, kein Titel und keine Abteilung.

Sie kleidete sich sorgfältig und seriös, legte aber keinen Schmuck an. Auf dem Flur brauchte sie nicht zu warten. Ein *Peon* ließ sie sofort in ein kühles Zimmer mit hoher Decke ein. Im Unterschied zwischen den anderen Türen entlang des Flurs standen daran weder Name noch Titel. Das Bürozimmer war so kärglich möbliert, als sei der Beamte erst kürzlich hier eingezogen. Auf dem Schreibtisch lag eine Akte. Sie nahm an, daß es ihre Akte war. Mr. C. J. Edlecliff-Johnstone saß mit dem Rücken zum Fenster, das aufs Meer hinausging, und las *The Times.* Der untersetzte Mann stand auf. Er war sonnengebräunt, wirkte durchtrainiert und machte den Eindruck eines gutaussehenden Schuljungen. Doch er war Anfang Dreißig, und sie war etwas neidisch, weil ihm Indien nicht so schnell seinen Stempel aufgedrückt hatte wie den Europäerinnen.

»Miß Soames, das ist aber nett von Ihnen, daß Sie gekommen sind«, sagte er mit einem Lächeln – nein, es war eher ein Grinsen, was den Eindruck eines Schuljungen noch unterstrich. Doch sie spürte, daß sich hinter dieser Fassade ein anderer Mensch verbarg. Jemand, der sie wie durch ein Schlüsselloch mit strengem Blick beobachtete.

»Es war ja eine Vorladung, Mr. Edlecliff-Johnstone.« Wie trübselig diese offiziellen Förmlichkeiten doch waren! Sie nahm auf einem der Stühle Platz, die vor ihm aufgereiht waren, und er zog sich hinter den Schreibtisch zurück. Geduldig wartete sie ab, bis er die Papiere vor sich geordnet hatte. Er war so pingelig wie eine alte Jungfer. »Übrigens, wer sind Sie eigentlich?«

»Wie bitte?«

»Mr. Edlecliff-Johnstone, ich kenne mich mit den Gepflogenheiten dieser Regierung aus. Hier ist jeder stolz auf seinen Titel und seine Abteilung. Auf Ihrem Brief und an Ihrer Tür stand nichts dergleichen.«

Er grinste entschuldigend. »Ach so. Nun, ich habe diesen Posten gerade erst übernommen und bin noch nicht dazu gekommen, mir Visitenkarten und Briefpapier anfertigen zu lassen. Ich bin Beamter im Innenministerium.« Er beugte sich vor, als wolle er ihr die Initiative entwinden.

»Und woher wissen Sie, daß ich umgezogen bin? Ihr Brief erreichte mich, als ich gerade in meiner neuen Wohnung eintraf.«

Diesmal verzichtete er auf das Grinsen. Statt dessen wurde er rot, was für ihn sprach. Doch das rosarote Unschuldsgesicht täuschte Alice nicht. Sie hielt das Erröten wie das Grinsen für die Fassade des Mannes, und er hatte beides gut im Griff. Es wirkte eher bedrohlich auf sie, da er sie scharf im Auge behielt. Sie bereute beinahe, daß sie sich so feindselig gegeben hatte. Vielleicht hätte sie lieber wie eine Bittstellerin auftreten sollen.

»Da wir beide vielbeschäftigte Menschen sind«, sagte Edlecliff-Johnstone, »komme ich gleich zur Sache. Ich habe den Auftrag, Ihnen das Mißfallen der Regierung über Ihre journalistische Tätigkeit auszusprechen, besonders über die Berichte, die Sie für ausländische Zeitungen schreiben. Die Amerikaner sind ein ungebildetes Volk, und Ihre farbigen Reportagen vermitteln ihnen ein falsches Bild. Das gleiche gilt für Ihre Kommentare in diesem kleinen indischen Magazin *Sher.*«

»Wollen Sie mich unter Zensur stellen?«

»Im Moment noch nicht. Wir meinen nur, Sie sollten objektiver schreiben. Wir sind nicht alle ausgemachte Bösewichte, Miß Soames. Wir nehmen die gewaltige Bürde auf uns, Indien zu regieren, und Ihre ständige Kritik erleichtert uns diese Aufgabe nicht gerade.«

»Ich schreibe so ehrlich, wie ich kann, über die Bestrebungen Indiens.«

»Die Inder haben doch nicht die leiseste Vorstellung, was sie eigentlich wollen«, sagte er. »Tilak ruft zur Gewalt auf, und Sie sehen ja, wohin das führt. Mord an einem Polizeibeamten beim *Durbar* Seiner Majestät. Und dann die brutale Ermordung von Mr. Noel Jackson, dem obersten Verwaltungsbeamten für Nisak. Ich habe ihn persönlich gekannt. Es gab keinen Menschen, der Indien so geliebt und sich so für das Land eingesetzt hat wie er. Aber Tilaks Schriften haben den jungen Kanhere aufgehetzt, und er hat Jackson kaltblütig erschossen. Ist es das, was Sie sehen wollen? Morde? Ist das *Swaraj*?«

»Es wird in den vor uns liegenden Jahren noch viele, viele Opfer geben, Mr. Edlecliff-Johnstone«, sagte Alice. Sie wollte eigentlich hinzufügen, daß eins gerade vor ihm saß. Eine andere Art Opfer, nicht durch eine Kugel, sondern durch die drohende Zurückweisung. »Einige werden weniger unschuldig sein als Ihr Mr. Jackson. Andere vielleicht nicht. Was ich schreibe, wird an der Zukunft Indiens nichts ändern. Ich kann nur eins tun: die Ursachen klarstellen.«

Der *Peon* unterbrach das Gespräch. Er brachte Tee. Es schien, daß Edlecliff-Johnstone die Unterbrechung nutzte, um seine Gelassenheit wiederzugewinnen. Er machte sich an der Kanne und den Keksen zu schaffen, setzte sich danach mit einem befriedigten Seufzer wieder hin und nippte an seiner Tasse.

»Ich habe nur meine Befehle ausgeführt«, sagte er. »In vielen Dingen sympathisiere ich sogar mit den indischen Bestrebungen. Ich sehe Sie überrascht. Warum sollte ich nicht? Eines Tages werden sich die Inder unter unserer Anleitung selber regieren. Und ich freue mich auf diesen Tag, Miß Soames.«

»Dann bestehen anscheinend in unseren Ansichten über Indiens Zukunft nur geringe Unterschiede.«

»Über die man sich verständigen kann. Haben Sie die Artikel von Valentine Chirol gelesen, Miß Soames?« Er klopfte auf die zusammengefalteten Schriftstücke, ohne sich weiter zu dem angesprochenen Thema zu äußern und beobachtete sie aus seinen ehrlich wirkenden grauen Augen. Sie ahnte, daß er sie auf die Probe stellen wollte.

»Blühender Unsinn«, sagte Alice. »Ich habe ihn kennengelernt, als er hier war. Eine Wirbelwind-Tour. Er hat nur mit den Sahibs gesprochen und sich deren angelernte Ansichten über die Eingeborenen zu eigen gemacht. Ihnen gefallen seine Artikel, weil sie den Gedankengängen der Regierung entsprechen.«

»Ich habe nicht gesagt, daß sie mir gefallen haben. Ich habe Sie nur nach Ihrer Meinung gefragt. Unter uns beiden gesagt, ich halte sie auch für blühenden Blödsinn. Er hat sie von einem Standpunkt aus geschrieben, der dem Ihrigen extrem entgegengesetzt ist. Da kommen solche Leute her und maßen sich nach kurzem Besuch Urteile über die Inder an, die uns auch nicht zusagen. Es gibt aber einen Mittelweg. Dieser *Swaraj*-Unsinn, Ihre extreme Einstellung, wird nur von einer Handvoll Politiker geteilt...«

»Von denen Sie einen ins Gefängnis geworfen haben.«

»Und das mit Recht. Wir sind die legitime Regierung dieses Landes. Und wenn jemand zur Gewalt aufruft, wird ihn jede Regierung, ob hier oder in Großbritannien, ins Gefängnis werfen. Wie viele Tilaks gibt es denn? Ein Dutzend? Sagen wir großzügig: vielleicht hundert. Aber in Indien leben dreihundert Millionen. Und die rufen nicht nach *Swaraj.* Sie sind dankbar, daß wir hier sind. Als wir kamen, herrschte in Indien ein blutiges Chaos. Und sollten wir uns je zurückziehen, wird es wieder zum Chaos kommen. Zugegeben, es war ein Fehler, in diesem Land Schulen nach westlichem Muster einzurichten. Aber schließlich war es unsere Pflicht, etwas für die Bildung der Inder zu tun. Jetzt versteigen sich aber einige wenige, nur weil sie unsere Sprache gelernt haben, zu der hochgestochenen Idee, sie müßten an unserer Stelle regieren.« Auf einmal hatte er wieder seinen offiziellen Ton angenommen.

»Es ist ihr Land, Mr. Edlecliff-Johnstone«, sagte Alice, indem sie seinen Ton nachahmte. Jetzt hatte er wieder das kühlen Gehabe des Beamten und wollte sie mit seinem Für und Wider durcheinanderbringen. Ja, clever war er. »Wir sind eine Weltmacht und gehören nicht hierher. Wenn wir wollten, könnten wir es zwar, aber schon vor langer Zeit wurde entschieden, daß wir nicht indisch werden wollen. *Swaraj* wird unaufhaltsam wachsen. Es ist eine Ironie des Schicksals, daß die Menschen mit ihrer erworbenen Bildung auch nach höheren Dingen streben, nachdem sie kaum entdeckt haben, daß es so etwas gibt. Und zweifellos werden mit diesen Bestrebungen auch die repressiven Maßnahmen der Regierung Schritt halten.«

»Wie in aller Welt sollten wir denn indisch werden, Miß Soames? Wir gehören einer anderen Rasse, einer ihnen überlegenen Rasse an.«

»Als wir nach Indien kamen, haben wir nicht so gedacht. Seitdem haben wir unsere Ansicht geändert.«

»Das war nicht unsere Schuld. Der Aufstand der Sepoys hat alles verändert. Wir werden das Volk keinem indischen Politiker überlassen. Sie dürfen nicht vergessen, daß die Menschen hier zu neunzig Prozent auf dem Lande, in Dörfern leben. Wir werden sie nicht verraten.«

»Sie wollen sie also bevormunden. Haben Sie die Menschen befragt?«

»Selbstverständlich. Sie sind mit uns sehr zufrieden und vertrauen uns mehr als einem Hindu. *Swaraj* ist ausschließlich eine Hindu-Bewegung. Es gibt keinen einzigen Moslem, der sie unterstützt. Die Moslems werden es sich nie gefallen lassen, von Hindus regiert zu werden.«

»Und die Regierung wird den Moslems diesen Standpunkt eifrig eintrichtern. Man hat es ja schon getan. Um den Kongreß zu spalten, hat Lord Minto sie ermuntert, die Moslem-Liga zu gründen.«

»Aber nicht mit der Absicht der Spaltung, Miß Soames«, sagte er, immer ungeduldiger werdend. Ihre Hartnäckigkeit ärgerte ihn. Die Frau des Obersten war wirklich eine Nervensäge.

»Warum gibt es dann keine Christen-Liga und keine Buddhisten-Liga? Weil sie nicht mächtig genug wären, um einen Keil in den Kongreß zu treiben, wie die Regierung es wünscht. Dafür taugt nur die Moslem-Liga.«

»Ich habe Ihre Artikel gelesen, Miß Soames«, sagte er schroff und ordnete seine Schriftstücke, um anzudeuten, daß er das Gespräch zu beenden wünschte, »konnte aber Ihrer Einschätzung dieses Landes nie zustimmen. Ihr Intellektuelle habt Indien und seine Probleme nie verstanden. Vielen Dank, daß Sie gekommen sind.« Er stand auf und kam um den Schreibtisch, um sie zur Tür zu begleiten.

»Ich möchte nach Südafrika reisen.«

»Wir sind hier nicht in Rußland, Miß Soames. Es steht Ihnen selbstverständlich frei, überallhin zu fahren. Ich verstehe gar nicht, warum Sie mich um Erlaubnis bitten.«

»Ich bitte Sie nicht um die Erlaubnis zur Ausreise, Mr. Edlecliff-Johnstone«, sagte Alice. »Ich möchte nur wissen, ob mich die Regierung wieder einreisen lassen würde.«

Unmerklich verhärtete sich sein Gesichtsausdruck, während sie auf Antwort wartete.

»Wohl nicht, wie? Seien Sie ehrlich!«

»Miß Soames, offen gesagt, wären wir froh, wenn Sie Indien verließen. Und ich zweifle, ob diese Regierung so dumm sein wird, Ihnen dann wieder die Einreise zu gestatten.«

»Danke. Sie könnten mir also die Ausreise gestatten und die Rückkehr verbieten.«

»Es ist nicht die Art dieser Regierung, sich unehrenhaft zu verhalten«, sagte Edlecliff-Johnstone pikiert, als hätte man ihm eine perverse Handlung vorgeworfen. Sie stand auf. Er machte ihr die Tür auf, aber nur ein wenig, und setzte hinzu: »Die Regierung ist außerdem der Meinung, Sie sollten nur über Tatsachen berichten und sich nicht in Dinge einmischen, die Sie nichts angehen. Dann könnte es nämlich unangenehm werden.«

»An Unannehmlichkeiten bin ich gewöhnt, Mr. Edlecliff-Johnstone.« Bevor er die Tür hinter ihr zumachte, sagte sie noch: »Wenn Ihre Stellung offiziell bestätigt wird, müssen Sie mir mal Ihre Visitenkarte zuschicken. Ich würde gern wissen, was Sie in dieser Regierung tun.«

Er schloß die Tür fest. Nun, wenigstens war es ihr gelungen, ihn nervös zu machen. Doch danach gewannen bei ihr Enttäuschung und Niedergeschlagenheit die Oberhand. Die Reise und ein Besuch bei Mr. Gandhi hätten sie von ihren privaten Schwierigkeiten abgelenkt. Er hätte ihr doch ein bißchen Hoffnung machen können! Andererseits fragte sie sich, ob überhaupt jemand stark genug sein konnte, um Männer wie Edlecliffe-Johnstone aus ihren Bürosesseln zu vertreiben.

Auf der Straße kniff sie wegen des glühenden Sonnenscheins die Augen etwas zu. Irgend jemand mußte sie beobachtet haben. Aber wer? Sie kannte sich zwar im Spionagegewerbe nicht aus, war aber überzeugt, daß man sie verfolgte. Um sie herum wogten braune und weiße Gesichter. Keiner schien von ihr Notiz zu nehmen. Der Weg zum Church Gate war nicht weit, und trotz der brütenden Hitze genoß sie ihn. Hier fühlte sie sich Indien zugehörig. In Edlecliff-Johnstones Bürozimmer war sie sich davon abgeschnitten und hilflos vorgekommen.

Sie ging die Treppe zu ihrer Wohnung hinauf und blieb plötzlich stehen. Die Tür stand weit offen, das Vorhängeschloß war erbrochen. Vorsichtig stieß sie die Tür auf. Ihr Wohnzimmer, das nach dem Umzug schon ein einziges Chaos gewesen war, sah jetzt so aus, als hätte ein Zyklon darin getobt. Die großen und die kleinen Koffer waren geöffnet, und ihre Papiere lagen überall verstreut herum. Ein Einbruchsdiebstahl konnte es nicht sein. Sie besaß ja nichts außer diesen Papieren und ein paar hundert Rupien auf dem Bankkonto.

Sie rief nach ihrem Koch: »Dorairaj!« Mit angehaltenem Atem wartete sie auf Antwort. Dann hörte sie, wie er sich vom rückwärtigen Balkon meldete, wo er zu schlafen pflegte. Wenigstens war ihm nichts zugestoßen.

Sie ahnte, wer ihre Wohnung durchsucht hatte. Mr. Edlecliff-Johnstones Männer haben nach weiteren belastenden aufrührerischen Artikeln gesucht, dachte sie. Zunächst sah es jedoch so aus, als fehlte nichts. Eine Woche lang sah sie alle Papiere durch und heftete sie ab. Erst dann merkte sie, daß Mohinis Brief nicht mehr da war. Das machte ihr angst. Mr. Edlecliff-Johnstone hätte ihn nicht gestohlen. Es war Lal Bahadhur Ram Shanker, der seine Männer hergeschickt hatte, um nachzusehen, ob etwas Schriftliches von Mohini zu finden war. In dem Brief war zwar keine Adresse angegeben, und es hatte nichts dringestanden, was Aufschluß über ihr und Kims Reiseziel gab, doch Alice blieb beunruhigt. Irgendwann würde Lal Bahadhur schließlich doch seine Frau aufspüren. Wenn sie ihr doch nur eine Warnung schicken könnte!

Elftes Kapitel
Juli bis Oktober 1912

Lord Hardinge von Penshurst, der Vizekönig von Indien, war zu sehr Gentleman, um in Gegenwart seiner Diener Ärger zu zeigen. Gewissenhaft faltete er den *Englishman* zusammen und ließ ihn auf den Fußboden fallen. Schnell hob einer seiner Diener die Zeitung auf und legte sie neben seinen Teller. Seine zwölfjährige Tochter Diamond kicherte, und Lady Hardinge lächelte ihm freundlich über den Tisch hinweg zu. Sie waren seit langem an Dienerschaft gewöhnt, nur nicht an so viele, wie sie dem Vizekönig zur Verfügung standen. Ein Diener stand hinter ihrem Stuhl, ein anderer hinter dem ihrer Tochter, zwei standen hinter ihrem Mann und drei an der Tür. Lady Hardinge war eine hübsche Frau, hochgewachsen wie ihr Mann, und hatte die gleiche aristokratische Haltung wie er. Für sie war es ganz selbstverständlich, daß ihr Mann Vizekönig geworden war. Sein Großvater war 1844, als Indien von der John Company beherrscht wurde, Generalgouverneur, und ihr Onkel, Lord Northbrooke, war 1872 Vizekönig gewesen. Indien verlieh ihren beiden Familien Kontinuität. Sie waren zum Herrschen bestimmt.

Das Frühstückszimmer, das auf die Veranda und den überfüllten Garten hinausging, erschien ihr an diesem heißen Sommertag überfüllt. In der heißen, unbewegten, trockenen Luft fiel einem selbst das Atmen schwer. Eigentlich müßten sie sich, wie es im Sommer Sitte war, nach Simla zurückgezogen haben, doch ihr Mann war in Delhi zu stark beschäftigt. Die anderen Ehefrauen hatten der Ebene längst den Rücken gekehrt und waren in die Hügel geflohen. Aber Winifred Hardinge war eine außergewöhnliche Frau. Man hielt sie allgemein für intelligenter als ihren Mann und holte in Verwaltungsangelegenheiten oft ihren Rat ein. Wenn Lord Hardinge seine Frau nicht an seiner Seite wußte, wurde ihm seine Aufgabe unerträglich.

»Sie werden nie aufhören zu jammern«, sagte Lady Hardinge. »Am besten ist es, wenn du einfach nicht darauf hörst. Es ist so schön, wenn man sie los ist!«

Lady Hardinge hatte wenig Verständnis für die europäische Gemeinde von Kalkutta. Sie fand, daß die meisten eine selbstsüchtige, egozentrische Bande waren. Immerhin mußte sie als Vizekönigin mit ihnen auskommen, und das gelang ihr auch dank ihres mühelosen höflichen Charmes.

»Wenn man diese Faxen hier liest, muß man denken, ich hätte die Schuld.«

König Georges V. Proklamation, daß die indische Hauptstadt von Kalkutta nach Delhi verlegt werden sollte, hatte in Kalkutta einen Sturm der Entrüstung hervorgerufen. Zuerst war es nur ein Gerücht gewesen. Doch dann erging die kaiserliche Verordnung, und Kalkutta empörte sich über diese Beleidigung. Über drei Jahrhunderte lang war Kalkutta die Hauptstadt gewesen und hatte das mit der Arroganz einer jungen, sinnlichen Stadt genossen, die von den Europäern nach ihren eigenen Bedürfnissen erbaut worden war.

Unter Mißfallenskundgebungen hatte Lord Hardinge Kalkutta verlassen. Inzwischen war ein halbes Jahr vergangen, aber noch immer regnete es wütende Angriffe auf sein Haupt. Er war froh, daß er wenigstens vorläufig Kalkuttas Geschäftswelt los war. Sie machte den meisten Krach, weil sie ihre eigenen Interessen bedroht sah. Bei der großen Entfernung zur neuen Hauptstadt war sie außerstande, Einfluß auf die Regierung zu nehmen und ihr so lange Schwierigkeiten zu machen, bis sie nachgab und für sie vorteilhafte Entschlüsse faßte.

Jetzt wohnte der Vizekönig in erniedrigender Beengtheit im Bezirksgericht von Delhi. Es war ein großer, ausgedehnter Bungalow, der für Regierungsbeamte als Gästehaus und nicht als ständige Residenz des Vizekönigs und seiner Mitarbeiter gedacht war. Im Garten standen dicht an dicht Zelte, in denen sein persönlicher Verwaltungsstab untergebracht war, und deren Nähe verstärkte Lady Hardinges Gefühl der Klaustrophobie. Man konnte sich nicht bewegen, ohne auf jemand anderen zu stoßen.

Jenseits der hohen Umfriedungsmauern erhob sich eine provisorische Stadt. Die Bauarbeiten verursachten Wolken von Staub, und bei der kleinsten Brise zog dieser gelbe Nebel in die Residenz des Vizekönigs und ließ sich auf allen Möbeln, auf der Kleidung und in den Haaren nieder. Und inmitten dieses Dunstes arbeitete die indische Regierung so gut es ging. Die Mitarbeiter der einzelnen Abteilungen blätterten in ihren staubigen Akten, während neben ihnen Maurer und Zimmerleute ihrer Arbeit nachgingen und in aller Eile ein *kutcha*-Zimmer nach dem anderen hochzogen. In Kalkutta hatten die Regierungsbeamten noch geräumige Bungalows bewohnt, jetzt sahen sie ihren Wohnraum auf ein, zwei Räume beschränkt, und das Eßzimmer mußten sie mit anderen teilen.

Waren sie unter sich, murrten sie: Kaiserliche Verordnung, ja, schön und gut, aber hat jemand auch nur einen Augenblick lang die Folgen bedacht? Ihre Familien hatten sich im Gegensatz zu der des Vizekönigs in die Berge geflüchtet. Das war ein Glück, denn die chaotischen Zustände hätten sie in den Wahnsinn getrieben. Jetzt im Sommer ging es ja noch. Aber wenn die Monsunregen einsetzten, würde der ganze Garten im Schlamm versinken, und die Hälfte der Zelte und Häuser würden in sich zusammenfallen. Alle hatten nur den einen Wunsch, der Vizekönig würde sich endlich an die Tradition halten und das Land von Simla aus regieren.

Lord Hardinge hätte das auch nur zu gern getan. Doch König George V. nahm persönlich Anteil an den Plänen für seine Kaiserstadt. Neu-Delhi sollte größer und großartiger werden als alles, was von früheren Kaisern, ob Moguln oder Lodi, je entworfen und gebaut worden war. Der Palast des Vizekönigs sollte prachtvoller werden als der des Moguls im Roten Fort. Er würde die Skyline dieses neuen Delhi beherrschen und die Macht seines Amtes in alle Richtungen ausstrahlen. Die Findungskommission, die einen Architekten für diese Stadt bestimmen sollte, hatte gleich zwei ausgewählt. Sir Herbert Baker sollte die Verwaltungsgebäude, das Haus des Gesetzgebenden Rates und die Wohngegenden entwerfen, während die Gesamtanlage von Neu-Delhi, der Palast des Vizekönigs und der Große Platz in die Verantwortung von Sir Edwin Lutyens fielen, einem dreiundvierzig Jahre alten selbsternannten Genie.

Jedesmal wenn Lord Hardinge an diesen arroganten Mann dachte, stieg in ihm eine Welle des Selbstmitleids auf. Er mußte nicht allein Indien regieren, sondern hatte auch den Bau der neuen Stadt zu überwachen und sich in Kämpfe mit Lutyens einzulassen. Lutyens' Vorstellungen überstiegen schon jetzt die Kostenvoranschläge, und alle Bemühungen, seine Verschwendungssucht zu stoppen, erwiesen sich als fruchtlos. Der verdammte Kerl wußte genau, wie er Lady Hardinge um den Finger wickeln konnte, und wenn Lord Hardinge Protest gegen seine Entwürfe einlegte, wandte er sich einfach an sie. Es war unerträglich. Hardinge konnte Lutyens prahlerisches Gehabe nicht ausstehen. Er selbst war ein äußerst schüchterner Mensch, verbarg diese Eigenschaft hinter einer kühlen Zurückhaltung und erweckte dadurch den Eindruck eines gefühllosen Menschen. Aber seine Familie kannte ihn nur als herzlichen, liebevollen Mann.

Der Gesetzgebende Rat des Vizekönigs trat allwöchentlich zusammen. Statt in dem feierlichen Konferenzsaal in Kalkutta, wo ein großes Ölgemälde von Lord Hastings hinter seinem Sessel an der Wand hing, nahm Lord Hardinge jetzt an einem langen, abgestoßenen und beschädigten Tisch im sonnigen Wohnzimmer den Vorsitz ein, mit dem Rücken zu den Fenstertüren. Dieses Wohnzimmer hatte früher als Gästesuite gedient.

Trotz der Hitze und den diversen Unbequemlichkeiten waren die Ratsmitglieder in heiterer Stimmung. Lord Hardinge fühlte sich an Schuljungen auf einem Ausflug erinnert. Sie tauschten untereinander Geschichten über ihre Einschränkungen und Mißgeschicke aus, wobei einer den anderen zu übertrumpfen suchte. Als junge Männer hatten sie sich bei ihren winterlichen Dienstreisen durch das Land an solcherlei Strapazen gewöhnt. Dieses weitläufige provisorische Lager rief in ihnen die Erinnerung an ihren jugendlichen Eifer wach, als sie noch die obersten Verwaltungsbeamten ihres Bezirks oder Vizegouverneure gewesen waren.

Das einzige indische Mitglied, Lal Bahadhur Ram Shanker, versuchte an der allgemeinen guten Stimmung teilzuhaben. Er war besser dran als sie, denn er hatte in Delhi ein Haus, eins von mehreren, die er in verschiedenen Landesteilen besaß. Der

Vizekönig mochte Lal Bahadhur. Der Mann war offensichtlich ein Gentleman, immer makellos gekleidet und von großer Höflichkeit. Er besaß einen wachen Geist und vertrat bei Reformen einen gemäßigten politischen Standpunkt. Obwohl er im Rat über keinerlei Einfluß verfügte, wurden seine Ansichten von den anderen kaum beachtet, allein deswegen, weil er ihnen durch die Morley-Minto-Reformen aufgedrängt worden war. Hardinge mißbilligte die abweisende Haltung der Ratsmitglieder und tat alles, was in seinen Kräften stand, um Lal Bahadhur Mut zu machen. Er war ja der Vorläufer der anderen Inder, die eines Tages ebenfalls im Rat sitzen würden.

Weiter unten am Tisch saß Oberst Sir John Creighton und schaute geistesabwesend auf die Rasenfläche draußen. Hardinge hatte früh begriffen, daß Creighton sein Aufgabengebiet als seine ureigene, eifersüchtig bewachte Domäne betrachtete. Sein Beruf brachte es mit sich, daß Creighton ein verschwiegener Mann war. Hardinge mißtraute ihm. Es war unmöglich, eine Kontrolle über ihn auszuüben. So war er der einzige am Konferenztisch, in dessen Gegenwart der Vizekönig sich unbehaglich fühlte. Diese tief unter den starken Brauen liegenden Augen gaben nichts preis und versprachen noch weniger.

Der Rat diskutierte gerade das alljährlich erlassene Finanzgesetz. Lal Bahadhur gelang es, den Blick Lord Hardinges zu erhaschen. Der Vizekönig wartete einen geeigneten Augenblick ab und erteilte dann Lal Bahadhur Sprecherlaubnis.

»Euer Exzellenz, darf ich einen Einwand zu dieser Diskussion erheben?« Wie jeder andere, der das Wort ergriff, blieb Lal Bahadhur dabei in seinem Sessel sitzen. Der Rat glich eher einem exklusiven Club, und Lord Hardinge förderte ein ungezwungenes Benehmen. Unter Lord Curzons stahlhartem Blick hatten die Mitglieder aufstehen müssen und stotternd ihren Diskussionsbeitrag vorgebracht. »Die Kosten dieses neuen Denkmals zu Ehren des Königs und Kaisers werden unweigerlich mehr Geld verschlingen, als mein armes Land aufbringen kann. Ich habe den neuen Etat zwar noch nicht zu Gesicht bekommen, aber man spricht allgemein von vielen *Karors.* Das wären mehr als eine Million Pfund. Ich bin für den Umzug aus Kalkutta. Delhi ist die natürliche Hauptstadt von Indien, wie sie es ja schon viele Jahrzehnte lang und in ...« – er lächelte – »in vielen Weltreichen gewesen ist. Aber ich kann nicht einsehen, warum das Delhi, das jetzt vor unseren Augen entsteht, nicht nach den Bedürfnissen der Regierung etwas bescheidener gestaltet wird. Diese hohen Kosten sind reine Verschwendung. Und diese neue Last für mein Volk folgt unmittelbar auf die hundertachtzigtausend Pfund, die es für das *Durbar* Seiner Majestät aufbringen mußte. Kann Indien sich solche Extravaganzen leisten, Euer Exzellenz?«

»Mr. Shanker, Seine Majestät ist der Meinung, daß Indien, das rasch in das neue Jahrhundert hineinwächst, eine Hauptstadt haben muß, die diesem neuen Zeitalter entspricht. Wir haben uns das jetzige Delhi angesehen. Es ist als Regierungssitz nicht geeignet. Es ist veraltet und erinnert zu sehr an die Vergangenheit. Aber auch, wenn wir es im alten Zustand beließen, müßten wir trotzdem neue Verwaltungsbauten, Häuser für die Beamten und eine Residenz für den Vizekönig errichten. Da halte ich es für besser, einen neuen Anfang zu machen und es von Grund auf neu zu gestalten.«

Der Vizekönig hielt einen Moment inne, um Lal Bahadhurs Aufmerksamkeit an sich zu fesseln. »Außerdem wird Neu-Delhi den Indern in vieler Hinsicht zugute kommen. Die Architekten sind zwar Briten, aber die gesamten Bauarbeiten werden von Indern ausgeführt. Das Geld wird nicht im Ausland vergeudet, sondern in Indien für die Inder ausgegeben. Ich bin überzeugt, daß Sie einsehen werden, welcher Nutzen sich daraus für Ihr Volk ergeben wird.«

Bereitwillig sah Lal Bahadhur den Nutzen ein. Er hatte ohnehin nur für das Protokoll gesprochen. Wenn er einen geringfügigen Einwand erhob, fühlte er sich weniger als Marionette und tat etwas für seinen Stolz. Die Vorteile des neuen Delhi waren ihm völlig klar, denn er besaß einen nicht geringen Teil des Bodens, auf dem es gebaut wurde.

Kaum hatte er die ersten Gerüchte über die Entscheidung

des Königs, die Hauptstadt zu verlegen, gehört, als er auch schon insgeheim rund um das alte Delhi verstreute Grundstükke gekauft hatte, wobei er sich eine gewisse Beschränkung auferlegte, um keinen Verdacht zu erregen. Das Land hatte entweder unwissenden Dörflern gehört oder bestand aus *Jagirs*, deren Verträge längst ausgelaufen waren. Er konnte nicht einmal in Umrissen absehen, wie viele *Lakhs* er durch diese Investitionen verdienen würde. Bauunternehmer, Handwerker, Rohmaterial – er träumte bereits von einem ungeheuren Vermögen, das ihm durch die Narrheiten der Briten zufließen würde. Für ihn waren es Narrheiten wie der Bau von Schlössern im Sand oder auf fernen Bergkuppen. Außerdem sah er darin ihre Eitelkeit. Sie errichteten ihrer Herrschaft ein Mausoleum.

Lange dachte er über die Legende von Delhi und das Ende der Dynastien nach. Wenn die jetzige Dynastie endete, würde die nächste eine indische sein. Der Gedanke an Dynastien rief ihm Mohini in Erinnerung. Sie hätte ihm ein Kind gebären sollen, einen Stammhalter, der das Land einmal regieren würde. Er mußte einen Sohn haben. Wenn möglich, viele Söhne. Er wurde allmählich alt, und seine Besessenheit für diese Frau hatte ihn so verblendet, daß er nicht daran gedacht hatte, die Zukunft seiner Familie zu sichern. Die Suche nach ihr würde er aber nie aufgeben. Und er würde sich für diese Demütigung rächen. Seine sexuellen Kräfte mußte er jetzt jedoch für eine andere Frau verwenden. Eine, die ihm Kinder gebären würde.

Als die Tagung beendet war, blickte sich Lal Bahadhur nach dem Oberst um und sah, daß er eilig nach draußen strebte. Er selber hielt sich noch eine Weile auf, ordnete müßig seine Papiere und schwelgte in seiner bedeutenden Rolle. Selbst dieser einfache Salon mit den geblümten Vorhängen, leeren Blumenvasen und gerahmten Bildern verwandelte sich vor seinen Augen. Nun, nachdem er ihre Debatte mitangehört hatte, erschien er ihm größer und feierlicher. Auch seine Stimme war hier erklungen. Er meinte, sie noch wie ein Echo von den Wänden widerhallen zu hören. Gern wäre er in Gesellschaft der anderen hinausgeschlendert, eine solche Vertrautheit hätte ihm wohlgetan. Aber er ging allein nach draußen. Die anderen hatten sich auf der Veranda getroffen. Sie standen in Gruppen zusammen und tauschten Klatsch und Witze aus. Lal Bahadhur wußte, sie würden sofort in höfliches Schweigen verfallen, wenn er sich zu ihnen gesellte. Unentschlossen fragte er sich, ob er eilig weggehen sollte, damit es so aussah, als riefen ihn dringende Geschäfte.

In einiger Entfernung entdeckte Lal Bahadhur zwischen zwei Zelten den Oberst im Gespräch mit einem Polizeioffizier. Einmal sahen sie auf und musterten das Bezirksgericht. Er folgte dem Blick und sah, daß mehrere Polizisten in regelmäßigen Abständen Posten bezogen hatten. Er hatte ein Gerücht vernommen, ein leises Flüstern in einer heißen Brise, daß beim *Durbar* ein Attentatsversuch auf Seine Kaiserliche Majestät unternommen worden sei. Es war kein offizielles Gerücht, nur Basargespräch. Aber es war ein Polizeibeamter getötet worden. Sollte das Gerücht zutreffen, so hatte Lal Bahadhur nur den Wunsch, daß diese dummen Anschläge seiner Landsleute endlich aufhörten. Jede Gewaltakt unterhöhlte nur seine Stellung, und das gefiel Lal Bahadhur nicht.

»Mr. Shanker, ich möchte Sie gern unter vier Augen sprechen, wenn es Ihnen recht ist.«

Lal Bahadhur wurde bewußt, daß Lord Hardinge ihn angesprochen hatte, und sofort drückte er die Schultern durch. In Gegenwart des Vizekönigs kam er sich immer wie ein Kind vor, das gescholten werden sollte.

»Gewiß, Euer Exzellenz.«

Lord Hardinge faßte mit einer vertraulichen Geste nach Lal Bahadhurs Ellenbogen. Der Inder wünschte brennend, die anderen würden es sehen, aber sie waren in ihre Gespräche vertieft. Die einzigen, auf die er damit Eindruck hätte machen können, waren seine Kollegen, die Kongreßpolitiker. Doch die waren ja von solch erlauchter Gesellschaft ausgeschlossen. Gemeinsam mit dem Vizekönig schlenderte er zum Ende der Veranda. Lal Bahadhur verharrte in achtungsvollem Schweigen, während der Vizekönig die Arbeiten im Garten verfolgte. Er war einen Kopf größer als der Inder.

»Das ist sicherlich nicht die richtige Art, ein Land zu regieren – von Zelten aus«, sagte Lord Hardinge. »Aber die Moguln haben es ja wohl auf ihren endlosen Reisen auch so gehalten.« Er seufzte. »Und solange ich noch im Amt bin, wird sich an diesem provisorischen Hauptquartier kaum noch etwas ändern. Der Bau dieser Stadt wird jahrelang dauern. Ich würde gern eines Tages im Zentrum des neuen Delhi stehen, aber ich werde seine Fertigstellung nicht mehr erleben. Der Mensch nimmt große Taten in Angriff und überläßt es anderen, sie zu Ende zu führen. Und Gott allein weiß, was daraus werden wird. Ich fürchte, daß Lutyens ein vollständiges Durcheinander anrichten wird. Wenn er freie Hand hat, kennt er keine Grenzen. Es wird ein gigantischer Brighton-Pavillon werden. Haben Sie den mal gesehen?«

»Nein, Euer Exzellenz.«

Lal Bahadhur genoß das Tête-à-tête, hätte aber gern gewußt, wohin es führen würde. Plötzlich fiel ihm ein, daß der Vizekönig von seinen Landspekulationen erfahren haben könnte, und er kam ins Schwitzen. Fast die halbe Stadt würde auf seinem Grund und Boden errichtet werden.

»Gespenstisch. Eine prinzliche Narretei an einem kalten englischen Strand. Seltsamer Einfluß, den Indien zuweilen auf uns ausübt. Glauben Sie an diese Legende, Mr. Shanker? Daß eine Dynastie, die ein neues Delhi erbaut, dem Untergang geweiht ist?«

»Selbstverständlich nicht, Euer Exzellenz.«

»Wie schade. Ich glaube daran.«

Lal Bahadhur war verblüfft. Er hätte vom Vizekönig nie eine Andeutung erwartet, daß das Empire je sein Ende finden würde. Es war ein Geständnis, und er allein durfte es hören. Er wartete darauf, daß der Vizekönig weitersprach, doch Lord Hardinge versank in Schweigen. Seine Miene war abgespannt und träumerisch. Er stellte sich das neue Delhi vor.

Vor seinem geistigen Auge stand es bereits, schimmernd wie eine Luftspiegelung auf weiter Ebene.

Er stellte sich vor, auf dem Raisina-Hügel zu stehen und ostwärts zur Jama Masjid, der großen Moschee gegenüber dem Roten Fort zu schauen. Zu beiden Seiten erhoben sich die neuen Verwaltungsgebäude, dahinter die Residenz des Vizekönigs mit der großen Kuppel aus Kupfer und den vier Wohntrakten. Unter der Kuppel würde sich die *Durbar*-Marmorhalle befinden, etwas weiter nördlich der Bau des Gesetzgebenden Rats, und dort im Süden wären die Bungalows der Ratsmitglieder und der Angestellten der Ministerien. Neu-Delhi würde atmen können. Es würde von kaiserlicher Größe sein und nicht mehr beengt und übervölkert wie das alte. Breite Alleen mit großen Parks voller Springbrunnen würden von einem kreisförmigen Platz ausgehen, und jedes Gebäude würde eine vollkommene Verschmelzung von Vergangenheit und Gegenwart, vom alten und vom neuen Indien darstellen. Das Material würden traditionell Marmor und roter Sandstein sein, so wie die Moguln sie zu ihren Bauwerken verwendet hatten. Aber sie hatten sich nur ein Delhi in kleinem Maßstab vorstellen können. Neu-Delhi würde ungleich größer sein und viele Quadratkilometer umfassen.

Lal Bahadhur blinzelte gegen die Sonne und sah nur Staub und den mit Bäumen besetzten Horizont. Er hatte wenig Phantasie und konnte sich nicht vorstellen, wie Neu-Delhi aussehen würde. Er dachte nur an die Vergangenheit und seine eigene unmittelbare, vertraute Umgebung. Ein anderes Kalkutta, ein anderes Agra. Es könnte sogar ein anderes Bombay werden, mit einem Wirrwarr neuer Häuser, engen, gewundenen Straßen und gelegentlich einem *Maidan*, in dem sich das Menschengewimmel verlor. Was immer es auch werden würde, im Grunde wäre es doch nur ein neues Quartier für die Europäer, eine große Enklave, in der sie unter sich bleiben konnten.

Er räusperte sich. »Der britische Thron ist doch wohl sicher?« Er hätte nie daran gedacht, daß der Thron gestürzt werden könnte. Doch was sollte der Vizekönig sonst mit seiner

Bemerkung gemeint haben? Denn die Kaiserkrone von Indien, die König George V. beim *Durbar* getragen hatte, war ja nach England gebracht worden, für den Fall, daß sich ein anderer Machthaber zum König von Indien krönen lassen wollte.

»Was? Natürlich ist er sicher. Ach, ich verstehe, worauf Sie hinauswollen. Das Ende der Dynastie. Nicht zu unseren Lebzeiten, Mr. Shanker. Auch nicht in der nächsten Generation. Aber einmal kommt für jedes Weltreich der Tag, an dem es den Vorhang fallen lassen muß. Denken Sie an das römische, das griechische, das der Moguln, um nur drei zu nennen. Es kann noch Jahrhunderte dauern, und ich hoffe, daß sein Ende in sehr weiter Ferne liegt. Aber da schwatze ich ins Blaue, und Sie möchten doch sicherlich wissen, worüber ich mit Ihnen sprechen wollte.«

Instinktiv spürte Lal Bahadhur, daß der Vizekönig eben nicht seine wahren Gedanken ausgesprochen hatte. Was er wirklich voraussah, war ihm ja gerade kurz vorher entschlüpft. Lal Bahadhur glaubte, daß manche Menschen die Zukunft vorhersehen können. Lord Hardinge hatte die feinen Gesichtszüge eines Sehers. Er sah das Ende voraus.

»Es ist schon ein Privileg, Euer Exzellenz, auch nur einige Minuten in Ihrer Gesellschaft weilen zu dürfen.«

»Ich habe Sie für die Erhebung in den Ritterstand vorgeschlagen. Ich hoffe zwar, daß die Bestätigung eine reine Formsache ist, aber in diesen Dingen weiß man ja nie. Ich bin der Meinung, daß man einem Mann mit Ihrer Überzeugung in jeder Weise in den Augen seiner Landsleute unterstützen und ehren sollte.«

Lal Bahadhur glaubte seinen Ohren nicht zu trauen. Er konnte kaum Luft holen. »Da-danke vielmals, Euer . . . Euer Exzellenz. Ich hätte diese Ehre nie erwartet. Ich diene nur nach meinen besten Kräften meinem Volk und der Regierung.«

»Das tun Sie wirklich.« Aus dem Augenwinkel sah Lord Hardinge, daß Oberst Creighton und ein Polizeioffizier anscheinend seine Aufmerksamkeit auf sich lenken wollten. »Ich würde aber noch nichts davon verlauten lassen, bevor der Buckingham-Palast sein Einverständnis gegeben hat. Sie verstehen?« Abrupt schüttelte er ihm die Hand und ließ einen verdatterten, sprachlosen Lal Bahadhur zurück.

Inspektor Goode nahm Haltung an und grüßte militärisch. Obwohl er an der Schulter des Vizekönigs vorbeisah, spürte er, daß der Lord ihn eingehend betrachtete, und wünschte, sein Gesicht wäre nicht so verunstaltet. Er wußte, daß die Leute zusammenzuckten, wenn sie ihn erblickten. Während er kerzengerade dastand, merkte er, wie ihm der Speichel aus dem Mundwinkel tröpfelte. Er zog eine brennende Rinne zum Kinn hinunter. Goode preßte die Kiefer aufeinander, aber es nützte nichts, und er meinte, daß sich nun auch der Vizekönig vor seiner abstoßenden Verunstaltung ekelte.

»Euer Exzellenz, das ist Inspektor Goode«, sagte Oberst Creighton, und Goode merkte erstaunt, daß der Vizekönig ihm die Hand schüttelte. Diese freundliche, menschliche Geste hatte zur Folge, daß er sich sogleich etwas wohler fühlte. »Er ist der Offizier, der für die Sicherheitsmaßnahmen verantwortlich ist. Ich habe gerade von ihm erfahren, daß er annimmt, es gebe eine Verschwörung gegen Ihr Leben.«

Hardinge sah zu den Mauern des Justizgebäudes hinüber und bemerkte die zusätzlichen Posten. »Ich dachte, die Bengalen hätten sich nach der Wiedervereinigung beruhigt. Es ist so lästig, wenn man wie ein kleines Kind überwacht wird.«

»Die Bengalen haben sich ja beruhigt, Euer Exzellenz«, sagte Goode. »Aber ich habe einen Mann im Verdacht, der einen Anschlag auf Sie verüben könnte. Er ist Revolutionär. Sein Ziel ist es, uns aus dem Land zu vertreiben. Einer meiner Informanten hat mir mitgeteilt, daß dieser Mann, ein gewisser Anil Ray, einen Attentatsversuch unternehmen wird. Es ist derselbe, der beim *Durbar* Seiner Majestät den Sergeant Dumaine ermordet hat.«

»Sind Sie sicher?«

»Wir sind davon überzeugt. Dumaine hatte ihn aufgespürt und konnte uns noch eine Beschreibung geben, bevor er verstarb. Danach habe ich den Mann als Anil Ray identifiziert. Er war als *Sadhu* verkleidet.«

Goode konnte seine Wut und Enttäuschung kaum verbergen. Er hätte Ray verhaften können, er hatte ihn ja schon fast in der Hand. Statt dessen hatte er einen unerfahrenen Beamten losgeschickt. Dumaine gegenüber empfand er kein Reuegefühl, er war nur ärgerlich, daß er Anil Ray nicht selber gegenübergetreten war. Er hätte ihn auf der Stelle erschossen.

»Dann muß ich mich wohl damit abfinden, daß Ihre Leute mir jetzt dauernd im Nacken sitzen.«

»Ich halte es für das beste«, sagte der Oberst. »Durch die Bauarbeiten, bei denen *Peons* aus- und eingehen, wird unsere Arbeit noch zusätzlich erschwert.«

Als der Vizekönig ihn entlassen hatte, grüßte Goode stramm, machte auf dem Absatz kehrt und begab sich auf seine Inspektionsrunde. Danach ging er in sein Zelt, warf das beschmutzte Taschentuch zu Boden und nahm ein sauberes heraus. Sein Diener hielt das Zelt so sauber und aufgeräumt wie möglich, aber der düster schweigende Goode nahm davon keine Notiz. Die beiden redeten kaum miteinander, und der Mann hatte das Gefühl, daß er bei einem gefährlichen Herrn in Diensten stand. Früher war Goode einmal ein freundlicher und verständnisvoller Arbeitgeber gewesen, aber Anil Ray hatte einen anderen Menschen aus ihm gemacht. Er hatte ihm nicht nur das Gesicht verunstaltet, sondern auch sein Herz getroffen.

Goode legte sich aufs Feldbett. Die Hitze machte ihm nichts aus. Er atmete durch den Mund. Es war, als saugte er an einer Zitze. Auf einem niedrigen Hocker stand ein kleines Foto Rebeccas. Sie wirkte feierlich ernst, was ihrem hübschen Aussehen aber keinen Abbruch tat. Nur wenige Stunden vor Anil Rays heimtückischem Überfall auf ihn hatte er ihr einen Heiratsantrag gemacht. Weil er dummerweise noch romantischen Träumen nachhing, hatte er bei dem Angriff nicht rechtzeitig reagiert. Rebecca und er hatten im Winter heiraten und bei seinem Heimaturlaub die Flitterwochen verbringen wollen.

Jetzt konnte er den Gedanken an sie nicht mehr ertragen. Wie konnte eine Frau einen Mann mit entstelltem Gesicht und entstelltem Herzen heiraten wollen? Er faßte an seine Nase und fühlte die Bruchstelle. In den Spiegel schaute er schon lange nicht mehr. Er wollte nicht sehen, wie häßlich er war. Rebecca hatte unter Tränen geschworen, ihn immer noch zu lieben. Doch er wußte, daß sein Anblick sie abstieß und sie sich nur durch ihr Versprechen an ihn gebunden fühlte. Bei der ersten Gelegenheit hätte sie die Verlobung gelöst und einen gutaussehenden, einen vom Schicksal nicht gebrochenen Mann geheiratet. Goode hob das Foto nur auf, um seinen Haß auf Anil Ray wachzuhalten. Ray hatte ihm sein Lebensglück geraubt. Solange der Mann lebte, würde Goode keinen Frieden finden können. Goode wußte, daß Anil in Delhi war. Er witterte seine Anwesenheit in der Luft.

Abrupt stand er auf und ging aus dem Zelt. Zur Abendzeit lag Delhi im flackernden Lampenlicht. Er stellte sich in einen Hausflur und musterte die vorbeidrängende Menge. In jedem Mann sah er irgendeine Ähnlichkeit – die Hautfarbe, die Nase, den Mund, die Körperhaltung. Aufs Geratewohl ging er verschiedenen Männern nach. Vielleicht würde ihm dabei zufällig Anil Ray über den Weg laufen. Und als er dieser Freizeitbeschäftigung überdrüssig war, stattete er dem Gefängnis Tihar einen Besuch ab. Er hatte Satish Mukherjee und Bhai in getrennten Zellen unterbringen lassen. Seit Dezember vorigen Jahres wurden sie unter der Anklage der Verschwörung gefangengehalten. Die Verhöre führte Goode immer erst nach Mitternacht.

Abrupt riß er Satish aus dem Schlaf, indem er den hageren jungen Mann schlug und schüttelte wie ein Terrier eine Ratte.

»Wo hast du Anil Ray kennengelernt?«

»In den Schluchten von Chambal.«

»Wie viele Männer gehörten zu seiner Bande?«

»Er arbeitet allein. War immer ein Einzelgänger.«

»Hat er dir gesagt, wohin er nach dem Attentat auf den König gehen würde?«

»Er sagte, zum Bahnhof. Wir haben gewartet und gewartet, aber er ist nicht gekommen.«

»Er hat dich im Stich gelassen, stimmt's?«

»Ja.«

»Jetzt denk mal gut nach! Hat er gesagt, wo er sich verstekken wollte?«

»Nein.«

»Die Schluchten?«

»Ja, ja, die Schluchten. Die *Dacoits* gewähren ihm Obdach.«

»Und was wollte er danach tun?«

»Alle Engländer umbringen.«

»Hat er auch den Vizekönig erwähnt?«

»Ja, den Vizekönig.«

»Hat er jemals von mir gesprochen? Hat er irgendwelche Geschichten über mich erzählt?«

»Nein, Sahib. Ihren Namen hat er nie erwähnt.«

»Du lügst. Er muß doch Inspektor Goode ausgelacht und Witze darüber gemacht haben, was er ihm angetan hat.«

»Nein. Darüber hat er nie gesprochen.«

»Hat er über andere gesprochen? Über einen Mann? Eine Frau?«

»Einmal habe ich gehört, wie er den Namen Kim nannte. Anil haßt diesen Kim.«

»Das ist ein europäischer Name. Wer ist dieser Kim?«

»Das weiß ich nicht. Er ist durch sein Karma an diesen Kim gebunden.«

»Hat Anil Ray eine Frau? Hier? Oder in einem Dorf?«

»Er hat mir nie den Namen einer Frau genannt.«

Obwohl seine Aussagen nur selten Abweichungen aufwiesen, blieb Goode hartnäckig. Irgendwo in Satishs Gedächtnis mußte der Schlüssel zu Anil Ray liegen. Er wußte bestimmt, wo Anil Ray sich versteckt hielt und wer seine Freunde waren. Goode war sicher, daß Satish sich in irgendeiner Nacht verplappern würde.

Zwölftes Kapitel

Dezember 1912

Durch das Abteilfenster schien der Mond. In seinem schwachen Licht betrachtete Anil Ray den schlafenden jungen Mann ihm gegenüber, der ihm irgendwie bekannt vorkam. Das Licht spielte auf seinem Gesicht und ließ es eher dunkler als heller erscheinen. Es war ein Gesicht aus vergangenen Zeiten, und Anil zermarterte sich den Kopf, wer es sein könnte, kam aber nicht darauf. Er war einige Jahre jünger als Anil und sah mit den gut geformten Wangenknochen in dem schmalen, sensiblen Gesicht im Schlaf recht gut aus. Sorgfältig manikürte, zarte und schmale Hände lagen auf seinem Schoß. So hätte Anil allerdings nie im Leben aussehen mögen.

Wie Anil trug er einen Leinenanzug mit Weste. Er war nach der letzten Mode geschnitten, während Anils Anzug im Basar aus zweiter Hand gekauft und ihm eine Nummer zu groß war. Er bildete eine wirkungsvolle Verkleidung: In ihm war Anil ein hart arbeitender, ehrgeiziger *Babu* auf Geschäftsreise. Wenn er sich doch nur erinnern könnte, wo er den jungen Mann schon einmal getroffen hatte! In Kalkutta? In den Bergen? Vielleicht sogar in England? Ein Mann, der von der Polizei gesucht wurde, mußte sich auf sein Gedächtnis verlassen können. Wenn er ein Gesicht, eine Geste, einen Ort vergaß, konnte er sich leicht verraten. Der Mann beschäftigte ihn so, daß er aufhörte, über seinen nächsten Mordanschlag nachzudenken.

Doch dann fiel er, von dem eintönigen Rhythmus des fahrenden Zuges eingelullt, in Schlaf.

Anil fuhr nach Delhi zurück. Eine Stunde, nachdem er den Polizeibeamten erschossen hatte, war er geflohen. Er hatte Zuflucht in den Schluchten von Chambal gesucht, zu Fuß, denn die Bahnhöfe und Züge würden streng überwacht sein. Kishore Singh hieß ihn willkommen und gewährte ihm Unterkunft. In diesem rauhen Landstrich verbrachte Anil einige ruhige, beschauliche Wochen. Aber die Untätigkeit zehrte an ihm. Er merkte, wie er anfing, sich an diesem entlegenen Ort sorglos gehenzulassen. Er wollte aber wissen, was in der Welt vorging. Er wollte lesen und mit Menschen sprechen, deren geistiger Horizont auch Politik, Philosophie, Geschichte und Revolution umfaßte. Seine *Dacoit*-Freunde lebten immer noch von der schmalen Beute ihrer Raubüberfälle und Morde. Es waren sinnlose Morde und nicht die Morde von Revolutionären, die die Briten aus Indien vertreiben helfen würden.

Um sich abzulenken, kaufte er sich bei einem umherziehenden Händler ein kleines Notizbuch und begann zu schreiben. Die ersten Worte, die er zu Papier brachte, lauteten: »Jeder Mensch ist eine Macht ...« Erstaunt las er sie. Er konnte sich nicht mehr erinnern, wann er zum letztenmal etwas geschrieben hatte, und der Bleistiftstummel in seiner Hand fühlte sich fremd an. Seine Kindheit tauchte wieder auf. Er sah den kleinen Jungen vor sich, der Worte aus fremden Sprachen niederschrieb: »A, B, C ... Hund, England ... *amo, amas, amat* ...« Kalkstaub und Schweiß stiegen ihm in die Nase. Er verdrängte die Erinnerung an jene Tage der Unschuld, senkte den Kopf und machte sich an die Arbeit, seine Gedanken auf die linierten Heftseiten zu bannen.

In vier Monaten hatte er das Notizbuch vollgeschrieben und danach noch ein zweites. Dann begab er sich nach Bombay und mietete ein Zimmer in einer billigen Pension. Die meisten anderen Mieter waren Studenten an der neugegründeten Universität Bombay. Es waren aufgeweckte und emsige junge Leute, doch ihr Horizont ging nicht über das Bemühen hinaus, sich Wissensstoff anzueignen und die englische Sprache zu lernen. Er sah in ihnen nur *Peons* ihrer britischen Lehrer. Er hätte sie höhnisch belächelt, wenn ihm nicht eingefallen wäre, wie eifrig er selber einmal nach Erfolg gestrebt hatte.

Doch nicht alle Studenten waren aus dem gleichen Holz. Eine kleine Gruppe bestand aus Anhängern Tilaks. Noch immer saß Tilak im Gefängnis von Mandalay, und der Gedanke an ihn erhielt eine schwache Flamme am Leben. Diese Studenten waren eine verlorene, kleine Bande. Abends unterhielt Anil sich mit ihnen. Er behauptete, Chandra zu heißen und wurde in ihre Gemeinschaft aufgenommen. Ihre Diskussionen zogen sich endlos hin und langweilten ihn schließlich, aber sie waren immerhin eine bessere Gesellschaft als die *Dacoits.* Sie hatten Hochachtung vor ihm, nicht nur, weil er älter war, sondern auch, weil sie vermuteten, daß er schon einen Mord begangen hatte. Sie merkten es an seinem Verhalten, an seiner inneren Spannung und seiner zornigen Härte.

Ihr revolutionärer Eifer beschränkte sich darauf, Flugblätter zu drucken und heimlich zu verteilen. Eines Tages zeigte Anil ihnen einen seiner Essays. Sie freuten sich sehr über seinen Beitrag, und bald sah sich Anil mit seinem Pseudonym »Chandra« auf Billigpapier gedruckt. Ihr kindisches Verschwörertum amüsierte ihn.

Eines Abends luden sie ihn ein, sie zu einem Geheimtreffen zu begleiten. Mit diesen Geheimtreffen, bei denen sie unzählige Tassen Kaffee tranken, verbrachten sie mehr Zeit als mit Aktionen. Das Treffen war nicht in dem bedrückend kleinen Zimmer eines Kaninchenbaus anberaumt, sondern am Stadtrand. Vier von ihnen, darunter Anil, sollten teilnehmen. Sorgfältig richteten sie es so ein, daß sie aus verschiedenen Richtungen und zu verschiedenen Zeiten zum Treffpunkt kamen. Anil ging in Begleitung eines der Studenten dorthin. Bei Einbruch der Nacht näherten sie sich vorsichtig einem einzeln stehenden Bungalow am Juhn-Strand. Er war ein Stück von der Straße entfernt, und dazwischen lag nacktes, sandiges Gelände. Niemand konnte sich nähern, ohne entdeckt zu werden. Dahinter befand sich das glatte, unendliche Meer.

Als die Tür geöffnet wurde, stand Anil auf der obersten Stufe der Vortreppe. Er erstarrte. Der Mann, dessen Umriß in der Tür erschien, war zweifellos ein Europäer. Anil vermutete eine Falle und wich zurück. Instinktiv griff er nach dem Revolver unter dem Hemd.

»Kommt herein!« sagte der Europäer und trat zur Seite.

Er hörte sich sehr englisch an und erinnerte Anil an einen Klassensprecher in Eton, für den er den Putzer gespielt und den er von Herzen gehaßt hatte. Dieser Mann strahlte das gleiche unerschütterliche Selbstbewußtsein aus und benahm sich gegenüber diesem zusammengewürfelten Häuflein von Studenten, als säße er mit ihnen irgendwo in einem eleganten Salon. Er war größer als sie, breitschultrig und hatte krause braune Haare. Anil vermutete, daß er bei Frauen gut ankam. Widerwillig mußte Anil sich eingestehen, daß er recht gut aussah.

»Ich warte draußen«, sagte Anil.

Auch Peter Bayley, den die Studenten unter dem Namen Andrew kannten, hatte Verdacht gegen Anil geschöpft. Er war zu alt für einen Studenten, und in seiner Haltung lag eine animalische Gefahr. Bayley sah in dem Fremden einen unheilbringenden Mann, mit dem nicht gut Kirschen essen war. Eine flüchtige Sekunde lang dachte Bayley, er könnte ein Polizeispitzel sein, aber die benahmen sich nicht so auffällig. Er sah, wie Anils Blicke mit dem instinktiven Mißtrauen eines Verfolgten in die dunklen Ecken schossen.

»Wie Sie wünschen«, sagte Bayley. Er ließ die Tür offen, ging hinein und winkte einen Studenten heran. »Wer ist das?«

»Er heißt Chandra.«

»Ich habe nicht nach seinem verdammten Namen gefragt. Wer ist das?«

»Ein Revolutionär, der die Briten haßt. Darum habe ich ihm auch nichts von Ihnen erzählt. Dann wäre er gar nicht mitgekommen. Aber er ist ein beachtlicher Mann. Er hat einige Dinge getan, über die er nie spricht, und sein Körper ist voller Narben, die von Schlägen herrühren. Ich glaube auch, daß er schon im Gefängnis war. Ich hielt es für richtig, daß Sie ihn kennenlernen.«

»Wir werden sehen. Aber das nächstemal fragst du mich

vorher.« Bayley verbarg seine Verärgerung hinter einem freundlichen Lächeln und klopfte dem Studenten auf die Schulter, doch es war eher ein harter Schlag.

Aus Rücksicht auf »Chandra« hielten sie die Besprechung auf der Veranda ab. Anil hörte nur zu. Das Wort führte fast ausschließlich »Andrew«, der die verworrenen Ideen der Studenten in eine bestimmte Richtung lenkte. Mit großer Beredsamkeit zählte er Tatsachen und Zahlen auf, anhand derer er die Ausbeuterpolitik der Briten bewies und zeigte ihnen, wie sie Indien ausbluten ließen. Er forderte sie auf, Flugblätter aufrührerischen Inhalts zu drucken und kleine Sabotageakte zu begehen. Geringfügige Sachen, nichts Größeres. Außerdem legte er ihnen dringend ans Herz, weitere Studenten anzuwerben, die sich gleich ihnen den Sturz der Briten zum Ziel setzen sollten. Am Schluß der Zusammenkunft verteilte er Geld für den Druck der Flugblätter und den Ankauf von Material.

Anil wollte sich mit ihnen zusammen entfernen, doch Andrew hielt ihn zurück. »Bleiben Sie doch noch ein bißchen, Mr. Chandra! Wir könnten uns ein wenig unterhalten.«

»Worüber?«

»Oh, über Schuhe, Schiffe und Siegellack. Ich habe einen ausgezeichneten Glenfiddich.« Mit den Worten: »Wir sehen uns demnächst wieder«, entließ er die Studenten, die sich davontrollten. Bayley ging ins Haus und kam mit einer Flasche und zwei Gläsern zurück. »Pur oder mit *Pani*?«

»Pur.«

Er schenkte ein. Sie standen sich gegenüber und musterten einander mißtrauisch. Anil nippte an seinem Glas. Diesen Scotch hatte er das letztemal in Sushila Basus Schlafzimmer getrunken. Aus irgendeinem Grunde schmeckte er ihm heute anders. Damals hatte er einen ganz besonderen Geschmack gehabt. Sushilas liebliche Süße hatte sich mit dem Whisky vermählt und Anils Gaumen geschmeichelt. Jetzt schmeckte er scharf und bitter.

»Wer sind Sie, Mr. Chandra?«

»Niemand. Und Sie, Mr. Andrew? Ein Agent provocateur?«

»Nicht für die britische Regierung. Sagen wir, für eine andere, die es gern sehen würde, wenn hier gewisse Veränderungen einträten. Diese Regierung glaubt an Freiheit für Indien.«

»Ja, zu ihrem Vorteil. Sie wirken aber nicht wie ein Russe.«

»Warum sollte ich? Ich habe eine gute Internatsschule besucht. Und ich vermute, daß Sie eine noch bessere besucht haben, auch wenn Sie sich noch so sehr anstrengen, sich das nicht anmerken zu lassen. Eton, würde ich sagen.«

»Ja.«

»Allzu viele Inder wird es nicht geben, die in Eton gewesen sind. Ich würde sagen, Sie sind Ende Zwanzig. Ich brauche also nur in den Jahrbüchern nachzuschlagen. Es nimmt etwas Zeit in Anspruch, aber dann weiß ich, wer Sie sind.«

»Dann nehmen Sie sich doch die Zeit!«

»Sie sind außerordentlich vorsichtig. Vielleicht sind Sie ein Agent provocateur.«

»Nein, nur ein indischer Patriot.«

»Ich habe Ihnen gesagt, wer ich bin, und damit mein Leben in Ihre Hände gelegt. Sie könnten mich leicht bei den Behörden anzeigen. Wissen Sie, die haben mich nämlich zur Fahndung ausgeschrieben.«

»Wollen Sie damit sagen, daß es mir ebenso geht?«

»Man merkt es Ihren animalischen Instinkten an. Legen wir doch die Karten auf den Tisch, ja? An diesem menschenleeren Strand können wir beide jederzeit entkommen. Bei Tagesanbruch werde ich nicht mehr hier sein und Sie auch nicht. Aber falls wir gemeinsame Interessen verfolgen, könnten wir uns für morgen verabreden und dann gemeinsam überlegen, was wir tun können.«

»Ich höre. Aber morgen ist für mich zu früh. Sagen wir in einer Woche.«

»So lange kann ich nicht warten. In zwei Tagen verlasse ich das Land. Ich denke, daß wir einander nützlich sein können. Sie brauchen einen Freund auf dieser Welt, Mr. Chandra. Ich weiß, wie es ist, wenn man bei seiner Arbeit auf sich allein gestellt ist.«

Andrew zog den Revolver. Der Griff war glitschig von Schweiß. Er hatte ihn den ganzen Abend über fest umklammert gehalten.

»Hab ich mir doch gedacht, daß Sie ein Schießeisen bei sich haben.« Bayley zog sein Hemd hoch. In dem bleichen Licht sah sein Bauch unnatürlich weiß und weich aus. »Sie sehen, ich bin unbewaffnet.«

»Gut. Dann treten Sie fünf Schritt zurück! Setzen Sie sich mit dem Gesicht zu mir auf den Stuhl da!«

Bayley ließ sich, das Whiskyglas in der Hand, in aller Seelenruhe auf dem Stuhl nieder und streckte die Beine lang aus.

»Ich bin Anil Ray.«

»Aha!«

Anil fühlte einen kleinen Triumph. Also bedeutete sein Name etwas für diesen Mann. Früher einmal hatte er davon geträumt, daß sein Name einen anderen Klang bekäme, den des erfolgreichen, wohlhabenden Rechtsanwalts, der für seine Beredsamkeit und seinen Glauben an die Gesetze berühmt wäre.

»Jetzt verstehe ich, warum Sie so vorsichtig sind, Mr. Ray. Ich meine, wir könnten zusammenarbeiten.«

»Flugblätter drucken?«

»Das ist etwas für Kinder. Wir beide gehören zu einer anderen Welt, Mr. Ray. Ich gebe diesen Studenten nur etwas zum Spielen. Ihnen werde ich etwas Richtiges zu tun geben.«

»Und wer sind Sie?«

»Sagen wir, mein Name ist Peter Bayley. Diesen Namen habe ich am längsten geführt. Mein wahrer Name . . .« Er schwieg und verfiel in dumpfes Brüten, als hätten ihm die Worte sein riesiges Heimatland heraufbeschworen. »Den werde ich wieder annehmen, wenn ich in mein Land zurückkehre. Vor vielen Jahren war mein Vater, ein Brite, Professor an der Universität Moskau. Meine Mutter war eine russische Gräfin. Ich wurde in Moskau geboren, wuchs aber in England auf. Mehrmals verbrachte ich den Sommer auf unserem Familiengut bei Sankt Petersburg. Dort bin ich wirklich gewesen, Mr. Ray. Aber das Schicksal hatte mir ein anderes Los bestimmt. Durch Bekannte meines Vaters wurde ich als Agent angeworben. Mit meinem russischen Herzen und der russischen Seele und der äußeren Erscheinung eines Engländers war ich ideal dafür geeignet. In der Schule und auf der Universität schloß ich viele Freundschaften. Alle glaubten, ich wäre einer der ihren, ein englischer Gentleman. Ich hatte immer genügend Geld zur Verfügung, um diese Freundschaften zu pflegen, Gäste einzuladen und natürlich um neue Leute anzuwerben. Es ist klar, daß Indien von großer Bedeutung für uns ist. Wir sind aber nur insoweit daran interessiert, als wir den Indern in ihrem Kampf um die Befreiung von der britischen Herrschaft zur Seite stehen wollen.«

»Das bezweifle ich«, sagte Anil. »Ein Weltreich, ganz gleich von welcher Couleur oder in welcher Epoche, ist stets darauf bedacht, den Völkern die Freiheit zu verwehren. Eine Zusammenarbeit zwischen uns würde nur Ihnen zugute kommen. Ich habe für Rußland nichts übrig, und ich will nicht erleben, daß anstelle eines Königs und Kaisers ein Zar tritt. Der eine wie der andere Titel klingt in meinen Ohren abscheulich.«

»Sie sind wenigstens ehrlich.«

»Sie verdienen es, Mr. Bayley . . .«

»Peter.«

». . . denn Sie haben mit Ihren Enthüllungen Ihr Leben in meine Hand gelegt. Dies ist offenbar nicht ihr erster Aufenthalt in Indien.«

»Ich bin schon früher hiergewesen.«

Er hätte auch sagen können, daß er schon oft hier war. Jedesmal war es gefährlicher gewesen. Bei seinem ersten Besuch vor sieben Jahren hatte er sich dumm und leichtfertig benommen. Als er Elizabeth Creighton, die Tochter des Obersten, verführte, hatte er sein Leben aufs Spiel gesetzt.

Bei einer Abendgesellschaft in Bombay hatte er sich zu ihr hingezogen gefühlt. Ihre kühle, fast strenge Art war für ihn eine Herausforderung gewesen. Er erinnerte sich, wie er mit dem Handrücken unter dem Tisch ihren Oberschenkel gestreift und durch die Seide die verzehrende Hitze ihrer Haut gefühlt hatte. Nach dieser Berührung wußte er, daß er sie verführen mußte. Aber dazu kam es erst bei seiner zweiten Indienreise. Die heimliche Liebesaffäre in Kalkutta war sexuell so aufregend verlaufen, wie er es erwartet hatte. Im Bett und in der indischen Hitze hatte sich ihre eisige Überlegenheit in gierige Leidenschaft verwandelt. Die Gefahr, in die er sich dabei begab, erhöhte nur sein Vergnügen. Oberst Creighton war Chef des politischen Geheimdienstes, der Mann, der an der Nordwestgrenze das große Spiel gegen Peters Landsleute betrieben hatte.

Er wußte, sie war in London und wanderte wieder und wieder auf der Suche nach ihm durch die Half Moon Street. Aber er hatte auch die Detektive erspäht. Sie benutzten sie als Köder, um ihn anzulocken. Darum ging er ihr aus dem Weg. Vielleicht würden sie der Suche nach ihm einmal überdrüssig werden. Dann würde er die reizvolle Beziehung mit ihr wieder aufnehmen. Seit der Affäre reiste er, ein perfekter englischer Gentleman, durch Indien. Doch überall, wo er hinkam, spürte er Revolutionäre auf und unterstützte sie ausreichend mit Geldmitteln, damit sie sich Schußwaffen und Bomben kaufen und Flugblätter drucken konnten, die zum Aufruhr gegen die Briten aufriefen.

Peter brach das Schweigen. »Sollten Sie demnächst wieder nach Delhi kommen, würde ich es gern sehen, wenn Sie einen Freund von mir aufsuchten. Es ist ein *Marwari*-Geschäftsmann. Er wird Sie mit allem versorgen, was Sie brauchen.«

Anil erwachte mit einem Ruck. Die Sonne schien ihm ins Gesicht. Sie war so heiß wie glühende Kohlen. Er hob die Hand vor die Augen. Der junge Mann gegenüber runzelte die Stirn, und Anil wußte sofort, daß er ihn ebenfalls gemustert hatte. Plötzlich schnippte der Mann mit den Fingern und lächelte erfreut. »Anil Ray! Eton. Sie haben beim Match Eton gegen Harrow hundert Läufe für Eton geschafft.«

»Haben Sie für Harrow gespielt?«

»Nein«, sagte der junge Mann mit betretenem Lächeln. »Ich habe die Schule in Harrow besucht, aber ich war nur unter den Zuschauern. Ich war sehr stolz darauf, daß ein Inder den Ball so hart schlagen konnte, wie Sie es taten. Ich weiß noch, daß Sie mit einem einzigen Schlag tolle sechs Läufe geschafft haben. Der Ball flog bis in die zweite Tribünenreihe.«

»Ja, ich erinnere mich.«

Es war ein trüber Tag gewesen. Der gelegentlich einsetzende feine Nieselregen überzog alle Gesichter wie mit einem leichten Schweißfilm. Der Ball flog wild durch die Gegend. Als Anil als Schlagmann an der Reihe war, lag Eton schon mit zwei vermeidbaren Toren im Rückstand. Er traf gleich den ersten Ball gut und schaffte vier Läufe. Danach schüttelte er die Läufe nur so aus dem Hut. Er konnte sich noch an jeden einzelnen Schlag erinnern. Nichts hatte ihm je schöner in den Ohren geklungen als das laute Klatschen der Jungen und ihrer Eltern, die aufsprangen, als er mit seinem Schläger zum Pavillon kam, nachdem er das Match gewonnen hatte. Auch er war stolz darauf, daß sie einen Inder feierten. Nach dem Spiel bestürmten ihn seine Bewunderer. Und jetzt entsann er sich auch eines jungen Harrow-Schülers, der sich schüchtern den Weg zu ihm gebahnt hatte, um ihm für seine Leistung zu gratulieren. Sie hatten sich noch eine Weile unterhalten, aber er hatte vergessen, worüber.

»Nehru«, sagte Anil laut. »Jawaharlal Nehru. Mir kam Ihr Gesicht gleich bekannt vor.«

Nehru schien über die Maßen erfreut zu sein. »Sie erinnern sich noch an mich! Spielen Sie noch Kricket?«

»Leider nicht mehr. Keine Zeit.« Dieses höfliche Gespräch zwischen zwei indischen Gentlemen über ihre Jugenderlebnisse an englischen Schulen amüsierte ihn. »Wie lange sind Sie schon zurück?«

»Nicht lange. Von Harrow aus ging ich nach Cambridge.«

»Ich nach Oxford.«

»Ich habe Jura studiert. Ich wollte noch ein bißchen länger

drüben bleiben, aber mein Vater wollte, daß ich zurückkomme und hier eine Praxis eröffne. Aber ich fürchte, ich werde kein besonders guter Anwalt werden.«

»Ich habe auch Jura studiert«, sagte Anil.

Jawarhalal Nehru fiel Anils Anzug ins Auge. In dem unerbittlichen Sonnenschein sah er die glänzenden Stellen an den Ellenbogen und die Spuren einiger miserabel ausgeführter Stopfarbeiten. Es enttäuschte ihn, daß sein Held aus der Schulzeit anscheinend keinen Erfolg gehabt hatte. Soll ich ihm Geld geben?, überlegte er kurz. Aber ein Blick auf Anils Miene sagte ihm, daß er diese Geste übel aufnehmen würde. Anils Blick machte ihn nervös. Seine Augen waren voller Ironie, als amüsiere er sich über ihn.

»Üben Sie den Beruf aus?« fragte Nehru.

»Nein. Ich halte nicht viel vom englischen Recht. Aber Sie haben bestimmt großen Erfolg.«

»Leider habe ich nicht ein solches Selbstvertrauen wie Sie. Und ich kann mir nicht vorstellen, den Rest meines Lebens als Jurist zu wirken und selbstsüchtig nur an die eigene Bereicherung zu denken, während Indien weiterhin unter englischer Herrschaft steht. Sie haben uns eisern im Griff, nicht nur körperlich, sondern auch unseren Geist und unsere Seele.«

»Sie sprechen wie ein Aufrührer«, sagte Anil.

Der Zug fuhr am Grabmal des Mogul-Kaisers Humayun vorbei und näherte sich Delhi. Traurig und verlassen ragte das gewaltige Grabmal in die Höhe. Affen tollten durch den verwilderten Garten und stolzierten auf der Brüstung umher.

»Wollen Sie mich anzeigen?«

Zu Nehrus Verwunderung lachte Anil laut auf. »Nein, ich werde nicht dem nächsten Polizisten über unser Gespräch berichten. Sind Sie bereit, für das große Ziel auch Gewalt anzuwenden?«

»Wenn nötig, ja. Aber ich bin kein Mann der Gewalt. Mein Vater ist übrigens mit der britischen Herrschaft ganz zufrieden. Er glaubt, daß sie uns Frieden und Wohlstand gebracht hat, weil er nämlich reich und mächtig geworden ist. Aber der Preis war hoch.«

»Was haben Sie für Pläne?«

»Ich trete in die Kongreßpartei ein. Es sind zwar nur Marionetten, aber immerhin sind sie eine Stimme in der Wildnis. Ehrlich gesagt weiß ich wirklich nicht, was ich machen soll. Welche Richtung soll ich einschlagen? Wenn ich Kongreßmitglied werde, wird Indien dann frei? Ich glaube nicht daran, aber ich weiß auch nicht, was ich sonst tun soll. Allein die Briten haben die Macht, uns die Freiheit zu schenken.«

»Das stimmt nicht.« Anil zeigte durchs Fenster auf das weite Land. »Dort ist die Macht. Sie müssen sie aufrütteln, Nehru, wenn Sie die Freiheit wollen. Wir sind dreihundert Millionen, unwissend und gebeugt. Wecken Sie uns auf! Wir sind die Armee, die die Briten vertreiben wird.«

Nehrus Miene drückte Zweifel aus. »Aber wie? Es ist eine ungeheuer schwere Aufgabe.«

»Gehen Sie ins Volk, leben Sie im Volk! Nicht in den großen Städten, wo Sie für einen Europäer gehalten werden. Als ich zurückkam, ging es mir wie Ihnen. Ich war ein Fremder.«

»Aber Sie tragen doch immer noch einen . . . Anzug.«

»Ach, das ist nur ein Kostüm von mir«, sagte Anil und lachte wieder.

Als sie inmitten der vielen Menschen und des ohrenbetäubenden Lärms auf dem Bahnhof in Delhi standen, sah Nehru, wie Ray einen schmutzigen Tropenhelm aufsetzte und sich ein zerknautschtes Taschentuch vors Gesicht hielt. So verschmutzt ist die Luft doch gar nicht, dachte Nehru. Es roch hier wie auf allen Bahnhöfen: nach Essen, Dampf und Desinfektionsmitteln. Ray hatte nur eine Blechkiste bei sich. Als ein Kuli ihm den Kasten abnehmen wollte, zog er ihn hastig an sich. Nehru dagegen gestattete dem Kuli, seine beiden, mit Monogramm versehenen Lederkoffer zu tragen. So reihten sich die beiden Männer in die Schlange vor dem Ausgang ein. Ray gab Nehru seine Fahrkarte und sagte mit leiser Stimme, ihm ginge es nicht gut. An der Sperre gab Nehru die beiden Fahrkarten ab, und hinter ihm schlüpfte Ray hindurch. Er drückte immer noch das Taschentuch vors Gesicht.

»Sie sehen blaß aus.«

»Es geht schon wieder«, sagte Ray und ging weiter, als werde er von einer unsichtbaren Strömung mitgerissen.

»Hier ist meine Visitenkarte«, schrie Nehru und drückte sie hastig Ray in die Hand. Der winkte ihm zu und verschwand wie durch Zauber aus seinem Blickfeld. Er war in die vorwärtsdrängende Menge eingetaucht. Vergeblich versuchte Nehru, ihn noch einmal zu erspähen. »Merkwürdiger Bursche«, sagte er laut zu sich und folgte dem Kuli zu einem *Tonga.*

Nach einer halben Stunde Fahrt durch die engen, gewundenen Straßen von Delhi erreichte Nehru seinen Bestimmungsort. Von außen sah man nur eine graugelbe Mauer mit schwarzen Regenstreifen. Das sah nicht gerade vielversprechend aus. Hinzu kam, daß der *Chowdikar*, ein mürrischer, mit einem *Lathi* bewaffneter Sikh, ihn nicht einlassen wollte, bis ein Bote die Ankunft von Jawarhalal Nehru im Haus gemeldet hatte. Beim Warten sah Nehru, wie der Sikh ihn mißtrauisch beobachtete. Schließlich öffnete sich eine kleine Tür, die in dem großen Holztor eingelassen war und ein Diener in weißem Gewand mit blauer Schärpe kam heraus. Ohne ein Wort zu sagen, nahm er dienstbeflissen Nehrus Koffer auf.

Aus Delhis Straßen trat Nehru in einen bezaubernden Garten. Vor Vergnügen klatschte er in die Hände. Vor ihm lag eine untadelig gepflegte große Rasenfläche, in deren Mitte ein marmorner Springbrunnen sprudelte. Große schattige Bäume und blühende Pflanzen umgaben den Rasen. An einer Seite stand ein großer Banyan-Baum, der seine Äste wie ein träger Riese von sich streckte. Nehru schätzte, daß seine Krone beinahe einen halben Morgen Land bedeckte. Mit bewundernden Blikken schlenderte er dem Diener hinterher. Die rohe, laute Stadt blieb hinter ihm zurück. Er hörte Vögel singen und sah Eichhörnchen dahinhuschen.

Das Haus selbst war prächtig. Er kam auf eine Marmorveranda und durchschritt Zimmer um Zimmer mit hohen Dekken. Einige hatten getäfelte Wände, andere waren mit unzähligen Spiegeln geschmückt, die sein Bild vielfach gebrochen zurückwarfen. Er empfand das als etwas übertriebenen Luxus. Im Inneren des Hauses gab es noch einen zweiten, kleineren Garten mit einem kleineren Springbrunnen aus Marmor. Der Diener führte ihn die Treppe hinauf an mehreren Veranden vorbei und schließlich in ein geräumiges Schlafzimmer. Das hölzerne Kopfende des Bettes wies erlesenes Schnitzwerk auf: ineinander verschlungene Dämonen und Schlangen. Ihn überlief ein Schauer. Hoffentlich würde er hier keine Alpträume bekommen. Vor den großen Fenstertüren, die auf den äußeren Garten und einen großen Zierteich hinausgingen, standen bequeme Lehnstühle. Unter seinem Fenster glitten Schwäne ruhig durchs Wasser. Gegenüber stand ein merkwürdiges Gebäude. Es war ziemlich hoch und vollständig aus Granitsteinen gebaut. Zuerst wußte er nicht, warum es ihm so merkwürdig vorkam. Dann fand er den Grund heraus: Es hatte keine Fenster.

Bevor der Diener mit einer Verbeugung hinausging, überreichte er Nehru ein zusammengefaltetes Blatt Papier. Er las:

»Verzeihen Sie bitte, daß ich Sie nicht willkommen heißen konnte. Fühlen Sie sich wie zu Haus! Zum Abendessen bin ich wieder zurück. Um sieben Drinks in der Bibliothek. Lal Bahadhur.«

Nachdem Nehru sich ausgeruht hatte, fühlte er sich neu belebt, doch mit der Zeit machte ihn die Stille nervös. Zuerst hatte er sie genossen, aber jetzt empfand er sie als bedrückend. Kein Laut war zu hören, und wenn er aus dem Fenster schaute, sah er kaum ein Anzeichen menschlichen Lebens. Weit entfernt glaubte er einen *Mali* bei der Arbeit zu sehen, aber er konnte sich auch getäuscht haben. Er betrachtete die Schwäne, die majestätisch von einem Ende des Teiches zum anderen glitten und kaum das Wasser kräuselten.

Als der Diener um zehn vor sieben an die Tür klopfte, war er erleichtert. Wieder ging er schweigend durch lange Korridorfluchten hinter dem Mann her. Ihre Schritte hallten von den Wänden wider. Sie kamen durch mehrere Zimmer, und im Lampenschein sah er unbezahlbare Gemälde, europäische und solche aus der Zeit der Moguln. Er blieb eine Weile stehen, um eine Zeichnung von Rembrandt zu bewundern, während der Diener geduldig wartete. Auf den Fußböden lagen Seidenteppiche aus Persien und Kaschmir. Licht fiel auf Silber und Elfenbein und glänzte auf Rosenholz und Teak. Er hatte gehofft, Stimmen von Gästen zu hören oder wenigstens die der Familienangehörigen, doch auf dem langen Weg durch unbewohnte Zimmer traf er keinen anderen Menschen.

Schließlich öffnete der Diener eine Tür, ließ Nehru eintreten und schloß sie wieder hinter ihm. Die Zimmerwände waren vom Fußboden bis zur Decke mit ledergebundenen Büchern bedeckt. Die blankpolierten braunen Buchrücken mit den Goldbuchstaben glänzten im Licht und verlockten Nehru zu näherer Betrachtung. Er ging umher und zog hier und da eins heraus. Am liebsten hätte er den Rest seiner Tage abgeschlossen in diesem Zimmer mit Lesen verbracht. Bald merkte er, daß sie alle noch ungelesen waren. Die Seiten waren noch nicht einmal aufgeschnitten.

»Das habe ich mir gedacht, daß Ihnen dieses Zimmer gefallen würde« sagte Lal Bahadhur. Er war so lautlos hereingekommen, daß Nehru ihn nicht gehört hatte. Er stand mitten im Zimmer unter dem reichverzierten Kronleuchter und blickte mit Besitzerstolz auf seine Bücher.

»Es ist eine eindrucksvolle Bibliothek, Sir«, sagte Nehru schnell und schüttelte Lal Bahadhurs kühle Hand. »Nicht einmal mein Vater besitzt eine solche Sammlung.«

»Es freut mich, daß ich mich wenigstens einer besseren Bibliothek rühmen kann als Motilal. Kommen Sie!« Er führte Nehru zu einem tiefen ledernen Armsessel. Auf dem Tisch stand ein Tablett mit Kristallkaraffen. »Whisky?«

»Einen Bordeaux, wenn Sie einen haben.«

»Ich erinnere mich. Das ist auch das Lieblingsgetränk Ihres Vaters.« Lal Bahadhur schenkte den Bordeaux ein, und Nehru kostete einen hervorragenden Jahrgang. »Wie geht es Ihrem guten Vater?«

»Sehr gut. Er läßt Sie natürlich herzlich grüßen.«

»Danke. Ich habe seinen Brief bekommen. Sie haben also die Absicht, der Kongreßpartei beizutreten. Er wünscht, daß ich Ihnen mit Rat und Tat zur Seite stehe.«

»Ja. Vater dachte, daß Sie als Mitglied des Gesetzgebenden Rates des Vizekönigs der geeignete Mann sind. Natürlich hätte er gern, daß ich als Jurist in seine Fußstapfen trete. Aber ich glaube nicht, daß ich dafür sonderlich begabt bin. Ich interessiere mich mehr für Politik. Und da die Kongreßpartei hier die einzige Opposition zur britischen Herrschaft darstellt, möchte ich ein aktives Mitglied werden.«

»Nun, als Kongreßmann ist mir junges Blut natürlich willkommen. Wir Alten werden eines Tages von der Bühne abtreten. Aber ich hoffe doch, daß Sie sich nicht als einer dieser jungen Revolutionäre entpuppen werden.« Als Nehru nichts darauf sagte, fuhr er fort: »Wenn wir den Weg der Gesetzesreformen weiterhin beschreiten, werden wir nach meinem Gefühl schließlich ans Ziel gelangen. Die Briten wünschen, daß wir einen langsamen Reifeprozeß durchlaufen, um die demokratische Regierungsform zu verstehen, die sie in jahrhundertelangen Bemühungen vervollkommnet haben. Am Ende werden wir unter ihrer Anleitung und mit ihren Ratschlägen die Herrschaft übernehmen.«

»Aber dann werden sie immer noch unsere Herren sein.«

»Ich verstehe. Jawaharlal, ich weiß, Sie sind jung und impulsiv.« In Wirklichkeit dachte Lal Bahadhur genau das Gegenteil. Er sah einen verträumten jungen Mann vor sich, einen Dilettanten wie sein Vater. Jawaharlal war mehr für die sanfte Kunst geschaffen, Gedichte zu machen, als für die korrupte Welt fortwährenden Lugs und Trugs, aus der die indische Politik bestand. »Die britische Herrschaft ist eine Tatsache. Gewalt würden sie ihrerseits nur mit noch größerer Gewalt begegnen. Aber wenn wir uns vernünftig an den Weg der Reformen halten, wird Indien die Freiheit der Selbstregierung erlangen. Die

Grundsätze der Politik werden natürlich auch dann von Westminster festgelegt werden, aber wir werden unsere alltäglichen Angelegenheiten selber regeln dürfen.«

›Das ist Wort für Wort das gleiche, das mein Vater mir gesagt hat‹, dachte Jawaharlal. Diese Männer waren in ihren Gleisen eingefahren. Sie begnügten sich mit den kläglichen Fortschritten dieser »Selbstregierung« unter der väterlichen Aufsicht Westminsters. Die alten Männer konnten sich ein freies Indien einfach nicht vorstellen. Nehru fühlte sich einer neuen Generation zugehörig, dem neuen Blut, das der Kongreß dringend nötig hatte, um Flammenzeichen zu setzen. Er hörte nur noch mit halbem Ohr hin, denn er wollte jede Debatte mit diesem schlanken, mächtigen Mann vermeiden. Ihm war klar, daß Lal Bahadhur ihn politisch fördern oder seinen Aufstieg in der Kongreßpartei verhindern konnte. Nach einiger Zeit gelang es ihm, das Gespräch in andere Bahnen zu lenken.

»Das ist ein schönes Haus. Leben Sie hier allein?«

»Meine Mutter wohnt bei mir. Ich war verheiratet . . .« Er stockte. Beim Gedanken an Mohini verkrampfte sich sein Herz. »Aber meine Frau konnte keine Kinder bekommen. Im vergangenen Monat habe ich wieder geheiratet.«

»Ach, so ist das.« Nehru konnte sein Erstaunen nicht verbergen. Lal Bahadhur war ebenso alt wie sein Vater, allerdings wach und stahlhart. Er hätte gern gewußt, wer die zweite Frau war. »Meinen herzlichen Glückwunsch.«

»Danke. Ich finde es schön, verheiratet zu sein. Sie werden diese Erfahrung bestimmt auch bald machen. Natürlich hat meine Mutter meine zweite Ehe arrangiert – ein junges Mädchen aus guter Familie, eine Waise. Allerdings ist sie nicht so schön wie meine erste Frau. Hat Ihre Mutter schon eine Frau für Sie ausgewählt? Sie dürfen nicht zu lange warten.«

»Ja«, sagte Nehru düster. »Aber ich kann mich mit diesen alten Sitten nicht anfreunden. Wie sollen wir den Eintritt ins zwanzigste Jahrhundert finden, wenn wir an solchen Traditionen festhalten?«

Sie speisten im Bankettsaal. An den Wänden hingen Gobelins und Schilde, die Nehru an ein mittelalterliches Schloß erinnerten. Der Rosenholztisch nahm fast die ganze Länge des Saals ein und bot vierzig Personen Platz. Lal Bahadhur und Nehru saßen an einem Ende des Tisches. Nur ein einziger Diener trug die silbernen Teller auf. Sollte es hier ein ganzes Heer von Dienern geben, so bekam Nehru sie jedenfalls nicht zu Gesicht. Zu Hause in Allahabad war er an Krach und Durcheinander gewöhnt. Da war die Familie, es kamen Freunde, und es gab eine große Dienerschar. Doch das Essen hier schmeckte köstlich und wurde in einer stetigen Folge aus irgendwelchen geheimen Küchen auf den Tisch gebracht. Lal Bahadhur aß schnell, nahm aber immer nur wenig.

»Hatten Sie eine angenehme Reise?«

»Ja, es war ganz bequem. Aber man enthält uns das Recht vor, die erste Klasse zu benutzen. Ich finde es ungerecht, daß wir im eigenen Lande nur Bürger zweiter Klasse sein dürfen. Immerhin hatte ich unterwegs eine sehr angenehme Begegnung. Ich habe einen alten Bekannten wiedergetroffen. Keinen Freund, sondern einen jungen Mann, den ich während meiner Schulzeit ungemein bewundert habe. Er war ein ausgezeichneter Kricketspieler. Er hat für Eton gegen Harrow gespielt. Leider scheint es so, als mache er harte Zeiten durch.«

»Nach einer Ausbildung in einer englischen Internatsschule? Dann muß er aber sehr untüchtig sein. Wer war es?«

»Anil Ray. Wir haben uns unterhalten . . .«

»Anil Ray! Mein lieber Junge, warum haben Sie mir das nicht gleich gesagt?«

»Warum? Kennen Sie ihn?«

»Die halbe Polizei in diesem Lande jagt hinter Anil Ray her! Ich persönlich habe auf seinen Kopf, tot oder lebendig, eine Belohnung ausgesetzt. Und Sie sind mit ihm zusammen im Zug gefahren! Hat er Ihnen gesagt, wo er absteigen wird?«

»Ray ein Terrorist?« Nehru dachte an seine Bemerkung

über aufrührerische Tätigkeiten und errötete. Jetzt verstand er, warum Ray darüber gelacht hatte. »Das habe ich ja nicht gewußt.«

Er bezwang seine Aufregung und fühlte sich in die Zeit seiner Heldenverehrung zurückversetzt. Der Held seiner Jugend hatte seine Erwartungen also doch nicht enttäuscht. Jetzt vollbrachte er sogar gefährliche Heldentaten. Doch dann stimmte ihn der Gedanke traurig, daß dieser draufgängerische Kricketspieler jetzt von der Polizei gejagt wurde. ›Er muß ein verdammt einsames Leben führen‹, dachte Nehru. ›Mein Gott, wie clever er mich dazu benutzt hat, um durch die Sperre zu kommen! Wenn man ihn erkannt hätte, wären mir die Kugeln um die Ohren geflogen. Wahrscheinlich hat er in der Blechkiste seine Schußwaffe gehabt.‹

»Erzählen Sie um Gottes willen keinem Menschen, daß Sie ihn kennen oder daß Sie ihn getroffen haben! Sonst wird man Sie für einen Mitverschwörer halten, und Sie enden im Gefängnis.« Lal Bahadhur schob seinen Teller von sich. »Jetzt ist es schon zu spät, um die Behörden zu verständigen. Ich werde es morgen früh tun. Für die Sicherheit Seiner Exzellenz ist Inspektor Goode zuständig. Ich werde ihm aber nicht sagen, woher ich weiß, daß Ray sich in Delhi aufhält, sondern mir zu Ihrem Schutz irgendeine Geschichte ausdenken. Dieser Ray ist ein sehr gefährlicher Mann.«

»Was hat er denn getan?«

»Er hat ein Attentat auf Lord Curzon versucht. Dann ist er aus Tihar ausgebrochen und hat einen englischen Polizeioffizier schwer verletzt, eben diesen Inspektor Goode. Ich habe gehört, daß er außerdem einen Polizeibeamten ermordet hat, als er beim *Durbar* ein Attentat auf Seine Kaiserliche Majestät unternehmen wollte. Er ist außerordentlich gefährlich.«

Lal Bahadhur stand auf. Hastig schob Nehru, der mit dem Essen noch nicht fertig war, seinen Teller zur Seite und folgte ihm. Sie verließen das Speisezimmer. »Übrigens ist es mir gelungen, Ihnen bei der Willkommenszeremonie für den Vizekönig einen Ehrenplatz zu besorgen. Es ist sein offizieller Einzug in die neue Hauptstadt von Indien. Eine reine Geldverschwendung dieses Neu-Delhi! Er hat eine Besichtigungsreise hinter sich, und es ist ein großes *Tamasha* vorgesehen. Der Vizekönig wird auf einem Elefanten einreiten. Es war sehr schwer, diesen Platz für Sie zu bekommen. Ich mußte meinen ganzen persönlichen Einfluß geltend machen.«

»Ich weiß das zu schätzen und werde morgen ganz früh aufstehen.«

»Aber kein Wort mehr über Ihre Begegnung mit Anil Ray!«

Der Diener wartete, um ihn zurückzubringen, und Nehru kam sich beinahe wie ein Gefangener vor.

Während Nehru soweit wie möglich vom Kopfende des Betts entfernt schlief, war Lal Bahadhurs Mutter hellwach. Sie stand unter Nehrus Fenster. Sie brauchte nicht zu befürchten, daß er aufwachen und sie sehen würde. Er würde wie ein Kind bis Tagesanbruch durchschlafen.

Lautlos ging sie um den Teich herum zu dem Bau aus Granitsteinen. Die Eisentür an der hinteren Seite war mit einem schweren Vorhängeschloß gesichert. Den Schlüssel hatte sie an ihrer Taille befestigt. Sie schloß auf und schob die Tür langsam nach innen. Obwohl es weder Fenster noch Lampen gab, wurde das Innere von einem gelblichen Licht erhellt. Sofort brach ein schrecklicher Lärm aus und veranlaßte sämtliche durch die Nacht streunenden Hunde, die in Hörweite waren, vor Schreck loszukläffen.

Rasch schloß sie die Tür und schob den Riegel vor. Dunkle Massen, aus denen kleine Blitze und Rauch hervorschossen, wirbelten umher. Dämonen und Schlangen tanzten und wanden sich und änderten ständig ihre Gestalt, während sie sich mit den Schatten bewegten. Gitabhai nahm von dem Geschrei und Gekreische keine Notiz, sondern setzte sich mit untergeschlagenen Beinen neben ein feuchtes Tuch, das eine formlose Masse bedeckte.

Die Dämonen stimmten einen Singsang an: »Beeil dich, beeil dich, beeil dich, beeil dich!«

»Habt Geduld, meine Freunde! Es dauert nicht mehr lange.«

Sie sprach in höflichem Ton, der verdecken sollte, wie erleichtert sie darüber war, daß sie ihre bösartigen Gäste bald los sein würde. Wenn ihr das nicht gelang, war ihr Leben in Gefahr. Sie hatten ihr Gastrecht schon zu lange in Anspruch genommen. Ursprünglich hatte sie sie beschworen, damit sie Mohini einen schrecklichen, furchterregenden Tod bereiteten, aber sie waren statt dessen feige aus Mohinis Körper entwichen. Der Gesang zweier Knaben hatte sie ausgetrieben und in die Flucht geschlagen. Statt in die Unterwelt zurückzukehren, hatten sie sich jammernd bei ihr niedergelassen und sich beklagt. Sie hätten gegen die göttlichen Stimmen von Bala und Bala angekämpft, aber der Segen, den Gott Krishna den Brüdern unter der Schutzherrschaft von Brahma erteilt hatte, habe ihre Kräfte überstiegen.

»Warum habt ihr überhaupt zugelassen, daß dieser Mann sie meiner Gewalt entreißen konnte?« fragte sie so höflich, wie sie vermochte.

Vereint gaben sie ihr schreiend die Antwort: »Weil er keine Angst vor uns hatte und unter dem Schutz von göttlichen Mächten stand. Da konnten wir nichts gegen ihn ausrichten. Wir waren machtlos.«

Gitabhai glaubte jedoch, daß sie ihren Auftrag an unfähige Dämonen vergeben hatte und daß die Götter sich verschworen hatten, ihr eine Niederlage zuzufügen. Seit der Nacht, in der Kim ihr Mohini gestohlen hatte, konnte sie nicht mehr schlafen. Nach außen hin gab sie sich heiter, jugendlich und liebenswürdig. Nur die immer dunkler werdenden Augenringe hätten verraten können, wie es in ihr gärte. Aber sie deckte sie klugerweise mit Puder ab, und so sah sie weiterhin unverändert aus.

Nach der Niederlage durch Bala und Bala waren die Dämonen wieder in ihren Körper gefahren. Um ihr lautes Lärmen nicht mitanhören zu müssen, hatte sie diese Kammer aus Granit bauen lassen und sie darin ausgespien. Sie hatte gedacht, sie würden mit der Zeit müde werden und in ihre schwarze

Welt zurückkehren, doch dann merkte sie zu ihrem Schrecken, daß sie an die Erde gefesselt waren. Nur zwei Fluchtwege blieben ihnen: entweder durch Gitabhai – aber dann würden sie sie aus Rache mit umbringen – oder durch Mohinis Tod. Klar, daß ihr das letztere viel lieber war. Sie hatte ihnen andere Frauen angeboten, junge, hübsche Dorfmädchen, die beim Anblick der Dämonen in Ohnmacht gefallen waren. Aber Gitabhai hatte sie nun einmal beschworen, Mohini zu töten, und so wollten sie keine Ersatzfrau annehmen. Gitabhai fand ihre bürokratisch unflexible Einstellung so dumm wie die der Verwaltungsbeamten im Lande.

»Warum sucht ihr Mohini denn nicht? Ihr könnt doch rund um die ganze Welt fliegen. Sie ist bestimmt nicht weit von hier.«

»Weil man uns sehen würde, du unwissende Närrin. In diesem Land gibt es dreihundertdreißig Millionen *Avatars.* Auf jede Menschenseele kommt einundeinzehntel Gott. Und wenn uns nur einer dieser *Avatars* erblickt, sind wir verloren. Es gibt *Sunyassis,* die uns mit einem einzigen Blick in Staub zerfallen lassen können. Entweder spürst du Mohini für uns auf und bringst uns zu ihr oder ...«

Gitabhai versuchte, Mohini heraufzubeschwören. Es mißlang. Sie versuchte, durch Zauber ihren Aufenthaltsort herauszufinden. Es mißlang. Also mußte sie einen anderen Weg finden.

Tage und Nächte verbrachte sie mit dem Studium der Schwarzen Magie. Sie befragte böse Menschen von fern und nah und flehte sie um Unterweisung und Rat an. Sie lehrten sie für viel Geld neue Zaubersprüche und gruben uralte *Mantras* aus, aber nichts wirkte. Allmählich dämmerte es ihr, daß die Macht, die Mohini und den Mann schützte, noch stärker war, als sie angenommen hatte. Eine niedere Gottheit hätte ihre Zaubersprüche und Bannflüche nicht vereiteln können. Es mußte Shiva oder Vishnu sein, der sie schützte. Als ihr das klar wurde, verfiel sie in einen entsetzlichen Schreikrampf. Vor Schreck wären die Dämonen fast in ihre schwarze Welt zurückgekehrt. Sie konnte ihnen den Grund für ihre schlechte Laune nicht verraten, denn wenn sie erfahren hätten, wer ihre Gegner waren, dann hätten sie sich mit der Niederlage abgefunden und Gitabhai getötet.

Daraus schloß Gitabhai, daß ihr nur eine Möglichkeit blieb, diesen Schutzschild unwirksam zu machen: Sie mußte sich an den Gott wenden, der ihn aufgebaut hatte. Brahma hatte Gut und Böse im Universum als gleichwertige Kräfte geschaffen, also würde er auch bereit sein, dem wahren Gläubigen je nach Wahl einen guten oder einen bösen Segen zu erteilen. Es gab ja viele Beispiele, die bewiesen, daß ein und derselbe Gott bösen Menschen so viel Macht geschenkt hatte wie den heiligsten. Der Weg dorthin würde alles andere als leicht zu beschreiten sein. Nur durch äußerste Frömmigkeit konnte sie den Gott dazu bewegen, ihrer Bitte zu entsprechen und ihr zu zeigen, wie sie Mohini finden, die Dämonen zu ihr führen und die Frau und ihren Geliebten vernichten konnte. Monatelang betete und fastete sie, bis sie nur noch Haut und Knochen war und führte ein entbehrungsreiches Leben größter Einfachheit. Sie war sicher, daß Brahma sie erhören und einen Boten mit seinem Segen zu ihr ausschicken würde.

Eines Tages kam eine leprakranke Frau ans Tor und verlangte nach ihr. Die Frau hatte ein schmutzstarrendes Bündel mitgebracht, von dem sie sich erst trennte, als ihr Gitabhai acht goldene Arm- und Fußringe, ihre Nasenknöpfe und Ohrringe aus Smaragd geschenkt hatte. In dem Granitbau machte Gitabhai das Bündel auf. Sie fand ein antikes, schon verrottendes Schriftstück auf Papyrus vor. Als sie es anfaßte, wäre es fast zu Staub zerfallen. Die Schwingungen seiner bösartigen Kraft überwältigten sie nahezu. Geschrieben hatte es ein weiser Mann, den Shiva für seine bösen Taten in einen Tintenfisch verwandelt hatte. Sorgfältig studierte sie die Schrift und erfuhr aus ihr Brahmas größtes Geheimnis: die Schöpfung des Menschen.

Danach beschwor Gitabhai die Dämonen und setzte ihnen ihren Plan auseinander, verriet ihnen aber nicht, daß ihr Brahma zu Hilfe gekommen war. Es war besser, sie in dem Glauben zu lassen, sie selber hätte so viel Macht. Sie lachten mißtönend vor Freude und versprachen ihr, sie zur Gottheit zu machen, sowie sie der Erde entflohen wären.

In dieser besonders günstigen Nacht deckte Gitabhai das Tuch auf und schaute auf einen Haufen feuchten Lehm. Sie hatte ihn vom Ufer des heiligen Ganges geholt, auf jeden einzigen Krümel gepustet und dabei im Flüsterton das für ihn bestimmte *Mantra* gesprochen. Jetzt nahm sie eine Handvoll Lehm hoch und fing an, ihn zu kneten.

Lord Hardinge erwachte, er fühlte sich unwohl. Er hob den Vorhang. Obwohl schon die ersten schwachen Lichtstreifen am Horizont sichtbar wurden, war es draußen noch dunkel. In drei Stunden sollte sein zeremonieller Einzug beginnen, und er hoffte, daß sein Unwohlsein nach dem Bad und dem Frühstück verschwinden würde. Leise, um Winifred nicht zu wekken, stand er auf und zog den Morgenmantel an. Dann ging er durch den reichgeschmückten Salon des Sonderzugs, öffnete die Tür und trat ins Freie.

Es war entschieden zu kühl. Ein Schauer überlief ihn. Die kaiserliche Leibwache und die beiden Polizisten, die zu beiden Seiten der Tür auf der Plattform standen, nahmen Haltung an. Hinter ihnen bildeten Polizeibeamte und Leibwächter einen weiteren Kreis. Während er beobachtete, wie der Nachthimmel langsam heller wurde, hoffte er, daß sein Unwohlsein nur auf eine Magenverstimmung zurückzuführen sei. Der klare, reine Geruch einer indischen Morgendämmerung tat ihm gut. Die Stille war beruhigend, und jetzt begann ringsum ganz Indien zu erwachen. Er blieb noch eine Weile stehen und kehrte dann ins Schlafzimmer zurück.

Winifred setzte sich auf. »Was ist los?«

»Eine leichte Magenverstimmung. Sie wird bald vergehen.«

Im Ankleidezimmer hatte sein Kammerdiener die Paradeuniform bereitgelegt – einen blauen Cutaway mit allen Auszeichnungen und dem Hosenbandorden. Der Dreispitz mit Feder lag noch in einer Schachtel, und der Umhang des Vizekönigs hing auf einer Schneiderpuppe. Bei der Hitze würde er darin beinahe ersticken. Er war zwar nicht mit so vielen Edelsteinen bestickt wie die *Sarapa* eines Mogulkaisers, sollte die Inder aber an eine Weltmacht von ähnlicher Größe erinnern.

Um Punkt 8.30 Uhr trat Lord Hardinge, gefolgt von Lady Hardinge und Diamond, aus dem Sonderzug des Vizekönigs auf den roten Teppich, der auf Bahnsteig 1 des Bahnhofs Delhi ausgelegt war. Eine erlesene Abordnung von Würdenträgern hieß ihn willkommen. Obwohl ihm überhaupt nicht danach zumute war, schritt er plaudernd und lachend durch ihre Reihen.

»Ach, meine Liebe«, flüsterte Lord Hardinge seiner Gattin ins Ohr, »ich habe das Gefühl, daß heute etwas ganz Schreckliches passieren wird.«

»Unsinn, mein Lieber«, sagte Winifred, »das kommt nur von deiner Magenverstimmung.«

Sein Adjutant ging ihm voraus auf den knienden Elefanten zu. Auf dem Rücken trug das Tier die mit Gold und Juwelen geschmückte *Howdah.* Dahinter kniete ein anderer, viel weniger prachtvoll geschmückter Elefant. Collins half der Vizekönigin und Diamond auf den zweiten Elefanten.

Anil Ray stand in der Menschenmenge und wartete. Er hatte eine Trichnopoly-Zigarrenkiste in der Hand und hielt sie sorgsam an die Hüfte gepreßt. Er hatte sich absichtlich an einen Pfeiler gestellt, um von der Menge nicht umhergeschubst zu werden. Die Zigarrenkiste enthielt ein Fläschchen Nitroglyzerin, das in Rohbaumwolle verpackt war. Rund um die Verpackung befanden sich zahllose kleine Nägel.

Das Nitroglyzerin hatte Peter Bayley beschafft. Er hatte Anil den Namen und die Adresse des Kaufmanns aus Marwar mitgegeben. Dies würde für beide eine Vertrauensprobe sein. Wenn Anil das Päckchen abholte und seinen Mordanschlag ausübte, würde Bayley wissen, daß er in ihm eine perfekte Waffe gefunden hatte. Wenn Anil von der Polizei festgenommen wurde, dann wußte er, daß Bayley ihn verraten hatte.

Anil war voller Mißtrauen zu der angegebenen Adresse gegangen. Das Haus stand am Ende einer kleinen, engen Straße. Anil beobachtete es eine volle Stunde lang. Er sah nur wenige Menschen. Wann würde die Falle aufgebaut werden? Nach dem Abholen des Sprengstoffs oder vorher? Bevor er an die Tür klopfte, ging er einmal um das Haus und stellte fest, daß man vom Dach aus leicht auf die Nachbardächer springen konnte.

Jemand musterte ihn aufmerksam durch ein Gitter. Endlich ging die Tür einen Spalt weit auf, so daß er hineinschlüpfen konnte. Es dauerte eine Weile, bis seine Augen sich an das kühle Halbdunkel gewöhnt hatten. Ein schwitzender dikker Mann führte ihn über einen Flur in das karg möblierte Hinterzimmer, schloß die Tür ab und betupfte sein Gesicht. Anil nahm an, daß der Mann auch sehr wohlhabend war.

»Sie sind Anil Ray?«

»Ja, Mr. Bayley hat mich hergeschickt.«

»Ich bin sehr erfreut, Sie kennenzulernen, Mr. Ray.« Der Marwari schüttelte ihm die Hand. »Seit der tragischen Ermordung Ihres Onkels durch die Polizei habe ich Ihren Werdegang verfolgt. Ich wünschte, ich wäre so mutig wie Sie. Aber da ich ein großer Feigling bin, bemühe ich mich, auf andere Weise ein wenig zum Sieg unserer Freiheitsbewegung beizutragen.« Er verfiel in ein unbehagliches Schweigen. Anil machte keine Miene, ihm zu antworten. »Hier habe ich etwas für Sie.«

Er ging zu einem Tonkrug in der Zimmerecke, tauchte die Hand in das Wasser und zog vorsichtig ein mit Wachs versiegeltes Fläschchen heraus.

»Lassen Sie es um Gottes willen nicht fallen, wenn Ihnen Ihr und mein Leben lieb sind! Es würde uns alle in die Luft sprengen und dieses Haus meiner Ahnen in Stücke reißen.«

Vorsichtig nahm Anil die Flasche entgegen. Trotz des Wassers, in dem sie gelegen hatte, fühlte sie sich warm und lebendig an. Der Blick des Marwari war fest auf die Flasche gerichtet. Schweiß tropfte ihm übers Gesicht. Im Haus war es still. Gespannt horchte Anil auf irgendein Geräusch, das nicht hierher paßte.

»Wird sie einfach hingeworfen?«

»Nein, nein. Im Freien macht sie Bumm und richtet nur wenig Schaden an. Sie muß einen tödlichen Zusatz erhalten.« Er nahm eine Zigarrenkiste vom Tisch und klappte sie auf. Darin lag ein Bausch Baumwolle, und rundherum lagen rostige Nägel. »Wir legen sie hier rein. Wenn sie jetzt explodiert, fliegen die Nägel in alle Richtungen auseinander. Sie können sich vorstellen, wie sie sich in Fleisch und Knochen bohren.«

»Sie sind ein blutrünstiger Mensch«, sagte Anil. Er hob die Kiste hoch. »Läßt sich aber schwer werfen.«

»Aber Sie waren doch ein großer Kricketspieler.«

»Dies ist kein Kricketball. Tragen Sie sie für mich bis zum Ende der Straße!«

»Ich? Mr. Ray, ich bin ein Feigling. Ich könnte sie unterwegs fallenlassen.«

»In diesem Fall hätten Sie ein gutes Werk getan«, sagte Anil und zog den Revolver. Mit einem Seufzer nahm der Marwari vorsichtig die Zigarrenkiste hoch und trug sie wie eine Opfergabe vor sich her. Anil folgte ihm im Abstand von einem halb Dutzend Schritten nach draußen. Es war eine klare, kühle Nacht. Im Lampenlicht sah Anil Schatten auftauchen, und stellte sich vor, daß darin Männer auf ihn lauerten, und er machte sich auf einen plötzlichen Feuerüberfall gefaßt. Der Marwari erreichte das Ende der Straße, sah, daß er allein war, und hätte die Kiste beinahe fallen lassen. Mit schußbereitem Revolver ging Anil vorsichtig auf die Straße. Er kam bei dem Marwari an, der ihm die Kiste in die Hand drückte und mutig stehenblieb, um ihm zu beweisen, daß es keine Falle gab.

Inspektor Goode hockte oben im Minarett der Jama Masjid und beobachtete durchs Fernglas die Menschenmenge unter sich. Er hatte ein Dutzend Beamte mit Gewehren auf die Hausdächer entlang des Festzuges gestellt. Zusätzliche Polizeikräfte waren im Einsatz, und Goode sah, wie sie die Menge langsam mit Stockschlägen zurücktrieben, um sie so weit wie möglich von dem vorbeiziehenden Vizekönig fernzuhalten.

Er mußte Ray finden, unbedingt. Er war irgendwo in der Nähe, ein dunkles, böses Gesicht in der Menge. Goode spähte in die Gesichter. Er hatte seinen Männern die bestmögliche Beschreibung gegeben, doch allein er würde instinktiv Ray erkennen. Er bezweifelte stark, daß Ray noch als *Sadhu* herumlief. Das wäre zu auffällig gewesen, dafür war er zu intelligent. Trotzdem ließ Goode keinen Menschen im safrangelben Gewand bei seiner Suche aus.

Als was würde er sich jetzt verkleidet haben? Als Punjabi, als Sikh, als Moslem, als Kashmiri? Indien bot seinen Menschen so viele Verkleidungsmöglichkeiten. Goode kniff die Lider zusammen und verfluchte zum wiederholten Male Lal Bahadhur Ram Shanker. Er war überzeugt, daß der Schweinehund irgend jemanden deckte. Woher wußte er, daß Ray in Delhi war? Mit welchem Zug war er gekommen? Wer waren seine Reisegefährten gewesen? Aber Lal Bahadhur hatte ihm nur mit sanfter Stimme versichert, er habe aus verläßlicher Quelle gehört, daß Ray sich in Delhi aufhalte. Wenn Lal Bahadhur nicht Mitglied des Gesetzgebenden Rates des Vizekönigs wäre, hätte Goode den Schweinehund ins Gefängnis gesperrt und die Wahrheit aus ihm herausgeprügelt.

Goode wandte sich um und sah zu, wie der Vizekönig in gemessenem Tempo vorankam. Der Polizeipräsident von Delhi und die Königliche berittene Artillerie führten den Festzug an. Danach kam die Leibgarde in Scharlachrot und Gold, gefolgt vom Kaiserlichen Kadettenkorps, das in einer Stärke von fünfundzwanzig Mann die Eskorte des Vizekönigs bildete. Zu beiden Seiten seines Elefanten schritten Träger, die große Seidenschirme über den Kopf des Vizekönigs hielten, um ihn gegen die Morgensonne zu schützen. Eine dünne Kette von Polizisten hielt die Menge zurück. Goode konzentrierte sich auf die Leute, die sich jetzt in der Nähe des Vizekönigs befanden. Zoll für Zoll nahm er die Szene wahr, suchte nach einer verdächtigen Bewegung, einer Hand, die ein Gewehr in Anschlag brachte, einem Gewehrlauf, der aus einem Fenster ragte.

Plötzlich geschah es. Etwas segelte durch die Luft.

Der Schirmträger in unmittelbarer Nähe des Vizekönigs verschwand von der Bildfläche. Es dauerte einen Augenblick, bis Goode begriff, was da vorging. Sekunden später hörte er eine dumpfe Detonation, und blutüberströmt sank der kopflose Körper wie eine Lumpenpuppe zu Boden. Rasch richtete Goode das Fernglas auf den Vizekönig, der aufrecht sitzengeblieben war. Sein Elefant hatte haltgemacht. Und Goode sah, wie der Vizekönig langsam zur Seite kippte.

»Kesselt die Leute ein!« schrie Goode von oben seinen Untergebenen zu. »Kesselt die Leute ein! Laßt den Schweinehund Anil Ray nicht entwischen!«

Dreizehntes Kapitel

Juli 1912

Es war eine rabenschwarze Nacht ohne Mondschein. Die Sterne waren nur schwach zu sehen. Kim und Parvati sahen die verlockenden Lichter eines Dorfes vor sich. Doch dann erlosch schon bald eins nach dem anderen und ließ sie in der unermeßlichen Dunkelheit allein zurück.

Kim hockte an einem Felsblock. Hinter ihm kniete Parvati und preßte den Kopf an den warmen Stein. Kim war nicht mal einen halben Meter von ihr entfernt, aber sie konnte ihn kaum erkennen. Er packte seinen Stock mit beiden Händen. Dabei ließ er zwischen den Händen gerade so viel Zwischenraum, daß der Kopf des Mannes Platz dazwischen haben würde. Dann würde er ihm mit einem Ruck das Genick brechen. Kim hatte gesehen, daß der junge Mann auf dem Bahnhof Madurai die Menschenmenge aufmerksam beobachtet hatte. Als er Kim und Parvati bemerkte, hatte er sofort zur anderen Seite geguckt. Das zeigte, daß er noch wenig Erfahrung hatte.

Sie hatten beide Grund, sich vor dem Fremden zu fürchten. Parvati hatte sofort einen Schrecken bekommen. Sie hielt ihn für einen der *Goondas* ihres Gatten. Doch der Mann war ihnen lediglich vom Bahnhof aus gefolgt. Als sie die Stadt verließen, war er immer noch allein und unternahm keinen Angriffsversuch.

»Dann muß er ein Mann des Oberst-Sahib sein«, sagte Kim. »Allerdings kann ich mir nicht vorstellen, wie mich der Oberst hier so schnell aufspüren konnte.«

Kim, der fast sein ganzes Leben lang für den Oberst gearbeitet hatte, glaubte, daß er fast übernatürliche Kräfte besaß. Diesen Glauben hatte ihm der Oberst eingetrichtert und später aufrechterhalten, weil er wußte, daß die indische Seite von Kims Seele leicht durch Zauberei zu beeindrucken war. Es bedurfte einer geradezu übermenschlichen Kraft, um sie unter Kontrolle zu halten.

Als Kim noch die Schule besuchte, hatte er sich einmal im Frühling heimlich aus dem Schlafsaal geschlichen, war über die Mauer geklettert und in die indische Nacht hinausgewandert. Bei derartigen Ausflügen pflegte Kim sich selten weit zu entfernen. Er wollte nur der Gesellschaft der steifen englischen Schuljungen entkommen und sich unter Menschen mischen, die ihm näherstanden. Diesmal hatte er vor dem Bahnhof Lucknow eine Pilgergruppe getroffen. Sie war dabei, eine Pilgerfahrt zum Badrinath anzutreten, einem der heiligsten Tempel, der hoch im Himalaja liegt. Wenn die Schneefälle einsetzten, wurde der Schrein geschlossen und erst zur Zeit der Schneeschmelze wieder geöffnet. Das erste Tauwetter war also eine günstige Zeit für die Pilgerfahrt.

Eine alte Frau, die von einem Obsthändler übers Ohr gehauen worden war, erregte seine Aufmerksamkeit. Er feilschte für sie mit dem Mann, und als er ihr beim Einsteigen in den

Zug nach Delhi geholfen hatte, konnte er der Versuchung nicht widerstehen, sie ein Stück des Weges zu begleiten. Sie wollte ihm eine Fahrkarte kaufen, aber Kim kletterte lieber jedesmal, wenn der Schaffner kam, mit einigen anderen armen Passagieren auf das Wagendach. Dann kamen sie in Delhi an, wo er eigentlich umkehren wollte, doch der gebrechliche Zustand der alten Frau rührte sein Herz. Er ahnte, daß sie die anstrengende Wanderung nicht überleben würde, wenn man sie allein ließ.

Nirmala hatte strahlende braune Augen und bewegte sich selbst auf ihren alterssteifen Gelenken noch mit einiger Anmut. Sie war in Hyderabad *Davadasi* gewesen und hatte keine Angehörigen, die im Alter für sie sorgten. Kim ahnte, daß sie bald sterben würde. Er sah, wie im Verlauf der nächsten Tage der nahende Tod den Glanz ihrer Augen trübte. Sie unterhielt ihn mit boshaften Geschichten über Priester und Prinzen, über die Reichtümer, die sie erworben und wieder vergeudet hatte, über die Männer, die sich kriecherisch um ihre Gunst beworben und sie mit Gold überhäuft hatten.

Von Hardwar an, der letzten Bahnstation, wurde die Pilgerfahrt gefährlicher. Kim kaufte für Nirmala ein dürres Pony, auf dem sie reiten konnte, und führte es am Zügel den mühseligen, schmalen Pfad entlang, der sich bergauf, bergab durch die Schluchten und über die Berge wand. Die kalte Schönheit der Ewigkeit umgab sie. Von den wenigen Lebensmitteln, die er bei den armen Dörflern entlang des Weges organisieren oder kaufen konnte, kochte er Essen. Die ganze Zeit über plagte ihn die Sorge, daß Nirmala nie das Ziel ihrer Pilgerfahrt erreichen würde. Sie wurde sichtbar von Tag zu Tag weniger.

Mit Schmeicheleien und Scherzen munterte er sie auf. Er zeigte ihr die zackigen Bergspitzen am Horizont, wo das Heil lag, das sie hier suchte. Endlich kamen sie an dem großen Tempel an. Kim trug die federleichte Frau die Treppen hinauf und half ihr beim Verrichten ihrer *Pujas.* In dieser Nacht verschied Nirmala, ein seliges Lächeln auf den Lippen, und Kim verkaufte ihre goldenen Arm- und Fußringe und den diamantenen Nasenknopf, um ihr Leichenbegängnis bezahlen zu können. Den Rest des Geldes spendete er für den Tempel. Auf dem Rückweg nach Hardwar trauerte er um sie. In der Vorstellung des Knaben war Nirmala zu seiner Mutter geworden, die er nie kennengelernt hatte.

Der Oberst, der in Hardwar auf Kim gewartet hatte, erschrak, als er ihm seine Reise ausführlich schilderte. Kim brach zusammen und ließ sich in seinen Armen trösten. Wie ein liebevoller Vater brachte ihn der Oberst in die Schule zurück. Erst Jahre später, als Kim das Wesen seines Berufs allmählich durchschaute, wurde ihm klar, daß er auf dem ganzen Weg von den Spionen des Obersten überwacht worden war. Aber dieser erste Eindruck, daß der Oberst-Sahib über fast mystische Kräfte verfügte, war nicht mehr auszulöschen, auch jetzt nicht.

Deutlich hörte Kim die keuchenden Atemzüge des im Laufschritt ankommenden Verfolgers, der dabei irgend etwas vor sich hin murmelte. Kim schloß daraus, daß er sich in der ungeheuren Dunkelheit fürchtete und nur Augen für das Dorf in der Ferne hatte, das ihm Sicherheit verhieß. Als er an dem Felsblock vorbeikam, erhob sich Kim, trat lautlos hinter ihn, hob den Stock über seinen Kopf, legte ihn an seinen Hals und riß den Stock zurück.

Der Mann machte einen Luftsprung und hätte vor Schreck laut geschrien, aber er bekam keine Luft mehr. Unwillkürlich krampften sich seine Hände um den Stock, und Kim riß ihn noch einen Schritt weiter zurück. Der Mann war dünn und wog nicht viel.

»Nimm die Hände runter, oder ich bringe dich um!« sagte Kim.

Der Mann ließ los, und seine Hände flatterten in Hüfthöhe umher.

»Wer bist du?«

Er brachte nur ein halbersticktes Gurgeln heraus.

Langsam ließ Kim mit dem Druck nach. »Steh still! Wenn du eine Bewegung machst, breche ich dir das Genick. Antworte mir jetzt!«

»Ich . . . ich bin Ravi Srinivasan, Iyer.«

»Sollte ich dich etwa kennen, du Dummkopf?«

»Ich bin euch nachgegangen«, sagte Ravi, als bewiese diese Antwort seine guten Absichten. Kim seufzte und nahm den Stock weg. Hustend fiel Ravi auf ein Knie und massierte sich die Kehle. Er war jung, nicht älter als zwanzig, und sehr unerfahren.

»Wer hat dich ausgeschickt?«

»Ich bekam meine Anweisungen von Mr. T. V. Naidu aus Madras, Iyer.«

»Wer ist das?«

»Ein hochgebildeter und reicher Mann, Iyer. Er hat große Ländereien und spricht acht Sprachen, darunter Französisch und Deutsch. Außerdem ist er ein Kricket . . .«

»Bist du ein dummer Kerl?«

»Ja, Iyer.«

»Für wen arbeitet er? Für den Oberst-Sahib?«

»Er hat es nicht nötig, für jemand zu arbeiten. Und ich kenne auch keinen Oberst-Sahib. Aber wenn dieser Oberst-Sahib ein Brite ist, würde Mr. T. V. Naidu sowieso nicht in seine Dienste treten.«

»Warum ist Mr. Naidu an mir interessiert?«

»Genau weiß ich das nicht. Ich habe nur Anweisung erhalten, dir zu folgen und dir eine Botschaft auszurichten. Die Botschaft von Mr. Naidu lautet, daß ich dir in seinem Auftrag jede Unterstützung und Hilfe zu leisten habe, die du brauchst. Das schließt auch finanzielle Unterstützung ein. Sieh her!« Ravi zog einen Beutel mit Silbermünzen heraus.

Kim machte keine Anstalten, ihn zu nehmen. »Warum das alles?«

»Iyer, du kannst mich nach den Gründen fragen, bis eine alte Kuh wieder jung wird, ich kann es dir nicht beantworten. Du mußt ein bedeutender Mann sein, das ist alles, was ich weiß.« Er drehte sich um und sah zu Kim auf, der immer noch drohend den Stock erhoben hatte. »Und ich bitte dich, mich nicht zu prügeln, weil ich einen Abscheu vor Schmerzen habe.«

»Steh auf, du dummer Kerl! Aber rühre dich nicht vom Fleck!«

Dann huschte Kim zu Parvati. »Hast du alles gehört?«

»Ja. Wer ist dieser Naidu?«

»Ich weiß es nicht. Aber jetzt ist mir klar, wie er uns finden konnte. Der Briefschreiber hat uns verpetzt. Ich war dumm, daß ich ihm gegenüber meine ›tiefen, dunklen Geheimnisse‹ erwähnt habe. Daraus hat er meinen Beruf erraten.« Laut rief er Ravi zu: »*Ahre*, bist du ein Nationalist?«

»Ja, Iyer«, erwiderte er voller Stolz und nannte das Schlagwort: »*Bande matram* – Freiheit für Mutter Indien!«

»Mr. Naidu will hinter mein geheimes Wissen kommen. Er will die Namen erfahren, die ich in meinem Kopf habe.«

Parvati war heilfroh, daß Ravi keiner von den Männern ihres Gatten oder des Obersten war. Daher fühlte sie sich Ravi verbunden, als er Freiheit für Mutter Indien forderte. Ihr Blut regte sich.

»Dann sag sie ihm doch!«

»Du darfst von mir nicht verlangen, daß ich meine Vergangenheit verrate. Ich habe mit dem Oberst Salz und Brot geteilt und kann jetzt nicht zum Verräter werden. Ich werde für immer schweigen. Mein Leben hängt davon ab, denn sowie ich den Mund aufmache, wird der Oberst keine Mühen scheuen, um mich töten zu lassen. Damit würde er ein Exempel an mir statuieren, zur Abschreckung für jeden, der an Verrat denkt.«

Für Parvati stand Kims Leben über allem, denn was sollte sie in einem freien Indien ohne ihn? Sie würde den Rest ihrer Tage nur um ihn trauern.

»Dann schweige also, mein Kim! Ich könnte es nicht ertragen, ohne dich zu leben, und das Kind, das ich unterm Herzen trage, könnte es auch nicht.« Gern hätte sie jetzt sein Gesicht gesehen. Doch da sie es gerade streichelte, fühlte sie mit den Fingerspitzen, wie es erst starr wurde und sich dann zu einem breiten Grinsen verzog.

Er küßte sie. »Wie lange weißt du es schon?«

»Erst seit ein paar Tagen. Ich wollte dir nicht noch eine weitere Last aufbürden, sondern es dir erst sagen, wenn wir in Sicherheit sind. Aber jetzt frage ich mich, wann wir das je sein werden.«

»Bald. Ich glaube nicht, daß Mr. Naidu uns verraten wird. Er wird Geduld haben und warten, in der Hoffnung, daß ich ihm helfen werde. Da ich jetzt seinen Namen kenne, könnte ich ihn ebensogut beim Oberst-Sahib verraten.«

Plötzlich fragte Ravi: »Was ist los?« Sie drehten sich um. Er stand neben ihnen und starrte sie neugierig an.

»Ich habe dir doch gesagt, du sollst dich nicht vom Fleck rühren.«

»Ich habe euch flüstern hören und dachte, ihr habt vielleicht vor, mir die Kehle durchzuschneiden.« Er musterte erst Parvati und dann Kim. »Ich habe gesehen, daß du diesen Jungen geküßt hast. Bist du ein Mann von dieser Art?«

»Sie ist meine Frau«, sagte Kim. »Wir müssen ihr beistehen. Sie ist schwanger.«

»Ach so. Es kam mir doch gleich so vor, als ob dieser Junge einen merkwürdigen Gang hat.«

»Es ist noch lange hin«, sagte Parvati. Aber beide Männer halfen ihr behutsam auf die Beine. Als sie weiter auf das Dorf zuschritten, schmiegte sie sich an Kim, und Ravi ging etwas unsicher an ihrer anderen Seite.

Sie waren noch drei Tage lang zu Fuß und im Ochsenkarren unterwegs, bis sie in Narains Dorf ankamen. Kim staunte immer noch über den Süden. Während ihrer Reise hatte sich das Land in üppigem Smaragdgrün mit Reisfeldern und Kokosnußpflanzungen gezeigt. Wasser glitzerte in Kanälen, und Jungen schwammen in Wasserbehältern. Kühle, nebelverhangene Hügel umgaben das Cumbun-Tal. Nachdem er fast sein ganzes Leben im Norden in der Nähe der Berge verbracht hatte, war der Süden in seiner Vorstellung immer ein unfruchtbarer, kochender Feuerofen gewesen.

Ravi bemühte sich ebenso wie Kim um Parvati und wollte nicht dulden, daß sie auch nur einen Finger regte. Er hatte die Anweisung bekommen, ihnen zu helfen, und nun sah er es als seine Pflicht an, Lebensmittel zu kaufen und für sie das Essen zu kochen. Sie erfuhren, daß er Student war, der ohne eigene Schuld durchs Examen gefallen war, es aber unbedingt noch einmal versuchen wollte, sobald sein kleines College in Madurai wieder die Pforten öffnete.

Narains Dorf schien Sicherheit zu bieten, denn es befand sich an einem entlegenen Ort und war eine Wohltat für das Auge. Es war klein und bestand aus lauter Lehmhütten mit Strohdächern, die in dem unendlichen Grün eine braune Insel bildeten. Das Dorf stand am Ufer eines künstlichen Sees, umgeben von einer Kokosnußpflanzung, und neben dem Seufzen des Windes war als einziger Laut das von einem Kanal in den See stürzende Wasser zu hören.

Kim fragte einen nackten kleinen Jungen nach Narains Bruder. Der Junge führte ihn am Kanal entlang zu einem Mann, der eine Gruppe von Arbeitern beim Graben eines Seitenkanals beaufsichtigte.

»Narain! Narain! Wie komme ich dazu, einen Freund meines Bruders willkommen zu heißen? Dieser elende Tunichtgut und Faulenzer hat mir eine schöne Bescherung hinterlassen, das kann ich dir sagen! Ich muß unser Land allein bearbeiten und seine Frau ernähren, die sich unablässig bei mir über ihn beklagt. Als ob ich für den Charakter dieses Faulenzers verantwortlich wäre! Statt ruhig und friedlich hierzubleiben, Kinder aufzuziehen und Kokosnüsse zu ernten wie jeder anständige Mensch, rennt er weg und geht nach Bombay.«

Kumar erinnerte Kim in gespenstischer Weise an seinen toten Freund. Er war wohl ein, zwei Jahre älter als Narain und rundlich, während Narain einen knochigen und eckigen Körper gehabt hatte. Außer einen *Dhoti* hatte er nichts am Leibe, und sein Oberkörper bebte in rechtschaffenem Zorn. Die Arbeiter hatten eine Pause eingelegt und beobachteten das kleine Drama. Sie hätten gern gewußt, wer die drei staubbedeckten, müden und offensichtlich aus einem weit entfernten Teil Indiens stammenden Männer waren.

»Er ist tot«, sagte Kim.

»Aaaah . . .« statt in seiner Tirade fortzufahren, stieß Kumar einen langgezogenen Klagelaut aus. Überraschenderweise liefen ihm sogleich Tränen über die Wangen in den sorgfältig mit Öl gesalbten Schnurrbart, den einzigen Schmuck, den der Mann trug. Er setzte sich schwerfällig hin und wandte das glänzende Gesicht zum Himmel.

»Ram, Ram, wenn du mir noch zuhörst, dann verstehe bitte, daß ich kein böses Wort gegen meinen Bruder sagen wollte! Wie du weißt, bin ich ein Lügner. In Wirklichkeit habe ich ihn sehr geliebt. Nur daß er mir durch sein Verschwinden das Leben schwergemacht hat.« Er hielt inne, um Luft zu holen. »Ram, Ram, du weißt natürlich, daß sein Besitz jetzt an mich fällt, da er keinen Erben hinterlassen hat. Wenigstens nicht in unserem Dorf. Ob er in Bombay Erben hat, weiß ich nicht, aber die können hier keine Rechte beanspruchen.«

Kim setzte sich mit dem Rücken an eine Kokosnußpalme, und Parvati ließ die Füße in das Wasser eines kleinen Kanals hängen. Neugierig standen die Frauen des Dorfes, die Messingtöpfe auf dem Kopf trugen, um sie herum. Sie beide zogen in diesem entlegenen kleinen Dorf alle Aufmerksamkeit auf sich. Selbst von den fernen Feldern kamen Männer und Frauen angerannt, um sie anzustarren.

»Wie ist er gestorben?«

»Er wurde erstochen.«

Wieder seufzte Kumar. »Er fand das Leben hier langweilig, aber so jung wollte er nicht sterben. Welches Unheil hat zu diesem schrecklichen Tod geführt?«

»Das ist eine sehr lange Geschichte.« Dies war alles, was Kim dazu sagte.

Kumar blinzelte ihn an und verzog berechnend den Mund. Dann schnauzte er die Arbeiter an: »Was soll denn das? Findet hier ein *Tamasha* statt? Die Gesellschaft bezahlt euch nicht dafür, daß ihr diese Leute anglotzt. Los, geht wieder an die Arbeit!« Widerwillig gehorchten ihm die Arbeiter. »Und wer ist dieser Mann?«

»Meine Frau.«

Kumar sah erst Kim und dann mit einigem Mißtrauen Parvati an. Er brauchte lange, bis er sich entschloß, Kim zu glauben. Der angebliche Mann hatte in der Tat sehr feine Gesichtszüge und kein einziges Barthaar.

»Warum trägt sie dann Männerklamotten?«

»Zu ihrer Sicherheit. Du weißt selber, wie gefährlich es auf den Straßen zugeht.«

»Ja, da treiben sich lauter Diebe herum und Leute, die Frauen belästigen und Kinder stehlen. Wo liegt dein Dorf?«

»In der Nähe von Bangalore«, sagte Kim in einer Eingebung des Augenblicks.

Kumar teilte es der Menge mit, die sich inzwischen angesammelt hatte. »Er stammt aus dem Land nördlich dieser Hügel.«

Weiter war noch nie einer von ihnen gekommen. Ihr Leben verlief in diesem Tal und nur ein Stück weit über den oberen Rand der Hügel.

Indien war für sie ein vager Begriff, mit dem sie nichts anfangen konnten. Den Himalaja, den keiner von ihnen je gesehen hatte und von dem sie keine Vorstellung hatten, gab es für sie nur in der Mythologie.

»Kommt der oberste Verwaltungsbeamte des Bezirks oft her?« fragte Kim.

»Wer weiß! Ich habe ihn seit vier Jahren nicht gesehen. Sonst besucht uns nur ein anderer Brite, der Farson-Sahib heißt.«

»Was ist das für ein Engländer?«

»Er arbeitet für die Gesellschaft, der das Land hier gehört, soweit dein Blick reicht, und auch das Land jenseits der Hügel, wie man mir gesagt hat. Er ist eine bedeutende Persönlichkeit. Sogar der hohe Beamte nimmt sich vor diesem Farson-Sahib in acht. Und wenn wir was Schlechtes tun, kann er uns in den Knast bringen.«

Kumar führte Kim, Parvati und Ravi zu seinem Haus. Ihnen schlossen sich die meisten Dorfbewohner an, die sich diese Abwechslung in ihrem eintönigen Leben nicht entgehen lassen wollten. Alle Häuser hatten die gleiche Größe. Kim zählte etwa zwei Dutzend. Ihn fiel auf, daß einige etwas abseits auf einem Haufen standen. Die Lehmwände von Kumars Haus waren weiß angestrichen, und das Strohdach ragte über die anderen Dächer hinaus. Neben dem Eingang war eine niedrige Plattform aus getrocknetem Lehm, auf der Kumar mit gekreuzten Beinen Platz nahm, nachdem er seiner Frau im Inneren etwas zugebrüllt hatte. Kim und Parvati gesellten sich zu ihm.

»Und wie lauten eure werten Namen?«

»Kimathchand und Parvati«, sagte Kim.

Kumar zeigte mit dem stumpfen Zeigefinger auf Ravi. »Und wer ist das? Er sieht aus wie jemand, der aus dieser Gegend stammt.«

»Der ist ein Nationalist.«

»Das ist erst das zweitemal in meinem Leben, daß ich dieses sonderbare Wort höre. Beim erstenmal durfte ich nicht zeigen, daß ich es nicht kannte. Aber jetzt kann ich es ruhig zugeben. Ist es eine neue Kaste? Oder eine andere Religion?«

»Er kann das besser erklären als ich.«

Eifrig trat Ravi vor und setzte sich so hin, daß er Kumar und die ringsum stehenden Dorfbewohner ansehen konnte. Seine Miene nahm den gläubigen Ausdruck eines Predigers an, der sich aufgefordert fühlt, die Heilsbotschaft zu verkünden. Kim warf Parvati einen Blick zu. Sie beugte sich gespannt vor und ermunterte Ravi, ohne etwas zu sagen.

»Indien ächzt unter der britischen Herrschaft«, begann Ravi. »Die Ausländer haben uns zu ihren Sklaven gemacht. Das ganze Geld, das wir verdienen, bringen sie außer Landes. Das ist einer der Gründe, warum wir arm und unterdrückt sind. Ich habe gehört, wie du von dem Briten gesprochen hast, dem das ganze Land hier gehört. Das Geld, das ihr für ihn erarbeitet, bleibt nicht hier und kommt euch nicht zugute. Damit füllen sich die Ausländer die Taschen. Solche Männer wie ihn müssen wir aus dem Lande jagen.«

»Das hört sich alles sehr schön an. Aber wir sind arm und

unwissend. Wir haben keine Macht. Die Macht hat er. Er kommt immer mit Polizisten her.«

»Das ist es ja gerade, was wir ändern müssen. Die Steuern, die ihr zahlt, werden nicht für euch verwendet. Es werden keine Schulen oder Straßen gebaut. Man gibt euch dafür keine Medikamente. Es fließt alles in dieses ferne Land, das sich Eng – land nennt. Sie nehmen uns das Recht, über unser Leben und unser Geld selbst zu bestimmen.«

»Wer gibt uns denn das Recht?« warf ein alter Dorfbewohner ein. »Nur Gott hat das Recht, und der kann sehr schwierig werden.«

»Warum hört ihr ihn nicht an?« empörte sich Parvati. »Das Leben eurer Kinder und Kindeskinder hängt davon ab, daß wir die britische Herrschaft abschütteln und die Freiheit erkämpfen.«

Die Dorfbewohner verfielen in ein verlegenes Schweigen. Nicht, weil Parvati sie beschimpft hatte, sondern weil hier überhaupt noch nie eine Frau in Gegenwart von Männern das Wort ergriffen hatte. Die Männer sahen erwartungsvoll auf Kim. Würde er seine Frau verwarnen? Doch statt dessen lächelte er sie noch aufmunternd an.

Kim hatte Verständnis für Parvatis und Ravis Enttäuschung. Dieses Dorf lag zu entlegen. Dreihundertzwanzig Kilometer von Madras entfernt, lebten die Leute noch im vorigen Jahrhundert. Für sie war ein Herrscher, ganz gleich welcher Hautfarbe, so schlecht wie der andere. Alle beuteten sie aus. Außerdem sahen sie ihre Herrscher selten. Da nicht mehr als dreißigtausend Engländer das Riesenland regierten, bekamen sie nur diesen Mann von der Gesellschaft zu Gesicht, der gelegentlich hier durchkam. Kim fiel ein, daß sogar Bala und Bala noch nie einen Engländer gesehen hatten. Das kam, weil sie auf ihren Wanderungen nur durchs Land zogen und nie in eine Stadt kamen. Die Landbevölkerung machte den zuständigen *Tashildar* oder den Polizisten für ihr Elend verantwortlich, und die waren Inder. Da sie wenig oder gar keine Verbindung mit der übrigen Welt hatten, würden sie nie etwas vom Aufstieg oder Fall der Weltreiche erfahren. Deren Schicksal berührte ihr kleines Leben gar nicht.

Ravi schwieg und zupfte an seinen Lippen, als wären sie Saiten eines Musikinstruments. Er brachte nicht die Geduld auf, den Dorfbewohnern etwas zu erklären und sie zu belehren. Sie verdienten es nicht anders. Er ärgerte sich über ihre Unwissenheit und Dummheit. Man sollte sie ihrem elenden Schicksal überlassen. In der Stadt war es viel einfacher, über den indischen Nationalismus zu sprechen.

»Wer ist denn dieser andere Nationalist, den du erwähnt hast? Er muß euch doch viel über die Übel der britischen Herrschaft erzählt haben.«

»Iyer, wir sind nur unwissende Dörfler«, sagte Kumar, »und deshalb spricht er mit uns nicht über diese Dinge. Der *Zamindar* macht hier nur auf seinem Weg von und nach Madurai halt und erwartet dann, daß wir ihm und seinem Anhang kostenlos Essen vorsetzen. Aber er hat einmal im Gespräch mit einem Begleiter in meiner Gegenwart erwähnt, daß er ein Nationalist ist. Ich sah, wie er diesem Begleiter heimlich ein Bündel Papiere gab. Er sagte zu dem Mann, daß man ›Indien befreien‹ muß, aber ich habe mich nicht getraut zu fragen, von wem oder warum.«

Als Ravi hörte, daß ein so bedeutender Mann zu seiner aufgeklärten Gruppe gehörte, fragte er: »Der *Zamindar* heißt wie?«

»Er ist der *Zamindar* von Puducheri. Er ist ein Chettiar.«

Kim erinnerte sich. Sein geübtes Gedächtnis sah diese Bezeichnung deutlich vor sich. Sie stand in den Akten des Oberst-Sahib verzeichnet. Der *Zamindar* war einer der Agenten des Obersten, die ihm regelmäßig Berichte über die Zusammenkünfte der Nationalisten oder die Besuche von Kongreßleuten schickten. Außerdem schrieb er ihm über die Vorgänge in den Dörfern seines Gebiets, nannte ihm die Namen der Dorfschulzen, berichtete, ob sie den Briten treu waren und ob dieser oder jener nach dem Besuch eines Kongreßmannes von dessen staatsfeindlichen Ideen angesteckt worden war.

Kim blätterte in seinem Gedächtnis, wie er in der Akte geblättert hatte, die sich einmal in seinen Händen befunden hatte. Darin waren auch die kleinen Bestechungsmanöver des Polizisten Doraiswami verzeichnet, mit dem Zusatz, man solle ihn ruhig gewähren lassen, da er dem *Zamindar* treu ergeben sei und jeden Befehl ausführen werde. Kim erinnerte sich noch an eine andere schriftliche Bemerkung. »Beachten Sie bitte, daß ich Ihren Anweisungen gemäß die staatsfeindliche Literatur, die Sie mir zugesandt haben, ohne sie zu lesen, an sorgfältig ausgewählte Persönlichkeiten weitergebe, um ihre Reaktion zu testen. Die meisten zeigen völliges Desinteresse. Ich habe mich auch in Gegenwart von Leuten, die mir als einflußreich in ihren kleinen Dörfern bekannt sind, als Nationalist ausgegeben. Aber sie schienen nicht einmal zu wissen, was das ist und haben mich nie um nähere Auskünfte gebeten. Ich werde Ihre Anweisungen weiter ausführen, bis Sie einen gegenteiligen Befehl erlassen.«

»Ich muß ihn kennenlernen, solange ich hier bin«, sagte Ravi erregt. »In diesem unwissenden Landesteil gibt es nur wenige von uns. Wie weit entfernt wohnt er?«

Kumar zeigte auf die fernen Hügel. »Zu Fuß vier oder fünf Tage in dieser Richtung. Manchmal hält er sich auch viele Monate lang in Madras auf. Er ist Verwalter des Meenakshi-Tempels und ein sehr frommer Mann.«

Ravi schaute zu den Hügeln hinüber. Die Entfernung entmutigte ihn. Vier oder fünf Tage hin, vier oder fünf Tage zurück. Er beschloß, den *Zamindar* zu einem späteren Zeitpunkt aufzusuchen. T. V. Naidu hatte ihn nicht beauftragt, solche Abstecher zu machen.

»Ich werde es vorläufig sein lassen«, sagte er.

Kim hatte die Luft angehalten. Jetzt atmete er erleichtert aus. Ravis Entschluß verschaffte ihm einen Aufschub. Um bei dem *Zamindar* Eindruck zu schinden, hätte Ravi bestimmt seinen Auftrag erwähnt. Damit hätte er zugleich den geheimnisvollen T. V. Naidu verraten. Irgendwann hätte der *Zamindar* dann seinen luftig gelegenen Palast verlassen, um diesen

Fremden in Augenschein zu nehmen und in seinem nächsten Bericht an den Oberst etwas über ihn zu schreiben. Kim überlegte, ob er weiterziehen sollte, weg aus dem Bereich des *Zamindar.* Es gab noch andere Orte in der Nähe, in die er gehen könnte. Periyar oder Tinuveli oder . . . sonstwohin. Dann fiel ihm ein, daß ja schon einige Jahre vergangen waren, seit er diese Akten gelesen hatte und inzwischen sicherlich neue Namen hinzugekommen waren. Also würde er hierbleiben. Hier wußte er wenigstens, wer der Mann des Obersten war.

Kumars Frau kam aus der Hütte und brachte Tee. Sie war so rundlich wie ihr Mann, aber erheblich kleiner, und ihr Gesicht strahlte freundliche Mütterlichkeit aus. An der Nase glitzerte ein kleiner Diamant. Zwei kleine Mädchen versteckten sich hinter ihrem Rücken und lugten manchmal schüchtern hervor.

»Ich habe noch fünf Jungen. Sie sind gerade im Nachbardorf bei ihrer Tante zu Besuch.«

Damit reichte Kumar Kim und Parvati die Tontassen, ohne seine Frau zu beachten. Sie blieb ebenso stumm wie die Zuschauer. Er hoffte, Kim würde seinem Beispiel folgen und seiner Frau den Mund verbieten. Kumar stand im Mittelpunkt der allgemeinen Aufmerksamkeit und genoß diese Rolle. Die Bewirtung von Fremden würde sein Ansehen im Dorf noch erhöhen.

»Wie lange gedenkst du hierzubleiben?«

»Wir würden uns gern hier ansiedeln«, sagte Kim. »Wir machen euch keine Schwierigkeiten. Ich werde wie die anderen Männer auf dem Felde arbeiten.«

»Du siehst aber nicht so aus, als ob du schon mal gearbeitet hast«, sagte Kumar. Pfiffigerweise hatte er einen Blick auf Kims Hände geworfen. Sie waren schlank und kräftig, wiesen aber keine Narben und keine Hornhaut auf, wie man sie sich bei körperlicher Arbeit zuzieht. »Aber wenn es dein Wunsch ist, wirst du vielleicht Arbeit finden. Wir werden eine Versammlung abhalten und entscheiden, ob du hierbleiben darfst.« Er blinzelte ihm zu. »Ich glaube nicht, daß jemand etwas dagegen haben wird.«

Er grinste verschwörerisch. Gleich darauf zog er eine saure Miene. Eine junge Frau schob sich durch die Menge. Sie hatte einen geschmeidigen Körper und war recht hübsch. Nur der mürrische Ausdruck ihrer Augen störte. Sie mußte ein ganzes Stück im Laufschritt zurückgelegt haben, denn sie keuchte und schwitzte. Mit verschränkten Armen baute sie sich vor Kim und Kumar auf. Erst sah sie den einen, dann den anderen an. Kumar schreckte zurück, und Kim schloß daraus, daß sie Narains Frau war. Obwohl er Narain seit vielen Jahren kannte, hatte er erst an seinem Todestag von ihm erfahren, daß er eine Frau in seinem Dorf hatte, vor der er ausgerissen war. Bei dieser Frau würde sich jeder Mann heimlich davonmachen.

»Ich höre, daß dieser Mann hier meinen unnützen Ehemann kennt.«

»Er hat ihn gekannt«, sagte Kumar. »Er kam mit schlechten Nachrichten. Mein Bruder Narain, dein Mann, ist nämlich tot.«

»Ha! Etwas Besseres konnte ihm wohl nicht einfallen! Jetzt bin ich durch seine Schuld Witwe geworden. Wer will mich nun noch haben? Wer wird für mich sorgen? Natürlich habe ich als Witwe Anspruch auf alles, was ihm gehört hat.«

»Wieso denn das?« sagte Kumar. »Als Witwe kannst du überhaupt keine Ansprüche stellen. Wir hatten ein gemeinsames Stück Land, das nicht aufgeteilt werden darf. Ich habe seine Felder bearbeitet, während du dich von uns wie eine Maharani hast beköstigen lassen.«

»Ich will aber wieder heiraten und brauche also eine Mitgift. Mit seinen Feldern sichere ich mir einen guten Ehemann. Das ist das mindeste, was dieser unnütze Kerl noch für mich tun konnte. Wenn seine Leiche hier vor meinen Füßen läge, würde ich auf sie spucken.«

»Das Land darf nicht aufgeteilt werden«, wiederholte Kumar halsstarrig.

»Das wollen wir mal sehen. Shesha soll es entscheiden.«

Kumars Augen weiteten sich furchtsam. Seine von Natur

aus bereits dunkle Haut verfärbte sich schmutzigbraun, und der Schweiß brach ihm aus.

»Nein, nein, das kann das *Panchayat* entscheiden.«

Mit giftiger Stimme beharrte die Frau: »Ich will aber, daß Shesha es entscheidet.«

»Dann meinetwegen der Friedensrichter.«

»Nein, Shesha.«

Kumar wandte sich an Kim, der aber keine Lust hatte, in diese Familienstreitigkeit hineingezogen zu werden. »Da siehst du, womit ich mich hier rumplagen muß. Statt die Sache innerhalb der Familie zu besprechen, will sie gleich zu Shesha gehen. Was hätte ich dort für Chancen? Bei diesem falschen Priester, der Shesha betreut, braucht sie nur den Sari anzuheben und dem alten Kerl das Ding zwischen ihren Beinen zu zeigen, und schon entscheidet er zu ihren Gunsten. Dabei weiß jeder Mann, daß sein Ding verdorrt und abstirbt, wenn er es da reinsteckt.«

»Das sagst du nur, weil du es mal bei mir versucht hast.«

Die Menge hielt den Atem an, und Kumars Teint wurde noch um eine Nuance dunkler. Er stand auf und richtete sich zu seiner vollen Größe auf. Aber auch dann war er immer noch einen Kopf kleiner als Kim.

Schnell sagte Kim: »Kumar muß ein toller Mann sein, wenn er sieben Kinder zeugen konnte und immer noch die Kraft hat, zwischen deine Beine zu stoßen.«

Die Einwohner lachten. Narains Frau starrte Kim an, drehte sich dann um und schob sich wieder durch die Menge. Die rückte hinter ihr zusammen, und Kim konnte nur noch den Kopf der wütenden Frau sehen, der sich immer weiter entfernte.

Kumar nahm wieder Platz und flüsterte Kim zu: »Danke.«

»Shesha? Vishnus Schlange?«

»Ja.«

»Aber die gibt es doch nur aus Stein.«

»Auch Gott sehen wir nur als Steinfigur, und ist er nicht trotzdem immer unter uns?« Kumar fuhr sich mit der Zunge über die trockenen Lippen und flüsterte noch leiser: »Einer von uns bringt ihm unsere Opfergaben dar, und danach wird einer von uns sterben. So geht Shesha mit uns um. Ich bin zwar unwissend, aber ich frage mich, wie kann eine aus Stein gemeißelte Schlange solche Entscheidungen treffen? Dieser Priester betrügt uns. Er weiß ja, daß wir uns vor solchen Dingen fürchten.«

Noch am selben Nachmittag versammelten sich die Männer des Dorfes, um zu entscheiden, was aus Kim und Parvati werden sollte. Kim gefiel ihnen. Seine Schlagfertigkeit hatte einen widerlichen Streit verhindert. Sie hofften alle von ganzem Herzen, daß Narains Witwe einen Mann aus einem anderen Dorf kennenlernen und sie in Frieden lassen würde. Deshalb, und weil Kim außerdem zu keiner ihnen bekannten Kaste gehörte und so keiner etwas gegen seine Anwesenheit vorbringen konnte, stimmten sie für ihn. Er sollte im Dorf wohnen bleiben, solange er ihnen nicht zur Last fiel.

Den ganzen Nachmittag wanderte Kim durchs Dorf, gefolgt von unzähligen nackten kleinen Jungen und Mädchen. Eigentlich hätten sie gutgenährt und zum Spielen aufgelegt sein müssen, statt dessen standen bei ihnen die Rippen heraus, und ihr Stillschweigen bedrückte Kim. Er kniete sich hin und wollte sich mit ihnen unterhalten. Doch sie waren zu schüchtern und rannten vor ihm weg. ›Nun‹, dachte Kim, ›mit der Zeit werden sie schon zutraulicher werden.‹

Die krumme kleine Straße, an der Kumar wohnte, gehörte zum Gebiet der besseren Kasten. Am Dorfrand wohnten die Unberührbaren. Da sie keiner Kaste angehörten, fristeten sie ein elendes Dasein. Sie durften nur ihre eigene Quelle benutzen, bei Entscheidungen jeder Art durften sie nicht mitreden. Nicht einmal den Tempel, der still und weiß in einiger Entfernung vom Dorf auf einem Hügel stand, durften sie betreten. Kim hatte sich mit diesen Unterschieden abgefunden, obwohl er wußte, daß sie eine Ungerechtigkeit waren. Kaste und Kastenlosigkeit – Kims eigener Zustand, da er kein geborener Hindu war – waren vorherbestimmt, und niemand, ob Mann oder Frau, konnte diesem Schicksal entgehen, wenn er in die streng geordnete Welt hineingeboren wurde. Die Glücklichen trugen den heiligen Faden, der ihnen ein behagliches Leben, Sicherheit und allgemeine Achtung verlieh.

Doch abgesehen von den Kasten war deutlich erkennbar, daß das ganze Dorf arm war. In den großen Tonkrügen wurden nur wenige Lebensmittel für Dürrezeiten aufbewahrt, wenn die Monsunregen ausblieben. Die Kleidung der Einwohner wies Löcher und Risse auf und war vom vielen Waschen ausgebleicht. Männer und Frauen waren ebenso dünn wie die Kinder. Neben der Feldarbeit gab es keine andere Beschäftigung für sie. Das wunderte Kim.

Mit großer Spannung hatte Ravi Srinivasan die Entscheidung der Dorfbewohner abgewartet. Nachdem er erfahren hatte, daß Kim eine Zeitlang hierbleiben würde, konnte er beruhigt in die zivilisierte Welt von Madurai zurückkehren und T. V. Naidu seinen Bericht schicken.

Beim Abschied flehte er Kim an: »Morgen früh mache ich mich auf den Weg. Bitte, gib mir sofort Bescheid, wenn du weiterziehen solltest! Dann brauche ich nicht wiederzukommen und dich zu suchen. Damit ersparst du mir Zeit und Unannehmlichkeiten. Und denke daran: Mr. Naidu wird dir für jede Hilfe, die du ihm geben kannst, sehr dankbar sein. Er hat mir aufgetragen, dir seine Adresse zu geben, sobald ich mich davon überzeugt habe, daß du vertrauenswürdig bist.« Und damit drückte er Kim eine geprägte Visitenkarte in die Hand.

»Woher weißt du, daß ich vertrauenswürdig bin?«

»Ich habe gesehen, daß du dich in jeder Lage fair verhältst. Also kann ich mich nicht irren.« Er wollte ihm auch den Beutel mit den Silbermünzen überlassen, der inzwischen etwas leichter geworden war, aber Kim lehnte das Geschenk ab. Er dachte nicht daran, Verpflichtungen gegenüber Mr. Naidu einzugehen.

Nach dem einfachen Abendessen in Kumars Haus setzten sie sich nach draußen, wo es dunkel und kühl war. Parvati blieb bei Kumars Frau und half ihr beim Abwaschen. Sie war ihr dankbar, weil sie ihr einen Baumwoll-Sari geschenkt hatte, so daß sie sich endlich der Männerkleidung entledigen konnte. Als sie gebadet und den Sari angelegt hatte, hatte sie wieder das Gefühl, eine richtige Frau zu sein.

»Mir ist aufgefallen, daß ihr trotz des fruchtbaren Landes alle arm seid«, sagte Kim. »Ihr habt kein Korn für die Trokkenzeit gespeichert, und eure Kinder sind schwächlich.«

»Hast du schon mal ein reiches Dorf gesehen?«

»Nein«, sagte Kim. »Nur reiche Großgrundbesitzer. Aber diese Gesellschaft bezahlt euch für eure Arbeit bestimmt ausreichend.«

»Kein *Pice* mehr und kein *Pice* weniger, als die anderen Großgrundbesitzer zahlen. Aber in den anderen Dörfern dürfen die Leute wenigstens die Sachen herstellen, die sie brauchen. Uns ist das nicht gestattet. Dieses Dorf war früher einmal wegen der Stoffe berühmt, die hier hergestellt wurden. Schöne Baumwoll-Saris mit wunderbaren Mustern, die wir in Madurai verkauft haben. Von dem Erlös konnten wir uns alles Notwendige kaufen. Jetzt werden hier schon lange keine Saris mehr gewebt. Seit vielen Jahren nicht mehr.«

»Und warum nicht?«

»Weil wir die Stoffe kaufen müssen, die uns der Mann von der Gesellschaft herbringt. Er kommt mit seinen *Chaprassis*, die uns Stoffe und andere Bedarfsartikel verkaufen. Sie haben uns gezwungen, mit der Herstellung von Saris aufzuhören. Sie haben gesagt, daß es gegen das Gesetz verstößt. Als wir trotzdem weitermachten, schickten sie Polizei her. Die hat unsere Webstühle kaputt geschlagen, die Trümmer verbrannt und einige von uns verprügelt. Wir haben Angst, denn gegen die Polizei können wir nichts ausrichten.«

»Dann müßt ihr wieder von vorn anfangen.«

Kumar sah ihn beim schwachen Lampenlicht verdutzt an. Er nuckelte an seinem *Beedi* und dachte über Kims Worte nach. Dann sagte er: »Du weißt nicht, wovon du sprichst. Sie würden wieder die Polizei herschicken.«

»Dann müßt ihr es heimlich tun. Wir können doch etwas entfernt vom Dorf eine kleine Werkstatt einrichten, wo wieder diese schönen Saris gewebt werden.«

»Und wo kriegen wir das nötige Geld her? Wir haben nichts, um die Rohbaumwolle zu kaufen. Wir träumen alle davon, aber so viel Geld können wir nicht sparen.«

»Ich habe etwas Geld«, sagte Kim. »Aber wir dürfen es keinem erzählen, bevor alles fertig ist.«

Er weckte Ravi. »Du hast Geld von Mr. Naidu, und du glaubst an die Freiheit von Mutter Indien. Man kann aber Indien nicht befreien, wenn man das Volk nicht von der Armut befreit. Ich brauche das Geld jetzt. Nicht für mich, sondern für dieses Dorf. Gibst du es mir?«

»Aber gern«, sagte Ravi und händigte ihm den Beutel mit den Münzen aus.

Kim weihte vorläufig Parvati nicht in seinen Plan ein. Er hatte impulsiv gehandelt und wußte eigentlich nicht, warum. Doch eins war klar: Dieses Dorf war mit den vielen Dörfern, in denen er auf seinen Reisen über Indiens Straßen Unterkunft gefunden hatte, nicht auf eine Stufe zu stellen. Er würde ihm seine Kräfte widmen. In den Dorfbewohnern sah er jetzt seine Nachbarn. Vielleicht würden sie sogar seine Freunde werden, wenn er neben ihnen auf den Feldern arbeitete. Mit voller Absicht hatte er sich dazu entschlossen, und sein Entschluß richtete sich gegen die Briten. Wenn ein indischer Fürst ihnen verboten hätte, Waren herzustellen, dann würde er sich auch gegen ihn aufgelehnt haben. Daß es zufälligerweise die Briten waren, machte ihm Kummer, so wie damals in jenem Dorf im Norden, wo sie ihn verhaftet und verprügelt hatten.

›Das kann mir wieder passieren‹, dachte er. ›Und ich denke, es wird auch dazu kommen, wenn ich diese Tätigkeit fortsetze. Das Rad des Lebens dreht sich, die Vergangenheit erscheint wieder, ein Kreis innerhalb größerer Kreise. Dieses Dorf ist nur ein Beispiel eines solchen Kreises. Genauso wie Rae Bareli, wo ich den Behörden Trotz geboten habe. Es werden noch viele dazukommen.‹

Dennoch hatte er das Gefühl, als würden sein Selbstvertrauen und sein Glaube allmählich schwächer werden, und so klammerte er sich an die zerfetzten Überbleibsel. Er wünschte, daß die Menschen seines Blutes rein blieben und nicht die Habsucht des Inders übernahmen. Diesen Kampf in seinem Inneren und die Zweifel, die ihn bewegten, behielt er für sich. Parvati wollte er sich erst anvertrauen, wenn er sich über alles klar geworden war.

Den Platz für ihre Hütte wählte Kim am anderen Ende des Dorfes aus, weit weg von der Straße und halb im Unterholz versteckt, im Schatten einer Tamarinde. Sie sollte so groß sein, daß sie täglich für ein paar Stunden die Männer und Frauen aufnehmen konnte, die Saris herstellen würden. Parvati hielt so viel Platz für übertrieben und neckte ihn, indem sie sagte, das sei so echt britisch. Er bilde sich wohl ein, es würde ein Bungalow werden.

Der Häuserbauer war ein gebückter, alter Mann. Kim half ihm, den Flußschlamm herzuholen und ihn langsam in eine feste Form zu bringen, die ein langes Rechteck bildete. Als die Wände einen Meter zwanzig hoch waren, was nach Aussage des Alten der Tradition entsprach, begann er mit ihm zusammen Bambusrohre zu schneiden und baute daraus das Gerüst für ein hohes Giebeldach. So gewann er mehr als ausreichend Platz, um aufrecht darin stehen zu können. Die warme Luft würde darin aufsteigen und durchs Dach entweichen. Sorgfältig sammelten sie Palmwedel von den rund um das Dorf verstreut stehenden Bäumen und legten sie in Schichten über die Pfähle.

Innerhalb eines einzigen Tages kamen Kim und Parvati so zu einem einfachen, sauberen Haus. Sie sahen sich im nackten Inneren um. In einer Ecke hatte Kim einen erhöhten Herd aus gebranntem Lehm gebaut, und am Eingang hatte Parvati eine Tonstatue von Genesh aufgestellt, dem Gott des Glücks und der Gelehrsamkeit. Kim war mit seinem Werk zufrieden.

»Das ist das erstemal in meinem Leben, daß ich ein eigenes Heim besitze«, sagte Kim, und Parvati hörte heraus, daß er darüber selber erstaunt war. »In Kalkutta, wo ich mich einige Zeit aufgehalten habe, wohnte ich bei Freunden des Obersten. Aber das zählt nicht, denn es war ihr Haus, und es war reich möbliert. Sonst bin ich als kaiserlicher Agent nie lange unter einem Dach geblieben. Und es gehörte immer einem anderen.«

»Bei den ersten Regenfällen wird es in sich zusammenfallen«, sagte Parvati. »Aber solange es steht, werden wir hier glücklich sein. Ich brauche weiter nichts als ein paar Töpfe, um für dich zu kochen, und eine Matte zum Schlafen.«

»Immer wollt ihr Frauen noch etwas haben«, sagte Kim liebevoll.

Solange wie möglich behielten Kim und Kumar ihr Geheimnis für sich. Aber als der Tischler schließlich das Spinnrad und den Webstuhl lieferte, die er hergestellt und anderthalb Kilometer vom Dorf entfernt versteckt gehalten hatte, kam alles heraus. Er brachte die Geräte heimlich bei Anbruch der Nacht und stellte sie in Kims Hütte. Parvati war gerade beim Kochen und riß neugierig die Augen auf.

Als sie ihr erzählten, was sie vorhatten, fragte sie unwirsch: »Glaubst du denn, ich könnte ein Geheimnis nicht für mich behalten?«

»Es waren meine eigenen Zweifel«, sagte Kim, »die mich bewogen, nichts darüber verlauten zu lassen. Selbst jetzt frage ich mich noch, ob es ein kluger Schritt ist.«

»Dann ist es eben ein Test, nicht wahr?« sagte Parvati. »Wir werden sehen, ob die Briten sie daran hindern können, sich ihren Lebensunterhalt zu verdienen.«

»Es ist ja nicht die Regierung . . .«, sagte Kim.

»Die Gesellschaft und die Regierung sind ein und dasselbe«, sagte Parvati. Dann fügte sie mit leiserer Stimme hinzu: »Hoffentlich werden sie diesen armen Dorfbewohnern nichts tun und sie nicht bestrafen.«

»Uns«, sagte Kim.

Vierzehntes Kapitel

Oktober 1912 bis März 1913

Für erzwungene Vertraulichkeiten hatte der Oberst nichts übrig. Daß er die beiden anderen Männer, die mit ihm im Gästehaus der Rani von Amar in Delhi untergebracht waren, von Berufs wegen und von gesellschaftlichen Veranstaltungen her kannte, minderte sein Unbehagen nicht.

Jeder der drei wohnte in einem anderen Teil des ausgedehnten Luxushauses. Der Anspruch auf Einfachheit war deutlich nur vorgetäuscht. Das Gästehaus verriet eine entfernte Ähnlichkeit mit dem Schloß von Versailles. Es war natürlich kleiner, aber hier und da stimmte es in allen Einzelheiten mit ihm überein. Ohne Zweifel war der Vater der Rani neidisch auf das Schloß gewesen und hatte es sich beim Bauen zum Vorbild genommen. Die Fußböden waren aus italienischem Marmor, die Zimmer geräumig und herrlich ausgestattet.

Für den Geschmack des Obersten war alles viel zu prächtig. Sein Schlafzimmer hatte große Fenstertüren, die auf eine gepflegte Rasenfläche hinausgingen. Fußwege teilten sie in gleichmäßige Quadrate. Das Badezimmer war aus gelbem Marmor, ebenso die Wanne und das Waschbecken. Die goldenen Wasserhähne und ähnliche verschwenderische Extravaganzen verstimmten ihn. Sämtliche Schränke waren aus Rosenholz. In dem riesigen Kleiderschrank, der sich über die ganze Längswand des Zimmers erstreckte und nach Mottenkugeln roch, verloren sich seine wenigen Anzüge.

Die Rani hatte ihr Gästehaus der indischen Regierung für die Mitglieder des Gesetzgebenden Rates überlassen. Es gab noch andere »Gästehäuser« in der Umgebung von Delhi, deren Besitzer, indische Fürsten, sie ebenfalls zur Verfügung gestellt hatten, weil sie glaubten, sich damit die Gunst der Männer zu sichern, die unter ihrem Dach schliefen. Mindestens fünfundvierzig Meter und mehrere Zimmer und Veranden trennten den Oberst von Sir Oscar Haggard, Ratsmitglied für Opium und Salz, und die gleiche Entfernung hielt ihm Sir Arthur Stoneham, Mitglied für innere Angelegenheiten, vom Leibe. Der wohnte zudem noch ein Stockwerk tiefer. Sie lebten also keineswegs Schulter an Schulter, doch die Mahlzeiten – Frühstück und Abendessen – nahmen sie in dem verspiegelten Eßzimmer gemeinsam ein. Sie konnten sich dabei gegenseitig oder ihre Spiegelbilder anschauen.

Der Oberst aß gern in tiefem Schweigen. Dagegen waren die beiden anderen geschwätzige Herren, die beim Frühstück ununterbrochen sprachen. Man hatte ein stillschweigendes Übereinkommen getroffen: Der Oberst saß an einem Ende des langen Eßtischs, Sir Arthur und Sir Oscar am anderen. Sie wurden auch getrennt von verschiedenem Personal bedient. Der Oberst hatte ursprünglich daran gedacht, das Frühstück draußen auf der Veranda einzunehmen, aber davon Abstand genommen, weil man das als grobe Unhöflichkeit auslegen könnte. So ertrug er stumm das unaufhörliche Gemurmel, das am Tisch entlang und an seiner Zeitung vorbei zu ihm drang.

Sir Arthur führte das Wort. »Der Vizekönig geht wirklich etwas zu weit . . . Ich weiß, er hält sich für einen Experten in Sachen Indien und erweckt immer den Eindruck, als seien ihm die Inder lieber als die Europäer. Aber jetzt höre ich, daß er Gokhale zu Gesprächen mit diesem Kerl Gandhi nach Südafrika schicken will.«

»*Dem* traue ich nicht über den Weg!« sagte Sir Oscar. »Er hatte kein Recht, in Durban zu agitieren. Schließlich ist es ihr Land und nicht seins, und deshalb hatte er sich nicht in ihre Politik einzumischen. Und Hardinge hätte nicht sagen dürfen, daß Indiens Sympathien den Indern in Südafrika und ›Gandhis Widerstand gegen ungerechte, verhaßte Gesetze‹ gälten. Damit macht er Gandhi noch Mut, und wenn Gokhale ihn jetzt noch unterstützt, wissen Sie, was dann als nächstes passieren wird, ja? Dieser Gandhi wird bei uns aufkreuzen und hier genauso agitieren.«

»Wir sind aber nicht Südafrika«, sagte Sir Arthur. »Wir wissen schon mit ihm fertig zu werden. Nicht wahr, Oberst?«

Widerstrebend ließ der Oberst die Zeitung sinken. »Sollte er zurückkehren, werden wir ihn scharf im Auge behalten. Scheint allerdings ein sturer Bursche zu sein. Aber das war Tilak auch.«

»Und der sitzt noch in Mandalay. Mit einer schönen langen Gefängnisstrafe hält man auch Gandhi in Schach.«

Der Oberst hob die Zeitung wieder. Er war überzeugt, daß Gandhi nur geringen Ärger verursachen würde. Gokhale zu einem Treffen mit ihm nach Südafrika zu entsenden, war von seiten Hardinges eine kluge Geste. Gokhale war kein Feuerkopf, sondern ein Mann des Kompromisses, der in Indien einen beachtlichen Ruf genoß. Seine Mission würde besänftigend auf die Gefühle der Inder wirken.

Dennoch war der Oberst leicht beunruhigt. Man durfte Gandhi nicht zu viel Mut machen, sonst würde er seinen Feldzug der Gewaltlosigkeit auch nach Indien tragen. Der Oberst sah im gewaltlosen Widerstand eine elegante, doppelseitig geschliffene Waffe. Ihre Einfachheit versprach ein großes Echo bei den Menschen. Alles hing von dem Begriff »Gewalt« ab.

Der Oberst hatte so seine Zweifel, ob eine solche idealistische und auf Moral gegründete Bewegung in Indien Erfolg haben würde, wo es keine Moral gab und jede Bewegung in blutigem Aufruhr, in Tumulten und Metzeleien ausartete. In Südafrika führte Gandhi nur eine Handvoll Menschen, und die dortigen Inder hielten wie Pech und Schwefel zusammen. In Indien, wo es kein Zusammenhalten gab und man die Menschen leicht gegeneinander aufhetzen konnte, würde dieser gewaltlose Widerstand rasch in sich zusammenfallen. Nach Ansicht des Obersten war Gandhi einer jener Politiker, die bald wieder von der Bildfläche verschwinden. Wenn man ihm ein kleines bißchen Macht anbot, würde seine Habgier stärker sein als seine Skrupel. Mit beiden Händen würde er danach greifen, so wie Lal Bahadhur und die anderen Politiker, die jetzt in den Provinzräten saßen. Tilak war der einzige, den man im Auge behalten mußte, wenn er auf freien Fuß gesetzt wurde.

Sir Oscars Stimme unterbrach seinen Gedankengang. »Oberst, ich meine, Sie wissen einiges über diesen Gandhi-*Wallah.*«

»Wenn er nichts weiß«, sagte Sir Arthur, »dann weiß keiner etwas. Sie haben die Hand doch immer am Puls der Zeit, nicht wahr, Oberst?«

»Das ist stark übertrieben«, sagte der Oberst brüsk und faltete widerstrebend die Zeitung zusammen. »Mit vollem Namen heißt er Mohandas Karamchand Gandhi. Er wurde 1869 in Porbander, einem kleinen Staat in Kathiawar, geboren. Sein Vater war *Diwan* des zuständigen Herrschers, und die Gandhis gehörten zu den Vasih, einer Kaste der Kaufleute. Sie stehen merkwürdigerweise der Jain-Sekte nahe, die *Ahimsa* üben. Zweifellos hat Gandhi diese Einstellung in seiner Bewegung der Gewaltlosigkeit übernommen. Er wurde als Knabe mit einer Kindbraut verheiratet. Als jungen Mann schickte man ihn zum Jurastudium nach London. Ich vermute, daß dies in seiner Gemeinde einige Unruhe verursacht hat. Wie Sie wissen, verliert ein Hindu, wenn er das *kala Pani* überquert, die Zugehörigkeit zu seiner Kaste. In London spielte Gandhi den Stutzer. Er zeigte sich gern in Frack und Zylinder und spreizte sich wie ein Pfau. Am Tag nach seiner Zulassung als Anwalt verließ er London und kehrte zurück nach Indien. Seine Praxis war nicht sonderlich erfolgreich. Ich nehme an, daß ihn ein Führer der indischen Gemeinde in Südafrika engagiert hat, um seinen Fall vor Gericht zu vertreten. Abgesehen von zwei kurzen Stippvisiten in Indien ist er seitdem dort geblieben. Er hat auch seine Frau und seine beiden Söhne nachkommen lassen.«

Der Oberst stand auf, nickte den beiden Männern zu und ging hinaus zu seiner *Gharri.* Die blendende Hitze war so stark, daß er meinte, er liefe gegen eine Wand. Der plötzliche Temperaturwechsel benahm ihm den Atem. Er hielt sich die Hand vor die Augen. Der Himmel war von einem düsteren Blau, und in der grellen Sonne war es kaum auszuhalten. In dem Leinenanzug kam er sich eingeschnürt vor. Er war so unbequem, daß er sich an den heißen Sommertagen lieber weniger förmlich gekleidet hätte. Aber damit hätte er den Indern ein schlechtes Beispiel gegeben.

»Oberst-Sahib!« rief eine Frauenstimme. Er blickte sich um. Am hinteren Ende der Veranda sah er durch das marmorverkleidete *Jali* grüne Seide flattern. Langsam näherte er sich und verbeugte sich ehrerbietig vor der unsichtbaren Frau.

»Euer Hoheit, mir war gar nicht bekannt, daß Sie hier weilen. Ich muß mich bei Ihnen bedanken, daß Sie uns Unterkunft gewähren. Hoffentlich machen wir Ihnen keine Ungelegenheiten.«

»Selbstverständlich nicht. Haben Sie es eilig, in Ihr Büro zu fahren?«

»Dort erwarten mich nur Akten, Euer Hoheit. Die sind geduldig und können warten.«

Er ging um das *Jali* herum und betrat das schummerige, kühle Zimmer. Die Rani von Amar erhob sich. Sie reichte ihm nur bis zum Ellenbogen. Wieder verbeugte er sich und wartete, bis sie sich auf die Lehne ihres Sessels gesetzt hatte, bevor er selber gemessen Platz nahm. Sie war entschieden die häßlichste Frau, die er je gesehen hatte, aber er mochte ihre lebhaften Augen und ihren flinken Geist. Außerdem war sie der Krone absolut treu und eine ehrliche Frau. Er hatte ihren Vater gut gekannt und war einigemal als sein Gast mit auf *Shikar* gegangen. Als der Zeitpunkt gekommen war, da man sich zwischen ihr und ihrem Bruder entscheiden mußte, hatte der Oberst der Regierung geraten, sie zur Herrscherin zu ernennen. Sie wußte das und bezeigte ihm ihre Dankbarkeit, wann immer sich dazu Gelegenheit bot. Sie regierte gut und mit freundlicher Strenge. Jeden Morgen hielt sie im Palast ein *Durbar* ab, zu dem alle Untertanen Zutritt hatten. Sie hörte jedem aufmerksam zu und sprach ein Urteil oder leitete den Fall zur Erledigung an den zuständigen Minister weiter.

»Sind Sie zu Ihrer Zufriedenheit untergebracht?«

»Danke, durchaus. Wir Regierungsbeamten sind nicht gewohnt, in solcher Pracht zu leben, Euer Hoheit. Es könnte passieren, daß wir danach nicht mehr in unsere Bungalows zurückkehren möchten.«

Sie blickte ihn ernst an, aber der Oberst meinte, in ihren Augen so etwas wie verhaltenes Gelächter zu bemerken. »Nur wer einmal am Reichtum geschnuppert hat, weiß, was man im Leben alles erreichen kann. Wir sind nichts anderes als Diener der armen Leute. Wir führen ihnen etwas vor, wonach sie fortan streben oder das sie zerstören können. Reichtum kann das Volk zu beidem verlocken. Natürlich habe ich die Hoffnung, dadurch seinen Ehrgeiz zu wecken. Wie ich höre, tritt ein gewisser Lenin dafür ein, die russische Kaiserfamilie zu stürzen. Wenn ihm das gelingt, was wird dann aus uns kleinen Königen und Königinnen werden?«

»Der Zar ist zu stark, als daß ihn Worte zu stürzen vermögen, Euer Hoheit. Ist es das, was Ihnen Sorgen bereitet?«

»Nein, ich bin sicher, daß der britische Löwe seine ergebenen Untertanen vor Männern wie Lenin und Trotzki schützen wird. Zur Zeit mühe ich mich mit der Lektüre eines wirtschaftswissenschaftlichen Werkes ab. Es heißt *Das Kapital.* Es ist anstrengend zu lesen, aber ich glaube ungefähr zu verstehen, was Mr. Marx sagen will. Die Verteilung der Güter gemäß den Fähigkeiten und den Bedürfnissen jedes einzelnen würde allerdings gerade solchen Leuten gefallen, die keine Fähigkeiten besitzen, dafür aber unersättlich in ihren Bedürfnissen sind. So ein Mann ist mein Vetter. Er ist der älteste Sohn meines Onkels väterlicherseits und hat in eine sehr unbedeutende Maharati-Prinzenfamilie eingeheiratet. Man hat ihn in Amar gesehen, wie er mit einigen engen Freunden meines unglücklich verstorbenen Bruders Gespräche führte. Ich wünsche nicht, daß ein Verdacht auf seine Bestrebungen fällt oder daß ihm in meinem Staat ein Unglück zustößt.«

In der folgenden Stille zwinkerte sie ihm freundlich zu. Ein Diener brachte ein Tablett mit Kaffee. Widerstrebend nahm der Oberst eine Tasse und trank einen Schluck. Wenn die Gedanken der Inder doch nur nicht immer so verschlungene Wege gingen! Sie hatte ihm ein Rätsel aufgegeben, und er versuchte, es zu lösen. Wollte sie ihm einen Hinweis geben, daß ein Anhänger Lenins in Amar tätig war? War ihr Vetter dieser Mann? Und wenn nicht, warum wünschte sie, daß die Regierung Maßnahmen gegen ihn ergriff? Oder gegen den Anhänger Lenins? Oder plante sie einen Mord? Wollte sie ihn im voraus davon unterrichten?

»Ich werde die Information weitergeben«, sagte er schließlich in sachlichem Ton und hoffte, daß er nichts unternehmen mußte, bevor tatsächlich etwas vorgefallen war. »Die indische Regierung will eine so treue Untertanin bestimmt nicht verlieren.«

Sie stand auf, womit die kurze Audienz beendet war. So ließ sie dem Oberst Zeit, das Rätsel zu lösen. Die ganze Zeit über lächelte sie, was ihre Gesichtszüge noch zusätzlich verzerrte. Mit einer Verbeugung ließ ihr der Oberst den Vortritt, um zu warten, bis sie das Zimmer verlassen hatte. An der Tür blieb sie noch einmal stehen. »Was ist eigentlich aus dem ungewöhnlich attraktiven jungen Mann geworden, den ich in meinem Automobil nach Pushkar mitgenommen habe? Seine Frau war schwerkrank.«

»Ich nehme an, daß sie inzwischen genesen ist. Ich danke Ihnen, daß Sie mir unverzüglich seinen Aufenthaltsort mitgeteilt haben.«

»Ich fand ihn ganz bezaubernd. Und ziemlich keck. Er spricht mit Silberzungen.«

»Ja, das stimmt.«

Er wünschte, sie hätte ihn nicht an Kim erinnert. Der Gedanke an Kim, diesen irrfahrenden Sohn, der irgendwo in diesem ungeheuren Land wie ein Geist verschwunden war, nistete sowieso dauernd in seinem Hinterkopf. Wie mochte es ihm ergangen sein? Würde er alle ihm bekannten Geheimnisse bewahren oder würde er ohne den Einfluß und die Anleitung des Obersten der Verführung durch Indien erlegen sein?

Während die *Gharri* sich langsam durch die engen Straßen zu seiner Dienststelle vorwärtsbewegte, schweiften die Gedanken des Obersten ab. Er spürte sein Alter und die Müdigkeit, die es mit sich brachte. Er hatte sein ganzes Leben im Staatsdienst verbracht, und zeitweise überwältigte ihn die Müdigkeit beinahe. Manchmal wünschte er einzuschlafen und beim Erwachen den täglichen Intrigen seines Amtes enthoben zu sein. Bis zum Ruhestand waren es noch anderthalb Jahre, und zweifellos konnte er noch ein Jahr dranhängen. Diese besondere Konzession würde man ihm gern gewähren. Er würde aber keinen Gebrauch davon machen.

Wo er seinen Lebensabend verbringen würde, stand für ihn seit langer Zeit fest. Hoch im Norden, ins Vorgebirge eingekuschelt, lag Kulu, das Tal der Blumen. Er stellte sich einen kleinen Bungalow vor, der nicht viel kosten würde. Und ein einfaches Leben: reiten, lesen und schreiben. Er würde die zahllosen Urdu-Gedichte, die sich in seinem Schrankkoffer häuften, ins Englische übersetzen. Sollten andere seine Bürde übernehmen und mit den Gandhis und Lenins dieser Welt fertig werden!

Ein solcher Mann wartete im provisorischen Büro, einem großen, aus zwei Räumen bestehenden Zelt, auf den Oberst. Die Angestellten drängten sich dicht an dicht im Hauptraum und erhoben sich wie auf Kommando, als der Oberst sich bückte, um in das heiße, staubige und dämmerige Innere zu treten. Auch Inspektor Edlecliff-Johnstone stand auf. Dem Oberst fiel auf, daß er gewichtiger wirkte. Er hatte nicht körperlich, sondern an Autorität zugenommen. Der junge Offizier war nicht mehr der beflissene Polizist, die Aura des Geheimdienstes umgab ihn. Sie schüttelten sich die Hände, und die Angestellten hatten eben erst ihre Plätze wieder eingenommen, als der Oberst sich mit Edlecliff-Johnstone in das dahinter gelegene kleine Dienstzimmer begab. Es hatte ein winziges Fenster, durch das ein paar Sonnenstrahlen auf den Schreibtisch des Obersten fielen.

»Setzen Sie sich!« sagte der Oberst und nahm hinter dem Schreibtisch Platz.

»Danke, Sir.«

»Wie ist die Lage in Bombay?«

»Läuft alles ziemlich glatt, Sir«, sagte Edlecliff-Johnstone. Er hatte Akten mitgebracht und begann, die roten Schnüre aufzubinden, die die Papiere in den steifen Pappdeckeln zusammenhielten. »Alice Soames fällt uns immer noch auf die Nerven. Trotz der Warnungen der Regierung schreibt sie weiterhin ihre Artikel. Und wir haben auch festgestellt, daß sie noch in Verbindung mit den Gewerkschaftsführern steht. Sie hatten vor kurzem zwei Zusammenkünfte, und sie hat ihnen zugeredet, für höhere Löhne zu streiken. Die Organisation übernimmt sie zum größten Teil selber – Streikfonds, Streikkomitee et cetera. Ich habe die Kopien ihres ganzen Briefwechsels dabei.«

»Das sehe ich mir später an«, sagte der Oberst kurz angebunden und nahm die Akte entgegen.

Es war eine dicke, schwere Akte. Alice war tatsächlich überaus lästig. Er hatte gehofft, die offiziellen Verwarnungen und die Verhaftung Nairojis und des Druckers würden ihren missionarischen Eifer dämpfen. Aber diese Frau war noch genauso stur und eigensinnig wie vor Jahren, als er sie geheiratet hatte.

›Sie wird sich nie ändern‹, dachte er düster. ›Ich sehe ihren Untergang voraus. Wir können ihr Verhalten einfach nicht dulden. Ich wünschte, sie hätte diese Südafrikareise zu Gandhi unternommen, dann hätten wir ihre spätere Einreise unterbinden können. Zu schade, daß es keine Bestimmung gibt, auf Grund derer wir sie aus Indien ausweisen könnten. Sie ist ja keine Ausländerin. Aber selbst wenn es möglich wäre, würde es einen heillosen Aufruhr geben, vor allem von ihrer amerikanischen Zeitung. Wenn sie noch für den *Manchester Guardian* schriebe, könnte ich durch Gerald Bartholomew Druck auf sie ausüben. Aber auf diese naiven, heißblütigen Amerikaner, die so gern fremde Angelegenheiten unterstützen, habe ich keinen Einfluß. Die Alternative wäre, sie wegen Aufwiegelung festzunehmen. Sie wäre die erste Europäerin, bei der wir zu dieser Maßnahme greifen würden.‹

»Die Akte ist noch unvollständig, Sir«, sagte Edlecliff-Johnstone. »Ich weiß nichts über die Vergangenheit dieser Soames. Newton ist mit den früheren Berichten äußerst nachlässig umgegangen.«

»Das geschah auf meinen Befehl«, sagte der Oberst und warf die Akte auf den Tisch.

Edlecliff-Johnstone richtete sich gerade auf und begegnete dem Blick des Obersten. »Sir, wenn ich Bombay unter Kontrolle halten soll, muß ich über die Vergangenheit der Person Bescheid wissen, die ich beobachten lasse. Wer sie ist und auf welche Weise sie nach Indien kam. Und«, sagte er nach einer fein bemessenen Pause, »sie steht auch in Briefwechsel mit einer gewissen Elizabeth Creighton. Ich nehme an . . .«

Der Oberst holte tief Luft. »Ja, das ist meine Tochter. Ich bin einmal mit Alice Soames verheiratet gewesen. Nach der Trennung hat sie ihren Mädchennamen wieder angenommen. Mehr brauchen Sie im Moment darüber nicht zu wissen.«

»Selbstverständlich, Sir.« Edlecliff-Johnstone meinte, diese Runde gewonnen zu haben, da er den schlauen alten Mann dazu gebracht hatte, ein so persönliches Geständnis in einer Geheimsache abzulegen. Er hatte es die ganze Zeit über schon geahnt, wollte aber, daß ihm der Oberst selbst die Beziehung mit eigenen Worten bestätigte. ›Er sieht müde aus‹, dachte Edlecliff-Johnstone. ›Er weiß, daß es für ihn Zeit wird, zurückzutreten. Vor ein paar Jahren hätte man mich für meine Unverfrorenheit noch zurechtgewiesen und nach Nicobar versetzt. Armer Kerl! Mit dieser Frau hat er sich nichts als Ärger eingehandelt.‹

Er erschrak, als der Oberst sagte: »Sie denken vielleicht, ich wäre ein armer Kerl. Doch das ist nicht der Fall. Hoffentlich verstehen Sie das.« Er sah ihn starr aus seinen kalten blauem Augen an. Edlecliff-Johnstone wand sich unter diesem Blick. Er war fassungslos, daß der Oberst so leicht seine Gedanken erraten konnte.

»Ja, Sir.«

»Gut«, sagte der Oberst flüsternd. Es war eine unmißverständliche Drohung. Mitleid konnte er nicht ertragen. Das war ein billiges Gefühl, das ihn in den Augen des anderen erniedrigte. Er fand es kühn von Edlecliff-Johnstone, ihn so offen über Alice ausgefragt zu haben. ›Sehr mutig von ihm‹, dachte er, ›aber er muß lernen, daß man abwarten muß, bis man eine Machtposition erreicht, in der man sich solchen Leichtsinn erlauben kann.‹ Dies war ein Punkt, der gegen den Mann sprach.

Im Gegensatz zum Oberst hatte Edlecliff-Johnstone keinen indischen Hintergrund. Er war der erste seiner Familie, der in Indien diente. ›Einer aus der neuen Generation‹, dachte der Oberst, ›ein intelligenter, ehrgeiziger Mann, der in Indien keine Berufung sieht, sondern der hier Karriere machen will. Es wird Jahre dauern, bis er Indien im Blut hat, die Inder versteht und begreift, wie man mit ihnen umzugehen hat. Dennoch glaube ich fest, daß er schließlich ein guter Chef des politischen Geheimdienstes werden wird.‹

»Wie Sie aus meinen Berichten wissen, habe ich unter den Studenten in Bombay Verbindungen geknüpft. Die meisten sind anständige Kerle. Aber es gibt auch eine Handvoll Anhänger Tilaks. Ich konnte da bisher nicht tiefer eindringen, da mein Informant von einem Treffen ausgeschlossen wurde. Es fand nicht wie üblich in der Wohnung eines Studenten statt, sondern am Stadtrand. Mein Mann konnte immerhin in Erfahrung bringen, daß sich die Studenten gleich danach mit einem Europäer getroffen haben. Eine Beschreibung von ihm konnte er nicht liefern. Aber einer der Teilnehmer des Treffens hörte auf den Namen Chandra.«

»Kam er mit dem Europäer?«

»Nein, mit den Studenten. Ein junger Mann, aber älter als die Studenten. Ich versuchte, ein Treffen mit diesem Chandra herbeizuführen, aber er ist verschwunden, und mein Informant konnte ihn nicht wiederfinden.«

»Chandra ist nach dem Treffen mit dem Europäer verschwunden?«

»Ja. Mein Mann war ziemlich sicher, daß es ein Engländer war.«

»Darauf würde ich mich nicht verlassen. In Indien hält man jeden Europäer für einen Engländer. Jedenfalls bin ich an dem Mann interessiert.«

»Ich auch. Er hat den Studenten Geld gegeben, um den Druck ihrer Flugblätter zu finanzieren. Es war aber nicht viel Geld.«

»Das hört sich immer weniger nach einem Engländer an. Ich würde mal gern wissen, was er diesem Chandra gegeben hat.«

Schweigen trat ein. Vorübergehend verdrängte der Oberst »Chandra« aus seinen Gedanken. Es war ein häufiger Name. Nach ihm zu fahnden, würde der Suche nach einer Stecknadel im Heuschober gleichkommen. Aber der »Engländer«? Er konzentrierte sich auf das Treffen zwischen ihm und Chandra. Dabei war bestimmt nicht nur Geld von einer Hand in die andere übergegangen. Vielleicht Waffen? Aber warum sollte der »Engländer« etwas gegen die britische Regierung unternehmen? Wollte er sie stürzen? Oder sie durch Agitation unsicher machen? Und wo war er jetzt? Der Oberst hob den Blick zu der Landkarte von Indien, die an der Zeltwand hing. Die Provinzen hatten unterschiedliche Farben. Das Land sah unermeßlich groß aus, wie ein Weltreich für sich.

»Kein Name?«

»Nur ›Andrew‹.«

»Haben Sie die Passagierlisten durchgesehen?«

»O ja. Einreisen und Ausreisen. Aber wen sollen wir herauspicken? Eine ganze Menge Junggesellen fuhren in Heimaturlaub. Dazu kamen einige, die eine Tour durch Indien gemacht und Freunde oder Verwandte besucht haben. Und schließlich waren auch Geschäftsleute darunter.«

»Na, behalten Sie das im Auge! Mir gefällt das nicht.« Um anzudeuten, daß Edlecliff-Johnstone entlassen war, zog der Oberst eine Akte heran. Er hatte daran gedacht, ihn zum Abendessen einzuladen, aber das würde nur peinlich sein. Der Mann war zu jung, nicht die passende Gesellschaft für Sir Oscar und Sir Richard. Außerdem weilte die Rani im Haus, und da mußte er vorsichtig sein. Sie hatte scharfe Ohren und einen noch schärferen Verstand. »Sind Sie hier einigermaßen gut untergebracht?«

»Ja, ich wohne bei einem alten Freund aus Cambridge. Ich nehme ein paar Tage Urlaub, um im Kumaun auf *Shikar* zu gehen.«

Die Bemerkung stimmte den Oberst traurig. Im Kumaun hatte Richard seinen ersten Panther erlegt. Der Oberst wollte jetzt nicht daran denken. Aber die Erinnerung an die damalige Begeisterung seines Sohnes hatte die Jahre überdauert, berührte sein Herz und bereitete ihm unerträglichen Kummer.

»Ich hoffe, einen Tiger zu schießen«, sagte Edlecliff-Johnstone. Aber dann merkte er, daß der Oberst nicht mehr zuhörte. Sein tief melancholischer Blick verlor sich in der Ferne. Geduldig wartete Edlecliff-Johnstone ab, bis der Oberst mit einem Anflug von Mißvergnügen von ihm Notiz nahm.

»Sir, wer ist Kim?«

»Warum fragen Sie danach?«

»Vor einiger Zeit traf ein Brief an Newton ein. In der Annahme, es handele sich um ein Schreiben der Behörde, öffnete ich ihn. Darin lag noch ein Brief an Sie, den ich nicht geöffnet habe.«

»Wo ist dieser Brief jetzt?«

»Ich habe den Umschlag mit den beiden Briefen wieder versiegelt und an Newton geschickt.«

»Nun, dann wird er ja irgendwann bei mir ankommen. Und was stand in dem Brief an Newton?«

Behutsam entnahm Edlecliff-Johnstone seiner Akte ein Blatt Papier und legte es auf den Schreibtisch. Der Oberst überflog das Schreiben.

»Das ist nicht das Original?«

»Nein, ich habe es kopiert . . . persönlich.« Er wartete, doch der Oberst sagte nichts mehr. »Sollte ich nicht etwas mehr über diesen Kim wissen?«

»Nein.« Er sah, wie sich die Haltung Edlecliff-Johnstones versteifte und tiefrote Flecken auf seinen Wangen erschienen.

»Wenn Sie so alt sind wie ich und diese Abteilung leiten, werden Sie Ihre Geheimnisse auch für sich behalten. Ich führe Kim, und nur ich.«

»Sie *haben* ihn geführt«, stellte Edlecliff-Johnstone richtig. »Er hat Ihnen den Dienst aufgesagt.«

»Vorübergehend.«

»Er muß etwas ganz Besonderes sein.«

»Das ist er. Ich hoffe, Sie haben ein gutes *Shikar.*« Er wartete, bis Edlecliff-Johnstone im Vorzimmer war. Dann rief er ihm nach: »Wo wurde der Brief aufgegeben?«

»In Madras. Sir.«

Der Oberst sah dem steifen, feuchten Rücken nach, bis er in die Sonnenglut hinaustrat. Dienstbeflissen ließ ein *Peon* die Zeltklappe wieder herunter, aber der Oberst starrte immer noch auf den Fleck, an dem er Edlecliff-Johnstone zuletzt gesehen hatte. ›Was hätte ich mit einem versiegelten Brief angefangen, der in einem so interessanten Brief gelegen hätte? Ich hätte es mir überlegt, Kims Brief noch einmal gelesen und dann das Siegel über Dampf geöffnet.‹ Ein intrigenreicher Beruf führt auch zu innerbetrieblichen Intrigen. Na schön, Edlecliff-Johnstone wußte also, was in dem versiegelten Brief stand und hatte vermutlich auch von ihm eine Kopie angefertigt. Und das versetzte den Oberst in Wut. Er schlug zweimal an die Glocke, worauf ein Angestellter mit einem Notizbuch in der Hand vor ihm erschien. Der Oberst diktierte ihm ein Telegramm an Isaac Newton. Darin forderte er ihn auf, mit dem Brief nach Delhi zu kommen. Dann entließ er den Angestellten.

Sein Blick wanderte über die Karte von Indien, verweilte liebevoll auf seinen Umrissen und blieb dann bei Madras tief unten an der Südostküste haften. Was machte Kim dort, so fern von seinen vertrauten Schlupfwinkeln? Er hatte erwartet, daß Kim ins Gebirge gehen und es sich dort in einem kühlen Tal gemütlich machen würde. Oder vielleicht nach Lahore, wo ihm Freunde Zuflucht bieten würden. Im Süden kannte er doch keinen Menschen. Oder etwa doch? Es war ein langer Weg von Delhi.

Madras! Er betrachtete die farbige Landkarte. Kim war sicherlich nicht in Madras geblieben. Welche Richtung mochte er eingeschlagen haben? Nach Süden? Weiter ins Landesinnere? Er mußte dort irgend jemanden kennen. Kim reiste nie ohne Ziel. Er wurde immer von irgend etwas oder irgend jemandem angelockt. Die Frau . . . Mohini? Nein. Sie war aus Delhi.

Der Oberst las Kims Brief zum zweitenmal und hielt inne, als er auf den Namen »Narain« traf. Das war ein südindischer Name. Newton würde wissen, wo Narains Dorf lag, und wenn es irgendwo in der Nähe von Madras sein sollte, dann, davon war der Oberst überzeugt, würde er Kim finden können. Bei diesem Gedanken fuhr er zusammen. Wer hatte dies außerdem noch gelesen? Und was hatte Kim überhaupt an ihn geschrieben? Newton konnte er trauen, aber diesen Brief hatte schon ein anderer gelesen – Edlecliff-Johnstone. Der wußte nun auch, daß Kim etwas ganz Besonderes war, abgesehen davon, daß er zu den Geheimnisträgern zählte. Edlecliff-Johnstone würde versuchen, Kim zu finden, ihm seine Geheimnisse zu entlocken – die Namen sämtlicher Agenten – und fortan Kim selbst zu führen.

Isaac Newton mochte Amritsar nicht, aus dem gleichen Grunde, warum er Benares oder Hardwar nicht mochte. Die religiöse Atmosphäre sagte ihm nicht zu. Er redete sich ein, schon der tägliche Ausblick auf einen Tempel-*Gopuram* verursache ihm Übelkeit, und er mußte ja tagtäglich aus dem Fenster auf den riesigen Komplex des Goldenen Tempels schauen. Als wissenschaftlich gebildeter Mensch mißtraute Newton allzu großer Frömmigkeit.

›Die Religion beschwindelt die Menschen‹, sagte er sich Tag für Tag, wenn er die Sikhs durch die großen Portale hineingehen sah. ›Sie beraubt sie ihres Willens und obendrein ihrer Ersparnisse. Wenn Gott wirklich allmächtig ist, so frage ich mich, warum er sich dann nicht selbst unterhalten oder wie die Regierung sein eigenes Geld drucken kann, anstatt uns arme Menschen anzubetteln, ihn mit Nahrung und Kleidung zu versorgen und ihm ein goldenes Dach über den Kopf zu setzen? Wie ich mich nach Bombay zurücksehne! Da kümmert sich niemand um Gott – außer den Superreichen, die Angst haben, daß man ihnen alles wegnimmt, und außer den ganz Armen, die gern reich sein würden. Im übrigen ist Bombay eine Stadt der Habgier und darum völlig der menschlichen Natur angemessen. Einer frißt den anderen. Für die Frommen, die hier ihr Wesen treiben, ist die Frömmigkeit doch nur ein Deckmantel ihrer Unmenschlichkeit.‹

Sein Laden – Karam Singh, Juwelier – lag in der engen *Gulli* an der Westmauer des Goldenen Tempels. Es war ihm gleich, ob er hier Geschäfte machte oder nicht. Gelegentlich fand zwar ein Kunde den Weg die schmale, steile Treppe herauf und über einen Stapel Ziegelsteine hinweg, und bot ihm irgendein wertloses Schmuckstück an, einen kleinen goldenen Armreif oder einen Nasenknopf, und wollte Geld dafür haben. Dann pflegte Newton den Kunden in ein Gespräch zu verwickeln. Falls der Mann ihm irgendwie von Nutzen sein konnte – sei es, daß er der Vetter eines Polizisten, der Vater eines *Jawan*, der Bruder eines Dorfschulzen oder der Neffe eines Priesters war –, dann zahlte ihm Newton für seinen Schmuck eine anständige Summe und warb ihn als Informanten an. Arme Leute, die nicht den geringsten Einfluß besaßen, schickte er schuldbewußt wieder weg. Newton war keineswegs hartherzig. Er hätte den armen Dorfbewohnern gern Geld für ihre Sachen gegeben, aber sobald erst einmal bekannt wurde, daß Karam Singh ein Trottel war, würden sie ihm mit wertlosem Tand die Bude einrennen. So nannte er immer einen so niedrigen Preis, daß sie unter Flüchen wieder abzogen.

Gewissenhaft suchte Newton die Goldkörner unter den Informationen heraus, die ihm zu Ohren gekommen waren, und verfaßte dann in seiner sauberen Spinnenhandschrift einen Bericht an den Oberst.

Von: Karam Singh, Juwelier, Amritsar.
An: Oberst-Sahib.
Wie Ihnen, Oberst-Sahib, bekannt ist, sind die Sikhs das fleißigste und arbeitsamste Volk. Sie haben tapfer in der indischen Armee gedient, und die Regierung hat sie für ihre

Treue reichlich entschädigt. Mit anderen Worten, zwischen den Briten und den Sikhs hat immer ein Vertrauensverhältnis bestanden. Doch nach den neuen Informationen, die ich jetzt erhielt, darf man sich nicht mehr lange auf diese Treue verlassen.

Der Punjab hat unter dem wiederholten Ausbleiben des Monsuns von 1905 bis 1910 stark gelitten. Die Dürre hat bei den armen Bauern zur Hungersnot geführt. Um zu überleben, mußten sie sich in die Hände habgieriger Geldverleiher begeben. Leider hat die Regierung auf ihre inständigen Bitten nie geantwortet. In dieser äußersten Not sind viele Sikhs vom Punjab ausgewandert, um ihr Heil in entfernten Winkeln des Globus' zu suchen – in Singapur, Hongkong, Kanada und Amerika.

Warum in Kanada? Weil ein Sikh-Regiment, das anläßlich des 25jährigen Regierungsjubiläums Ihrer Hochgnädigsten Kaiserlichen Majestät, der Kaiserin von Indien, Königin Viktoria, im Jahre 1887 nach Kanada verlegt worden war, sich an Ort und Stelle überzeugen konnte, daß es ein gutes Land ist. Die Ersparnisse, die sie dort machen konnten, schickten sie nebst einigen Berichten über diese einträglichen Gegenden nach Haus. Doch ihre Erfolge in Kanada haben den Neid der einheimischen Bevölkerung erregt. Die kanadische Regierung hat den Sikhs daraufhin durch ein neues Gesetz das Wahlrecht aberkannt und allen Asiaten die Einwanderung untersagt.

Dies alles habe ich von dem Vetter eines Sikh-Bauern erfahren, der jetzt als wohlhabender Kaufmann in Vancouver lebt. Viele, viele andere haben seine Informationen bestätigt. Er hat mir auch erzählt, daß er einen Vetter in Kalifornien hat, wo die amerikanischen Arbeiter sie überfallen und ermorden, weil sie schwerer arbeiten als die Amerikaner. Nun sind diese in einem anderen Teil des Empires lebenden Sikhs zu dem Schluß gekommen, daß der Grund für ihre ungerechte Behandlung außerhalb von Indien in der Tatsache zu suchen ist, daß sie in Indien auch ungerecht behandelt werden. Was in Kanada und Amerika geschieht, erzeugt in den Dörfern des Punjab Wellen, wie sie ein Steinwurf in einem in trügerischer Ruhe liegenden Teich verursacht. Die Vettern erzählen es Fremden, die Fremden anderen Fremden.

Ich habe auch erfahren, daß die Sikhs im Ausland dabei sind, eine politische Partei namens Ghadar zu gründen, um ihren Beschwerden Geltung zu verschaffen. Was diese Partei so gefährlich macht, ist ihre Absicht, Indien mit Waffengewalt von der britischen Herrschaft zu befreien. Bisher ist das noch ein unbestätigtes Gerücht. Wie Sie wissen, können die Sikhs keine zwei Minuten lang an einem Strang ziehen, ohne übereinander herzufallen. Daher glaube ich, daß noch kein Grund zur Beunruhigung vorhanden ist. Aber man sollte Maßnahmen ergreifen, um diese Ungerechtigkeiten wiedergutzumachen, damit die Sikhs in Zukunft wieder treu zur Krone stehen.

An dem Tag, als Newton das Telegramm des Obersten empfing, mit dem er ihn zu sich berief, war er in heller Aufregung, denn an diesem Morgen hatte er von der Kopieranstalt in Bombay seinen ersten Film zurückbekommen. Inzwischen hielt er die Herstellung von Filmen für einen frivolen Zeitvertreib, eine Verschwendung seiner Intelligenz und Energie. Doch als er den Film abspielte, fielen ihm die abgehackten Bewegungen der auftretenden Personen auf. Kein Wunder, denn mit der Hand konnte man die Kurbel nicht immer gleichmäßig drehen. Er würde einen Motor erfinden, der so klein war, daß er in die Kamera hineinpaßte und den Film mit der gewünschten Schnelligkeit abspulte.

An dieser Erfindung arbeitete er, als er im Frontier Mail nach Delhi fuhr. Erst als er in Sichtweite der Residenz des Vizekönigs und der rundherum aus dem Boden gewachsenen Zelte kam, band er sich sorgfältig die Krawatte um den Hals und zog den Knoten fest, wogegen sein Adamsapfel heftig protestierte. Dann setzte er sich auf einen Stein und zwängte die Füße in die Schuhe, schüttelte sein Jackett aus und zog es an.

Der Oberst ließ Newton eine volle Stunde warten. Da wußte er, daß er beim Oberst in Ungnade gefallen war, weil er ihm Kims Brief vorenthalten hatte. Vorenthalten eigentlich nicht, er hatte die Absendung nur verzögert. Er hatte ihn neben seinem Bericht in einem kleinen Tuchbeutel mitgebracht.

Als er vor den Oberst trat, begann er: »Oberst-Sahib, Sie müssen einem treuen Diener verzeihen, daß er sich über diese Sache Sorgen gemacht hat. Den Brief von Kim an mich und den beigelegten Brief an Sie habe ich tatsächlich erhalten. Als ich seinen Brief gelesen hatte, machte ich mir Sorgen um ihn wie ein Vater um seinen Sohn. Ich wollte verhindern, daß er in Ihren Augen in Ungnade fällt. Daher hielt ich den Brief vorläufig zurück und hoffte und betete, daß er mir bald eine Mitteilung schicken wird, mit der er seinen Brief an Sie für ungültig erklärt.«

»Du redest wie aufgezogen«, sagte der Oberst und streckte nur die Hand aus. Dann las er Kims Brief und sah Newton an. Das schmale, dunkle Gesicht wies in der Tat Sorgenfalten auf. »Du solltest mich inzwischen besser kennen. Diesen Brief nehme ich nicht ganz ernst. Aber du hast eine Pflichtverletzung begangen, weil du ihn nicht sofort an mich weitergeleitet hast.«

»Oberst-Sahib, er war schon sehr lange unterwegs, bis er bei mir eintraf. Er kam über Bombay, und ich nehme stark an, daß jemand ihn geöffnet und gelesen hat.«

»Beides?«

»Ja, Oberst-Sahib. Ich habe die nötigen wissenschaftlichen Tests durchgeführt und festgestellt, daß der alte Klebstoff entfernt und danach neuer Klebstoff aufgetragen wurde. Kann ja sein, daß Mr. Edlecliff-Johnstone ihn versehentlich geöffnet hat?«

»Das ist möglich«, sagte der Oberst. »Hast du versucht, Kim zu finden?«

Unter dem starren Blick des Obersten hatte Newton das Gefühl, daß sich die Krawatte von selbst enger um seinen Hals schnürte. Diese blauen Augen verkündeten Unheil, denn in ihnen loderte es vor Zorn. Er wußte, daß gleich ein Donnerwetter auf ihn niedergehen würde. Vielleicht kam es noch schlimmer, und er wurde entlassen oder verhaftet. Aber er hatte Kim versprochen, sein Bestimmungsziel geheimzuhalten.

»Nein, Oberst-Sahib.«

»Dann weißt du also, wo er ist?«

Newton spürte, wie sich diese Augen in sein Gehirn bohrten und in dessen dunklen Winkeln nach der Wahrheit suchten. Er meinte, sie körperlich in seinem Kopf zu fühlen und versuchte, seinen Verstand auszuschalten.

»Nein, Oberst-Sahib«, sagte Newton.

»Aber du mußt doch wissen, wo Narain herkam. Er stand ja in deinen Diensten.«

»Ja, Oberst-Sahib«, sagte Newton etwas erleichtert und bekam wieder Luft. »Aber ich habe ihn nur gelegentlich beschäftigt. Sie können sich vielleicht erinnern, daß ich Sie ersucht habe, ihn als ständigen Agenten anzustellen. Ich bekam aber keine Antwort. Da er nur freier Mitarbeiter war, habe ich nicht darauf gedrungen, daß er die nötigen Fragebogen ausfüllte. Wessen Sohn er ist, aus welchem Dorf er stammt und so weiter und so weiter. Er sagte mir, daß er aus Südindien in der Nähe von Madras stammt. Darüber hinaus habe ich kaum was über ihn erfahren.«

Der Oberst lehnte sich zurück. »Ich glaube dir nicht, Newton. Wie hieß denn sein Dorf?«

»Oberst-Sahib, welches Dorf hat schon einen Namen? Er sagte mir nur, daß es in einem Tal und an einem See liegt. Mehr wollte er mir nicht verraten. Er schämte sich nämlich, daß er vom Dorf stammte. Er wollte, daß alle glaubten, er wäre aus Bombay.«

»Hat Mr. Edlecliff-Johnstone dich auch befragt?«

»Nein, Oberst-Sahib.«

»Gut«, sagte der Oberst. Er lächelte jetzt, aber von diesem

Lächeln ging keine tröstende Wärme aus. Die Augen blieben kalt. »Ich gebe dir bis Einbruch der Nacht Zeit, deine Erinnerung aufzufrischen. Bis dahin wirst du mir die genaue Lage von Narains Dorf geben. Mein alter Freund, ich dulde nicht, daß man mich hintergeht. Du schuldest mir Treue und nicht Kim. Wenn es dir nicht einfallen sollte, werde ich dich aus dem Dienst entlassen und wegen Verrats an der Krone festnehmen lassen. Hast du mich verstanden?«

»Ja, Oberst-Sahib«, flüsterte Newton traurig. Es war nicht nötig, bis zum Einbruch der Nacht zu warten. Er hatte sein ganzes Leben lang dem Oberst gedient, und jetzt war er nicht mehr in der Lage, sich länger schützend vor Kim zu stellen. Obwohl er nicht gläubig war, murmelte er ein kurzes Gebet, in dem er um Vergebung bat. »Er wird sich vermutlich in einem Dorf im Cumbun-Tal aufhalten, Oberst-Sahib. Es liegt an einem See. Genauer kann ich es Ihnen nicht beschreiben.«

»Danke, Newton. Was hast du sonst noch zu berichten?«

Der Oberst nahm die Akte über die Sikhs entgegen und las sie aufmerksam.

»Das gefällt mir gar nicht. Bewaffnete Invasion? Bist du sicher?«

»Wie ich erwähnt habe, ist es ein Gerücht, Oberst-Sahib. Nur ein Gerücht.«

»Aber die Methode ist ganz nach dem Geschmack der Sikhs. Sie sind die geborenen Krieger und lieben Theaterdonner. Ich werde nach London kabeln, genaue Überwachung der Ghadar-Partei und einen Bericht verlangen. Inzwischen schreibst du alles genau auf, was du darüber hörst.«

Er versenkte sich in die Landkarte. Der Punjab nahm praktisch das ganze Gebiet zwischen Delhi und der Nordwestgrenze ein. Gegen Ende der 40er Jahre war es zu zwei kurzen, aber blutigen Kriegen mit den Sikhs gekommen, bevor die Briten den Punjab besetzt hatten. Lord Dalhousie, der damalige Generalgouverneur von Indien, erkannte, daß der Punjab durch seine Grenznähe lebenswichtig für Indien war und man deshalb keine weiteren Risiken eingehen durfte. Also besetzte er ihn für die Ostindische Gesellschaft. Trotzdem war er immer ein unsicheres Gebiet geblieben. Die Sikhs bildeten in der Provinz eine Minderheit. Die meisten Einwohner waren Hindus, und ein Aufstand der Sikhs konnte der Funke sein, der die ganze Gegend in Flammen setzen würde.

Der Oberst verfolgte den Gedankengang weiter. Danach würden sich die Flammen, wie von Zunder genährt, über ganz Indien ausbreiten. Er sah schon eine Wiederholung der Schrecken von 1857 voraus. Unverzüglich nahm er sich vor, weitere Agenten auf den Punjab anzusetzen, doch Newton würde er davon kein Wort sagen. Je weniger Newton wußte, um so besser.

Der Oberst erhob sich und legte den Arm um Newtons knochige Schultern. »Mach nicht so ein trauriges Gesicht, alter Freund!« sagte er. »Wir arbeiten seit vielen Jahren zusammen. Ich habe Verständnis für deine tiefe Zuneigung zu Kim. Mir geht es ja nicht anders. Aber Kim ist wie du und ich auch nur ein schwacher Mensch. Wir alle dienen dem Empire, und die Treue zu ihm müssen wir über die Treue zu irgendeiner Einzelperson stellen. Wenn wir von der Erde abtreten, so ist das ohne Bedeutung für das Weiterbestehen des Empires. Es war richtig von dir, mir zu sagen, wo Kim sich aufhält. Ich will ihm ja nichts Böses tun. Ich möchte nur verhindern, daß ihm andere Böses antun, weil er der ist, der er ist. Du verstehst mich?«

»Ja, Oberst-Sahib. Und ich möchte ebenfalls den Dienst bei Ihnen aufkündigen.«

»Unsinn. Das tust du jetzt zum zweitenmal, weil du zwischen der Treue zu Kim und der Treue zum Empire schwankst. Du dienst nun aber mal der Krone, und du bist mir ein zu wertvoller Mitarbeiter, als daß ich dich gehen lassen könnte. Du hast mir einen sehr wichtigen Bericht überbracht. Ich habe vor, den Vizekönig davon in Kenntnis zu setzen und eine Abschrift an den Vizegouverneur des Punjab zu schicken. Es sieht ganz danach aus, daß Amritsar zukünftig im Mittelpunkt unserer Tätigkeit stehen wird. Du mußt alle Vorgänge aufmerksam und peinlich genau beobachten. Wenn nötig, werden wir den

Sikhs eine Lektion erteilen, damit das übrige Indien erkennt, wie dumm es wäre, sich gegen die Krone zu erheben.«

Newton wurde es unbehaglich. »Eine Lektion?« Der Oberst-Sahib tat immer so, als wären die Menschen nichts als Kinder. Dabei waren sie erwachsene, ehrgeizige Menschen. Dies war die falsche Zeit für Lektionen.

»Ja, eine Lektion«, wiederholte der Oberst, und die Glut seiner eigenen Treue tat ihm wohl.

Doch als Newton wieder auf der Straße zum Bahnhof Delhi dahintrottete, verschwendete er keinen Gedanken mehr an mögliche Lektionen. Selbst seine neue Erfindung nahm ihn nicht mehr in Anspruch. Mit Mühe schleppte er seinen hageren Körper vorwärts. Er setzte sich auf einen Stein, zog die Schuhe aus, band die Krawatte ab und legte sorgsam sein Jakkett zusammen. Tränen liefen ihm über die Wangen, als er daran dachte, daß er wie Judas seinen Freund Kim an den Oberst verraten hatte. Er hatte es nicht für dreißig Silberlinge getan, sondern aus Pflichtgefühl gegenüber dem Oberst. Was war wohl schlimmer?

Geduldig wartete Sushila Basu auf den Oberst. Seit er in Delhi stationiert war, hatte sie ihm regelmäßig geschrieben. Auf drei Briefe, die sie schrieb, erhielt sie einen von ihm. Ihre Briefe sprachen nur von Liebe und dem Kummer über ihre Trennung von ihm. Seine waren vorsichtig abgefaßt und vermieden alle romantischen Gefühle. Sein letzter Brief kündigte nur in kurzen Worten seinen bevorstehenden Besuch in Kalkutta an. Seit der Oberst nach Delhi gegangen war, bekam Sushila ihn nur noch bei seinen seltenen Stippvisiten in Kalkutta zu Gesicht.

Das Haus kam ihr leerer vor. Gleich ihr fehlte ihm die spannungsvolle Erwartung seiner nächtlichen Besuche. Die Stille lag über ihr wie ein Glaskasten über einer Rarität. Jetzt wartete sie auf etwas anderes. Sie wartete auf den Tod. Ihre Schwägerin hatte ihr mitgeteilt, daß ihr Mann im Sterben lag. Sushila hatte ihm einen kurzen Besuch abgestattet, bei dem ihr ganz schlecht geworden war. Ihr Mann erkannte sie nicht mehr. Er war dürr und ausgezehrt. Der Tod hockte schon in Fleisch und Knochen und saugte ihm das Blut aus den Adern. Er aß fast nichts, und seine Zunge war so gelähmt, daß sie nur ein, zwei Worte verstand. Er nuckelte noch an dem kostspieligen Whisky, der ihn um sein ererbtes Vermögen gebracht hatte. Nur mit Schrecken konnte sie an die Zukunft denken. Jetzt drohten ihr die Greuel der Witwenschaft. Wenn er starb, war auch sie verloren.

Und es fehlte ihr an Willenskraft, ohne die Hilfe ihres Geliebten gegen das drohende Verhängnis anzukämpfen. Nur der Oberst konnte ihr die Kraft geben, sich gegen die üblen Hindu-Sitten aufzulehnen, die von einer Witwe verlangten, daß sie nur noch Weiß trug, sich den Kopf kahl schor und sich in die Sklaverei der Familie ihres toten Mannes begab. Nein, sie würde zu ihrer eigenen Familie ziehen. Ihr Vater würde ihr eine Zuflucht bieten und ihr gestatten, den Rest ihrer Tage als Frau statt als mißbrauchtes Stückgut zu verleben. Das waren die Pläne, die ihr durch ihren fieberheißen Kopf auf der Rückfahrt nach Kalkutta gingen. Sie erschienen ihr klar und einleuchtend. Ja, zu Anfang staunte sie sogar, wie leicht es sein würde, dem Ungemach zu entgehen.

Doch jetzt war eine neue Komplikation eingetreten, aus der allein der Oberst sie befreien konnte. Er konnte sie von der Einsamkeit erlösen. Durch ihn würde sie von diesem Leben Abschied nehmen und ein neues Leben beginnen. Trotz gewisser Zweifel träumte sie von einem Leben mit ihm. Sie würde ihm nahe sein. Sie würden einander alles geben. Sie konnte nur noch an diese Rettung denken und kümmerte sich nicht darum, was ihre eigene Familie davon halten würde. Sie war tapfer und ohne Bedenken, aber nur solange sie an den Oberst dachte. Seine Aufmerksamkeiten, seine Liebe zu ihr flößten ihr Mut ein.

›Aber liebt er mich überhaupt?‹ dachte Sushila. ›Ich kann dessen nie gewiß sein. Ich kenne sein Herz, aber sicher bin ich nicht. Ich habe zu ihm von Liebe gesprochen, und seine Liebkosungen und das Verlangen in seinen Augen verrieten mir seine nie eingestandene Liebe. Seine Herkunft erlegt ihm Schranken auf. Ein Brite! Davon kann er sich nicht befreien. Diese steifen förmlichen Konventionen halten ihn in Bann. Dennoch weiß ich, daß er mich liebt. Es kann gar nicht anders sein. Ein Mann und eine Frau können nicht jahrelang ein Paar sein, wenn keine Liebe im Spiel ist, sondern nur die Begierde und die günstige Gelegenheit. Ich weiß, daß ich das nicht fertigbrächte. Aber das kommt, weil ich eine Frau bin. So viel Erfahrung mit Männern habe ich nicht, um ihre geheimen Gedanken und Motive zu kennen.‹

Aber der Oberst kam und kam nicht. Statt dessen vernahm sie das ferne, schwache Echo eines Bombenattentats auf Lord Hardinge, den Vizekönig von Indien. Kalkutta lebte in Hochspannung, die Europäer murrten über die Einheimischen, die ihnen nun alle verdächtig erschienen. Die Polizei verhängte eine nächtliche Ausgangssperre, und in der Stadt erwartete man Repressalien wegen des Mordes. Allmählich sickerte die Nachricht zu ihnen durch, daß der Vizekönig doch nicht tot war. Er hatte nur oberflächliche Rückenverletzungen erlitten, allein sein Schirmträger hatte den Tod gefunden.

Die Zeitungen schwärmten davon, wie mutig sich die Vizekönigin verhalten hatte. Sie war von ihrem Elefanten gestiegen und hatte in der entstandenen Panik dafür gesorgt, daß ihr Gatte gerettet werden konnte. Nach der furchteinflößend lauten Detonation war der Elefant des Vizekönigs wie erstarrt stehengeblieben und weigerte sich, in die Knie zu gehen. Die Vizekönigin schickte Männer in die umliegenden Läden, die Körbe herbeischaffen sollten. Die stellte man neben dem Elefanten übereinander. Ein Polizist erkletterte die schwankende Leiter und trug den Vizekönig herunter.

Man brachte ihn in die Residenz. Aber sämtliche Mitarbeiter waren ausgeflogen, um vor der Zeltstadt seinen Einzug in Delhi mitzuerleben. Sie wußten noch nichts von dem empörenden Zwischenfall. So behandelten die Vizekönigin und ihre Tochter mit eigener Hand die Verletzungen des Vizekönigs. Wie die Zeitung berichtete, ging es ihm jetzt den Umständen entsprechend gut. Der verdammte Übeltäter, der die Bombe geworfen hatte, war bisher noch nicht gefaßt worden, doch man erwartete in Kürze seine Verhaftung.

Erst einen Monat später traf der Oberst ein. Er kam des Abends zu gewohnter Zeit und klopfte an ihr Fenster. Als er über die Schwelle trat, warf sich Sushila in seine Arme.

»Du hast mir gefehlt, Jack. Ich kann dir gar nicht sagen, wie sehr du mir gefehlt hast. Noch nie habe ich solchen Kummer gelitten. Allein der Gedanke, daß du hier bist, erfüllt mich mit Freude.« Sie küßte ihn auf den Mund. »Ich habe dir auch gefehlt, nicht wahr?«

»Selbstverständlich, meine liebe Sushila. Ohne dich ist Delhi langweilig für mich. Jeden Abend mußte ich mir das Geschwätz von Sir Arthur und Sir Oscar anhören.«

»Ich könnte ja nach Delhi kommen«, flüsterte sie. »Dann kannst du mich heimlich in einem Haus innerhalb der Stadtmauern unterbringen und mich jeden Abend besuchen.«

»Eine verlockende Idee. Aber ich bezweifle, daß es auch eine gute Idee ist.«

»Warum?«

Er blickte sich im Schlafzimmer um. »Und was wird aus deinem Haus hier? Was in aller Welt werden deine Angehörigen sagen, wenn du plötzlich nach Delhi ausreißt?«

Sushila warf trotzig den Kopf zurück. »Das ist mir egal.«

›Manchmal‹, dachte der Oberst, ›beträgt sie sich wie ein altkluges Kind, unbedacht und leichtsinnig.‹ Eine Woge väterlicher Zuneigung zu ihr überkam ihn, und er ließ es zu, daß sie sich an ihn schmiegte. Ihr Körper war so geschmeidig und paßte sich wunderbar an. Es bereitete ihm schon Freude, ihr nur über das Haar oder über die Haut zu streichen. Sie gab ihm Kraft. Alice war nie so nachgiebig gewesen. Er erinnerte sich immer noch an ihren eckigen Körper, auch wenn seine jetzigen Gefühle für Sushila das Bild der Erinnerung vergröbern mochten. Eben war er noch müde und von Sorgen über das Attentat auf Lord Hardinge belastet gewesen, und jetzt fühlte er schon in dem kühlen, halbdunklen Zimmer, wie sein Blut kräftiger durch die Adern floß. Sushila erweckte jedesmal neue Energien in ihm. Bei ihr fühlte er sich wieder männlich stark.

»Wieso bist du auf einmal so liebebedürftig?«

Er ließ sich auf dem Armsessel aus Rohrgeflecht nieder, nahm dankbar ein Glas Whisky mit Wasser entgegen und nippte genießerisch daran. Aus ihrer Hand schmeckte ihm sogar der Whisky besser. Sie entführte ihn aus dem trockenen, anstrengenden Leben, das er führte. Wenn er in Delhi an sie gedacht hatte, hatte er das Verlangen nach ihr rasch unterdrückt. Verdammt noch mal, das Fleisch war schwach! Er durfte nicht zulassen, daß diese Schwäche seine Konzentration im Dienst negativ beeinflußte.

»Mein Ehemann wird bald sterben. Dann sitze ich in der Falle. Ich werde Witwe, und dann ist es zu spät.«

Während ihrer langen intimen Beziehung hatte er ihren Ehemann beinahe vergessen. Solange er lebte, hatte der Oberst einen triftigen Grund, nicht mit ihr zusammenzuziehen. Jetzt lag er also im Sterben. Weder er noch sie hatten Mitleid mit ihm. Im Lampenlicht sah er Tränen schimmern und fühlte sich aufgerufen, die gefürchtete Zukunft von ihr abzuwenden. Aber wie? In Delhi konnte er sie nicht unterbringen. Man würde seinem Geheimnis auf die Spur kommen. Einem jüngeren Mann, der weniger Verantwortung trug, hätte man vielleicht verziehen. Aber ihm würde die europäische Gesellschaft die kalte Schulter zeigen und ihn zwingen, die Affäre zu beenden. Es war streng verboten, eine indische Mätresse zu haben. Plötzlich sehnte er sich nach den alten Zeiten, als das noch geduldet wurde, als Engländer Inderinnen heiraten durften. Damals waren sie stolz auf ihre Mischlingskinder gewesen und hatten sie dazu erzogen, ein Weltreich zu regieren. Die Zeiten hatten sich grundlegend geändert.

»Das tut mir sehr leid.«

Sushila sank das Herz. »Ist das alles?« Ihr Gesicht lag halb im Schatten. Sie sah, wie er beim bitteren Klang ihrer Frage zusammenzuckte.

»Was willst du denn, liebe Sushila?« Er griff nach ihrer Hand, die wie leblos in seiner lag. Er fühlte sich machtlos.

»Du sollst mich nicht heiraten. Ich weiß ja, daß das unmöglich ist. Es würde deine Karriere zerstören, und das könnte ich nicht ertragen. Ich will nur eine Zuflucht – mir geht es wie Esmeralda im *Glöckner von Notre-Dame.* Ich möchte, daß du mich vor dem Schicksal bewahrst, das mir nach der Sitte meines Volkes droht. Ich will nichts als bei dir sein.«

»Wir werden weiterhin zusammen sein, auch wenn du hier wohnen bleibst. Wir werden ein anderes Haus für dich suchen und ...«

Sushila blickte auf ihre Hände. Seine waren breit und stark, ihre braun und schwach. »Ich bekomme ein Kind von dir.«

»O Gott!«

Diese Eröffnung benahm ihm den Atem. Wie zwei große Scheinwerfer waren ihre Augen auf ihn gerichtet. Sie beobachtete ihn scharf. Noch stärker wurde er sich seiner Ohnmacht bewußt. Diese Entwicklung entzog sich seiner Kontrolle. Doch er hätte mit einer solchen Möglichkeit rechnen müssen und verfluchte sich innerlich, daß er es nicht getan hatte. Draußen in der Welt war er an den großen Spielen beteiligt. Da erteilte er die Befehle und hatte alles im Griff. Die Männer hörten und handelten auf sein Kommando, er hatte sie in der Hand.

Doch jetzt hatte er die Kontrolle verloren. Mühsam hielt er seinen Zorn zurück. Sie hätte nicht schwanger werden dürfen. Frauen konnten so etwas doch verhindern. Er hatte da von bestimmten Medikamenten und Methoden gehört. Was hatte sie gesagt? »Ich bekomme ein Kind von *dir.*« Konnte er sich denn darauf verlassen, daß es sein Kind war und nicht das ihres todgeweihten Gatten? Oder das eines anderen Mannes? Sie lebte hier allein in dem großen Herrenhaus, und draußen paßte immer nur ein Mann auf. So hatte er auch Alice in Arcot überwachen lassen.

Aber zu gleicher Zeit regte sich Stolz in ihm. Er konnte also immer noch Leben zeugen. Er war sich ganz sicher, daß das Kind in ihrem Leib ein Junge war. Natürlich würde es nie ein neuer Richard werden. Der Junge würde durch sie eine dunklere Hautfarbe haben. Dieses Kind konnte er nicht in eine englische Privatschule oder nach Sandhurst schicken. Sein Sohn könnte nie in ein anständiges Regiment eintreten. Was stand dem Jungen anderes bevor, als im Niemandsland zwischen den Rassen, unter den Eurasiern dahinzuvegetieren? Schon packte ihn Mitleid mit dem ungeborenen Kind – wenn es wirklich seins war. Dieser Zweifel verhärtete sein Herz.

›Er fürchtet sich vor dem Kind‹, dachte Sushila. ›Seine Haut verkrampft sich. Ich fühle, wie seine Hände kalt werden. Ich spüre seinen Herzschlag. Aber er sucht nach einem Ausweg. Dieser Mann aus Stahl wird sich nie der Liebe beugen.‹

»Wie lange schon?«

»Im vierten Monat«, sagte Sushila. Diese Ausflucht würde sie ihm nicht bieten. »Seit du das letztemal bei mir warst.« Wie von außen her betrachtete sie sich und ihn. Ihre Liebe versiegte wie das dünne Rinnsal in einem ausgetrockneten Flußbett, schmolz unter der Weigerung, ihr gemeinsames Kind anzuerkennen.

»Kannst du . . . nicht irgend etwas tun? Du weißt schon.«

»Nein. Ich will das Kind haben.« Unerbittlich fragte sie ihn: »Du nicht?« Sie sah, wie er die Lippen aufeinanderpreßte. Am liebsten hätte sie laut gerufen: »Sag doch, daß du es auch willst! Gib mir Hoffnung!«

»Ich werde natürlich für den Unterhalt des Kindes aufkommen«, sagte der Oberst. Das ließ sich durch einen Dauerauftrag bei seiner Bank regeln.

»Natürlich«, sagte Sushila tonlos.

An irgendwelche praktischen finanziellen Regelungen hatte sie überhaupt nicht gedacht. Ihr Verstand beschäftigte sich nur mit Fragen des Todes und der Geburt. Für eine andere Frau wäre es etwas ganz Normales gewesen, für sie bedeutete es ein Stigma, einen Fluch. Aber sie würde ihr Kind nicht verfluchen. Sie hatte es in Liebe empfangen, und selbst wenn sie später den Oberst hassen sollte, durfte ihr Kind nie darunter leiden. Sie würde ihre Liebe und ihren Haß säuberlich auseinanderhalten.

Das Schweigen wurde bedrückend. Im Unterbewußtsein nahm er das Ticken einer Uhr und den Windzug wahr, der seufzend durch die Bäume fuhr. Was würde wohl Elizabeth von diesem kleinen Halbbruder denken, der kein blonder englischer Junge, sondern durch das Blut seiner Mutter dunkler sein würde? Der Oberst schämte sich solcher Gedanken, konnte sich ihrer jedoch nicht erwehren. Sie waren ihm schon als Kind eingeimpft worden und stiegen wieder in ihm auf, da er sich mit der Angst vor Rassenmischung konfrontiert sah.

Sushila brach das Schweigen. »Ich glaube, du solltest gehen.«

Wenn der Oberst darauf bestanden hätte zu bleiben, dann hätte sie noch einen Hoffnungsschimmer gehabt, daß er sich vielleicht anders besinnen würde. Doch er stand bereitwillig auf, nicht schnell, eher schwerfällig, und stellte das Glas behutsam auf dem Sideboard ab. Bedauernd schaute er sich noch einmal um. Hierher würde er nie mehr zurückkehren dürfen. Würde er Sushila noch einmal wiedersehen? Würde er je sein Kind zu Gesicht bekommen? Mit Sicherheit würde er immer in der Lage sein, seine Entwicklung durch Berichte von Informanten zu verfolgen. Natürlich würde er Einfluß darauf nehmen, daß der Junge zumindest in Indien alle Vorteile in Anspruch nehmen durfte. Er wollte Sushila noch ein letztes Mal berühren, aber selbst zu dieser Geste konnte er sich nicht durchringen.

Als er aus dem Zimmer ging, wurde Sushila von Verzweiflung übermannt. Doch erst als sie hörte, wie er die Tür hinter sich schloß, ließ sie den Tränen freien Lauf. Sie wollte laut weinen und schreien. Statt dessen schluchzte sie nur lautlos, doch die Seelenqual erfaßte ihren ganzen Körper. Sie brach zusammen und lag wie ein kleines Bündel auf dem Boden. Dort weinte sie mit offenem Munde, die Augen fest geschlossen. Während die Tränen nur so herausschossen, stöhnte sie und wälzte sich hin und her. Sie betete darum, vor Kummer zu sterben. Wenn ihre Tränen doch zu Salzsäure würden, ihr Gesicht für immer entstellen und das Leid ihrem Leben ein Ende setzen würde! Allmählich wurde sie schwächer, und im Zustand völliger Erschöpfung verwandelte sich ihr Stöhnen in einen melancholischen Singsang.

Dann hörte sie, wie draußen die Tür aufging. Schritte näherten sich. Sie lag ganz still. Plötzlich hatte sie wieder Hoffnung und setzte sich auf. Ein Mann trat ins Zimmer.

»Jack . . .?«

Er blieb regungslos stehen. In dem Lichtkreis am Boden sah sie seine Schuhe und seine Hose. Die Schuhe waren brüchig und schlammbedeckt, die Hose war zerknautscht. Am Stoff klebte vertrocknetes Gras. Es war ein Fremder. Langsam kam er weiter ins Licht.

»Anil!«

In seinem Gesicht las sie nicht Bedauern, sondern echtes Mitgefühl. Er kniete sich hin, hob sie hoch und half ihr in den Armsessel. Schweigend goß er ihr ein Glas Whisky ein und ließ sie trinken. Sie verschluckte sich und mußte husten. Anil sah müde aus. Er hatte jetzt Falten um den Mund, und seine blutunterlaufenen, müden Augen waren die eines viel älteren Mannes. Sie wirkten aber auch klüger, als sie sie in Erinnerung hatte.

»Ich habe ihn weggehen sehen«, sagte Anil. »Er ging mit schnellen Schritten, ohne sich einmal umzudrehen. Seit zwei Tagen beobachtet ein Mann das Haus. Manchmal sitzt er gegenüber auf der anderen Straßenseite, manchmal geht er in den Garten und schleicht da herum. Der Mann, der aus dem Haus kam, hat mit ihm gesprochen. Und als der Europäer ging, ist der Posten auch gegangen. Ich wußte aber nicht genau, ob noch andere Posten irgendwo versteckt sind, und mußte deshalb vorsichtig sein.«

Er goß sich ein Glas ein und zog sich einen Sessel heran. Behutsam wischte er Sushila die Tränen ab und trocknete ihr die Wangen. Sie versuchte zu lächeln, brachte es aber nicht fertig. Das ganze Gesicht tat ihr weh.

»Ich will mich hier zwei Tage lang verstecken. Dann gehe ich wieder weg. Ich habe dich nie vergessen. Wo ich auf meinen Wanderungen auch hingekommen bin, mein letzter Gedanke vor dem Einschlafen galt immer dir.«

Müde lehnte Sushila ihren Kopf an seinen Körper. »O Anil, Anil. Ich bin es nicht wert, daß du an mich gedacht und von mir geträumt hast. Ich habe mein Leben verpfuscht.«

»Erzähle mir, wie es dazu gekommen ist! ›Wir wollen uns auf den Boden setzen und uns die traurigen Geschichten vom Tod der Könige erzählen.‹«

»Ich werde bald Witwe sein, und du weißt, was das bedeutet.«

»Ja.« Er nahm ihre schlaffe Hand, küßte sie und behielt sie in seiner. »Aber damit bist du endlich diesen Trunkenbold von Ehemann los. Dann heirate ich dich.«

»Nein, Anil.«

»Weil nach mir gefahndet wird? Weil man mich jagt? Ich verstehe.«

»Nein. Weil ich von dem Mann, den du weggehen sahst, ein Kind bekomme. Von dem Europäer.«

»Das gibt wieder einen Ausgestoßenen. Damit sind wir drei. Nur drei – unter so vielen Ausgestoßenen in diesem Land.«

Er zog das Jackett aus und ließ es auf den Fußboden fallen. Sushila sah, daß in seinem Hosenbund ein Revolver steckte. Er zog ihn heraus. Im Lampenlicht sah er schwarz und bösartig aus. Anil ließ die Trommel rotieren und vorsichtig den Hammer auf eine leere Kammer gleiten. Dann legte er die Waffe in Reichweite auf den Tisch. Sie ahnte, daß ihm das zur Gewohnheit geworden war, es mußte an jedem Abend seine letzte Handlung sein. »Wie heißt der Europäer?« fragte er.

Sushila schüttelte den Kopf. »Das kann ich dir nicht sagen. Frag mich bitte nie mehr danach! Ich werde jeden Tag zu Gott beten, daß er mich rächt.«

Fünfzehntes Kapitel

Januar bis März 1913

Zauberhaft sahen die Saris in ihrem Farbenreichtum aus. In sie eingewoben waren der Himmel und die Sonne, die Erde und die Blume, das Wasser und das Feld. Die Muster des Tuchs waren kompliziert und geheimnisvoll. Die Männer an den Webstühlen hatten ihre Träume und Visionen in sie hineingewebt. Der alte Weber Gopalan platzte fast vor Stolz, weil seine steifgewordenen Finger noch immer die Fähigkeit und den Zauber von früher besaßen. Jetzt lehrte er seine drei Söhne das Handwerk, wie er es von seinem Vater gelernt hatte. So wußte er, daß nach seinem Tod die alte Tradition fortgesetzt werden würde, wie es sich gehörte. Die Saris erfüllten die Hütte mit ihrem Glanz, der auf das ganze Dorf ausstrahlte. Jeden Tag kamen die Einwohner, um die Arbeit an den Webstühlen zu beobachten. Es war, als würden sie allein von dem Anblick satt.

›Alles, was ein Mann unternimmt, ist von politischer Bedeutung‹, dachte Kim. Es war nicht nötig, daß Tausende von Menschen sahen, was er hier vollbracht, wie es bei einem politischen Redner der Fall ist, der eine große Menschenmenge von seinen Ansichten überzeugen kann. ›Was ich tue, kann gering sein und im verborgenen geschehen. Dann wird auch das Ergebnis gering sein und im verborgenen bleiben. Doch was ich hier tue, ist von politischer Bedeutung. Wenn ich nichts weiter tue, als den Baumwollfaden zu spinnen, um dem Dorf den Lebensunterhalt zu sichern, so ist das von politischer Bedeutung. Obwohl mein Tun nur die Kindermäuler füllen soll, kann man mein Unternehmen als Herausforderung werten.‹

Solche Gedanken gingen Kim durch den Kopf. Er war zufrieden. Indem er nichts anderes tat, als den Faden zu spinnen, webte er sich in das Leben des Dorfes hinein. Jetzt gehörte er dazu, und das verlieh ihm eine Identität, die ihm auf seinen langen Wanderungen immer verwehrt geblieben war. Es war das Geburtsrecht jedes Menschen, zu einem bestimmten Ort zu gehören. Jetzt brauchte er keinen Ort mehr zu erfinden, wenn ihn jemand fragte: »Aus welchem Dorf kommst du?« Endlich konnte er wahrheitsgemäß antworten: »Aus diesem hier.« Und sein Kind würde mit noch größerer Berechtigung sagen können: »Aus diesem hier.«

In unbequemer Haltung saß Parvati heben ihm. Auch sie spann den Faden. Ihr Bauch war gewaltig angeschwollen, ihr Gesicht glühte vor Freude. Alle Schrecken lagen hinter ihr. Ihre Vergangenheit hatte sie mit voller Absicht vergessen. Bald würde sie ihr Kind zur Welt bringen. In zehn Tagen, hatten die Frauen des Dorfes ausgerechnet, vielleicht auch eher. Wie jede Frau betete sie, daß das Kind ein Junge sein würde, ein zweiter Kim.

Einmal im Monat wanderten Kim, Kumar und ein, zwei andere Männer zu Fuß zum Markt eines großen Dorfes am Eingang des Tals, um die Saris dort zu veräußern. Männer und Frauen aus Dörfern bis zu zwei Tagesmärsche entfernt besuchten diesen Markt. Im Tauschhandel erwarben sie Reis, Ziegen, Kälber und Kühe für den eigenen Bedarf. Die Saris wurden gegen Bargeld an einen Kaufmann aus Madras verkauft, der sehr froh darüber war, daß sie diese Saris, die bei den Frauen in der Stadt außerordentlich beliebt waren, wieder herstellten. Mit diesem Geld kauften die Männer wohlbedacht ein, was ihr Dorf benötigte – Samen, Salz, Zucker und Rohbaumwolle.

Kim wäre rundum zufrieden gewesen, wenn Kumar nicht von Monat zu Monat trübsinniger geworden wäre. Er schwand geradezu vor seinen Augen dahin. Narains Witwe hatte ihre Drohung wahrgemacht. Sie war zu dem fernen Tempel gepilgert und hatte dort verlangt, Shesha solle über die Zukunft des Landbesitzes entscheiden. Der Priester, der Sheshas Sprachrohr war, sagte ihr, er werde über ihre Forderung nachdenken und ihr dann mitteilen, ob Shesha das Urteil fällen werde. Die aufregende Wartezeit hatte Kumar so mitgenommen, daß er fast das Atmen vergaß. Jeden Tag betete er, Shesha solle sich über eine so kleinliche Streitfrage erhaben dünken und es ablehnen, ein Urteil zu sprechen. Der Schlangengott würde doch sicherlich mit gewichtigeren Dingen beschäftigt sein.

»Warum hast du eine solche Angst?« fragte ihn Kim.

»Du bist fremd hier und weißt nichts von Sheshas Macht. Der Priester wird bestimmen, daß ich mit den Opfergaben in den Tempel gehen soll, und mich dann die Nacht über einsperren. Und in dieser Nacht wird Shesha seine Wahl zwischen ihren und meinen Opfergaben treffen.«

»Na und?«

Kumar war den Tränen nahe. »Kimathchand, mein neugewonnener Freund, wer die Nacht in dem Tempel verbringen muß, kommt nie mehr lebend heraus. Wir haben noch nie gehört, daß jemand diese Nacht überstanden hätte. Ich weiß, daß ich dort sterben werde.«

»Der Priester kann ja auch bestimmen, daß sie diese Prüfung auf sich nehmen soll.«

»Erstens ist sie die Klägerin, und zweitens weiß ich, daß sie bereits mit ihm gesprochen und ihn mit ihrer Gunst und dem Versprechen bestochen hat, ihm Geld zu geben, wenn sie das Land erbt. Ich werde ihm auch Bestechungsgeld anbieten, aber das wird keine Wirkung haben.«

»Warum verhandelst du dann nicht mit ihr?«

»Sie will mich gar nicht sehen. Ich bin bereit, sogar dem Friedensrichter die Entscheidung zu überlassen, aber dafür ist es zu spät. Selbst wenn er damit einverstanden wäre, müßten wir uns Shesha stellen. Das heißt, wenn er uns auffordert, zu ihm zu kommen. Ich bete darum, daß er es nicht tun wird.«

»Dann gib ihr die Hälfte des Landes!«

Für einen Augenblick schüttelte Kumar seine Verzweiflung ab und erklärte hochmütig: »Dieses Land hat schon meinem Ururgroßvater, meinem Urgroßvater, meinem Großvater und meinem Vater gehört. Eines Tages wird es auf meine Söhne übergehen.«

»Es ist besser, dein Leben zu behalten als dein Land.«

»Aber ohne das Land bin ich ein Niemand.«

»Als Toter bist du auch ein Niemand.«

Kumar grübelte über diese weisen Worte nach. Er war nur noch der Schatten des Mannes, als den ihn Kim kennengelernt hatte. Sein dünner Körper erinnerte Kim an Narain. Kumar, der von einem Tag zum anderen weniger wurde, ähnelte seinem toten Bruder immer mehr. Wenn Kumar weiter so abnehmen sollte, würde Kim an seinem Totenbett denken, vor ihm läge Narain.

»Sprich du mit ihr!« sagte Kumar. »Biete ihr die Hälfte an! Nein, ein Viertel!«

Lalitha wohnte jetzt wieder bei ihrem Vater. Ihr Dorf war einen halben Tagesmarsch entfernt, und Kim machte sich in Kumars Interesse auf den Weg. Als er sich ihrem Haus näherte, verzog sie sich sofort nach drinnen und forderte Kim auf, sich wegzuscheren.

In aller Ruhe setzte er sich vor den Eingang. »Ich werde den Tag und die Nacht über hier warten, und wenn nötig, auch den morgigen Tag. Irgendwann mußt du ja mal rauskommen.«

Ihr Vater hatte die Nachricht erhalten, daß ein fremder Mann hartnäckig vor seinem Hause saß. Eilig kam er herbeigelaufen. Er war ein Pächter, der mühselig seinen Lebensunterhalt dadurch verdiente, daß er auf den Feldern der Gesellschaft arbeitete. Er war dünn und sah müde aus, und als er sich Kim gegenüber niederließ, konnte Kim die Rippen seines Körpers zählen. Es war kaum zu glauben, daß dieses Bündel von Haut und Knochen die hartherzige, aber hübsch aussehende Tochter gezeugt hatte.

»Ich weiß, warum du gekommen bist«, sagte er. »Ich bin auch sehr unglücklich darüber, daß meine Tochter sich an Shesha gewandt hat. Das erzeugt nur böses Blut zwischen unseren Familien und Dörfern. Ich habe sie angefleht, ihre Forderung zurückzuziehen, aber sie ist ein halsstarriges Mädchen. Sie fühlt sich von Narain übers Ohr gehauen und will unbedingt entschädigt werden.«

»Wie alt war sie, als sie geheiratet hat?«

»Sie war im zehnten Lebensjahr.« Er rief in die Hütte: »Lalitha, komm heraus!«

»Nein.«

Beide Männer warteten weiter geduldig. Der Vater war dankbar für die kurze Erholung von der Feldarbeit. Kim gab ihm ein *Beedi.* Sie rauchten und unterhielten sich über den Dorfalltag, den Reispreis und die Kosten von diesem und jenem. Seine Frau war vor einigen Jahren im Kindbett gestorben, und jetzt besorgte Lalitha den Haushalt für ihn und die jüngeren Kinder.

»Du bist Kimathchand?«

»Ja.«

»Wir haben von dir gehört. Du hast wieder mit der Weberei angefangen. Das kann gefährlich werden, wenn der Gesellschafts-Sahib erfährt, was los ist.«

»Das kann er nur von einem von uns erfahren«, sagte Kim. In diesen Dörfern blieb nichts lange geheim. Nachrichten und Klatsch verbreiteten sich schnell, wenn man sich auf den Feldern begegnete.

Wie beide vorausgesehen hatten, kam Lalitha schließlich mit mürrischer Miene doch heraus. Sie stand mit gekreuzten Armen da, hielt sich gerade und schaute auf Kim hinunter. Eigentlich hatte er vorgehabt, ihr zu schmeicheln und schön zu tun, ihre Schönheit zu preisen und alle seine Verführertricks anzuwenden. Aber als er ihr in die Augen sah, starrte ihm der blanke Haß entgegen. Sie würde ihm nie verzeihen, daß er ein Freund von Narain gewesen war. Er dachte mit Staunen, wie lange nach dem Tode die Taten eines Mannes noch nachwirkten und das Schicksal der Überlebenden durcheinanderbrachten.

»Kumar hat mich geschickt. Er bittet dich, dein Ersuchen an Shesha zurückzuziehen.«

»Dafür ist es zu spät. Ich warte auf Nachricht vom Priester.«

»Außerdem ist er bereit, dir ein Stück des Landes abzutreten. Du sollst ein Viertel erhalten. Überleg es dir! Denn wenn

Shesha es ablehnt, in dieser Sache ein Urteil zu fällen, bekommst du gar nichts.«

»Shesha wird es tun.« Das sagte sie mit einer solchen Überzeugung, daß Kim wußte, sie hatte den Priester mit ihrem Körper und dem Versprechen bestochen, ihm später Geld dafür zu zahlen. In anklagendem Ton fuhr sie fort: »Narain hat an allem schuld. Ich bin als seine Braut in sein Haus eingezogen und habe dort jahrelang in Schande gelebt, weil mein Ehemann sich davongemacht hatte. Was meinst du, wie mir da zumute war? Ich erntete nur Mitleid und Verachtung. Jetzt bin ich schon zu alt, um noch Kinder zu kriegen. Wer wird mich im Alter ernähren? Du kannst Kumar sagen, daß ich mich auf Sheshas Urteil verlasse.« Mit einem falschen Lächeln fuhr sie fort: »Das Urteil kann ja auch zu seinen Gunsten ausfallen. Er braucht nur die Nacht lebend zu überstehen.«

»Nimm ein Viertel!« drängte ihr Vater sie. »Dann haben wir Ruhe.«

»Nein.«

»Dann die Hälfte«, sagte Kim.

»Nein. Alles!«

»Nimm die Hälfte!« sagte ihr Vater wieder.

»Alles!«

Als Kumar hörte, was sie verlangte, vergrub er den Kopf in den Händen, und dann sprudelte er einen Sturzbach von Verwünschungen über ihr Haupt hervor. Lieber würde er sterben, sagte er, als ihr die Hälfte des Landes zu überlassen, das seine Söhne erben sollten.

Noch am selben Tag erfuhr das Dorf von dem Priester, daß Shesha über die Verteilung des Landes urteilen wollte. Kumar und Narains Witwe sollten jeder einen Krug Milch, einen Topf *Ghee* und einen Sack Zucker als Opfergaben für die fünfköpfige Kobra mitbringen, die Vishnu bei seinen spiralförmigen Reisen durch das kosmische Meer auf ihrem Rücken trug. Eine solche Ausgabe konnte sich ein einzelner überhaupt nicht leisten. Aber jedes Haus steuerte einen kleinen Beitrag zu, und so brachten sie die geforderten Opfergaben zusammen. Das ganze Dorf wollte Kumar begleiten und, wie man mit Sicherheit annahm, mit seiner Asche heimkehren. Auch Parvati wollte mitkommen, aber Kim verbot es ihr. Die Zeit ihrer Niederkunft war nahe herangerückt, und die anderen Frauen gaben ihm recht.

Am Abend vor dem Abmarsch zum Tempel war Kumar deutlich noch um eine Schattierung blasser geworden und schwitzte am ganzen Körper. Seine Frau und die Kinder drängten sich um ihn. Er konnte kaum ein Wort über die Lippen bringen. Wehmütig ließ er seinen Blick über das stille kleine Dorf schweifen. Er hatte nie ein anderes Leben gekannt und fragte sich, warum er, nachdem er hier so einfach gelebt hatte, nun dem sicheren Tod ins Auge sehen sollte.

»Nimmt Shesha auch mit einem anderen vorlieb?« fragte ihn Kim.

»Ja. Aber nur ein Verrückter würde meinen Platz einnehmen wollen.«

»Dann bin ich eben dieser Verrückte«, sagte Kim. »Ich möchte gern wissen, was in dem Tempel vor sich geht und warum alle darin den Tod finden. Schneidet man ihnen die Kehle durch?«

»Die Toten weisen nie Spuren von Gewalteinwirkung auf, nicht einmal Sheshas Biß.« Eilig setzte er hinzu: »Willst du wirklich an meine Stelle treten?«

»Ja.«

Kumars Gesicht leuchtete vor Freude auf. Doch dann wurde er wieder melancholisch. Schließlich sagte er kopfschüttelnd: »Ich habe große Angst, aber ich kann nicht zulassen, daß du an meine Stelle trittst.«

»Ich bestehe darauf«, sagte Kim. »Aber du darfst Parvati nichts davon sagen.«

Der Tempel war anderthalb Tagesmärsche entfernt, und die meisten Dorfbewohner zogen hinter Kumar und Lalitha her. Auch sie hatte jetzt ihre Anhänger, darunter ein paar junge Männer, die mit dem kleinen Stück Land liebäugelten, das sie erben konnte. Die Frauen und Kinder fuhren auf Ochsenkarren mit.

Am nächsten Tag zur Mittagszeit kamen sie am Tempel an. Er stand auf einem niedrigen Hügel. Sie mußten dreihundertfünfzig Granitstufen erklimmen, ehe sie die Kuppe erreichten. Von der Anstrengung noch außer Atem, standen sie vor dem eindrucksvollen Tor und sahen von hier aus auf den Weg hinunter, den sie zurückgelegt hatten. In dem verschwimmenden Grün zu ihren Füßen suchten sie nach ihrem Dorf. Es lag aber außerhalb ihrer Sichtweite. Immerhin erblickten sie den schimmernden See, und da bildeten sie sich ein, sie hätten auch das Dorf gesehen.

Der Brahmane war glatt und rund und strotzte vor Gesundheit. Er hatte ein kräftiges, fleischiges Gesicht und trug oben auf dem geschorenen Schädel ein graues Haarbüschel, das wie ein Fragezeichen emporragte. Mit untergeschlagenen Beinen saß er im Schatten und sah in seinem reinen Baumwoll-*Dhoti* wie ein Fürst aus. Der heilige Faden verlief diagonal vor seiner Brust. Die Dörfler warfen sich vor dem Priester zu Boden, nur Kim blieb aufrecht stehen und erwiderte ruhig den unheilvollen Blick des Brahmanen.

»Wer sind die Leute, die Shesha um sein Urteil ersuchen?«

»Ich wollte Shesha nicht damit belästigen«, flüsterte Kumar rasch. »Aber meine verwitwete Schwägerin hat darauf bestanden. Wenn ich bitten darf . . .«

»Wenn eine Partei das Ersuchen vorgebracht hat, muß die andere Partei damit einverstanden sein. Wo ist deine Schwägerin?«

Schüchtern trat Narains Witwe vor und berührte die Füße des Priesters. Kim sah, wie seine Augen bei ihrem Anblick anerkennend aufleuchteten. Da wußte er, daß der Priester mit den verborgenen Hügeln und den süßen Tälern ihres Körpers schon vertraut war. Dann bemerkte er Kumars verzweifelte Miene, die Hoffnung und Angst verriet. Die Hoffnung, Kim werde sein Wort halten, und die Angst, er würde noch anderen Sinnes werden.

»Du mußt Shesha die Opfergaben darbringen«, sagte der Brahmane zu Kumar. »Er wird in dieser Angelegenheit eine Entscheidung fällen, und du wirst erleben, mit welcher großen Weisheit er das tun wird.«

»Aber ... aber ... es kommt doch niemand lebend heraus, um seine Entscheidung zu verkünden.«

»Das geschieht nur, weil Sheshas Strafe sie ereilt hat. Ich versichere dir, wenn du im Recht bist, wird Shesha dir auch recht geben. Wenn wir aber das Tor öffnen und du nicht lebend heraustrittst, wird die Hälfte deines Landes an deine Schwägerin übergehen.«

»Aber was geschieht, wenn er am Leben bleibt?« fragte Kim.

Der Brahmane warf aus verkniffenen Augen einen scharfen Blick auf Kim. »Dann ist die Angelegenheit zu seinen Gunsten entschieden.«

»Kann auch ein anderer seine Stelle einnehmen?«

Kims Kühnheit trug ihm einen bösartigen Blick ein. »Wer immer es wünscht, kann vor Shesha treten. Willst du seinen Platz einnehmen?«

»Ja.«

»Dann mußt du verrückt sein.«

»Vamana wird mich schützen«, sagte Kim. »Ich trage sein Amulett am Hals.« Er hob den Kieselstein an, in den er ein kleines Loch gebohrt und ihn auf eine Schnur gezogen hatte. »Und ich habe meinen Stock bei mir. Das eine wird mich vor bösen Geistern, der andere vor bösen Menschen schützen. Wovor soll ich mich da fürchten?«

Er wußte, daß er eine lange, düstere Reihe von Vorgängern hatte, die hier den Tod gefunden hatten. Die Dörfler scharten sich um ihn und beteten für ihn. Und als er sich zum Wasserbehälter des Tempels begab, um darin zu baden, folgten sie ihm und sahen betrübt zu, wie er dreimal in das Wasser tauchte. Kumar trat zu ihm und umarmte ihn. Trotz seiner Angst bot er ihm vor den Dörflern und dem Brahmanen noch einmal an, selber hineinzugehen. Schließlich handle es sich doch um sein Land.

»Ich brenne vor Neugier zu erfahren, was da drin vor sich geht«, sagte Kim. Dann wandte er sich an den Brahmanen: »*Pandit-ji*, haben Sie je eine Nacht darin verbracht?«

»Nein. Ich weiß nicht, was dort vor sich geht oder was du erleben wirst«, antwortete er kurz angebunden, drückte geweihte Asche an Kims Schläfe und bot ihm *Arthi*. Als er dicht vor ihm stand, flüsterte er ihm zu: »Aber ich weiß, daß du sterben wirst. Und du siehst auch so aus, als hättest du den Tod verdient.«

»Bei Tagesanbruch sehen wir uns wieder, *Pandit-ji*.«

Dreimal läutete der Brahmane die Glocke, die über dem Tempeltor hing. Dann betrat Kim mit den beiden Tabletts voll Opfergaben das Innere. Nur der Brahmane begleitete ihn und wies ihn an, ein Tablett links und eins rechts neben das steinerne Götzenbild zu stellen. Shesha war aus grauem Granit gemeißelt. Auch im Halbdunkel konnte Kim sehen, wie fein die Schuppen herausgearbeitet waren. Der lange Leib der Kobra lag gleichmäßig zusammengerollt da. Doch nicht Vishnu lag auf ihm, es waren nur Blumengirlanden. Über den Windungen des Schlangenleibs erhob sich der stark aufgeblähte Hals der Kobra fast einen Meter hoch, und darüber spreizten sich die fünf Köpfe wie die Finger einer Riesenhand. Die Augen waren mit Rubinen eingelegt, und in dem flackernden Licht der Lampe schienen sie jede Bewegung der beiden Männer zu verfolgen.

»Anderen Männern erteile ich den Segen und spende ihnen Trost«, sagte der Brahmane im Flüsterton. »Dich aber überlasse ich dem sicheren Tod.«

Rasch trat er über die hohe Steinschwelle nach draußen und zog die schweren Torflügel hinter sich zu. Kim hörte, wie er den Schlüssel umdrehte. Dann entfernte er sich schlurfenden Schritts. Vor dem Götzenbild glühte ein schwaches Licht mit ruhiger, gerade aufsteigender Flamme. Der Schatten, den die fünf Hälse an die Wand hinter sich warfen, wurde größer und schwärzer. Die Stille war bedrückend. Kim hörte keinen Laut, weder drinnen noch draußen. Es war erstickend heiß. Als Kim sich an die Wand lehnte, schienen selbst die Steine zu schwitzen. Die Luft war schwer vom Duft des Jasmins, des Kampfers und der Räucherstäbchen. Kim ließ sich an der Wand zu Boden gleiten und hielt den Stock vor sich. Langsam vergingen die Stunden. In Gedanken konzentrierte er sich auf den steinernen Götzen. Der glänzte ölig im Lichtschein. Als Kim die Lider schloß, sah er ihn vor seinem geistigen Auge.

Plötzlich wurde Kim wach und riß die Augen weit auf. Im tiefen Schlaf hatte er irgend etwas gehört. Er blickte hoch. Das Götzenbild war verschwunden. Er glaubte an eine optische Täuschung, machte die Augen zu und wieder auf. Doch das Götzenbild stand jetzt am Ende des Tempelraums. Vorsichtig erhob sich Kim. Wieder hörte er, wie sich etwas leise, es war wie ein Flüstern, bewegte. Das Etwas glitt über den Boden auf ihn zu, und seine Haare sträubten sich. Er schirmte die Augen mit der Hand gegen das Lampenlicht ab und sah, wie sich das Etwas auf dem Boden zwischen der Flamme und ihm bewegte. Etwas Dunkles rollte und wälzte sich auf ihn zu. Kim merkte, wie ihm am ganzen Leibe kalter Schweiß ausbrach. Er hatte schreckliches Herzklopfen und fast unerträgliche Schmerzen in der Brust.

Zehn glitzernde Rubine glitten dicht über dem Boden auf ihn zu. Fünf blasse Zungen schossen heraus, schmeckten die Luft ab und witterten ihn an der Wand, gegen die er sich preßte. Hinter den Augen und Köpfen kam der Schlangenleib Sheshas. Als er sich vorwärts wand, sah es aus, als nähme er kein Ende. Tatsächlich reichte er bis zur anderen Wand, und selbst in diesem Augenblick, da Kim kaum noch seine fünf Sinne beisammen hatte, schätzte er, daß Shesha sechs Meter lang sein mußte.

Die fünfköpfige Schlange hielt inne, zog aber den Körper nach, bis er sich unter den Köpfen zusammenringelte. Langsam hoben sich die Köpfe, und die zehn starren Augen ließen Kim nicht mehr los. Sie schienen überall zu sein, denn wenn er den Blick von ihnen abwandte und in eine andere Richtung schaute, flackerten sie ihm erneut entgegen. Jetzt waren die

Köpfe in Hüfthöhe und wiegten sich seitwärts, vorwärts und zurück. Das war der berühmte Tanz der Kobra. Der Hals wurde zehnmal breiter, als er ursprünglich gewesen war. Dadurch wirkte Shesha riesenhaft. Die Köpfe hoben sich weiter bis in Schulterhöhe. Kim blieb nichts anderes übrig, als diese Augen und die fünf züngelnden Köpfe wie hypnotisiert anzustarren.

Mit einer großen Willensanstrengung schloß Kim die Augen und rief laut Vamana an, den Zwerg, der ihm zu seinem Schutz den Kieselstein gegeben hatte. Jeden Augenblick erwartete er den Tod, doch statt dessen kam aus der Stille eine Stimme und klang in seinem Kopf.

»Ich weiß, daß du Vamanas Schutz genießt.« Die Stimme in seinem Kopf klang trocken und recht musikalisch. Es dauerte eine Weile, bis ihm klar wurde, daß es Sheshas Stimme war. »Warum betest du denn so inbrünstig zu ihm?«

»Natürlich, damit er mich beschützt.«

»Vor mir? Ich bin Shesha. Ich tue dir kein Leid an.«

»Aber es sind doch hier so viele Menschen gestorben.«

»Einige starben vor Angst«, beschwerte sich Shesha. »Sie verfügten nicht über deine Kräfte. Dabei habe ich mich ihnen nur genähert, um ihnen meinen *Dharshan* zu geben. Ich kann doch nichts dafür, daß Brahma mir diesen furchterregenden Körper gegeben hat.«

Langsam schlug Kim die Augen auf. Shesha schwankte nun in Augenhöhe vor ihm hin und her. Er roch die Schlange jetzt auch. Sie strömte einen süßlichen Geruch aus. Der schwankende Hals blieb aufgebläht, und Kim riß die Augen weiter auf. Er merkte, daß seine Haare sich nicht mehr sträubten und sein Schweiß nicht mehr kalt war. Auch sein Herz klopfte nicht mehr so schmerzhaft. »Ich empfange deinen *Dharshan,* Gott Shesha«, sagte Kim.

Die Schlange bewegte sich auf ihn zu, und einen Augenblick lang stand er im Schatten des breiten Halses. Er hätte den blassen Unterleib der Schlange anfassen können. Als sie wieder zurückschwankte, erfüllte ihn ein überwältigender Frieden und ein starkes Selbstvertrauen. Ihm war, als schwebte er im Licht.

»Du hast gesagt, ›einige‹ sind vor Angst gestorben, Gott Shesha. Was ist den anderen zugestoßen?«

»Sie fielen in Ohnmacht, und dieser fette Brahmane, der zu meiner Verehrung bestellt ist, hat ihnen, bevor sie sich erholen konnten, Gift eingegeben.«

Kim war erschüttert. »Und du hast ihm in all den Jahren gestattet, deinen Namen zu besudeln, und hast ihn nicht bestraft?«

Das schien Shesha zu amüsieren. »Du erwartest zu viel von einem Gott, Kim. Wenn wir jeden tot niederstrecken würden, der uns benutzt, um seine Habgier zu befriedigen, dann würde es niemanden mehr geben, der uns verehrt.« Kim spürte, daß der Schlangenkörper vibrierte. Er schien zu kichern. »Vielleicht einen oder zwei. Aber mehr nicht.«

»Aber ist Mord nicht noch verwerflicher als Habgier? Ich glaube es jedenfalls. Soll er durch sein Amt bei dir fett werden! Aber wer gibt ihm das Recht, Menschen das Leben zu nehmen?«

»Leben ist nur Illusion wie auch der Tod. Die Menschen klammern sich an einen Altweiberglauben. Nur Brahma ist wirklich vorhanden.«

»Dir fällt es leicht zu sagen, daß das Leben nur eine Illusion ist«, sagte Kim. »Du schwimmst ja im kosmischen Meer, wo immer es sein mag. Aber wir sind an die Erde gefesselt, und für uns sind unser Körper und unsere Existenz auch wirklich vorhanden. Trotz aller Schmerzen und Sorgen schätzen wir unser Leben auf Erden hoch ein, auch wenn wir wissen, daß wir danach streben müssen, uns aus diesem ewigen Kreis der Existenz zu befreien. Ich habe *Tapas* im Tempel von Benares verrichtet und Visionen gehabt, die mich geleitet haben. Aber mir fällt es nicht so leicht, das Leben als Illusion anzusehen. Ich habe eine Frau, die ich liebe und die mir bald ein Kind schenken wird. Soll ich sie beide im Stich lassen, um nach dem Einswerden mit Brahma zu streben?«

»Jeder Mensch muß selbst erkennen, wo seine Pflichten liegen. Ich kann dir keinen Rat geben, ob du sie verlassen oder bei ihnen bleiben sollst. Dein Wille ist frei. Du mußt das tun, was du tief in deinem Inneren zu tun wünschst.«

»Aber was ist dann Karma?«

»Karma ist nur ein Menschenwort für ein Geschehen, das sich längst ereignet hat. Karma dient als Vorwand für Trauer oder Freude und als Grund, Gott zu preisen oder zu lästern. Das Ramayana lehrt, daß du die Wahl hast.«

»Und welche Wahl bleibt den Unberührbaren?«

»Brahma hat das Kastensystem nicht geschaffen. Das haben die Menschen getan. Wenn ein Unberührbarer dem Kastensystem entrinnen will, soll er sich zu einer anderen Religion bekehren. Vor Brahma sind alle Religionen gleich.«

»Aber es ist eine Ungerechtigkeit, daß es überhaupt Unberührbare gibt. Es ist auch ungerecht, daß ein Priester in deinem Namen morden darf, damit die Menschen in Furcht vor dir leben.«

»Gerecht, ungerecht. Warum geben die Menschen Gott die Schuld für ihre eigenen Missetaten und reden dann von gerecht und ungerecht, um Gott anzuklagen, weil er nicht eingeschritten ist? Brahma ist ewig. Das ist alles. Doch es gibt kein Gut und Böse, nur positive und negative Kräfte. Und beide existieren in Brahma.«

»Wenn ich also den Priester bestrafe, indem ich ihn für seine Missetaten töte, so wäre das gerechtfertigt?«

Shesha seufzte und reckte die Köpfe noch höher. »Die Menschen können jede ihrer Handlungen rechtfertigen. Wenn du es in deinem Inneren als deine Pflicht ansiehst, ihn zu töten, dann ist diese Tat in deinen Augen gerechtfertigt. In Gottes Namen wurde schon viel Schlimmeres begangen.«

»Gott weicht uns ständig aus«, sagte Kim verzweifelt.

»In uns spiegelt sich nur das ausweichende Wesen des Menschen wider. Brahma ist überall. Du hast mir selber von deinen Visionen erzählt. Du bist mit dem Lama gepilgert. Du hast mit Vamana gesprochen. Und jetzt sprichst du mit mir. Und doch klammerst du dich an Weib und Kind und stellst jede Handlung in Frage. Wie kannst du dann von Brahma behaupten, er weiche dir aus? Du stellst deine Pflicht gegenüber deinen Mitmenschen höher als deine Verehrung für Gott.«

Kim spürte Schwingungen. Zuerst waren sie schwach und kaum wahrnehmbar. Dann wurden sie allmählich stärker. Shesha sang. Die Luft tanzte. Die Steine erschauerten. Kim fühlte sich in Fesseln geschlagen. Er konnte weder Hand noch Fuß bewegen, obwohl keine Kraft da war, die sie festhielt. Die schwarze Dunkelheit im Inneren des Tempels ließ nach, und es wurde so hell, daß er die Körner im Granit und den Puls an Sheshas Kehle sehen konnte. Als das Singen leiser wurde, fühlte sich Kim innerlich gereinigt. Dann wurde es wieder dunkel, und er konnte Shesha nicht mehr sehen.

»Meine Zeit ist abgelaufen. Ich muß wieder zu Stein werden.«

»Wirst du von unseren Opfergaben essen und trinken?«

»Wozu brauche ich Nahrung? Der Priester ißt und trinkt davon.«

Die Zeichnung auf den Köpfen der Kobra begann zu glühen. Sie wurde allmählich immer heller. Die Köpfe schwankten wieder, und Kims Augen folgten den Zeichnungen wie einer unwiderstehlichen Kraft.

Die Stimme in seinem Kopf wurde leiser. »Mache eine kleine Statue von mir und verbirg sie unter dem Fußboden deines Hauses!«

Schläfrig erwiderte Kim: »Ich werde ja schon von Vamana beschützt.«

»Du ja, aber sonst niemand. Und bald, mein Freund, wirst du Vamanas Schutz brauchen, denn du wirst eine Hölle betreten, die kein Gott geschaffen hat. Nur Menschen können sich so etwas Schreckliches ausdenken . . .«

Als Kim erwachte, stand Shesha wieder auf seinem Sockel, und die erlöschende Flamme warf den grauen Schatten der Schlange an die hintere Wand. Kim meinte, geträumt zu haben, stand auf und untersuchte das Götzenbild. Am Bauch hafteten noch winzige Sandkörner. Starr blickten die Rubinaugen auf ihn hernieder.

Dann hörte er das leise Schaben von Stein an Stein, und hinter dem Götzenbild drang die frische Nachtluft herein. Schnell trat er zur Seite und preßte sich wieder an die Wand. Ein Teil der scheinbar massiven Granitwand schwang langsam auf. Licht drang in das Heiligtum, und einen Augenblick später kam der Brahmane herein. Ohne das Götzenbild zu beachten, hielt er das Licht in die Höhe. Er suchte Kim, denn er erwartete, ihn verkrampft auf dem Boden liegen zu sehen. Als er ihn nicht finden konnte, trat er verblüfft weiter in den Raum. Er hatte gerade drei Schritte getan, da schlüpfte Kim pfeilschnell durch die offene Tür ins Freie. Der Priester hörte die Bewegung und wirbelte herum.

»Du bist . . . noch am Leben . . .?«

»*Pandit-ji,* Gott Shesha hat mir seinen *Dharshan* gegeben. Jetzt kannst du hier warten, bis er ihn auch dir erteilt.«

»Nein . . . nein. Ich werde dir alles geben . . .«

Kim packte den Eisenring und stemmte sich mit aller Kraft an das steinerne Tor. Der Priester schoß an dem Götzenbild vorbei und ließ das Licht aus der Hand fallen, um das Tor offenzuhalten. Aber seine Finger rutschten an dem glatten Stein ab. Als das Tor sich schloß, hörte Kim ihn wimmern und schreien. Dann war es ganz geschlossen, und man konnte nicht mehr sehen, wo es in die Steinwand eingelassen war, und Kim hörte nichts mehr.

Alle glaubten an ein Wunder, als sie Kim bei Tagesanbruch ruhig vor dem Tempel sitzen und sich in der Morgensonne wärmen sahen. Er dachte nicht daran, Kumar und den anderen zu erklären, wie das zugegangen war. Kumar weinte vor Freude und umarmte Kim. Er hatte in der Nacht keinen Schlaf gefunden, und seine Augen waren trüb und eingesunken.

»Ich habe mächtig gebetet, daß du um meinetwillen keinen Schaden erleidest, und Gott hat mich erhört.«

»Wir werden sehen, was sein Eingreifen sonst noch bewirkt hat«, sagte Kim.

Als Lalitha Kim lebend erblickte, war sie tief enttäuscht. Ängstlich suchte sie in der Umgebung des Tempels nach dem

Brahmanen. Ihr war klar, daß sie jetzt jeden Anspruch auf das Land verloren hatte. Da verfluchte sie den Priester wegen seines Betrugs an ihr, und ihren Haß auf Narain übertrug sie auf Kim und durchbohrte ihn mit giftigen Blicken.

Geduldig wartete Kim mit den anderen Gläubigen, die zum Morgengebet gekommen waren, auf den Priester, der den Tempel aufschließen sollte. Als er aber nicht erschien, schickten sie nach den Tempelbewahrern, die kraft ihres Amtes kamen, um das unerklärliche Verhalten des Priesters zu untersuchen. Alle sahen zu, wie sie den Tempel aufschlossen und langsam die Torflügel aufschoben. Sonnenschein fiel ins Innere. Die Strahlen fielen auch auf den Priester, der in anbetender Haltung mit ausgebreiteten Armen vor Shesha lag.

Er war tot. Aber sein Körper wies keine Verletzung auf.

Dieser ungewöhnliche Vorfall riß Kim aus dem Dunkel der Anonymität heraus.

In den letzten Stunden ihrer Wehen erfuhr Parvati alles, was geschehen war.

Wie ein reißender Bach floß das Gerücht durch das Dorf zum Eingang des Tals, dann die Hügel hinauf und in den Palast des *Zamindar* von Puducheri. Der saß auf einem Elfenbeinthron von der Farbe verbleichenden Sonnenlichts. Flüsternd gelangte das Gerücht an das linke Ohr des *Zamindar* und unterbrach sein Gespräch mit Farson.

Farson sah, wie die Miene des *Zamindar* einen besorgten Ausdruck annahm. Der Würdenträger hatte ein Mondgesicht mit genauso runden Augen, die ein wenig schielten. Der Kopf saß auf einem großen formlosen Körper, den eine weite safrangelbe Seidenrobe einhüllte. Dazu trug er einen dreißig Zentimeter hohen Turban, dessen eines Ende ihm bis auf die Hüfte fiel wie die Troddeln an einer Frau. Der *Zamindar* kleidete sich nie in ein anderes Gewand, da er sich für göttlich hielt. Farson war gezwungen, diese Illusion nicht anzuzweifeln, denn er hatte keine andere Wahl: Der *Zamindar* war der *Durbash* der Gesellschaft, und Farson bezog sein Gehalt nicht vom

Himmel, sondern aus den Schatztruhen eben dieser Gesellschaft.

Jede britische Gesellschaft hatte einen *Durbash.* Der Titel war erblich. Wie seine Vorväter war der *Zamindar* als Dolmetscher für alle Verhandlungen der Gesellschaft mit den Einheimischen angestellt. Dafür war er an den Gewinnen der Gesellschaft beteiligt. Thomas, Wilson, Whitehead & Co. waren zwar nicht allgemein bekannt, dafür aber außerordentlich reich und mächtig. Die Gesellschaft war 1729 in Madras für den Export von Pfeffer und Baumwolle nach England gegründet worden. Jetzt handelte sie mit allem und jedem. Sie besaß ausgedehnte Ländereien mit Reisfeldern, Zuckerrohr, Kokosnußpflanzungen, Baumwollmühlen, Baumwoll- und Tabakfeldern. Außerdem importierte sie Maschinen und kaufte und verkaufte Handelsniederlassungen. Sie hatte auch eine eigene Flotte von Frachtschiffen. Richard Farson war der Geschäftsführer dieses Bezirks.

Farson, ein Mann Mitte Zwanzig, fläzte sich arrogant in einem ledernen Armsessel. Der war zwar nicht so kostbar wie der Elfenbeinthron, stand aber genauso hoch über dem Fußboden. Plötzlich klatschte er mit der Reitgerte an seine Stiefel. Sowohl der *Zamindar* wie der flüsternde Diener, der behutsam das juwelengeschmückte Ohr des *Zamindar* gefaßt hatte, schraken zusammen.

»Ich nehme an, Sie haben eine wichtige Nachricht erhalten.«

Mit einer tiefen Verbeugung verzog sich der Flüsterer. Aus dem Augenwinkel sah Farson ihn lautlos vorbeischweben. Der *Zamindar* wandte seine Aufmerksamkeit Farson zu.

»Ich habe soeben von einem äußerst merkwürdigen Vorkommnis erfahren. Sie kennen vielleicht den Tempel, der zur Verehrung von Shesha erbaut wurde, der fünfköpfigen Kobra, auf der Gott Vishnu zu ruhen pflegt. Ein Mann, der die Nacht darin verbracht hat, ist bei Tagesanbruch lebend wieder herausgekommen, aber . . .« – er schien jetzt noch stärker zu schielen – »der Priester wurde im Inneren tot aufgefunden.«

»Faszinierend«, murmelte Farson. Er hielt die blauen, von

blassen, fast weißen Brauen überschatteten Augen halb geschlossen.

Dann gab er dem Diener ein Zeichen, woraufhin der ein Bündel aufschnürte, drei Saris entnahm, entfaltete und sie wie Fischernetze auf den Marmorfußboden warf. Ihre lebhaften Farben erfüllten das ganze Zimmer mit ihrem Glanz. Der *Zamindar* sah verdattert auf sie hinab, und Falten legten sich über seine glatte Stirn. Die Saris waren auffallend schön.

»Ja, und?«

»Ja, und, mein Freund«, sagte Farson und schnippte mit der Reitgerte nach den Saris. »Diese Sachen wurden wieder in die Läden eingeschleust. Ein Mitarbeiter von mir hat sie in Madras gekauft. Dabei erfuhr er, daß sie hier hergestellt wurden. Ich wurde aufgefordert, Maßnahmen dagegen zu ergreifen. Sie erkennen sie doch wieder, nicht wahr? Irgendwo in Ihrem gottgleichen Gedächtnis macht es klick, nicht wahr?«

»Ja, ja, sie sind aus dem Dorf am See. Ich hatte ihre Webstühle von der Polizei zerstören lassen.«

»Danke.«

Der *Zamindar* nahm den Dank befriedigt als bare Münze und überhörte die Ironie in Farsons Ton. »Aber es sind ja nur drei Saris, Mr. Farson.«

»Zählen kann ich selber«, sagte Farson. »Anscheinend geht die Herstellung aber ungehindert weiter. Falls wir nichts dagegen unternehmen, werden andere Dörfer, die Wind davon bekommen haben, auch wieder anfangen. Und dann immer mehr Dörfer. Aus drei werden dreitausend werden und schließlich drei *Lakhs.* Dann brauchen sie unsere eigenen Stoffe nicht mehr, weder die Dorf- noch die Stadtbewohner. Und wenn wir unsere eigenen Stoffe nicht verkaufen, verlieren wir Geld. Und wenn wir Geld verlieren, werde ich von der Zentrale scharf zurechtgewiesen werden. Also müssen wir in diesem Dorf ein Exempel statuieren, damit die anderen den Mut verlieren und nicht in ihre Fußstapfen treten.«

»Ja, ja, ich verstehe«, sagte der *Zamindar.* Um einen entschlossenen Eindruck zu machen, legte er die Stirn in grimmige Falten. Doch das wirkte nur so, als hätte der Anblick der drei Saris ihn persönlich tief gekränkt. »Ich werde den Wachtmeister mit mehreren Polizisten hinschicken. Sie sollen die Sache untersuchen.«

»Ich meine, wir sollten uns selber dorthin begeben«, sagte Farson und stand auch sofort auf.

Der *Zamindar* blieb noch eine Weile sitzen. Dann begriff er, daß Farson wünschte, er solle ihn begleiten. Widerwillig stand auch er auf. Er hätte diese Sache lieber etwas hinausgeschoben und zuerst die Geschichte im Tempel untersucht. Wer war dieser Mann, der die Nacht mit der gefürchteten Statue Sheshas in dem Heiligtum verbracht und trotzdem überlebt hatte? Diesen Mut hätte der *Zamindar* nie aufgebracht, obwohl er sich selbst für eine Gottheit hielt. Jetzt sah er seine gottgleiche Autorität unterhöhlt. Und wie kam es, daß der Priester den Tod gefunden hatte? Er war tief deprimiert, denn der Priester war sein Freund gewesen. Er hatte ihn persönlich zum Hüter des Tempels ernannt und dafür den Zehnten aller Opfergaben erhalten, was im Jahr die Summe von einem halben *Lakh* ausgemacht hatte. Wenn er keinen anderen Getreuen als Nachfolger einsetzen konnte, würde ihm dieses Geld in Zukunft sehr fehlen.

Doch die Gesellschaft und Mr. Farson wurden ungeduldig. Während er unterwürfig lächelte, verfluchte er insgeheim das Ungestüm der Briten. Da sie diese kleine Sache aber so wichtig nahmen, mußte er seine Treue unter Beweis stellen. Nicht nur gegenüber der Gesellschaft, sondern auch gegenüber dem Oberst-Sahib. Oder vielmehr dem Sir Oberst-Sahib.

Farson wußte genau, daß es nicht möglich war, einfach aus dem Palast zu gehen, sein Pferd zu besteigen und ins Tal zu reiten. Wenn der *Zamindar* eine Reise antrat, so mußte das mit allem Pomp und Zeremoniell einer Gottheit geschehen. Farson hatte berechtigte Zweifel, daß sie vor morgen früh aufbrechen würden.

Der *Zamindar* läutete die Glocke, und sofort kam sein Diener wieder herein. Ehrerbietig näherte er sich in der gleichen respektvollen Art, in der er hinausgegangen war. Er hatte ein schmales, hageres Gesicht und einen knochigen Oberkörper, dessen Haut so glatt und weich wie der einer Frau war. Aus feminin wirkenden Augen musterte er Farson rasch. Der *Zamindar* lehnte sich an ihn, verströmte eine Wolke von Rosenparfüm und deutete majestätisch auf den großen Empfangsraum.

»Sofort!« rief Farson, und der *Zamindar* wedelte bereitwillig mit dem Taschentuch.

Richard Farsons Gästezimmer befand sich in einem abseits stehenden Gebäude, das zwar kleiner als der Palast, aber ebenso reich mit Kuppeln und Säulen geschmückt war. Er war der einzige Gast. Sobald er dort war, legte er den Anzug ab, zog Shorts an und las lustlos in der Sherlock-Holmes-Geschichte »Das indische Tuch«. Er wünschte, er wäre wieder in Madurai. Da könnte er wenigsten den Nachmittag im Club verbringen und um fünf Uhr zwei *Chukkas* Polo spielen. Doch er mußte, außer in der Regenzeit, zehn Tage im Monat durch das Land reisen – wie ein Regierungsbeamter, nur daß keine verwaltungstechnischen, sondern geschäftliche Interessen wahrzunehmen waren. Er hatte die verschiedenen Niederlassungen zu besuchen, darauf zu achten, daß die Eingeborenen die Gesellschaft nicht betrogen, das Pflanzen und die Ernte, das Abwiegen und den Transport sowie den Kauf und Verkauf zu überwachen. Weiter oben in den Hügeln gab es in den Teepflanzungen europäische Geschäftsführer. Da würde er die Abende auf angenehmere Weise verbringen, mit Wasser verdünnten Whisky trinken und mit ihnen über die Heimat plaudern.

Dieses Leben unterschied sich sehr von dem, zu dem er eigentlich bestimmt gewesen war. Er war in Chelmsford geboren und nach der Schulzeit als Büroangestellter in die Londoner Niederlassung einer Gesellschaft eingetreten, die in einem viel zu kleinen, muffigen, mit Akten vollgestopften Haus in der Leadenhall Street untergebracht war. Sein Onkel war Leiter der Auslandsversandabteilung und hatte ihm die Stellung verschafft. Es war ein gesichertes, aber todlangweiliges Leben. In

England gehörte er zur unteren Mittelschicht, und Freunde fand er nur unter den anderen jungen Büroangestellten. Als im Büro in Madras eine Stelle frei wurde, bewarb er sich und erhielt sie.

Die Abreise aus England war der aufregendste Tag seines Lebens. Er hatte inzwischen die Geschichte der Gesellschaft gelesen. Der Enkel des Gründers Thomas hatte das Buch geschrieben und im Privatdruck herausgebracht. Es war in trokkenem, pedantischen Stil abgefaßt, erzeugte aber im Kopf des jungen Farson Träume von phantastischen Reichtümern, die man in Indien erwerben konnte. Dennoch wußte er, daß die Zeiten der alten Nabobs vorbei waren. Jetzt regierte in Indien die Krone, und Gesellschaften wie seine konnten nicht mehr im Stil von Freibeutern große Vermögen an sich bringen. Sie durften keine Fürsten mehr ernennen oder absetzen, keine Kriege anfangen und keine Friedensverträge abschließen. Es ging jetzt alles viel zahmer zu. Doch auf jeden Fall würde es eine willkommene Abwechslung von dem trübseligen Leben in London sein.

Er traf im Winter ein und fürchtete sich schon vor dem Sommer. Als Junggeselle bewohnte er mit drei anderen jungen Beamten der Gesellschaft einen Bungalow. Den Gepflogenheiten der europäischen Gesellschaft folgend, übergab er der Gattin des leitenden Direktors, der First Lady unter den *Box-Wallahs* in Madras, seine Visitenkarte. In gebührender Folge wurde er mit anderen Neuankömmlingen der Gesellschaft zum Tee eingeladen, geprüft und für annehmbar befunden. Als *Box-Wallah* trat er in den Gymkhana-Club ein, dem einzigen, der Mitgliedern der europäischen Gesellschaft offenstand. In den Madras-Club in der Mount Road durfte er nicht einmal hineinschnuppern, der war allein den Armeeoffizieren vorbehalten. Aber auch so hatte Farson ein fürstliches Leben und vergaß schnell seine bescheidene Herkunft. Ein fürstliches Gehalt bezog er zwar nicht, doch es reichte für den Kauf eines Polo-Ponys. Bis dahin hatte er noch nie im Leben ein Polospiel auch nur gesehen.

Die Einsamkeit und Stille im Gästehaus machten ihn nervös. Er stand auf und musterte sich in dem trüben Spiegel. Die Sonnenbräune reichte nur bis zum Hals und den Unterarmen. Er zwirbelte seinen Schnurrbart und kämmte ihn dann sorgfältig. Mit seinem eckigen, offenen Gesicht und dem Grübchen am Kinn hielt er sich für einen gutaussehenden Mann. Einige junge Damen im Club flirteten gern mit ihm, doch bis zur nächsten Beförderung konnte er sich nicht erlauben zu heiraten. Er hoffte nur, daß Miß Cynthia Alton, die Tochter des stellvertretenden leitenden Direktors, dann seinen Antrag annehmen würde. Sie könnten in anderthalb Jahren, vor seinem nächsten Heimaturlaub, heiraten. Er konnte es gar nicht erwarten, den Herbst 1914 in England zu verbringen.

Am nächsten Morgen bei Tagesanbruch war der *Zamindar* zur Abreise bereit. Farson stieg aufs Pferd. Diener, *Syce* und Koch folgten ihm. Die Gesellschaft bezahlte die drei Männer und auch den gemieteten Ochsenkarren, der sein Gepäck trug. Der *Zamindar* reiste mit bedeutend größerem Aufwand. Richard Farson begriff durchaus die Bedeutung des Zeremoniells. Es zielte darauf ab, den Betrachter mit Ehrfurcht zu erfüllen, denn diese Ehrfurcht führte zu Gehorsam. Dennoch fand er das von einem Schimmel gezogene Gefährt des *Zamindar* viel zu protzig. Er glaubte, es sei nach dem Vorbild altrömischer Triumphwagen gebaut worden. Aber der *Zamindar* versicherte ihm, Gott Krishna habe so einen Wagen für irgendeinen Fürsten gelenkt, dessen Namen Farson absichtlich sofort vergaß. Die Frau des leitenden Direktors hatte ihm nämlich den Rat gegeben, sich unter keinen Umständen auf irgendwelchen Unsinn der Eingeborenen einzulassen.

Die Karosse war mit Goldfarbe angestrichen und mit frischen Blumen geschmückt. Der Kutscher war ein hübscher Junge, an den der *Zamindar* sich liebevoll lehnte. Außer der Karosse waren Elefanten, Ochsenkarren und mehr als hundert weißgekleidete Gläubige zur Stelle, denn der *Zamindar* fuhr nur dann in der Staatskarosse, wenn er mit vielen Zuschauern rechnen konnte. Bei dieser Gelegenheit hatte sich sein gesamter Haushalt, darunter seine Frau und alles Weibervolk, versammelt, um Abschied zu nehmen. Sobald sie außer Sichtweite waren, würde der *Zamindar* auf seinen Elefanten umsteigen und es sich in der schattigen *Howdah* gemütlich machen. Richard Farson ritt der Kavalkade, die ihm peinlich war, voran. Er hatte sein Gewehr bei sich, in der Hoffnung, unterwegs ein, zwei Vögel für den Kochtopf zu erlegen.

So wie das Gerücht von Kims Heldentat den Weg auf den Hügel und in den Palast gefunden hatte, flog jetzt das Gerücht von der Reise des *Zamindar* und Richard Farsons den Hügel hinab und ins Tal. Alle wußten, was dahintersteckte. Der *Zamindar* hatte es seinem Ratgeber gesagt, der Ratgeber seinem Diener und der Diener allen anderen.

Kim hörte es am Mittag, als er seine schlafende Tochter in den Armen hielt. Kumar flüsterte es ihm, vor Angst über diese neue Gefahr zitternd, ins Ohr. Das ganze Dorf bewunderte das schlafende Baby nicht nur wegen seiner unleugbaren Schönheit, sondern auch wegen seiner hellen Haut. Kim machte sich aus all dem wenig. Dies war sein Kind, in seinen Adern floß sein Blut. Noch nie im Leben hatte Kim etwas so Schönes und Zierliches in den Armen gehabt. Er summte und sang für das Baby, und wenn seine kleine Tochter die kleine Faust öffnete und schloß, gewann sie sein ganzes Herz.

Parvati war dagegen sehr enttäuscht, weil sie keinen Sohn zur Welt gebracht hatte. Trotz ihres oft geäußerten Glaubens an die Befreiung der Frau von der Autorität des Mannes, trotz ihrer Charakterstärke und der Tatsache, daß sie in Bombay als Frau ihren Lebensunterhalt selbst verdient hatte, ohne sich erniedrigen zu müssen, war der Wunsch nach einem Sohn allzu tief in ihr eingewurzelt.

»Du mußt unsere Tochter genauso gut behandeln wie einen Sohn«, sagte Kim.

»Aber aus einem Sohn wäre ein Mann wie du geworden. Er hätte uns eine gute Mitgift ins Haus gebracht.«

»Ach, deshalb«, sagte Kim spöttisch. »Wie kann man Frauen als gleichberechtigt anerkennen, wenn du dich so sehr nach

Söhnen sehnst und ein Mädchen als eine Last empfindest? Das Kind wird genauso schön, intelligent und kühn werden wie du. Was kannst du dir Besseres wünschen?«

»Einen Sohn«, sagte Parvati. Sie war entschlossen, beim nächstenmal einen Sohn zu gebären.

Kumar war fassungslos über Kims kühle Aufnahme der Nachricht, daß der *Zamindar* und der Sahib der Gesellschaft aus der Höhe des Palastes zu ihnen herabgeritten kamen – laut Gerücht mit einem vollständigen Zug Polizisten. Soviel Macht und Strafgewalt versetzten das ganze Dorf in Angst. Alle folgten Kumar in seine Hütte, so daß es drinnen noch dunkler und stickiger wurde. Ihre Gesichter zeigten die gleiche Angst wie das Kumars. Sie waren nicht mutig. Sie waren bescheidene Menschen, die sich vor solchen Gerüchten fürchteten.

»Was sollen wir bloß tun?« jammerte Kumar.

»Alles verstecken«, sagte Kim. »Wir müssen sofort die Geräte auseinandernehmen, so daß nichts mehr darauf hindeutet, daß hier Saris angefertigt werden. Ich habe am Fuß des Hügels eine geeignete Stelle entdeckt, eine von Büschen verdeckte Höhle.« Sein frohes Lächeln verscheuchte die gemeinsame Angst in der Hütte. »Aber es darf auch keiner dem *Zamindar* oder dem Sahib der Gesellschaft ein Sterbenswörtchen darüber erzählen. Sollten sie uns nach den Saris fragen, dann sagen wir: ›Was für Saris? Wir fertigen keine Saris an.‹ Und wenn sie wieder fort sind, müssen wir eine andere Stelle finden, die weiter vom Dorf entfernt ist, und dort wieder anfangen.«

»Aber wenn sie doch dahinterkommen, daß wir Saris herstellen?«

»Die Saris sind leicht zu erkennen.« Alle sahen vorwurfsvoll den alten Gopalan an. Jetzt machten sie seine Fähigkeiten für ihre augenblickliche mißliche Lage verantwortlich. Doch Kim dachte gar nicht daran, den Alten dafür zu tadeln. »Gopalan, ich halte es für besser, wenn du dich zwei, drei Tage lang versteckt hältst. Du kannst auf eine Pilgerfahrt gehen. Dann können wir dem *Zamindar* wahrheitsgemäß sagen, daß Gopalan, der Sari-Hersteller, nicht mehr im Dorf lebt.«

Der gute Rat wurde einstimmig angenommen. Es war leicht, die einfachen Geräte auseinanderzunehmen und alles zu verstecken. Der Webstuhl war eine plumpe Holzkonstruktion aus Seilen und Rollen, aus Spindeln und einem Preßfinger. Die Baumwolle wurde auf hölzernen Rädern gesponnen, und die Fäden wurden in Tontöpfen gefärbt. Alle arbeiteten schnell, obgleich der *Zamindar* und der Sahib der Gesellschaft noch zwei Tagesmärsche entfernt waren. Sie fegten den Fußboden sauber aus, und die Frauen bedeckten die Farbflecke mit einer Lage Kuhdung, über den Wasser gegossen wurde.

Am nächsten Tag war von ihrer Sari-Produktion nichts mehr zu sehen. Das ganze Dorf hatte Verschwiegenheit geschworen. Den Kindern hatte man mit Dämonen und Kinderräubern gedroht, wenn sie den Mund nicht hielten. Im Dorf herrschte eine bemerkenswerte Stille, doch Kim war sicher, daß sie den erwarteten Besuchern nicht auffallen werde. Sie waren es ja gewöhnt, daß ihre Anwesenheit bei den Dörflern Ehrfurcht hervorrief. Kumar wurde zum Sprecher gewählt, der etwaige Fragen beantworten sollte. Er hätte es allerdings lieber gesehen, wenn Kim, der viel stärkere Nerven besaß als er, ihm das abgenommen hätte, aber Kim wies ihn darauf hin, daß er als Fremder sofort Verdacht erregen würde. Sollte Kumar ruhig vor den erlauchten Besuchern zittern und schwitzen! Die erwarteten es ja nicht anders.

Während sie auf die Ankunft der gefürchteten Herren warteten, beschäftigte Kim sich damit, eine kleine Tonstatue von Shesha zu kneten. Er besaß wenig künstlerisches Talent, und so wies sein Werk nur eine grobe Ähnlichkeit mit der Schlange auf. Die Köpfe waren zu dünn, der Leib zu fett und klumpig. Als er es zum Töpfer brachte, der es im Ofen brennen sollte, konnte sich der Mann das Lachen nicht verbeißen. Im Feuerofen nahm die kleine Statue eine wilde, dunkle Färbung an. Kim malte die typische Kobrazeichnung auf die Köpfe, und als Parvati und das Baby gerade mal nicht in der Hütte waren, buddelte er in einer Ecke ein Loch und vergrub das Götzenbild.

Um den eingebildeten *Zamindar* nicht zu kränken und weil er der *Dubash* war, der zwischen der Gesellschaft und den Eingeborenen dolmetschen sollte, ließ Richard Farson ihn voranreiten. Knarrend schwankte die Karosse ins Dorf, und alle Bewohner erwiesen dem *Zamindar* die Ehre, indem sie sich lang auf den Boden warfen. Sie hatten viel von dem Fahrzeug gehört, es aber noch nie erblickt. Der *Zamindar* gab sich gelassen und freundlich, wie es einem Gott geziemt. Kumar und zwei andere Männer näherten sich ihm und behängten ihn mit Blumenketten. Kim saß hinter Kumar auf der Erde und beobachtete, wie der Europäer heranritt und neben der Karosse anhielt. Hinter den beiden standen drei Polizeiwachtmeister.

»Zeigen Sie ihnen erst mal die Saris!« ordnete Farson an.

Kim übersetzte flüsternd: »Der Sahib hat dem *Zamindar* gesagt, er soll uns die Saris zeigen.«

Man brachte die Saris. Der Diener warf sie in den Sand und breitete sie dann aus. In dieser Umgebung sahen sie aus wie die Felle von eingefangenen und dann getöteten wilden Tieren.

»Erkennen sie sie wieder?« fragte Farson.

Kim flüsterte Kumar zu, sie sollten sie sich erst näher anschauen und erst dann sagen, daß sie sie wiedererkannt hätten. Kumar und die anderen näherten sich den Saris, gingen um sie herum, nahmen sie hoch und sahen sie prüfend an. ›Sie machen das gut‹, dachte Kim. Er beobachtete Farson. Dessen offenes Gesicht zeigte unbeugsame Geduld.

»Ja«, sagte Kumar. »Vor langer Zeit haben wir solche Saris hergestellt. Aber es ist schon viele Jahre her, daß wir so schöne Stoffe gesehen haben.«

Sie gingen auf ihre Plätze zurück, und der *Zamindar* übersetzte für Farson.

»Das ganze Dorf durchsuchen!«

Ohne sich von der Stelle zu rühren, reckten die Dörfler die Hälse und sahen zu, wie drei Polizeiwachtmeister von Hütte zu Hütte gingen. Sie schauten aber nur kurz hinein, weil die Frauen noch darin waren. Es dauerte nicht lange, bis sie mit leeren Händen wieder vor dem *Zamindar* erschienen. Farson hatte die Augen ärgerlich zusammengekniffen, und eine Sekunde lang schien er Kim anzustarren. Doch in Wirklichkeit sah er nur ineinander verschwimmende dunkle Gesichter vor sich, die er nicht auseinanderhalten konnte.

»Sie sollen fragen, wo ihr Weber ist.«

»Er ist weg«, sagte Kumar und war dankbar für Kims weise Voraussicht, denn Wachtmeister Doraiswami hätte Gopalan bestimmt erkannt. »Da er seine Fähigkeiten bei uns nicht nutzen konnte, sah er keinen Grund mehr hierzubleiben.«

Der *Zamindar* gab sich mit dieser Erklärung zufrieden, aber Farson verlangte, daß nach ihm gesucht werden sollte. Diesmal sah Doraiswami jedem einzelnen ins Gesicht. Als er Kim ansah, runzelte er die Stirn und ging zum nächsten. Dann meldete er, daß Gopalan nicht da sei. Noch eine halbe Stunde lang wurden die Einwohner ins Kreuzverhör genommen. Sie blieben aber bei ihrer Aussage. Farson fluchte. Er hielt es für durchaus möglich, daß Gopalan mit seinen Fähigkeiten in ein anderes Dorf gezogen war. Es würde einige Zeit dauern, bis man ihn aufgespürt hatte. Wenn er nach Madras zurückkehrte, würde er den Kaufmann befragen.

Entschlossen ritt er los. Absichtlich ließ er sein Pferd auf die drei Saris vor den zusammenhockenden Dörflern treten. Er sah, daß sie alle kuschten, bis auf den Mann, der seinen Blick unerschrocken erwiderte. Doch dann senkte auch der ergeben die Lider. Noch einmal trieb Farson sein Pferd über die Saris.

Kim hatte die Lider gesenkt, um seinen Zorn zu verbergen. Nach Farsons schändlicher Tat schämte er sich seiner Rasse. Er verstand, was es bedeuten sollte: Farson wollte seiner Macht und seiner Verachtung öffentlich Ausdruck geben. Die Gesellschaft hatte zwar keine Schußwaffen und Soldaten mehr zur Verfügung, aber sie hatte genügend Geld, um sich Vergeltungsmaßnahmen zu erkaufen. Sie konnte die Gesetze ändern oder sie umgehen. Da sie die gesetzgebenden Männer bezahlte, hatten die Inder keine Kontrolle über ihr eigenes Geschick.

Farson machte es auch nicht das geringste aus, daß sein Pferd etwas Schönes zertrampelte, in das die von Generation zu Generation weitergegebenen Kenntnisse eingewebt waren. Doch, sagte sich Kim widerstrebend, es war eine träge, uralte Schönheit, die sich nicht aus eigener Kraft erheben konnte, um zurückzuschlagen.

»So kommen wir bei diesen Niggern nicht weiter«, sagte Farson, gab seinem Pferd die Sporen und galoppierte am *Zamindar* vorbei.

Kumar bat Kim, den Ausspruch zu übersetzen. Doch der tat ihm den Gefallen nicht. Die Staatskarosse drehte ebenfalls um und fuhr über die Saris hinweg. Angesichts dieser zusätzlichen Grausamkeit zuckten die Dörfler wie ein Mann zusammen. Kim ahnte, daß der *Zamindar* das nur getan hatte, um seine Treue zu den Herrschaften zu beweisen. Der Diener hob die Saris auf, legte sie zusammen und rannte hinter der Karosse her. Niemand rührte sich. Sie sahen, wie die kleine Gruppe langsam die staubige Straße entlangtrottete. Der hochgewirbelte Staub hing noch in der Luft, als sie schon lange nicht mehr zu sehen waren.

An diesem letzten Abend, bevor sie sich trennten, speisten der *Zamindar* und Richard Farson zusammen. Morgen würde sich der *Zamindar* zum Tempel und Farson nach Madurai begeben. Sie räkelten sich in einem prachtvoll ausgestatteten Zelt. Perserteppiche lagen auf der Erde, goldene Lampen hingen von den Pfosten, und die Wände waren innen mit Seide verkleidet. In einer Ecke hatte der *Zamindar* ein Götzenbild von sich selbst aufgestellt und mit Blumenketten umkränzt. Hübsche kleine Boys trugen das Essen auf Silbertellern auf.

Sie sprachen kaum miteinander. Farson hatte seinem *Durbash* nichts zu sagen und bemühte sich nicht um ein Gespräch. Er las beim Essen. Der *Zamindar*, der Farsons Gewohnheiten kannte, unterhielt sich im Flüsterton mit seinem Ratgeber, den er zwischenzeitlich mit dem Auftrag zum Tempel geschickt hatte, den Mann zu ermitteln, der die Nacht im Tempel lebend überstanden hatte.

Draußen erhob sich ein Gemurmel, das zu einem Streit ausartete. Eine Männer- und eine Frauenstimme. Unmut flackerte über das Gesicht des *Zamindar*. Er schickte einen Boy hinaus, der die Störer zur Ruhe bringen sollte. Der kam zurück und flüsterte dem Ratgeber etwas zu, der seinerseits dem *Zamindar* etwas zuflüsterte. »Dann bringt sie zu mir!« sagte der *Zamindar*. »Mr. Farson, entschuldigen Sie bitte, daß ich Sie beim Lesen störe. Aber draußen ist eine junge Frau, die um ein Privatgespräch mit uns ersucht.«

»Worum geht es?«

»Um Saris, Mr. Farson. Um Saris.«

Furchtsam kam Lalitha herein und blickte sich staunend um. Es war unvorstellbar für sie, daß es solchen Reichtum gab. Sie verging vor Neid, daß jemand so im Glück schwelgen durfte. Andererseits schüchterten die beiden Männer, die sie mit kaltem Blick musterten, sie ein. Der Europäer hielt ein aufgeschlagenes Buch in der Hand. Jetzt legte er es beiseite. Der *Zamindar* streichelte zärtlich einen Boy, der ihm mit Pfauenfedern Luft zufächelte.

»Nun, was ist mit den Saris?« fragte der Europäer.

»Ich weiß, wo sie versteckt sind«, sagte Lalitha zu dem *Zamindar*.

»Also stellt man in dem Dorf doch Saris her?«

»Ja. Sie haben die Webstühle und Farben versteckt.«

»Wo?«

»Ich bin eine arme Frau«, sagte Lalitha. »Und obendrein Witwe. Die Saris sind so gut versteckt, daß die Polizei sie nie finden wird, wenn ich sie nicht hinführe.«

»Zehn Rupien«, sagte der *Zamindar*.

»Zweihundert«, verlangte Lalitha angesichts der hier zur Schau gestellten Reichtümer. Wenn der *Zamindar* allein gewesen wäre, hätte er sie entkleiden und verprügeln lassen. Doch damit wäre Mr. Farson nicht einverstanden gewesen.

»Der Anführer des Dorfes ist derselbe Mann, der die Nacht

mit Shesha überlebt hat. Zweihundert Rupien ist nicht viel Geld für zwei so wichtige Informationen.«

In der grauen Morgendämmerung wurde Kim wach, als ihn jemand heftig mit dem Gewehr anstieß. Dann zogen ihn Wachtmeister Doraiswami und zwei seiner Männer aus der Hütte. Parvati klammerte sich an Kims Beine, und das Baby schrie und weinte vor Angst. Draußen versammelte sich schweigend das ganze Dorf. Einer hielt sich ängstlich am anderen fest. In der Mitte des Platzes standen der auseinandergenommene Webstuhl, Töpfe, Saris und Spinnräder. Hoch zu Roß saß Farson neben dem Haufen, den ein Feldwebel mit Öl übergoß. Der *Zamindar* sah aus der luftigen Höhe eines Elefantenrükkens auf alle herab. Er war es nicht gewöhnt, zu so früher Stunde aufzustehen, aber dieser Kimathchand hatte ihn angelockt. Der Mann wehrte sich nicht, sondern gesellte sich schweigend zu den Dörflern. Seine Frau und das schreiende Kind ließen sich dicht neben ihm nieder. Der *Zamindar* wollte ihn verhören, mußte aber warten, bis Mr. Farson mit seinem *Tamasha* fertig war.

Als die fertigen Saris und die Rohbaumwolle mit Öl getränkt waren, hielt Farson eine brennende Fackel an den Haufen und setzte ihn in Brand. Langsam stiegen die Flammen empor, erfaßten den Stoff und loderten hell auf. Das Licht blendete die Einwohner. Ihre Schatten tanzten an den Wänden ihrer Hütten auf und ab. Ihre Gesichter aber blieben undurchdringlich.

Kim fühlte die Hitze des Feuers und roch brennendes Holz und brennenden Stoff. Auch durch seine Adern raste ein Feuer. Er sah das unbedeutende kleine Herz dieses Dorfes in Flammen aufgehen, und ihm wurde klar, daß selbst ein so kleiner Anlaß eine Bedrohung für ein Weltreich sein konnte. Gewalt wie damals in Rae Bareli war ihre einzige Antwort. Was hatte der Oberst-Sahib vor vielen Jahren voller Leidenschaft zu ihm gesagt? »Sie wollen nicht nur an den Rändern knabbern. Ich werde es aber zu verhindern wissen!« Und nun sah

Kim in dem Oberst-Sahib eine Macht, die einfallsreicher war als Waffen und Flammen und auch mächtiger, denn sie korrumpierte die Menschen, die ihm dienten.

Die Sonne ging auf. Die Rauchwolke trieb träge über die grünen Reisfelder, fiel in sich zusammen und löste sich auf. Die Flammen wurden weiß. Aschenstaub wirbelte hoch, fiel auf Farson, den *Zamindar* und die Einwohner und schwärzte alles. Der Webstuhl war nicht völlig verbrannt, einzelne Teile waren unversehrt geblieben. Sie nahmen sich in der schwarzen Asche wie Wunden aus. Am Dorfrand blieben vorbeiziehende Reisende stehen und starrten schweigend herüber. Darauf hatte Farson gebaut. Sie würden die Nachricht durchs Tal und darüber hinaus verbreiten.

Farson trieb sein Pferd vorwärts und schaute auf Kim hinab, den die Wachtmeister noch fest im Griff hatten. Jetzt konnte er Kim von den anderen unterscheiden. Er wunderte sich, warum ihm nicht gleich aufgefallen war, wie anders er aussah, wie er sich durch seinen hohen Wuchs, seine helle Haut und seinen kühnen Blick von den anderen abhob. Er konnte diesen Kimathchand nicht ausstehen. Er machte ihn nervös. Farsons Macht beruhte auf der Überlegenheit seiner Rasse. Doch als er den Mann ansah, fühlte er sich von ihm mit der gleichen Verachtung gemustert, die seine eigene Miene ausdrückte, wenn er einen Eingeborenen anblickte. Als wäre er ihm nicht nur nicht ebenbürtig, sondern stände tief unter ihm. Das machte ihn nervös. Und nur ein im Rang oder der Herkunft höherstehender Engländer konnte ihn sonst nervös machen.

»Bringt ihn nach Madurai!« befahl er dem Wachtmeister Doraiswami. »Und wenn er einen Fluchtversuch unternimmt, lasse ich ihn hängen.«

»Was werft ihr mir vor?« wollte Kim von Doraiswami wissen.

Doraiswami war ein stattlicher Mann mit einem Schnurrbart, der wie eine Kletterpflanze unter der Nase her nach oben wuchs, bis er unter dem Turban verschwand. Mund und Kinn waren dagegen glattrasiert.

»Was werfen Sie mir vor, Sahib?«

»Handel mit unerlaubter Schmuggelware. Außerdem Aufwiegelung durch feindliche Äußerungen gegen die regierenden Behörden. Die übrigen Beschuldigungen wird die Rechtsabteilung der Gesellschaft in Madurai gegen dich zu Papier bringen.«

»Darf ich mit ihm sprechen?« rief der *Zamindar* von hoch oben. Farson gewährte es ihm mit einer nachlässigen Handbewegung, gab seinem Pferd die Sporen und trabte dann auf die Straße nach Madurai.

Doraiswami schob Kim vor sich her, bis er in die Reichweite des Elefantenrüssels geriet. Der Wachtmeister traute dem Tier nicht. Es war bekannt, daß es in Wut mit dem Rüssel auf einen Mann einzuschlagen pflegte.

Kim und der *Zamindar* sahen sich an. Jeder prägte sich die Gesichtszüge des anderen ein. Der *Zamindar* mußte in dem Bericht an den Oberst-Sahib eine genaue Personenbeschreibung geben. Natürlich würde er das Verdienst an der Festnahme eines Aufrührers sich allein zuschreiben, aber sein Blick verriet auch Angst. Kim hatte ihn seiner selbsternannten Göttlichkeit beraubt. Die Staatskarosse, die safrangelben Gewänder, die vergoldete *Howdah*, das alles war nun hohl, und er sah ein, wie bedeutungslos seine Posen waren. Und nun würden es auch die anderen merken. Wenn er seine Macht erhalten wollte, mußte er Kim vernichten. Er winkte Kim, näher heranzutreten, bis er die Flanke des Elefanten berührte.

Flüsternd fragte er ihn: »Warum bist du im Tempel nicht gestorben?«

Instinktiv spürte Kim die Angst des anderen und schürte sie noch. »Nur um dich zu entlarven, *Zamindari.* Wirst du darüber dem Oberst-Sahib berichten?«

Dem *Zamindar* blieb der Mund offenstehen. Er versuchte, Kims Gedanken zu erraten und begann dabei mächtig zu schielen.

»Woher weißt du, daß ich ihm Berichte schicke?«

»Ich weiß über alles Bescheid, *Zamindari.* Du mußt in den

Bericht an den Oberst-Sahib auch reinschreiben, daß der Priester alle Männer, die eine Nacht in Sheshas Heiligtum verbrachten, ermordet hat, und das nur, um ihre Gottesfurcht zu stärken.«

»Ich habe gehört, daß Shesha nachts zum Leben erwacht. Ist das wahr?«

»Warum solltest du mir glauben?«

»Weil du lebst und der Brahmane tot ist.«

»Das mußt du selber herausfinden. Du brauchst ja nur eine Nacht im Heiligtum zu verbringen.«

Ein Schauer überlief den *Zamindar.* »Ich fürchte Shesha schon, wenn ich nur sein steinernes Abbild sehe.« Er beugte sich weit aus dem *Howdah* hinaus. Der Boy, der mit ihm darin saß, hielt ihn an seinem Gewand fest. Das *Howdah* knarrte, und Kim trat einen Schritt zurück. Er wollte nicht von einem herunterfallenden *Zamindar* getötet werden.

»Kehrt er wirklich ins Leben zurück? Verwandelt sich Shesha in der dunkelsten Stunde der Nacht in ein lebendes Wesen?«

»Wie kann ein Gott ins Leben zurückkehren? Und wie kommt es, daß ein anderer Gott so unwissend ist?«

Parvati wollte nicht zulassen, daß Kim sie und das Baby im Dorf zurückließ. Als das Schicksal sie beim letztenmal auseinanderriß, hatte es Jahre gedauert, ehe sie sich wiedergefunden hatten. Es war ihr ständiger Alptraum, daß sich das noch einmal ereignen könnte. Kim kam ihr auf halbem Wege entgegen. Sie durfte mitkommen. Doch wenn er zu einer Gefängnisstrafe verurteilt werden würde, müsse sie ins Dorf zurückgehen und in seinem sicheren Schutz auf seine Rückkehr warten. Parvati war sofort einverstanden – nach seiner Ansicht zu schnell.

Für Kim war das metallische Geräusch einer hinter ihm zufallenden Zellentür nichts Neues. In Kumars Ohren klang es dagegen schrecklich. Verwirrt starrte er die Wände, die Decke und die eisernen Gitter an. Dabei war es keine feuchte und bedrückende Zelle. Sie war vielmehr luftig und sonnig.

»Hier ist es nicht so schlimm wie im Gefängnis Tihar«, sagte Kim. »Das ist ein fürchterliches altes Gefängnis in Delhi.«

»Du bist schon öfter im Gefängnis gewesen? Ich hätte dich nie für einen Verbrecher gehalten.«

»Und jetzt bin ich einer?«

»Ich weiß nicht. Ich weiß gar nichts. Ist denn das, was wir getan haben, so schlimm?«

»Wir haben an den Rändern geknabbert«, sagte Kim, obwohl er wußte, daß Kumar aus dieser Bemerkung nicht schlau werden würde. »Wir haben Saris angefertigt, und dadurch hat die Gesellschaft weniger Gewinne erzielt.«

»Aber wir haben doch nur elf Saris gemacht.«

»Elf oder elftausend sind für die Gesellschaft dasselbe.« Doch Kims Bemühungen, Kumar die wirtschaftlichen Gesichtspunkte der Gesellschaft klarzumachen, die mit den wirtschaftlichen Erwägungen des Empires eng verwoben waren, blieben ohne Erfolg. Auch ihm selber war diese Verflechtung unbegreiflich. Wenn er den Erzählungen des Oberst-Sahib über die riesige Größe des Empires Glauben schenken konnte, war ihm unbegreiflich, wie elf Saris dem Empire Schaden zufügen konnten!

Kim erwartete, daß der Oberst-Sahib jeden Tag eintreffen würde. Der *Zamindar* hatte ihm bestimmt Meldung erstattet. Zu Parvati hatte Kim kein Wort darüber verlauten lassen, daß ihr Versteck entdeckt worden war. Er hätte ihr damit nur einen heillosen Schreck eingejagt. Sie hätte befürchtet, daß der Oberst ihren Gatten benachrichtigt und der seine Diener herschicken würde, um sie zu holen. Kim brauchte viel Überredungskraft, ehe sie einwilligte, ins Dorf zurückzukehren. Dort würde man sich um sie kümmern und sie schützen. Allein mit dem Kind in Madurai, während er im Gefängnis saß, konnte sie leicht entführt werden. Und Kim hatte Angst um seine Tochter. Er betete darum, daß der Oberst-Sahib Lal Bahadhur nichts verraten würde. Doch es kam gar nicht so sehr darauf an, daß er verschwiegen war, als vielmehr darauf, daß er nicht auf die Idee kam, sein Wissen als Hebel gegen Kim einzusetzen. Er konnte Kim dadurch zwingen, wieder in seinen Dienst zu treten. Aber konnte er dann Kim noch vertrauen?

Doch im Besucherzimmer wartete nicht der Oberst-Sahib sondern ein Unbekannter, ein Mann mittlerer Größe von athletischem Körperbau. Er sah so penibel sauber und gepflegt aus, als hätte er eben erst gebadet und sich umgezogen. Er trug ein langes seidenes *Jiba*, ein baumwollenes *Dhoti* und eine auf Hochglanz polierte Brille mit goldenem Gestell. In der linken Hand hielt er eine Zigarettendose mit Gold Flakes. Er bot Kim eine Zigarette an und gab ihm Feuer. Kim musterte ihn aufmerksam.

»Sie sind Engländer«, sagte der Besucher schließlich. Es war keine Frage, sondern eine Feststellung. »Ich war mir nicht ganz sicher. Sie hätten ja auch Eurasier sein können.«

»Macht das einen Unterschied?«

»Ja. Es macht Sie noch wertvoller. Ich bin T. V. Naidu, Generalsekretär der Kongreßpartei in Madras. Sie können sich vielleicht denken, daß Ravi Srinivasan mich sofort von Ihrer Festnahme benachrichtigt hat. Ich habe schon mit Ihrer Frau gesprochen. Sie ist sehr intelligent und hat mir alle Einzelheiten geschildert. Thomas, Wilson, Whitehead & Co. ist eine sehr einflußreiche Gesellschaft, die mit äußerster Strenge gegen ihre Feinde vorgeht. Ihre Anwälte versuchen immer, das Höchstmaß an Strafe herauszuholen.« Er lächelte verschlagen. »Anwälte sind das moderne Gegenstück zu plündernden Armeen. Sie verursachen Verwüstung, Zerstörung und Tod. Ich weiß das, denn ich bin auch Anwalt.«

»Und Sie wollen uns wohl verteidigen?«

T. V. Naidu lächelte. Es war ein stahlhartes, kaltes Lächeln. »Das ist nicht möglich, Mr. Kim. Entschuldigen Sie, aber ich kenne Ihren Familiennamen nicht.« Er schwieg. Als er merkte, daß Kim ihm nicht helfen würde, fuhr er fort: »Sie haben weder ein Verbrechen noch einen zivilrechtlichen Verstoß begangen. Sie sind ein politischer Gefangener. Mr. Farson hat Sie in einer beeideten Erklärung als Aufrührer bezeichnet.«

»Ich habe kein Wort gegen die Krone geäußert.«

»Aber Sie haben gegen die Interessen der Krone gehandelt, Mr. Kim. Damit sind Sie, ohne es zu wissen, zu uns gestoßen. Was Sie gemacht haben, war eine politische Tat. Es war *Swadesh.* Sie haben ausländische Erzeugnisse zugunsten indischer Güter zurückgewiesen. Mit Sicherheit waren Ihre Motive rein und unschuldig. Sie wollten einem Dorf den Lebensunterhalt sichern. Und das ist das Problem, Mr. Kim. Sie haben dadurch Ihren Landsleuten in England den Lebensunterhalt weggenommen. Welche Menschen liegen Ihnen mehr am Herzen, die in England oder die hier? Sie werden sich bald entscheiden müssen, Mr. Kim. Die Zeit ist nahe, in der die Menschen ihr Leben einer großen Sache zu widmen haben.«

»Und wer soll hier herrschen, wenn die Briten abziehen, Mr. Naidu?«

»Sie sprechen wie ein Engländer. Sie beantworten meine Frage mit einer Gegenfrage. Ist das so wichtig? Wir sind doch keine Kinder. Wir können selber unser Schicksal bestimmen.«

»Wenn Sie nicht gekommen sind, um mich vor Gericht zu vertreten, was sollen Sie dann von mir?«

T. V. Naidu drehte seine Zigarettendose, während er angestrengt überlegte, wie er seinen Wunsch so verhüllt wie möglich formulieren konnte. Er hatte Kim ja jetzt kennengelernt und festgestellt, daß er ein unschuldiger Mann war. Darin sah er eine Schwierigkeit. Wäre Kim ein käuflicher Zyniker, dann wäre es leicht gewesen. Er entschloß sich, doch direkt vorzugehen.

»Ich brauche Namen. Ich weiß, daß Sie ein Agent des Empire sind, Mr. Kim. Möglicherweise arbeiten sie für Oberst Sir John Creighton. Die Namen, die wir brauchen, Mr. Kim, sind nicht Namen von Verbrechern. Wir interessieren uns nicht für Verbrecher. Aber wir sind ein vielfältig zusammengesetztes Volk, in Sitten und Gebräuchen, im gesellschaftlichen Verhalten, in unseren egoistischen Interessen. Den europäischen Feind können wir klar ausmachen, Mr. Kim. Den sehen wir alle. Dagegen wissen wir nicht, wer aus unserem eigenen Volk unser Feind ist. Ich halte es für durchaus möglich, daß Sie darüber Bescheid wissen.«

Kim stand auf. »Tut mir leid, aber ich kann Ihnen nicht helfen.«

»Seien Sie doch nicht so ungestüm, Mr. Kim!« rief Mr. Naidu ihm nach. »Überlegen Sie es sich gut! Wie können wir unser Schicksal selber in die Hand nehmen, wenn wir nicht wissen, wer uns an die Europäer verrät?«

Durch das Fenster hinter dem Bezirksamtsrichter Mr. G. K. Parthasathy sah man einen klaren blauen Himmel und Palmen. Der Saal mit der hohen Decke war heiß und still. Ein *Punkah* erzeugte zwar Luftwirbel, brachte aber keine Erleichterung. Kim hörte das Rascheln von Papier, das Kratzen einer Schreibfeder und das leise Murmeln von geduldig wartenden Menschen. Männer und Frauen warteten vor den Türen, daß sie an die Reihe kamen. Kim sah kurz Parvati und Kumars Frau. Sein Baby schlief friedlich. Er hätte es gern in seinen Armen gewiegt. Als Parvati ihn erspähte, versuchte sie ein Lächeln. Doch das vertiefte nur ihre besorgten Gesichtsfalten.

Mr. Parthasathy las Mr. Farsons beeidete Erklärung, dann die beeidete Erklärung des *Zamindar*, dann Wachtmeister Doraiswamis Klageschrift und Kims und Kumars Erklärungen. Er warf einen Blick auf Kim und Kumar, die als Angeklagte vor ihm standen. Er bemerkte Kims unübersehbar europäischen Gesichtszüge und stufte ihn als Eurasier oder Nordinder ein. Sein kleiner, dunkelhäutiger Begleiter dagegen sah nach einem Einwohner dieser Gegend aus. Er blickte wieder in die Akte. Angeheftet war ein Telegramm. »Diese beiden Männer haben die Höchststrafe verdient stop. Creighton, politischer Geheimdienst.«

Mr. Parthasathy mochte Oberst Sir John Creighton nicht. Und erst recht hatte er es nicht gern, wenn man politischen Druck auf ihn ausüben wollte. Er war ein großer, gut gewachsener Mann mit einer vorzeitigen Glatze. Oben war sein Schädel völlig kahl. Um so sorgfältiger pflegte er die üppigen langen Locken um die Glatze. Er tupfte sich den schwitzenden Schädel ab und las noch einmal die beeideten Erklärungen. Er hatte Farson bei einer Gelegenheit kennengelernt und traute ihm nicht. Ein *Box-wallah*, der für seine Gesellschaft auch einen Meineid schwören würde. Der *Zamindar* würde natürlich Farsons Befehle befolgen. »Die Höchststrafe.« Weil sie Saris hergestellt und »aufrührerische Reden« geführt hatten? Die beiden Männer sollten um sechs Jahre ihres Lebens beraubt werden? Unsinn, sagte er sich und zog vor Empörung scharf die Luft ein. Am liebsten hätte er die Angeklagten auf freien Fuß gesetzt. Doch er wußte, daß man in diesem Fall wegen Pflichtverletzung feurige Kohlen über sein Haupt gestreut hätte.

»Für beide Angeklagte neun Monate Haft«, verkündete er. Der Gerichtsdiener stand auf, schrieb einen Vermerk und legte ihn auf den Aktenstapel, der vor ihm lag.

Auf dem Korridor war wenigstens die Andeutung eines Luftzugs zu spüren. Von kommenden und gehenden Menschen geschubst und gedrängt, küßte Kim seine Tochter und umarmte dann Parvati. Er atmete ihren Duft ein. Es würde lange Zeit dauern, bis er ihn wieder spüren durfte.

»Du hast mir versprochen, ins Dorf zurückzugehen. Du mußt es tun.«

Der Polizist schob geduldig Kim und Kumar vor sich her. Sie weinte und hielt sich an Kim fest.

»Ich komme dich besuchen.«

»Aber komm nur in Begleitung! Allein ist es zu gefährlich für dich. Jedenfalls bleibe ich neun Monate lang hier. Du weißt also immer, wo du mich finden kannst. Diesmal wissen wir beide, wo der andere ist. Also brauchst du keine Angst zu haben.«

»Aber ich habe Angst. Ohne dich bin ich einsam und verloren.«

Kim küßte sie, und ihm war, als ginge er auf eine lange Reise. Dabei war es nur ein kurzer Fußweg die Straße entlang zum

Zentralgefängnis. Parvati und Kumars Frau gingen weinend hinter ihnen her und hielten sich umschlungen. Die kleine Tür in dem Tor ging auf, um Kim und Kumar einzulassen, und Kim warf einen letzten langen Blick auf Parvati.

Er schaute sie so gebannt an, daß er Madan nicht bemerkte, der am anderen Ende der ungepflasterten, schmalen Straße stand. Als sich die Gefängnistür hinter Kim schloß, setzte Madan sich hinkend in Bewegung. Mit einem Grinsen sah er an den hohen Mauern empor. In seiner Tasche hatte er das Telegramm des Oberst-Sahib: »Sofort nach Madurai fahren stop Kim weiter beobachten und jeden notieren, mit dem er Kontakt hat stop Namen sofort an mich durchgeben stop Cottonseed.«

Nachdem Madan über den Fluß Nabadar gesetzt war, hatte er Kim und die Frau in Bhopal aus den Augen verloren. Sie waren in der ungeheuren Weite Indiens verschwunden. Widerstrebend kehrte er in sein Dorf in den Vereinigten Provinzen zurück, um auf weitere Anweisungen zu warten. Jetzt saß Kim im Gefängnis in der Falle. Er würde an ihm den Tod seines Bruders rächen. Es würde leicht sein, einen abgebrühten Verbrecher im Gefängnis zu finden, der gegen Geld bereit war, Kim die Kehle durchzuschneiden.

Sechzehntes Kapitel

April 1913 bis Januar 1914

Am Schluß einer Liebesbeziehung geraten wir in ein Land der Verzweiflung‹, dachte Alice. ›Wenn ich diesen Ort zeichnen könnte, würde er düster, verlassen und totenstill sein. Der Himmel wäre ständig grau, doch ohne daß es je regnete, und die Erde wäre mit Felsen und Dornbüschen bedeckt. Ich würde irgendwo in der Mitte sein, in einem See von Tränen angekettet. Doch dann tritt zuerst unmerklich eine Veränderung ein. Du wagst es gar nicht, dir das einzugestehen, aus Furcht, es würde sich alles wieder rückentwickeln. Die Stille bleibt, aber die Wolken werden heller. An diesem neuen Ort kommt Ruhe über mich. Ich komme mir vor wie in einem Traum befangen, in dem nie etwas passiert. Gewohnheitsmäßig wache ich auf, arbeite und gehe wieder schlafen, und so bleibe ich am Leben. Dies ist das Land, in dem ich leben werde, bis ich mich wieder verliebe. Wenn das nicht geschieht, bleibe ich wie in ein Leichentuch gehüllt und bin doch vom Tode weit entfernt.‹

Das Land, durch das sie jetzt wirklich kam, war unheilverkündend still und heiß. Diese Umgebung hatte sie erst auf ihre trüben Gedanken gebracht. Niedrige, mit Gestrüpp und Dornbüschen bewachsene Hügel erstreckten sich bis zum Horizont. Die schmale, mit den Spuren von Ochsenkarren durchzogene Straße war wie ein staubiges Band, das eine Hügelgruppe von der anderen trennte. Dörfer waren selten. Am Tag zuvor waren sie durch eins gekommen. Noch nie hatte sich den Bewohnern in ihrem armseligen kleinen Leben ein so ehrfurchteinflößender Anblick geboten. Eine Europäerin in Hosen auf dem Rücken eines Elefanten, gefolgt von einem Ochsenkarren und vier mit Musketen bewaffneten Männer! Alice hatte immer Süßigkeiten für die Kinder bei sich. Die drängten sich schweigend mit großen Augen um sie. Einmal gelang es ihr, einem Kind ein Lächeln zu entlocken. Dann kicherten die anderen, bis die Älteren sie wegdrängten.

Ihr Führer hatte gesagt, daß sie nach einem weiteren Tag in Porbander sein würden, wo sie Mr. Mohandas Karamchand Gandhi treffen sollte. Er stattete der Heimat seiner Ahnen einen kurzen Besuch ab, bevor er nach Südafrika zurückfuhr. Natürlich hätte sie das Treffen auch in der angenehmeren Atmosphäre Bombays verabreden können. Doch Alice hielt nichts von einem Treffen mit einem Tatmenschen in so künstlicher Umgebung. Sie wollte Mr. Gandhi an seinem Geburtsort treffen und sich ihr Urteil in seiner eigenen Sphäre bilden. Sie hatte ihn telegrafisch um ein Interview in Porbander gebeten, und er hatte sie prompt eingeladen – falls sie die anstrengende Reise auf sich nehmen wollte.

Die Eisenbahnlinie Gujerat und Baroda brachte sie in das Fürstentum Junagadh. Sie kannte den Radscha von Bombay her, einen jungen Mann mit einem gutgeschnittenen Gesicht und dem Ausdruck des verwöhnten Jungen. Jetzt war er durch sein Lasterleben dick und fett geworden. Sie hatte ihn damals nicht leiden können, und als sie jetzt sein Gast war, war er ihr nicht sympathischer geworden. Er gab große Feste und vergeudete Geld für solche extravaganten Spielereien wie königliche Hochzeiten seiner Hunde. Für sein Volk hatte er kein Geld übrig.

Alice verstand durchaus die Bedeutung dieser sechshundert im ganzen Land verstreuten Fürstentümer. Die Briten ließen sie gewähren und schmeichelten ihnen, um sich ihre Treue zu sichern. So stellten sie sichere Festungen dar, von denen aus die Briten das umliegende Land unter Kontrolle halten konnten, wenn wieder irgendwo ein Aufstand ausbrechen sollte. Solange die britischen Truppen ihren *Gadi* stützten, würden sich die Fürsten, wie es viele von ihnen schon 1857 getan hatten, gegen ihr eigenes Volk wenden. Deshalb konnte sie Seine Hoheit von Junagadh nicht leiden und nahm nur sehr ungern sein Angebot an, für ihre Weiterbeförderung nach Porbander zu sorgen. Von Mr. Gandhi hatte er noch nie gehört. Und als Alice ihm seine Bedeutung erklärte, tat er ihn als völlig unwichtig ab.

Porbander war eine kleine Küstenstadt mit glänzend weißen und roten Ziegeldächern. Es war die Hauptstadt eines winzigen Fürstentums, deren Bild von einem einzigen großen Palastbau beherrscht wurde. In der Mittagshitze war das Meer unbewegt und wie erstarrt. Kein Leben herrschte in der Stadt. Erst wenn die kühle Brise am späten Nachmittag einsetzte, ließen die Menschen sich sehen. Alices Ankunft jedoch war ein Ereignis, das die Menschen trotz der blendenden Gluthitze aus ihren Häusern lockte. Sie starrten zu ihr hoch, als sie durch die engen, gewundenen Straßen ritt. Eine kleine Menschenmenge führte sie zu Gandhis Haus, ein flaches, breit hingelagertes Gebäude im Schatten einer Tamarinde. Der *Mahout* ließ den Elefanten knien, und Mr. Gandhi kam heraus, um sie zu begrüßen.

»Ihr Engländer seid das unerschrockenste Volk«, sagte Mr. Gandhi, »und darum bewundere ich euch. Ich fühle mich sehr geschmeichelt, daß Sie diese Reise unternommen haben, Miß Soames, obwohl es für Sie viel leichter und angenehmer gewesen wäre, mich in Bombay zu erwarten, wenn ich dort durchgekommen wäre, um an Bord des Dampfers zu gehen.«

»Mr. Gandhi, es mag sein, daß wir unerschrocken sind. Aber ich muß zugeben, daß es kein unangenehmeres Reittier als einen Elefanten gibt. Vielen Dank, daß Sie mir erlaubt haben, Sie hier zu besuchen.«

Auf steifen Beinen ging Alice neben ihm her in den kühlen Schatten seines Hauses. Das Zimmer war einfach ausgestattet. Es standen nur ein paar Sofas drin. Alice versank gerade in einem, als sie merkte, daß Mr. Gandhi noch weiter durchs Haus ging und erwartete, daß sie ihm folgte. Sie kamen schließlich in die Küche, wo sie zu ihrem Erstaunen sah, wie er für sie eine Tasse Tee zubereitete. Dabei hielt sich ein Diener vor der Haustür auf, aber Mr. Gandhi achtete gar nicht auf ihn.

»Ich habe noch nie einen indischen Mann gesehen, der auch nur Wasser gekocht hätte.«

»Viel mehr als Wasser kochen kann ich auch nicht, Miß Soames«, sagte Mr. Gandhi. »Aber ich kann auch nicht zulassen, daß meine Frau so niedere Arbeiten für mich tut, wenn ich selber in der Lage bin, Tee zu kochen. Er ist vielleicht nicht so gut wie ihrer, aber den Durst wird er schon löschen.«

Beide beobachteten den Wasserkessel, als liefe darin ein kompliziertes chemisches Experiment ab. Er seufzte vor Freude und Erleichterung, als das Wasser kochte. Es machte ihm sichtlich Vergnügen, eine so einfache Tätigkeit auszuführen.

Und nachdem er ihr die Teetasse gereicht hatte, sah er sie erwartungsvoll an.

»Er ist sehr gut.«

»Danke. Ich würde heute abend auch das Essen für Sie kochen, doch meine Frau ist der Ansicht, daß ich dabei nichts in der Küche zu suchen habe.«

Sie begaben sich wieder ins Wohnzimmer, und dankbar versank sie in einem Sofa. Gandhi ließ sich auf ein anderes Sofa nieder und zog die Beine geschickt unter den Körper. Alice wäre vor diesem kleinen Mann auch gern so geschmeidig gewesen und nicht so grobknochig und ungeschickt. Sein Lächeln war freundlich und ein bißchen mutwillig. Sofort fühlte sie sich in seiner Gegenwart wohl.

»Ich habe vereinbart, daß Sie im *Dak Bungalow* Aufenthalt nehmen. Er ist einfach eingerichtet, aber ich denke, Sie werden ihn ganz gemütlich finden, Miß Soames. Wenn Sie ein Bad genommen und sich ausgeruht haben, können wir uns unterhalten. Ich bezweifle, daß Sie den langen Weg gemacht haben, um mit mir nur über Südafrika zu diskutieren.«

»Da haben Sie recht.«

»In diesem Fall könnten Sie die Reise allerdings vergebens gemacht haben.«

»Ist es vergebene Liebesmüh, über Indien zu sprechen?«

»Gewiß nicht, Miß Soames, aber ich muß zu meiner Schande gestehen, daß ich bemerkenswert wenig über mein Vaterland weiß. Vielleicht können Sie meiner Bildung in den nächsten Tagen etwas auf die Sprünge helfen.«

Der *Dak Bungalow* war muffig und vernachlässigt. Ein uralter *Chowdikar* sah ihr zu, wie sie die grauen Bettücher und das farblose Badezimmer inspizierte. Die Möbel konnten gerade noch als ausreichend angesehen werden: ein Bett und ein Moskitonetz, ein Eßtisch, zwei Stühle und ein Liegestuhl. Sie nahm die Bettücher ab und schüttelte sie heftig vor dem Kopf des *Chowdikar* aus. Sie hoffte, damit die Wanzen und anderes Ungeziefer losgeworden zu sein, und machte das Bett wieder neu.

Am Strand gesellte sie sich zu Mr. Gandhi. Sie setzten sich

in den Sand und schauten aufs Meer hinaus. Es war kühl und still, nur die Möwen stießen mit Gekrächze herab. Sie blieben aber nicht lange allein, denn Alice zog immer noch Kinder und Erwachsene an, die sie schweigend anstarrten. Mr. Gandhi kümmerte sich nicht um die Menge. Er spielte mit dem Sand und schüttete ihn von einer Hand in die andere, als wäre es Wasser. Alice betrachtete sein mildes Gesicht mit der goldgerahmten Brille und hätte gern gewußt, ob dieser schlanke, kleine Mann wohl genügend stählerne Energie besaß, wie er es doch in Südafrika bewiesen hatte. Hier sah sie kaum etwas davon. Er schien von Zweifeln geplagt. Sie hatte erwartet, ihn im Anzug zu sehen, wie ihn die Fotos aus Südafrika zeigten. Doch hier trug Mr. Gandhi einheimische Kleidung.

»Meine dortige Arbeit ist noch nicht vollendet, Miß Soames«, sagte Gandhi. »Die Menschen dort brauchen mich noch – und das mag unbescheiden klingen –, aber jemand muß für ihre Rechte kämpfen. Ich kann nicht weggehen, bevor ich das nicht erreicht habe.«

»Aber wenn Sie dort Ihre Arbeit vollendet haben, Mr. Gandhi, werden Sie dann nach Indien zurückkommen und seine Sache vertreten?«

»Ihr Journalisten verlangt immer druckreife Antworten. Über meine Zukunftspläne bin ich mir noch nicht klar. Ich bin nicht einmal sicher, ob ich in Indien gebraucht werde. Es gibt hier tüchtige Männer, die die indische Sache vertreten, wie Mr. Gokhale, Mr. Patel, Mr. Nehru und andere. Warum sollte ich für die indische Bewegung so wichtig sein?«

»Mr. Gandhi, mit Bescheidenheit wird Indien nie seine Freiheit erlangen.«

»Mit Hochmut auch nicht, Miß Soames. Darin werden uns die Briten immer überlegen sein. Indien ist nicht Südafrika. Es ist nicht einfach, Freiheit zu fordern, wenn wir bis jetzt noch nicht mal eine Vorstellung davon haben, wie wir sie gewinnen wollen. Die Briten werden sie uns nicht auf dem Präsentierteller überreichen, nur weil wir sie fordern. Man muß um sie kämpfen, Miß Soames, aber das Problem ist: wie? Dies ist ein riesiges und kompliziertes Land. Die Kongreßpartei ist eine Partei der Elite. Sie besteht aus Rechtsanwälten und Großgrundbesitzern. Wir müssen aber ganz Indien in diese Bewegung einbeziehen. Doch eine so ungeheure Aufgabe übersteigt im Moment meine Kräfte. Wie können wir den Mann aus dem Dorf, den Armen, den Unberührbaren für diese Bewegung gewinnen? Nur wenn wir alle zusammenbringen, wenn wir den Briten beweisen, daß sie nicht mehr länger die Herrscher sein können, nur dann können wir beim Kampf um Freiheit Erfolg haben.«

Alice war enttäuscht. Sie war so viele Kilometer hergereist, um von ihm eine kraftvolle, zornige Rede zu hören. Sie hätte gewünscht, Mr. Gandhi wäre ein so feuriger Redner wie Mr. Tilak und würde die Zauberformel kennen, mit deren Hilfe Indien seine Freiheit erkämpfen könnte. Aber er war so still und seiner selbst unsicher.

Als sie nachts im Bett unter dem mit Mehltau bedeckten Moskitonetz lag, dachte sie: ›Ihm fehlt der stählerne Wille. Er hat keine Ideen und nicht die Absicht, gegen die Briten vorzugehen. Aber ich darf ihn nicht danach beurteilen, daß ich von ihm enttäuscht bin. Er hat Südafrika Trotz geboten, und vielleicht könnte er auch das Geschick dieses Landes wenden.‹

Alice schlief schlecht und wachte früh auf. Sie entdeckte am Bein einen starken Ausschlag, hielt ihn aber für Wanzenbisse. Deshalb strich sie Zinksalbe auf die Rötung.

Als erstes sagte Ghandi an diesem Morgen zu ihr: »Ich enttäusche Sie, Miß Soames.« Sie hatte das Gefühl, er mache sich über sie lustig.

»Nein, nein.«

»Aber ja. Sie haben einen Mann von Feuer und Erz erwartet, der das Volk zur Freiheit führt. Ich bin für die meisten Menschen eine Enttäuschung. Ich bin klein und dünn, ich würde sagen, mager, und ich bin voller Zweifel.«

»Aber Sie sind hartnäckig.«

»Das hat man mir oft gesagt. Aber es ist keine Hartnäckigkeit, Miß Soames, es ist ein unerschütterlicher Glaube. Bevor sich ein Mensch gegen Ungerechtigkeit erheben kann, braucht er moralische Autorität. Nur dann kann er die Ungerechtigkeit besiegen. Man muß daran glauben und alles andere außer acht lassen. Aus diesem Grund kann ich zur Zeit nicht alle Ihre Fragen nach meiner zukünftigen Rolle in Indien beantworten, falls es so eine Rolle für mich gibt. Ich bedauere, daß Sie diese weite Reise gemacht haben und nun lauter abschlägige Antworten von mir erhalten. Sie sind für mich eine gute Frau, Miß Soames. Ein Mensch wie Sie gibt uns armen Eingeborenen Selbstvertrauen. Sie machen uns Mut, uns für den Kampf zu wappnen. Aber wir müssen unsere Waffen mit Bedacht wählen. Kriegswaffen können es nicht sein.«

»Was dann, Mr. Gandhi?«

»Dann, Miß Soames . . .« Er streckte ihr eine offene Hand entgegen, flach und leer.

Alice wußte, daß sie überwacht wurde. Aus dem Fenster sah sie die Männer, die sich nicht einmal die Mühe machten, ungesehen zu bleiben. Sie arbeiteten in Schichten und folgten ihr in einer Art durch ganz Bombay, als wollten sie sich am liebsten dafür entschuldigen. Kein Zweifel, ihr Besuch in Porbander war gemeldet worden, und man hatte ihren Artikel darauf geprüft, ob sie »aufrührerische Redensarten« verwendet hatte. Dabei fiel ihr auf, daß Mr. Gandhi kein einziges herabsetzendes Wort gegen die Briten gesagt hatte. Statt dessen hatte er diplomatisch und ausweichend gesprochen, um keinen Anstoß zu erregen und den Briten keinen Grund für seine Verhaftung in Indien zu liefern.

Wenn es sein mußte, verstand es Alice inzwischen auch, ihren Bewachern zu entwischen. Sie tat es nie für längere Zeit, denn das würde nur unnötigen Verdacht erregen. Sie verschwand nur für kurze Zeit, für die sich leicht eine harmlose Erklärung finden ließ. Dabei machte sie sich den Vorteil ihrer Rasse zunutze. Wenn sie einen Club oder ein Hotel betrat, in dem Inder nicht zugelassen waren, mußten die indischen Polizeibeamten draußen warten, während sie durch einen Seiteneingang ungesehen hinausging.

An diesem Spätnachmittag beobachtete sie, von der Hitze ziemlich erschlafft, den Mann, der auf der anderen Seite beim *Paan-Wallah* stand. Er war klein und gewandt und hatte einen gewichsten Schnurrbart. Der Pfau. Sie hatte jedem eine Identität gegeben. Dieser Mann schenkte seinem Schnurrbart größte Beachtung. Er hatte ein schmales, frettchenartiges Gesicht mit zwei vorstehenden Zähnen. Es würde ihr ein besonderes Vergnügen bereiten, ihm zu entwischen. Aber jetzt noch nicht. Sie hatte einfach nicht die Energie, aufzustehen und sich anzuziehen. Die Minuten vertickten. Sie befühlte Wangen und Stirn. Sie waren heiß.

Plötzlich sehnte sie sich nach England. Unerwartet überkam sie das Gefühl und stimmte sie traurig. Sie wünschte sich Kälte im Freien und die Behaglichkeit eines Kaminfeuers im Zimmer. Allerdings wußte sie, daß die Sehnsucht bald wieder vergehen würde. So wartete sie ab, bis ihre Energie wieder erwachte. Solche Gedanken an England schwächten sie immer, dann wollte sie manchmal für immer aus Indien fort. Aber ihr war klar, daß sie immer wieder von diesem Land angezogen werden und hier auch sterben würde.

Mit großer Anstrengung stand Alice auf. Ihre Haut juckte. Sie war wund, und es tat beinahe weh, wenn sie die Stelle berührte. Der Ausschlag war schlimmer geworden. Er sah jetzt tiefrot aus. Entschlossen zog sie sich an, ging aus dem Haus, überquerte die Straße und stieg in eine *Gharri*. Durchs Rückfenster sah sie, wie der Pfau ihr folgte. Sie ließ sich zum Willingdon Club bringen. Hinter dem Portal kam sie in ein nachgemachtes Stück England mit grünen Rasenflächen und dem Klang englischer Stimmen. Der Pfau blieb vor dem Tor stehen, zündete sich ein *Beedi* an und wartete.

Ohne Eile schlenderte sie durch die hohen, kühlen Räume und begrüßte Bekannte. Einige Leute, die sie lange nicht gesehen hatten, erkundigten sich, ob sie verreist gewesen sei. Seit dem Ende ihrer Liebesbeziehung hatte Alice sehr zurückgezogen gelebt. Jetzt sagte sie geradezu dankbar: »Ja, ich war weg.« Man wollte sie zum Mittag- oder Abendessen einladen, und sie versprach, sich zu melden.

Draußen brannte die Sonne, und sie wich noch einmal zurück, als wäre sie von einer Welle auf den Strand geworfen worden. Sie schirmte das Gesicht mit den Händen ab, ging an den verlassen daliegenden Tennisplätzen vorbei und schlüpfte aus dem Seitentor.

»Sie sehen schlecht aus, Miß Soames«, sagte Arvind Joshi. Besorgt betrachtete der Gewerkschaftler sie und zog sie schnell ins Haus.

»Ein bißchen zuviel Sonne«, sagte Alice.

Sie war dankbar für das Halbdunkel im Zimmer. Es lag an einer Seitenstraße beim Crawford-Markt. Die weißgetünchten Lehmwände sorgten für mehr Kühle als Ziegelsteinwände. Extra für sie hatte er einen Rattansessel bereitgestellt. Auf einem Hocker lagen zwei Bananen neben einer Tasse Tee. Joshi wollte sich gastfreundlich erweisen, aber sie wußte, daß er sich selbst eine so karge Bewirtung kaum leisten konnte. Als sich ihre Augen umgestellt hatten, sah sie die beiden anderen Männer. Sie standen sofort vom Fußboden auf und begrüßten sie mit *Namaste.* Joshi stellte sie als seine Organisatoren vor. Er war viel älter als sie, kräftig und breitschultrig, und hatte ein vorspringendes Kinn. Alice fand ihn eindrucksvoller als Mr. Gandhi. Joshi strahlte körperliche Stärke und Kampfwillen aus, auch eine Andeutung latenter Gewaltbereitschaft.

»Ich habe um dieses Treffen gebeten, weil wir morgen einen Streik ausrufen wollen. Wir haben einen friedlichen Demonstrationszug zu dem Bürogebäude von Thomas, Wilson, Whitehead & Co. organisiert. Ich habe unsere Forderungen schriftlich niedergelegt und möchte, daß Sie das lesen, Miß Soames.«

Sie nahm das Papier und las es sorgfältig, wobei sie sich einige Notizen machte. Es war auf englisch abgefaßt. Stil und Handschrift waren blumenreich und überladen. Die Inder liebten eine gewählte Ausdrucksweise mit vielen Schnörkeln. Manchmal mußte sie sich anstrengen, um zu verstehen, was gemeint war. Es waren offenbar Forderungen, die die Menschen überall stellten. Mehr Lohn, bessere Arbeitsbedingungen, kürzere Arbeitszeit, ein Beschwerdekomitee, Gesundheitsfürsorge und Renten.

»Wie viele Leute haben das gelesen?«

»Nun, alle Demonstrationsteilnehmer.«

»Haben Sie die Gesellschaft informiert?«

»Wir haben sie informiert, Miß Soames. Es ist nur ein eintägiger Streik. Wenn sie nicht wenigstens einige unserer Forderungen erfüllen wollen, werden wir zum unbefristeten Streik übergehen. Meine Männer werden darunter leiden. Wir sind arm, aber entschlossen, wenn gar nichts anderes zugestanden wird, wenigstens um bessere Löhne zu kämpfen.« Joshi sah sie voller Hoffnung an. »Sie werden doch dabei sein, nicht wahr?«

»Selbstverständlich.«

»Sie werden sehen, daß wir Inder uns organisieren und mit Anstand für unsere Rechte eintreten können. Dies ist der erste Streik, der je in Bombay durchgeführt wurde, Miß Soames. Als Zeitungs-Lady werden Sie Zeuge eines geschichtlichen Ereignisses werden.« Joshi hielt inne.

Sie sah, wie seine Kraft ins Wanken geriet.

»Handeln wir richtig, Miß Soames?«

»Selbstverständlich, Arvind. Wie wollten Sie sonst zu Ihren Rechten kommen? In der ganzen Welt haben die Menschen schon gestreikt. Sie wurden dafür körperlich angegriffen. Sie müssen wissen, daß man auch hier darauf gefaßt sein muß.«

»Ja, das wissen wir. Und gerade das macht uns angst. Hier in der dunklen Verschwörerecke sind wir zwar mutig, aber werden wir auch draußen im hellen Sonnenschein, wo uns alle sehen können, noch diesen Mut aufbringen?«

»Aber ja, das weiß ich. Sie haben hart gearbeitet, um Ihre Männer zu organisieren. Es ist zwei Jahre her, daß wir uns zum erstenmal getroffen haben, und in dieser Zeit haben Sie Ihre Männer zusammengeschweißt.«

»Sie haben uns Mut gemacht und angeleitet.«

»Das war ein geringer Beitrag, Arvind, ein sehr geringer. Ich habe Sie nur beraten. Ich wünschte, ich könnte mehr tun.«

Doch sie merkte selber, wie schwach und wirkungslos ihr »Ich wünschte, ich könnte mehr tun« klang. Sie klopfte ihnen praktisch ermunternd auf die Schultern, leitete sie an wie Kinder, aber nur von fern, ohne sich selber zu beteiligen.

Deshalb sagte sie jetzt: »Ich möchte morgen neben Ihnen mitmarschieren.«

Arvind Joshis Augen wurden groß. Die Haltung seiner beiden Freunde straffte sich. Mit diesen wenigen Worten war es ihr gelungen, ihnen Selbstvertrauen zu geben. Lachend klatschte Arvind in die Hände.

»Wir sind stolz auf Sie«, sagte er. »Aber, Miß Soames, Ihre Landsleute werden diese Aktion nicht gutheißen. Sie werden für sie eine Ausgestoßene, eine Unberührbare sein.«

»Das bin ich sowieso.« Unsicher stand sie auf und stützte sich leicht auf die Sessellehne. »Wann und wo treffen wir uns?«

»Ich hole Sie persönlich ab.«

»Nein, Sie haben zu viel zu tun. Ich werde hinkommen.«

Als Alice am nächsten Morgen in den Spiegel schaute, fand sie, daß sie so blaß wie der frühe Morgenhimmel war. Die Gesichtshaut war geschwollen und sah ungesund aus. Sie schluckte Chinintabletten und versuchte, eine Omelette mit Toast hinunterzubringen. Von dem Geschmack wurde ihr übel. Durch freizügige Anwendung von Puder und Rouge täuschte sie eine gesunde rote Gesichtsfarbe vor, doch die Übelkeit im Magen blieb, und sie fühlte sich schwach auf den Beinen. Entschlossen stieg sie in eine *Gharri.* Diesmal folgte ihr »Die Maus« als Bewacher. Er war dünn, nervös und bewegte die Arme wie Pfoten. Sie machte keinen Versuch, ihn loszuwerden, und so folgte er ihr zu Fuß den ganzen Weg bis zum Stadtrand, wo sich die Slums vor den Mühlen hinzogen.

Arvind Joshi kam eilig herbei, um ihr aus der *Gharri* zu helfen. Er fand, daß Miß Soames wie ein Gespenst aussah. Ihr

Gesicht war weiß wie die Wand, und sie zitterte am ganzen Körper. Obwohl er sie kaum berührt hatte, merkte er, wie erhitzt ihre Haut war. Sie mußte krank sein.

»Sie hätten nicht kommen sollen«, sagte er.

»Ich konnte Sie doch nicht im Stich lassen«, sagte Alice und ging mit ihm zu den Demonstranten. Es waren fünfzig oder sechzig Männer. Sie hatte auf mehrere hundert gehofft. »Sind das alle?«

»Ja, bei Tageslicht verlieren die Männer den Mut. Aber wir werden gemeinsam zur Mühle marschieren.«

Er wies die Männer an, sich in Reihen zu formieren und stellte sich an die Spitze. Alice nahm den Platz neben ihm ein. Sie hatten ein Transparent hergestellt und rollten es nun auf. »Jeder arbeitet nach seinen Fähigkeiten, jedem gebührt ein ausreichender Lohn.« Es war sechs Meter lang. Die beiden Männer an den Außenseiten der vordersten Reihe trugen es. Andere hatten Plakate mitgebracht: »Mühlenarbeiter nagen am Hungertuch.« – »Mühlenarbeiter fordern mehr Lohn.«

Das Transparent machte Alice nicht wenig Sorge. In seiner Einfachheit lag die Drohung mit der Revolution. Jeder, der es las, würde sich herausgefordert fühlen.

»Warum haben Sie diesen Text gewählt?«

»Weil es ein passender Text ist«, sagte Arvind. »Ich habe gehört, wie jemand das sagte, und da dachte ich, so sollte eine gerechte Welt aussehen und nicht so ungerecht wie jetzt.« Er trat aus dem Glied und sah sich voller Stolz das Transparent an. »Ich habe es selber geschrieben. Ist es korrekt?«

»Ja.«

Inzwischen hatten sich Neugierige in großer Zahl angesammelt. Frauen, Kinder, herrenlose Hunde, auch ein paar Männer. Die meisten Männer waren zur Arbeit gegangen. Die Menschen verhielten sich still, schauten aber ziemlich überrascht zur vordersten Reihe, wo Alice marschierte. Langsam bewegte sich der Demonstrationszug die ungepflasterte Straße entlang auf die achthundert Meter weit entfernten Mühlen zu.

Vor dem Tor sah Alice eine lange, dünne Kette von Polizisten in Khaki mit *Lathis.* Zwei britische Polizeiinspektoren standen mit gezogenen Revolvern einen knappen Meter vor ihnen. Jenseits des Tors rührte sich nichts, aber Alice hörte das Donnern der Maschinen, die die Erde unter ihren Schritten beben ließen. Es zog ihre Beine hinauf, beutelte sie und machte sie schwindlig. Sie streckte einen Arm aus und hielt sich an Arvinds Ellenbogen fest. Die Sonne war aufgegangen und stach ihr in die Augen. Schweiß rann ihr über Gesicht und Körper. Die Kette der Polizisten schwankte leicht. Was würde jetzt geschehen?

»Was werden sie tun?«

»Nichts, Miß Soames, wenn wir sie nicht provozieren. Und ich habe den Männern eingeschärft, nichts Derartiges zu tun. Wir überreichen unsere Bittschrift, und danach löst sich die Demonstration friedlich auf.«

Alice empfand fast körperlich die unheimliche Stille. Nicht mal ein Vogel flog zwischen ihnen und der Polizei. Auf beiden Seiten sah sie Männer und Frauen, die nur warteten und schauten. Sie vermied es jetzt, um sich zu sehen, und heftete den Blick starr auf den Oberwachtmeister, einen großen, muskulösen Mann, dessen Bart seine Züge größtenteils verbargen. Geduldig klopfte er mit seinem *Lahti* auf den Erdboden. Als sie noch zwanzig Meter voneinander entfernt waren, schaute sie auf die Europäer. Beide starrten sie überrascht und peinlich berührt an. Ihre Teilnahme bedeutete, daß sie mit den Demonstranten sehr vorsichtig umgehen mußten. Sie spürte ihren Haß auf sie, weil sie sich auf die andere Seite gestellt hatte. Sie dachte: ›Wir sind wie zwei Kricketteams, die sich auf einer staubigen Sandstraße begegnen.‹ Sie versuchte ein Lächeln, aber die Gesichtsmuskeln taten ihr weh.

Arvind trat vor, drehte sich um und hob die Arme. Der Zug kam zum Halten. Er zog die Bittschrift heraus, nahm sie in beide Hände und ging allein respektvoll auf die Polizeisperre zu. Kein Beamter der Gesellschaft ließ sich sehen, dem er sie übergeben konnte. Alice dachte: ›Was sollen wir jetzt tun?‹ Nach kurzem Zögern ging Arvind an der Polizeisperre entlang. Er hatte vor, an ihr vorbei zum Tor zu gehen und die Bittschrift durch die Gitterstäbe des verschlossenen Tors zu schieben.

Doch als er an der Sperre entlangging, hob sich langsam ein *Lathi* und schlug dann wuchtig auf Arvinds Rücken ein. Ein anderer *Lathi* schlängelte sich tiefer hervor, traf ihn an den Beinen und trieb ihn zurück. Zwei weitere Polizisten beteiligten sich an dem Angriff. Sie benutzten die *Lathis* als Stoßwaffen.

»Laßt ihn in Ruhe!« schrie Alice. »Laßt ihn in Ruhe!«

Aber ihre Stimme verhallte ungehört, denn neben und hinter ihr erhoben sich Rufe der Wut. Sie ahnte, was jetzt geschehen würde. Und da war es auch schon soweit: Vier Demonstranten stürmten vor, um Arvind aus dem Bereich der auf ihn einhagelnden Schläge zu ziehen. Das brachte Bewegung in die übrigen Männer. Wütend rannten sie auf die Polizisten zu, die Arvind verprügelten. Sie packten einen und entrissen ihm den *Lathi.* In dem allgemeinen Durcheinander, im aufwirbelnden Staub und in dem wilden Tanz miteinander kämpfender Männer sah Alice, wie die Bittschrift, das in Schönschrift abgefaßte Papier, Arvinds Händen entglitt. Gleich darauf trampelten Männerfüße darüber, und die Bittschrift färbte sich so braun wie die Straße.

»Halte sie zurück, Arvind, halte sie zurück!«

Sie bezweifelte, daß er sie hören konnte. Dennoch schien er sie verstanden zu haben. Schwankend richtete er sich auf und rief Befehle, die in dem Aufruhr verlorengingen. Nur ein, zwei Männer, die in seiner Nähe waren, hörten sie und wichen zurück. Alice sah, wie er von hinten gestoßen wurde und auf ein Knie fiel. Dann ging in dem Nebel von Staub und Beinen ein Mann auf ihn zu. Er bückte sich, wie um Arvind beim Aufstehen zu helfen. Doch da sah sie plötzlich den Revolver in der scheinbar hilfsbereiten Hand.

»Arvind . . . Arvind . . .!«

Auch sie wurde von hinten geschubst und fiel auf die Knie. Der Knall des Schusses ließ sie aufzucken, als hätte sie die Kugel selber in den Kopf getroffen. Der Widerhall war immer noch zu hören, als Arvind zu Boden fiel und der Staub gleich darauf die blutende Kopfwunde verdeckte. Sie sah von der Revolverhand hoch in ein mildes, rundes Gesicht, das mit Pokkennarben übersät war. Die Augen blieben hinter der Brille verborgen, die im Sonnenschein zu runden Spiegelscheiben wurden.

Alles drehte sich um Alice. Sie schloß fest die Augen, damit es aufhörte, und um das eigene in den Ohren rauschende Blut, das jedes andere Geräusch übertönte, zum Schweigen zu bringen. Dann fiel sie vornüber aufs Gesicht. Der Schuß und der Anblick der beiden Körper Arvinds und Alices, die kaum zwei Meter voneinander entfernt am Boden lagen, ließ die Männer vor Schreck den Rückzug antreten und davonlaufen.

Alices Gesicht war schmutzigweiß und sah wie leblos aus. ›Ich wirke wie eine Tote‹, dachte sie. Ihre Hand war skelettartig abgemagert, dick traten die Adern vor, die Haut war schuppig. Sie hätte um ihre verlorene Schönheit weinen können, aber Tränen würden sie nur noch mehr schwächen und ihr den letzten Rest von Energie nehmen. Sie wog nur noch etwas mehr als die Hälfte ihres Normalgewichts. Immerhin hatte sie zuletzt einige Pfund zugenommen.

›Wie schnell die Eitelkeit verschwindet, wenn du schwerkrank bist‹, dachte sie und legte behutsam Puder und Rouge auf, um ihren schmutzigweißen Teint zu überdecken. Ebenso sorgfältig kleidete sie sich an. Dies war eine besondere Gelegenheit. Das Baumwollkleid schlotterte um ihren mageren Körper. Damit er nicht sehen konnte, wie schlecht es ihr paßte, zog sie eine Wolljacke über.

Auf der Veranda war es kalt. Sie setzte sich auf einen Sessel. Von hier aus konnte sie die fernen Berggipfel sehen. Im Wintersonnenschein wirkten sie zum Greifen nahe. Die Veranda hing über dem steilen Hang des Hügels. So konnte sie auch die Straße beobachten, die in Serpentinen zu der Pension am Rande von Kufri hinaufführte. Auf Dr. Malcolms Anregung war sie zur Erholung ins Vorgebirge des Himalaja gereist. Zuerst hatte sie protestiert, doch jetzt war sie froh darüber. Die Hitze in Bombay hätte sie nur weiter ausgelaugt. Hier dagegen merkte sie, wie ihre Kraft langsam wiederkehrte – wie die Flut nach der Ebbe. Die kühle Luft reinigte die Lungen. Sie aß herzhaft und unternahm lange Spaziergänge in die Umgebung von Kufri mit ihren Zedern- und Fichtenwäldern. Allmählich hörte sie auf, an den Tod zu denken.

Sie hatte geglaubt, durch die grauen Bettücher in *Dak Bungalow* von Porbander einen Ausschlag bekommen zu haben. In Wirklichkeit waren es unter der Haut abgelegte Eier von Parasiten, die eine Entzündung im Blut hervorriefen und schließlich zum Tode geführt hätten. Die Ärzte in Bombay hatten sie auf Sonnenstich behandelt. Zum Glück war Dr. Malcolm hinzugezogen worden. Er entdeckte die schmerzhaften Striemen an ihrem Bein, schnitt sie auf, kratzte sie aus und desinfizierte die Wunde. Dennoch lag sie hinterher noch wochenlang im Fieberdelirium.

Alice schauderte, als sie an ihre Alpträume zurückdachte. ›Sie müssen wie Würmer und Schnecken, die unter Steinen liegen, in unserem Unterbewußtsein lauern‹, dachte sie. ›Wenn wir krank sind, kriechen sie hervor und überfallen uns. Ich hätte nie geglaubt, daß es selbst in Alpträumen Monster und Dämonen gibt. Nun habe ich sie kennen- und fürchten gelernt.‹

Sie war froh, als sie das *Tonga* erblickte, das sich den steilen Hügel heraufquälte, und rief dem Diener zu, Tee und Kuchen für Dr. Malcolm bereitzustellen. Vor einer Woche hatte er ihr geschrieben, sich nach ihrem Befinden erkundigt und mit ihr verabredet, daß er sie besuchen werde. Er war sowieso zum Vorgebirge unterwegs, wo er die sexuellen Gewohnheiten eines Bergstammes studieren wollte, von dem er erfahren hatte. Sie würden in seinem nächsten Buch einen wesentlichen Platz einnehmen.

Die Hände auf dem Rücken, die Schultern leicht vorgebeugt, kam er auf die Veranda. Er ging nicht, er schritt. Im Mundwinkel hing eine Zigarette, nach der er nur griff, wenn er sie wegwarf.

»Eines Tages werden die vielen Zigaretten Sie noch umbringen.«

»Das weiß ich selbst, mein liebes Mädchen. Aber dafür lasse ich mich nicht von gefährlichen exotischen Insekten stechen.«

»Ich dachte, es wären Wanzenbisse.«

»Auch die Wanzen hierzulande sind für die zarte englische Haut gefährlich und exotisch.« Er sah sie durchdringend an. »Sie sehen etwas besser aus als beim letztenmal, als ich Sie sah, aber immer noch ziemlich furchtbar, mal abgesehen von diesem scheußlichen Rouge. Ich begreife nicht, warum ihr Frauen euch wie die *Kathak*-Tänzer anmalen müßt.«

»Bestimmt nicht für so unhöfliche Männer wie Sie.«

»Ich liebe eben junge dralle Frauen, meine Liebe. Schauen wir mal. Strecken Sie die Zunge heraus!« Er beugte sich über sie, untersuchte Zunge, Augen und Puls. »Keine Lebensgefahr mehr.«

»Für einen Mann, der schon an Altersschwäche leidet, haben Sie noch ehrgeizige Wünsche!«

»Weib, es ist ja gerade die Altersschwäche, die die jungen Füllen anlockt. Und sie andererseits davon abhält, mich heiraten zu wollen.« Er warf die Zigarette über die Schulter nach hinten, wo sie um Haaresbreite den Diener verfehlte. »Ach, wenn ich noch zwanzig Jahre jünger wäre . . .!«

»Sie verstehen es wirklich, ihren Patientinnen Vertrauen einzuflößen.«

»Dafür würde ich ihnen etwas anderes verabreichen, wenn die Ehemänner in dem Fall nicht so schnell mit der Reitpeitsche zur Hand wären. Ich wundere mich, warum Sie sich noch keinen neuen gutaussehenden Ehemann zugelegt haben, meine Liebe. Sowie Sie wieder gesund sind, sollten Sie sich das mal überlegen.«

»Sie vergessen, daß ich noch nicht geschieden bin.«

»Ach ja, der Oberst. Ein mächtiger Mann. Das muß eine merkwürdige Ehe gewesen sein. Er handelt sehr eingleisig – bei seinem Dienst für Indien und in dem sonderbaren Geschäft, das er betreibt.«

Zu ihrer Erleichterung zeigte Dr. Malcolm danach kein Interesse mehr für ihr Privatleben. Alice goß ihm Tee ein, und sie verbrachten eine Stunde mit müßigem Klatsch. Immer wieder brachte er sie zu schallendem Gelächter. Sie genoß seine Gesellschaft. Wenn er beleidigend wurde, wußte sie, daß er es nicht ernst meinte. Er war ein Exzentriker, der sich um keinerlei Konventionen kümmerte. Sie wünschte, sie hätte ihn früher im Leben kennengelernt. Schließlich verfielen sie in kameradschaftliches Schweigen. Hastig verdrängte Alice den plötzlich aufgetauchten Gedanken – das waren romantische Sehnsüchte eines Schulmädchens oder einer einsamen alten Jungfer. Er schien in Gedanken vertieft zu sein, und sie wartete ab, bis er wieder etwas sagen würde.

»Krieg«, sagte er. »Ich hasse Krieg.«

»Wird es Krieg geben? Wir werden doch sicherlich alles tun, um ihn zu vermeiden.«

»Ein Weltreich, meine Liebe, tut nie etwas, um einen Krieg zu vermeiden. Jeder Krieg stärkt das Gefühl der Unbesiegbarkeit. Wenn man die Lage in Europa betrachtet, scheint der Krieg unvermeidlich zu sein. Überließe man doch den Ärzten das Recht auf Kriegserklärungen! Aber nein, das ist den Politikern vorbehalten, die noch nie Blut und Eingeweide gesehen haben.«

»Aber uns hier wird er doch sicherlich nicht berühren.«

»Er wird uns berühren, wenn England in den Krieg eintritt. Ein Krieg berührt jeden, und sei er auch noch so weit vom Schlachtfeld entfernt. Die Gefallenen hinterlassen Witwen und Kinder und trauernde Mütter und Väter. Eigentlich bin ich froh darüber, daß ich nicht jünger bin, denn sonst müßte ich mich freiwillig melden. Ich müßte den Soldaten sagen, daß sie in den Tod zu gehen hätten, und würde das blanke Entsetzen in ihren Gesichtern sehen. Die armen Hunde! Ich habe bei den Grenzkriegen genug erlebt.«

»Ich habe dabei meinen Sohn Richard verloren«, sagte Alice. »Und habe ihn nicht einmal als Erwachsenen kennengelernt, was ich mir nie verzeihen werde.«

»Eines Tages werden Sie es schon tun. Sie müssen es ja, weil Sie niemanden haben, der es für Sie tun wird. Man kann nicht dauernd mit Schuldgefühlen leben. Das versaut uns das ganze Leben.« Er stand auf, und seine Stimmung wechselte wieder ins Frivole. »Man muß seinen erotischen Wünschen nachgeben, meine Liebe! Das ist der Balsam für alle unsere Wunden. Wenn man diese vertrockneten alten Weiber, die uns regieren, für eine Zeitlang zu den Bergstämmen schicken könnte, da würden sie etwas dazulernen. Wenn ich Ihnen davon erzähle, würden Sie nur schockiert sein, meine Liebe. Aber glauben Sie mir, in der Ekstase denkt keiner mehr an Krieg und Mord. Also, wenn ich Sie auf dem Rückweg hier nicht treffen sollte, müssen Sie mich unbedingt in Bombay besuchen. Sobald Sie wieder gesund und munter sind, muß ich Sie mal eingehend untersuchen.«

Sie sah ihm nach, wie er zum *Tonga* schritt und unterwegs einen Zigarettenstummel über die Schulter nach hinten warf.

Am Ende des Monats kehrte Alice nach Bombay zurück. Sie war froh darüber. Die Ruhe hatte ihr wohlgetan, aber den einzigen Trost bot ihr die Arbeit, die sie von ihren Gedanken und der Einsamkeit ablenkte.

Der bevorstehende Krieg in Europa warf seine Schatten nun auch auf Indien. Die Gerüchte und Flüsterparolen unter den Männern, die in Indien herrschten, waren voller Vorfreude auf erregende Abenteuer. Und die Inder selbst waren, wie Alice zu ihrem Kummer merkte, alle für einen Krieg. Ihre Forderungen auf mehr Selbstverwaltung waren verstummt. Statt dessen wetteiferten sie miteinander, die Briten ihrer Unterstützung zu versichern. Alice erfuhr von Fürsten, die mutig ihre kleinen Armeen für den freiwilligen Kriegseinsatz anboten. Aber an solchen Hilfsangeboten war die Regierung nicht interessiert. Und in dem ersten Artikel nach ihrer Rückkehr schrieb Alice, daß sie es noch einmal bereuen würden, so viel guten Willen nicht ausgenutzt zu haben.

Da sie nun wieder bei Kräften war, wollte sie Arvind Joshis

Witwe und Kinder besuchen. Sie hatte sie nie kennengelernt, und er hatte ihr wenig von ihrem Leben erzählt. Aber in den Slums, wo Arvind einmal gewohnt hatte, wußte niemand, wo sie sich jetzt aufhielten. Ratlos stand sie in der schmalen, schlammigen Gasse. Sie hatte Geld und andere Geschenke für seine Familie mitgebracht, die sie jetzt wie tote Waisenkinder an sich preßte. Immerhin sprach es sich schnell herum, daß Soames-Memsahib wiedergekommen war, und einer von Arvids Mitarbeitern, der am Streiktag mitmarschiert war, kam eilig die Gasse entlang zu ihr. Er nötigte sie in seine Hütte, wo er sie mit Tee bewirtete.

»Sie sind in ihr Dorf zurückgekehrt«, sagte er und zeigte auf den schimmernden Horizont und die enge Straße, die in das unendliche Indien führte. »Ohne einen Mann sind eine Frau und ihre Kinder hier verloren. Aber wir haben jetzt einen neuen Führer, Memsahib. Sie müssen Mr. Bandari unbedingt kennenlernen.«

»Hat Mr. Bandari etwas bei der Gesellschaft erreicht?«

»Nein. Er sagt uns immer, wir sollen uns zurückhalten. Er sagt, eines Tages ist es an der Zeit zu streiken, aber Arvind, sagt er, ist zu ungeduldig gewesen. Wir müssen erst viel mehr Anhänger haben.«

»Ist er ein tüchtiger Mann?« fragte sie. Der junge Arbeiter wandte den Blick ab. Da wußte sie, daß Mr. Bandari kein tüchtiger Mann war.

Sie ging mit ihm zum anderen Ende des Slums. Dort stand ein großes Steinhaus mit Ziegeldach. Es war das einzige in der ganzen Gegend und zeugte von Wohlhabenheit. Man sagte ihr, das sei das Hauptquartier der Gewerkschaft und das Wohnhaus des Gewerkschaftsführers. Sie bückte sich und trat ein. Drinnen saßen Männer herum, die sich im Flüsterton unterhielten und sie mit nicht gerade freundlichen Blicken anstarrten. Ihr Begleiter winkte einem dieser Männer zu. Als der ins gedämpfte Licht trat, sah sie, daß Mr. Bandari Brillenträger und sein Gesicht von Pockennarben übersät war.

Alice drehte sich um und ging aus dem Haus. Sie war zornig. Aber was konnte sie tun? Der Mann kam ihr nach. Als er in die Sonne trat, sah sie in seinen Brillengläsern ihr eigenes Spiegelbild. Die anderen Männer wollten nachkommen, doch er scheuchte sie mit einer Handbewegung ins Haus zurück.

»Ich habe gesehen, wie Sie Arvind erschossen haben.«

»Memsahib«, sagte er, »das bilden Sie sich nur ein. Ich war überhaupt nicht in der Nähe des Schauplatzes und kam erst später nach der Ermordung des armen Arvind dorthin.«

»Nun, ich werde bei der Polizei Anzeige erstatten. Übrigens habe ich ihr bereits eine Personenbeschreibung von Ihnen gegeben.«

»Aber die Polizei muß Beweise haben. Es steht also Ihr Wort gegen meins. Und es gibt viele Zeugen, die aussagen werden, daß ich nicht am Tatort war. Haben Sie mich mitmarschieren sehen?«

»Nein. Es waren so viele Gesichter.«

»Und haben Sie mich denn unter den vielen Gesichtern erkannt? Arvind war ein guter Mann, aber zu ungestüm.«

»Ja, er war ein guter Mann. Ein ehrlicher Mensch. Er hätte sich so ein Haus nicht gebaut.«

»Ich habe es gebaut, um meine Autorität zu stützen, Memsahib. Die Leute haben nur Achtung vor jemandem, der eine Stufe höher steht als sie. Memsahib, ich weiß, Sie meinen es gut. Ich kenne mich auch nicht mit diesen Gewerkschaften aus. Sie sind etwas, das aus dem Ausland stammt. Ich bin ein Jobber. Verstehen Sie, was ich meine?«

»Nein.«

»Ich kam vor Jahren aus einem kleinen Dorf in diese Stadt und habe auch in den Mühlen gearbeitet. Dann kamen andere aus meinem Dorf hierher. Weil sie mich kannten, baten sie mich, ihnen zu helfen. Und ich half. Ich beschaffte ihnen Arbeit. Ich besorgte ihnen ein Dach über dem Kopf. Ich kümmerte mich um sie, wenn sie krank wurden . . .«

»Für Geld, nicht wahr?«

»Und verlangt diese Gewerkschaft aus dem Ausland, die Sie bei uns einführen wollen, nicht auch Geld? Aber eine Gewerkschaft wird den Menschen aus meinem Dorf keine Hilfe sein. Ich bin der einzige, der ihnen hilft. Doch hier gibt es noch viele wie mich, die den Menschen aus ihren Dörfern helfen. Wir bilden eine Gewerkschaft nach unserer Art. Sie hätten sich besser über uns informieren sollen. Wenn Sie sich noch einmal in unser Leben einmischen, kann es sein, daß wir die Memsahib töten müssen.«

Dabei lächelte er sie an. Doch es war kein freundliches, sondern ein dunkel drohendes, haßerfülltes Lächeln. Er drehte sich um und ging in sein Haus. Alice war den Tränen nahe. Als sie sich in Bewegung setzte, verschwamm die Sonne vor ihren Augen. Sie war ratlos, sie verstand nichts mehr.

»Seid verdammt, ihr alle«, flüsterte sie vor sich hin.

Siebzehntes Kapitel

April bis September 1914

Kaum sichtbar zeichneten sich feine Kummerfalten auf dem Gesicht von Lord Hardinge ab, wie mit rascher, spitzer Zeichenfeder um Mund und Augenränder hingeworfen. Der Oberst zeichnete sie auf seiner Skizze nach. Sie sah dem Vizekönig nicht sehr ähnlich. Er wirkte darauf älter und müder, als er war. Dennoch hatte die Bürde seines Amtes tatsächlich Spuren bei ihm hinterlassen. Die Folgen des Bombenanschlags waren allerdings eher unbequem als schmerzhaft gewesen. Zwei Monate lang hatte er auf dem Bauch liegen müssen, bis die durch die Nägel verursachten oberflächlichen Wunden verheilt waren. Der wirkliche Schaden reichte tiefer. Immer wieder zuckte ein plötzlicher Schreck durch seine Züge, als befürchte er jeden Augenblick ein neues Attentat.

Eine viel tiefere Wunde hatte ihm das Schicksal durch den plötzlichen Tod Winifreds geschlagen. Sie war zur Erholung nach London gefahren, wo sie schwer erkrankte. Man brachte sie in aller Eile in ein Krankenhaus. Hier war sie nach einer schweren Operation gestorben. Der Oberst erkannte in den Zügen des Vizekönigs tiefe Melancholie. Seine einzige Stütze war jetzt die vierzehn Jahre alte Diamond.

Nur drei Männer saßen im Büro des Vizekönigs im Bezirksgericht von Delhi zusammen. Der dritte, General Sir Beauchamp Duff, war eigens für diese Unterredung aus dem Hauptquartier in Simla angereist. Er war körperlich der größte von ihnen. Er hielt sich kerzengerade und drückte immer die Schultern durch. Die vielen geplatzten Äderchen auf seinen Wangen verliehen ihm einen eigenartigen Terrakotta-Teint. Er war Oberkommandierender der indischen Armee, aber außerdem das einzige militärische Mitglied im Gesetzgebenden Rat des Vizekönigs. So kam es, daß er ständig zwischen Simla und Delhi unterwegs war und mehr Zeit bei Konferenzen als mit Inspektionen seiner Truppen verbrachte. General Kitchener hatte diesen Platz im Rat bei seinem Machtkampf mit Lord Curzon vor neun Jahren erstritten.

Dies war keine gewöhnliche Konferenz beim Vizekönig. Zunächst einmal benötigte Lord Hardinge heute allein Ratschläge dieser beiden Männer. Er machte sich Sorgen wegen des Krieges. Man hörte in Delhi zwar nur wenig von der Kriegsgefahr in Europa, sondern las es nur in drei Wochen alten Zeitungen und dachte kaum darüber nach. Sollte England in einen Krieg mit Deutschland eintreten, so rechneten sie übereinstimmend, daß Deutschland in wenigen Tagen, höchstens in einer Woche besiegt sein würde. Schließlich reichte das Empire von einem Ende der Welt bis zum anderen, und es gab keinen Grund, an seiner großen Stärke zu zweifeln.

Daneben bestand aber die Möglichkeit eines anderen militärischen Konflikts auf einem Indien viel näher liegenden Gebiet. In den letzten Monaten waren Berichte in Whitehall eingetroffen, nach denen die Deutschen entscheidende diplomatische und politische Fortschritte in der Türkei machten. Auch der Oberst hatte die Berichte erhalten und war ebenfalls beunruhigt. Die Deutschen versuchten, den Scheich von Kuwait aus der britischen Einflußsphäre zu locken. Außerdem hatten sie die Türken ermuntert, Anspruch auf die Halbinsel Qatar zu erheben. Und in Bagdad protestierten sie gegen einen ungerechten Handelsvorteil für die Briten im Irak.

Die britische Regierung konnte diese bedrohliche Entwicklung nicht länger außer acht lassen. Abgesehen vom Handel lagen in Arabien riesige Ölfelder. Glücklicherweise war der Scheich von Muhammora ein guter Freund der Briten. Doch die doppelte Bedrohung der Ölfelder und der Pipeline, durch die das Rohöl von Arabien zur Insel Abadan an der Mündung des Schatt-el-Arab floß, hatte in London die Wirkung eines Schlags ins Hornissennest gehabt.

»Jetzt sind wir am Zug«, sagte Lord Hardinge. »Der Kriegsminister Sir Edmund Barrow hat folgendes vorgeschlagen: Da Arabien im Einflußbereich der indischen Regierung liegt, sollten wir etwas unternehmen, um die Deutschen abzuschrecken. Sie haben bereits Enver Pascha, den türkischen Kriegsminister, überredet, die in der türkischen Armee dienenden britischen Offiziere durch deutsche Offiziere zu ersetzen. Und unser Freund, der Kaiser, ist so weit gegangen, sich nach einem Besuch in Mekka als Hadschi anzusehen. Er nennt sich jetzt, wenigstens in der Türkei, Hadschi Mohammed Guilliane.«

Der Oberst hörte auf zu zeichnen und sagte: »Das ist keine einfache Sache.« Dann zog er kreuz und quer Striche über das Gesicht des Vizekönigs. »Wenn wir ein militärisches Expeditionskorps in die Türkei entsenden, haben wir die indischen Moslems gegen uns, weil wir ihre türkischen Brüder angreifen.«

»Aber falls dieses Problem irgendwie gelöst wäre, würde dann eine kleine militärische Expedition möglich sein?« fragte der Vizekönig.

»Die erforderliche Mannschaftsstärke haben wir sicherlich«, sagte General Duff steif. »Die indische Armee ist eine der besten Streitkräfte der Welt. Ich bin sicher, daß wir den Türken und ihren deutschen Offizieren eine Lektion erteilen könnten.«

»Haben Sie eine Vorstellung, wie lange eine solche Expedition dauern würde?«

»Die ganze Sache dürfte nicht länger als zwei Wochen in Anspruch nehmen. Meine Männer haben gegen die Afghanen gekämpft, und ich bezweifle, daß die Türken ihnen an Tapferkeit und Härte das Wasser reichen können. Ich würde annehmen, daß wir die Aufgabe in der Türkei innerhalb von vierzehn Tagen erledigen könnten. Im Höchstfall würde es einen Monat dauern. Ich schicke Ihnen einen detaillierten Bericht, sobald ich mit meinen Offizieren gesprochen habe. Wann wird diese Expedition stattfinden?«

»Ich gebe Ihre Einschätzung der Situation an Sir Edmund weiter, der dann Whitehall einen Vorschlag unterbreiten muß. Ich nehme an, nicht vor September. Möglicherweise würde ein Winterfeldzug unseren Soldaten besser liegen.« Der Vizekönig wandte sich an den Oberst: »Was können wir mit unseren Moslems machen? Wir müssen sie irgendwie unter Kontrolle halten.«

»Ich habe mir darüber schon meine Gedanken gemacht. Die türkischen Moslems sind Sunniten und glauben, daß der Sultan der rechtmäßige geistliche Nachfolger des Propheten ist. Die indischen Moslems sind Schiiten. Sie glauben, der geistliche Nachfolger ist der Aga Khan. Wir müssen sie irgendwie davon überzeugen, daß der Aga Khan unsere Sache unterstützt. Und er muß die indischen Moslems von Protestaktionen abhalten. Aber diese Initiative muß von London ausgehen und nicht von uns.«

»Ich werde Ihre Anregungen ebenfalls weiterleiten. Bis dahin heißt es abwarten und Tee trinken.«

Nach dieser Konferenz kehrte der Oberst nicht in sein Büro zurück. Das befand sich jetzt nicht mehr in einem Zelt, sondern in einem kleinen, überbeanspruchten Steinhaus. Es war ebenso als Provisorium gedacht wie vorher das Zelt und würde abgerissen werden, wenn die Regierungsgebäude fertiggestellt waren, wann immer das sein würde. Die Luft war ständig von gelbem Staub erfüllt. Doch obwohl Tausende von Arbeitern herumwimmelten, war auf dem harten Boden noch kein Ergebnis ihrer Tätigkeit zu erkennen.

Der Oberst winkte seine *Gharri* heran und ließ sich zum Grabmal des Mogulkaisers Humayun kutschieren. Sie überholten Elefanten, Ochsenkarren und endlose Reihen von Männern, Frauen und Kindern, die Steine und Ziegel in Bastkörben auf den Köpfen transportierten. Im Mittelpunkt der gesamten Tätigkeit, aber im Baustaub kaum zu sehen, stand ein großes Zelt. Dies war das Hauptquartier von Edwin Lutyens und Herbert Baker, den beiden Architekten von Neu-Delhi. Der Oberst war überrascht, daß sie noch immer zusammen in einem Zelt hausten, obwohl sie sich vollständig überworfen hatten und nicht mehr miteinander sprachen. Außerdem verkehrte der Vizekönig nicht mehr mit Lutyens. Wenn einer dem anderen etwas mitzuteilen hatte, geschah es durch Adjutanten.

Es war eine Erleichterung, dem Staub zu entkommen und in dem großen, stillen Garten spazierenzugehen. Das Denkmal mit dem Kuppeldach ragte hoch über ihm auf. Er dachte, was für eine extravagante Verschwendung es doch war, die Leiche eines Menschen in einem großen Schrein aus Marmor, Sand- und Ziegelstein aufzubewahren. Die großartige Schönheit des Baus stellte er dabei nicht in Abrede. ›Aber was für einen Zweck hat die ganze Pracht?‹ dachte der Oberst. ›Es ist nur ein schmückendes Sinnbild des Mogulreichs und hat nicht den geringsten praktischen Nutzen. Es bietet keine Unterkunft und keine Arbeitsmöglichkeit. Wir werden uns dagegen mit diesem Neu-Delhi ein Denkmal setzen, das menschlichen Bedürfnissen dient.‹ Eine Zeitlang ging der Oberst durch den vernachlässigten Garten. Dann setzte er sich auf eine Steinbank am Springbrunnen im Schatten eines goldenen *Mohar*. Das Plätschern des Wassers war von musikalischem Wohllaut, doch er hörte es nicht. Er bemerkte auch nicht die *Langurs*, die ihre

Spiele unterbrachen, um ihn zu beobachten, bevor sie auf der Brustwehr weiter herumturnten.

Er war in düsterer Stimmung. Sein Herz war so leer wie das Innere des Grabmals. Sushila fehlte ihm, und er wußte, daß sie ihm immer fehlen würde. Die Zeit hatte das Verlangen nach ihr so wenig abgetötet wie die Erinnerung an sie. Wenn er erschöpft war, packte ihn plötzlich und unerwartet die Sehnsucht. Dann wünschte er, daß er wieder den Kopf auf ihr Kissen legen und in ihrer warmherzigen Umarmung Trost finden könnte. Selbst die Erinnerung an ihr Parfüm war so unauslöschlich wie ein Blutfleck.

Als er zum letztenmal ihr Haus verließ, hatte er einen bohrenden Schmerz empfunden. Nur sein Stolz und seine unbeugsame englische Haltung hatten es ihm ermöglicht, davonzugehen, ohne sich auch nur einmal umzudrehen. Dabei war ihm bewußt, daß er sich selbst aus dem Paradies ausgeschlossen hatte. Er verwünschte seine Erziehung, seine Unfähigkeit, Grundsätzen untreu zu werden oder nachzugeben. ›Wir sind so verdammt stolz, Engländer zu sein, aber was ist dieser Stolz wert, wenn ich dafür mein Leben lang vor Sehnsucht vergehe? Als mit Alice Schluß war, habe ich kein Bedauern gespürt, nur Zorn, eine kalte Wut über ihren Verrat. Wenn ich sie nicht in einen *Tonga* gesetzt und dafür gesorgt hätte, daß sie abfuhr, hätte ich sie möglicherweise umgebracht. Doch Sushila hat mich nicht verraten, sondern ich sie. Wir haben ein Kind gezeugt, aber ich kann es nie als mein eigenes anerkennen und ihm nie meinen Namen vererben.‹

Er wußte immer noch nicht, ob er Vater eines Jungen oder eines Mädchens geworden war. Einige Monate hatte er sehnlich darauf gewartet, daß sie ihm verziehe und ihm wieder einen Liebesbrief schriebe. Doch sie hatte nichts verlauten lassen. Er traf die nötigen Abmachungen mit seiner Bank, um ihr monatlich einen Betrag überweisen zu lassen, und erst als das Geld zurückkam, hatte er Ermittlungen nach ihr anstellen lassen. Doch Sushila blieb wie vom Angesicht der Erde verschwunden. Das war ein schwerer Schock für ihn. Sie hatte noch am selben Tag ihr Haus verlassen, und niemand hatte sie seitdem gesehen. Auch ihr Vater war verstört, wußte aber ebensowenig. Er glaubte, sie hätte nach dem Tod ihres Gatten Selbstmord begangen, um dem grausamen Witwenstand zu entgehen. Man hatte aber keine Leiche gefunden.

Der Oberst glaubte nicht an einen Selbstmord. Nicht, solange ihr Kind nicht zur Welt gekommen war. Außerdem paßte ein Selbstmord nicht zu einer so starken Frau. ›Ich weiß, daß sie noch am Leben ist. Ich weiß, daß sie sich irgendwo in den Weiten Indiens versteckt hält. Vielleicht sehe ich sie nie wieder. Und daran bin ich allein schuld.‹

Ihm fiel das Gedicht ein, das sie einander nach dem Abendessen im Hause ihres Vaters rezitiert hatten. Es war ein Gedicht von Nisani, der als Graveur am Hof des Mogulkaisers Akbar gelebt hatte. Sushila hatte die ersten Zeilen gesprochen und er den Rest. Jetzt verfolgte ihn dieses Gedicht mit seinem prophetischen Text.

Der alte Zauberer auf seinem Thron
Webt uns in seinen starren Bannkreis ein
Und läßt uns dann im türkisblauen Gewölb'
Mit unsrer Angst und Blindheit ganz allein,
Vergessen ist, daß nachts den Mond er schuf
Aus Silberschuppen eines Fischs nach Plan,
Der in dem sternbesetzten blauen Glas
Zieht unbeirrbar seine ruh'ge Bahn.
Verschlossen ist das Glas mit tausend Siegeln.
Der Schein des Monds umflutet ihn, der groß.
Kein Mensch dem ew'gen Kreislauf je entgeht,
Denn unausweichlich ist sein Erdenlos.

Er flüsterte es vor sich hin. Dann schwieg er und meinte wieder, ihr perlendes Lachen, immer leiser werdend, zu hören. Doch es war nur das Plätschern des Wassers im Springbrunnen.

Der ältliche Jat-Sikh war gekommen, um den goldenen Armreif seiner Frau zu verkaufen. Sein ergrauender Bart war ungepflegt, und Isaac Newton bemerkte die tiefen Falten um die Augen, die von Verzweiflung sprachen. Seit einer halben Stunde hörte er sich schon geduldig seine Klagen an – zu wenig Regen, schlechte Ernten, hungernde Büffel. Doch nachdem er ihm Geld gegeben hatte, wünschte er, der Mann würde endlich gehen. Dann erzählte ihm der Sikh, er habe einen Vetter in Vancouver, und er wolle auch auswandern.

»Na, dann tu es doch!« sagte Newton und warf den Armreif auf einen Haufen anderer. Als er sah, wie nachlässig Newton damit umging, zuckte der Sikh schmerzlich zusammen.

»Ich hab ihm ja auch schon geschrieben, daß ich kommen will. Aber jetzt schreibt er, daß alle Auswanderer zurückkehren wollen.«

»Und warum wollen sie zurückkommen, wo sie nur Elend erwartet?«

»Natürlich, um Indien zu befreien. Mein Vetter schreibt mir, sie werden in Kanada schlecht behandelt, weil Indien in Ketten liegt. Wenn sie zurückkehren und Indien befreien, werden sie überall stolz als freie Menschen leben können.«

Newton nahm eine Prise Schnupftabak und drehte sich zum Schnupfen höflich ab. Dann rief er nach seinem *Chokra*. Er solle Tee und einige *Samosas* für seinen Freund bringen. Möglicherweise würde er eine interessante Geschichte hören.

»Und wie wollen sie Indien befreien? Indem sie einfach herkommen und die Briten beschimpfen?«

Der Sikh lachte. »Bist du wirklich so blöd? Mit Waffen natürlich. Nur durch Waffengewalt können wir frei werden. Er schreibt, sie haben so viele Spenden für diese Sache bekommen, daß sie dafür bei den Amerikanern Waffen, Munition und anderes eingekauft haben.«

»Aber für diese Waffen brauchen sie eine Armee«, sagte Newton und bedeutete dem *Chokra*, den Tee zu servieren. Es war ein intelligenter kleiner Junge. Er erinnerte Newton an seinen Neffen Narain, als der noch ein Kind gewesen war. Er hatte ein gutes Gedächtnis, und als er zwischen Newton und dem Sikh hin und her ging, machte Newton ihm ein Zeichen, er solle draußen auf den Sikh warten und ihm dann nachgehen.

»Sie haben ja eine Armee. Tausende über Tausende kehren zurück.«

»Schon bald?«

»Ja, bald. Sie haben die Überfahrt schon gebucht.«

Newton dachte eingehend über diese Information nach und kam seufzend zu dem Ergebnis, daß er ihre Korrektheit noch bestätigt finden mußte. Es konnte sein, daß der alte Sikh nur aufgeschnitten hatte, um ihn zu unterhalten und ihm die Zeit zu vertreiben, während er Newtons Gastfreundschaft genoß. Die Tausende konnten in Wirklichkeit nur zwei sein, die statt der Schußwaffen und Munition Speere, Pfeil und Bogen mit sich führten. Also erhob er sich mit einem weiteren Seufzer des Bedauerns über die Unterbrechung seines Tageslaufs.

Aber bevor er dem Oberst-Sahib einen Bericht schickte, mußte er sich vergewissern, daß die Geschichte auf Wahrheit beruhte. Er kannte einen Sikh-Tuchhändler, der ihn oft, ohne es zu wissen, mit Informationen versorgte. Balbir Singh pflegte von den Bergen im Norden bis nach Benares im Süden zu reisen. Er war verläßlicher und wahrheitsliebender als irgendein armer Bauer.

Balbir Singhs Laden lag an der Westseite des Goldenen Tempels. Dort hoffte Newton ihn zu finden. Obwohl der Mann schon in die Jahre gekommen war, gab er das Reisen nicht auf, und die meiste Zeit über war er nicht in Amritsar. Er hatte so viele Söhne von vielen verschiedenen Frauen, die jede in einer anderen Stadt lebte, daß Newton nie recht schlau daraus wurde, welcher Sohn gerade den Laden führte. Außerdem hatte Balbir die Söhne immer abwechselnd als Hindus oder Sikhs erzogen. Newton war gern mit dem alten Spitzbuben zusammen. Er erzählte so amüsante Geschichten. Am besten gefiel ihm die Geschichte von der turkestanischen

Ringerin, die es sich in den Kopf gesetzt hatte, Balbir zu heiraten, als er, damals noch ein junger Mann, zusammen mit seinem Vater in Samarkand gewesen war.

Was Newton nicht wußte, war, daß Kim ebenfalls Balbir Singh kannte und von ihm dieselbe Geschichte gehört hatte. Vor fast acht Jahren war Kim einmal mit Balbirs Karawane von Benares nach Rae Bareli gezogen. Damals hatte Kim die Prostituierte Lakshmi bei sich, die er aus einem Bordell in Bombay gerettet hatte und in das Dorf ihrer Eltern zurückbringen wollte. Nur mit Bedauern hatte sich Balbir Singh von Kim getrennt, und noch heute fragte er sich oft, was wohl aus dem jungen Mann geworden war. Er hatte ein vages Gerücht gehört, Kim sei in Rae Bareli verhaftet und ins Gefängnis Tihar in Delhi eingeliefert worden. Abgesehen von diesem Gerücht war Kim für ihn vollständig vom Angesicht der Erde verschwunden.

Newton verbarrikadierte seinen Laden mit drei großen Vorhängeschlössern und machte sich auf den Weg durch die engen, von Menschen erfüllten Straßen. ›Es gibt zu viele Menschen auf der Welt‹, dachte er. ›Wir machen zu viele Kinder, und das alles nur, weil Gott uns durch bestimmte Körperteile so großes Vergnügen bereitet. Wenn es dieses Vergnügen nicht gäbe, würden uns keine Kinder Leiden schaffen.‹

Zu seiner Erleichterung fand er Balbir Singh in dessen Laden vor. Er war genau so groß und dünn wie Newton, hatte aber von seinen vielen Reisen ein dunkles, sonnenverbranntes Gesicht. Sein Bart hatte die Farbe von Asche und bedeckte fast die ganze Brust. Mit untergeschlagenen Beinen saß er an einem niedrigen Schreibtisch, in dem er sein Geld aufbewahrte, während zwei seiner Söhne die hereinkommenden Kunden bedienten. Der eine, Harish Chand, war ein schlanker, drahtiger junger Mann mit einem raschen Lächeln. Er war Hindu. Sein älterer Bruder Grehwal, ein Sikh, war untersetzt und kräftig und führte meistens den Laden, wenn sein Vater auf Reisen war. Es gab noch drei weitere Söhne, die aber im Augenblick nicht da waren.

Balbir freute sich, als sein neuer Freund Isaac Newton auftauchte. Er fand seinen Namen merkwürdig, doch er schien zu ihm zu passen. Newton setzte sich zu ihm, und Harish brachte ihm Tee und Gebäck. Newton trank, während sie sich über nebensächliche Dinge unterhielten. Balbir Singh plante schon wieder eine Reise. Er war noch dabei, Kräfte zu sammeln, denn sie sollte ihn bis nach Rawalpindi hinaufführen. Aber er versprach auch, sich bald endgültig niederzulassen – in Amritsar, in der Nähe seines geliebten Goldenen Tempels. Doch bis dahin mußte er noch seine Frauen und Kinder beruhigen, die entlang des Reisewegs verstreut lebten. Sie erwarteten ihn zu bestimmten Zeiten, und da mußte er sich schon bei ihnen sehen lassen.

»Und warum hast du nicht geheiratet, mein Freund?« fragte Balbir Singh. »Eine Frau kann schwierig werden, aber sie macht sich auch nützlich im Haus und im Bett.«

»Ich wurde noch als Kind mit meiner Kusine verlobt. Sie war ein hübsches, scheues und freundliches Mädchen. Dann heirateten wir, waren aber immer noch zu jung, um die Ehe zu vollziehen. So spielten wir zusammen wie enge Freunde. Wir wohnten in einem kleinen Dorf in der Nähe von Arcot. Eines Tages holte sie Wasser vom Brunnen, der ein Stück von unserem Haus entfernt war, fiel hinein und ertrank. Das machte mich sehr traurig, denn ich liebte sie, wenn auch noch ganz unschuldig. Meine Eltern bemühten sich, eine neue Ehe zu vermitteln, aber ich wollte kein anderes Mädchen als meine Kindheitsfreundin haben. Ich denke noch oft an sie. Wie anders wäre mein Leben mit ihr verlaufen! Wahrscheinlich wäre ich nie aus meinem Dorf herausgekommen, und wahrscheinlich . . .«

Er brach plötzlich ab, und Balbir Singh störte sein Schweigen nicht, aus Achtung vor der traurigen Geschichte. Er konnte ja nicht wissen, daß Newton nur schwieg, weil er sich beinahe verplappert hätte. Er hatte sagen wollen: »Wahrscheinlich hätte ich dann nie als Geheimagent für den Oberst-Sahib gearbeitet.«

»Eigentlich hast du Glück gehabt, daß du nie geheiratet hast, mein Freund. Je älter ich werde, um so häufiger vergesse ich, welcher meiner Söhne von welcher Mutter stammt. Diese beiden *Badmashes* haben wenigstens dieselbe Mutter und sind immer hier. Aber wenn ich auf Reisen meine anderen Söhne besuche, komme ich oft durcheinander.«

»Andere Männer haben ja auch nur eine Ehefrau. Diese Probleme verdankst du nur deiner unersättlichen Gier. Und wie weit nach Norden willst du diesmal gehen?«

»Bis nach Kabul. Dort habe ich eine afghanische Frau und zwei Söhne. Ich will einen ganzen Monat bleiben, weil der Frühling da sehr angenehm ist.«

»Ich hatte heute einen *Sardar* vom Dorf in meinem Laden, und ich machte ihm den Vorschlag, nicht nach Kabul zu reisen, sondern nach Kanada. Er hatte mir erzählt, daß dort sein Vetter wohnt. Aber dann sagte er mir, der Vetter will heimkehren und Indien von der britischen Herrschaft befreien.«

»Davon habe ich auch gehört«, sagte Balbir. »Die Gadhar-Partei in San Fran ... cisco hat diese Sache organisiert. Sie wollen Kanonen und Bomben herschaffen und die Briten zum Land hinausjagen. Wir Sikhs ziehen ja gern in den Krieg. Warum hätte es sonst in unserer Geschichte so viele verlorene Kriege gegeben? Diesen Krieg werden wir auch verlieren.«

»Es soll übrigens schon bald losgehen.«

»Ja.« Balbir rief Grehwal herein. »Diese Frau gestern, deren Schwägerin einen Onkel hat, der in Kanada lebt ... was hat sie über dessen Rückkehr erzählt?«

»Sie hat gesagt, er kommt auf einem Schiff mit einem seltsamen Namen. Ein japanisches Schiff. Und es kommen noch viele andere.«

Der Oberst erhielt Newtons Bericht erst im Juli, denn Newton war ein gewissenhafter Mensch und wollte dem Oberst-Sahib kein Basargerücht mitteilen. Er hatte sich zwei wichtige Briefe beschafft. Sie waren von Sikhs geschrieben, die an der Planung der Okkupation beteiligt waren. Prahlerische und zornige

Briefe. Darin tauchten auch Namen von Freunden auf, die sich an der Expedition beteiligen wollten.

Diese Briefe hatte ein Tischler in Ludhiana von seinem Vetter erhalten. Der wohnte im selben Dorf wie der Jat-Singh, der Newton als erster zufällig von der Expedition berichtet hatte. Newtons *Chokra* war, wie befohlen, dem Sikh heimlich nachgegangen, hatte dabei von dem zweiten Brief erfahren und Newton Bericht erstattet. Das ganze Dorf wußte Bescheid, denn beide Briefe waren im *Gurudwar* laut vorgelesen worden. Newton hatte ihnen die Briefe für nicht wenig Geld abgekauft, indem er vorgab, er wolle die Expedition gegen die Briten unterstützen.

Newton hörte den Sir Oberst-Sahib laut über diese sinnlose Geldverschwendung aufstöhnen. Selbst tausend oder zehntausend bewaffnete Männer würden die britische Herrschaft nicht stürzen.

»Warum gerade die Sikhs?« fragte der Oberst. Er stellte die Frage aber nicht Newton, sondern den fernen Bergen, die das Fenster einrahmten. Hier in Simla, wohin die Hauptstadt im Sommer verlegt wurde, um der schrecklichen Hitze in Delhi zu entgehen, hatte der Oberst wenigstens wie früher bereits ein ständiges Büro. Es war ein gemütliches Zimmer mit hoher Decke, verwohnt und vertraut. Seine Bücher wurden hier nicht in Schrankkoffern verwahrt, sondern standen lebensfroh in Regalen. An den Wänden hingen seine Bilder, und in einer kleinen Glasvitrine standen Erinnerungsstücke. ›Sie haben fast ein ganzes Jahrhundert treu zu uns gestanden. Sie haben beim Aufstand der Sepoys an unserer Seite gekämpft, und wir haben ihnen ihre Treue hundertfach vergolten.‹

Dieser Verrat traf den Oberst hart. Er stieß einen langen Seufzer aus. Warum nur, warum? Wenn sie den Sikhs nicht mehr trauen konnten, wem denn sonst?

Er entließ Newton mit dem Auftrag, weitere Informationen zu sammeln. Jetzt mußte schnell, vielleicht sogar grausam durchgegriffen werden, um andere von einem solchen Aufstandsversuch abzuschrecken. Schon ein kleines Gefecht mit den zurückkehrenden Sikhs würde den Punjab in Flammen setzen, und das Feuer würde sich wie ein Buschbrand über ganz Indien ausbreiten. Diesmal waren die Rebellen keine Sepoys, sondern Sikhs. Ihr Beispiel könnte bei den in der Armee dienenden Sikhs Schule machen, und die im Punjab lebenden Hindus würden sich dem Aufstand anschließen.

Unverzüglich schickte der Oberst ein Telegramm an die britische Botschaft in Washington, mit der Bitte, den Namen des japanischen Schiffs herauszufinden, das die Sikhs von San Francisco nach Indien bringen sollte. Außerdem solle man bei den amerikanischen Einwanderungsbehörden alles erfragen, was ihnen über die Sikhs bekannt war.

Ungeduldig wartete der Oberst eine Woche lang auf Antwort aus Washington. Dann begab er sich zu dem für innere Angelegenheiten zuständigen Mitglied des Gesetzgebenden Rats und übergab ihm den Bericht. Dabei übertrieb er die ursprünglich genannten Zahlen, damit die Angelegenheit eine höhere Dringlichkeit bekam. Auch dieser Mann stieß einen Seufzer aus, und die beiden schauten aus seinem Bürozimmer auf die Berge. Nach der Hitze und dem Staub von Delhi war Simla eine willkommene Erfrischung gewesen. Sie hatten sich auf eine Zeit der Ruhe und des Friedens gefreut. Das Ratsmitglied hatte einen Urlaub im Kaschmir geplant. Jetzt konnte er ihn natürlich nicht antreten, sondern mußte Frau und Kinder allein fahren lassen.

Die beiden ersuchten um eine Audienz beim Vizekönig.

»Das hat uns gerade noch gefehlt«, sagte Lord Hardinge. »Wir müssen uns doch jetzt voll und ganz um diese Sache in der Türkei kümmern. Whitehall hat uns aufgefordert, die Vorbereitungen für die Expedition zu treffen, und sobald sie uns das Datum nennen, wird die Armee nach Mesopotamien verschifft werden.«

»Ich schlage vor, daß wir die Sikhs gleich an der Grenze aufhalten«, sagte der Oberst, dem Mesopotamien völlig gleichgültig war. Es lag nicht in seiner Einflußsphäre. Ihn interessierte allein Indien. »Wir nehmen sie fest, stellen sie vor

Gericht und hängen sie dann auf oder werfen sie ins Gefängnis.«

»Wie sollen wir sie denn an der Grenze aufhalten? Laut Gesetz ist es uns nur gestattet, Ausländer an der Einreise nach Indien zu hindern. Diese Männer sind aber Inder und haben das verbriefte Recht auf Einreise.«

»Dann müssen wir ein neues Gesetz erlassen«, sagte das für innere Angelegenheiten zuständige Ratsmitglied. »Ein Gesetz über die Behandlung von Indern, die in ihr Heimatland zurückkehren, um Unfrieden zu stiften oder für einen bewaffneten Aufstand einzutreten.«

»Das ist Sache Ihrer Abteilung. Bringen Sie diese neue Verordnung über die Einreise nach Indien zu Papier, und ich werde sie durch meine Unterschrift zum Gesetz erheben. Haben Sie eine Ahnung, wann dieses Schiff hier eintreffen wird?«

»Ich nehme an, irgendwann im September. Die Schiffspassagen sind jedenfalls schon gebucht. Es handelt sich übrigens um zwei Schiffe. Das eine ist die *Kamagatu Maru*, das andere die *Taro Maru*. Die Gadhar-Partei ist sehr gut organisiert. Aus Washington erfuhr ich, daß sie sogar ein Flugzeug gekauft haben und dabei sind, Piloten auszubilden. Außer diesen beiden japanischen Schiffen werden auch zwei amerikanische Schiffe erwartet, die anscheinend die Waffen und die Munition herbringen sollen.«

Eine Sicherheitstruppe erwartete die *Kamagatu Maru*, als sie Anfang September in Kalkutta anlegte. Doch sie wurde nicht vom Oberst befehligt. Der beobachtete die Aktion nur von weitem. Durchs Fernrohr blickte er durch den trüben Dunst auf die Docks, die sich am Ufer des Hoogli hinzogen. Es war ein feuchtheißer Tag. Als das Schiff Anker warf, dachte er an ein anderes Schiff, das in ein, zwei Wochen in Bombay den Anker lichten würde, um zum Persischen Golf zu fahren.

Vor einer Woche hatte die indische Regierung von Whitehall den Befehl erhalten, eine Streitmacht aufzustellen und sie zum Golf zu entsenden. Die Wahl war auf die 6. Poona-Division unter dem Kommando von Generalmajor Charles Vere Ferrers Townshend gefallen. Sie sollte im Golf Flagge zeigen. Man nahm an, daß sich die Türken bei Ankunft dieser Streitmacht zurückziehen würden.

Der Oberst wünschte, er wäre noch so jung, daß er an dem Abenteuer teilnehmen könnte. Zwei, drei Wochen in Mesopotamien mußten für einen jungen Offizier eine willkommene Abwechslung sein. Er würde an ein, zwei Gefechten teilnehmen, Pulver riechen und sich ruhmreich bewähren. Der Oberst erinnerte sich an seine Zeit als junger Offizier an der Nordwestgrenze. Damals war er noch voller Ehrgeiz und Energie gewesen. Es waren aufregende, spannende Zeiten gewesen. Doch jetzt wurde er von Tag zu Tag lustloser und sah ein, daß er den Strapazen dieser Expedition nicht mehr gewachsen war.

Er hatte nicht einmal nach Kalkutta fahren wollen, die Stadt barg für ihn zu viele Erinnerungen. Sie rief ihm zu viele wehmütige Gefühle ins Gedächtnis zurück. Hier war er mit Richard gewesen. Sie hatten ihr letztes gemeinsames Silvesterfest im Club gefeiert. Er erinnerte sich noch genau, daß auch Kim dabei gewesen war. Allerdings hatte er die meiste Zeit mit Dr. Malcolm zusammengehockt und war nur für einen Drink an ihren Tisch gekommen. Und Elizabeth war zumeist stumm gewesen, in düsteres Brüten versunken, als hätte sie schon geahnt, daß die Familie hier zum letztenmal vereint war. Nein, er mochte Kalkutta nicht mehr und war froh, daß die Hauptstadt nach Delhi verlegt worden war. Das war ein Neuanfang, ein Bruch mit der Vergangenheit, vor allem mit seiner eigenen.

Er blickte auf das Dock und sah, wie Polizisten aus dem Punjab unter Führung britischer und indischer Offiziere über das Fallreep an Bord gingen. Kalkutta gehörte zwar zur Provinz Bengalen, aber der Oberst hatte angeregt, daß Punjab die Verantwortung für die Aktion übernahm, weil die Sikhs ja vorhatten, ihren Angriff vom Punjab aus zu führen.

Er wartete. Eine halbe Stunde verging. Nun war es schon eine Stunde. Dann kam die erste Gruppe von Sikhs, mit Ketten aneinandergefesselt und von Polizisten flankiert, langsam das

Fallreep herunter. Man hatte sie nach dem neuen Gesetz über die Einreise nach Indien verhaftet. Die Beamten schoben und stießen sie auf den wartenden Ochsenkarren zu. Sie hatten sich also ohne Gegenwehr ergeben. Der Oberst war erleichtert. Er hatte befürchtet, daß es zu einer Schießerei kommen würde und hatte deshalb auch angeordnet, die Docks polizeilich abzusperren. Schon ein kleines Gefecht hätte in dieser Stadt genügt, um Gewalttätigkeiten auszulösen.

Als die Abenddämmerung einsetzte, war alles vorbei. Der Oberst bestieg die *Gharri* und fuhr zum Gästehaus der Regierung zurück. Unterwegs entschloß er sich in einem plötzlichen Impuls zu einem Umweg an Sushilas Haus vorbei. Er ließ den Fahrer am Tor halten und ging in den Garten. Alles lag verlassen da. Im Haus war es still. Alle Fensterläden waren geschlossen. Es herrschte eine Trauerstimmung. Der Oberst spürte, wie sinnlos sein Leben geworden war.

Hier hatte einmal eine schöne, einsame Frau gewohnt, und er hatte durch sein Verhalten ihr Dasein noch viel trauriger gemacht. Er blieb eine Zeitlang im Garten. Die Luft war von Blumenduft erfüllt, der ihn schmerzlich an Sushila erinnerte. Er hatte gehofft, wie früher Licht im Fenster an der Rückseite zu sehen. Wäre es so gewesen, dann hätte er womöglich an den Laden geklopft und laut ihren Namen gerufen. Aber es ging kein Licht an, und so bestieg er wieder die *Gharri.*

Der Oberst setzte Isaac Newton von seinem Besuch in Amritsar nicht in Kenntnis. Er sollte geheim bleiben. Deshalb fuhr er auch bei Dunkelwerden in einer verhängten *Gharri* durch die übervölkerte Stadt zum Zentralgefängnis. Die *Gharri* setzte ihn im Gefängnishof ab. Der Oberst schlüpfte in das düster wirkende Granitgebäude, wo ihn der Polizeichef in der Abgeschlossenheit seines Büros empfing und sofort eine Glocke läutete. Daraufhin wurden zwei der verhafteten Sikhs, immer noch aneinandergekettet, hereingeführt.

Der eine war ein stattlicher Mann mit einem gepflegten Bart. Der Oberst nahm an, daß unter dem Turban auch seine

Haare nicht mehr wild wuchsen. Sicherlich hatte er sie schneiden lassen, vielleicht sogar nach amerikanischer Mode ganz kurz. Der Mann hatte hellbraune, fast gelbe Augen und eine Hakennase. Der andere war groß und schlank bis auf das Bäuchlein, das noch nicht unter der Gefängnisverpflegung gelitten hatte. Auch er trug einen gepflegten Bart, aber hinter den dicken Gläsern seiner Stahlbrille waren die Augen kaum zu sehen. Beide Männer waren westlich gekleidet. Sie warteten schweigend, in fast stoischer Ruhe.

Der Oberst musterte sie sorgfältig im Lampenlicht, das jedoch die Höhlungen und Falten ihrer Gesichter im Schatten beließ. Schwellungen oder Abschürfungen waren nicht zu erkennen. Sie hatten sich auch nicht so bewegt, als hätten sie Schmerzen. Ihm war es allerdings gleichgültig, ob sie in der Zelle von Polizisten geschlagen wurden. Prügel waren ein anerkanntes Mittel des Strafvollzugs, sie schufen Disziplin. Aber er wollte nicht, daß man sie prügelte, um sie zu irgend etwas zu zwingen.

»Ich nehme an, ihr wollt nicht gern aufgehängt werden.«

»Nein«, sagte Kirpal Singh, der mit der Brille. Er sah, daß der Oberst die Lippen leicht aufeinanderpreßte, und fügte leise, als wäre es ihm jetzt erst eingefallen, hinzu: »Sahib.«

»Und dasselbe gilt für dich«, sagte der Oberst, schaute in die Akte und fuhr fort: »Vancouver Singh.«

»Ja, Sahib. Man hat uns mit Prügeln gedroht, wenn wir nicht mit dem Schiff mitfuhren. Wir waren beide in Kanada zufrieden und hatten nicht den Wunsch, gegen die Briten zu kämpfen.«

»Aber jetzt seid ihr hier, und ich kann euch immer noch aufhängen oder auf Lebenszeit ins Straflager schicken.«

»Ja, Sahib«, sagten beide.

»Ebensogut kann ich auch dafür sorgen, daß ihr ohne Anklageerhebung auf freien Fuß gesetzt werdet. Der Polizeichef hat mir mitgeteilt, daß ihr zur Zusammenarbeit mit den britischen Behörden bereit seid. Ist das korrekt?«

»Ja, Sahib. Wir haben immer treu zur Krone gestanden. Unsere Väter dienten bei der Armee . . .«

»Hoffentlich lügt ihr nicht.«

»Nein, Sahib. Wenn Sie uns die Gelegenheit geben, werden wir unsere Treue unter Beweis stellen.«

»Wir werden sehen.« Der Oberst blickte sie so durchdringend an, daß sie die Lider senkten. Sie ahnten, daß er ein Mann war, der keine Rücksichten kannte. »Wenn ihr mich hintergeht, werde ich euch zu finden wissen, wo immer ihr euch auch versteckt, und nicht mal eine Stunde später lasse ich euch hängen. Verstanden?«

»Ja, Sahib.«

»Gut, ich lasse euch also frei, aber getrennt. Ihr kehrt in eure Dörfer zurück und verhaltet euch wie früher. Ihr bleibt auch in der Gadhar-Partei. Aber ihr werdet mich ständig von deren Tätigkeiten informieren. Von Zeit zu Zeit werde ich euch auch Anweisungen geben, und ihr werdet sie prompt befolgen. Wenn ihr mir gute Dienste leistet, sorge ich dafür, daß sie auch gut belohnt werden. Wenn ihr aber versagt oder mich belügt, werdet ihr beide sterben.«

Sie nickten nachdrücklich.

»Ihr werdet brieflich an mich berichten. Ihr könnt doch beide schreiben?«

»Nur in Punjabi, Sahib.«

»Das genügt. Ich erwarte nicht, daß ihr mir auf englisch schreibt. Wir werden uns nicht mehr wiedersehen, es sei denn, ihr versucht, mich zu betrügen. Dann endet ihr am Galgen, und das letzte, was ihr auf Erden zu sehen bekommt, wird mein Gesicht sein.«

Achtzehntes Kapitel

März 1914 bis Januar 1915

Als sich die glänzende Schwertklinge auf seine rechte Schulter senkte und sie einmal berührte, merkte Lal Bahadhur Ram Shanker, wie ihn alle Kraft verließ. Dieses Gefühl stand in so merkwürdigem Gegensatz zu dem, was er sich von dem unglaublich wichtigen Ereignis erhofft hatte, daß er vorübergehend auch sein Selbstvertrauen einbüßte. Es kam ihm vor, als wäre sein rechtes Knie an den Boden gefesselt, und Schwäche überkam ihn. Er warf einen raschen, fast scheuen Blick auf die Anwesenden, wie um sich zu vergewissern, daß er bei dieser Zeremonie nicht als einziger zugegen war und daß tatsächlich auch andere Menschen Zeugen seiner Erhebung in den Ritterstand wurden. Vielleicht träumte er das alles nur. Was man sich so lange ersehnt hat, gaukelt einem manchmal ein Traum als Wirklichkeit vor.

Aber nein, sie waren alle da. Rechts von Lord Hardinge standen die Mitglieder des Gesetzgebenden Rates mit ihren Frauen und links von ihm Fürsten und andere prominente Inder, von denen einige auch schon den Ritterschlag empfangen hatten. Obwohl Lal Bahadhur alle Gesichter bekannt waren, konnte er keins deutlich erkennen. Er sah sie nur verschwommen. Hinter ihm standen, wie er wußte, weitere Zeugen, Europäer und Inder. Sie verhielten sich so still, daß er nur gelegentlich ein leises Hüsteln oder das Rascheln eines Kleides vernahm.

Daß die Zeremonie des Ritterschlags in Delhi stattfand, minderte die ihm damit erwiesene Ehre keinesfalls. Der Vizekönig war schließlich in Indien König. Nur ganz wenige Männer aus Indien wurden zu der Ehrung nach London eingeladen. Die meisten, ob Europäer oder Inder, wurden vom Vizekönig zum Ritter geschlagen. Natürlich hätte Lal Bahadhur es lieber gesehen, wenn Seine Majestät selber das Schwert geführt hätte. Es lag in der Natur einer solchen Ehrung, daß dessen Teilnahme dem Geehrten ein zusätzliches Ansehen verlieh. So wußte Lal Bahadhur, daß Oberst Creighton vom König und Kaiser persönlich in den Ritterstand erhoben worden war.

Am Vizekönig vorbeiblickend, sah Lal Bahadhur, daß ihm Lady Diamond Hardinge freundlich zulächelte. Sie saß in einem erlesen geschnitzten Stuhl mit hoher Lehne. Über ihrem Kopf hing ein großes Porträt von Seiner Kaiserlichen Majestät König George V., der mit gütiger und anerkennender Miene auf Lal Bahadhur Ram Shanker hinabblickte. Die klare, harte Wintersonne Delhis fiel auf das Gemälde und verklärte es mit ätherischen Glanz.

Lal Bahadhur hatte die Absicht, sich samt seiner Auszeichnung ebenfalls porträtieren zu lassen. Er hatte sich nur noch nicht entschieden, ob er dazu Hoftracht anlegen oder nur einen Anzug tragen sollte. Ein Anzug erschien ihm etwas gewöhnlich. Er hatte nämlich ein Foto von Motilal Nehru in Hoftracht gesehen und konnte nicht umhin, das stolze Aussehen zu bewundern, das diese Aufmachung dem Mann verlieh.

»Sie dürfen sich erheben, Sir Ram Shanker«, sagte der Vizekönig laut, übergab das Schwert dem Oberstallmeister und half mit freundlicher Hand Sir Ram Shanker auf die Beine. »Gestatten Sie, daß ich Sie als erster beglückwünsche, Sir Ram.«

Auch Lady Diamond Hardinge reichte ihm die Hand. Er faßte sie so zart an, als wäre sie aus zerbrechlichem Glas. Der Vizekönig trat zur Seite und überließ es ihm, sich in seiner frischgebackenen Ritterschaft zu sonnen. Doch Sir Ram hatte nur um so stärker das Gefühl, daß etwas fehlte. Er konnte es sich nicht erklären. Hier stand er, umringt von Gratulanten, die ihm begeistert die Hand zerquetschten oder ihm bewundernd auf die Schulter klopften. So durfte er in vollen Zügen genießen, daß sie ihn jetzt als geringer Eingestufte beneideten.

Und plötzlich begriff er mit erschreckender Klarheit, was es war – er war von Menschen einer vergangenen Epoche umringt und gehörte auch selbst einer vergangenen Epoche an. Es gab Männer außerhalb dieser auserlesenen Versammlung, die bald zum inneren Kreis gehören würden. Es waren Männer, die ihm sehr ähnlich, nicht nur jünger, sondern auch ehrgeiziger waren. Sie würden sich nicht mit der Erhebung in den Ritterstand zufriedengeben, in dem sie nur den Zugang zu einer scheinbaren Macht sahen. Ihm war klar, daß er trotz seines Titels weiterhin nur eine Galionsfigur blieb. Die wahre Macht lag in den Händen derer, die ihm eben seine Hand gedrückt hatten. Sie würden sich schnell wieder von ihm zurückziehen. Und es gab die neuen Männer, die an die Spitze strebten, die allein in Indien herrschen wollten, ohne die Macht mit den Briten zu teilen.

Namen fielen ihm ein, die für ihn vage solche Möglichkeiten verkörperten – Jawaharlal Nehru, Vallabhai Patel, C. Rajagopalachari. Das waren die aufsteigenden Sterne in der Kongreßpartei, die sich bereits an die Stelle des gemäßigten Gokhale schoben und den wütenden Tilak überflüssig fanden. Und noch andere fielen ihm ein, eine wachsende Kraft, die ihn schließlich überflügeln würde. Sein Leben war wie sein Titel leer und würde es ewig bleiben.

Diese Erwägungen erschreckten ihn. Er hatte doch sein ganzes Leben hindurch nach dieser Ehrung gestrebt und Intrigen gesponnen, um für seine Leistungen öffentliche Anerkennung zu finden. Doch die Menschen, die sie ihm gezollt hatten, nicht nur seine Landsleute, würden eines Tages abtreten, und damit würde auch sein eigener Ruhm verblassen.

Er fühlte eine Hand auf seiner Schulter, drehte sich in Erwartung eines weiteren Gratulanten und setzte schon ein Lächeln auf. Doch vor ihm standen Motilal Nehru und sein Sohn Jawaharlal. Der ältere Nehru lächelte, der jüngere zeigte eine Miene des Mißfallens, aber Sir Ram beachtete ihn nicht. Heute wollte er den Triumph noch genießen. Die neue Generation würde ihre Triumphe später feiern. Viel später.

»Meinen Glückwunsch, Sir Ram«, sagte Motilal. Er besaß eine laute Stimme, die über das murmelnde Geräusch der übrigen Gespräche hinwegdrang. »Sir Ram – das hat einen schönen

Klang. Das hört sich an, als fiele ein frischgeprägter Gold-Sovereign auf eine Marmorplatte.«

»Sie werden sicherlich auch bald an der Reihe sein, Motilal.« Sir Ram bediente sich der bescheidenen Ausdrucksweise, die er von den Briten her kannte. Aber tief in seinem Inneren betete er inbrünstig, daß diese Ehre Nehru nie zuteil werden würde. Dann wäre er ihm ja wieder ebenbürtig, was ihm unerträglich erschien.

»Hoffentlich nicht«, sagte Jawaharlal. Für einen Mann mit diesem sanften Dichterkopf hatte er eine ziemlich bissige Art. »Wir dürfen die Brosamen, die die Briten uns hinwerfen, nicht wie die Hyänen verschlingen. Sie hätten die Ritterwürde ablehnen sollen.«

»Jawaharlal«, sagte Motilal schockiert. »Wie kannst du zu Sir Ram so unhöflich sein? Du mußt dich sofort entschuldigen.«

»Warum? Nur weil er Ritter ist? Je eher wir damit aufhören, vor den Briten auf den Knien zu liegen, um so eher werden wir als aufrechte Männer dastehen. Wie können wir sie jemals hinauswerfen, wenn wir uns durch Titel dieser Art bestechen lassen?«

»Sie haben sicherlich schon einen meisterhaften Plan entworfen, wie wir die Briten loswerden können«, sagte Sir Ram. »Sie müssen ihn mir unbedingt erzählen!«

»Wir könnten es schaffen, wenn die Kongreßpartei entschiedenere Forderungen stellte. Die Partei sollte alle Menschen dieses Landes in sich vereinigen. Statt dessen ist sie noch immer nur die Partei der Großgrundbesitzer, der Rechtsanwälte und . . .«

»Wie Sie und Ihr Vater«, sagte Sir Ram. »Und natürlich ich auch.«

»Diese Diskussion haben wir schon einmal geführt«, sagte Motilal. »Leider sind mein Sohn und ich in der Frage, wie wir unseren Beherrschern begegnen sollten, verschiedener Auffassung. Er ist ein Träumer, er träumt von der Freiheit. Sie und ich, wir sind Praktiker. Wir wissen, daß wir die Herrschaft mit den Briten zu teilen haben.«

»Nicht für immer«, sagte Jawaharlal scharf, machte auf dem Absatz kehrt und stolzierte davon.

»Ich muß mich für das unhöfliche Benehmen meines Sohns entschuldigen.«

»Das sollte er lieber selber tun«, sagte Sir Ram. »Er hat doch einen Mund und eine Zunge.« Damit entfernte auch er sich. Er spürte Motilals Blick in seinem Rücken. Der Mann war zornig, weil er seine Entschuldigung nicht angenommen hatte, und Sir Ram wußte, daß er sich ihn zum Feind gemacht hatte. Beim nächsten Konvent der Kongreßpartei würde er nicht mehr die Unterstützung der Nehrus genießen.

Die Hände auf dem Rücken fest verschränkt, war Jawaharlal stehengeblieben. Stocksteif stand er da. Er verabscheute diese prachtvolle Halle, in der die Porträts von König und Königin und die der ehemaligen Vizekönige herrisch auf ihn herabschauten. Sie besaßen kein Recht auf indischen Boden. Er haßte den Klang der englischen Stimmen, die sich leise durch die Halle ergossen, und die Regimentskapelle, die draußen auf der Rasenfläche Walzer spielte. ›Und wir Inder scharwenzeln noch um sie herum um einer Gunstbezeigung willen, und wäre es nur ein freundliches Lächeln‹, dachte er. ›Als wenn unser Recht, hier zu sein, in Frage stünde und nicht das ihre.‹

Er warf einen Blick zurück und sah, wie ein Engländer ihn beobachtete. Es war ein älterer Mann mit soldatischer Haltung, dichten weißen Brauen, einem sonnengebräunten Gesicht und tiefliegenden Augen. Als Nehru seinem Blick begegnete, sah der Engländer nicht weg, sondern lächelte ihn verschwörerisch an.

Der Oberst musterte den jungen Nehru. Er sah die blitzenden Augen und die abwehrende Haltung. Er besaß eine dünne Akte über ihn. Harrow und Cambridge. Mitglied der Anwaltsvereinigung Inner Temple. Doch in Allahabad hatte er sich wenig Mühe gegeben, den Anwaltsberuf auszuüben. Er vertrödelte sinnlos die Zeit und lebte vom Geld seines Vaters. Er war in die Kongreßpartei eingetreten und hatte dort auch ein, zwei Reden gehalten. Aber er besaß nicht die blumenreiche Rednergabe einiger anderer Kongreßangehöriger.

In der Frage der britischen Herrschaft waren er und sein Vater nicht der gleichen Ansicht. Ohne Zweifel würde er sich, sobald er erst einmal verheiratet war, gefügig dem Diktat seines Vaters beugen. Motilal war ein großer Bewunderer der Briten und würde seinen Sohn schon in Schach halten. Der Oberst konnte sich Jawaharlal auch nicht als wildäugigen Revolutionär vorstellen. Er sah, nun wohl, er sah zu sehr nach einem Schwächling aus. Dennoch konnte er eines Tages von Nutzen sein.

»Ich bin Oberst Creighton«, sagte er zu ihm.

Nehru schüttelte ihm die Hand. »Jetzt Oberst Sir John, nicht wahr?«

»Was besagt das schon! Jedenfalls kenne ich Ihren Vater und wollte mich deshalb auch mit Ihnen bekannt machen. Immerhin sind Sie ja eine aufstrebende Macht in der Kongreßpartei. Hoffentlich kann ich Ihnen eines Tages Unterstützung zukommen lassen.«

»Das bezweifle ich, Oberst.«

»Man soll nie die Aufrichtigkeit seiner Feinde unterschätzen, Mr. Nehru. Wir werden noch auf viele, viele Jahre hierbleiben, und ich könnte vielleicht, sagen wir es mal so, Ihre Karriere fördern. Bitte, heben Sie meine Visitenkarte auf! Nur für den Fall, daß wir einander mal brauchen sollten.«

Im Weggehen sah der Oberst Nehru im Spiegel. Er las gerade seine Karte und ließ sie dann in die Jackettasche gleiten.

»Sir Ram Shanker«, sagte Lal Bahadhur auf dem Rücksitz seines Automobils laut zu sich selbst. Er wünschte, er könnte es jetzt in die Luft über Delhi rufen. Die alte Stadt würde ihn hören. Seine Stimme würde die Erinnerung an frühere Titel, die andere Kaiser einfachen Bürgern verliehen hatten, in die Erinnerung zurückrufen. Die Stadt würde stolz auf ihn sein.

Schon die Moguln vergaben für treue Dienste *Jagirs* sowie Titel. Die Briten entschlossen sich für eine Ehrung, die einem Titel gleichkam. Sir Lal Bahadhur Ram Shanker! Wie großartig das klang! Wie gern hätte er die stolze Freude mit jemandem geteilt! Sofort kam ihm Mohini in den Sinn. Seine Gedanken schweiften ja so oft zu ihr. Wenn er sie doch ebenso leicht körperlich herbeizitieren könnte! Sie wäre zwar nicht stolz auf seine Auszeichnung gewesen, sondern hätte nur kühle Verachtung dafür gezeigt, aber selbst das hätte ihm genügt. Es hätte ihm Vergnügen gemacht, vor dieser eiskalten Frau damit zu prahlen, was für ein bedeutender Mann er jetzt war. Er hätte ihr gern die Auszeichnung zwischen ihre Brüste gepreßt, als könnte er sie ihr damit ins Herz einbrennen.

Ja, wäre sein Vater noch am Leben! Dann hätte er sich an seinem Ehrentag nicht so einsam gefühlt. Denn dann hätte er einem Menschen, den er achtete, bewiesen, daß er imstande war, aus seiner ererbten Stellung in höchste Höhen aufzusteigen. Nur daß er seinen Vater nie gekannt hatte. Das bedauerte er immer noch zutiefst. Und der Gedanke an seinen seltsamen Tod ließ ihn schaudern. Es war unfaßbar, wie grausam und böse das Schicksal den Menschen manchmal mitspielte.

Lal Bahadhur war froh, als er zu Hause ankam. Über die Marmorfußböden seines Herrenhauses ging er die Flure entlang zu den Zimmern seiner Mutter. Die wenigen Diener, denen er begegnete, drückten sich in dunkle Ecken, um ihn vorbeizulassen. Obwohl er es gerade deshalb so eilig gehabt hatte, nach Haus zu kommen, weil er die Auszeichnung seiner Mutter zeigen wollte, hatte er jetzt sonderbarerweise das Gefühl, sie wisse bereits über alle Einzelheiten des Ereignisses Bescheid. Sie überraschte ihn ja immer wieder durch ihre Fähigkeit, die Schleier von Zeit und Raum zu durchschauen. Er hatte keine Ahnung, wie sie hier überhaupt von allen Ereignissen erfuhr, denn sie lebte ja völlig zurückgezogen nur für ihre okkulten Praktiken.

Als er durch den Innenhof ging, wehte ihn winterliche Kälte an. Vor Gitabhais Zimmern hielt ein altes Weib Wache. Sie hatte schon immer hier gesessen, soweit Lal Bahadhur zurückdenken konnte. Das Weib war schwach, gebrechlich und greisenhaft krumm. Gegen einen Angreifer hätte sie nicht das geringste ausrichten können, doch in ihrer Treue zu seiner Mutter war sie unwandelbar.

»Sag ihr, daß ich wieder da bin!« befahl er ihr.

»Sie weiß es schon«, antwortete das alte Weib. »Und sie hat gesagt, Sie sollen erst baden und sich umziehen. Sie haben noch den unreinen Atem der Ausländer an sich. Danach sollen Sie bei ihr vorsprechen.«

Lal Bahadhur kehrte in seine Zimmer zurück. Hinter sich hörte er das Weib noch eine Weile murmeln, ehe das Geräusch aufhörte. Er fühlte sich niedergeschlagen. Nie war er imstande, seiner Mutter ungehorsam zu sein.

Seine Frau Durga erwartete ihn. Sie war im richtigen Alter, jung und unterwürfig. Doch ihre Unterwürfigkeit war schlau berechnend. Seine Mutter hatte sie für ihn ausgesucht, wie sie auch Mohini ausgesucht hatte. Und wie Mohini hatte sie keine Eltern, sondern nur Verwandte. Das machte sie zur idealen Ehefrau. Sie hatte niemanden, bei dem sie sich beklagen konnte. Mohini war allerdings geflohen. Das war mutig von ihr gewesen, und er konnte ihr eine widerwillige Bewunderung nicht versagen. Durga würde so etwas nie tun. Solange sie seiner Mutter Gehorsam leistete, führte sie ja ein behagliches Leben.

Da – sie warf sich vor ihm auf den Boden, legte die Stirn auf seine staubbedeckten Schuhe und umklammerte in Demut seine Fußknöchel. Beinahe hätte sie ihn damit aus dem Gleichgewicht gebracht. Ärgerlich entfernte er sich und ließ sie am Boden liegen. Sie hatte einen geschmeidigen Körper, an dem er sich zuweilen gütlich tat.

Im Januar wurde es entschieden kühl. Neben Lal Bahadhurs Sessel auf der Veranda stand eine Kohlenpfanne. Er nahm den *Pioneer* zur Hand. Die Schlagzeile knallte ihn mit fast drei Zentimeter hohen Lettern in die Augen: GROSSER ENGLISCHER SIEG BEI NEUVE CHAPELLE. SCHWERE VERLUSTE DER DEUTSCHEN.

Er stieß einen Seufzer der Befriedigung aus, faltete die Zeitung ordentlich zusammen und legte sie beiseite. Auch Indien war in den Krieg eingetreten. Seine Soldaten kämpften an zwei Fronten. Die Expedition nach Mesopotamien war allerdings katastrophal verlaufen. Berichte waren durchgesickert, die von schweren Verlusten, unzulänglichem Nachschub und dummer militärischer Strategie sprachen. Er würde dazu nichts sagen.

Noch nicht. Er sah seine Rolle nur darin, zu den Sitzungen des Gesetzgebenden Rats beim Vizekönig zu erscheinen und dem meisten, was dort gesagt wurde, zuzustimmen. Wenn er Kritik übte, würde er seine Stellung nur gefährden.

Er und viele andere Inder waren entschlossen, ihre Treue zum Empire nachdrücklich zu beweisen. Die indischen Fürsten stellten sämtlich ihre Privatarmeen zur Verfügung. In der Kongreßpartei hatte er eine Resolution durchgebracht, die die britische Regierung ihrer treuen Hilfe versicherte und in der man sich bereit erklärte, keine Forderungen auf Gesetzesänderungen zu stellen, solange die Krise andauerte. Überraschend waren alle einverstanden gewesen, sogar Jawaharlal Nehru. Er nahm an, daß viele, vor allem die jüngeren Mitglieder, glaubten, ihre jetzige Fügsamkeit und Unterstützung würde später belohnt werden. Die Briten würden dann die Zügel lockern, sie ihnen vielleicht sogar ganz übergeben. Aber wenn sie darauf hofften, so bewiesen sie nur, daß sie Träumer waren. Dafür kannte Lal Bahadhur die Briten zu gut. Sie würden sich nie die Schwäche erlauben, ihre Macht freiwillig aus den Händen zu geben. Man mußte sie ihnen schon gewaltsam entreißen.

Er hatte den Kongreß dahin gebracht, wo er ihn haben wollte, denn er war ein Kriegsgewinnler. Eine geflüsterte Bemerkung ins Ohr des Militärbefehlshabers hatte genügt, um einem seiner Freunde einen Lieferungsauftrag für die indische Armee zu verschaffen – Uniformen, Stiefel, Koppel, Decken. Natürlich hatte er für diese Gefälligkeit sein *Dastur* erhalten.

Jetzt sah er Mahender auf sich zukommen. Der Diener schien es eilig zu haben, doch benahm er sich dabei recht vorsichtig und schaute sich mehrmals um, ob ihn auch keiner beobachtete. Er verbeugte sich vor seinem Herrn und hockte sich dann neben ihn auf den Fußboden. Lal Bahadhur bedauerte nur, daß Rajender, der Bruder des Mannes, am Biß einer Kobra gestorben war. Lal Bahadhur kam sein Tod ungelegen. Rajender war intelligenter als sein einfältiger Bruder gewesen. Immerhin war Mahender durch seine Gewaltbereitschaft ein nützliches Werkzeug. Vor mehr als einem Jahr war er ergebnislos von der Verfolgung Mohinis und ihres Retters zurückgekehrt. Lal Bahadhur hatte ihn für sein Versagen ausgiebig verprügeln lassen und schon daran gedacht, ihn mit dem Halseisen zu erdrosseln. Aber in einem plötzlichen Anfall von Mitleid hatte er ihm dann doch das Leben geschenkt. Nach Überquerung des Narbada war Mahender bis Bangalore in den Süden gelangt, ohne Mohini wiederzufinden. Sie und der Mann waren spurlos verschwunden.

Schweigend hörte Mahender zu, wie Lal Bahadhur vom Krieg in Europa erzählte. Er hatte keine Ahnung, wo dieses Land lag, und es interessierte ihn auch nicht. Er begriff nur, daß sein Herr irgendwelche Vorteile aus diesem Krieg zog.

Als es dunkelte, verfiel Lal Bahadhur in Schweigen. Der Halbmond stand am klaren Himmel. Mit Vergnügen lauschte Lal den vertrauten Geräuschen aus seinem Garten. Zikaden, Grillen und Libellen erfüllten die Luft mit ihrem ständigen Summen und Sirren, das beruhigend auf ihn wirkte. Es wurde Zeit für seinen *chota Peg*, und Mahender brachte die Whiskyflasche, Sodawasser und ein Glas. Dieser Abendtrunk war eine angenehme englische Sitte, der Lal Bahadhur heimlich frönte. Dann merkte er, daß Mahender neben ihm unruhig wurde. Er wartete. Der Mann pflegte nur zu reden, wenn es unbedingt nötig war, und das war in diesem geschwätzigen Land ziemlich ungewöhnlich.

»Sie haben mir aufgetragen, den Diener der Soames-Memsahib aufzusuchen. Ich war also in Bombay und habe ihm das Geld gegeben.« Er wühlte in seiner Tasche und zog ein paar zusammengefaltete Blätter Papier heraus. »Das hier hat er vom Schreibtisch der Memsahib genommen. Er sagt, Sie haben ihm befohlen, danach Ausschau zu halten. Da ich nicht lesen kann, ist es möglich, daß er Sie betrügen will. Dann kann ich nach Bombay zurückkehren und ihm die Kehle durchschneiden.«

»Es macht dir wohl Spaß, den Leuten die Kehle durchzuschneiden«, sagte Lal Bahadhur und nahm die Blätter entgegen. Er hatte schon daran gedacht, diesen Auftrag zurückzunehmen, und später hatte er ihn fast vergessen. Zu diesem Auftrag war es folgendermaßen gekommen: Er hatte erfahren, daß Alice Soames sich mit Mohini angefreundet und sie dazu angeregt hatte, Artikel für das inzwischen eingegangene Magazin *Sher* zu schreiben. Daraufhin traf er mit Alices Diener eine Vereinbarung. Der Mann sollte aufpassen, ob Briefe von Mohini eintrafen. Deshalb mußte Mahender einmal im Monat nach Bombay fahren.

Bisher war er immer mit leeren Händen zurückgekommen. Und jedesmal hatte er gefragt, ob er dem Diener die Kehle durchschneiden solle, weil der Kerl nichts tauge. Aber Lal Bahadhur hatte seine mordlüsterne Hand gestoppt und zur Geduld geraten. »Noch nicht«, sagte er immer. »Vielleicht schreibt sie an Soames-Memsahib, vielleicht auch nicht. Wir müssen es abwarten. Eines Tages wird sie schon Verbindung mit ihrer alten Freundin aufnehmen.« Warten, warten, warten.

Jetzt sah er seine Geduld und die Geldauslagen belohnt. Er las den Brief nicht sofort. Er spannte sich selber auf die Folter. Der Diener konnte sich ja auch geirrt und den falschen Brief übergeben haben. Vielleicht war er zwar tatsächlich von Mohini, enthielt aber keinen Hinweis auf ihren derzeitigen Aufenthaltsort. Sie war unter dem Einfluß ihres Geliebten, des Agenten des Obersten, vorsichtig geworden.

Auch im Hause des Obersten hatte Lal Bahadhur einen Informanten. Das war der Diener Abdul, der scharf aufpaßte und lauschte. Nicht nur auf jedes Wort dieses Agenten, sondern auch auf jede politische Geheiminformation. Abduls Verrat wäre vor einigen Jahren durch einen Leichtsinnsfehler Lal Bahadhurs um ein Haar ans Licht gekommen. Im Rennclub Kalkutta hatte er in einer prahlerischen Anwandlung angedeutet, er wisse, daß Alice Soames mit dem Oberst verheiratet sei. Er erinnerte sich noch, was er auf die scharfe Frage des Obersten, woher er das wisse, geantwortet hatte: »Die Diener klatschen viel.« Obendrein war er auf seinen dummen Ausrutscher noch stolz gewesen, weil er dem Oberst eine unangenehme Überraschung bereitet und ihn in seinem eigenen Spiel geschlagen hatte.

Das hatte zur Folge, daß der Oberst seitdem äußerste Vorsicht walten ließ und allen Dienern, *Peons* und Schreibern, besonders aber Mary, der *Ayah* seiner Tochter, argwöhnisch auf die Finger sah. Nur gegen seinen Liebling Abdul hegte er nie einen Verdacht. Lal Bahadhur wußte aber, daß ausnahmslos alle Diener käuflich waren und zahlte Abdul doppelt so viel, wie dessen Lohn beim Oberst betrug.

Mahender stellte ihm eine Laterne hin, und Lal Bahadhur faltete die Briefseiten vorsichtig auseinander. Ein Blick genügte. Ja, es war Mohinis Handschrift. Für eine Frau schrieb sie ganz vernünftig. Als Datum war der 2. November 1914 angegeben.

1. Kindermädchen.

»Liebe Alice, es ist schon viele, viele Monate her, daß ich dir das letztemal geschrieben habe,

(Und warum habe ich diesen Brief nicht bekommen? Ich werde Mahender doch Anweisung geben, dem Diener die Kehle durchzuschneiden!)

und ich berechne die Zeit nur, indem ich die Tage bis zu Kims Entlassung aus dem Gefängnis zähle. Als er noch bei mir war, verging die Zeit so rasch, und jetzt schleppt sie sich dahin wie ein verwundetes Tier zu seinem Todeslager.

(Kim. Das muß der Name ihres Geliebten sein. Aber es ist ein ungewöhnlicher Name und klingt überhaupt nicht indisch. Vielleicht ist es sein Spitzname. Wir Inder geben uns ja gern englisch klingende Namen, weil es so lästig ist, ein Inder zu sein. Aber wie kommt ein Agent des Empire ins Gefängnis? Und welches ist es?)

Als er ins Gefängnis kam, bin ich in dieses Dorf zurückgegangen, fast wie eine trauernde Witwe, der ihr Liebstes entrissen wurde. Ich hatte nichts mehr außer der Erinnerung an sein Gesicht, auf das ich noch einen letzten Blick werfen konnte, bevor sich das Gefängnistor hinter ihm schloß. Mir war, als wäre er in ein dunkles, feuchtes Grab gestoßen worden. Ich wage mir gar nicht vorzustellen, wie mir zumute sein würde, wenn er wirklich den Tod fände. Denn als meine Eltern starben, war ich noch ein Kind, und Kinder sind in dieser Hinsicht widerstandsfähiger. Auch sie leiden schmerzlichen Kummer, aber der vergeht langsam, obwohl die Erinnerung daran nie verlöscht. Wenn es nach mir gegangen wäre, hätte ich mich weiterhin vor den Gefängnismauern klagend und trauernd aufgehalten wie ein in seinem Schatten gefangener Geist. Aber Kim nahm mir das Versprechen ab, zurückzukehren und hier unter diesen armen, aber freundlichen Menschen zu leben und nicht in Madurai

(Aaah, jetzt habe ich sie!)

zu bleiben, wo mir seiner Meinung nach alles mögliche Schreckliche zustoßen könnte, und Saraswati, die

(Saraswati?)

mich dauernd an meinen lieben Kim erinnert und täglich um einen Zentimeter zu wachsen scheint. Ich hatte mir einen Sohn gewünscht, denn diese Männergesellschaft hat uns weiblichen Wesen ja eingeredet, daß Töchter und damit auch wir selber wertlose Menschen sind, und nun glauben wir es schon selber. Doch Kim kennt solche Vorurteile nicht. Er liebt sie innig. Das hat auch meine Liebe zu ihr entfacht, mir jedes Schuldgefühl genommen, und jetzt bete ich sie an

(Mein Herz setzt aus. Sie hat ihm ein Kind geboren. Sein Kind! Wie sollte ich sie nicht für diesen schändlichen Betrug hassen? Für diese elende Tat muß ich sie bestrafen, diese Ehebrecherin, und sie danach töten. Ja, und das Kind auch, denn es befleckt meine Ehre.)

und habe in der Zeit des Wartens auf Kims Freilassung nur für sie gelebt. Wir haben in dem Dorf ein stilles und recht langweiliges Leben geführt, aber den Umständen entsprechend durfte ich doch zufrieden sein. Jeden zweiten Monat bin ich einmal nach Madurai gewandert und habe im Besucherzimmer unter den Augen der Wachen Kim ins Gesicht geschaut und seine Hände umklammert. Da die Reise in beiden Richtungen je drei Tage in Anspruch nimmt,

(Ich könnte ja auf einer Landkarte nachsehen, welche Dörfer in einer Entfernung von drei Tagesreisen bis Madurai liegen. Aber das wäre zu mühselig und zeitraubend. Ich merke, wie das Gift meines Hasses langsam meinen Körper zersetzt. Ich muß sie bald finden, bevor mein Haß mich ganz umbringt.)

war es nicht möglich, ihn öfter zu besuchen. Denn ich wollte Saraswati nicht so häufig für längere Zeit allein lassen, obwohl ich weiß, daß das ganze Dorf sie liebhat und sich um sie kümmert.

Im zweiten Monat seiner Haft hat Kim ein gespenstisches Erlebnis gehabt. Da Du Kim nicht kennst, weißt Du auch nicht, was er für ein Mensch ist. Ich will versuchen, Dir einen Eindruck davon zu geben. Er ist ein Mann, der durch sein heiteres, liebenswürdiges Wesen und durch seinen starken, entschlossenen Charakter andere Menschen anzieht. Und so hatte er sich in den beiden ersten Haftmonaten auch im Gefängnis schon viele Freunde gemacht, sowohl unter den Häftlingen wie unter dem Personal. Da er als politischer Häftling gilt

(Dann muß der Oberst-Sahib Unterlagen über seine politische Tätigkeit besitzen, die offensichtlich seinen Pflichten als Agent des Empire zuwiderlaufen.)

und nicht als Verbrecher, haben er, Kumar und viele andere in einer großen Halle geschlafen, wo es etwas kühler war als in den Zellen. Andererseits war man da nie allein.

Wie Du vielleicht weißt, sind die Verbrecher Männer, die zu allem fähig sind, Halsabschneider, Diebe, *Dacoits* und Vergewaltiger. Im Gefängnis werden sie, besonders die zu langen Haftstrafen Verurteilten, abscheulich behandelt, schlimmer als Tiere. Kim hat mir erzählt, daß sie oft geschlagen, gefoltert, gedemütigt und gezwungen werden, zum Vergnügen der Wächter niedrigste Tätigkeiten zu verrichten. So kommt es, daß sie bereit sind, für ein paar Rupien jedes Verbrechen zu begehen. Sie leben ja schon in einer Hölle, und schlimmer kann es ihnen nicht mehr ergehen.

So ein Mann ist Venkat. Er ist klein und schmächtig, nicht größer als ein Junge, aber viel älter als Kim, von sehr dunkler Hautfarbe. Das wird noch durch seinen langen verfilzten Bart unterstrichen. Er hat schwarze Augen und einen wilden Blick. Wenn man ihn nur ansieht, vergeht man schon vor Angst. Er hat mich an die Dämonen erinnert, die mich während meiner Gefangenschaft im Palast meines Ehemanns auf der Insel im See gepeinigt haben.

(Was für Dämonen? Ich hatte keine Ahnung, daß ihr dort so schreckliche Dinge zugestoßen sind. Zweifellos hat meine Mutter

aus Eifersucht diese Dämonen in ihren Körper gebannt. Und sie wird Mohini weiterhin hassen, weil ich so verrückt nach ihr bin.)

Ein Mann mit einem Hinkebein namens Madan hat sich an diesen Venkat herangemacht. Madan stand im Dienst des Oberst Creighton, Deines Ehemanns. Aber ich denke nicht daran, Dir wegen der Machenschaften des Obersten einen Vorwurf zu machen, sondern erwähne das nur beiläufig. Durch den *Zamindar* von Puducheri, einen seiner Informanten, hatte der Oberst erfahren, daß Kim im Gefängnis sitzt und schickte diesen Madan hin. Er sollte Kim ermorden, da bin ich mir ganz sicher. Kim glaubt allerdings, daß Madan nur geschickt wurde, um ihn weiter zu beobachten und nicht wieder aus den Augen zu verlieren. Das liegt wohl daran, daß Kim den Oberst immer noch für einen Mann von Ehre hält und in ihm eine Art ›Vater‹ sieht. Kim kann sich einfach nicht vorstellen, daß er ihm einen Mörder auf den Hals schicken könnte. Aber kann sich denn ein so mächtiger und von Pflichtbewußtsein gegenüber dem Empire durchdrungener Mann wie der Oberst auch nur die kleinste Gefühlsregung leisten? Wie kann er Kim noch lieben, nachdem der ihn verraten hat?

Jedenfalls plante Madan einen Rachemord. Denn Kim hatte ihm nicht nur die Verletzung beigebracht, die ihn zum Hinken zwingt, sondern auch seinen einzigen Bruder getötet. Das geschah, als Kim mich aus dem Inselpalast rettete, aber nur aus Kummer und Wut, weil dieser Bruder vorher Kims lieben Gefährten Narain ermordet hatte. Madan machte sich also an Venkat heran und zahlte ihm 50 Rupien. Dafür sollte er Kim ermorden.

Eines Nachts, als mein Kim schon schlief, schlich sich Venkat mit einem Dolch, den Madan ihm gegeben hatte, zu ihm. Es war gerade Vollmond, und in der Halle war es ziemlich hell. Venkat hatte sich eben über Kim gebeugt, um ihm den Dolch ins Herz zu stoßen, als Kumar zufällig aufwachte. Er hatte seinen pfeifenden Atem gehört und sah nun diesen Dämon an Kims Lager stehen. Als die Klinge schon abwärts fuhr, warf sich Kumar auf Venkat, und Kim, der einen leichten Schlaf hat, drehte sich sofort zur Seite. Doch der Dolch bohrte sich noch in seine Hüfte. Trotz der Verwundung kämpfte Kim mit Venkat. Er konnte ihm den Dolch entwinden.

Sofort legte sich Venkat wie ein überwältigtes Tier regungslos auf den Boden und verlangte von Kim, er solle ihm die Kehle durchschneiden. Er wußte ja, daß er eine fürchterliche Strafe erleiden würde, wenn sein Mordversuch den Wächtern gemeldet wurde. Ich danke Gott, daß Kims Wunde nicht sehr tief war, obwohl sie stark blutete. Es gelang ihm, das Blut zu stillen. Und er verzieh Venkat auf der Stelle und ließ ihn gehen. Venkat aber war so überrascht von Kims guter Tat, daß er ihm seit dieser Nacht wie ein anhänglicher Hund mit absoluter, manchmal schon unangenehmer Treue dient.

(Was für ein Versager! Wenn er den Mordauftrag erfolgreich ausgeführt hätte, wäre meine Aufgabe viel leichter geworden. Immerhin ist Kim noch im Gefängnis, und wenn ich schnell handle, kann ich sie entführen und in meinen Palast zurückholen. Aber vorher muß ich dem Kind die Kehle durchschneiden lassen. Mahender würde das mit Vergnügen erledigen.)

Ohne Kims Wissen plante Venkat, ihn zu rächen. An dieser Stelle muß ich erwähnen, daß Venkat ins Gefängnis gekommen war, weil er einen Großgrundbesitzer mit dessen ganzer Familie abgeschlachtet hatte. Er war nämlich als verschuldeter Arbeiter auf dem Gut beschäftigt,

(Schreck, o Schreck! Solche elenden Menschen, die sich gegen ihr Karma auflehnen, statt uns demütig zu dienen, müssen wir vernichten. Wie ist es möglich, daß man ihn am Leben gelassen hat? In Stücke hätte man ihn reißen müssen. Ich werde das morgen gleich dem für innere Angelegenheiten zuständigen Ratsmitglied vortragen und für Verbrechen gegen Großgrundbesitzer die Todesstrafe fordern.)

und das Schicksal solcher verschuldeten Landarbeiter und ihrer Frauen und Kinder unterscheidet sich kaum von dem eines Sklaven. Denn die Schulden können sie nie zurückzahlen, und so müssen sie ihr ganzes Leben in Angst und äußerster Armut verbringen. Venkat war mit einem Mädchen seiner Kaste verheiratet, das im selben Dorf wohnte und ebenso arm war. Doch sie war ein hübsches Mädchen, und der Großgrundbesitzer vergaffte sich in sie. Natürlich verlangte er sein *drott de siggnur**. Hoffentlich habe ich dieses ausländische Wort richtig geschrieben, aber Du wirst schon verstehen, was ich meine.

(Na, so was! Es muß doch eine Ehre für sie sein, wenn wir ihnen unsere fleischliche Aufmerksamkeit zuwenden!)

Als sie sich seine Annäherungsversuche verbat, ließ er sie vor der versammelten Einwohnerschaft des Dorfes nackt ausziehen und verprügeln. Tragischerweise wurde sie dabei zu Tode geprügelt. Natürlich konnte sich ein so armer Mann wie Venkat keine andere Gerechtigkeit verschaffen, als daß er selber die Rache in die Hand nahm. So schlüpfte er eines Nachts in den Bungalow der Herrschaften, schnitt dem Großgrundbesitzer die Kehle durch und erstach dann seine Frau und seine drei Kinder. Daher ist ihm die kunstvolle Ausübung von Rache nicht fremd.

Also plante er zusammen mit den anderen Häftlingen, das Verbrechen an Kim zu rächen. Sie warfen ihr weniges Geld zusammen und bestachen einen Wächter, beide Augen zuzudrükken, wenn Venkat eines Nachts aus dem Gefängnis entwich. Er wußte, wo Madan wohnte, und trennte dem Schlafenden den Kopf ab. Dann warf er den Kopf auf einen Abfallhaufen, wo ihn ein Hausmädchen am nächsten Morgen fand. Kim erfuhr erst viel später davon und war tief bekümmert.

(Ein Schwächling. Ein weicher Mensch. Zuerst verzeiht er, dann ist er bekümmert, weil sein Feind getötet wurde. Mit dem werden wir leicht fertig. Mahender wird keine Skrupel haben, ihm den Kopf abzutrennen.)

Im März wurden Kim und Kumar freigelassen. Ihr Ruf hat durch die Haftzeit nicht gelitten. Kumar spreizt sich wie ein Pfau, weil er wegen seiner Tätigkeit gegen die Briten leiden mußte. Im Gefängnis haben sie andere Männer kennengelernt, die wegen aufrührerischer Reden eingesperrt worden waren. Kim und Ku-

---

* Droit de Seigneur (frz.): Recht der ersten Nacht.

mar haben sich ihre Gedanken zu eigen gemacht. Ohne einen Tag zu versäumen, organisierten sie die Herstellung von Saris aufs neue. Diesmal aber in einem weit vom Dorf entfernten Versteck. Aber so etwas füllt Kim nicht aus. Er ist an weite Wanderungen und an Abenteuer gewöhnt und kann nicht lange an einem Ort bleiben, ohne unruhig zu werden. Nachrichten aus der weiten Welt gelangen mit Verspätung in dieses Dorf. Wir erfahren nur Ungenaues. Jedenfalls wissen wir jetzt, daß England Deutschland den Krieg erklärt hat. Dieser Krieg hat in Indien eine unerwartete Wirkung gezeitigt. Obgleich Freunde von Kim wie Srinivasan und T. V. Naidu glühende Nationalisten sind, fordern sie jetzt die Inder auf, in diesem Krieg auf britischer Seite zu kämpfen.

(T. V. Naidu! Der Generalsekretär der Kongreßpartei in Madras ein Freund von Kim? Ob der Oberst das schon weiß? Und was könnte ich mit dieser Information für mich herausschlagen?)

Kim, Srinivasan und Kumar haben sich als Kriegsfreiwillige gemeldet. Weinend habe ich ihn angefleht hierzubleiben. Aber es hatte keinen Zweck. Nachdem er sein Leben der Sache Indiens geweiht hat, sieht er sich jetzt verpflichtet, an diesem Krieg in fernen Ländern teilzunehmen. Er glaubt, nicht für die Zukunft des britischen Empires zu kämpfen, sondern für dic Zukunft Indiens. Und ich muß es auch glauben, denn ich kann es sowieso nicht verhindern. Aber wo ist Europa, und wo bin ich?

Mein Kim ist als *Jawan* in die indische Armee eingetreten. Und so wie ich ihm bis zum Gefängnistor gefolgt bin, folgte ich ihm jetzt zum Bahnhof, den Bahnsteig entlang und dann aufs Gleis, bis der Zug, der ihn davontrug, nicht mehr zu sehen war und meine Tränen Himmel und Erde verschwimmen ließen. Ich trauere und bete, daß Gott ihn Saraswati und mir gesund zurückbringen wird. Er hält das Ganze für ein herrliches Abenteuer und glaubt, die Briten werden seine Kriegsteilnahme und die aller indischen Soldaten dadurch belohnen, daß sie bei Kriegsende Indien räumen werden. Ich glaube nicht, daß die Freiheit so leicht zu bekommen ist oder daß man sie sich auf fremder Erde erkaufen kann. Wir Inder sollten, wenn wir für Indien unser Leben aufs Spiel setzen, das in Indien tun und nicht in Frankreich oder in Deutschland.

Du bist zweifellos viel besser informiert als die Frau, die in einem entlegenen Dorf wohnt, wo sie nur selten Nachrichten erfährt und kaum vernünftige Meinungen hört. Wie lange wird der Krieg dauern? Ist er in einem oder vielleicht in zwei Monaten aus? Denn wenn er nur einen Tag länger dauern sollte, bricht mir das Herz. Kim fehlt mir so sehr! Stärke mich, bitte, in dem Glauben, daß er bald aus ist und Kim zu mir zurückkehrt! Ich bin ganz durcheinander, liebe Alice. Die Abgeschiedenheit meines Wohnorts hat sich in öde Einsamkeit verwandelt. Aus Ruhe und Frieden ist lähmende Langeweile geworden. Ich habe nicht die Geduld, um in diesem Dorf auf Kims Rückkehr zu warten.

Wenn es möglich ist, würde ich gern zu Dir kommen und bei Dir bleiben. Denn dort wäre ich Kim wenigstens um einige Kilometer näher und würde viel früher die neuesten Nachrichten aus diesen fernen Ländern hören. Ich könnte auch wieder anfangen zu schreiben.

Ich werde in ein, zwei Monaten kommen. Im Augenblick geht es nicht, weil Kumars Frau demnächst wieder ein Kind bekommt und sie sich rührend an mich klammert, als könnte ich ihr darüber hinweghelfen, daß ihr geliebter Kumar nicht da ist. Wenn Du mir schreiben willst, schicke den Brief, bitte, an das Postamt Puducheri, denn unser Dorf hat nicht mal einen Namen! Von dort wird der Brief den Weg schon zu mir finden.«

»Wir haben sie gefunden«, sagte Lal Bahadhur. »Aber wir müssen sie schnell in unsere Hände bringen. Denn sie hat vor, umzuziehen und bei Miß Soames zu leben. Dann würde es sehr schwer für uns werden. Wir müssen sofort nach Madurai fahren.«

Mahender stand auf. Er war bitter enttäuscht, denn nun würde sein Herr bei ihrer Gefangennahme dabei sein. Die Worte »wir haben sie gefunden« hatten ihn mit Hoffnung und Verlangen erfüllt. Er sehnte sich danach, sie in seinen Armen zu halten, ihr in die Brüste zu kneifen, sich an ihren Schmerzen zu weiden und sich mit ihr zu vergnügen. Er hatte nie vergessen, wie sie vor seinen ungläubigen Augen nackt mit perlenden Wassertropfen auf der Haut aus dem Fluß gestiegen war. Dieses Bild hatte sich in sein Gedächtnis eingebrannt. Ohne sich zu schämen, war sie an ihm vorbeigegangen. Sie hatte in ihm so etwas wie einen Feldstein oder ein dummes Tier gesehen, bei dem ein so schöner Körper keine fleischliche Begierde auslösen kann. Jetzt würde sein Herr sie nehmen, und ihm blieb nichts anderes übrig, als seine Leidenschaft zu zügeln. Zum erstenmal spürte Mahender Neid und Erbitterung auf Lal Bahadhurs unverschämtes Glück.

Mahender trat aus dem Schein der Lampe ins Dunkel. »Warte!« sagte Lal Bahadhur. »Komm näher!« Mahender beugte sich vor, und Lal Bahadhur flüsterte ihm ins Ohr: »Du darfst es keinem sagen. Verstehst du? Du darfst es keinem sagen!«

Mahender wußte, wen er damit meinte. Gitabhai, für die Wände und Insekten Ohren hatten, würde Mohini als erste haben wollen. Sie wollte selber Rache an Mohini nehmen. Und beim Gedanken daran, auf welche Weise Gitabhai Rache üben würde, grauste es selbst Mahender. Wie sein Herr fürchtete er sich vor Gitabhai. Er hatte sie auch im Verdacht, für den Tod seines Bruders verantwortlich zu sein.

Gitabhai beobachtete ihren schlafenden Sohn durch den großen Spiegel, der gegenüber dem Bett hing. Das Glas war wolkig, aber nicht allein durch sein Alter. Die parfümierte Kohlenpfanne, die als Schutz vor den Moskitos im Zimmer brannte, vernebelte ihr die Sicht. Ram im Schlaf zu beobachten, hatte ihr schon immer Spaß gemacht. Es war angenehm, ihn so ruhen zu sehen. Im Schlaf erinnerte er sie entfernt an seinen Vater. Er hatte sie geheiratet, als sie zwölf war, und als sie mit Ram schwanger wurde, war er einem geheimnisvollen Leiden erlegen. Die Ärzte kamen der Ursache der Krankheit nie auf den Grund. Soviel Nahrung er auch zu sich nahm, er wurde dünner und dünner, wie ein Faden, den man von einem Knäuel Baumwolle abzieht. Sie gaben ihm *Ghee* und Reis und Milch und Fleisch zu essen. Aber er schwand vor ihren Augen dahin.

Das Experiment mit ihrem Ehemann hatte Gitabhai zufriedengestellt. Schon früh hatte sie die Anwendung von Magie von ihrer Mutter gelernt, die sie ihrerseits von ihrer Mutter gelernt hatte. Die Kenntnis der Magie reichte acht Generationen zurück, wahrscheinlich noch weiter. Es war eine intuitive Gabe, die durch die Seelen der Frauen weitergegeben wurde. Gitabhai stellte sich vor, daß sie bis auf den Anfang der Welt zurückging, als Brahma leichtfertig eine weibliche Urahnin mit diesen Kenntnissen begabt hatte, die ihr eine schreckliche Macht verliehen.

Seine Frau Durga, die neben ihrem Sohn schlief, war schlank und hatte ein schönes, herzförmiges Gesicht. Der Schlaf schien ihr eine Zeitlang Frieden zu schenken. Aber von Zeit zu Zeit brach sie in Schweiß aus. Dann drehte und warf sie sich hin und her, als wolle sie sich einer unsichtbaren Kraft entwinden, die sie gepackt hatte. Kein Laut kam von ihren Lippen. Danach beruhigte sie sich wieder und lag still da.

Gitabhai war eifersüchtig auf die Frau, weil sie das Glück hatte, mit ihrem Sohn schlafen zu dürfen. Denn von Rechts wegen gehörte ihr dieser Platz, den sie nur auf Rams Drängen hin geräumt hatte. Trotz seiner Machtgier war er im Grunde prüde und verstand ihre Kraft und ihre Bedürfnisse nicht ganz. Er war der einzige Mann, den sie liebte, aber nicht wie eine Mutter, sondern mit einem starken sinnlichen Verlangen. Diese Frau befriedigte nur seine Wollust. Sein Herz hing immer noch an Mohini, und Gitabhai wußte, daß er in einsamen melancholischen Stunden oft an Mohini dachte. Dann fragte er sich, wo sie sein mochte, und begehrte sie wieder. Gitabhai mußte Mohini bald vernichten, bevor ihr Sohn ihren Aufenthaltsort entdeckte. Er setzte seine ganze Energie und seinen politischen Einfluß ein, ihre Spur zu finden. Und wenn er sie vor Gitabhai fand, würde sie für immer ihre Macht über ihn verlieren.

Sie machte die Tür zu dem kleinen Versteck zu, das zur Rückwand des Spiegels führte und schloß ab. Dann ging sie auf leisen Sohlen durch die leeren Korridore. Sie genoß die Kühle der Nacht und die pechschwarze Finsternis. Mit ihren Katzenaugen konnte sie in die dunkelsten Winkel spähen, und nichts in der Welt flößte ihr Furcht ein, mit Ausnahme der Dämonen, die darauf warteten, Mohini zu verschlingen.

Im Dunkeln erkannte sie eine verstohlene Bewegung und sah das Weiße in den Augen eines Menschen. Mit starrem Blick zwang sie ihm ihren Willen auf, und schon löste sich widerwillig ein Mann aus seinem dunklen Versteck in der Türnische. Gitabhai benötigte nicht das Licht einer Lampe, um zu sehen, daß es Mahender war. Sie hatte damals, als der Fremde Mohini aus dem Inselpalast befreite, Mahender und seinen Bruder auf die Verfolgungsjagd geschickt. Viele Monate später kehrte Rajender mit leeren Händen heim. In ihrer Wut warf sie eine Kobra nach ihm und schaute dann zu, wie er im Todeskampf auf sie zukroch und zu ihren Füßen starb.

Und nun war sein Bruder ebenfalls mit leeren Händen zurückgekehrt, und sie zischte vor Wut über so viel Unvermögen. Dummer Kerl! Es war doch so einfach, Mohini zu finden. Aber auch er hatte versagt. Als er jetzt vor ihr stand, hatte sie seinen Tod schon beschlossen. Er trug einen verfilzten Bart, und sein Gesicht war dunkel und hatte einen mürrischen Ausdruck. Er war ein böser Mann, was eigentlich nach Gitabhais Geschmack war. Seinem Bruder hatte diese Eigenschaft gefehlt. Aber Mahender war nur nach den einfachen menschlichen Begriffen böse – Mord war seine einzige Waffe gegen die Welt –, während ihr noch viele andere Mittel zu Gebote standen. Er vermied ihre boshaften Blicke. Doch sie spürte, daß er ein Geheimnis kannte.

»Wo willst du hin, du Dummkopf?«

»Ich stehe nur Ihrem Lal Bahadhur Rede und Antwort«, sagte Mahender. Er fürchtete sich zwar vor Gitabhai, doch die Treue zu ihrem Sohn stand ihm höher.

»Du Dummkopf! Wenn du mir nicht antwortest, hast du die Sonne zum letztenmal untergehen sehen.«

»Ich fahre in mein Dorf«, sagte Mahender. Doch als ihn ihr durchdringender Blick traf, zuckte er zusammen. Er glaubte, sie wollte ihn auf der Stelle umbringen. Diese Frau hatte bestimmt die Macht, auch Tote noch zum Reden zu bringen.

Gitabhai las ihm den Gedanken von den Augen ab. »Die Toten kann nicht mal ich zum Reden bringen«, sagte sie und forschte weiter im Labyrinth seines kleinen Hirns, um sein Geheimnis zu entdecken. Dabei stieg plötzlich vor ihr das Bild Mohinis auf, wie sie nackt aus dem Wasser stieg. Da wußte sie, daß der Diener die verschwundene Frau wollüstig begehrte. Und wenn der Kerl jetzt an sie dachte, mußte das Geheimnis mit ihr zu tun haben. »Was hast du über Mohini erfahren?«

»Nichts, Memsahib, das schwöre ich Ihnen.« Doch dann hörte er sich auf einmal zu seiner eigenen Überraschung mit der Wahrheit herausplatzen. Ihm war, als redete jemand anderer mit seiner Stimme, dem er nur hilflos zuhören konnte. »Mein Herr hat entdeckt, daß sie in einem kleinen Dorf bei Madurai lebt. Wir fahren zu ihr.«

»In welchem Dorf?«

»Es liegt im Bezirk Puducheri. Drei Tagesreisen von Madurai.«

»Aha. Du kannst jetzt gehen. Aber kein Wort zu meinem Sohn! Wenn du mich betrügst, wirst du einen so grausamen Tod erleiden, wie ihn sich selbst die Götter nicht vorstellen können. Aber wenn du mir gehorsam bist, schenke ich dir als Lohn eine lange Nacht mit Mohini. Du wirst alles mit ihr machen können, wonach dein Herz begehrt. Jetzt geh!«

Sie selber ging zu ihrem Zimmer im Granitbau. Rasch schlüpfte sie hinein und warf die Tür hinter sich zu. Doch sie war nicht schnell genug. Eine Sekunde lang hörte man draußen in der stillen Nacht die Schreie der Dämonen. Wieder einmal stimmten die streunenden Hunde auf dem *Chowk* ein Angstgeheul an.

Drinnen war es heiß, und es stank. Gelbe Lichter leuchteten aus zahllosen Augen, und von den Schlangenzungen sprühten lilafarbene Funken. Die Dämonen wirbelten um sie herum und schrien ihr kreischend mit ohrenbetäubender Lautstärke ihre Forderungen zu. Was die Dämonen so in Wut versetzte, war nicht die Tatsache, daß schon so viel Zeit nutzlos vergeudet worden war. Denn das Universum kennt keine Zeit, und sie befanden sich noch in der ersten Sekunde der Schöpfung. Sie waren vielmehr deshalb so ungeduldig, weil sie hier eingesperrt und daran gehindert waren, ihre Pflicht zu erfüllen. So konnten sie ihre böse Macht nicht ausüben und wollten entweichen, um die Befehle tüchtigerer Zauberer oder Hexen auszuführen.

»Du bringst ja nichts zustande!« warfen sie ihr heulend vor. »Nicht einmal diese Frau kannst du in dem kleinen Indien finden.«

»Wollt ihr wohl alle den Mund halten?« kreischte Gitabhai, besann sich und fügte noch hinzu: »Bitte.« Dabei hatten die Dämonen überhaupt keinen Begriff von Höflichkeit und guten Manieren.

Die Dämonen hatten einen *Yali* zu ihrem Sprecher gewählt. Er hatte den Körper einer Schlange und einen Ziegenkopf mit einer Adlernase anstelle der Schnauze.

»Du bist unfähig! Deshalb haben wir beschlossen, in die Außenwelt zurückzukehren. Du wirst dich jetzt in Trance versetzen, damit wir hinaus können. Und dann nehmen wir dich mit.«

»Haltet das Maul und hört mir zu, ihr Dummköpfe! Brahma hat mir die größte Gabe verliehen und mich das Geheimnis der Schöpfung gelehrt. Und da erwartet ihr, daß ich mir eure lächerlichen kleinen Probleme anhöre? Ihr werdet so lange hierbleiben, bis die Aufgabe erfüllt ist.«

Stammelnd und zischend berieten sie sich. Sie hatte recht. Wenn sie Gitabhai vernichteten, würde Brahmas Vergeltung über sie kommen. Er konnte sie dazu verurteilen, eine Zeitlang zu Lebewesen zu werden, vielleicht als Wasserbüffel oder, was noch schlimmer wäre, als Frau.

»Aber die Lehmfigur ist doch fertig«, sagte der *Yali.* »Wir haben lange und schwer mit dir daran gearbeitet, und was haben wir nun davon? Die Figur ist immer noch leblos, wir sitzen hier in der Falle, und du hast Mohini, die wir verzehren wollen, immer noch nicht gefunden.«

»Doch. Ich habe sie gefunden.«

Zischend gaben die Dämonen ihrer Freude Ausdruck. Und als sie zum hinteren Ende des Gewölbes ging, schwebten sie alle um sie herum. Vorsichtig entfernte Gitabhai das Tuch und enthüllte die lebensgroße Figur Mohinis. Sie betrachtete sie mit kritischen Blicken. Bei den Zehen fing sie an. Es waren lange, schlanke Zehen mit silbernen Ringen. Die Fesseln waren wohlgeformt, und die Waden, wie es sich gehörte, überschlank. Dafür waren die Oberschenkel muskulöser. Für das spärliche Schamhaar hatte Gitabhai echtes Haar benutzt, das sie einer Jungfrau abgeschnitten hatte. Der Unterleib war flach, und darüber erhoben sich feste, runde Brüste mit großen Nippeln.

Gitabhais Miene sprühte vor boshafter Genugtuung, als sie das Gesicht betrachtete, dessen Schönheit jedoch ihre Eifersucht hervorrief. Ein sinnlicher Mund, leicht hervortretende Wangenknochen und darüber die geschlossenen Augen. Wenn sie sie aufschlug, würden sie bernsteinfarben leuchten. Die echten Haare, die sie mit größter Mühe sorgfältig in den Schädel eingepflanzt hatte, wallten ihr um den Kopf, als schwämme die Frau im Wasser.

Gitabhai betrachtete zufrieden ihr Kunstwerk. Die Lehmfigur sah Mohini zum Verwechseln ähnlich.

»Ist diese Figur das vollkommene Ebenbild von Mohini?«

»Ja, ja, sie ist vollkommen«, zischten die Dämonen und Schlangen.

Vor allem der Kopf mußte ihr vollkommen gleichen, denn jeder Fehler würde Shiva oder Vishnu auffallen, und dann würden sie die Frau aus dem Gewölbe vernichten. Gitabhai hatte an der Tonfigur dreizehn Monate, dreizehn Tage und dreizehn Stunden gearbeitet. Jetzt war die Zeit gekommen, *Pujas* und *Tapas* darzubringen, um die Lehmfigur zum Leben zu erwecken. Danach würde sie atmen, gehen, essen und verdauen können, doch keine Gefühle empfinden. Den Platz der Gefühle würden die Dämonen einnehmen. So konnten sie aus dem Granitgewölbe entweichen, ungesehen von den Augen der Götter, die glauben würden, es wäre die echte Mohini. Ihr Ebenbild würde die Dämonen nach Madurai bringen. Dann würden sie in die echte Mohini fahren. Und schließlich, wenn sie ihre fürchterliche Aufgabe erfüllt hatten, durften sie die Erde wieder verlassen.

Aber Gitabhai verabscheute Mohini so sehr, daß sie dem Einfall nicht widerstehen konnte, das Ebenbild aus Lehm irgendwie zu entstellen, bevor es zum Leben erwachte. An dem schönen Kopf oder den wunderbar gerundeten Brüsten durfte sie nichts verändern, denn diese Sinnlichkeit gefiel den Göttern. Statt dessen hatte sie ohne Wissen ihrer Mitverschwörer scharfe kleine Klingen in die Vagina eingesetzt, und zwar in folgender Weise: Wenn sich ein Mann nach dem Eindringen in diese köstliche Grotte wieder zurückziehen wollte, würden die Klingen wie Zähne zuschnappen und sein Glied abschneiden. Das hatte sie für den Mann vorgesehen, der ihr Mohini gestohlen hatte. Sie wußte ja, daß sie ihn nicht töten konnte, weil er unter göttlichem Schutz stand.

»Jetzt sind wir bereit«, sagte Gitabhai und machte sich eifrig daran, die notwendigen Zutaten für das *Homam* bereitzulegen, das die Figur zum Leben erwecken würde. Sie hatte Sandelholzkloben für das Feuer, Kampfer, Weihrauch, *Ghee*, Reis, Safran und Milch zur Hand. Dazu kamen noch geheimnisvolle Kräuter, die in dem uralten Manuskript aufgeführt waren. Das alles hatte sie auf einen Haufen gelegt. Daneben stellte sie jetzt vorsichtig einen Tontopf mit dem Menstruationsblut der jungen Frau ihres Sohnes, die keine Ahnung hatte, zu welchem sonderbaren Zweck Gitabhai es von ihr verlangt, aber sich auch vor Angst nicht getraut hatte, es ihr abzuschlagen.

Das Holz war so um die Figur aufgeschichtet, daß die Hitze der Flammen überall gleich stark sein würde. Gitabhai zündete es an und träufelte unter dem Absingen von *Mantras* das *Ghee* und die Milch und das Blut und den Reis in die Flammen. So arbeitete sie die ganze Nacht hindurch, bis ihr Gesicht von der Hitze, der Anstrengung des Betens und der Tiefe ihrer Gefühle schweißüberströmt war.

Eine Stunde vor Tagesanbruch, als der Himmel eine leichte Rosafärbung annahm, begannen die Lider der Tonfrau zu flattern, als wäre sie aus einem tiefen, tiefen Schlaf erwacht und hätte noch nicht den Willen, sie ganz aufzuschlagen. Gitabhais Betgesänge wurden lauter und hektischer. Sie bot ihre ganze Willenskraft auf, die Figur zum Leben zu erwecken, und hauchte ihr den Atem ins Gesicht, damit das Leben sich daran wie eine Flamme entzünde. Plötzlich schlug die Figur die Augen auf. Der Feuerschein tanzte in den bernsteingelben Augen und über die schwellenden Brüste, die sich nun senkten und hoben, anfangs zögernd, aber dann bald in gleichmäßigem Rhythmus. »Setz dich auf!« kommandierte Gitabhai.

Die Frau stützte sich auf die Ellbogen und sah verwundert, wie Licht auf ihren Bauch und die Oberschenkel fiel. Dann richtete sie den Oberkörper auf. Ihre nächste Bewegung war echt menschlich. Sie warf den Kopf zurück und band ihre Haare zu einem Knoten. Dann kreuzte sie die Beine, blieb ruhig sitzen und wartete auf Gitabhais weitere Befehle. Gitabhai klatschte vor Freude lachend in die Hände, ging um die Frau herum, besah sie sich von allen Seiten, kniff sie ins Fleisch und streichelte ihr Brüste und Gesicht, um die glatte, seidene Haut der Frau zu spüren, die sie erschaffen hatte.

»Mach den Mund auf!« sagte Gitabhai flüsternd, und der Mund öffnete sich weit. Behutsam legte die Frau den Kopf in den Nacken, als erwarte sie einen Wasserstrahl zum Trinken. Doch statt dessen gab Gitabhai den Dämonen und Schlangen den Befehl, in sie zu fahren und sah befriedigt, wie sie durch die Kehle in ihr Versteck schlüpften.

Neunzehntes Kapitel

März 1915 bis Mai 1916

Sie sind ein arroganter Kerl, Sepoy«, sagte Hauptmann Edlecliff-Johnstone zu seinem Putzer.

»Sir, wie könnte ich arrogant sein?« erwiderte Kim. »Ich bin doch kein Fürst. Vor Ihnen steht ein Bittsteller, der Ihnen unser

Anliegen vorträgt. Wir sind hergekommen, um zu kämpfen. Statt dessen zwingt man uns, diese niederen Arbeiten zu verrichten.«

Er stand stramm und blickte auf das dick eingeschäumte Gesicht im Spiegel hinab. Dieses tägliche Morgenritual fand vor Edlecliff-Johnstones Zelt in dem schmutzigen Tageslicht statt, das nun schon seit Monaten hier herrschte. Edlecliff-Johnstone saß auf einem niedrigen Leinwandschemel. Kim stand in strammer Haltung vor ihm und hielt den Rasiernapf. Er sehnte sich danach, einmal morgens die Sonne zu sehen, doch selbst zur Mittagszeit ließ sie sich nie blicken. Es kam ihm vor, als wäre er in einer großen, undurchsichtigen Kammer eingeschlossen. Genauso sehnte er sich nach hellen Farben, doch die Landschaft war wie ein Schwarzweißfoto: grauer Himmel, verkohlte Bäume und braune Straßen. Um so mehr überraschte es ihn, wie üppig das Gras hier wuchs. Nur das Gras schien zu versprechen, daß dieses Land insgeheim noch lebte.

»Sie glauben doch nicht etwa, daß das britische Oberkommando euch nötig hätte, um den Krieg zu gewinnen? Ihr Inder seid nur hier, um dem kämpfenden britischen Soldaten Dienste zu leisten.« Edlecliff-Johnstone warf einen Blick auf das Gesicht seines Putzers. Er hatte einen Vollbart und einen dunklen Teint. Doch die grauen Augen blickten ihn unverwandt mit einem leichten, aber unverhohlenen Ausdruck der Abneigung an. Edlecliff-Johnstone wußte nicht recht, was er von diesem Sepoy halten sollte.

Kim bereute es inzwischen bitter, daß er sich als Kriegsfreiwilliger gemeldet hatte. Sie hatten ihre Dörfer und Städte, ihre Frauen und Kinder verlassen und sich dem Dienst für das Empire verschrieben. Kälte und Schlachten fürchtete er nicht. Wie alle anderen hatte er schnell begriffen, was der Krieg bedeutete: den Tod von Männern.

Nein, ihre Enttäuschung und Wut hatte ihren Grund in der Art, wie sie von den Briten behandelt wurden. Sie waren hergekommen, um im Krieg zu kämpfen. Statt dessen mußten sie bei den britischen Offizieren und Soldaten den Diener spielen. Hol dies! Bring das! Mach die Latrine sauber! Bügle meine Uniform! Kim sah sich zum *Peon* erniedrigt. Er mußte seinen Hauptmann Edlecliff-Johnstone wecken, ihm den Morgentee reichen, ihm Rasierwasser bringen, seine Unterkunft säubern und seine Schuhe putzen. Nie im Leben war er der Diener eines Menschen gewesen, und jetzt zwang man ihn und seine Freunde in diesem fernen Land, das Frankreich hieß, diese Rolle zu übernehmen.

Sie waren doch alle stolze Männer, jeder besaß eine eigene Würde. Kumar hatte sein Land, Srinivasan sein Diplom (noch nicht ganz), Grehwal war der Sohn des Tuchhändlers und Karawanenbesitzers Balbir Singh aus Amritsar. Sie gehörten allesamt zur hindustanischen Division der 1. Armee. Aber die Briten behandelten sie, als wären sie unwürdig zu kämpfen und nur als Diener zu gebrauchen. Kim senkte den Kopf, um zu verbergen, daß er rot geworden war, aus Scham über dieses Volk, dem er selber einmal angehört hatte. Wie konnte er sich jemals wieder als Brite zu erkennen geben, wenn seine Landsleute sie so erbärmlich behandelten? Eher wollte er als Inder sterben denn als Engländer leben oder sich gar zu dem Blut zu bekennen, das seine Adern vergiftete.

»Uns wurde gesagt, wir kämen als Soldaten und nicht als Diener. Ich bin noch nie eines anderen Menschen Diener gewesen.«

»Na, dann wird es Zeit, daß Sie Ihr verdammtes Kastengefühl überwinden. Außerdem haben Sie mich jedesmal, wenn Sie den Mund aufmachen, mit ›Sir‹ anzureden.«

»Ja, Sir.«

»Sind Sie ein Unruhestifter, Sepoy?«

»Sir, ich habe nur von Ungerechtigkeit gesprochen.«

»Erstens ist bei Beschwerden der Dienstweg einzuhalten. Sie haben sich also zunächst an Ihren *Jemedar* zu wenden und nicht an mich. Zweitens kann ich keine Ungerechtigkeit erkennen. Sie dürfen nicht vergessen, daß ich als Offizier genauso hier drinstecke, statt in einem anständigen britischen Regiment zu sein. Auch ich habe mich freiwillig zur kämpfenden Truppe gemeldet.

Doch obwohl ich ein königliches Offizierspatent habe, durfte ich in kein britisches Regiment eintreten. Wir sitzen also alle im gleichen Boot und müssen das Beste daraus machen.«

Alle Engländer, die sich aus dem indischen Kolonialdienst zur Front gemeldet hatten, litten in der Tat unter dem gleichen Makel. Sie waren auch nur Diener, wenn sie auch keine niederen Arbeiten verrichten mußten wie dieser *Jawan*. Sie durften aber nur Nachschubdienste für die »richtigen« britischen Regimenter leisten. Edlecliff-Johnstone hatte hier viele bekannte Gesichter wiedergesehen, von Männern, mit denen er im Club in Bombay getrunken hatte, mit denen er in Kaschmir auf die Jagd gegangen war oder in Cal Polo gespielt hatte. Die besten jungen Männer des indischen Zivil- und Polizeidienstes und die *Box-Wallahs* hatten sich freiwillig zum Krieg gegen die Deutschen gemeldet.

Wer erledigte nun eigentlich, da sie nicht mehr drüben waren, die Verwaltungsgeschäfte? Vermutlich die alten Männer. Sie mußten so lange die Stellung halten, bis der Krieg aus war. Dann konnten sie sich auf ihren Ruhesitz in Nainital oder Gulmarg zurückziehen und ihre Memoiren schreiben. Vorausgesetzt, daß die Jungen wieder nach Indien zurückkehrten. Bis zu einem gewissen Grad hatte er Verständnis für die Beschwerde des Sepoy, aber er konnte in dieser Sache kaum etwas tun. Und er wünschte auf keinen Fall eine Meuterei in seiner Einheit.

»Haben Sie mich verstanden?«

»Nein, Sir. Sind wir nicht alle Soldaten Seiner Majestät des Königs?«

»Ja, ja«, sagte Edlecliff-Johnstone ungeduldig. Der Mann war so stur, daß man ihn schon für einen Dummkopf halten mußte. Aber Edlecliff-Johnstone hatte den Verdacht, daß er sich nur dumm stellte. Diese grauen Augen verrieten Intelligenz und Wißbegierde. Und die indischen Einheiten des Regiments hatten ihn ja auch zu ihrem Sprecher gewählt. »Sie sind Kimathchand, stimmt das?«

»Ja, Sir.«

»Aus dem Punjab?«

»Ja, Sir.«

»Und wo da?«

»Lahore.«

»Sie kommen mir irgendwie bekannt vor«, sagte Edlecliff-Johnstone, »als ob ich Sie schon mal früher irgendwo gesehen hätte. Habe ich Sie schon mal gesehen?«

»Nein, Sir.«

Edlecliff-Johnstone wandte den Blick vom Spiegel und schaute auf. Das dunkelhäutige Gesicht war völlig ausdruckslos. Nein, er kannte den Mann doch nicht. Das heißt, ein Zweifel blieb. War es vielleicht der Name? War er in den Akten des politischen Geheimdienstes verzeichnet? Wenn er sich doch die Akten von einem *Peon* holen lassen könnte! Oberst Creighton würde bestimmt sofort Bescheid wissen. Er hatte alles, was in der Abteilung vorging, in seinem Kopf gespeichert, jeden Agenten, jeden hinterhältigen Plan, jedes Geheimnis.

»Aber Sie sind in Südindien Rekrut geworden. Was haben Sie da getrieben?«

»Gelebt«, sagte Kim geduldig. Er hatte gemerkt, welche Richtung die Befragung genommen hatte, und er spürte die Zweifel im Kopf des Offiziers. Ihm war bekannt, daß Edlecliff-Johnstone bei der indischen Regierung gearbeitet hatte. Er war bei der Polizei gewesen und dann zum politischen Geheimdienst nach Bombay versetzt worden. Also mußte Oberst Creighton sein Vorgesetzter sein.

Kim fröstelte es bei dem elenden grauen Wetter. Wo mochte wohl jetzt sein alter Freund Newton sein? Wahrscheinlich im Ruhestand. Oder versetzt. Oder vielleicht sogar schon tot. Jetzt wünschte er, er hätte ihn in Bombay besucht oder sich wenigstens bemüht, seinen Aufenthaltsort zu ermitteln. Er konnte ja einfach den Mann fragen, der ihn hier anstarrte. Aber damit würde er nur die eigene Identität verraten.

»Sie sind zu verdammt gerissen. Das paßt mir nicht. Jetzt gehen Sie und sagen Sie den anderen, sie sollen mit ihrem Gejammer aufhören!«

Edlecliff-Johnstone sah zu, wie Kim das Rasierzeug auswusch, es dann ordentlich in den Kulturbeutel legte, der am Zelteingang hing, und sich auf der Straße entfernte. Kimathchand. Je mehr er darüber nachdachte, um so mehr machten ihm der Name und sein Träger zu schaffen. Nun, das gab ihm wenigstens etwas zu tun. Er würde an seinen Bürovorsteher Muthu schreiben und ihm auftragen, in den Akten nach dem Namen zu suchen und ihm sofort zu antworten.

Der Mantel, den Kim trug, war zu dünn für dieses Land. Er eignete sich bestenfalls für Wintertage in Delhi. Über die ungepflasterte, ausgefahrene Straße trottete er zu den Zelten, die auf dem Feld eines Bauern aufgeschlagen waren. Noch nie im Leben hatte er solche bittere, harte, grausame Kälte erlebt, die ihm in alle Knochen zog, so daß sie zu brüchigem Eis zu werden schienen. Das Blut rann kalt durch seine Adern, so kalt wie der Ganges oben in den Gletschern. Nicht einmal in den drei Tagen, als er mit einer Karawane auf der Route von Leh nach Srinagar im Schnee steckengeblieben war, hatte er so gefroren. Dabei reichten ihnen damals die Schneeverwehungen wie Sanddünen hoch über den Kopf. Doch da konnte er sich wenigstens an das warme Fell eines Packpferdes schmiegen, und die Händler und Kaufleute der Karawane hatten bereitwillig ihre Warenkisten geöffnet und den anderen Reisenden Decken und Felle geliehen.

Ihr Lager befand sich anderthalb Kilometer hinter der Front in der Nähe einer kleinen Ortschaft, die Neuve Chappelle hieß – ein Name, den Kim nie richtig auszusprechen lernte. Er konnte sich nicht vorstellen, daß in diesem Dorf und seiner Umgebung jemals Ruhe und Frieden geherrscht hatten. Ständig dröhnte der Kriegslärm in der Luft und auf der Erde. Schwere Artillerie, Lastwagen, Soldaten, Packpferde, Maschinengewehre und Sanitätsfahrzeuge – das alles wirbelte hier durcheinander. Die Straße zur Front war mit Männern und Gerät dauernd verstopft. Wenn sie zur Front zogen, waren die Soldaten in bester Stimmung. Sie sangen britische Schlager vom Piccadilly. Doch die abgelösten Truppen kehrten in unheilverkündendem Schweigen zurück, und ihre Reihen waren schrecklich gelichtet. Tag und Nacht donnerte die Artillerie.

Kim verließ die Hauptstraße, um Kradmeldern, Zugmaschinen mit Kanonen und einer Kolonne britischer Soldaten, die kaum noch einen Fuß vor den anderen setzen konnten, aus dem Weg zu gehen. Die schmale Allee, die zwischen zwei Hecken verlief, führte an einer Ferme vorbei. Hier wohnte eine Familie namens Junot. Der französische Bauer lebte kaum anders als der indische, und Kim stellte sich vor, daß in längstvergangenen Zeiten riesige Armeen auch auf den Feldern der indischen Bauern Manöver abgehalten und Schlachten geschlagen hatten.

Am meisten hatte es die indischen Soldaten überrascht, daß nicht alle Europäer wie die *burra*-Sahibs lebten. Während der Monate, die sie nun schon in Frankreich waren, hatte Kim zu seiner Verwunderung gesehen, daß es hier auch gewöhnliche Menschen gab – die Arbeiter, die Bauern, die Ladenbesitzer. In Indien sah man nur Sahibs und Memsahibs, die alle wie die Fürsten lebten. Natürlich hatte er geglaubt, daß sie auch im eigenen Lande so ein Leben führten. Die Inder hatten sich immer vorgestellt, daß alle Menschen in England und in Europa reich wären.

Der Krieg hatte ihnen die Augen geöffnet. Jetzt sahen sie, daß auch hier Millionen in bescheidenen Verhältnissen lebten, in kleinen Häusern, in Armut, bei schwerer körperlicher Arbeit. Es gab auch Engländer und Europäer, die einfache *Khanasamas* und *Malis* waren! Unter ihren Frauen gab es sogar Prostituierte, und viele seiner Kameraden hatten schon mit ihnen geschlafen, entweder um ihren Trieb zu stillen oder wegen dem Reiz der Neuheit.

›Wenn wir das schon Jahre vorher gewußt hätten‹, dachte Kim, ›dann wären wir vor den Briten nicht mehr in Ehrfurcht erstorben. Sie haben uns in dem Glauben gelassen, daß in ihrer Heimat alle Menschen ein herrliches Leben führen. Und wir armen Inder haben diese Geschichten geschluckt, weil wir sie ja noch nie anders erlebt hatten. Vielleicht wußten die Reichen unter uns, die im Ausland gewesen waren, daß das alles Lüge war, aber sie konnten uns das nicht erzählen. Doch jetzt haben wir, wir Dörfler, Bauern und Ladenbesitzer, mit eigenen Augen gesehen, daß das nur Märchen waren. Ihr eigenes Volk lebt nicht besser als wir, und dazu noch in einem viel schlechteren Klima.‹

Die Junots besaßen als einziges Stück Vieh eine Kuh. Früher hatten sie noch sechs Hühner und zwei Enten gehabt, aber die hatten ihnen trotz aller Aufmerksamkeit die Soldaten gestohlen. Und die Kuh lebte wie bei den indischen Bauern mit ihnen unter einem Dach. Das Haus war aus Granitstein mit einem tief heruntergezogenen Ziegeldach. Es hatte nur ein einziges Zimmer, in dem die Familie aß und schlief. Auch die Junots hatten Verluste zu beklagen. Jean Junots beide Söhne waren gleich in den ersten Kriegstagen gefallen. Jetzt hatten sie nur noch ihre Tochter Claudine. Junot war ein dünner, krumm gehender Mann mit einem schönen Schnurrbart, wasserblauen Augen und einem wettergegerbten Gesicht.

Wie gewöhnlich um diese Vormittagsstunde fand Kim seine Kameraden im Bauernhaus. Dank seines heutigen Auftretens als Bittsteller war er als letzter mit seinen normalen Dienstleistungen fertig geworden. Kumar, Grehwal, Srinivasan und zwei andere sahen zu, wie Madame Junot sich an einem großen Metallkessel zu schaffen machte. Sie war fast so dünn wie ihr Mann und hatte dauernd ein rotes Gesicht wie die Engländer in Indien. Wie das kam, konnte keiner von ihnen verstehen, weil sie in diesem Europa seit Monaten keine Sonne gesehen hatten.

Es war ein angenehmes Gefühl, aus der Kälte im Freien in das warme Bauernhaus zu kommen. Wie seinen Kameraden war es auch Kim aufgefallen, daß sich die Franzosen ihnen gegenüber respektvoll benahmen. Sie behandelten die indischen Soldaten wie ihresgleichen und waren ihnen außerordentlich dankbar, weil sie von so weit her gekommen waren, um an ihrer Seite gegen den gefürchteten Boche zu kämpfen. Dabei hatte noch kein Inder den gefürchteten Boche zu Gesicht bekommen. Sie sahen ja nur die Stiefel und die Teller der britischen Offiziere.

Kim wühlte in seinen höhlenartigen Taschen und zog ein Stück mit Fusseln bedeckten Schinken heraus. Aus einer anderen Tasche holte er drei Eier, eine Dose Rindfleisch, ein halbes Brot und ein Stück Käse. Das war eine ganze Menge, was er da »organisiert« hatte, und alle drängten sich unter lauten Freudenrufen um ihn.

»Habt ihr denn noch nie von dem großen Kim aus den Basaren von Lahore, Delhi und Bombay gehört?« rief Grehwal scherzend. »Er kann wie ein Geist in Küchen und Juwelierläden schlüpfen, und wenn er wieder weg ist, sind viele Sachen wie durch Zauberhand verschwunden.« Er hatte breite Schultern, einen muskulösen Oberkörper, aber eine schmale Taille und ganz dünne Beine. Sein Körperbau hätte eher zu einem größeren Mann gepaßt. Außerdem hatte er eine dünne, wache Nase, lustige braune Augen und versuchte immer, dem langweiligen Leben, das sie führten, etwas Vergnügen abzugewinnen.

»Ach, du fauler Sikh, Kim hat eben die Kunst des Überlebens gelernt, während du dich im Stoffladen deines Vaters gemästet hast. Und wenn ich nicht zufällig einmal, als ich von einer Reise aus Benares kam, deinen Vater kennengelernt hätte, würde ich dich heute nicht an unserem Festmahl teilnehmen lassen.«

Madame Junot verstand kein Wort, schnitt aber mit strahlender Miene den Schinken an und warf dann kleine Würfel in den Topf.

Wann immer sie konnten, pflegten sie sich hier bei der gastfreundlichen einfachen Familie in dem warmen Haus zu versammeln. Kim fand, daß seine Freunde dünn und abgezehrt aussahen. Die Kälte hatte ihre braune Haut weißer gemacht. Es sah aus, als wäre der Frost für ewig in ihr Fleisch eingedrungen. Kim saß neben Jeans Stuhl auf dem Steinfußboden. Der Bauer sprach wenig. Meistens hörte er nur den gesunden, jungen Männern zu, die in ihrer fremden Sprache scherzten und plapperten. Dabei hielt er den Kopf schief, und Kim hatte bemerkt, daß er die Augen oft zur Tür wandte, als hörte er seine Söhne kommen.

»Darin seid ihr genau wie wir Inder«, sagte Kim leise. »Auch für uns sind die Söhne wichtig, und wenn wir sie verlieren, so ist das ein schwerer Schicksalsschlag für die Familie.«

Er hatte Sehnsucht nach Parvati, Saraswati und überhaupt nach ganz Indien. Es war fast wie ein körperlicher Schmerz. Hier in dieser gräßlichen grauen Landschaft spürte er die Liebe zu seinem Land stärker als je zuvor. Es war alles so schnell gegangen, daß er immer noch beim Aufwachen dachte, er wäre in seinem

Dorf, Parvati läge neben ihm, er sähe, wie Saraswati sich langsam aus dem Schlaf regte, er röche den süßen Rauch der Holzfeuer und lauschte den Krähen und Eichhörnchen, die einander in den Bäumen beschimpften. Wenn diese Gesichte und Gerüche ihn überkamen, stieg ihm ein Kloß in die Kehle, an dem er zu erstikken meinte. Seine letzte Erinnerung an Parvati war, wie sie mit den anderen Frauen auf der Schlacke an den Gleisen entlanglief und ihm nachwinkte, als sollte ihr der Arm abfallen.

Sie hatten in Madras ihre Grundausbildung erhalten, wo sie in Zelten auf Island Ground lebten, einem großen *Maidan* hinter dem Fort St. George. Im Staub von Madras hatten sie bei der hohen Luftfeuchtigkeit exerziert. Vom Hellwerden bis zum Einbruch der Dunkelheit wurden sie gedrillt. Noch nie war er so kaputt gewesen. Abends war er dankbar, sich auf den Boden legen und schlafen zu können. Nach der Grundausbildung hatten sie noch eine Woche Unterricht im Umgang mit Gewehr und Bajonett. Als sie an Bord des Truppentransporters gingen, mußten sie die Gewehre wieder abgeben. Da hätte er die Absichten der Briten schon durchschauen müssen. Aber die britischen Offiziere hatten ihnen weisgemacht, sie würden die neuesten Waffen erhalten, wenn sie in Europa ankamen. Er hätte nie gedacht, daß Europa so weit von Indien entfernt war.

An Bord des Schiffes ging das Elend erst so richtig los. Sie wurden unter Deck eingeschlossen. Der Geruch der Farbe, des Meers und der dicht aneinandergedrängten Leiber machte sie alle seekrank. Zur Zeit der Abenddämmerung durften sie für ein, zwei Stunden an Deck gehen. Danach trieb man sie wieder wie Sklaven nach unten.

»Was hat Hauptmann Edlecliff-Johnstone-Sahib gesagt?« erkundigte sich Grehwal.

»Daß wir die Sahibs weiter bedienen müssen.«

»Wenn sie uns jetzt im Krieg schon so schlecht behandeln«, sagte Srinivasan, »dann wird es uns wohl nach Kriegsende noch schlimmer ergehen.«

»Das kommt daher, weil wir schon in Indien ihre Diener waren«, sagte Kim. »Es gibt nur eine Möglichkeit, ihnen gleichgestellt zu werden: Wir müssen sie abwerfen wie das Pferd den Reiter, der es grausam behandelt hat. Wir sollten uns in einer Organisation zusammenschließen und sie bekämpfen. Auch wenn wir zu den Waffen greifen müssen, um uns von ihnen zu befreien. Aber solange wir in diesem Lande sind, müssen wir so viel über sie zu erfahren suchen, wie wir können.«

»Sie sind schmutzig«, sagte Kumar, »weil sie nie baden.«

»Wer will denn bei dieser Kälte baden?« sagte Grehwal. »Hier braucht man sich nur schnell zu waschen.«

»Das liegt daran, daß du ein *Sardar* bist«, sagte Kumar. »Wir im Süden baden zweimal am Tag.«

»Weil ihr zweimal so schmutzig seid«, sagte Grehwal und kicherte. Er war stolz auf seinen raschen Witz. Dann mußte er sich aber schnell bücken, denn Kumar hatte eine Kartoffel nach ihm geworfen. Dabei behielt Grehwal die Hände in den Taschen. Da hatte er sie immer. Es sah aus, als hielte er darin geheimnisvolle Sachen fest. Auch beim Zigarettenrauchen nahm er sie nicht heraus.

»Ich rede nicht von so unwichtigen Dingen«, sagte Kim. »Ich meine, was sie über Indien denken und fühlen. Und wie wir sie dazu bringen können, uns beim Kampf um die Freiheit zu helfen. Es gibt auch Briten, die es gut mit uns meinen. Die können Gelder für uns aufbringen, zu ihren Landsleuten sprechen und bei ihren Wahlen unsere Interessen vertreten.«

»Du bist nur ein einzelner Mann und bist doch so vieles«, sagte Grehwal. »Wanderer, Asket, Dieb und jetzt auch noch Politiker.«

In aller Bescheidenheit gab Kim zu: »Wenn ich nicht so vielseitig wäre, wie hätte ich denn in den ganzen Jahren überleben können? Und ich werde auch die paar Wochen überleben, die der Krieg noch dauern wird.«

Diese Worte fielen Kim wieder ein, als er mit seinen Freunden ein Jahr später in einem tiefen Schützengraben stand. Er wunderte sich über seinen damaligen Optimismus. Sie standen bis zu den Knöcheln im schlammigen Wasser, froren immer noch und fühlten sich ebenso elend. Immerhin brauchten sie die Briten nicht mehr zu bedienen. Die Verluste unter den britischen Soldaten waren außerordentlich hoch gewesen, und jetzt zogen sie schon ältere Männer ein. Abgesehen von Kriegsminister Lord Kitchener und von Winston Churchill glaubten in England aber noch immer alle, daß der Krieg bald aus sein würde. Auch die Frontsoldaten hätten das gern geglaubt. Es war zwar nur ein Traum, eine Illusion, aber er half ihnen über das Grauen dieses sinnlosen Blutbads hinweg. Und jetzt fielen auch Inder auf fremdem Boden in einem Krieg, den keiner von ihnen verstand.

Der kalte Nordwind pfiff auch durch die Schützengräben. Er trug das Flüstern der Posten und den Gestank der Toten mit sich. In der Kälte hielten sich die Gerüche länger. Wenn Kim die Nasenflügel blähte, konnte er wie ein Genießer, der sich an feinen Nuancen erfreut, die verschiedenen Gerüche auseinanderhalten: Tod, Urin, Exkremente, Schweiß, Wundbrand und Pulverdampf. Das waren alles keine natürlichen Gerüche. Es war, als wäre die Natur längst besiegt und hätte die Menschen den Gerüchen überlassen, die sie selbst erzeugten und erfanden.

Jetzt erinnerte sich Kim an Sheshas letzte Warnung: »Du wirst eine Hölle betreten, die kein Gott geschaffen hat. Nur Menschen können sich etwas so Schreckliches ausdenken.« Instinktiv griff Kim unter den Wintermantel und berührte den Kieselstein, den ihm Vamana als Schutz mitgegeben hatte. Würde er ihn auch vor Geschossen und Bomben bewahren? Immer wieder dachte Kim: ›Mit dem Verschwinden der Natur hat auch Gott uns verlassen.‹

Das Tageslicht warf ihre Schatten an die schlammigen Grabenwände und ließ sie silbern aufglänzen, wo das Wasser an ihnen heruntergeflossen war. Was für hohle und traurige Gesichter die Männer alle hatten!

An der ganzen Front standen die Männer und warteten. Er sah, wie Edlecliff-Johnstone in gebückter Haltung herankam und im Vorbeigehen jedem etwas zuflüsterte. Als er zu Kim kam, sagte er: »In zehn Minuten greifen wir über die Höhe vor uns an. Ich gebe das Signal!« Dann blieb er unvermittelt bei ihm stehen. Er hatte im gespenstischen Dämmerlicht Kim wiedererkannt.

»Sie sind doch Kim?«

»Ja, Sir.«

»Ich habe inzwischen einiges von Ihnen gehört. Sie sind eine lebende Legende in der Abteilung. Eigentlich sind Sie Brite, nicht wahr?«

»Nein, Sir, ich bin Inder.«

»Ich dachte aber, Sie seien Brite«, sagte Edlecliff-Johnstone vorwurfsvoll. »In dem Bericht stand . . .«

»Dann hat sich der Oberst-Sahib geirrt.«

»Solche Irrtümer würden ihm nie unterlaufen. Kim, Sie sind sehr wichtig für ihn. Ich nehme es Ihnen nicht übel, daß Sie kein Engländer sein wollen. Man braucht sich ja nur einmal anzusehen, was wir aus Indien gemacht haben. Ich wollte Ihre Akte lesen, aber der Oberst hält sie immer im Safe unter Verschluß. Er ist ein schlauer Mann. Aber er ist schon alt und glaubt an vergangene Zeiten. Er wird sich so lange wie möglich an die Macht klammern. Als ich meine Stellung antrat, wollte ich Veränderungen einführen. Aber dazu wird es nicht mehr kommen. Melden Sie sich morgen früh bei mir!« Es sah so aus, als wolle er noch mehr sagen. Aber die Zeit drängte, und er huschte weiter.

Kim packte sein Gewehr fester. Seine Lippen waren vor Kälte spröde, und er konnte seine Angst nicht unterdrücken. Sie hatten heute schon viermal über die vor ihnen liegende Höhe hinweg angegriffen. Jedesmal waren sie zurückgeschlagen worden. Jedesmal hatte er einen verwundeten oder sterbenden Kameraden mit sich geschleppt, und ihre Reihen hatten sich immer mehr gelichtet. Es war ein sinnloses Opfern von Menschenleben, denn das umkämpfte Land war brach und wertlos. Die Höhe 73 war mit Steinen und Felsen übersät und von Granateinschlägen zernarbt. Schützengräben zogen sich in Windungen wie der Leib einer Schlange darüber hin.

Beim ersten Angriff auf die Höhe war er allzu tapfer gewesen. Die Inder hatten ein großes Abenteuer erwartet und wollten ihre Tapferkeit vor diesen Europäern beweisen, die sie so lange behandelt hatten, als taugten sie nur als Putzer und Ordonnanzen. Er war aufrecht gegen die deutschen Stellungen vorgegangen, und die anderen Soldaten waren seinem Beispiel gefolgt. Kim wußte noch, daß plötzlich eine gespenstische, tödliche Stille eingesetzt hatte. Sie hörten nur das Stampfen ihrer Stiefel, als sie in einer geraden braunen Linie vorrückten. Er sah die Gesichter von Sikhs, Jats, Moslems, Hindus, Bengalis und Madrassis, von Gurkhas und Gujeratis. Alle hatten den Blick auf das Stacheldrahtverhau und den dahinter eingegrabenen Feind gerichtet. In diesem Augenblick glaubte er, sie hätten durch ihren bloßen Anblick die Deutschen in Angst und Schrecken versetzt und würden ohne Verluste davonkommen.

Dann plötzlich zerrissen Gewehrfeuer, das gefürchtete Rattern der MGs, Granaten und die Schreie von Verwundeten und Sterbenden die Luft. Links und rechts von ihm waren Männer gefallen, aber er stürmte immer weiter, bis er den ersten feindlichen Graben vor sich hatte und in das Gesicht eines jungen deutschen Soldaten hinabblickte. Als Kim mit dem dichten schwarzen Bart scheinbar ganz allein vor ihm auftauchte, mußte er sich furchtbar erschreckt haben. Einen Augenblick starrten sie einander an. Dann wollte der junge Mann sein Gewehr hochreißen. Da feuerte Kim. Die Kugel traf den anderen in den Hals und schleuderte ihn rückwärts. Und sein Sterben tat Kim ebenso weh wie dem jungen Deutschen. Im Schock blieb Kim stehen und dachte daran, wie bitterlich der Lama über seine Grausamkeit geweint hätte.

›Aber wie soll ich es hier vermeiden, andere Menschen zu töten?‹ dachte Kim. ›Es ist doch Krieg, und dies ist meine Soldatenpflicht. Wenn ich nicht als erster geschossen hätte, wäre ich jetzt tot. Es gibt zwar kein Sterben – es ist nur eine Illusion, wie man mir gesagt hat. Trotzdem hätte ich Frau, Kind und Kameraden zurückgelassen, die um mich getrauert hätten. So böse und grausam es auch ist, Mitmenschen zu töten, ich muß es nach meinen besten Kräften tun. Ich glaube ja, daß ich für eine gerechte Sache kämpfe. Doch schon höre ich im Geist wieder Shesha voller Spott zu mir sagen, daß die Menschen es verstehen, jede ihrer Taten, und sei sie noch so verwerflich, in ihren Augen zu rechtfertigen. Merkwürdig, aber ich glaube nicht, daß es mein Karma ist, in diesem fremden Land, in diesem kalten Schlamm, Tausende Kilometer von Indien entfernt zu sterben. Ich habe den Segen empfangen, der mir meine vorgeschriebene Lebenszeit gewährt, und der Kieselstein von Gott Vamana beschützt mich. Wenn ich die Hand unter den Mantel stecke und ihn berühre, fühlt er sich an, als mache die ihm innewohnende geistige Kraft und Wärme ihn fast zu einem lebenden Ding. Aber gehört das zu der Vision, die ich in Benares gehabt hatte, als ich über Gott meditierte und sah, wie der Krieger drei Pfeile in die Luft schoß? Der erste war die magische Blume der Liebe, der zweite der schreckliche Anblick von Blut und Gemetzel und der dritte die ewige Seligkeit. Wenn diese Vision bedeutet hat, daß ich hier sterben muß, dann ist es mein Karma, und Gott wird mir verzeihen, daß ich getötet habe.‹

Blindlings hatte er in die Gräben geschossen und sich dann mit den anderen zurückgezogen. Wieder fielen Männer rechts und links von ihm. Dann kam vom Boden her ein kehliges Flüstern: »Kim . . .« Ein Mann lag zusammengekrümmt am Boden. Es war Srinivasan, der beide Hände auf seinen Bauch preßte. Und selbst in dieser Dunkelheit sah Kim zwischen seinen Fingern wie ein bleiches Glühen die Eingeweide hervorquellen. Ohne innezuhalten, nahm er Srinivasan auf die Arme und brachte ihn zu den eigenen Linien zurück. Und die ganze Zeit über war er sicher, daß Vamana ihn vor feindlichen Kugeln und Schrapnells, die mit giftigem Geräusch über ihm platzten, schützen werde. »Du wirst nicht sterben«, flüsterte Kim seinem Freund zu, mit dem gleichen trügerischen Vertrauen, mit dem er auch Narain damals fortgetragen und zu ihm gesprochen hatte. Aber ein Sterbender weiß, daß es keine Hoffnung mehr gibt.

»Wenn du nach Madurai zurückkommst, geh zu meinem Vater und sag ihm, daß ich als tapferer Soldat gestorben bin! Ich war doch nicht feige, oder?«

»Du bist tapfer wie der Tiger«, sagte Kim. Dann schrie er nach dem Sanitäter. Der kam schnell, gab Srinivasan eine Morphiumspritze, sah Kim an und schüttelte den Kopf. Schon begab er sich zu dem nächsten Verwundeten, der vielleicht überleben konnte.

»Ich besuche deinen Vater und bringe ihm deine Liebe.« Er küßte Srinivasan auf die Stirn. Seine Lippen trafen auf kalte Haut. Er hielt ihn in den Armen und sah ihn sterben. Noch einmal umarmte er seinen Kameraden und flüsterte: »Ram, Ram, empfange die Seele meines Freundes und schenke ihm die ewige Seligkeit!«

Ein Flüstern ging durch den Graben. Kim zog sich auf die Sandsäcke hoch und rollte darüber hinweg auf die kalte, harte Erde. Er schnappte sich den Stahlhelm, den Kumar verloren hatte, und stülpte ihn seinem Freund wieder auf den Kopf. Neben ihm schnaufte Grehwal zitternd, als sie den langen Weg auf die feindlichen Stellungen zukrochen. Kim war froh, daß der Himmel wolkig und die Nacht stockfinster war. So würde der Feind sie erst sehen, wenn es zu spät war. Einen knappen halben Meter vor ihm sah er Edlecliff-Johnstone, der seinen Revolver umklammerte und sie mit stummen Handbewegungen nach vorn trieb.

Überall auf dem Schlachtfeld lagen verkohlte Reste von Soldaten: Deutsche, Briten, Franzosen und Inder. Abgetrennte Körperteile verwesten wie in der Gasse hinter einem Fleischerladen, Beine, Arme und Finger. Und bis aufs Skelett abgenagte Leichen, an denen sich Ratten und Ameisen gütlich getan hatten. Kim kroch an der verwesenden Leiche eines Rajput vorbei. Dessen hübsches Gesicht war schon zur Hälfte weggefressen, aber sein Schnurrbart kräuselte sich immer noch keck aufwärts, wie ein Wimpel auf einer Ruine. Kim wurde beinahe übel. Er hatte viel Böses in seinem Leben gesehen, aber nichts, was dem hier gleichkam, und ihn erfüllte ein verzweifeltes Mitleid mit all diesen Männern.

Vor ihm erhob sich Hauptmann Edlecliff-Johnstone auf die Knie und gab das Signal zum Sturmangriff. Plötzlich hörten sie aus der Ferne ein *Wumm* und dann das Pfeifen der aufsteigenden Leuchtrakete. Sie zerplatzte hoch über ihnen, und der weiße Glanz blendete Kim. Das Licht fiel voll auf Hauptmann Edlecliff-Johnstone und hob ihn scharf gegen den düsteren Hintergrund von Stacheldrahtsperren und Sandsäcken ab. Die Deutschen eröffneten das Feuer. Hauptmann Edlecliff-Johnstone machte einen Salto rückwärts und landete beinahe in Kims Armen. Kim zog ihn zurück und schoß über seinen Körper hinweg. Aber das Feuer der Deutschen war zu stark, und er sah, daß der Angriff ins Stocken geriet.

»Geben Sie das Zeichen zum Rückzug!« flüsterte ihm Edlecliff-Johnstone zu.

Kim gab den Befehl weiter an Kumar und sah, wie die Meldung durch die zerrissene Linie von einem zum anderen ging. Erst als die anderen anfingen, mühsam zu den eigenen Gräben zurückzukriechen, folgte ihnen Kim. Er faßte Edlecliff-Johnstone unter den Armhöhlen und schleifte ihn mit sich.

Das mörderische Feuer ließ nicht nach. Es kam ihm vor, als brauche er für die letzten Meter doppelt so lange wie vorhin. Vorsichtig rollte sich Kim über den Wall von Sandsäcken. Dann versuchte er, Edlecliff-Johnstone nachzuziehen. Aber dessen Körper schien irgendwo festgeklemmt zu sein. Vor Anstrengung schwitzend, drehte er sich um und wollte jemanden rufen, der ihm helfen sollte, aber er sah niemanden in der Nähe. Da rollte er sich wieder über den Wall. Edlecliff-Johnstone war mit der Schulter unter einen Sandsack geraten. Er machte ihn frei und zerrte ihn über den Wall. Plötzlich hörte Kim eine ohrenbetäubende Detonation. Eine Riesenfaust hob ihn empor und ließ ihn dann wieder fallen. Als er auf die Erde fiel, erfaßte ihn ein wahnsinniger Schmerz.

Er hörte sich selbst schreien. Durch einen dichten roten Schleier sah er, daß sich ein Sanitäter über ihn beugte. Er spürte helfende Hände und war gerade dabei, in eine erlösende Ohnmacht zu fallen, als er wie von fern ein Flüstern hörte: »Er ist so gut wie tot . . .«

Kim fühlte sich alleingelassen und kämpfte gegen die Ohnmacht an. Verzweifelt warf er einen letzten Blick zum Himmel, der sich inzwischen aufgeklärt hatte. Aber jetzt umwölkten sich seine Augen.

Plötzlich verloschen die Sterne. Ein Kopf hatte sich davorgeschoben. Er war nur so groß wie der Kopf eines Kindes. Die Haare waren oben zu einem sauberen Knoten gebunden. Verärgert schaute Vamana, Vishnus *Avatar*, auf Kim herab und rümpfte wegen des Gestanks die feine Nase.

»Dauernd steckst du in Schwierigkeiten. Immer wenn ich dich finde, liegst du gerade im Sterben. Kannst du denn nicht mal eine Zeitlang am Leben bleiben, ohne daß ich dich retten muß?«

»Das ist erst das zweitemal«, wandte Kim ein.

»Zweimal ist mehr als genug«, sagte Vamana und legte seine kleine Hand auf Kims Brust. »Meine Geduld ist erschöpft. Ich warne dich: Beim drittenmal komme ich nicht mehr. Ständig verlangen die Menschen von uns, wir sollen Wunder vollbringen, nachdem sie sich selber in den Schlamassel geritten haben. Ich habe auch noch anderes zu tun.«

Kim versuchte zu lächeln. Vamanas heilende Wärme floß durch seinen Körper. Eine Artilleriegranate explodierte ganz nahe bei ihnen und überschüttete sie mit Dreck. Vamana hielt inne und strich sich pikiert den Dreck aus den Haaren und von der nackten Brust.

»Warum macht ihr dem Krieg nicht ein Ende? Ihr habt doch die Macht dazu.«

»Wir haben den Menschen den freien Willen gegeben. Sie aber sind entschlossen, die Erde zu zerstören und damit sich selbst. Das ist euer aller Schicksal. Jetzt sieh zu, daß du nicht mehr in Schwierigkeiten gerätst, damit ich Ruhe vor dir habe!«

Vamana begann zu schwanken, und noch bevor Kim die Augen schloß, war er schon verschwunden.

Kim war aufs höchste erstaunt. Wie war Parvati an die Front gekommen?

Er versuchte, sie in die Deckung zu schieben. Aber sie blieb, von Licht angestrahlt, über seinem Kopf und hielt ihn an den Armen. Waren sie beim Liebesspiel in ihrer Hütte? Er wollte sie umarmen. Er sehnte sich nach ihrem tröstenden Körper, dem

Zufluchtsort der Normalität, nach dem frischen Duft ihrer süßen Unschuld.

Eine Frau sagte kichernd: »Eben waren Sie noch halbtot, und jetzt wollen Sie mich schon in Ihr Bett ziehen!«

Der Glanz des indischen Mittags tat seinen Augen weh. Er hielt die Hand davor. Jetzt sah er die Frau deutlicher. Sie hatte ein heiteres, rundes Gesicht und trug eine Kappe auf den blonden Haaren.

Als er an ihr vorbeischaute, blieb ihm beinahe der Mund offenstehen. Er lag in einem indischen Palast. Hoch über ihm wölbte sich eine farbig verzierte Kuppel. Sie erinnerte an die Kuppel von Akbars Grabmal. Sie wurde von schlanken Säulen und einer Galerie von Rundbogen gestützt, die wie in Shah Jahans Palast in Agra Intarsien mit Blumenmotiven aufwiesen. Von der Decke hing ein großer Kristallüster herab. Kim lag in einer kreisrunden Halle, in der in schnurgeraden Reihen Betten standen. Unten zog sich eine zweite Galerie von Rundbögen um den Saal, und durch einen sah er in den langen Korridor, der in einen Garten führte.

Es roch nach Medikamenten, Blut, Seife und nach dem Parfüm der Frau.

»Acha hai?« fragte sie.

»Ja. Bin ich in der Heimat?«

»Nein, in England. Das hier nennt sich der Brighton-Pavillon. Er dient jetzt als Lazarett.« Sie sprach englisch, aber langsam, damit er sie verstehen konnte. Dann fiel ihr ein, daß er ja eben selber englisch gesprochen hatte. »Na, dann kann man sich wenigstens besser mit Ihnen unterhalten. Wie fühlen Sie sich?«

»Steif. Aber ich habe keine Schmerzen.«

»Die kommen bald wieder. Aber das Schlimmste haben Sie hinter sich. Ihr Rücken hat die ganze Ladung abgekriegt. Sie waren sofort weg. Daß Sie überlebt haben, ist immer noch ein Wunder. Der Sanitäter hat gesagt, ihr ganzer Rücken war aufgerissen. Er hat Ihnen nur noch eine Morphiumspritze gegeben und Sie dann vorläufig liegengelassen. Als er zurückkam, war ihr Rücken auf einmal fast heil bis auf ein paar Schrapnellsplitter, die noch drinsteckten. Höchstwahrscheinlich hat er Sie mit jemand anderem verwechselt. Aber Sie hatten auch eine schwere Gehirnerschütterung.«

»Was ist mit Kumar und Grehwal?«

»Die kenne ich nicht. Wenn das Ihre Freunde sind, werden sie wohl noch da draußen sein.« Sie sah, wie sich seine Miene kummervoll verdüsterte und dachte: ›Als erstes fragen sie immer nach ihren Freunden. Anscheinend kommen sie sich im Krieg sehr nahe.‹

»Und Hauptmann Edlecliff-Johnstone?«

»Von dem habe ich noch nie gehört.« Sie nahm eine kleine Schachtel vom Nachttisch, machte sie auf und nahm einen Orden heraus. »Sie müssen sehr tapfer gewesen sein. Man hat Ihnen den Indischen Verdienstorden verliehen.«

Kim nahm ihn entgegen, sah darauf den geprägten Kopf des Königs und legte ihn in die Schachtel zurück. Dieser neue Talisman erinnerte ihn an seinen anderen, und er suchte nach der Schnur um den Hals. Sie war weg. Erschrocken setzte er sich auf. Die Krankenschwester merkte, daß er entsetzt war.

»Suchen Sie den Stein? Der liegt im Schubfach.« Sie holte ihn heraus, amüsiert darüber, daß der vermeintliche Verlust eines so kleinen Gegenstands ihn in eine solche Aufregung versetzt hatte. »Ihr seid aber wirklich sehr abergläubisch.«

Schweigend nahm Kim den Stein und hängte ihn sich um den Hals. Er konnte dieser netten englischen Schwester ja nicht erzählen, daß Vamana, die zwergenhafte Verkörperung von Vishnu, ihm den Stein geschenkt und vor vielen Jahren, als er an einer Schußwunde sterben sollte, persönlich erschienen war und ihm die Kugel aus dem Herzen gezogen hatte. Der Bericht des Sanitäters entsprach durchaus den Tatsachen. Denn Vamana hatte seine schweren Rückenwunden geheilt und ihm zum zweitenmal das Leben gerettet. Ein Blick in die ruhigen, schlichten Gesichtszüge der Schwester sagte ihm, daß sie ihm das doch nicht glauben würde.

Jetzt kamen die Schmerzen, und die Steifheit in den Gelenken dauerte an. Sein Rücken fühlte sich an, als wäre er zusammengenäht und fest in eine Büffelhaut gewickelt worden, die sich enger und enger um ihn schloß. Später humpelte er am Arm der Schwester durch die Bettenreihen. In dem vollen Lazarett lagen lauter Inder. Einige lagen ruhig und still da, andere setzten sich auf und grüßten munter, wenn er an ihnen vorbeikam. »*Namaste-ji,* wie geht es dir?« – »Du siehst so stark aus wie ein Wasserbüffel.« – »Bald sind wir wieder daheim in der Sonne.«

Sie setzte ihn draußen im Garten auf eine Bank in der Sonne. Obwohl der englische Sommer kühl war, freute er sich dankbar über den Sonnenschein. Fast ehrfürchtig sah er zur Sonne empor. Dann schaute er um sich. Er konnte es kaum glauben, daß er in England war, besonders mit dem indischen Palast vor ihm. »Eng-land«, sagte er laut. Wie merkwürdig das klang! Ringsum herrschte Stille. Ärzte und Schwestern bewegten sich lautlos. Die Atmosphäre des Landes entzog sich ihm. Die Mauern um den Pavillon versperrten ihm den Ausblick auf die Stadt, die Brighton hieß. Er konnte aber das nahe Meer riechen.

Neugierig beobachtete er einen Engländer, der den großen Weg durch den Garten fegte, denn er hatte ja noch nie einen Engländer bei einer körperlichen Arbeit gesehen. Ein anderer brachte ein Tablett mit Tee für einen Patienten. Ein Wachposten saß so lässig da wie irgendein *Chowdikar.* Erstaunlich! Er beobachtete sie über eine Stunde lang, so wie er früher als Kind dagehockt hatte und die Ameisen hin- und herrennen sah. Schließlich rief er den Mann mit dem Tablett an und bat ihn um eine Tasse Tee. Der Mann ging weg und brachte ihm dann höflich den Tee. Kim nahm die Tasse wie einen Ehrenpreis in Empfang.

Gegen Ende der zweiten Woche sah Kim die Schwester wieder. Er hatte schon nach ihr gefragt, und man hatte ihm gesagt, sie habe dienstfrei. Heute trug sie keine Schwesternkleidung, sondern war in Zivil. Sie setzte sich zu einem indischen Soldaten, unterhielt sich mit ihm, machte *Namaste* und ging zum nächsten. Kim ließ kein Auge von ihr, wie sie durch die Bettenreihe ging. Er saß, in eine Decke gehüllt, am Fenster. Der englische Sommer war so trübe und elend wie der französische Winter. Schließlich kam sie zu ihm.

»Wie geht's, Sepoy?« fragte sie stockend auf Hindi. »Wenn ich etwas für Sie tun kann, dann sagen Sie es mir bitte! Ich schreibe auch gern für Sie an Ihre Angehörigen, wenn Sie es wünschen. Aber ich kann nur auf englisch schreiben.«

Sie stand so höflich vor ihm wie ein junger Bambusbaum, den der Wind zu ihm beugte. Da merkte er, daß sie ihn nicht wiedererkannt hatte. Erst als er sie angrinste, wußte sie wieder, wer er war, und lächelte zurück.

»Ach, Sie sind es, der Wundermann«, sagte sie auf englisch. »Sie sehen gut aus.«

»Es geht mir auch gut, Memsahib . . .«

»Ich bin keine Memsahib. Mein Name ist Victoria.« Sie setzte sich, und er merkte, daß sie ihn prüfend musterte. »Und Sie sind kein Eingeborener, nicht wahr? Ich habe Sie im Bett gebadet, als Sie noch bewußtlos waren. Sie sind ein Engländer.«

»Miß Victoria, ich fühle mich geschmeichelt, daß Sie mich für einen Engländer halten. Aber ich bin geborener Inder. Wir können ebenso hellhäutig sein wie Sie oder auch so dunkel wie Teakholz. Das hängt von unserer Herkunft ab.«

»Ich weiß zwar nichts über Ihr Land, aber ich hätte darauf schwören mögen, daß Sie Engländer sind.«

Kim war verwundert. »Sie sollten aber alles über Indien wissen. Ihre Landsleute herrschen dort seit mehr als dreihundert Jahren. Lernen Sie nichts darüber in der Schule? Spricht man bei Ihnen im Alltag nie über indische Probleme?«

»In der Schule habe ich vom Aufstand der Sepoys und den schrecklichen Dingen gehört, die Inder uns angetan haben . . .«

»Und Ihre Landsleute uns«, sagte Kim.

»Wir haben solche barbarischen Grausamkeiten nicht verdient. Wenn wir nicht nach Indien gekommen wären, würden alle Menschen dort noch wie die Wilden leben.« Sie wurde rot und berührte beruhigend seinen Arm. »Entschuldigen Sie. Ich möchte Ihnen sagen, wie dankbar wir Ihnen sind, daß Sie an unserer Seite kämpfen.«

»Sie brauchen sich nicht zu entschuldigen«, sagte Kim. »Ich muß es tun. Man hat Ihnen lauter Lügen erzählt. Und wenn ein gebildeter Mensch wie Sie – und nicht irgendein Armer, der knapp seinen Lebensunterhalt bestreiten kann – diese Lügen so einfach glaubt, wie können wir dann noch hoffen, daß man uns versteht? Vielleicht irre ich mich auch, und Sie stehen mit Ihren Ansichten unter den vielen Millionen in diesem Lande allein da.«

Sie stand abrupt auf. »Sie sind anders als die anderen. Die benehmen sich bescheiden und sind uns dankbar. Sie nicht.«

»Das stimmt. Aber bevor Sie gehen, Memsahib, könnten Sie mir Briefpapier besorgen?«

Es war schon lange her, daß er einen Brief von Parvati erhalten hatte. Nachdem sie sich voneinander trennen mußten, hatte sie ihm nur zweimal geschrieben. Danach hatte er nichts mehr von ihr gehört, was besorgniserregend war. Allerdings nahm er an, daß ihre Post durch Kriegseinwirkung verlorengegangen war. Ein deutsches Schlachtschiff, das im Indischen Ozean kreuzte, hatte den Schiffsverkehr zwischen Indien und England über ein Jahr lang lahmgelegt. Er hatte gehört, es habe sogar Madras beschossen und die Einwohner in Panik versetzt. Damit war wieder ein Mythos gestorben – der Mythos vom meerbeherrschenden Großbritannien. Ein einziges feindliches Kriegsschiff hatte chaotische Zustände ausgelöst.

Kim schrieb an Parvati so ausführlich wie möglich und erzählte ihr von seinen Erlebnissen. Doch da er mit der Feder nicht so flink war wie mit der Zunge, brachte er trotz aller Mühen nur eine Seite zustande. Aber es war ein Lebenszeichen, das sie trösten würde. Als Adresse schrieb er auf den Umschlag: Postamt Puducheri.

Kim sah sein Spiegelbild im Fenster des Eisenbahnabteils. Er fand, daß er sehr englisch aussah. Er trug einen geliehenen grauen Tweedanzug, der ihm eine Nummer zu groß war, ein Flanell-Krickethemd und eine flache Mütze. Argwöhnisch betrachtete er diesen Fremden, der die Kleidung so selbstverständlich trug, als hätte er nie etwas anderes getragen. In dem überfüllten Abteil stach er sicherlich nicht von den anderen Reisenden ab. Für die existierte er gar nicht. Er war als erster eingestiegen und hatte jeden, der zustieg, höflich gegrüßt. Doch die einzige Antwort war eisiges Schweigen gewesen. Dieses Schweigen der Mitreisenden empfand er als bedrückend. Entweder lasen sie oder sie sahen mit unbeweglicher Miene vor sich hin. In einem indischen Zug hätte er nach einer halben Stunde schon die intimsten Einzelheiten aus dem Leben der anderen erfahren.

Er wischte die Scheibe ab und spähte hinaus. Die grüne englische Landschaft erinnerte ihn an Reisfelder. Ihr reicher, fruchtbarer Glanz war in Indien allerdings nur hin und wieder zu erblicken. Die Dörfer sahen sauber, hübsch und still aus. Angestrengt spähte er nach den Einwohnern aus. Sie waren ja »seine Landsleute«, und doch war ihm ihre Lebensart fremd. Der Himmel blieb düster, und er sehnte sich nach strahlenden, wirbelnden Farben, die sein Auge in ihren Bann zu ziehen pflegten. Wo auch immer der Zug anhielt, waren die Bahnsteige fast leer. In Indien waren sie übervoll von Menschen, von Krach und Gerüchen und ...

Sein Gedankengang brach ab. Ihm war übel geworden. Es war ein so eigenartiges Gefühl, daß er zunächst glaubte, es käme von seiner Verwundung. Doch allmählich wurde ihm klar, daß es keine körperlichen Ursachen hatte. Es kam aus dem Herzen. Alles erschien ihm düster, wie verbrannt. Er litt unter seiner schrecklichen Einsamkeit. Nie zuvor im Leben hatte er etwas Ähnliches empfunden. Es war, als erstickte er unter einem Leichentuch oder schwebte in einem außerirdischen Universum. Er, der Freund aller Welt, war hier ganz allein.

Aber als er in London ankam, hielt dieses Gefühl nicht lange an. Die Stadt erfüllte ihn mit Ehrfurcht. Und sie erregte ihn. Er konnte sich einfach nicht vorstellen, wie groß sie war. Er eilte durch die Straßen, als suchte er nach ihrem Zentrum. Er besah sich die Schaufenster, starrte die Autos und die Menschen an und schaute zu den Gebäuden und Denkmälern hinauf. Sie sahen genauso aus wie in den Bilderbüchern, die er sich als kleiner Junge angesehen hatte. Es war ihm alles vertraut. Und doch war ihm, als wäre er in diesem Bilderbuch gefangen und müßte daraus entfliehen. Erst auf einer Bank im Hyde Park kam er zur Ruhe.

›Daheim!‹ Er kostete das Wort aus. Es schmeckte fad. ›Dies ist nun mein Heimatland. Doch nur mein Verstand nennt es so, mein Herz und meine Seele tun es nicht. Irgendwo in diesem Land liegt die Heimat meiner Vorfahren, steht das Dorf meiner Eltern. Ich weiß nur nicht, wo. Dort wird es noch Menschen geben, die sie gekannt haben, Brüder, Schwestern, Onkel, Vettern, Freunde. Für sie alle bin ich ein Fremder. Sie wissen gar nicht, daß es mich gibt. Aber ich sollte mich doch wenigstens bemühen . . . ‹

Zwei gutgekleidete Engländer setzten sich zu ihm auf die Bank. Er lächelte sie an. Die Antwort waren kalte Blicke. Dann rutschten die beiden in auffälliger Art von ihm ab. Da er anscheinend unwillkommen war, wollte er schon weggehen, als er eine Gruppe von Indern auf dem Weg heranschlendern sah. Sie hatten zwei englische Mädchen bei sich. Die Männer waren offensichtlich Sepoys, die hier ihren Urlaub genossen. Sie lachten und plauderten, und die Mädchen, die kein Wort verstanden, kicherten miteinander. Er wollte die Gruppe gerade anrufen, als einer der Männer neben ihm sagte: »Verfluchte Kanaken! Man dürfte sie gar nicht ins Land lassen. Sehen Sie nur, wie sie sich aufführen!«

»Schreckliche Menschen«, sagte der andere. »Jetzt bilden sie sich wunder was ein, weil sie zwei Nutten kennengelernt haben. Man sollte diesen verkommenen Mädchen klarmachen, daß sie unser Land in Verruf bringen.«

»Sie gehören ordentlich ausgepeitscht, diese Mädchen und die verdammten Kanaken. Das wäre eine gute Lehre für sie. Dann würden sie sich heulend wieder in ihr Land verziehen. War mal kurze Zeit in Indien. Nichts als dreckstarrendes Volk, das ekelhafte Götzenbilder anbetet.«

»Hab' ich auch gehört. Wenn wir nicht gekommen wären, würden sie heute noch auf den Bäumen leben.«

Vor Wut konnte Kim sich kaum noch beherrschen. »Sie beide sind die dümmsten, unwissendsten, häßlichsten weißen Affen, die ich je gesehen habe«, sagte er. »Diese Männer, die Sie beschimpfen, kämpfen und sterben für so dreckige Leute wie Sie.« Er stand auf und sah in die überraschten rosigen Gesichter. »Und jetzt werde ich Ihnen zeigen, was ich als Inder von Ihnen halte.«

Kim sammelte Speichel im Mund, und mit der Kunst des erfahrenen *Paan*-Kauers spuckte er den beiden zwischen die Füße. Dann drehte er sich um und rannte hinter den Soldaten her.

Die Indische Soldaten-Organisation saß in einem dreistöckigen Haus am Strand hinter dem India House. Am Eingang wimmelte es von indischen Soldaten. Im Flur nahm eine nervös und müde wirkende europäische Dame von gewaltigen Ausmaßen seine Personalien auf. Sie sprach mit einem ungewohnten Akzent. Deshalb nahm Kim an, daß sie keine Engländerin war. Später erfuhr er, daß sie Polin war. Doch trotz des Durcheinanders blieb sie immer freundlich. Sie sprach kaum ein Wort Hindi, aber alle Soldaten grüßten sie liebenswürdig. Sie war hier anscheinend so etwas wie eine Institution. Der Geruch nach indischem Essen, die dunkelhäutigen Gesichter und die Klänge der vertrauten Sprache erzeugten bei Kim starkes Heimweh. Die Kantine lag im Keller. Sie war so kärglich ausgestattet wie ein *Dubba.* Während er mit Heißhunger aß, behielt er den Eingang im Auge, für den Fall, daß ein Mann aus seinem Regiment auftauchen sollte. Nach einiger Zeit entdeckte er ein bekanntes Gesicht.

»Hast du Grehwal oder Kumar gesehen? Leben sie noch?«

»Ja«, sagte der *Jawan.* »Sie sind oben in der Bar. Sie haben schon überall nach dir gesucht, Kimathchand. Da werden sie sich aber freuen! Und wir haben nur noch wenige Tage Urlaub. Kommst du mit uns?«

»Ja.«

Kim rannte die Treppe hinauf. Die beiden saßen vorübergebeugt an einem Tisch und hatten Bierkrüge vor sich stehen. Grehwal schien der Betrunkenere zu sein. Er hatte den verschwommenen Blick eines Menschen, der rings um sich alles Karussell fahren sieht. Die beiden sahen müder und älter aus, als er sie kannte. In ihren Augen stand das geheime Wissen um den Tod. Eine Welle der Erleichterung und der Zuneigung zu den beiden Kameraden überkam ihn. Sie hatten das schreckliche Gemetzel auf dem Schlachtfeld überlebt. Allerdings würde es ja bald weitergehen. Als die beiden Kim erblickten, brachen sie in Tränen aus, umarmten ihn gleichzeitig und erdrückten ihn fast zwischen sich.

»Wir habe dich gesucht, aber keiner konnte uns etwas Genaueres sagen. Der eine sagte, du bist in diesem Lazarett, und der andere, in jenem. Wir sind von einem Lazarett zum anderen gerannt. Aber du warst wie von der Erde verschwunden. Da haben wir schon gedacht, du bist gefallen.«

»Und was ist aus Hauptmann Edlecliff-Johnstone geworden?«

»Er ist an seiner Verwundung gestorben. Viele britische Offiziere aus Indien sind gefallen.«

»Und Tausende unserer Landsleute auch«, sagte Kim.

Beim Gedanken an die vielen Toten wurde Kim traurig. Edlecliff-Johnstone war jung und voller Energie gewesen. Wenn er und andere junge Briten lebend nach Indien zurückgekehrt wären, wären sie vielleicht bereit gewesen, notwendige Veränderungen herbeizuführen. Nun aber würden die alten Männer weiterregieren, die noch in der Erinnerung an den Aufstand der Sepoys lebten und daran gewöhnt waren, daß ihre Macht sie vom Volk isolierte. Er konnte sich nicht vorstellen, daß jemand wie der Oberst-Sahib jemals nachgeben und Veränderungen zugänglich sein würde. Er würde bleiben, wie er war: fest und unnachgiebig, notfalls auch grausam.

Sie redeten und tranken, bis es draußen dunkel wurde. Dann stolperten sie, sich aneinander festhaltend, die zwei Treppen zum Schlafsaal hoch, wo sie auf ihre Matratzen fielen. Als Kim in den tiefen Schlaf der Betrunkenheit tauchte, war er zu seinem Volk »heimgekehrt«.

»Wenn wir in unser Land, in unsere Städte und Dörfer, zu unseren Frauen und Kindern zurückkommen, müssen wir überall verbreiten, was wir hier gesehen haben. Wir müssen unseren Landsleuten berichten, was wir in diesem Krieg durchmachen mußten.«

Kim hielt inne. Die Soldaten sahen zu ihm auf und nickten zustimmend. Eine Lampe erleuchtete den Schlafsaal. Ihre Flamme zuckte über die Gesichter der Männer. Kim hatte vor allem deshalb seine Rede unterbrochen, weil er zwei Männer hereinkommen sah, die anscheinend keine Soldaten waren. Der eine war, wie in dem matten Licht zu erkennen war, ein schlanker, gutaussehender Mann mit Hakennase und feurigen Augen. Er trug einen schlechtsitzenden dreiteiligen Anzug und hatte einen Spazierstock bei sich. Das dichte schwarze Lockenhaar lag wie eine Mütze auf seinem Kopf. Der andere blieb im Schatten. Kim sah nur, wie am dritten Finger seiner Hand, die ebenfalls einen Spazierstock trug, ein schwerer Goldring aufblitzte.

»Wir fallen hier auf ihren Schlachtfeldern, aber nicht für Mutter Indien, sondern für die Briten, damit sie unsere Körper und Seelen weiterhin unterjochen können. Ein Jahrhundert und länger haben wir in ihnen Menschen einer überlegenen Rasse gesehen. Und sie haben alles getan, damit wir ihnen ihre Lügen glauben, daß wir Inder nämlich eine minderwertige Rasse wären, die sich auf nichts anderes versteht, als ständig zu kämpfen und sich gegenseitig umzubringen. Jetzt frage ich euch, die ihr es gesehen habt: Wer kämpft hier gegeneinander und bringt sich gegenseitig um?«

»Die Europäer«, antworteten die Soldaten.

»Ja, die Europäer. Und selbst die einfachen Briten, die ebenfalls unterdrückt werden und unter keinen besseren Umständen leben als wir in unseren Dörfern und Städten, fragen sich allmählich, warum sie weiterhin für das Empire sterben sollen. Wir haben keinen Streit mit ihrem Feind. Warum sollen wir dann noch für ihre Angelegenheiten grausame Leiden auf uns nehmen und für sie sterben? Wir müssen frei sein und über unser Schicksal selbst entscheiden. Wir müssen frei sein und über unser Leben selbst bestimmen. Wir müssen frei und den Briten gleichberechtigt sein.«

Er setzte sich unter lautem Applaus. Dies war die dritte Versammlung, die Kim organisiert hatte. Zuerst hatte er den Soldaten nur Gelegenheit geben wollen, sich über jedes Thema, das sie wünschten, zu unterhalten, denn er spürte, wie verlassen sie sich hier fühlten. Manchmal sangen und tanzten sie auch, wie sie es in ihren Dörfern getan hätten. ›Wir Inder bestehen aus vielen verschiedenartigen und gegensätzlichen Stämmen‹, sagte er sich. ›Deshalb müssen wir uns als erstes untereinander verstehen lernen. Sonst können wir nicht gemeinsam gegen unsere Ausbeuter kämpfen.‹ Die Briten hatten, um das Kennen- und Verstehenlernen zu verhindern, für jeden Volksstamm – Sikh, Rajput, Jat, Madrassi, Mahratti, Gurkha – eigene Regimenter aufgestellt.

Ein anderer Soldat erhob sich und trat vor die Versammlung. Es war ein Rajput. Er sprach über seine Eindrücke in England und Frankreich und über die Lebensumstände dieser Völker. Der Krieg hatte ihrer aller Ansicht vom Europäer stark verändert. Und damit war die Frage aufgekommen, warum sie sich von ihnen als angeblich Minderwertige noch länger unterjochen lassen sollten. Die Rede des Rajput war nur kurz. Danach sprach ein Mahratti über seine Familie, sein Heimweh und den Tod seiner Freunde. Dann sprach Kumar über seinen gefallenen Freund Srinivasan. Er selber habe zwar bis jetzt überlebt, doch nun müsse er bald wieder an die Front. Und er gab zu, daß er Angst davor hatte. Er sehnte sich danach, zu Weib und Kindern heimzukehren und friedlich in seinem Dorf zu leben.

Die Versammlung war zu Ende, und die Männer verließen den Saal. Der Zivilist trat auf Kim zu. Der bedeutete Grehwal und Kumar, bei ihm zu bleiben. Aus der Nähe sah man, daß der Mann einen außerordentlich dunklen Teint und ebenmäßige weiße Zähne besaß. Sein Anzug saß nicht nur schlecht, er war auch schäbig. Kim sah die abgewetzten glänzenden Stellen und die sauber vernähten Risse. Sein Begleiter war das genaue Gegenteil. Er blitzte vor Reichtum wie der Ring an seinem Finger. Er hatte einen teuren, gutgeschnittenen Anzug an, der ihm ausgezeichnet stand. Er war athletisch gebaut und hatte die feinen Gesichtszüge eines Brahmanen. Wahrscheinlich ein Mahratti oder Punjabi. Der Arme sah so aus, als komme er aus Travancore oder Cochin.

»Ich bin Krishna Menon«, sagte er und griff sofort nach Kims Hand. Der Name verriet Kim, daß er richtig geraten hatte. »Sie werden für uns eine große Bereicherung sein.«

»Ich bin kein Wasserbüffel, den man kaufen kann.«

Der andere Mann lachte. »Er hat auch einen flinken Witz, Krishna. Was Krishna sagen wollte: Sie können die Kluft zwischen uns und dem gemeinen Mann schließen.«

»Sie sprechen vom gemeinen Mann. Doch es sind Soldaten, die für Indien zu sterben bereit sind, während Sie teure Anzüge tragen und sich auf Spazierstöcke mit Silberknauf stützen.«

»Touché«, sagte Menon. Dann sah er Kim so durchdringend an, als wollte er ihm seine Worte ins Hirn einbrennen: »Wir sind Mitglieder des Indischen Nationalkongresses und nehmen hier Verbindung mit so vielen Leuten auf, wie wir können, um mit ihnen zu sprechen und sie für die Sache der indischen Freiheit zu gewinnen. Mein Freund ist Romesh Sahni. Er ist Vizepräsident des Oxforder Studentenkongresses.«

Sahni reichte Kim die Hand. Er hatte nur den Bruchteil einer Sekunde vor dieser Geste gezögert, aber Kim und Menon war sein Zögern nicht entgangen. Die Hand fühlte sich schlaff und fast leblos an. Sahni schien Berührungen zu scheuen. Doch er erwiderte Kims Blick mit einem angedeuteten Lächeln.

»Wir sind das neue Blut im Nationalkongreß«, sagte Menon. »Wir sind es, die Indien verändern werden. Menschen wie Sie und ich, die gesehen haben, wie es hier zugeht, können die Botschaft in die Heimat tragen. Wir sind feurige Idealisten und denken nicht daran, uns auf Wischiwaschi-Kompromisse einzulassen.«

Sahni wollte Menon nicht den Ruhm allein überlassen, einen neuen Anhänger entdeckt zu haben, und sagte deshalb schnell: »Es wäre eine Ehre für uns, wenn Sie bereit wären, mit uns zusammenzuarbeiten. Wir würden Ihnen helfen, die Bewegung auf dem Lande zu organisieren. Vor zwei Jahren haben wir hier Mr. Mohandas Gandhi kennengelernt. Mit seiner Rede vor dem Studentenausschuß hat er uns alle inspiriert. Er hat uns gezeigt, wie wichtig es ist, die Unterstützung des gemei . . . des indischen Volkes zu erringen.«

»Ich werde nur für Indien arbeiten, nicht für den Kongreß.«

»Aber das ist doch ein und dasselbe.«

»Das werden wir sehen«, sagte Kim und machte Miene zu gehen.

»Wo kann ich Sie in Indien erreichen?« fragte Sahni.

Kim hatte keine Lust, fremden Menschen seinen Aufenthaltsort zu verraten. »Ich habe keinen festen Wohnsitz. Aber Sie können an mich schreiben, zu Händen von Balbir Singh, dem Tuchhändler in Amritsar. Es hat sowieso keine Eile. Erst muß ich den Krieg überstehen.«

Sie überreichten ihm ihre Visitenkarten. Die von Sahni war steif und hatte eine Gravur, die von Menon alt und zerknittert.

»Fabelhafter Bursche«, sagte Sahni im Weggehen zu Menon. »Ein Mann wie er ist eine wertvolle Errungenschaft für den Nationalkongreß. Er könnte die Herzen der Bauern erreichen, wozu wir nicht in der Lage wären. Er kann gut reden und zieht die Menschen auf seine Seite.«

»Es gefällt mir, wie er denkt«, sagte Menon. »Er mißtraut uns Politikern.«

»Dabei sind wir es doch, die Indien die Freiheit bringen werden.«

»Aber nicht ohne die Hilfe solcher Männer, wie er einer ist.«

»Und sie sind so unwissend«, sagte Sahni und zog seine goldene Uhr mit Sprungdeckelgehäuse heraus. »Nun, ich muß mich beeilen, wenn ich den Zug nach Oxford noch erreichen will.«

An der Tür trennten sie sich. Sahni blieb draußen noch eine Weile am Rinnstein stehen und sah seinem Kollegen nach, der in östlicher Richtung davonstapfte. Ein Sikh-Soldat spazierte an ihm vorbei und bestaunte offenen Mundes, was es hier alles zu sehen gab. Sahni lächelte. Wieder einer aus dem Dschungel.

Kim mußte bis nach Mitternacht auf Kumar und Grehwal warten. Beide kamen zusammen herein und ließen sich müde neben ihn fallen, als hätten sie einen Gewaltmarsch hinter sich.

Kumar berichtete als erster. »Ich bin dem Dunkelhäutigen nachgegangen. Er muß sehr arm sein. Er hat in einem *Dubba* gegessen, in den ich nicht mal reingespuckt hätte. Und auch da konnte er sich nur eine kleine Portion leisten. Danach hat er sich Bücher gekauft, und bis zu seiner Unterkunft mußten wir kilometerweit laufen. Sie liegt in einem Armenviertel, das East End heißt. Er hat ein Zimmer unten im Haus, und ich sah durchs Fenster, wie er in seinen Büchern las. Auf dem Rückweg hab ich mich verlaufen, und wenn mir nicht ein britischer Soldat den Weg gezeigt hätte, würde ich jetzt noch rumirren.«

»Für den anderen schuldest du mir Geld«, sagte Grehwal. »Er ging direkt zum India House. Es war schon geschlossen, aber ihm hat man noch die Tür aufgemacht. Eine halbe Stunde hat er sich da aufgehalten. Dann nahm er eine Pferdedroschke und fuhr zu einem Restaurant, wo er allein eine gute Mahlzeit zu sich nahm. Das hat mich einen Monatslohn gekostet, wie ich ihn zu Haus bezog . . ., ich meine, was mir mein Vater monatlich gegeben hat. Dann fuhr er wieder mit einer Droschke zum Bahnhof Paddington und nahm den Zug zur Stadt Oxford.«

»Du hast recht gehabt«, sagte Kumar.

»Es ist nur ein Verdacht«, sagte Kim. »Als wir anfingen, diese Versammlungen abzuhalten, habe ich geahnt, daß jemand kommen, sich alles anhören und dann unseren Herren darüber berichten wird. Dieser Spion könnte Sahni sein. Ich kann mir vorstellen, wie sie sich jetzt fragen werden: Wer ist dieser Kimathchand? Schickt ein Telegramm nach Delhi und warnt sie vor diesem Aufrührer!« Er schwieg, legte sich hin und stellte sich vor, wie in dem unausweichlichen Gang der indischen Bürokratie das Telegramm schließlich auf dem Schreibtisch des Oberst-Sahib landen würde.

Die Landschaft hatte ihr Gesicht nicht verändert. Wenn überhaupt, dann war sie noch düsterer, noch ungastlicher geworden. Die Schützengräben waren tiefer, ein nie endender Irrgarten von schlammigen Wänden, die von Sandsäcken gekrönt waren. Die Männer im Einsatz lächelten die zurückkehrenden Urlauber mit müdem Mitleid an. Arme Teufel, schienen ihre Blicke zu sagen, ihr habt euer Vergnügen gehabt, und jetzt kommt ihr zurück, um zu sterben.

Sie waren im Graben, mit dem Rücken an die Wand gepreßt, zum Appell angetreten. Langsam schritt ihr neuer Kommandeur die Front entlang. Er hatte einen rötlichen Schnurrbart und ein schiefes Gesicht. Oberstleutnant Richard Goode hörte mit feinem Ohr, wie ein Flüstern ihm voranlief. Auch hier, Tausende von Kilometern entfernt, hatte man ihn also erkannt. ›Nie kannst du deine verfluchte Vergangenheit abschütteln‹, sagte er sich. ›Erst wenn du tot bist. Aber auch dann wird man sich in den Bars der Clubs an dich erinnern und dich noch nachträglich bemitleiden.‹

Kim hörte den geflüsterten Namen »Anil Ray« und sah den Oberstleutnant aufmerksamer an. Der *Subadar*, ein Moslem aus Lucknow, hatte den Polizeioffizier gleich erkannt. Also, das war der Mann, den Anil Ray so fürchterlich zugerichtet hatte. Die hellen, fast wasserblauen Augen musterten ihn aus nächster Nähe, und Kim zuckte unter dem boshaften Blick zusammen.

›Er haßt uns alle‹, dachte Kim, ›doch am meisten haßt er sich selbst. Ihm geht das Gerücht voraus, daß er sich vor dem Feind nicht fürchtet. Ja, er fordert seinen eigenen Tod geradezu heraus. Und weil er so verrückt ist, werden wir alle dran glauben müssen. Was er töten will, ist seine Erinnerung. Er will sein ganzes Leben auslöschen. Es soll so sein, als hätte es ihn nie gegeben und er wäre nie von einem Eingeborenen gedemütigt worden.‹

»Kimathchand«, sagte Goode im Flüsterton.

»Ja, Sir«, sagte Kim und sah den *Subadar* fragend an. Der zuckte nur die Schultern. Er hatte keine Ahnung, warum Goode als einzigen Kim angesprochen hatte.

»Sie melden sich nach dem Appell bei mir! Aber sofort!«

Oberstleutnant Goode saß in einem dunklen Keller mit Schlammwänden an einem niedrigen Schreibtisch und hielt sich ein Taschentuch vor den Mund. Nur ein Vorhang trennte ihn vom Schützengraben. Obwohl es noch hell war, brannte eine Lampe mit stetiger, nicht flackernder Flamme in dem Raum. Er hatte die Mütze abgesetzt. Das rote Haar war schütter geworden, und wenn er den Kopf vorbeugte, um Befehle zu lesen, glänzte eine kahle Stelle oben am Wirbel auf. Kim nahm Haltung an und starrte auf die feuchtschimmernden Schlammwände. Wieder kroch ihm die Kälte in die Knochen. Selbst wenn er den Krieg überleben sollte, würde er tief im Herzen nie das Gefühl loswerden, hier lebendig begraben zu sein.

»Ich habe Hauptmann Edlecliff-Johnstones Kriegstagebuch gelesen«, sagte Oberstleutnant Goode. »Er erwähnt Sie zweimal wegen Tapferkeit vor dem Feind. Und man hat Ihnen den Indischen Verdienstorden dafür verliehen, daß Sie versucht haben, ihn aus dem feindlichen Feuer zu retten.« Er blickte auf. »So erwartet man es ja auch von einem Engländer.« Er grinste wölfisch triumphierend. »Er hat einen Brief aus Bombay erhalten, in dem Ihre Identität enthüllt wird.«

»Ich unterscheide mich in nichts von einem indischen Soldaten, Sir. Die sind ebenso tapfer gewesen und haben sogar das Victoria-Kreuz erhalten.«

»Einer oder zwei«, sagte Goode. »Ich habe etwas dagegen, wenn ein Engländer als einfacher Soldat unter den Eingeborenen dient. Sie werden zu einem britischen Regiment versetzt.«

»Das möchte ich nicht. Ich bin Inder. Ich bin kein Engländer, Sir.«

»Wollen Sie mir weismachen, daß man Sie wie einen Eingeborenen behandeln soll? Sind Sie verrückt geworden? Sie wollen den verdammten Eingeborenen gleichgestellt werden? Das ist eine verfluchte Schande.«

»Ich sehe keine Schande darin, der zu sein, der ich bin.«

Auf Goodes Wangen erschienen zwei rote Flecke. »Eingeborener zu sein, ist immer eine Schande. Sie sollten stolz darauf sein, ein Engländer zu sein.«

»Sir, ich war nie ein Engländer. Ich wurde in Lahore geboren und wuchs wie alle Kinder meines Volkes in den Basaren auf. Ich kann nicht stolz darauf sein, daß ich etwas anderes sein soll, als ich bin.«

»Raus mit Ihnen! Und erwarten Sie nicht, daß ich Sie jemals in dem verdammten Kriegstagebuch erwähnen werde!«

Wieder einmal wurde aus dem Soldaten Kim ein Diener. Doch diesmal nicht für britische Offiziere, sondern für seine eigenen Kameraden. Er mußte ihnen Essen holen, die Latrinen säubern, ihre Unterkünfte ausfegen und wurde häufiger als die anderen zur Wache eingeteilt. Seine Kameraden waren ärgerlich darüber, daß man ihn so behandelte, aber er erledigte alle Dienstleistungen heiteren Gemüts. Goode würde vor nichts zurückschrecken, um ihn zu demütigen, in der Hoffnung, Kim würde weich werden und als Engländer seine Versetzung zu einem britischen Regiment beantragen. Aber dieser Gedanke kam Kim nie. Er konnte es sich nicht vorstellen, unter diesen Fremden zu leben oder zu sterben.

Und damit war sein Leben wieder einmal mit dem Anil Rays verbunden, obwohl sie Tausende von Kilometern voneinander entfernt waren. Er bezweifelte, daß sich Ray zur Armee gemeldet hatte. Sein leidenschaftlicher Haß auf die Briten war zu groß, als daß er gewillt war, für das Empire zu kämpfen und zu töten. Er würde seine Morde auf indischem Boden begehen.

Und als sie wieder in den Einsatz kamen, wurde Kim zu den gefährlichsten Aufgaben herangezogen, zum Beispiel als Späher, der beim Angriff als erster vor allen anderen das Niemandsland zu betreten hatte. Goode sollte nie erfahren, daß es Kim nicht bestimmt war, auf dem Schlachtfeld zu fallen, denn Vamana hatte seine Zauberkräfte dazu verwandt, ihn vor dem sicheren Tod zu bewahren. Daß Kim immer wieder überlebte, daß er sich ständig durch Tapferkeit auszeichnete und der beste Kamerad der anderen *Jawans* war, brachte Goode zur Weißglut.

Vier Monate nach ihrer Rückkehr an die Front bekamen die Soldaten die erste Post. Kim hatte auf einen Brief von Parvati gehofft. Statt dessen erhielt er einen Brief mit einer unbekannten Handschrift. Es war ein dicker Brief, und als er ihn in der Hand wog, überkam ihn die Angst, er werde schlechte Nachrichten enthalten. Er wartete einen halben Tag, bevor er ihn öffnete. Es waren mehrere Seiten, und Kim schaute als erstes auf die letzte

Seite, um zu sehen, wer ihn geschrieben hatte. Alice Soames. Das war Parvatis Freundin, die Ehefrau des Oberst-Sahib. Ganz langsam richtete er den Blick auf die erste Seite.

»Lieber Kim«, – und als er weiterlas, richteten sich vor Entsetzen seine Haarspitzen auf.

Zwanzigstes Kapitel

Juli 1917

In dem Augenblick, als Kim an Anil Ray dachte, wurde Kims Name Anil Ray in liebevollem Flüsterton von einer Frau genannt, die einem nackten Säugling, einem Jungen, die Brust gab. Wenn es möglich gewesen wäre, daß ihre Gedanken die trennenden Tausende von Kilometern überwunden und sich getroffen hätten, dann wären beide über diesen Zufall erschrocken. Auch Anil glaubte, daß ihrer beider Leben immer miteinander verwoben bleiben würde, denn er hatte das Ramayana gelesen. »Wie Schlangenleiber winden und schlingen wir uns umeinander, Webmustern folgend, die wir nicht verstehen, deren Anfang wir kennen, nicht jedoch ihr Ende.«

Mit seinen vier Begleitern verbrachte er die Nacht in einem Dorf, das Rae Bareli hieß. Morgen wollten sie die Reise fortsetzen, die sein Leben auf dramatische Weise verändern sollte. Ihr Packpferd weidete auf dem spärlichen Grasboden. Oben auf seiner Traglast hingen unschuldig aussehende Töpfe und Pfannen, doch darunter lagen, in eine Zeltleinwand eingewickelt, fünf Gewehre, sechzig Patronenstreifen Munition und vierzig Stangen Dynamit.

Es war der Säugling, durch den die Rede auf Kim gekommen war. Es war über den Boden zu Anil gekrabbelt. Er hatte das

Kind aufgehoben und auf sein Knie gesetzt. Der Feuerschein glänzte auf dem gesunden, dicken kleinen Körper. »Und wie heißt er?« hatte er die Frau gefragt.

»Kim«, antwortete die Frau. Im Halbdunkel bemerkte sie nicht, daß Anil erschrak.

Er brachte nur heraus: »Aber das ist ein ausländischer Name.« Gespannt wartete er auf ihre Antwort.

»Der *Prohit* sagt auch, daß es kein Hindu-Name ist, und er meint, es ist dumm von mir, meinem Kind so einen Namen zu geben. Aber wer hört schon auf einen *Prohit?*«

Anil verriet ihr nicht, daß er einen Mann kannte, der auch Kim hieß. Statt dessen forderte er die Frau zum Weiterreden auf. Ihre Zuhörer waren nicht allein Anil und seine vier Gefährten, sondern die halbe Dorfbevölkerung, die sich unter dem Mangobaum versammelt hatte. Hier trafen sie sich jeden Abend wie auf einem Platz zum Klatsch.

Lakshmi sagte: »Hier im Dorf hat der Bezirksvorsteher-Sahib, ein Angrezi namens Webb, Kim an einen Baum binden und ihn vor unser aller Augen auspeitschen lassen.« Die Dorfbewohner nickten und stießen bei der Erinnerung an die Grausamkeit dramatische Seufzer aus. »Und das alles nur, weil er die Leiche Rambajs weggetragen hatte, damit sie nicht im Staub herumliegt wie der Kadaver eines streunenden Hundes. Kim war ein sehr mutiger Mann von großem Mitgefühl.« Dabei schaute sie mit unverhohlener Verachtung auf die Männer des Dorfes, die ihren vorwurfsvollen Blick scheu vermieden. »Alle unsere Männer waren vor Angst davongelaufen, als sie die Schüsse hörten.«

»War er einer von uns, dieser Kim?« erkundigte sich Anil.

»Ja, ja«, sagte Lakshmis Ehemann und übernahm es, die Geschichte weiterzuerzählen. »Er war ein echter Sohn von Mutter Indien. Erst schlugen ihn die Polizisten, dann legten sie ihm Handschellen an und nahmen ihn mit. Später hörten wir, daß sie ihn ins Gefängnis Tihal gesteckt hatten. Aber was danach aus ihm geworden ist, wissen wir nicht.«

»Wahrscheinlich ist er tot«, sagte Lakshmi, und in ihren Augen glänzten Tränen. Sie mußte jedesmal weinen, wenn sie an

Kim dachte. Er war der einzige Mann, den sie je geliebt hatte. Eines Nachts hatte er mit dem Schmuggler, dessen Namen sie vergessen hatte, und seinem Freund Narain das Bordell in Bombay aufgesucht, in dem sie arbeitete. Sie war gezwungen worden, das Leben einer Prostituierten zu führen. Als er das bei dieser Gelegenheit erfuhr, versprach er, ihr zur Flucht zu verhelfen. Er hatte sein Wort gehalten, sie auf dem Weg durch halb Indien begleitet und ihre Ehe mit dem ehemaligen Jat-Soldaten arrangiert, der jetzt ihr Mann war. Keiner im Dorf, schon gar nicht ihr Ehemann, wußte, daß sie einmal Prostituierte gewesen war.

So war Kim in die Dorfhistorie eingegangen, und die Einwohner erzählten seine Geschichte jedem Reisenden, der sich für den Klatsch aus ihrem bedeutungslosen Leben interessierte. Da Kim behauptet hatte, Lakshmis Vetter zu sein, galt sie in allem, was ihn betraf, als Autorität. Natürlich sprach sie nur, wenn man sie dazu aufforderte. Denn als Frau mußte sie sich beim Besuch von Fremden still verhalten. Solche Unterwürfigkeit war aber nicht nach ihrem Geschmack, und so versuchte sie heimlich, das Leben der Frauen im Dorf zu verändern. Sie ermunterte sie, die einschränkenden Sitten allmählich etwas zu lockern.

Lakshmi hatte keine Achtung vor Männern. Im Bordell hatte sie sie zur Genüge kennengelernt. Sie waren bestechlich, und ihre Wollust raubte ihnen den Verstand, so daß sie sich oft zum Narren machten, nur um zwischen den Beinen einer Frau liegen zu dürfen. Lakshmi lehrte die Frauen, daß darin ihre eigene Macht bestand.

Anil hätte der Legende von Kim noch eine weitere Episode hinzufügen können. Er hätte nur zu erzählen brauchen, was er mit ihm erlebt hatte, bis zu dem Augenblick, als sie sich in den Schluchten von Chambal getrennt hatten und Kim mit der Frau in den engen Cañons verschwunden war. Wenn er doch nur nicht Lakshmis Geschichte gehört hätte! Sie verminderte seinen leidenschaftlichen Haß auf Kim. Er kannte ihn als Geheimagenten des Empires. Widerwillig gestand er sich ein, daß er vielleicht inzwischen beim Geheimdienst aufgehört hatte. Schon in den

Schluchten von Chambal schien er dicht davorzustehen. Nun war Anils eingleisiger Haß, der sein Leben so viele Jahre lang bestimmt hatte, bereits aus einem anderen Grunde schwächer geworden. Das hatte Sushilas Kind vollbracht, das er liebte, als wäre es sein eigenes.

In der Nacht, als er Sushila hemmungslos weinend angetroffen hatte, hatten sie sich aneinandergeklammert wie Kinder, die sich vor der bedrohlichen Dunkelheit fürchten. Er war müde und erbittert gewesen. Sein Attentat auf den Vizekönig war fehlgeschlagen, und nur mit knapper Not war er dem von Inspektor Goode ausgeworfenen Fahndungsnetz entkommen. Er hatte praktisch den ganzen Weg von Delhi nach Kalkutta zu Fuß zurückgelegt. Unterwegs bettelte er in den Dörfern um Essen und schlief in Abzugsgräben. Zwei Stunden lang hatten Sushila und er sich in den Armen gehalten, und ihre Nähe und ihre Berührung hatten ihnen schließlich beiden Trost gespendet und neue Kraft geschenkt. Danach hatte Sushila ihr ganzes Geld zusammengerafft, achtzig Gold-Sovereigns und einen Beutel voll Silberrupien, und hatte noch in derselben Nacht ihr Haus verlassen, ohne einen Blick zurückzuwerfen.

Anils Mutter hatte früher einmal ein Haus und Grundstück in Sitakutchi besessen. Das war ein kleines Dorf am Ufer eines Nebenflusses des Ganges. Es war so lange her, daß es Anil so vorkam, als wäre es in einem früheren Leben gewesen. Als Junge hatte er es einmal besucht, bevor er nach Eton gegangen war. Seitdem war ihm das Dorf in lebendiger Erinnerung geblieben. Am Flußufer stand ein glänzend weißer kleiner Tempel. Die okkerfarbenen Stufen der Vortreppe waren vom Flußwasser ausgewaschen. Dahinter lagen in einem Hain von Mangobäumen das Dorf, ein paar Lehmhütten mit Schilfdach, und der Bungalow aus Ziegelsteinen. Er besaß vier kühle Zimmer, ein Schieferdach und eine Veranda. Da Anil die Verantwortung für Sushila und ihr ungeborenes Kind übernommen hatte, dachte er daran, dorthin zu gehen. Sie konnten ihr gefährliches Nomadenleben ja nicht ewig fortsetzen.

Das Dorf gehörte zum Fürstentum Cooch Behar. Es würde

ihm auch einen gewissen Schutz vor den Briten bieten, denn auf dem Papier waren diese Staaten unabhängig. Jeder Herrscher, ob Maharadscha, Nawab oder Radscha, konnte mit seinen Ministern als Ratgeber darin schalten und walten, wie es ihm gefiel. Einige Fürsten regierten mit Weisheit, andere nicht. Doch ihre ganze Unabhängigkeit war nur eine Illusion. Wenn ein Fürst ein Gesetz erließ, das den Interessen der Briten zuwiderlief, verlor er prompt seinen Thron. Wie in allen Fürstentümern wachte auch in Cooch Behar ein britischer Statthalter über sämtliche Staatsangelegenheiten.

Anil wußte nicht genau, ob der Bungalow seiner Familie noch gehörte. Nach dem Tode seines Vaters hatte die Regierung ihre Besitzungen beschlagnahmt, da Anil als Terrorist keinen Grundbesitz haben durfte. Doch das Grundstück in Sitakutchi war auf den Namen seiner Mutter eingetragen, und er betete darum, daß es nicht auch beschlagnahmt worden war.

Sie mieteten ein kleines Boot. Damit fuhren sie flußabwärts nach Norden. Bis Cooch Behar brauchten sie eine Woche. Einige Kilometer vor Sitakutchi ließ er anhalten und bezahlte den Bootsführer. Sushila ging voraus, zog Erkundigungen ein und kam voller Freude zurück. Das Haus war noch immer auf den Namen seiner Mutter eingetragen. Fenster und Türen waren abgeschlossen. Der uralte Dorf-*Chowdikar* war der einzige, der sich um das vernachlässigte Grundstück ein wenig kümmerte, obwohl er seit vielen Jahren keinen Lohn mehr erhalten hatte.

Im Dorf brachte Sushila ein Mädchen zur Welt, das sie nach der Göttin des Flusses Yamuna nannte. Das Kind war sehr hellhäutig und gutherzig. Es würde zu einer Schönheit heranwachsen und später einmal Verheerungen in den Herzen der Männer anrichten. Anil war ihr erstes Opfer geworden. Sushila hatte ihm nie gesagt, wer der Vater war, und Anil hatte auch nie gefragt. Aber er ahnte, daß es der Engländer war, der an dem Abend aus Sushilas Haus gekommen war, als er sich im Schatten versteckt hielt.

»Jetzt haben wir aber genug von uns gesprochen«, sagte

Lakshmis Mann. Die Dorfbewohner schlurften näher heran. »Was gibt es Neues vom Krieg? Wir haben gehört, daß er in fernen Ländern ausgefochten wird, und dort sollen auch schon Landsleute von uns gefallen sein. Wo findet er eigentlich statt?«

»In Frankreich«, sagte Anil. »Das gehört nicht mal zum britischen Territorium. Bis Kriegsende werden wir dort noch viele unserer Väter, Brüder und Söhne verlieren. Und wofür? Damit sich das britische Empire in seinem Ruhm sonnen kann, während wir unter seiner Herrschaft schmachten. Wißt ihr, wer das Geld für den Krieg, in dem wir bluten, zahlt? Du und du und du.« Dabei zeigte er mit dem Finger auf jeden einzelnen. »Indien hat schon einhundertachtunddreißig Millionen Pfund allein dafür gezahlt, an diesem Wahnsinn teilnehmen zu dürfen. Wie die Idioten haben wir uns darauf eingelassen. Wir haben nicht nur unser Leben in die Schanze geschlagen, sondern uns auch die Taschen ausplündern lassen.«

»Und wer wird siegen?«

»Keiner. Sie mähen sich gegenseitig nieder, wie ihr Feldfrüchte mäht. Tag für Tag fallen Tausende im Kampf um einen Fußbreit wertloser Erde. Sie haben uns immer vorgeworfen, wir wären wilde Barbaren. Andauernd haben sie uns daran erinnert, daß wir untereinander Krieg geführt und dabei Hunderte getötet haben. Die Europäer töten Zehntausende der Ihren und erfinden ständig neue Waffen, mit denen das Töten noch schneller geht.«

Die Dörfler hörten es mit Unbehagen. Auch von ihnen waren drei Männer in den Krieg gezogen. Vor über einem Jahr waren Rekrutenwerber in herrlichen Uniformen unter Trommelwirbel ins Dorf gekommen und hatten denen, die für den König kämpfen wollten, allerhand versprochen, vor allem aber *Bharti.* Die Männer, die kein Land besaßen, hatten sich gemeldet und waren den Soldaten gefolgt. Lakshmis Warnungen hatten sie in den Wind geschlagen, denn wer hört schon auf eine Frau? Seitdem hatte man nichts mehr von ihnen gehört.

Bei Tagesanbruch brachen Anil und seine Männer in aller Stille auf. Zwei der Männer, Vancouver Singh und Mohan Choudary, zogen voraus. Anil, Satish und Bhai folgten ihnen mit dem Packpferd in einem Abstand von einem knappen Kilometer. Es war nicht gut, wenn man so viele gesunde, kräftige Männer, die angeblich Töpfe und Pfannen verkauften, zusammen auf der Straße sah. Sie hatten verabredet, sich am nächsten Tag zur Mittagszeit an einer Straßenkreuzung zu treffen.

Anil versank in nachdenkliches Schweigen. In Sitakutchi war er glücklich gewesen. Zum erstenmal, seit er Inspektor Goode in Simla so übel zugerichtet hatte, genoß er Ruhe und Frieden. Sushilas beständige Liebe und ihre gute Laune bewirkten, daß sein giftiger Haß allmählich schwand. Auch Yamuna hatte einen besänftigenden Einfluß auf ihn. Er war nicht mehr einsam und allein.

Als er jetzt in der Sommerhitze dahinschritt, vermißte er sie schrecklich. Kein Lüftchen regte sich in dem trockenen Klima. Ihre Schritte wirbelten kleine Staubwölkchen auf, die noch lange in der Luft hingen, wenn sie schon ein ganzes Stück entfernt waren. Die eintönige Landschaft wurde nur zeitweise von Weizenfeldern und Baumgruppen unterbrochen, die wie Verzierungen auf einem bräunlichgelben Tuch wirkten. Der Himmel war erbarmungslos blau. Rae Bareli war fast nicht mehr zu sehen.

Seine Gedanken wanderten zu Kim. Wo mochte er in diesem Moment wohl sein? Im Dorf Rae Bareli war Kim unsterblich geworden, und zwar nicht durch eine Gewalttat, sondern durch einen Akt der Güte. Einem toten indischen Jungen zuliebe hatte er seinen Landsleuten die Stirn geboten und stumm seine Strafe hingenommen. Kim hatte ihm die Geschichte schon im Gefängnis Tihar erzählt. Damals hatte er ihm nicht geglaubt.

Anil überlegte. Es konnte sein, daß Kim auch in den Krieg gezogen war. Das wäre ein Abenteuer nach seinem Geschmack gewesen. Sollte er hoffen, daß Kim fallen würde? Die nur leise aufkeimende Hoffnung machte ihn stutzig, denn gleichzeitig schämte er sich dafür. Das war der Beweis, daß sich seine Einstellung geändert hatte. Hätte er sich doch nie auf diese Mission eingelassen! Er war bedrückt. Schlimme Vorahnungen erfüllten ihn allmählich, wie Wasser, das in eine trockene Quelle läuft. Seine Gefährten machten ernste, entschlossene Gesichter. Ob sie ihm ansahen, daß er nur noch widerwillig bei der Sache war? Er kam sich vor wie eins von der flimmernden Hitze hervorgerufenen Trugbilder, die sich rasch wieder in nichts auflösten.

Einen Vorwurf konnte er allein sich selber machen. Es war der Druck seiner Vergangenheit, der ihn in diese Bahn geworfen hatte. Obwohl er in Sitakutchi glücklich gewesen war, hatte ihn sein flammender Haß vorwärts getrieben, als wäre sein Versprechen, die Briten aus dem Land zu treiben, ein Schwur gewesen, den er im Tempel abgelegt hatte und der deshalb nie gebrochen werden durfte.

Allein konnte er seine Zwecke nicht erreichen. Er mußte Männer für sich gewinnen, Waffen organisieren und Ziele aussuchen. Jetzt im Krieg konnte er den Engländern nur Schaden zufügen, wenn es ihm gelang, den Truppennachschub für Europa lahmzulegen. Da so viele Engländer bei Ypern und Gallipoli fielen, wurden immer mehr britische Truppen aus Indien abgezogen. Die im Land verbliebenen Streitkräfte wurden immer geringer. Die Zeit war günstig. Jetzt mußte man so schnell und so oft zuschlagen wie möglich. Die Armee war zahlenmäßig so schwach geworden, daß der Regierung weder Männer noch Zeit blieben, um wirkungsvolle Vergeltung zu üben. Andere Inder, besonders der Indische Nationalkongreß, hielten sich zurück, als wäre das alles ein Kricketspiel, in dem es als unsportlich gilt, eine Schwäche des Gegners auszunutzen. Anil haßte inzwischen das Kricketspiel und schämte sich, daß er einmal für Eton gespielt hatte. Es erschien ihm wie ein Verrat.

Seit Anil eine Familie hatte, war er noch vorsichtiger geworden. Niemand wußte, daß er sich in Sitakutchi versteckt hielt. Darum plante er nur Überfälle, die so weit wie möglich von seinem Zufluchtsort entfernt waren. Sushila hatte natürlich immer Angst um ihn, doch sie unternahm keinen Versuch, ihm diese gefährlichen Unternehmungen auszureden. Er tat ja nur seine Pflicht.

Vor einem Monat hatte er Sitakutchi verlassen und war nach Kalkutta gefahren. Hier traf er sich mit Mr. Sen. Sen war einer der Namen, die Peter Bayley dem Mann gegeben hatte. Zuerst hatte er Anil argwöhnisch durch seine dicken Brillengläser gemustert. Mr. Sen war klein, flink und grauhaarig. Er hatte an der Universität Kalkutta in englischer Literatur promoviert und liebte es, sein Wissen über den fast unbekannten Ursprung des englischen Dramas auszubreiten, wobei er Euripides auf Altgriechisch vortrug, um seine Theorie zu untermauern. Nach Belieben schleuderte er seine Ansichten wie kleine Bomben auf den verblüfften Zuhörer. Dann lehnte er sich mit einem zufriedenen Lächeln in seinem schmalen Gesicht befriedigt zurück. Manchmal zitierte er ganze Absätze aus dem Werk des Schriftstellers Karl Marx, aber nicht auf deutsch, sondern auf englisch. Weil er auf einen britischen Teepflanzer in Chittagong geschossen und ihn verwundet hatte, war er verhaftet worden und hatte fünf Jahre im Gefängnis verbüßt. Als Sen merkte, daß ihm *der* Anil Ray gegenübersaß, schmolz sein Mißtrauen auf der Stelle. Mit einem breiten Lächeln verwandelte er sich in einen großzügigen Gastgeber.

Die beiden Verschwörer kamen überein, Truppentransportzüge zu überfallen. Aber nur solche Züge, in denen britische Soldaten saßen. Keine Inder, nur Briten. Das erste Problem war: Wann und wo fuhren diese Züge ab? Anil fiel ein, daß Satishs Vater für einen Ingenieur bei der Armee arbeitete. Er schickte Sen nach Delhi, wo er Verbindung mit Satish aufnehmen sollte. Satish war nur zu bereit mitzumachen. Er wollte sich für die Prügel rächen, die ihm jener Polizeibeamte, Inspektor Goode, während eines Verhörs hatte verabreichen lassen. Das war kurz vor Anils Attentatsversuch auf König George beim *Durbar* in Delhi gewesen.

Die Sache nahm einige Zeit in Anspruch. Doch schließlich fand er durch das Netzwerk der für die Armee arbeitenden indischen Büroangestellten im militärischen Hauptquartier einen glühenden Nationalisten, der bereit war, ihnen die erforderlichen Informationen zu liefern. Das Königliche Sussex-Regiment sollte von Lucknow nach Kalkutta verlegt werden, um ein zur Front nach Europa verschifftes Regiment zu ersetzen.

Eingehend studierten Anil und Sen die offizielle Gebietskarte zwischen den beiden Städten, in der alle Einzelheiten eingezeichnet waren. Die Eisenbahnlinie führte durch die Ebene und den Dschungel, der auf vielen Abschnitten unbewohnt war. Sie suchten die geeignetste Stelle für einen Hinterhalt. Sie sollte näher bei Lucknow liegen, weil der Angriff in größtmöglicher Entfernung von Kalkutta erfolgen sollte. Und sie fanden auch eine ideale Stelle. Das nächste Dorf, Rae Bareli, war weit entfernt. Hier gab es nur Dschungel. Die Bahnlinie überquerte auf einer Eisenbrükke einen Nebenfluß des Gomati. Auf dem Papier sah sie schwach und zerbrechlich aus. Für Anil war es eine Ironie des Schicksals, daß er jetzt gerade diesen Sabotageakt plante, nachdem sein Onkel vor so vielen Jahren getötet und er selber festgenommen worden war, weil man der irrigen Ansicht war, sie hätten einen Bombenanschlag auf den Sonderzug des Vizekönigs versucht. Diese Ungerechtigkeit der Behörden hatte in ihm den Haß erweckt, der sein Leben verändert hatte.

Anils Mitverschworene bildeten eine trübselige Gesellschaft. Satish verhielt sich schweigend, spähte voraus die Straße entlang und warf häufig verstohlen einen Blick rundum. Rhai sprach kein Wort. Sein Gesicht war so leer und ausdruckslos wie eine grobe Bleistiftskizze. Eigentlich hatte Anil die beiden gar nicht mitnehmen wollen, doch Satish hatte ihn darum angefleht. Er wollte unbedingt an einer Aktion teilnehmen und nicht zu Haus sitzen und über verworrenen Plänen brüten. Nur widerwillig hatte Anil nachgegeben.

Er richtete es aber so ein, daß er mit diesen beiden wanderte, hatte Sen und Vancouver Singh vorausgeschickt. Zu Sen hatte er volles Vertrauen. Sen sollte ein Auge auf Vancouver Singh halten. Der fette Marwari, einer von Bayleys Leuten, hatte ihm durch Vancouver Singh die Waffen und das Dynamit geschickt. Der Mann gab an, er habe für eine Holzfirma in British-Columbia als Sprengmeister gearbeitet. Vancouver Singh war ein umgänglicher Mensch. Er war ständig hungrig wie ein Kleinkind und trug schon ein ansehnliches Bäuchlein vor sich her. Er war ein angenehmerer Gesellschafter als die anderen beiden. Außerdem sprach er so gut englisch, wie das einem Sikh nur möglich war. Als Mitglied der Ghadar-Partei war er nach Indien zurückgekommen und in Kalkutta festgenommen worden, als sein Schiff, die *Komagata Maru*, im Hafen anlegte. Nach fünf Jahren Haft entließ man ihn.

Wie abgemacht, trafen sich alle zur Mittagszeit, nicht in einem Dorf, sondern unter einem Banyan-Baum. Zu beiden Seiten der ungepflasterten Straße zog sich der Dschungel hin. Die Brücke lag zwei, drei Kilometer weiter nördlich. Sie verließen die Straße und drangen vorsichtig ins Unterholz ein. Vor ihnen flatterten in panischer Angst farbenprächtige Pfauen auf, von den Baumwipfeln beschimpften sie die *Langurs* und ließen Warnrufe erschallen. Um vier Uhr nachmittags erreichten sie die Bahnlinie und folgten ihr nach Norden. Dabei blieben sie aber immer tief im Dschungel, wo sie von dem schmalen abgeholzten Korridor neben den Gleisen aus nicht zu sehen waren. Es konnte ja sein, daß jemand sie gesehen und darüber Meldung erstattet hatte.

Auch in Wirklichkeit machte die Brücke einen zerbrechlichen Eindruck. Die Eisenträger überspannten fünfzehn Meter und wurden von Eisenpfeilern gestützt. Sie war ungefähr zwanzig Meter hoch. Das trockene Flußbett, durch das jetzt nur ein dünnes, träges Rinnsal tröpfelte, war mit Felsblöcken übersät. Vor der Brücke führte die Bahnstrecke durch zwei tiefe, mit Wandelrosenbüschen bedeckte Senken. Anil kletterte den Hang hinauf. Von oben konnte er den ganzen Dschungel überblicken, der sich bis zum Horizont erstreckte. Nirgends ein Anzeichen von menschlichem Leben. Hier war auch das Flußbett einzusehen, so daß sie freies Schußfeld auf die Überlebenden des Brückeneinsturzes haben würden.

Anil entlud das Packpferd und verteilte die Gewehre. Zusammen mit Vancouver Singh stieg er vorsichtig zur Brücke hinab. Dann sah er zu, wie Vancouver sie langsam Schritt für Schritt überquerte. Während er unentwegt etwas in seinen Bart murmelte, stocherte und stieß er in die Verbindungsstellen der Schienen. Danach kletterte er zum Flußbett hinunter und untersuchte die eingemauerten Eisenpfeiler. »Hier!« rief er hinauf.

Vorsichtig brachte ihm Anil das Dynamit. Er hockte sich hin, und Vancouver legte zwanzig Stangen um den einen Pfeiler und noch einmal zwanzig Stangen um den zweiten. Mit Kokosfasergarn band er sie fest. In je sechs Stangen an jedem Pfeiler steckte er Sprengkapseln von der Größe und Form einer Zigarette. Dann kratzte er die Isolierung von den Drähten, verknüpfte geschickt die blanken Enden und stieg wieder den steilen Hang hinauf, wobei er die Drahtrolle abwickelte. Auf dem Hang verband Vancouver hinter einem Felsblock die Drähte mit dem Sprengzünder und zog den Auslöserbolzen hoch.

»Fertig.«

»Bist du sicher?«

»Ich bin Fachmann«, sagte Vancouver Sing. »Ich kann einen Baumstubben aus der Erde sprengen, ohne daß sich ringsum ein Stein rührt.«

»Das hier ist aber kein Baumstubben. Es ist eine Brücke. Ich will, daß sie zusammenbricht.«

»Du wirst sehen, wie die Brücke – bumm – in das Flußbett fällt.«

Alle mußten ihre Gewehre überprüfen, und dann wies Anil ihnen Stellungen auf beiden Seiten der Brücke im Abstand von fünfundzwanzig Metern an, so daß jeder ein gutes Schußfeld hatte. Er selber bezog hundert Meter weiter in der Richtung des ankommenden Zuges Stellung. So konnte er rechtzeitig den Zug erkennen und mit der kleinen Lampe Vancouver ein Signal geben. Er setzte sich mit dem Gewehr im Arm hinter einen Felsblock. Die Abenddämmerung senkte sich mit beruhigender Stille herab. Durch den Dschungel lief ein kaum hörbares Rauschen, als ob er sich vor der langen Nacht noch einmal gähnend reckte. Noch hatte die Hitze nicht nachgelassen, doch der Himmel wechselte die Farbe. Erst wurde er rotgolden, dann samtgrau.

In einiger Entfernung hörte er zu seiner Linken etwas leise rascheln. In seiner Phantasie sah er einen Tiger durch den Dschungel streichen, der den Menschen gewittert hatte und bemüht war, ihm aus dem Wege zu gehen. Er packte das Gewehr fester. Wieder erhob sich das schläfrige Rauschen, und jetzt merkte Anil erst, wie müde er war. Es war ein langer Tag gewesen, und es würde noch viele Stunden dauern, ehe er sich Schlaf gönnen konnte. Nach dem Sabotageakt mußten sie sich in alle vier Windrichtungen davonmachen.

Da knackte vor ihm ein Zweig. Dann noch einer. Es war noch nicht ganz dunkel. Am Himmel waren die ersten schwachen Sterne erschienen. Mißtrauisch stand Anil hinter dem Felsblock auf und spähte in das Zwielicht. Es war nichts zu sehen. Der Dschungel war einheitlich in Grau gehüllt. Äste, Lianen und Unterholz verschwammen im dunklen Dunst.

Er glaubte eine Bewegung zu sehen und duckte sich. Als er wieder einen Blick wagte, sah er schwach die Umrisse eines Männerkopfs. Es dauerte eine Weile, bis er ihn deutlicher erkennen konnte. Der Mann trug eine Mütze schief auf dem Kopf, und selbst im Dämmerlicht sah er überraschend hellhäutig aus. Ein europäischer Polizeioffizier! Er sah nicht in Anils Richtung, sondern gab seinen verborgenen Männern Handzeichen.

Da wußte Anil, daß sie verraten worden waren. Aber von wem? Sen? Satish? Bhai? Vancouver Singh? Er hatte nicht mal mehr die Zeit, über sein Pech zu fluchen. Vorsichtig hob er das Gewehr, zielte auf den Kopf und feuerte. Der Abschuß dröhnte in seinem Kopf. Vögel flatterten schreiend auf und erfüllten den Luftraum mit angstvollem Flügelschlag. Von allen Seiten ertönte jetzt Gewehrfeuer. Er saß in der Falle! Er mußte das Netz der Verfolger durchbrechen und sich schnell zurückziehen.

Eine Kugel traf ihn in der Hüfte und schleuderte ihn gegen den Felsblock. Beim Aufprall gab es einen Knacks in seinem Arm. Das Gewehr flog gegen den Stein und fiel dann irgendwo ins Dunkle. Mündungsfeuer blitzte in der Nähe wie Sternschnuppen auf, laut krachten die Gewehre. Er mußte fliehen. Aber der Schmerz in seiner Seite brannte wie Feuer, und seine Kraft ließ rasch nach. Er preßte die gesunde Hand auf die Wunde und fühlte warmes Blut herausschießen. Er mußte hier weg!

Die Gewehrschützen schossen auf jeden Stein und jedes Gebüsch. Die Dunkelheit verbarg die Angreifer, aber auch sie konnten ihn nicht sehen. Er setzte sich auf und stemmte sich unter Schmerzen weiter in die Höhe. Doch aufrecht konnte er nicht stehen. So schob er sich halb gekrümmt wie ein Affe seitwärts ins Unterholz und stolperte blind in den Dschungel. Er wußte nicht, in welche Richtung er ging oder wo sich ein Angreifer versteckt hatte. Immer wieder fiel er hin, stieß mit Bäumen zusammen, riß sich die Kleider auf und stolperte über Wurzeln. Unaufhörlich krachten ringsum die Gewehre. Sie kamen näher und näher. Er versuchte, schneller vorwärtszukommen. Schneller! Aber er konnte die Beine nur noch mühsam bewegen. Sie gehorchten anderen Befehlen. Sie stellten sich taub gegen seine panische Angst. Schließlich verweigerten sie ihm völlig den Dienst. Krachend stürzte er gegen einen Baum.

›Ich sterbe. Ich fühle, wie mir mein Leben wie Wasser durch die Finger rinnt. Es ist am besten so. Warum soll ich mich an diesen Körper, diesen Verstand und dieses Herz klammern? Haß und Gewalt haben sie längst vergiftet. Ich habe in dieser Welt wenig Gutes getan. Ich war nur auf Zerstörung aus. Ich könnte anderen die Schuld für meinen Abstieg geben, aber in der Klarheit der Sterbestunde erkenne ich, daß die Schuld allein bei mir liegt. Ich war zu verbittert. Ich hätte ein anderer Mensch werden können, wenn ich durch Freundlichkeit und Güte den Haß in mir bezwungen hätte. So aber habe ich meine vielversprechende Jugend und die Zeit danach vergeudet. Ich habe einmal davon geträumt, das Leben eines Gerechten zu führen. Statt dessen erweckt mein Name bei allen, die ihn hören, nur Angst und Schrecken. Selbst die Luft zittert vor mir, sie flieht vor dem giftigen Glitzern in meinen Augen. Jetzt werden sie trübe. Aber das macht nicht der nahe Tod. Sushila! Ich kann ihren Namen nur noch seufzen. Ach, könnte ich ihn doch laut aussprechen und seinem melodiösen Klang lauschen! Aber meine Lippen und meine Zunge sind schon zu schwach dafür. Bei dem Gedanken an Sushila könnte ich verzweifeln. Bald wird sie mir unerreichbar sein. Nie mehr werde ich Trost und Zuflucht in ihrer Liebe finden. Und wieder wird sie allein zurückbleiben. Ich war nur ein kurzes Zwischenspiel in der langen Einsamkeit ihres Lebens. Yam ... Yam ... Yamuna. Sie wird immer bei ihr sein. In meinen egoistischen Todesgedanken habe ich mein Kind ganz vergessen. Das ist unentschuldbar. Für mich ist sie mein Kind und nicht das eines anderen. O mein Gott, ich habe kein gottesfürchtiges Leben geführt, aber nimm dich ihrer an!‹

Anils flehender Seufzer wurde gehört. Er merkte, wie es im Dschungel auf einmal still wurde. Ein aufmerksames Schweigen. Das Gewehrfeuer hatte aufgehört. Er war allein. Der Dschungel wartete darauf, ihn zu verschlingen. Er würde zum Futter für seine Lebewesen werden. Für Schakale und Geier, Wildschweine und Ratten und schließlich Ameisen. Nur Knochen würden übrigbleiben und bezeugen, daß es einmal einen Anil Ray gegeben hatte.

Ihm war kalt. Seine Zähne klapperten wie früher in Eton. Wenn er morgens aufwachte, war der Schlafsaal der Schule immer wie eine dunkle Eishöhle gewesen. Die Luft war so kalt, daß er eine Gänsehaut bekam, wenn er rasch in die Kleider schlüpfte. Aus dieser Kälte hatte es nie ein Entrinnen gegeben. Jetzt hatte sie ihn wieder eingeholt. Sonderbarerweise beruhigte ihn das. Die Kälte machte ihn schläfrig. Es war, als badete er in einer Wintersonne, die langsam der Dämmerung wich. Die Schmerzen hatten nachgelassen, als wären sie auf jemand anderen übergegangen.

Im Schlaf, am Abgrund des Todes, glaubte er Stimmen zu hören. Er lauschte angespannt. Mit letzter Kraft konzentrierte er sich auf diese Stimmen. Sie strömten wie ein gewundener Fluß dahin. Sie kamen auf ihn zu. Nein, sie sprachen nicht. Sie sangen in einer fremden Sprache. Er konnte kein Wort verstehen. Noch nie hatte er so bezaubernde Klänge vernommen.

Der Gesang erschien ihm wie eine körperliche Kraft, die feinfühlig in seinen Körper drang und seine Nerven und Adern durchflutete. Ja, die Stimmen waren in seinen Knochen, sie klangen in seinem Blut, sie wärmten ihn und vertrieben die Kälte. Die Stimmen stoppten seine Blutung, und schon bald spürte er, wie seine Kraft zurückkehrte. Die Kälte wich der Wärme. Und diese Wärme war kein Feuer, sondern ein sanftes Glühen, ein befreiendes Licht. Sie war eine gelblichblaue, schwache, aber unwiderstehliche Flamme. Es kam ihm so vor, als schlösse sie die

Wunde an seiner Hüfte, heilte das zerfetzte Fleisch und die gesplitterten Knochen. Aber das war doch nicht möglich! Das träumte er wohl nur in den letzten bewußten Minuten seines Lebens.

Dann blendete ihn ein roter Glanz. Anil wandte sich ab, denn er schmerzte in seinen Augen. Seine Wange kratzte über Baumrinde. Er hielt den Atem an. Noch konnte er fühlen, noch konnte er hören. Immer noch hörte er das Singen. Es klang leise wie ein Flüstern. Es tröstete und verzauberte ihn. Er lauschte mit Behagen. Nichts durfte diese Sänger stören. Er konnte nicht unterscheiden, ob es Männer oder Frauen waren, die da sangen. Über dem Gesang ertönten die Krächzlaute lärmender Krähen, das Geschrei der Papageien, und sogar dieser mißtönende Krach war seinen Ohren willkommen. Denn das hieß, daß er noch nicht in ein anderes Leben übergewechselt sein konnte. Dorthin konnten ihm keine Vögel folgen.

Anil riß die Augen auf. Er wollte alles noch mit einem Blick erfassen, bevor es sich vielleicht in nichts auflöste, weil es nur eine Sinnestäuschung gewesen war. Zu seiner Verwunderung sah er zwei junge Männer vor sich sitzen, nur ein, zwei Meter entfernt. Der links hatte eine *Ravanhatta*, der rechts das Zimbal. Er wollte ihnen in die Augen sehen. Sie hielten die Lider aber über leeren Augenhöhlen geschlossen. Sie waren also blind. Die schmalen Gesichter, die Form der Nasen und die Haltung der Köpfe waren völlig gleich. Sie waren nicht zu unterscheiden. Ihre Stimmen klangen jetzt wie Silber, wie Kristall, wie Gold, und er konnte auch sie nicht auseinanderhalten, denn sie bildeten eine vollendete Harmonie.

Rundum lebte der Dschungel auf. Alle Tiere und Vögel stellten sich ein. Krähen, Papageien, Geier, Falken und Pfauen hockten in Scharen in den Baumwipfeln oder hüpften auf dem Boden umher. Schakale und Hyänen, Antilopen und Tiger saßen einträchtig und ohne Furcht beieinander.

Auf einmal schwiegen die jungen Männer. Wie enttäuscht stießen die Vögel einen lauten Seufzer aus und stiegen dann unter ohrenbetäubendem Lärm in die Lüfte. Erschrocken flohen die Antilopen. Die Hyänen schlugen sich ins Gebüsch. Die Tiger reckten sich und gähnten, glitten durch das Geflecht von Sonnenlicht und Schatten und verschmolzen damit. In kurzer Zeit war Anil mit den beiden Sängern allein und dachte, das Wunder hätte sich nur in seiner Einbildung abgespielt.

»Geht es dir wieder gut?« fragten die jungen Männer in einem seltsamen Singsang.

Anil war beruhigt. Die Frage war leicht zu beantworten. Allerdings brauchte er Zeit dafür, denn er begriff immer noch nicht, was geschehen war. Er befühlte seine Hüfte. Sie war druckempfindlich, aber es war keine Wunde mehr da. Er sah, daß sich eine Menge brauner Schorf gebildet hatte, um den Fliegen surrten. Sein gebrochener Arm tat noch weh, aber er war wieder zusammengewachsen.

»Ja«, sagte er und konnte sein ehrfürchtiges Staunen nicht verbergen. »Ich hatte zu Gott gebetet, aber nicht für mich. Wer seid ihr?«

»Wir sind Bala«, sagten sie. »Wir haben deine Schmerzen von weitem gefühlt, und als wir zu dir kamen, hast du im Sterben gelegen. Gott Krishna hat uns die Gabe des Gesangs verliehen. Wir haben die ganze Nacht zu seinem Lobe gesungen, und er kam her und fragte uns, warum wir ihn herbeigerufen hatten. Da hat er dich gesehen, und, von Mitleid erfaßt, unternahm er es, dich zu heilen und dir das Leben zu retten. Er hat dir ein neues Schicksal auferlegt, und nur er weiß, wie es verlaufen wird.«

Halb ungläubig blinzelte Anil sie an. Aber es war nicht zu leugnen, daß er am Leben geblieben war. Er blickte sich um. Der Dschungel war grau wie vorher, aber in einem vollkommenen Kreis war rings um ihn frisches grünes Gras gewachsen. Doch schon begann das Grün zu welken und zu schrumpeln.

»Wir müssen gehen«, sagten die jungen Männer und standen auf.

»Wartet doch! Ihr könnt nicht weggehen, ohne mir von euren wunderbaren Kräften zu berichten. Und ich möchte auch wissen, warum Gott Krishna mir das Leben gerettet hat.«

»Wir sind Bala«, antworteten sie geduldig und erzählten ihm

von der Gabe, die Gott Krishna ihnen verliehen hatte, und daß sie unter dem Schutz Brahmas stünden. Vor vierzehn Jahren waren sie von ihrem Dorf in Südindien aufgebrochen, damit alle Menschen im ganzen Land sie singen hören könnten, und es lagen noch viele Wanderjahre vor ihnen, bis sie ihre Stimmen verlieren würden. Sie hofften, daß sie bis dahin den Himalaja erreicht hätten. »Aber warum Gott Krishna dir das Leben gerettet hat, das wissen wir nicht.«

»Ich will mit euch kommen und euch anbeten«, sagte Anil.

»Nein. Wir wünschen nicht, angebetet zu werden. Wir sind auch nur Menschen.«

»Dann will ich ein *Bhakta* von Gott Krishna werden«, sagte Anil.

»Wenn das dein Schicksal bestimmt, dann sei es so.«

Anil Ray hatte noch nie im Leben einem Menschen Verehrung erwiesen. Aber jetzt legte er sich auf die Erde und berührte die staubigen Füße der beiden jungen Männer. Er fühlte, wie sie die Hände auf seinen Kopf legten, und dann hörte er sie gehen. Er setzte sich auf und sah, wie sie sich behutsam den Weg durch den Dschungel bahnten. Hätte er sie doch nur gefragt, wie es kam, daß sie als Blinde alles so deutlich sehen konnten! Ihm fiel auf, daß sie schnurgeradeaus gingen. Bald entschwanden sie seinem Blickfeld, und Anil begann zu weinen.

Einundzwanzigstes Kapitel

Januar 1915

In Gitabhais privatem Eisenbahnwagen saß das genaue Ebenbild Mohinis neben ihr. Sie sah das schöne, aber unbewegliche Gesicht ständig im Profil vor dem Fenster, gleichgültig gegen

Ebenen und Dschungel, Felder, Flüsse, Dörfer und Hügel, die langsam vorbeiglitten.

»Chamunda«, sprach Gitabhai die Doppelgängerin an. Sie hatte ihr den zweiten Namen von Kali gegeben, der Göttin des Todes und der Zerstörung. Als Chamunda den Namen hörte, wandte sie den Kopf und sah sie an. Gitabhai schaute in ihre bernsteinfarbenen Augen und sah die Dämonen, die herauswollten, wie Wasserblasen umherwirbeln. »Schade, daß ich dir keine Intelligenz verleihen konnte. Aber ich hatte nicht daran gedacht, daß wir gemeinsam eine so lange Reise machen würden und daß du eine so langweilige Gesellschafterin sein würdest. Trotzdem bin ich stolz auf dich. Ich habe mit meinen Händen und meinem Atem ein Lebewesen erschaffen. Ich sehe das Pochen des Bluts an deinem Hals und fühle deine Atemzüge an meiner flachen Hand.«

Sie lehnte sich vor, faßte an Chamundas Wange, nahm das Fleisch zwischen Daumen und Zeigefinger und kniff sie stark. Dann verdrehte sie mit grausamem Griff das Fleisch. Chamunda zuckte nicht mit der Wimper, obwohl das Kneifen einen deutlichen Abdruck auf ihrer Wange hinterlassen hatte. Gitabhai wünschte, Chamunda wäre die echte Mohini. Wenn sie Mohini noch unbarmherziger in die Wange gekniffen hatte, dann pflegte sie laut aufzuschreien, und Tränen waren ihr in die Augen gestiegen.

Solche kleinen Vergnügen blieben ihr bei diesem Geschöpf versagt, das weder seelische noch körperliche Gefühle besaß. Sollte in diesem schönen, aber hohlen Kopf so etwas wie Intelligenz vorhanden sein, so wurde sie von den Dämonen in ihrem Inneren gelenkt. Die konnten durch ihre menschliche Hülle hören, sehen und riechen. Sobald sie ihre Pflicht auf Erden erfüllt hatten, würden sie in ihre andere Welt zurückkehren und Gitabhai in Zukunft in Ruhe lassen.

Gitabhai nahm sich vor, bei der nächsten Beschwörung von *Rakshashas* darauf zu achten, daß sie etwas flexibler und unterwürfiger waren. Diese Dämonen hier waren wie die indische Bürokratie: arrogant, ohne Phantasie und pedantisch. Sie würde ihren *Tapas* eine Strophe hinzufügen, in der sie um die Macht bat, die Dämonen bei Nichtgefallen wieder wegzuschicken.

In den ledernen Armsessel gelehnt, schaukelte sie mit dem Rattern des Zugs. Der Privatwagen bot ausreichend Platz für sie, ihre Diener und Chamunda. Es war ein bequemes und ziemlich luxuriös ausgestattetes kleines Haus auf Rädern. Die Wände waren mit Teakholz getäfelt, und von der Decke hingen Kronleuchter herab. Überall lagen Teppiche, und außer diesem Wohnzimmer wies der Wagen noch zwei Schlafzimmer, ein Eßzimmer, eine Küche und ein Badezimmer auf. Köchin und Diener schliefen in der Küche, während das alte Weib, das daheim immer ihre Zimmer bewachte, sich auf dem Korridor aufhielt und keinen hereinließ. Sie sah schwach und gebrechlich aus, aber allein mit den Blicken verscheuchte sie *Chai*-Verkäufer, *Chokras*, Fahrkartenkontrolleure und Wagenreiniger.

Gitabhai hatte alles sorgfältig vorbereitet, denn unter keinen Umständen durfte ihr Plan an irgendwelchem Mißgeschick scheitern. Sie wußte, daß Ram ebenfalls in den Süden reisen wollte, um seine Frau zurückzuholen. Männer waren eben Dummköpfe. Sie schmachteten wollüstig Frauen an, die überhaupt nichts für sie übrig hatten.

›Sie wollen Eroberungen machen‹, dachte Gitabhai, ›und verhängen Strafen, um sich daran zu ergötzen. Mohini behandelt ihn wie den letzten Dreck, und mein Sohn stößt zwar die gewaltigsten Drohungen aus, nimmt aber ihre Verachtung hin, als wäre sie Ausdruck der Verehrung. Nun, er wird seine Mohini nicht wiedersehen. Mit ihrem Tod werde ich ihn von seiner Hörigkeit befreien. Jetzt schläft er noch in Delhi. Erst in fünf Tagen wird er aufwachen. Bis dahin habe ich sie längst gefunden und ihrem Leben ein Ende gemacht.‹

Die *Rakshashas* warteten schon ungeduldig darauf, Mohini zu fressen und dann zu verschwinden. Sobald sie in ihre andere Welt zurückgekehrt waren, würde Chamunda zu Staub zerfallen. Aber das durfte erst geschehen, wenn Gitabhai ihre Rache an dem Mann vollzogen hatte, der ihr im Schlaf Mohini vor der Nase weg entführt hatte. Ha, auf Mohinis Geliebten warteten grausame Schmerzen und tiefe Erniedrigung! Sie kicherte voller Vorfreude. Welche schreckliche Strafe für einen Mann! Er würde sein Glied zwischen Chamundas Schenkeln einführen, und wenn er es zurückzog, um von neuem in die köstliche Grotte einzudringen, würde die freudenspendende Lanze in Stücke geschnitten werden. Schade, daß die Schmerzen allzu kurz währen würden, dachte sie voll Bedauern. Danach würden die Dämonen aus Chamunda herausfahren und ihn verschlingen, weil er ihre Freistätte verletzt hatte.

Gitabhai verbrachte eine schlaflose Nacht. Unentwegt überlegte sie, von wo aus sie diese herrliche Vernichtung am besten beobachten könnte.

Sir Ram Shanker warf bei den Behörden seinen Titel und seinen mächtigen Einfluß als Mitglied des Gesetzgebenden Rats des Vizekönigs in die Waagschale, um ein Flugzeug zur Verfügung gestellt zu bekommen. Er hatte eine geheime Blitzreise in den Süden zu machen. Die Kosten spielten keine Rolle. Für die Miete des Flugzeugs und des Piloten zahlte er ein *Lakh* Rupien. Der Pilot war ein junger Schotte namens Hetherington, der einen kaum zu bändigenden Haarschopf besaß und sich heiter über die bedeutende Stellung Lal Bahadhurs hinwegsetzte. Die Maschine war ein Zweisitzer, und Hetherington wollte anfangs Mahender nicht mit an Bord lassen. Erst für weitere fünfzigtausend Rupien gestattete er Mahender, zu den Füßen seines Herrn zu kauern.

Lal Bahadhur saß in steifer Haltung aufrecht auf dem Notsitz, die Hände auf dem Goldknopf seines Spazierstocks. Daß er zum erstenmal Gelegenheit hatte, auf dem Luftweg über Indien zu reisen, interessierte ihn nicht. Er schaute kaum einmal hinaus und hörte gar nicht hin, wenn Hetherington ihm die überflogene Landschaft erklärte. Mahender, der zu den Füßen seines Herrn eingezwängt dahockte, hielt die Augen fest geschlossen und betete unaufhörlich. Wenn er mal die Augen aufschlug und hinausschaute, erblickte er nur ein Stück des lachenden blauen Himmels und sonst nichts.

Insgeheim war er sehr mit sich zufrieden. Er hatte ja Gitabhai überlistet. Nachdem er ihr aus blanker Angst vor ihren Drohungen den Inhalt von Mohinis Brief verraten hatte, paßte er scharf auf Gitabhai auf, ohne seinem Herrn etwas zu sagen. Sie war schnell zu dieser fensterlosen gemauerten Zelle im Garten gegangen, ja, fast gerannt. Als die Tür aufging, hörte Mahender ein sonderbares Brüllen, das die Vögel veranlaßte, erschrocken aufzusteigen. Ihm selber standen die Haare zu Berge. Er wollte schon wegrennen, aber sein Haß auf Gitabhai war so stark, daß er seine Furcht überwand und zu der Tür kroch. Er konnte weder etwas sehen noch hören, aber als er die Granitwand berührte, verbrannte er sich die Handfläche. In heillosem Schrecken rannte er ins Gebüsch. Der aufgelöste Turban flatterte hinter ihm her. Hinter den Bougainvilleen versteckt, hielt er Wache.

Mahender war ein böser, aber einfacher Mensch mit einem primitiven Hang zur Gewalt. Er fürchtete nichts auf der Welt – außer Gitabhai. Er hatte nie begriffen, welcher Art die Mächte waren, die sie beschwören konnte. Da er wie ein Kind zu schlafen und nie zu träumen pflegte, konnte er sie ja auch nicht von einem Alptraum her kennen. Im übrigen stammten sie aus der Mythologie des Ramayana. In häßlichen, furchterregenden Mißgestalten wanden sie sich unter dem Dreizack Shivas oder Vishnus, oder sie tanzten mit Kali. Wie gern hätte auch er über solche Kräfte verfügt! In den langen Stunden seiner einsamen Wache stellte er sich vor, welche Frauen er dann in seine Gewalt bringen würde. An erster Stelle natürlich Mohini, für die er besonders schmerzhafte Vergnügungen ersann.

Bei Tagesanbruch kam Gitabhai heraus. Sie war kaum wiederzuerkennen, so verschmutzt und erschöpft sah sie aus. Zum erstenmal erinnerte ihr sonst unveränderlich schönes Gesicht an eine verrutschte Maske. Es war, als wären ihre sämtlichen Züge entgleist. Die Augen saßen in dunklen Höhlen, die Lippen waren zusammengekniffen wie ein Strich, und die Haut war wie zerknittertes Papier. Er folgte ihr bis an ihre Zimmer.

Doch schon eine Stunde später kam sie jugendlich, gewandt und hellwach wieder heraus. Augen und Haut glänzten im Licht des frühen Morgens. Seltsamerweise war diese neue Veränderung für ihn noch erschreckender als die erste, die in der verschlossenen Zelle vor sich gegangen war. Sie bewies, daß sie Macht über Alter und Tod besaß. Er folgte ihrer *Gharri* zum Bahnhof Delhi. Dort hörte er, wie sie Anordnungen für eine Zugreise erteilte, und sah, wie sie dem *Chi-chi*-Bahnhofsvorsteher zwei Lederbeutel voll Münzen überreichte. Der Mann schaute hinein und warf sich dann in voller Länge vor ihre Füße. Mit dieser Geldsumme konnte er sofort in den Ruhestand treten und in ein England »heimkehren«, das er noch nie gesehen hatte.

Nach der Rückfahrt begab sich Gitabhai stehenden Fußes in ihre Küche. Mutter und Sohn hatten nämlich getrennte Küchen. Lal Bahadhur lud als neuernannter Ritter und Mitglied des Gesetzgebenden Rats häufig Gäste ein, die Fleischesser waren, Gitabhai war dagegen fromme Vegetarierin und ließ es nicht zu, daß Fleisch ihre Küche verunreinigte.

Um die Mittagszeit sah Mahender, daß sein Warten sich gelohnt hatte, als eine Schüssel voll Essen zu Lal Bahadhur gebracht wurde. Mahender folgte dem Diener bis zum Eßzimmer seines Herrn. Er drückte sich von außen ans Fenster und sah, wie die Schüssel vor Lal Bahadhur auf den Tisch gestellt wurde. Die zweite junge Frau stand hinter seinem Stuhl, um ihn beim Essen zu bedienen. Mahender wäre am liebsten hineingestürzt, aber er traute sich aus Angst vor Gitabhai nicht, ihr Geheimnis vor der Ehefrau auszuplaudern. Die erzählte nämlich alles weiter. Machtlos mußte er zusehen, wie das Essen auf einem Silberteller serviert wurde.

Mahender hatte keinen Augenblick lang angenommen, das Essen würde vergiftet sein. Gitabhai liebte ihren Sohn über alle Maßen und würde ihn nie umbringen wollen. Nein, das Essen enthielt irgendeinen anderen Zusatz, der ihn daran hindern sollte, nach Madurai zu fahren. Er sah, wie Lal Bahadhur zum Löffel griff und anfing zu essen. Er mußte es irgendwie fertigbringen, daß sein Herr nicht noch mehr davon zu sich nahm, ohne ihm aber die Wahrheit zu erzählen.

Auf der Veranda stand eine blaue, schön mit Drachen und Frauen in fremdartigen Gewändern bemalte Porzellanvase. Mahender wußte nicht, daß sie aus der Ming-Zeit stammte und unbezahlbar war. Ohne Zögern nahm er sie hoch und zerschmetterte sie auf dem Fußboden. Es dauerte nicht lange, und Lal Bahadhur schickte seine Frau hinaus, um nachzusehen, was da los war. Rasch schlüpfte Mahender ins Eßzimmer.

»Herr«, sagte Mahender in eindringlichem Ton. »Als der Diener Ihre Mahlzeit an Ihren Tisch brachte, habe ich gesehen, daß er mit der linken Hand in dieses Gericht faßte, etwas davon wegnahm und sofort aufaß. Jetzt ist es unrein, und Sie dürfen nicht davon essen.«

Obwohl sich Lal Bahadhur gern als aufgeklärter Weltmann gab, zog sich ihm bei dem Gedanken, daß der Diener mit der linken Hand in das Essen gefaßt hatte, der Magen zusammen. Schnell und schuldbewußt schob er das Gericht an den Rand des Tellers. Es war sein Lieblingsessen, eine Spezialität, die ihm seine Mutter gern kochte: Knochenmark, fein gewürzt mit Koriander, grünem Paprika, Senf und einer Zutat, die nur sie kannte. Danach wurde alles in Quark mariniert und langsam auf dem *Tandoor* gekocht. Sein Blick blieb voll Verlangen darauf haften.

»Wie kommst du dazu, in die Küche zu gucken, Mahender?«

»Herr, ich bin gerade zufällig vorbeigegangen«, sagte Mahender. Aber Lal Bahadhur hörte aus seiner Stimme die Angst heraus und sah, wie sein Diener zitternd auf das von seiner Mutter gekochte Essen starrte. Lal Bahadhur schob den Teller noch etwas weiter weg. Er befürchtete, seine Mutter hatte auf irgendeine Weise erfahren, daß er Mohinis Versteck kannte. Nun wollte sie ihn vermutlich daran hindern, sie zu finden und heimzuholen.

Er warf einen Blick zur Tür. Nein, seine Frau kam noch nicht zurück. »Wirf das weg, aber schnell!«

Mahender nahm den Teller, als läge eine lebende *Krait* darauf, und leerte ihn durchs offene Fenster. Er war gerade wieder zurück, als Lal Bahadhurs Frau hereinkam und unterwürfig ihren Platz hinter seinem Stuhl einnahm. Sie schien überrascht zu sein, daß Mahender plötzlich im Zimmer war. Lal Bahadhur stand abrupt vom Tisch auf.

»Aber du bist doch noch nicht fertig, mein Gatte.«

»Ich habe genug gegessen. Ich muß meiner Mutter das Kompliment machen, daß sie immer noch die beste Köchin von allen ist.« Er bemerkte, daß die Frau beim Anblick des geleerten Tellers eine zufriedene Miene machte. Also steckte sie mit Gitabhai unter einer Decke. »Was war denn da draußen los?«

»Nichts. Die Vase ist umgekippt und zerbrochen.«

Bei jeder anderen Gelegenheit hätte Lal Bahadhur, der solche seltenen Gegenstände über alles schätzte, einen Wutanfall über so viel Ungeschicklichkeit bekommen, aber jetzt nickte er nur und verließ, gefolgt von Mahender, das Eßzimmer. Auf halbem Weg zum Arbeitszimmer überkam ihn eine ungeheure Mattigkeit. Das Gefühl war von einer ruhigen Heiterkeit begleitet und so angenehm, daß er sich ihm ganz hingeben wollte. Er begann zu schwanken und stolperte. Mahender fing Lal Bahadhur auf, trug ihn ins Arbeitszimmer und legte ihn auf die Couch.

»Herr, o Herr!« Er schüttelte ihn, zuerst sanft, dann beinahe ängstlich, denn es konnte ja sein, daß man ihn schlagen würde, weil er Hand an den Herrn gelegt hatte. Aber dann sah er, daß Lal Bahadhur immer tiefer in den Schlaf glitt, der ihm offenbar Freuden bescherte, denn ein seliges Lächeln breitete sich auf seinem Gesicht aus. Nun schüttelte Mahender ihn stärker. Dann lief er zur Bar, schnappte sich eine Flasche Cognac und träufelte Lal Bahadhur die Flüssigkeit aufs Gesicht. Der Erfolg war gleich null. Lal Bahadhur war fest eingeschlafen, und sein Atem ging leicht und regelmäßig.

Mahender wachte noch den ganzen Tag über bei ihm. Es gab nur eine kurze Unterbrechung, als Gitabhai hereinkam. Ohne von dem neben der Couch hockenden Diener Notiz zu nehmen, fühlte sie ihrem Sohn den Puls. Bald darauf fuhr sie, in raschelnde Seide und eine Parfümwolke gehüllt, zum Bahnhof Delhi.

Lal Bahadhur schlief vier Tage und drei Nächte. Als er urplötzlich erwachte, fühlte er sich wunderbar frisch. Er blinzelte zur Decke hoch. Das letzte, woran er sich erinnern konnte, war, daß er vom Eßtisch aufgestanden und den Korridor entlanggegangen war. Er roch stark nach Cognac, konnte sich aber nicht entsinnen, etwas getrunken zu haben. Er hatte auch keinen Kater, sondern fühlte sich im Gegenteil wie ein junger Gott. Der Schlaf schien sein Blut und seinen Körper gereinigt zu haben. Erst als er sich umdrehte und das dunkle, besorgte Gesicht Mahenders erblickte, fiel ihm wieder das Essen ein, das er zu sich genommen hatte.

Mahender beantwortete seine unausgesprochene Frage. »Sie kam hier rein, um zu sehen, ob Sie schliefen. Dann ist sie nach Madurai abgereist. Das war vor fünf Tagen.«

Vor dem Bahnhof Madurai standen die *Jutkas* in Reihen. Gitabhai wählte die mit dem schönsten und am stärksten aussehenden Zugpferd. Es war ein kohlschwarzes Pony mit kräftigen Hinterbeinen, das vor Gesundheit und liebevoller Pflege nur so glänzte. Der Besitzer, ein hochmütiger junger Mann Mitte Zwanzig, behauptete, es sei das beste Rennpferd im ganzen Bezirk und hätte ihm durch Wetten mehr eingebracht, als Gitabhai ihm bieten könne. Sie warf ihm einen Beutel voll Gold-Sovereigns vor die Füße, und als er ihn aufmachte, überwog die Habgier seinen Stolz.

»Wenn du mich bis morgen früh bei Tagesanbruch zu dem Dorf am See im Bezirk Puducheri bringst, bekommst du noch einen solchen Beutel.«

»Aber das sind zwei Tagesreisen für eine *Jutka.* Wenn mein Pferd so rasen muß, wird es unterwegs krepieren.«

»Na, und wenn schon, ist ja nur ein Tier. Dafür kannst du dir zwei neue kaufen. Wenn du nicht willst, dann gib das Geld zurück!«

Er blickt sein stolzes Pony an. Er hatte so viel Liebe und Sorgfalt an ihm verschwendet und wußte, daß diese schnelle Fahrt ohne Pausen es umbringen würde – falls es die Entfernung überhaupt in dieser Zeit schaffen sollte. Doch der Lederbeutel wog schwerer als sein Mitgefühl. Dann mußte das Pony eben krepieren, wenn diese fremde Frau unbedingt so schnell dorthin wollte.

»Aber ich kann nur Sie mitnehmen.«

»Nein. Wir sind drei. Und bilde dir ja nicht ein, daß wir hilflose Frauen sind, die du unterwegs ausrauben kannst. Ich kann dich vernichten, ohne eine Hand zu rühren.«

Der *Jutka*-Mann sah in Gitabhais tintenschwarze Augen, und die Welle an Bosheit, die ihm daraus entgegenschlug, überzeugte ihn, daß dies keine leere Drohung war. Sie strahlten eine so lähmende Kraft aus, daß er zu schwitzen begann und lieber ihre beiden Reisegefährtinnen betrachtete. Die eine war ein zahnloses altes Weib mit stark verkrümmtem Rücken. Doch auch sie sah ihn mit einem Blick von abgrundtiefer Bosheit an. Da begann er, sich um seine eigene Sicherheit Sorgen zu machen.

Die dritte trug zwar eine schwarze *Burka*, schien aber auch eine Frau zu sein. Den Fußknöcheln nach zu urteilen, war sie noch jung. Irrtümlich hielt er ihr Schweigen für Schüchternheit. Doch als sie seinen Arm anfaßte, um sich von ihm in die *Jutka* helfen zu lassen, zog er ihn erschrocken zurück. Eine so böse Kraft ging von ihr aus, daß er im nächsten Moment lauter Ungeheuer und Schlangen, *Yalis* und Dämonen zu sehen glaubte. Um ein Haar wäre er vor Schreck in Ohnmacht gefallen. Er betete inbrünstig, die drei Fremden würden verschwinden. Schon dachte er daran, das Geld zurückzugeben, doch der Blick der Frau zwang ihm ihren Willen auf. So stieg er auf die Deichsel und versetzte dem Pony einen Peitschenhieb.

Er hockte sich so weit von den Frauen weg wie möglich und hielt sein Pferd Kilometer für Kilometer in einem flotten Trab. Bald war das Fell in Schweiß gebadet. Schaum sammelte sich am Hals und an den Flanken. Gegen Mittag hing dem Pferd die Zunge heraus, und es atmete schwer vor Anstrengung. Er fühlte Mitleid und Stolz zugleich, weil es so tapfer war, und bezog daraus neuen Mut. Also fuhr er in den Schatten eines Banyan-Baums und hielt an.

»Wer hat dir gesagt, daß du halten sollst?«

»Wenn das Pferd in nächster Zeit krepiert, dann kommen Sie den ganzen Tag nicht weiter. Es muß sich eine Weile ausruhen.«

Gitabhai schaute sich um. Eine grellweiße Sonne brannte auf eine ausgedörrte, staubige Landschaft herab. Nirgends regte sich etwas. Sie hatte keine Wahl. Enttäuscht gab sie ein bösartiges

Glucksen von sich. Sie dachte daran, daß das Schlafmittel, das sie Ram verabreicht hatte, in ein, zwei Tagen seine Wirkung verlieren würde. Dann würde er sich aufmachen, um Mohini zu finden. Also mußte sie die *Rakshashas* bald, sehr bald zu ihr bringen. Sie spürte ihre wachsende Unruhe unter dem *Burka.* Sie heulten und jaulten, das Pony zitterte vor Angst, und dem *Jutka*-Besitzer standen die Haare zu Berge.

»Schnell, weiter!« befahl Gitabhai. Widerwillig spannte er das Pony zwischen die Deichseln. Er hatte ihm ein bißchen abgestandenes Wasser zu trinken gegeben und ihm den Schweiß vom Fell gerieben. Er würde vor Angst gebrüllt haben, wenn er geahnt hätte, daß sie gar nicht die Absicht hatte, ihm am Ende der Reise noch mehr Gold zu zahlen. Sie hatte bereits beschlossen, ihn statt dessen ebenfalls zu töten.

Die Fahrt ging weiter, aber sie kamen jetzt langsamer vorwärts, denn das Pony mußte jede Stunde eine Pause einlegen. Bei Einbruch der Dunkelheit wollte der *Jutka*-Fahrer haltmachen, das Pferd längere Zeit ausruhen lassen und sich selber schlafen legen. Doch Gitabhai trieb ihn weiter. Es sah so aus, als ob die drei Frauen keinen Schlaf brauchten. Jedesmal, wenn er sich umdrehte, sah er ihre böswilligen Augen glühen.

Als der Tag anbrach, kam das schnaufende Pony nur noch torkelnd voran. Es konnte sich kaum noch auf den Beinen halten. Obwohl er ihm die Peitsche gab, blieb es alle paar Meter stehen. Er stieg ab, flüsterte mit ihm, sagte ihm Schmeicheleien und führte es am Zügel weiter. Es waren nur noch wenige Kilometer, aber er merkte dem Pferd an, daß es dem Zusammenbruch nahe war. Es sah ihn mit dem verwunderten Schmerz eines Tieres an, das einmal geliebt und umsorgt worden war und jetzt zu Tode gehetzt wurde.

»Das Dorf ist nur noch ein *Kos* weit entfernt«, sagte der *Jutka*-Besitzer, als das Pony endgültig stehenblieb. Keine Peitsche, kein Zügelruck richteten etwas aus. Nur die Deichsel verhinderte, daß es umfiel. »Sie müssen aussteigen und zu Fuß weitergehen.«

»Nein«, sagte Gitabhai plötzlich mit freundlicher Stimme. »Laß es ausruhen!«

Wenn sie plötzlich im Dorf auftauchte, würde Mohini im ersten Schreck fliehen. Natürlich wäre sie leicht einzufangen. Aber Gitabhai dachte an Mohinis Beschützer, der über noch stärkere Kräfte verfügte als sie. Er hatte die *Rakshashas* schon einmal überwunden, und es würde ihm wiederum gelingen. Sie konnte ja nicht wissen, daß er mit der Armee nach Frankreich gegangen war. Gitabhai brauchte die *Jutka* noch. In ihr würde sie sich so lange versteckt halten, bis sie Mohini allein treffen und stellen konnte. Sobald Chamunda ihre Stelle eingenommen hatte, würden die *Rakshashas* herausfahren und Mohini auffressen. Und dann war es zu spät für ihren Geliebten. Dann war sie nicht mehr zu retten.

Darum befahl sie dem alten Weib: »Geh ins Dorf und erkundige dich unauffällig, wo Mohini sich aufhält! Du mußt dein Gesicht verhüllen, damit sie dich nicht erkennt. Und sorge dafür, daß ihr Geliebter uns nicht in die Quere kommt! Dann setzen wir Chamunda an ihre Stelle, und Mohinis Geliebtem wird die Männlichkeit abgeschnitten werden. Nicht einmal Gott Shiva wird ihm das gute Stück wieder ansetzen können.«

Die Alte machte sich auf den Weg. Mit ihrem gekrümmten Rücken und dem Stock, auf den sie sich stützte, erweckte sie den Eindruck einer Bettlerin. Ihre verschrumpelten Brüste konnten keines Mannes Begehrlichkeit reizen.

Im selben Augenblick zügelte Sir Lal Bahadhur Ram Shanker sein Pferd und ließ es im Schritt weitergehen. Sie waren einige Kilometer vom Dorf entfernt, und er verfluchte noch immer Hetherington, der sich geweigert hatte, weiter als bis nach Madurai zu fliegen, obwohl Lal Bahadhur ihm wieder Geld angeboten hatte. »Der Treibstoff reicht nicht mehr, alter Junge. Dann müßten wir das alte Mädchen zurückschieben.«

Lal Bahadhur ritt das beste Rennpferd, das der *Zamindar* von Puducheri besaß, aber es war nur für Rennen über eine Meile trainiert. Beim Schritt zitterten und bebten seine Flanken. Er hatte es für immer zuschanden geritten. Es lahmte, und der Kopf hing schon fast am Boden. Dahinter glitt Mahender von seinem Pferd und ging neben seinem Herrn her. Die Anstrengung hatte tiefe Falten in die Gesichter gegraben. Lal Bahadhur spürte schmerzlich sein Alter. Überall tat es ihm weh, und seine Knochen klapperten wie bei einem Skelett. Seine Augen waren vom Staub und der grellen Sonne gerötet. In seinem erschöpften Zustand konnte er kaum noch geradeaus sehen.

Mahender half ihm beim Absteigen. Und dann lagen Herr und Diener zum erstenmal nebeneinander auf der harten Erde. Jetzt erinnerte Lal Bahadhur in nichts mehr an den eleganten Weltmann. Er strotzte vor Staub und Dreck. Grauweiße Bartstoppeln machten sein Gesicht alt. Der Hochmut war ihm abhanden gekommen. Jetzt sah er nicht mehr schlank, sondern wie eine Vogelscheuche aus. Nach einer Weile setzte er sich mit Mahenders Hilfe aufrecht hin.

»Meine Mutter ist uns noch voraus. Sie will die einzige Frau töten, die ich je geliebt habe. Ich muß ihr zuvorkommen und Mohini retten. Sie gehört mir. Ich kann mit ihr tun, was ich will. Nur ich habe das Recht, sie zu bestrafen oder zu töten.« Er gab Mahender einen Stoß. »Geh ins Dorf und suche sie! Laß dich aber nicht von ihr erblicken, sonst läuft sie vor Schreck fort! Vor Kim brauchst du dich nicht zu fürchten. Er ist im Krieg.«

Mahender bedauerte es tief, daß das Schicksal ihn darum gebracht hatte, Kim zu töten. Aber er wußte, daß sein Herr ihn belohnen würde, wenn er Mohini fand. Wenn sein Herr sie benutzt hatte, würde er sie ihm überlassen wie seinem Schoßhund den Knochen. Und das war ein Brocken, an dem er sich herrlich ergötzen würde. Dann konnte er sie nach Herzenslust strafen.

Trotz der blendenden Hitze richtete sich Parvati bei der Arbeit in den Reisfeldern auf und sah eine alte Bettlerin langsam durchs Dorf wandern. Die Entfernung war groß, aber Parvati konnte alle Dorfbewohner an ihrem Gang erkennen. Die Alte mußte eine Fremde sein. Sie tat ihr leid, und sie hoffte, jemand im Dorf würde ihr etwas zu essen geben. Danach bückte sie sich und nahm die Arbeit wieder auf. Mit den anderen Dorffrauen pflanzte sie die Setzlinge in das knöcheltiefe Wasser. Als sie sich das erstemal an dieser Arbeit beteiligt hatte, hatte sie tagelang Muskelschmerzen in Armen und Beinen gehabt, und ihre Knöchel waren angeschwollen. Jetzt hatte sie sich an die Arbeit schon gewöhnt, aber anstrengend war sie immer noch. Im Schatten eines Kokosnußhains kroch Saraswati nackt umher und spielte mit anderen Kindern.

Das alte Weib schaute kaum zu den Feldern hinüber. Mit jammernder Stimme bat sie um Almosen. Aber die wenigen Leute, die schon zu alt für die Feldarbeit waren, konnten ihr nichts geben. Sie hatten ja selber nichts. Doch einer der Männer bekam Mitleid und überließ ihr eine Handvoll Reis und *Dhal.* Die Alte aß gierig, denn in ihrer Eile hatte Gitabhai nicht daran gedacht, Lebensmittel mitzunehmen. Gitabhai und Chamunda brauchten keine Nahrung, aber die Alte war ausgehungert. Überschwenglich bedankte sie sich bei dem Mann, setzte sich in den Schatten und lauschte dem Dorfklatsch. Sie stellte Fragen nach dem Dorf und seinen Einwohnern und erwähnte beiläufig, sie hätte vor Monaten auf dem Markt eine schöne junge Frau aus dieser Gegend kennengelernt. Und sie beschrieb Mohini in allen Einzelheiten und fügte hinzu, sie müsse sich für ihre Freundlichkeit revanchieren. »Ach«, sagte der alte Mann, »das ist Parvati. Sie ist wirklich eine nette und großzügige Frau. Jetzt arbeitet sie auf dem Feld. Wenn du willst, kannst du hingehen.«

»Nein, nein, ich will sie da nicht stören. Ich werde an ihrer Hütte auf sie warten. Wenn du so freundlich bist, sie mir zu zeigen, lege ich mich in ihren Schatten und schlafe erst mal.«

Sie war erfreut, daß die Hütte etwas außerhalb des Dorfes lag. Nachdem der Mann gesehen hatte, daß sie sich dort niederließ, und wieder gegangen war, begab sich die Alte zu Gitabhai zurück und berichtete ihr, was sie herausgefunden hatte.

»Und ihr Geliebter?« fragte Gitabhai ungeduldig. »Wo ist der?«

Die Alte hatte ganz vergessen, sich auch nach ihm zu erkundigen. Da sie vor Gitabhais Zorn über ihre Vergeßlichkeit Angst hatte, nahm sie Zuflucht zur Lüge. Sie behauptete, der Mann arbeitete auch auf den Feldern und würde mit den anderen Dörflern in der Abenddämmerung zurückkommen.

»Gut, gut«, sagte Gitabhai kichernd. »Du gehst mit Chamunda in die Hütte und läßt sie dort.« Sie wandte sich an die schweigende Gestalt im weiten schwarzen Gewand. »Geh jetzt, Chamunda, und tu deine Pflicht! Die heutige Nacht wirst du nicht überleben, aber ich werde um dich trauern. Jedenfalls bin ich dann endlich ein für allemal diese elenden, nutzlosen *Rakshashas* los.«

Sie zog die *Burka* aus, und der *Jutka*-Fahrer zog beim Anblick der Schönheit, die darunter zum Vorschein kam, scharf die Luft ein. Doch zugleich fiel ihm auf, wie tot die Augen wirkten und wie unbewegt das Gesicht war. ›Vielleicht‹, dachte er, ›ist sie nur eine Wachsfigur.‹ Er wußte überhaupt nicht mehr, was los war. Klugerweise wandte er sich ab und kümmerte sich um das sterbende Pferd. Keuchend lag es am Boden. Schaum und Blut flossen aus dem Maul, und die Augen zeigten schon den glasigen Ausdruck des Todes.

Chamunda ging kühn neben dem alten Weib zum Dorf. Auf dem Weg zu Mohinis Hütte begegneten sie nur einem Dörfler. Er hieß Tambi. Er grüßte Chamunda liebevoll und blieb stehen, um einige Worte mit ihr zu wechseln. Doch als Chamunda an ihm vorbeiging, ohne ihn zu erkennen, sah er ihr lange verwundert nach. Es kam ihm sonderbar vor, daß Parvati so gut und sauber gekleidet war, denn sie hatte doch auf den Reisfeldern gearbeitet. Er überlegte schon, ob er ihr bis zu ihrer Hütte nachgehen sollte, um zu erfahren, warum sie keine Notiz von ihm genommen hatte, doch da fiel ihm ein, daß er im Nachbardorf eine Ziege kaufen sollte. Und da war keine Zeit zu versäumen, denn es handelte sich um ein gutes Geschäft.

»Geh da rein und warte!« sagte das alte Weib zu Chamunda und schob sie in Parvatis Hütte. Als sie gleich darauf selber hineinspähte, sah sie, daß Chamunda sich bescheiden in der hinteren schattigen Ecke niedergelassen hatte und dort teilnahmslos wartete. Doch kaum hatte die Alte den Kopf hineingesteckt, als ein unangenehmes Gefühl sie beschlich. In dem bescheidenen Inneren spürte sie eine unbestimmbare gute Macht. In einer Ecke erblickte sie die kleine Statue des Gottes Ganesh. Auch die

Rakshashas in Chamundas Leib zitterten, und die Alte durchfuhr ein kalter Schauer.

Dann sagte sie beruhigend zu den *Rakshashas*: »Es ist nur ein Götzenbild von Ganesh und ganz harmlos. Davor braucht ihr euch doch nicht zu fürchten.«

»Nein«, antwortete sie durch den Mund Chamundas tapfer, doch die Stimme war kehlig und zitterte. »Trotzdem nimm sie besser weg.«

Das tat sie auch. Sie nahm das Götzenbild, versteckte es hinter einem Gebüsch, kehrte zu Gitabhai zurück und erstattete ihr Bericht. Die lobte sie für ihre Voraussicht. Die *Rakshashas* fürchteten sich schon vor ihren eigenen Schatten! Gitabhai fand ihre Feigheit widerlich. Das Böse sollte sich vor nichts fürchten, sondern selbst die Götter in Angst versetzen. Aber diese Dämonen würden nie so viel Tapferkeit aufbringen.

»Mohini wird erst bei Einbruch der Dunkelheit vom Feld kommen. Bis dahin verstecken wir uns und warten. Ich will mitansehen, was geschieht, und die *Rakshashas* werden mir dankbar sein, daß ich sie von ihrem Dienst auf der Erde entlasse.« Sie rümpfte die Nase. »Das nächstemal beschwöre ich mutigere Dämonen.«

Sie ließen die *Jutka* stehen und begaben sich zu dem Zuckerrohrfeld, das eine Seite des Dorfs begrenzte. Näher konnten sie nicht heran, aber von hier aus war auch alles gut zu übersehen, denn vom Rand des Zuckerfelds bis zu Parvatis Tür waren es keine fünfundzwanzig Meter. Allerdings war es ein unbequemes Versteck. Das junge Zuckerrohr stach und kratzte die Haut der Alten, aber sie war so erschöpft, daß sie in der erstickenden Hitze bald einschlief. Gitabhai beobachtete scharf den Hütteneingang, doch allmählich wurde sie auch müde und nickte ein. Die Sonne stand schon tiefer. Die Schatten der Bäume krochen über das Zuckerrohrfeld und verbargen die beiden Frauen völlig.

In der einbrechenden Dunkelheit näherte sich auch Sir Lal Bahadhur Ram Shanker Mohinis Hütte. Mahender hatte sie entdeckt und nebenbei erfahren, daß sie wie eine Bäuerin auf dem Feld arbeitete. Wenn sie bei ihrem Ehemann geblieben wäre, könnte sie statt dessen in kostbaren Seidengewändern, mit Schmuck behängt, umherwandeln und brauchte keine anstrengenden Arbeiten zu verrichten. Angeekelt dachte Lal Bahadhur daran, daß Mohini von Schmutz und Schweiß starren würde. Sie sollte nach *Attar* und Sandelholz duften, damit ihre Haut, die er so gern streichelte, seidenweich wurde.

Am Eingang blieb er stehen und schaute sich um. Im Dunkeln sah er Mahender hinter sich, der für ihn Wache hielt. Das war wirklich ein braver und treuer Diener. Wenn er mit Mohini fertig war, würde er sie ihm zur Belohnung schenken. Das war die richtige Strafe für sie. Doch während er diesem boshaften Gedanken nachhing, überkam ihn das Verlangen, sie lieber selbst zu behalten. Er war ihr hörig, sie hatte ihn gefangen, und er wußte, daß er sie in seiner perversen Art liebte.

Von weitem sah er die Frauen in einer Reihe von der Tagesarbeit heimkehren. Neben ihnen wanderten ihre Schatten über das ruhige Wasser der Reisfelder mit. Er strengte sich an, Mohini zu erkennen, doch aus dieser Entfernung sahen sie alle gleich aus. Er hörte sie schwatzen und lachen. Die Luft war kühl und unbewegt. Sie brachte den Geruch nach frisch umgegrabener Erde und das träge Summen der Insekten mit, die im Dämmern tanzten.

Rasch schlüpfte er in die Hütte. Als seine Augen sich langsam an das Halbdunkel gewöhnten, sah er sie stumm in der hinteren Ecke sitzen. Ihre Augen glitzerten. Er roch das vertraute Parfüm. Und da hatte er es plötzlich so eilig, daß er sich nicht mal fragte, warum sie so still dasaß, als ob sie auf ihn wartete.

»Mohini«, flüsterte er. Sie drehte sich zu ihm um, als sei sie überrascht, ihn hier zu sehen, schien aber keine Angst vor ihm zu haben. »Meine Mohini! Endlich! So lange habe ich auf diesen Augenblick gewartet, danach gelechzt und mir deinen freudespendenden Körper im Geist vorgestellt.«

Als er näher herantrat, meinte er, in ihren Augen die Angst eines in die Enge getriebenen wilden Tieres zu sehen. Wenn sie ihn haßte, so steigerte das nur seine Lust. Er berührte ihren glatten, festen Fußknöchel und fuhr mit der Hand die Wade hinauf. Sie spannte sich, als hoffte sie, er würde sie wieder loslassen. ›Aber sie traut sich nicht, sich gegen mich zu wehren‹, dachte er.

»Gott sei Dank, daß ich dich gefunden habe, bevor meine Mutter kommt. Steh auf!«

Sie stand auf, und Lal Bahadhur nahm den Saum ihres Sari und streifte ihn ihr über die Schulter. Ihre Brüste saßen fest und rund in der Bluse, und als er nach den Knöpfen suchte, fühlte er darunter die aufgerichteten Brustspitzen. Dann fiel der Stoff, und er nahm ihre Brüste in beide Hände. An den Handflächen fühlte er die vertraute samtgleiche Haut. Langsam entfernte er den Rest des Sari. In seiner Wollust fiel ihm nicht auf, daß sie sich völlig still verhielt.

Zusammen mit den anderen Frauen kam Parvati am Dorfeingang an. Auf der Hüfte trug sie Saraswati, und auf dem Kopf balancierte sie Feuerholz. Sie waren alle müde von der Arbeit, aber die Freude über den Feierabend wog alles auf. Gerade kam Tambi mit dem gekauften Zicklein vorbei. Verwundert blieb er vor ihr stehen.

»Was ist los?« fragte Parvati. »Hast du mich denn noch nie gesehen?«

»Das ist es ja gerade. Ich bin dir erst vor einer Stunde begegnet. Du hattest einen neuen Sari an und sahst nicht so aus, als hättest du jemals auf dem Feld gearbeitet.«

»Ach, Tami hat nicht nur eine Ziege gekauft«, sagte eine Frau kichernd, »sondern muß auch eine Menge Toddy getrunken haben, wenn er sich solche Sachen einbildet. Ich werde es deiner Frau erzählen, was du angestellt hast. Parvati ist den ganzen Tag mit uns zusammen auf dem Feld gewesen.«

»Ich schwöre dir, daß ich dich gesehen habe. Du bist gerade nach Haus gekommen und hattest eine uralte Frau bei dir, die ganz krumm gegangen ist. Ich habe dich gegrüßt, aber du hast mich überhaupt nicht beachtet.«

»Zu viel Toddy«, sagte Parvati lachend. »Wie kann ich denn zu gleicher Zeit auf dem Feld arbeiten und auf der Straße gehen?«

Tambi kratzte sich am Kopf und sah Parvati nach, die mit anmutigem Gang auf ihre Hütte zuschritt. Er wußte, daß er sich die Begegnung nicht eingebildet hatte, konnte sich die Sache aber nicht erklären. Geduldig ertrug er das Lachen der anderen Frauen und trottete, die Ziege hinter sich herziehend, der eigenen Hütte zu.

Es war das allgemeine Gelächter, das Gitabhai aus ihrem Nikkerchen weckte. Sie stieß das alte Weib an. Sie sahen die Männer und Frauen heimkommen und guckten sich die Augen nach Mohini aus. Gitabhai hatte vor, ihr sofort zu folgen, sobald sie ihre Hütte betrat. Sie wollte doch miterleben, wie die *Rakshashas* aus Chamunda herausfuhren und sich auf Mohini stürzten. Es würde ein köstliches Blutbad geben.

Schade war nur, daß Mohinis Geliebter nun nicht das Vergnügen haben würde, in Chamunda einzudringen und zu erleben, wie ihm die Männlichkeit abrasiert wurde. Vielleicht konnte sie die *Rakshashas* dazu überreden, noch eine Weile in Chamunda zu bleiben, nachdem sie Mohini gefressen hatten. Sie konnte ihnen ja versprechen, daß sie Zeugen der Rache an dem Mann würden, der sie bezwungen hatte. Ja, sie würde darüber mit ihnen verhandeln. Solche Rache zu genießen, mußte es ihnen doch wert sein, noch eine Stunde auf der Erde zu verweilen. Sie konnten Mohinis Geliebten zwar nicht umbringen, weil er unter Shivas Schutz stand, aber dafür konnten sie dann mit ansehen, wie er entmannt würde.

»Sie kommt«, flüsterte das alte Weib.

Parvati kam langsam, weil sie das Kind an der Hand führte und sich seinem Schritt anpaßte. Gitabhai machte sich nichts daraus, daß das Kind auch sterben würde. Die *Rakshashas* mußten es ja töten. Sie kroch ganz dicht an den Rand des Zuckerrohrs, bereit, aufzuspringen und Mohini nachzurennen, wenn sie die Hütte betrat.

»Schnell!« sagte Gitabhai. Und so schnell sie konnte, überquerte sie die freie Fläche, bis sie nur noch ein, zwei Schritte hinter Mohini war. Sie freute sich schon auf Mohinis Gesicht. Sie würde nicht nur überrascht sein, sondern einen fürchterlichen

Schrecken bekommen, wenn sie in Chamunda ihr Ebenbild erblickte.

Parvati blieb erschrocken in der Tür stehen. Sie konnte nicht begreifen, was sie im trüben Lampenlicht vor sich sah. Schatten zuckten über die Lehmwände und über eine Frau, sie selbst, die nackt auf dem Rücken lag und beide Beine weit gespreizt in die Luft streckte. Zwischen ihren Beinen hockte, bereit zum ersten Stoß mit seiner Männlichkeit, ihr nackter Ehemann.

Sie starrte die Frau an und war völlig verwirrt. Es war sie selbst! Zwischen der nackten Frau und ihr bestand nicht der geringste Unterschied. Vage dachte sie an Tambi, der behauptet hatte, sie auf der Straße gesehen zu haben. Aber wie konnte es sein, daß sie eine Doppelgängerin hatte? Und wie kam sie in ihre Hütte? Wie kam es, daß ihr Ehemann jetzt im Begriff war, in diese Frau einzudringen, die ihr Ebenbild war?

Plötzlich erblickte sie Gitabhai. Angst packte sie, und sie riß den Mund auf, um zu schreien. Diese Frau jagte ihr einen noch größeren Schrecken ein als ihr Ehemann.

Doch da schrie an ihrer Stelle Gitabhai: »Ram, Ram, nicht! Nein! Nein!«

Und damit schoß Gitabhai auf ihren Sohn zu. Lal Bahadhur war beim Anblick von Mohini und seiner Mutter ebenfalls erschrocken, aber er hatte seine Männlichkeit schon in die süße, warme Feuchtigkeit seiner köstlichen Mohini hineingestoßen. Und doch stand sie zu gleicher Zeit mit einer Lampe in der Hand neben ihm und schaute auf ihn und die Frau unter ihm hinab. Verwirrt stieß er sein Glied bis zum Schaft hinein. Seine Mutter stürzte auf ihn zu. Als er seine Männlichkeit zurückzog, erlitt er so unglaubliche Schmerzen, daß er zu schreien begann wie ein verwundetes wildes Tier.

Jetzt war er außerhalb der Frau und starrte verständnislos auf das Blut, das zwischen seinen Beinen herausschoß. Seine Männlichkeit war verschwunden. Aus der Lust war entsetzliche Qual geworden. Er versuchte, das Blut aufzuhalten, aber es tropfte zwischen den Fingern auf den glatten Unterleib Chamundas, die regungslos dalag. Brüllend vor Schmerz fiel er gegen Gitabhai, fühlte die starken Arme der Mutter tröstend ihn umfassen und sah schmerzgepeinigt verschwommenen Blicks, wie sie sich bemühte, das Blut mit dem Saum ihres Sari zu stillen.

Aber es sollte noch schlimmer kommen. Der Mund der Frau öffnete sich, und ein schön anzusehendes gelbes Licht schoß heraus wie das Mündungsfeuer aus einem Kanonenrohr. Mit vor Schmerz und Tränen verschleierten Augen sah er die häßlichsten und bösesten Dämonen und Schlangen herausfahren. Sie stiegen in die Luft und stürzten sich dann auf ihn.

»Nein, nein!« schrie Gitabhai die *Rakshashas* an. »Zurück mit euch! Das ist mein Sohn, ihr Dummköpfe, ihr Idioten! Laßt ihn in Ruhe!«

»Er hat Chamunda und uns verletzt«, sangen sie in schauerlichem Chor. »Du hast uns selber befohlen, den Eindringling zu vernichten.«

Gitabhai schlug nach ihnen, stieß Flüche aus und rief alle Mächte der Unterwelt an, ihr beizustehen. Doch die *Rakshashas* ließen sich nicht abhalten, Sir Lal Bahadhur Ram Shanker anzugreifen. Sie bissen ihn in Hände und Füße, stachen ihm mit den vergifteten Pranken ins Gesicht, rissen ihm den Bauch auf und tranken sein Blut. Gitabhai warf sich über ihren sterbenden Sohn, um ihn zu schützen. Aber die *Rakshashas* waren außer Rand und Band und fraßen sein Fleisch. Wie Hyänen bei einem lebenden *Cheetal* wälzten sie sich auf ihm und fetzten die blutigen Stücke heraus.

»Hilfe, *Amah*, rette mich, *Amah*!« schrie er. Die Schreie erfüllten die Hütte und drangen bis ins Dorf, wo alle vor Schreck erstarrten. Silberköpfige kleine Schlangen schlüpften ihm in den aufgerissenen Mund, benahmen ihm die Luft und glitten in seine Ohren und Nasenlöcher. Er wand sich und schlug um sich, und Gitabhai hieb mit den Fäusten auf sie ein und benutzte alle ihre Zauberkräfte. Aber nichts konnte ihnen Einhalt gebieten.

Parvati wollte wegrennen, war aber wie gelähmt. Blut spritzte durch die ganze Hütte. Der Horror war so furchtbar, daß sie wie festgenagelt stehenblieb. Sie erkannte die *Rakshashas* wieder. Sie hatten sie in ihren Alpträumen gequält. Sie wußte, jetzt war auch sie verloren. Sie schrie vor Angst, aber die Todesschreie ihres Ehemanns übertönten ihre Stimme. Das Kind begann zu heulen und versteckte den Kopf zwischen ihren Beinen.

Gitabhai sah, wie ihr Sohn sich im schrecklichen Todeskampf noch einmal krampfhaft aufbäumte, als die silberköpfigen Schlangen sich in sein Herz bohrten und danach wie kleine Geister aus seiner Brust hervorspritzten. Dann starb er in ihren Armen. Aber das Tohuwabohu dauerte an. Schlangen und Dämonen verschlangen sein ganzes Fleisch, und nach wenigen Augenblicken hielt sie nur noch das nackte, glänzende Skelett ihres Sohnes Sir Lal Bahadhur Ram Shanker in den Armen.

Als sie aufstand, bot sie einen erschreckenden Anblick. Ihr Gesicht war vor Schmerz und Wut verzerrt, bespritzt vom Blut ihres Sohnes und umgeben von der bösen gelben Aura der *Rakshashas*, die um sie schwebten wie Raubvögel um einen Köder. Sie zitterten und kreischten vor Vergnügen über ihr Zerstörungswerk und kümmerten sich nicht um die Flüche, die Gitabhai ihnen entgegenschleuderte.

Gitabhai zeigte mit dem Finger auf Mohini. »Sie, sie, sie!« Der Haß auf Mohini verzerrte ihre Gesichtszüge. Die jugendliche Maske war abgeglitten, und sie sah jetzt so alt und häßlich aus wie das Weib, das vor Vergnügen gackernd neben ihr stand.

Parvati zog Saraswati an sich und rief laut: »Gott, Gott, rette mich!«

Sie erwartete nicht, daß Gott sie hören würde. Sie war ganz allein. Kim mit seinem Talisman von Vamana, der sie früher beschützt hatte, war nicht da. Wirbelnd kamen die *Rakshashas* näher und näher. Sie umgaben Gitabhai wie einen Mantel aus bösem Licht. Parvati wich zurück, erwachte aus ihrer trancehaften Erstarrung, schob Saraswati zur Tür und stieß sie hinaus.

»Lauf weg!« rief sie dem Kind nach.

Saraswati lief los, stolperte und fiel unter Angstschreien zu Boden. Parvati hob sie auf, schob sie wieder nach draußen, und Saraswati rannte ins Freie. Draußen vor der Hütte saßen die Dörfler eng beieinander. Eine Frau griff nach dem Kind und zog es an sich, als stände die Hütte in Flammen. Durch die trockenen

Palmblätter des Dachs und den niedrigen Eingang drang gelbes Licht. Doch die Hütte stand nicht in Flammen. Alle sahen den scheußlichen Atem des Bösen qualmend aus der Hütte entweichen, und alle beteten jetzt. Keiner fand den Mut, einzudringen und Parvati zu retten. In einiger Entfernung hatte sich auch Mahender hingeduckt. Er hatte Gitabhai hinter Mohini hineinlaufen sehen und die Schreie seines Herrn gehört. Aber er hatte zu große Angst davor, mit Gitabhai zusammen in einem Raum zu sein.

Weinend stöhnte Parvati: »Gott helfe mir« und sank auf die Knie.

Sie sah nicht, wie in einer Ecke der Hütte die Erde aufbrach. Ein kreisförmiges Stück des Fußbodens hob sich empor und fiel zur Seite. Aus dem Loch stiegen die fünf Köpfe Sheshas. Zuerst waren sie noch klein und anmutig. Sie schüttelten sich, um den Staub und Dreck loszuwerden, den Kim über sie gebreitet hatte. Je weiter Shesha hervorkroch, desto mehr wuchsen die Köpfe. Ihr Körper wurde immer länger, und die Haube entfaltete sich. Das Lampenlicht warf seinen flatternden Schatten über die Gestalten Gitabhais und ihrer schauerlichen Gäste.

Sie spürten Sheshas Gegenwart. Und als sie sahen, wie Vishnus gewaltige Schlange fast die ganze Hütte ausfüllte, kreischten sie vor Angst und Wut und wandten sich zur Flucht. Aus den fünf weit aufgerissenen Mäulern flatterten die Zungen und saugten die *Rakshashas* ein. Noch in den Mäulern verwandelten sie sich in harmlose Staubwölkchen, die Shesha ausspie. Die Köpfe stießen tanzend und zischend hierhin und dorthin, und die Dämonen, *Yalis* und silberköpfigen Schlangen verschwanden in den Mäulern, um zu Staub zu werden.

Als die übriggebliebenen *Rakshashas* merkten, daß sie gegen Vishnus Schlange nichts ausrichten konnten, wandten sie sich wütend gegen Gitabhai. Sie glaubten, sie hätte sie absichtlich in diese Hütte gelockt, um sie von Shesha töten zu lassen, und wollten sich an ihr rächen.

»Du hast uns verraten«, kreischten sie. »Jetzt mußt du auch sterben.«

»Ihr albernen Dummköpfe! Wie könnte ich über Shesha gebieten? Solche Kräfte besitze ich nicht. Ihr seid selber schuld, ihr Idioten.«

Sie schrie so laut, weil sie sich auch vor Shesha fürchtete. Doch als sie zu flüchten versuchte, stießen die *Rakshashas* auf sie herab und rissen sie zu Boden. Innerhalb von wenigen Minuten zerfetzten sie Gitabhai ebenso wie vorher ihren Sohn. Doch das nützte ihnen nichts mehr. Denn noch während sie dabei waren, Gitabhai zu fressen, wurden sie einer nach dem anderen von Shesha verschluckt.

Der Gestank nach Blut und Bösem war so stark, daß Parvati in Ohnmacht fiel. So sah sie nicht mehr, wie Gitabhai bis aufs Skelett verzehrt wurde und Shesha den letzten *Rakshashas* den Garaus machte. In der hinteren Ecken lag ein Haufen Staub, der die Umrisse einer Frau aufwies. Zwischen den Beinen glitzerten im Staub Rasierklingen, und mitten darin lag ein Stück verschrumpeltes Fleisch.

Als Parvati die Augen aufschlug, war es still in der Hütte. Nur ein eigenartiges, beruhigendes Summen ertönte. Es schien ihr durch die Haut in Herz und Hirn zu dringen, und eine große Ruhe senkte sich auf sie herab. Es war, als hätte sie Mohnsamen zu sich genommen. Alle Angst war verflogen. Sie sah Sheshas Schatten in einem Tanz von hypnotisierender Wirkung auf und ab, hin und her schwanken. Sie hob den Kopf. Von Shesha selbst war nichts mehr zu sehen, nur die Schatten woben weiter ihre verwirrenden Muster an die Wand. Ohne daß der Schlangengott ein Wort sagte, fühlte sie, daß er sie aufforderte, sich zu erheben und die Hütte zu verlassen.

Draußen drängte sich in angstvollem Schweigen das ganze Dorf. Alle waren froh, als Parvati lebend herauskam. Aber keiner wußte, was sie jetzt tun sollten. In der Hütte lagen die gespenstischen Überreste von Lal Bahadhur und Gitabhai. Niemand fand den Mut hineinzugehen.

Dann ging plötzlich ohne Vorwarnung die Hütte in Flammen auf. Obwohl es außer dem Dach nichts Brennbares gab, brannte die Hütte in einem hellblauen Licht die ganze Nacht. Sogar der Lehm verbrannte, und bei Tagesanbruch war nichts mehr übriggeblieben, nicht einmal Bambusreste. Die Erde sah so sauber und trocken aus, als hätte hier nie etwas gestanden.

Zweiundzwanzigstes Kapitel
Oktober 1917 bis Dezember 1918

Mohandas K. Gandhi war wegen der Londoner Kälte dick angezogen. Aufmerksam sah er an den Reihen der Soldaten entlang, die in geduldigem Schweigen vor ihm saßen. Seine unbedeutende Berühmtheit war bis zu ihnen gedrungen und hatte ihre Neugier geweckt, denn was er getan hatte, betraf auch sie.

Er sah die dunklen Ringe unter ihren Augen und die Frostschäden auf ihrer braunen Haut. Manche waren an ihren Verbänden, Krücken oder Narben als Verwundete zu erkennen. Doch alle hatten Wunden davongetragen, die keine Chirurgenkunst, keine Salben oder Verbände je heilen würden. In ihren Augen las er totale Erschöpfung. In ihnen spiegelten sich die schlammigen Schlachtfelder Frankreichs und Flanderns. Auch kampferprobte Soldaten umgaben sich mit einer Mauer des Schweigens, die niemand, der den Krieg nicht am eigenen Leib erlebt hatte, durchdringen konnte. Mit Zorn und Verachtung blickten sie auf die herab, die nicht so gelitten hatten wie sie.

Ihre funkelnden Augen bewirkten, daß er sich für das, was er sagen wollte, wappnete. Der Versammlungssaal war ungeheizt, und er erinnerte sich daran, wie er in seinen Studententagen die Londoner Kälte gehaßt hatte. Am Tag, nachdem er seine Zulassung als Anwalt vor Gericht erhalten hatte, hatte er England verlassen, in der Erwartung, daß er nie zurückkehren würde. Aber jetzt hatte ihn sein Leben an eine neue Kriegsfront geführt. Er war zurückgekommen, um als Vertreter des Indischen Nationalkongresses mit der Regierung Gespräche zu führen.

»Ich bin auf euch alle stolz«, sagte er mit leiser Stimme, und wie Ähren im Kornfeld neigten sich alle Köpfe vor, um ihn verstehen zu können. »Ihr habt eure Dörfer und Landsleute, eure Felder und eure Familien verlassen, um hier für das britische Empire zu kämpfen. Als vor drei Jahren der Krieg erklärt wurde, habe ich darauf gedrungen, daß wir Inder daran teilnehmen. Ich glaubte damals und glaube es noch heute, daß es wichtig ist, als Teil der großen Empire-Familie diesen Krieg als unsere Angelegenheit zu betrachten.«

Unter den Zuhörern schoß eine Hand in die Höhe.

»Gandhi-Sahib«, sagte Kim, »Sie haben uns geraten, für das Empire zu kämpfen. Wir haben es getan, doch wo bleibt unser Lohn? Ich meine nicht meinen oder eines anderen Lohn, sondern den Lohn für Indien. Was haben wir durch unsere Gefallenen für Indien erreicht?«

»Die Briten haben uns mehr Freiheit versprochen, damit wir uns selbst regieren können«, sagte Gandhi. Dieser Sepoy schien der Sprecher der anderen Soldaten zu sein. Er hatte angenehme Gesichtszüge und zornige Augen, mit denen er Gandhi anfunkelte, als wollte er ihn an die Wand nageln. Flüchtig dachte Gandhi, es könnte ein Eurasier sein. Aber einen Eurasier hätten die anderen nicht so kameradschaftlich in ihrer Mitte angenommen. »Darüber will ich mit der britischen Regierung sprechen. Deshalb bin ich hier. Und der Staatsminister für Indien, Mr. Edwin Montagu, beabsichtigt, im nächsten Monat selbst nach Indien zu fahren, um an Ort und Stelle zu entscheiden, welche Gesetze zu ändern sind.«

»Und Sie glauben ihren Versprechungen, Gandhi-Sahib?«

Gandhi lachte leise vor sich hin. »Wir müssen den Machthabern so lange glauben, bis die Zeit dafür reif ist, ihnen nicht mehr zu glauben, Mr. Montagu hat mir versprochen, daß die Regierung fest entschlossen ist, gesetzliche Reformen einzuführen, die eine größere Zahl von uns zu Mitgliedern im Rat der Gouverneure und im Rat des Vizekönigs machen. Er hat mir weiterhin versichert, daß man uns eines Tages eine eigene Regierung zubilligen wird. Aber das wird nur in Etappen geschehen.« Gandhi bemerkte den Anflug eines Lächelns auf dem Gesicht des Fragestellers. »Und Sie glauben das nicht?«

»Warum sollten sie uns die Freiheit schenken, nachdem sie durch unseren Einsatz so viel Gewinn hatten? Wir sind für sie in Frankreich, in Belgien und in Mesopotamien gefallen. Es wird ihnen nicht leicht fallen, einfach eine Kehrtwendung zu machen und zu sagen: ›Ihr seid frei.‹«

»Ich habe auch nicht gesagt, daß es leicht sein wird. Aber es wird erste Veränderungen geben. Wir mußten in diesem Krieg mitkämpfen, um ihre Achtung zu erringen. Hätten wir uns aus den Schlachten herausgehalten, so hätten sie darin die Bestätigung dafür gesehen, daß wir nicht würdig sind, uns selbst zu regieren.«

»Wenn sie uns also als Kämpfer achten, werden sie dann nicht noch mehr Respekt vor uns haben, wenn wir gegen sie kämpfen?« fragte Kim und wartete, bis die geräuschvolle Zustimmung seiner Kameraden wieder abgeebbt war. »Warum sollen wir darauf warten, welche Brosamen uns Mr. Montagu zuwirft?«

»Sie sind nicht viel älter als ich, aber viel ungeduldiger. Und offenbar haben Sie kein Vertrauen zu den Briten.«

»Ich habe viel von ihnen gelernt, Gandhi-Sahib. Sie machen nur Versprechungen, die ihnen selber zum Vorteil gereichen.«

»Wir werden sehen, ob sie ihnen Vorteile bringen. Sollten sie ihre Versprechungen nicht halten, werden wir protestieren und auf friedliche, gewaltlose Art Widerstand leisten.«

Kim sah einen kleinen Mann vor sich. Gandhi maß nicht mehr als einen Meter zweiundfünfzig, wirkte schwächlich und blinzelte fortwährend hinter den Brillengläsern. Er konnte als häßlich gelten. Sein eckiges Gesicht wurde von dicken Lippen, einer Hakennase und Henkelohren beherrscht. Kim mußte zugeben, daß er enttäuscht von ihm war. Nachdem er so viel über Gandhis Widerstand gegen die südafrikanische Regierung gehört hatte, hatte er mehr von Mr. Gandhi erwartet. Nach seiner Rückkehr nach Indien im Jahre 1914 hatte er im Bezirk Champaram auch ein erfolgreiches *Satyagraha* gegen die europäischen Plantagenbesitzer geleitet. Er hatte die Bauernschaft zu Protestaktionen gegen den erzwungenen Indigoanbau organisiert. Dabei erinnerte sich Kim seines eigenen traurigen Fehlschlags auf dem gleichen Gebiet. Ihm fehlte Organisationstalent.

Kim zögerte mit einem Urteil. Der erste Eindruck konnte täuschen, denn Gandhis Gesicht war faszinierend und ausdrucksvoll. Es zeugte von innerer Stärke und auch von Humor. Plötzlich schienen Gandhis Augen zu lächeln, und Kim merkte, daß er sich für ihn zu erwärmen begann, wenn auch nicht für seine Gedankengänge. Nach seinen Kriegserfahrungen wußte Kim den Wert von Waffen zu schätzen. Er kannte ihre Zerstörungskraft und wußte, welche furchterregende Wirkung sie auf die Menschen ausübten. Sie zwangen sie zur Unterwerfung und zum Sterben. Wie konnte gewaltloser Widerstand, gleichbedeutend mit freiwilligem Leiden, zur Freiheit führen? Auf einmal fiel ihm sein Gespräch mit Anand ein, dem alten Priester im Benares-Tempel. Leiden seien nicht mathematisch zu berechnen, hatte Anand gesagt. Es gebe keine unendliche Größen. ›Mr. Gandhi glaubt dagegen, er und ein Volk könnten unter einem Tyrannen unendliche Leiden ertragen‹, dachte Kim.

»Aber das wird Jahre dauern«, sagte Kim. »In Rußland haben sie dafür nur wenige Tage gebraucht. Da haben wir gesehen, wie ein Kaiser gestürzt wurde und von der Erde verschwand. Und – dabei war er der Zar seines Volkes. Das eigene Volk hat ihn zum Tode verurteilt. Die Briten gehören nicht zu unserem Volk, und wir haben eine gewaltige zahlenmäßige Übermacht. Wir sind viele Millionen, sie zählen nur nach Tausenden. Müssen wir wirklich viele Jahre warten, bis ein ausländischer Herrscher uns zurückgibt, worauf wir von Rechts wegen Anspruch haben?«

»Sie sind ein echter Patriot«, sagte Gandhi, »aber zu halsstarrig. Ich glaube, daß die Gewalt in Rußland noch mehr Gewalt erzeugen wird. Es muß so sein. Es wird so sein. Und sind wir uns denn in Indien so einig, daß wir die Briten herausfordern können? So weit sind wir meiner Meinung nach noch nicht. Wir brauchen Zeit, um diese Einigkeit zu erreichen. Nur wenn wir alle an einem Strang ziehen, wenn wir zu einer moralischen Kraft statt einer gewalttätigen werden, können wir unser Joch abschütteln.«

Er stand auf. Auch die Sepoys erhoben sich. Dann trat Gandhi vom Podium ab. Einen Moment lang stand er dicht vor Kim und sah ihn prüfend an.

»Ich verstehe deine Ungeduld, mein Freund«, sagte er leise, nur für Kims Ohren bestimmt. Hinter ihm warteten in respektvollem Abstand Krishna Menon und sein Kollege Romesh Sahni. Sie hatten während der Versammlung kaum einen Blick für Kim übrig gehabt und standen nun in besitzergreifender Haltung hinter Gandhi. Kim spürte Gandhis Macht, seine Leidenschaft und Überzeugungskraft. »Aber du mußt bedenken«, fuhr Gandhi fort, »wenn wir in Indien der Gewalt freien Lauf lassen, kann sie nichts mehr eindämmen. Sie wird sich gegen uns selbst wenden. Wir sind ein leidenschaftliches Volk, das sich leicht gegeneinander aufhetzen läßt. Und wenn wir unseren Zorn nicht im Griff behalten, wird er sich in tausend verschiedene Richtungen verlaufen, und die Engländer haben dann leichtes Spiel.« Er legte die Hand auf Kims Schulter. »Wir müssen noch sehen, welche Lehren wir aus der russischen Revolution ziehen können. Wenn du nach Indien zurückgehst, würde ich dich gern in meinem *Ashram* begrüßen. Mir wäre es nämlich lieber, mit einem Mann wie dir zusammenzuarbeiten als ihn zu bekämpfen.«

»Ich werde kommen«, sagte Kim.

Gandhi ging weiter, blieb aber nach einem Schritt noch einmal stehen. »Woher stammst du?«

»Aus Lahore.«

»Aha«, sagte er, als wäre das die Lösung eines Rätsels.

»Und wie lautet dein Name?«

»Kim.«

Er erwartete, daß Gandhi dazu noch etwas bemerken würde. Aber der nickte nur, als wolle er sich den Namen einprägen, und ging dann schnell und federnd durch die Menge.

Jemand zog Kim am Ellbogen. Sahni lächelte ihn mit großer Freundlichkeit an. Kim dachte: ›Er sieht zu gut aus, er wirkt zu vollkommen. Sein Lächeln ist zu charmant, zu absichtsvoll.‹ Er ließ sich von ihm in eine Ecke ziehen.

»Das war eine sehr offenherzige Debatte, die Sie mit Mr. Gandhi geführt haben«, sagte Sahni. »Es ist durchaus in Ordnung, daß wir unsere politischen Führer in Frage stellen. Was haben Sie vor?«

»In welcher Hinsicht?«

»Sie haben davon gesprochen, daß wir uns zusammentun und die Briten stürzen müssen.« Er warf einen Blick auf die vorbeidrängenden Soldaten. »Dies sind ausgebildete Männer. Sobald sie wieder in Indien sind, werden sie den Briten mehr als gewachsen sein.«

»Und wer stellt ihnen die Waffen zur Verfügung?«

»Ich bin sicher, daß wir jemanden finden werden. Es gibt viele reiche und mächtige Männer in Indien, die gern die Briten loswerden möchten. Für einen entschlossenen Mann wie Sie wäre es von Vorteil, sich mit ihnen zu treffen.«

»Aber Mr. Gandhi tritt nur für gewaltlosen Widerstand ein«, sagte Kim. »Ich dachte, Sie wären sein Anhänger.«

»Bin ich ja auch«, sagte Sahni. »Doch wir müssen auch bereit sein, andere Methoden anzuwenden. Hier ist meine Karte. Ich möchte mich mit Ihnen treffen, bevor Sie nach Indien zurückgehen.«

Dann wandte er sich abrupt ab und schob die Soldaten brüsk zur Seite, ein geschäftiger Mann, voll von Listen und Plänen. Kim hätte gern gewußt, für wen er wirklich arbeitete. Für Indien? Für unsere Beherrscher? Kim war klar, daß er von jetzt an überwacht werden würde. Was er heute abend gesagt hatte, würde nach einiger Zeit in Berichten an die Behörden weitergeleitet werden. Schließlich würde auch der Oberst-Sahib in Kenntnis gesetzt werden. Wer außer ihm würde noch erfahren, daß er inzwischen alles, was englisch in ihm gewesen war, ablehnte? Der Oberst-Sahib würde darin Verrat erblicken, und von diesem Augenblick an würde er Kim als Feind betrachten.

Die Hitze war ihm willkommen. Auf offener See, wo die Sonne

sich im Wasser und auf dem Schiff spiegelte, wurde seine Haut fast schwarz gebrannt. Mit den anderen Sepoys stand er an Deck, ohne der Unannehmlichkeiten der Seefahrt zu achten, und schaute nach Indien aus. Jeder wollte das Heimatland als erster erblicken. Vier Jahre lang hatten sie Kälte und Elend, Angst und Erschöpfung ertragen. Der Tod hatte ihre Reihen gelichtet. Jetzt drängten sie zueinander, als wollten sie die Lücken schließen, die ihre toten Freunde und Kameraden hinterlassen hatten.

Als das Schiff von Tilbury abgefahren war, hatte Kim nicht ein einziges Mal zurückgeschaut. Er war ein Fremder in diesem Land gewesen, und er hatte kein Verlangen, zu ihm zu gehören und in diesem kalten Klima mit seinen ewig grünen Feldern zu bleiben. England! England! Vorher hatte er geglaubt, sein Blut würde sich regen, seine Seele würde sich mit dem Land verbunden fühlen, das seine Eltern vor dreißig Jahren verlassen hatten. Nichts davon war geschehen. Statt dessen hatten sich die Bande zu Indien, nach dem er sich sehnte, immer mehr gefestigt. Er war eben Inder.

Plötzlich zeigte Kim mit dem Finger nach vorn. Alle folgten ihm mit den Blicken, aber eine Zeitlang sah niemand, was er gesehen hatte. Dann tauchte es auf, eine unbestimmte Unterbrechung am Horizont, ein undeutlicher Fleck, ein Buckel. Allmählich wurde es größer und sah aus wie eine der vielen Inseln. Sie guckten sich die Augen aus, und das begleitende Stimmengewirr erfüllte das ganze Schiff. Die Männer, die noch unter Deck waren, rannten nach oben zum Bug und starrten wie gebannt durch den Sonnenglast zu dem braunen Buckel, der zu einem langsam anwachsenden Umriß wurde und sich schließlich von Horizont zu Horizont erstreckte.

Doch der Tag ging schon zur Neige. Rasch fiel die Dunkelheit ein, nicht so zögernd wie im englischen Sommer, und Indien war wieder verschwunden. Trotzdem verließ keiner das Deck. Als die Sterne am Himmel standen, glaubten sie, Lichter am näherkommenden Land zu sichten. Sie stellten sich Dörfer und Hütten, Küchenfeuer, wärmende Feuer und die heiligen Feuer in den Tempeln und in den Gebetszimmern von Häusern vor und das flackernde Licht von Öllampen an den Türen.

Bei Tagesanbruch verjagte die Sonne alle Phantasien und enthüllte Indien. In den ersten rosigen Sonnenstrahlen erblickten sie weiße Strände. Sie sahen Fischerdörfer und Palmen. Winzig kleine Gestalten wanden sich durch die Haine, die Katamarane von Fischern mit schwarzglänzender Haut schaukelten im Kielwasser des Schiffs. Die Männer riefen und winkten, und die Fischer hoben zum Gruß die Ruder. Das Land kam näher. Auf dem Wasser schwammen Reste von Kokosnüssen, faulendes Holz und Flaschen. Zuerst schien Bombay nur aus einem einzigen Haus zu bestehen, einem einzigen weißen, an der Küste aufragenden Hügel. Es wuchs und wuchs, bis es das ganze übrige Indien verdeckte und Bombay zu Indien wurde. In der heißen Brise rochen sie die Stadt, rochen Staub, Essen, Gewürze und den süßen Duft von Holzfeuern.

Eine Rosenkette fiel zu Kims Füßen aufs Deck. Er hob sie auf, hielt sie vors Gesicht, atmete den köstlichen Duft ein und ließ sich von den weichen Blütenblättern kitzeln, als wäre ein Stück Indiens zur Begrüßung an Bord gesprungen. Kim sah auf und erblickte Jatayu, der hoch oben seine Kreise zog. Höher und höher stieg der Adler, bis er im blauen Dunst verschwand.

Auf den Docks standen Menschenmengen, ein Gewimmel brauner Gesichter, ein Gewirr weißer Gewänder, in denen hier und da die hellen Farben eines Sari auftauchten. Kim strengte sich an, um Parvati zu erspähen. Er wollte zu gern ihr emporgewandtes Gesicht sehen. Aber die Menge war zu groß, und als das Schiff anlegte, wurde er von den aufgeregten Männern geschoben und gestoßen. Das Fallreep wurde herabgelassen, und eine Regimentskapelle begann zu spielen. Als erste setzten die Offiziere, Europäer und Inder, den Fuß auf den Boden Indiens. Es dauerte den halben Vormittag, bis die Sepoys von Bord gegangen waren. Kim stand noch an Deck und musterte geduldig die Menge. Doch zu seiner Enttäuschung war von Parvati nichts zu sehen.

Er hatte ihr in aller Eile geschrieben, als die Nachricht kam, daß sie in die Heimat geschickt wurden. Wahrscheinlich war der Brief auf diesem Schiff mitgereist. Doch er kannte ja Alice Soames' Adresse und würde sie dort finden. Bald würde er auch seinen alten Freund Isaac Newton wiedersehen. Er überlegte: Wäre das gut? Dann würde der Oberst-Sahib umgehend von seiner Ankunft erfahren. Und er brauchte Zeit, eine Ruhepause, um sich vom Krieg zu erholen.

Als sie auf festes Land kamen, warf sich fast jeder Soldat hin und küßte die indische Erde. Dann marschierten sie zu den Lastwagen, die sie zum Bahnhof Victoria brachten. Von dort würden sie sich über ganz Indien verteilen, heim in ihre Dörfer und Städte. Kim stieg nicht auf einen Wagen. Die Reisegenehmigung und seine Entlassungspapiere hatte er in der Tasche. Er umarmte jeden seiner Kameraden. Schließlich waren noch Kumar und Grehwal übrig.

»Willst du nicht mit mir zurückfahren?« fragte Kumar.

»Nein. Parvati und Saraswati sind ja in Bombay. Sie wohnen bei der europäischen Memsahib.«

»Und danach?«

Kim zuckte die Achseln. »Ich möchte zu Mr. Gandhis *Ashram* gehen und hören, was er noch zu sagen hat. Ich habe ja kein Land wie du, kein Elternhaus, in das ich wirklich gehöre. Ich gehöre höchstens zu ganz Indien. Wir werden sehen, was Gott für mich bestimmt hat.«

»Wenn du doch zurückkommst«, sagte Kumar, »weißt du, daß mein Haus auch deins ist.«

Kim umarmte Narians Bruder und half ihm auf den Lastwagen. Dann wandte er sich an Grehwal. »Und, *Sardar,* wenn du zu deinem Vater Balbir kommst, bestelle ihm Grüße von mir! Sag ihm, ich war der Reisende, der in Benares zu ihm stieß!«

»Du hast auch in Amritsar ein Haus«, sagte Grehwal. »Jeden Abend werde ich eine Lampe anzünden und ins Fenster stellen, damit du den Weg zu meinem Haus findest, Kim. Auf jeden Fall ist es näher für dich, als im Dschungel von Südindien bei Kumar zu leben. Gott allein weiß, wo er herkommt.«

»Das kommt, weil er es euch *Sardars* nicht verrät. Denn sonst würdet ihr da alle hinkommen.«

Die Ladeklappe wurde zugeschlagen, und Kim sah, wie vier Jahre Kameradschaft und geteiltes Leid im Staub verschwanden. Einen Augenblick lang wurden ihm die Glieder schwer wie Blei. Er konnte sich nicht von der Stelle rühren. Er spürte, daß er seine Kameraden nie wiedersehen würde. Seine letzte Erinnerung an sie würde der von den Lastwagen aufgewirbelte Staub bleiben.

Als die Docktore hinter ihm lagen, tauchte er in die indische Welt ein. Er ging langsam, um die Menschen, die Farben, die Gerüche und den Lärm zu genießen. Wie sich sein Wahrnehmungsvermögen erweiterte! Er sah den schimmernden blauen Himmel, das blendende Weiß der Häuser, das Blutrot einer Cannapflanze, den Duft von *Channa masala.* Er wurde angestoßen und von der Menge aufgesogen. Er ging mit ihr, war ein Teil von ihr, durch nichts von den anderen zu unterscheiden. Er dachte daran, wie abseits er sich in London gefühlt hatte, als er am Piccadilly stand. Jetzt gehörte er wieder dazu, er war eins mit dem Volk, dem er angehörte.

Ein Tempelelefant, die Stirn mit Safrangelb und Weiß geschmückt, kam auf ihn zu. Die Glocke um seinen Hals ertönte bei jedem Schritt. Sein Rüssel schwebte über der Menge, kam langsam herab und berührte sanft Kims Kopf. Kim faßte es als Segen auf und griff in die Tasche, um eine Münze in den Rüssel zu legen.

Doch der *Mahout* winkte ab. »*Ahre,* Sepoy, du hast für Mutter Indien gekämpft. Gott segne dich!«

»Er hat mich bereits gesegnet und mich heil nach Haus gebracht«, sagte Kim und fuhr im Vorbeigehen mit der Hand über das rauhe Fell des Tiers. Ein Gefühl ruhiger Beständigkeit ergriff ihn.

Er kannte noch den Weg zum Church Gate, aber er sah auch, wieviel sich inzwischen geändert hatte. Wie schnell das geht, wenn man längere Zeit fort ist! Es gab jetzt elektrische Straßenbeleuchtung, und zwischen einigen Häusern spannten sich Telefonleitungen. Die Europäer bewegten sich gesetzten Schrittes, immer noch in sich gekehrt, immer noch über allem stehend. Sie gingen vorbei, als existiere Indien für sie überhaupt nicht. Früher hatte er die Sahibs und Memsahibs noch angestarrt. Jetzt sah er in ihnen normale Männer und Frauen, die daheim in kalten kleinen Häusern wohnten. Er hatte mit eigenen Augen gesehen, daß es auch bei ihnen Armut gab, daß auch sie als Diener arbeiteten, daß sie auch im eigenen Land als minderwertig gelten konnten. Die Illusion der Überlegenheit, die sie um sich geschaffen hatten, war durch den Krieg zerplatzt. Kim wußte, daß jeder Soldat, aus welchem Dorf auch immer, durch seine Zeit in Europa geprägt war und die Ehrfurcht vor ihnen abgelegt hatte. Dieses Wissen würde sich ausbreiten und schließlich die Verehrung, die der Inder dem Europäer noch darbrachte, zum Verschwinden bringen.

Er bereitete sich auf das Wiedersehen mit Parvati vor, indem er sich die Haare kämmte und den Schnurrbart zwirbelte. Er versuchte sogar, die Knitterfalten an seiner Uniform zu glätten, obwohl er wußte, daß es darauf nun wirklich nicht ankam. Sie würden einander in die Arme fallen, und danach, wie er hoffte, gemeinsam ein ruhiges Leben führen. Auch sie hatte eine Schlacht mitgemacht und Narben davongetragen, wenn auch keine äußerlich sichtbaren. In einem der wenigen Briefe von ihr, die ihn erreicht hatten, hatte sie die gespenstischen Szenen kurz skizziert. Er schauderte immer noch bei dem Gedanken, was passiert wäre, wenn er der Aufforderung Sheshas nicht gefolgt wäre, dieses kleine Götzenbild anzufertigen und es in der Hütte zu vergraben. Dann wäre Parvati jetzt tot. Selbst im Krieg hatte er einen so schrecklichen Tod nicht miterlebt.

Ein weißhaariger Diener mit wäßrigen Augen öffnete ihm die Tür. Er sah ihn mißtrauisch an, fragte ihn nach seinem Namen und machte dann die Tür wieder zu. Von drinnen hörte Kim die Stimme einer Europäerin. Sie schimpfte mit dem Diener. Nun wurde die Tür weit aufgerissen.

Alice Soames war eine beherrschende Person. Mit durchgedrücktem Kreuz, offenem und ehrlichem Gesicht stand sie vor ihm und lächelte hocherfreut. Die Frau des Oberst-Sahib hätte nie das Große Spiel spielen können. Sie schien frei von Arglist und Tücke.

»Ich bin Kim.«

»Ich weiß. Kommen Sie rein! Ich weiß alles über Sie, mein Lieber.« Sie verschwieg, daß sie einen viel jüngeren Mann erwartet hatte. Dieses Image hatte sich in ihrem Geist festgesetzt. Parvati hatte ihr einen frechen, heiteren Abenteurer geschildert, der ewige Jugend und unverbesserlichen Optimismus gepachtet hatte. Der Krieg hatte seine Spuren an ihm hinterlassen. Als er zurücklächelte, erkannte sie zwar den Kim ihrer Vorstellung, doch das war nur äußerlich. Im Inneren mußte er sich verändert haben. Er war schnell, aber nicht friedlich gealtert. Wenn das Lächeln verschwand, spürte sie seinen inneren Zorn, konnte aber nicht sagen, gegen wen er gerichtet war.

Das Zimmer war groß, gemütlich und ohne Aufwand eingerichtet. Nach dem Sonnenschein draußen wirkte es kühl und dunkel. An den Wänden hingen keine Porträts der kaiserlichen Familie und keine englischen Landschaften. Statt dessen gab es überall Bücher. Gespannt wartete er auf Parvatis Erscheinen. Ein kleines Mädchen in Bluse und langem Rock kam herein und klammerte sich an Alices Kleid. Instinktiv erriet er, daß es seine Tochter war.

»Saraswati, das ist dein Vater. Kannst du dich nicht an ihn erinnern?«

Mit sanfter Hand wollte sie das Kind auf Kim zuschieben, aber Saraswati klammerte sich weiter fest an ihr Kleid. Kim kniete sich hin und breitete die Arme aus. Noch immer zögerte das Kind, ehe es zu ihm ging und sich kurz umarmen ließ. Dann machte es sich wieder frei und rannte zu Alice zurück.

»Wo ist Parvati?«

»Im Gefängnis«, sagte Alice. »Leider.«

Kim hatte die Uniform mit einem einfachen weißen *Kurta* und *Paijama*, seiner gewohnten Kleidung, vertauscht und fühlte sich zum erstenmal nach vier Jahren wohl. An der Hand hielt er Saraswati. Mit den schöngeformten Wangenknochen und dem ovalen Gesicht sah sie Parvati sehr ähnlich. Sie hatte aber graue Augen, und das machte sie noch viel schöner. Anfänglich war sie sehr scheu gewesen. Aber nach und nach überwand ihre Neugier, verstärkt durch Alices Drängen, die Schüchternheit, und nach einer Stunde saß sie schon auf Kims Schoß. Schon als Baby hatte er sie mit Ehrfurcht betrachtet, und jetzt ging es ihm gegenüber dem weichen, zerbrechlichen und leicht verletzbaren Kind nicht anders.

Kim und Saraswati warteten Hand in Hand im Menschengedränge vor dem Portal zum Zentralgefängnis Bombay. In der anderen Hand hatte er einen Korb mit Obst und Süßigkeiten. Der Anblick der frischgeweißten Mauern und der drohenden Tore beschworen eine Fülle von Erinnerungen in ihm auf. Bei der Hitze wurde Saraswati ungeduldig und begann zu quengeln. Kim versuchte sie nach Kräften zu beruhigen. Aber er war den Umgang mit Kindern nicht gewöhnt und versuchte, sie mit einer Süßigkeit zur Ruhe zu bringen.

Eine Tür schwang auf, und die Gefangenenwächter ließen die Wartenden in einer Reihe ein. Sie untersuchten jedes Mitbringsel. Kim nahmen sie zwei Orangen aus dem Korb, ehe sie ihn zur Frauenabteilung durchwinkten.

Er sah sie sofort beim Betreten des inneren Hofs. Parvati saß mit einer Gruppe junger Frauen auf der Veranda. Er wußte, daß sie ihn nicht erwarten konnte, denn seinen Brief hatte sie noch nicht erhalten. Er ließ die anderen Leute vorbei, denn er wollte sie eine Weile ungesehen beobachten.

Auch sie hatte sich verändert. Sie schien selbstbewußter zu sein, und ihre Figur war voller geworden. Ihr Lachen war noch das gleiche wie früher, und noch immer hatte sie diese stolze Kopfhaltung. Sie war schön, aber nicht mehr das Mädchen, das er vor vielen Jahren auf dem Bahnhof Delhi vor den Verfolgern gerettet hatte. Seltsam, im Abstand dieser Jahre konnte er sich an sie nur als an ein schönes Mädchen in der Verkleidung eines Jungen erinnern. Das Gedächtnis konnte eben mit dem Veränderungen nicht Schritt halten. Einen Augenblick lang kam er sich wie ein lästiger Fremdling vor. Dann machte sich Saraswati von seiner Hand frei und rannte quer über den Hof zu ihrer Mutter. Parvati breitete die Arme aus, und das Kind warf sich an ihre Brust. Parvati spähte nach Alice aus. Da sah sie Kim allein dastehen. Ohne eine Sekunde zu zögern, befreite sie sich von Saraswati, rannte über den Hof und umarmte ihn.

»Kim, Kim! Mein Liebling, mein Liebster.« Sie küßte ihn hingerissen auf Augen, Mund, Wange und Stirn, als befürchtete sie, er würde gleich wieder verschwinden.

»Parvati, wenn ich nur deinen Namen ausspreche, setzt mir das Herz aus. Aber jetzt halte ich dich wieder in meinen Armen, und die große Leere in mir ist ausgefüllt. Ich liebe dich.«

»O Gott, ich kann es noch gar nicht glauben, daß du wieder da bist.« Sie berührte ihn zärtlich, streichelte sein Gesicht und kniff ihn verspielt. »Du bist es wirklich. Du hältst mich fest. Du bist hier.« Sie trat einen Schritt zurück. »Ich möchte dich nur immerzu ansehen. Aber ich kann es nicht. Ich muß dich umarmen und festhalten.«

»Wenn ich deinen Duft einatme, fühle ich mich rein und befreit von dem Pulverdampf, dem Blut und dem Schmutz, in dem ich die ganzen Jahre über gelebt habe.« Er atmete ihren Duft tief ein und wollte ihn bewahren, um sich damit von allem reinzuwaschen. Aber er wußte, daß das nicht möglilch war. Tränen stiegen ihm in die Augen. Welch Glück, Parvati wieder in den Armen zu halten! »Ich will nur dich.«

»Und ich dich.« Befangen und verwirrt trat sie zurück und wurde rot. »Aber wir müssen noch drei Wochen warten. Woher sollte ich denn auch wissen, daß du jetzt zurückkommst?«

»Und woher sollte ich wissen, daß du im Gefängnis bist?« Voll Verlangen küßte er sie. Sie erwiderte seine Küsse und zog sich erneut zurück. Die Umstehenden hatten sie neugierig und aufmerksam beobachtet. Saraswati spielte indessen mit den anderen Frauen. Kim nahm Parvati an die Hand und führte sie in den Schatten eines Mangobaums.

»Als ich verwundet wurde, galt dir mein letzter bewußter Gedanke.«

»Gott hat über dir gewacht«, sagte Parvati und fühlte an seinem Hals nach dem Kieselstein, den Vamana ihm gegeben hatte. »Er hat dich beschützt und heil zu mir zurückgebracht.«

»Ich hatte gedacht ...« Kim stockte und fuhr dann fort: »Bei meiner Vision hatte ich die Vorstellung, mich an einem ganz schrecklichen Ort zu befinden. Überall um mich herum waren Qualm und Leichen. Aber es war nicht der Krieg. Der Alptraum dieser Vision erwartet mich noch.«

»Woher weißt du das?«

»Weil ich diese Träume immer noch habe. Nur daß die Umgebung immer deutlicher hervortritt. Ich sehe die Rückfronten von Häusern, hohe Mauern und kniende Uniformierte. Wenn der Traum vom Krieg handelte, würde er jetzt nicht mehr wiederkehren. Denn der Krieg ist vorbei.« Er nahm ihre Hand und drückte sie gegen seine Wange.

»Vamana wird dich wieder beschützen«, sagte Parvati und betete im stillen inbrünstig, daß es wirklich so sein würde. Sie wollte sich nicht fürchten, aber seine Träume ängstigten sie. Gewaltsam schüttelte sie die schlimmen Vorahnungen ab. »Aber wir wollen jetzt nicht mehr darüber sprechen. Die Hauptsache ist, daß du wieder bei mir bist.« Sie drehte sich nach Saraswati um. »Sieh nur, wie deine Tochter gewachsen ist!«

»Und sie wird eine so große Schönheit werden wie ihre Mutter. Und unter deinem Einfluß so halsstarrig wie du. Hoffentlich muß sie nicht auch einmal ins Gefängnis.«

»Das liegt offenbar in der Familie. Was hat sie für Aussichten?«

»Erinnert sich Saraswati noch an den schrecklichen Abend?«

»Manchmal schreit sie im Schlaf auf. Dann nehme ich sie auf die Arme, wiege sie und sage ihr, es sei ein Alptraum gewesen. Sie vergißt aber nur langsam. Ich werde es nie vergessen. Es war deine Macht über das Gute, die Sheshas Mitleid erweckt hat, so daß er mir beistand. Selbst aus so großer Entfernung hast du mich also zum zweitenmal vor diesem Mann gerettet.«

Einen Augenblick lang standen ihr die fürchterlichen Ereignisse wieder vor Augen, und es rieselte ihr kalt über den Rücken. Doch Kim drückte sie fest an sich, und das war beruhigend.

»Hat der Vorfall keine neugierigen Fragen zur Folge gehabt?«

»Viele. Besonders in den Zeitungen. Aber Sir Lal Bahadhur Ram Shankers Verschwinden ist bis heute ein ungelöstes Rätsel geblieben. Ich glaube, auf seine Art hat er mich sogar geliebt, obwohl ich ihn haßte. Ich kann nur Gott danken, daß Gitabhai auch ihr Ende gefunden hat. Für mich wiederholt sich das Leben wie im Kreislauf. Wenn ich Hilfe brauche, wende ich mich immer an dieselben Menschen. Mit Alices Unterstützung habe ich wieder angefangen zu schreiben, und ein paar meiner Gedichte wurden schon veröffentlicht.«

Parvatis Griff um seinen Arm wurde fester, und sie sprach jetzt in atemloser Hast. »Durch Alice lernte ich Annie Besant und Lokamanya Tilak kennen. Du mußt sie auch kennenlernen, Kim. Sie ist eine Engländerin, die nach Indien gekommen ist, und Tilak hat die Liga für Selbstbestimmung gegründet. Sie glaubt an *Swaraj*, genauso wie Tilak, wie Alice und ich. In England hat sie einen Streik gegen die Mühlenbesitzer in Manchester angeführt. Sie ist ein tiefgeistig veranlagter Mensch. Miß Besant und Tilak haben einen Marsch organisiert, der zur Selbstbestimmung aufrief. Wir sind alle an ihrer Seite zum Regierungsgebäude marschiert und haben Selbstbestimmung gefordert. Und da haben sie uns verhaftet. Nimmst du mir das übel?«

»Nein, ich bin stolz auf dich.«

»Deine Einstellung hat sich also geändert?«

»Ja. Wir müssen frei sein. Wir haben unser Blut für das Empire vergossen, und jetzt müssen sie uns dafür die Freiheit geben.«

Kim schaute sich um. Parvatis Leidensgenossinnen waren alle Inderinnen, und alle lächelten ihn freundlich an. Sie wußten, wer er war.

»Wo ist denn diese Besant?«

»Sie ist von der Regierung nicht behelligt worden. Die hatten Angst, daß es dann zu Aufständen kommen würde.«

»Aber sie haben sich nicht gescheut, Mr. Tilak wieder festzunehmen. Und dich. Sie haben sie nur deshalb in Ruhe gelassen, weil sie Engländerin ist. Damit haben sie sich selbst entlarvt. Doch eines Tages brauchen wir keine Menschen wie Miß Besant mehr. Dann wird es andere geben, die uns in den Entscheidungskampf führen.«

»Sie ist aber ein aufrichtiger Mensch.«

»Daran zweifle ich nicht. Sonst würde Mr. Tilak ja nicht ihre Hilfe in Anspruch nehmen. Aber wie lange müssen wir uns noch von Briten führen lassen? Mit den Briten ist es so: Entweder herrschen sie über uns, oder sie führen uns gegen ihre eigene Regierung. Aber verhaftet werden immer wir, ausgepeitscht werden wir, gehängt werden wir. Sterben werden sie nie für uns. An dem Tag, da ein Engländer für Indiens Freiheit sein Leben hingibt, bricht das Empire zusammen.«

Jetzt war Parvati überzeugt, daß Kim sich leidenschaftlich für ihre Sache einsetzte. Und schon fiel es ihr schwer, sich vorzustellen, daß er jemals dagegen gewesen war. Er hatte sich als geborener Inder gefühlt und wäre auch immer einer geblieben, wenn Oberst Creighton ihm nicht bei seinen Wanderungen mit dem frommen Lama Teshoo begegnet wäre. Dann hatte der Oberst herausgefunden, daß Kim eigentlich Engländer war. Er hatte Kim kaltblütig ausgenutzt, damit er der Krone nützliche Dienste leistete. In diesem Augenblick entbrannte in ihr ein leidenschaftlicher Haß auf den Mann, der es fertiggebracht hatte, sich eines Jungen zu bemächtigen und ihm für seine Zwecke einzuspannen. Daraus waren für ihn Jahre der Verwirrung geworden. Doch nun hatte Kims Leben einen Kreislauf vollendet. Wieder einmal war er Inder und würde Indien unverbrüchliche Treue halten.

»Als du nach England kamst, habe ich gedacht, du würdest nie zu mir zurückkehren. Ich dachte, das Land würde dich nicht mehr loslassen. Aber das konnte ich dir nicht sagen, denn diese Entscheidung mußtest du, dachte ich, allein treffen, ohne von meinem Angstschrei beeinflußt zu werden.«

»Ich fühlte mich dort genauso fremd wie alle Inder.« Er schaute sich in ihrer tristen Umgebung um und mußte lachen. »Ich fühle mich hier wohler als auf den Londoner Straßen. Übrigens habe ich in London Mr. Gandhi kennengelernt. Und er hat mich in seinen *Ashram* eingeladen. Kommst du mit?«

»Gandhi.« Sie sprach den Namen fast verehrungsvoll im Flüsterton aus. »Ja, wir müssen beide für ihn arbeiten. Er wird uns alle führen.«

Gandhis *Ashram* lag einen Tagesmarsch von Ahmadabad entfernt. Auf dieser Strecke gab es keine Transportmittel, und die schmale staubige Straße hätte während der Mittagshitze eigentlich auch menschenleer sein müssen. Und doch waren Kim und Parvati nur zwei in einer Menschenflut, die sich hartnäckig in dieselbe Richtung bewegte. Sie waren auf die anderen gestoßen, und schweigend wanderten sie nun zum selben Bestimmungsort. ›Die große Hitze‹, dachte Kim, ›ist genauso eine Barriere wie der Schlamm und die Kälte in Frankreich.‹ Man mußte schon alle Willenskraft aufbieten, um sich durch diese hitzeflimmernde Landschaft vorwärtszubewegen. An den Ufern des Sabramati wurden einige Felder bestellt, doch sonst war das ganze Land dürr und trocken. Manchmal wirbelte eine heiße, trockene Bö eine staubige Windhose auf, die sich wie eine sehr hohe, dünne Nadel drehte und die Reisenden mit Dreck und totem Laub überschüttete. Dann drängte sich Saraswati schutzsuchend an Kim, doch Angst hatte sie nicht. Nach jeder Windhose waren sie noch staubiger als zuvor. Und wenn sie auf ihre Kleider schlugen, stiegen kleine Staubwölkchen daraus empor.

Bei Einbruch der Dunkelheit, als die Lampen angezündet wurden, trafen sie im *Ashram* ein. Das Hauptgebäude war ein einfacher, flacher Bungalow mit zwei, drei Zimmern, einem Ziegeldach und einer Veranda. Die beiden anderen Häuser waren nichts weiter als riedgedeckte Unterkünfte für Besucher. Näher am Fluß befand sich eine umzäunte Ziegenweide. Ein paar Kühe waren an Pflöcken angeleint, die in der harten Erde steckten. Kim erkannte, daß der *Ashram* Heiliges und Praktisches in kluger Art vereinte. Die Luft war mit dem Geruch nach Holzrauch, Rindern und Essen geschwängert. Die Menschen saßen gruppenweise beisammen oder wirbelten durch die Dunkelheit, als suchten sie den rechten Weg. In einiger Entfernung waren sogar einige Automobile vorgefahren.

»Was sollen wir jetzt machen?« fragte Parvati.

»Zuerst Lebensmittel und dann einen Platz zum Schlafen suchen. Es ist zu spät, um heute abend noch bei Mr. Gandhi vorzusprechen. Nimm du Saraswati! Ich komme bald zurück.«

Er wollte etwas über die Menschen erfahren, die gekommen waren, um hier geduldig auf Mr. Gandhi zu warten. Im Hauptgebäude, das in der es umgebenden Dunkelheit hell strahlte, ging es geschäftig zu. Menschen warteten auf der Veranda. Andere gingen eilig ins Haus oder verließen es gerade. Es schien unglaublich, daß ein so kleiner, bescheidener Ort eine so große Anziehungskraft besaß. Er sprach mit einigen, die im Dunkeln hockten, und nach einer Stunde wußte er, daß sie alle gekommen waren, um Gandhi zu dienen. Es waren Junge und Alte, Hindus, Sikhs, Moslems und Christen, Reiche und Arme. Seit Gandhis Erfolgen bei der Bauernschaft von Champaram und seinem letzten Sieg für die Arbeiter von Ahmadabad gegen die Mühlenbesitzer waren die Armen hier in der Mehrzahl. Sie kamen, weil sie Gerechtigkeit suchten und glaubten, er könnte allen ihren Klagen Genüge tun, indem er für ihre Sache zu einem *Satyagraha* aufrief. Und die Anliegen der Armen in Indien waren zahllos.

Seltsam, auch die Reichen, die unter sich blieben, warteten ebenso geduldig wie die Armen auf Gandhi. Er hatte eine halb wirtschaftliche, halb religiöse Philosophie ins Leben gerufen, die er Sarvodya nannte. In seiner Sarvodya wies er mit Nachdruck darauf hin, daß jedermann an Gott glaubte, ob Moslem, Hindu oder Sikh. Auf diesem Glauben aufbauend, stellte er es als moralische Verpflichtung dar, daß die Reichen einen Teil ihres Wohlstandes zum Wohl der Gesellschaft in eine Gemeinschaftskasse einzuzahlen hätten. Da er jedoch nicht ihre völlige Enteignung, sondern nur einen geringen Beitrag zur Linderung der Not unter den Armen verlangte, waren auch die Reichen damit zufrieden. Allerdings war Kim nicht sicher, was die Menschen außerhalb des *Ashram* von Sarvodya halten würden.

Immer wieder wurden einzelne zur Audienz gerufen, wobei Kim auffiel, daß meist junge Frauen als Botinnen dienten. Sie sahen wie Töchter aus reichen Familien aus, und Kim fand ihre Anwesenheit etwas beunruhigend, obwohl die ständigen Besucher sie alle sehr freundlich grüßten. Die Diskussionen zogen sich stundenlang hin, und so begab sich Kim auf die Suche nach Parvati und Saraswati. Er fand sie bei den anderen Frauen. Parvati hatte aus der Küche Essen mitgebracht.

Beim Essen fragte Kim: »Wer sind diese vielen jungen Frauen?«

»Es sind seine Schülerinnen.« Dann beugte sie sich zu ihm hinüber und setzte flüsternd hinzu: »Er schläft neben ihnen, hält sich aber ans Zölibat.«

»Wie kann ein Mann sich so im Zaum halten?«

»Gandhi kann es. Die Frauen versichern, daß er sie nie berührt.« Aber aus ihrer Stimme waren Zweifel herauszuhören.

Vor Tagesanbruch wurden sie durch von Frauen gesungene *Bhajans* geweckt. Ihre Stimmen klangen angenehm und klar, und Kim empfand tiefe Befriedigung darüber, auf diese Art geweckt zu werden. Es gab ihm das Gefühl der Zugehörigkeit. Er ging zum Fluß, um zu baden. Die Morgensonne lag rosarot auf dem Wasser. Der Mann neben ihm bewegte sich auffallend vorsichtig im Wasser, als sei er an dieses einfache Ritual nicht gewöhnt. Vor dem Untertauchen hielt er sich die Nase zu, und als er wieder hochkam, zitterte er vor Kälte.

»Wo kommst du her?« fragte Kim.

»Aus Allahabad. Und du?«

»Aus Lahore.«

»Wir sind aus ganz Indien zu Gandhi hergekommen.« Der Mann sprach mit einem bestimmten englischen Akzent, woraus Kim schloß, daß er einer dieser jungen Männer war, die eine teure englische Schule besucht hatten. Allerdings bemühte sich der junge Mann anscheinend, diesen Akzent zu unterdrücken.

»Vielleicht erwarten wir alle zuviel von ihm«, sagte Kim. »Aber wen haben wir sonst, der uns führen könnte?«

»Keinen. Tilak kann es nicht, und Gokhale ist ein Schoßhund der Briten.«

»Das sind harte Urteile.«

»Wir müssen hart sein. Indien verändert sich, und diese Männer gehören der Vergangenheit an. Ich bin Jawaharlal Nehru.«

»Ich bin Kim.«

Sie gaben sich nicht die Hand, obwohl Kim merkte, daß der junge Mann es unwillkürlich tun wollte.

»Ich habe dich noch nie gesehen. Bist du Mitglied des Nationalkongresses?«

»Noch nicht. Ich bin gerade erst aus dem Krieg heimgekommen. Wir hätten nie für sie kämpfen sollen.«

»Aber Gandhi ist dafür eingetreten, daß wir daran teilnehmen sollen.«

»Ich bin nicht mit allem einverstanden, was er sagt und tut.« Sie gingen ans Ufer und ließen sich von der Sonne trocknen.

»Erzähle mir von deinen Erfahrungen! Warum meinst du, daß wir etwas falsch machen?«

Über eine Stunde lang diskutierten sie über den Krieg und das verwandelte Indien, das Kim bei seiner Heimkehr vorgefunden hatte. Dann wurde es in der Sonne zu heiß, und sie zogen sich in den Schatten der Veranda zurück. Nehru war ein Intcllcktueller. Er bezog seine Kenntnisse aus Büchern, doch über Indien – das Indien, wie Kim es kannte – wußte er praktisch nichts. Aber er war ein angenehmer Mensch. Zeitweise erwärmte er sich an einem Thema, um dann wieder in brütendes Schweigen zu verfallen. ›Ein Träumer‹, dachte Kim, ›der Sohn eines Reichen, der auf der Suche nach dem Sinn seines Lebens ist.‹ Jetzt sah er ihn in Gandhi. Aber für wie lange?, fragte sich Kim.

Erst am Nachmittag wurden Parvati und er zu Gandhi gerufen. Er saß mit nacktem Oberkörper und untergeschlagenen Beinen über einen Schreibblock gebeugt und sah noch kleiner aus, als Kim ihn in Erinnerung hatte. Er wirkte auch noch zarter, und erst, als er den Kopf hob und lächelte, spürte Kim wieder die geistige Kraft seiner Persönlichkeit. Kim begrüßte ihn mit *Namaste.* Parvati verbeugte sich ehrerbietig und berührte Gandhis nackte Füße. Sie merkte, daß er sie lange anerkennend betrachtete.

»Der Sepoy Kim! Setzt euch bitte und wartet einen Moment! Ich muß erst diesen Brief zu Ende schreiben.« In dem folgenden Schweigen hörte man nur Gandhis Feder über das Blatt gleiten. Er schrieb auf einem Stück Papier, das auf der Rückseite schon benutzt worden war. Im Zimmer war es still und friedlich. Ab und zu schauten Leute herein, und eine Frau brachte Tee. Sie war jung und zierlich. Mit dem Blick auf Gandhi ging sie dann rückwärts aus dem Zimmer, als befände sie sich in Gegenwart einer königlichen oder hochgestellten religiösen Persönlichkeit.

Ohne aufzublicken, fragte Gandhi: »Bist du immer noch voller Zorn?«

»Kann man den je loswerden? Er ist immer vorhanden und wird da sein, bis die Ungerechtigkeit ein Ende hat.«

»Gut. Du mußt nur Disziplin bewahren und deinen Zorn zu beherrschen wissen. Wer die Beherrschung verliert, gibt seinem Gegner einen Vorteil.« Er schob das Blatt Papier beiseite und widmete Kim und Parvati seine volle Aufmerksamkeit. Sofort gerieten sie in den Bann seines Charisma. Sie spürten seine Willenskraft, seinen unerschütterlichen Glauben an sich selbst. »Und mißtraust du den Briten immer noch?«

»Gandhi-ji, ich habe den größten Teil meines Lebens für sie gearbeitet, und mein Mißtrauen gegen sie beruht auf Erfahrung.« Er holte tief Luft, ehe er fortfuhr: »Ich war Agent des Empire bei Oberst Creighton vom politischen Geheimdienst.«

»Ich habe ihn kennengelernt. Ein mächtiger und verschwiegener Mann. Er hält Indien die Treue, seinem Indien. Du bist also in allen Geheimsachen ausgebildet. Aber du stehst doch nicht mehr im Dienst des Obersten?«

»Ich bin schon vor dem Krieg aus dem Geheimdienst ausgetreten.«

»Ich habe noch niemanden getroffen, der diese Tätigkeit so freimütig zugegeben hat. Ich habe übrigens den Verdacht, daß viele der Männer in meiner Umgebung im Dienst von Oberst Creighton stehen könnten. Auch von diesem Treffen werden ihm seine Agenten berichten. Aber es ist unmöglich herauszufinden, welche Männer es sind. Sie geben alle vor, mit Inbrunst für unsere Sache einzustehen. Aber ob das stimmt, werde ich erst sehen, wenn es gilt zu handeln.« Gandhi lachte. »Wenigstens verfügst du also außer deiner Rednergabe auch noch über andere Fähigkeiten. Wir haben zu viele Männer, die nur gern reden und reden. Wenn ich mich recht erinnere, stammst du aus dem Punjab.«

»Ja. Aus Lahore.«

»Wir können die Freiheit nicht allein durch Worte und Aktionen erlangen. Wir brauchen auch eine Organisation wie den Kongreß, in dem du Mitglied werden solltest. Er ist die wichtigste Grundlage einer politischen Bewegung. Ein Mann wie du, der an die Disziplin gewöhnt ist, der dieses Land und seine Menschen so gut kennt wie du, kann in den entlegenen Gegenden für mich gute Arbeit verrichten. Du hast mich gefragt, warum wir für den Sturz der Briten so lange Zeit benötigen, während die Russen ihren Zaren innerhalb weniger Tage gestürzt haben. Sie bildeten auch schon eine nationale Einheit, Kim. Sie waren zur Zeit der Revolution schon eine Nation. So war es auch bei den anderem Revolutionen im 18. und 19. Jahrhundert in Europa. Da zerbrachen Weltreiche, so daß Menschen mit einheitlicher Tradition, Sprache und Kultur Unabhängigkeit erlangten. In Indien ist alles ganz anders. Hier haben wir es mit den verschiedensten Nationen, unterschiedlichen Menschen mit unterschiedlichen Sprachen und Sitten zu tun, und wir versuchen ihnen das Gefühl für eine Nation einzuimpfen, die Indien heißt. Das ist keine leichte Aufgabe. Seht mal . . .«

Er nahm ein Baumwollknäuel zur Hand, riß ein Stück Faden ab und zerriß es in mehrere kleinere Stücke. Dann öffnete er Kims Hand und legte das erste Stück hinein.

»Das ist der Hindu. Und dies ist der Moslem. Dieser hier ist ein Sikh, dieser ein Christ. Dies ist ein armer Bauer, dies ein *Zamindar*, dies ein Arbeiter in der Baumwollmühle, dies der Besitzer. Dies ist ein Bramahne aus Südindien, dies ein Unberührbarer.« Bei der Aufzählung legte er ein Stück neben das andere auf Kims Hand. »Die Menschen ohne Land kommen zu mir und bitten mich, sie gegen die Großgrundbesitzer zu führen, die Armen aus den Städten gegen ihre Ausbeuter. Aber in unserem Indien sind wir auch auf die Unterstützung des Großgrundbesitzers und des Mühlenbesitzers angewiesen, wenn die Freiheitsbewegung siegen soll. Alle diese Fäden müssen wir zu einem festen Tau zusammenbinden, um damit die britische Herrschaft einzureißen. Jeder einzelne Inder muß das Gefühl haben, daß ihm die Freiheit sozialen, politischen und wirtschaftlichen Nutzen bringen wird. Das ist die Aufgabe, die vor uns liegt. Lebst du im Zölibat?«

Kim blickte überrascht auf.

»Nein? Du mußt das Zölibat auf dich nehmen.« Gandhi ergriff Parvatis Hand. »Deine Frau wird verstehen, daß ein Mann stets etwas an Intelligenz und moralischer Kraft einbüßt, wenn er seinen Samen in eine Frau ergießt. Die alten Rishis und alle großen *Sadhus* lebten im Zölibat, um ihre Reinheit zu bewahren und die Kraft zu haben, allen Versuchungen zu widerstehen . . .«

Gandhi verbreitete sich des längeren über das Zölibat und schärfte ihnen ein, seinem Beispiel zu folgen. Er sprach mit der gleichen überzeugenden Glut, mit der er über Indiens Freiheit gesprochen hatte. Dabei hielt er Parvatis Hand fest, und sie war von seiner Anteilnahme hingerissen. Wenn ein anderer Mann ihre Hand so leidenschaftlich gehalten hätte, wäre Kim von Zorn übermannt worden. Aber er beherrschte sich und hörte dem Vortrag aufmerksam zu.

Abrupt kam Gandhi auf sein eigentliches Thema zurück. »Und du bist der Freiheitsbewegung ebenso ergeben wie dein Mann, Parvati?«

»Ja. Seit vielen Jahren bin ich eine Bewunderin Tilaks. Ich habe für das Magazin *Sher* Artikel geschrieben, in denen ich darlegte, warum wir Frauen an der Bewegung teilnehmen sollten. Die Regierung hat das Magazin verboten. Und ich komme gerade aus dem Gefängnis. Ich hatte mich Miß Besants Demonstrationsmarsch für Selbstbestimmung angeschlossen.«

»Ach ja, Miß Besant. Eine gute Frau.« Gandhi schwieg eine Weile. Es war unmöglich zu erraten, was er dachte. »Ich habe viele Jahre gebraucht, um die Vielfältigkeit Indiens zu begreifen. Solche Männer und Frauen wie ihr müßt mir helfen, diese unterschiedlichen Menschen in die Freiheitsbewegung zu integrieren. Das dauert eine Zeit, und die Briten werden uns die Aufgabe nicht gerade leichter machen. Sie haben von Anfang an in Indiens Zerrissenheit seine große Schwäche erkannt. Man kann uns so leicht teilen wie das Messer einen Schokoladenkuchen. Aber wir müssen zusammenhalten. Wenn wir Gewalt anwenden, werden sie diese mit um so größerer Gewalt erwidern. Ihr habt von der Gadhar-Partei gehört?«

»Ja. Sie glauben an den gewaltsamen Umsturz der britischen Herrschaft, haben aber sehr wenig Erfolg dabei gehabt. Die meisten Mitglieder wurden verhaftet, und einige hat man für ihre Tätigkeit sogar gehängt.«

»Genau das ist es, was ich meine. Wir müssen den Weg des *Satyagraha* beschreiten, das heißt, unser Ziel durch friedliche Mittel erreichen. Im Punjab haben sie das noch nicht begriffen. Sie könnten durch friedlichen Protest mehr erreichen als mit Schußwaffen und Bomben. Ich möchte, daß ihr für mich in den Punjab geht. Dort werdet ihr euch mit allen euren Bekannten, ob Männer oder Frauen, treffen und ihnen von unserer Bewegung erzählen. Nur Gewaltlosigkeit verleiht uns die moralische Kraft, die Briten aus dem Land zu vertreiben. Kim, du wirst deine als Geheimagent des Empires erworbenen Fähigkeiten gebrauchen, um mich über die Entwicklung im Punjab auf dem laufenden zu halten.«

»Und wenn die Behörden gegen uns vorgehen?«

»Dann darfst du keinen Widerstand leisten, Kim. Auf keinen Fall! Nimm die Schläge hin ...«

»Auch die Geschosse?«

»Auch die.«

»Aber das wird vielen Menschen das Leben kosten.« Auf einmal kam ihm zu Bewußtsein, daß er es hier mit einem Mann zu tun hatte, der genauso gefühllos und hart wie ein General, so heimtückisch und rücksichtslos wie der Oberst war.

»Die Briten denken immer noch an 1857 und leben in der ständigen Furcht, so etwas könnte sich wiederholen. Diese Furcht begleitet sie seit sechzig Jahren. Und weil das so ist, werden sie diesmal genauso reagieren, wie sie es damals getan haben. Sie werden uns Gelegenheit zu einer ungeheuren moralischen Entrüstung liefern, so daß sich ganz Indien gegen sie vereinigen wird.« Gandhi lachte in sich hinein und griff zum Schreibblock. »Man gebe den Menschen nur ein genügend langes Stück Seil, dann werden sie sich daran aufhängen.«

Kim hörte aus Gandhis Stimme die berechnende Kälte heraus. Wahrscheinlich hatte der das beabsichtigt, denn als Kim ihm in die Augen sah, fand er darin eine unbeugsame Kraft, die sich auch durch Blutvergießen nicht abschrecken lassen würde. Und er ahnte, daß es bald zu einem schrecklichen Zusammenprall der Mächte kommen würde, die dieser Mann in Indien und bei den Briten entfesselte.

Dreiundzwanzigstes Kapitel

Januar 1919

Es gibt in Indien nicht eine einzige Gruppe, die an Demokratie glaubt oder sie anstrebt«, sagte Sir Reginald Craddock, das für innere Angelegenheiten zuständige Ratsmitglied. Mit Befriedigung stellte er fest, daß alle Anwesenden bis auf einen zustimmend nickten. »Am nächsten kommt ihrer Vorstellung von Demokratie noch die Herrschaft des Pöbels, die das wutheulende Proletariat in den Städten ausüben könnte. In allen Großstädten verbünden sich zu diesem Zweck die Kommunisten in ihrer Bosheit und die Aufrührer in ihrer Blindheit. Wir müssen darauf vorbereitet sein und die Herrschaft des Pöbels ein für allemal rücksichtslos unterbinden. Ich glaube, daß wir uns auf einen neuen Aufstand der Sepoys gefaßt machen müssen.«

Er klopfte auf den dicken, khakifarben eingebundenen

Bericht, der vor ihm lag. Jedes Mitglied hatte eine Abschrift erhalten. »Und darum möchte ich Ihnen die Empfehlungen des Richters Mr. Rowlatt ans Herz legen. Er hat dargelegt, wie wir Anarchie und Terrorismus bekämpfen müssen, die in diesem Land seit zwei Jahren ihr Haupt erheben. Richter Mr. Rowlatt hat eine tiefgründige und detaillierte Studie über alle terroristischen Tätigkeiten vorgelegt, die bereits zahllose Zivilisten, Europäer wie Inder, das Leben gekostet und dem Eigentum der Regierung unermeßlichen Schaden zugefügt haben. Ich setze voraus, daß Sie alle diesen Bericht aufmerksam gelesen haben, und möchte mich deshalb darauf beschränken, nur seine wichtigsten Vorschläge zusammenzufassen.«

Er schaute sich in der Runde um und fuhr fort: »Die Polizei- und Geheimdienst-Streitkräfte müssen freie Hand haben, jedermann an jedem Ort ohne Haftbefehl festnehmen und jedes Haus durchsuchen zu dürfen. Wer im Verdacht terroristischer Handlungen steht, wird vor ein Sondergericht gestellt, ohne durch einen Anwalt vertreten zu werden. Bei einer Verurteilung hat er nicht das Recht, Berufung einzulegen.«

Er wartete, bis das beifällige Klopfen auf den Tischen nachgelassen hatte. Der Oberst erkannte, daß Reggie es richtig angepackt hatte, den Gesetzgebenden Rat von den Vorschlägen des Richters Mr. Rowlatt zu überzeugen. Sicherlich würden sie für ein entsprechendes Gesetz stimmen. Er war völlig seiner Ansicht. Die Inder waren noch nicht reif für demokratische Veränderungen. Die zuständigen Leute in London waren dabei, Indien an den Rand der Anarchie und des Chaos' zu treiben.

Die Montagu-Chelmsford-Reformen, die kürzlich vom Gesetzgebenden Rat des Vizekönigs auf Druck Londons genehmigt worden waren, gestatteten Indern, als Kandidaten für die Wahl in den Gesetzgebenden Rat aller Gouverneure anzutreten. Man gab ihnen sogar Ministerposten, zwar nicht in den wichtigen Ressorts wie Finanzen, Steuern und Polizei, aber in weniger bedeutenden. Das neue Regierungssystem wurde Dyarchie genannt. Für den Oberst waren diese Wahlen nur eine

Farce. Sie fanden nämlich gebietsweise statt, und natürlich gewann wieder und wieder die jeweils zahlenmäßig überlegene Kaste oder Religionsgemeinschaft. Ebenso klar war, daß die von Gandhi geführten Inder keine Dankbarkeit zeigten, sondern im Gegenteil einflußreichere Kabinettsposten forderten.

»Nein, wir wollen kein neues 1857«, sagte der Oberst, nachdem Sir Reginald wieder Platz genommen hatte. »Seit Kriegsende gibt es Anzeichen für eine wachsende Unruhe unter der Bevölkerung. Die indischen Sepoys verbreiten Geschichten über das, was sie in Europa gesehen haben, und nach meinen Informationen legen sie uns, vor allem unseren Frauen, gegenüber ein arrogantes Verhalten an den Tag.«

»Na, sehen Sie, das sind die gleichen Anzeichen wie vor dem Aufstand. Die Sepoys . . .«

»Nur daß sie jetzt nicht so gut organisiert sind«, warf der Oberst rasch ein. »Denn in der heutigen indischen Armee herrscht eine so hohe Disziplin, daß es bei ihr nie wieder zu einer Meuterei kommen wird. Also würde ein Aufstand diesmal anders ablaufen. Diese Sepoys haben ihren ehrenhaften Abschied erhalten. Man darf aber nicht vergessen, daß sie hervorragend ausgebildet sind. Sie sind durchaus für Manipulationen durch Unruhestifter anfällig. Im Punjab haben wir die Ghadar-Partei zerschlagen und verboten. Auf diesem Gleis können sie also nicht mehr fahren. Dennoch haben die Terroraktionen in keiner Weise abgenommen. Die europäischen und indischen Regierungsbeamten können ihre Aufgaben nicht mehr wahrnehmen, ohne daß die Drohung ihrer Ermordung als Damoklesschwert über ihren Köpfen hängt. Zu ihrem Schutz müssen die Vorschläge des Richters Mr. Rowlatt Gesetzeskraft erlangen. Nun hat aber eine Minderheit der Inder einen neuen Führer in Gestalt Gandhis gefunden. Mit seinen *Satyagharas* hat er in Champaram und in Allahabad Erfolge erzielt. Er behauptet zwar, seine Bewegung verzichtete auf Gewalt, doch er weigert sich hartnäckig zuzugeben, daß sie starke Leidenschaften erregen kann. Der Pöbel wird sich an die Spitze setzen. Deshalb müssen wir so schnell wie möglich zuschlagen und ihnen eine Lektion erteilen, die sie weitere sechzig Jahre lang nicht vergessen werden.«

Der Oberst lehnte sich zurück, und zwar so, daß er jetzt den neuen Vizekönig am oberen Ende des Konferenztisches genau vor sich hatte. Lord Chelmsford sah ihn mit einem unsicheren Lächeln an und richtete dann den Blick auf Sir Reginald Craddock. Chelmsford war ein hochgewachsener, dünner Mann mit glattrasiertem knochigen Gesicht. Er hielt den Kopf leicht zur Seite geneigt, als hörte er jemandem zu. Dabei war inzwischen Stille eingetreten. Er erinnerte den Oberst an einen seiner Lehrer in der Schule: höflich, gelehrt und schüchtern. Sein Lächeln wirkte, als ob er den Eindruck hatte, daß sein Gesetzgebender Rat mit ihm unzufrieden sei, und er nicht wußte, warum.

Edwin Montagu, der Kolonialminister für Indien, der im vergangenen Jahr sechs Monate in Indien verbracht hatte, um zusammen mit Chelmsford die Dyarchie-Reformen auszuarbeiten, hatte sich oft darüber beklagt, daß Chelmsford ein äußerst einfallsloser Mensch sei. Und die jüngste Tochter des Vizekönigs hatte zu einem Fremden gesagt – und der Vizekönig hatte das sogar später bestätigt: »Mein Name ist Margaret St. Clair Thesiger. Mein Daddy arbeitet sehr hart, und meine Mama ist der Vizekönig.« Trotz alledem konnte der Oberst Chelmsford gut leiden. Wenigstens war er ein mitfühlender Zuhörer. Aber in diesen unruhigen Zeiten brauchte Indien einen stärkeren Mann.

Chelmsford hob die schöngeformte Hand und legte zwei Finger an die Wange. »Ich nehme an, Sie sind mit Sir Reginald Craddock und dem Oberst einer Meinung?« Die Frage war an keinen direkt gerichtet und hing wie ein Falke im Raum.

»Ich sehe keine andere Möglichkeit«, sagte der Oberst. »Wir brauchen erweiterte Befugnisse, um Verhaftungen und Beschlagnahmungen vornehmen zu können. Euer Exzellenz, ich bin der Ansicht, Sie sollten diese Vorschläge zum frühestmöglichen Zeitpunkt zum Gesetz erheben.«

Das zustimmende Gemurmel rund um den Tisch wurde

durch die in ruhigem Ton gestellte Frage: »Darf ich?« unterbrochen. Der Mann, der dem Oberst gegenübersaß, hatte sie gestellt. Sir Sankaran Nair war das dienstjüngste Mitglied, einer der drei Inder, die Mr. Montagu persönlich in den Gesetzgebenden Rat geschickt hatte. Er war dunkelhäutig, sah gut aus und hatte eine Hakennase. Alle hielten ihn für einen Mann von glänzender Begabung. Seine Haare zeigten noch keine graue Strähne. In den glatten Gesichtszügen lag etwas, das auf unterdrückte Energie und eine gewisse Grausamkeit hindeutete.

»Ja, Sir Sankaran«, sagte der Vizekönig.

»Ich glaube . . . ich habe das Gefühl . . . daß diese Maßnahmen etwas voreilig sein könnten. Und auch zu hart.« Er hatte sich noch nicht an den unerbittlichen Blick des Obersten ihm gegenüber gewöhnt. Der widmete ihm zwar seine volle Aufmerksamkeit, doch Nair merkte, daß er seine Ansichten ablehnte. »Wir haben in diesem Krieg mitgekämpft und erwarten dafür einen gewissen Lohn.«

»Den haben sie bekommen«, sagte der Oberst ruhig. »Denken Sie an die letzten Reformen!«

»Ja, das stimmt«, sagte Sir Sankaran. »Andererseits aber will der Rat jetzt neue repressive Gesetze einführen. Er plant, die Justizgewalt auf die Exekutive zu übertragen. Ein solches Gesetz würde die Regeln verletzen, die den Grundstein für die britische Herrschaft in Indien bilden. Ich weiß, daß diese neuen Maßnahmen auf die Mißbilligung der Inder stoßen werden. Sie, Sir John, haben die heimgekehrten Sepoys als einen Faktor genannt. Aber ein anderer Faktor ist, daß auch die Inder, die keine Kriegsteilnehmer waren, ihre Erwartungen höhergeschraubt haben. Sie haben in wachsender Zahl eine bessere Ausbildung genossen. Viele von ihnen haben hohe Stellungen im Zivildienst erreicht, und eine große Anzahl steht finanziell besser da als zuvor. Sie erwarten . . .«

»Ich weiß, was sie erwarten«, sagte der Oberst. »Aber dabei handelt es sich um eine kleine, durchaus gesetzestreue Minderheit, die keinen Aufruhr anzetteln und keine Bomben werfen wird. Sie bezeichnen diese Maßnahmen als repressiv, ich halte sie für notwendig. Im übrigen sind sie auch nur als vorübergehende Lösung gedacht. Sobald wir zu der Ansicht kommen, daß die Lage für Leben und Besitz der Krone nicht mehr bedrohlich ist, wird das Gesetz wieder außer Kraft gesetzt. Aber ich halte es für entscheidend wichtig, daß wir auf alles vorbereitet sind und uns auf ein Gesetz stützen können, daß uns ein schnelles Eingreifen ermöglicht.«

»Ich bin davon überzeugt, daß diese Maßnahmen provozierend wirken werden«, sagte Nair. Aber ein schneller Rundblick belehrte ihn, daß er mit seiner Meinung allein dastand. Verzweifelt sah er ein, daß er bei den Herrschern nie Verständnis finden würde. In der großen Ratskammer waren sie viel zu weit vom wahren Indien entfernt. Seine Nöte waren ihnen fremd. Sie glaubten noch immer an ihr göttliches Recht. Er stand Jahrhunderten der Machtausübung gegenüber, die sich deutlich in diesen alten Gesichtern abzeichneten. Sie waren voller Falten und Runzeln, wie zerknüllte Wäsche vor dem Bügeln. Jüngere Männer gehörten an diesen Tisch. Sie hätten die veränderte Stimmung in Indien begriffen. Aber die Jüngeren lagen ja überall in Europa im Grab.

»Gentlemen?« sagte der Vizekönig, und alle außer Sir Sankaran Nair nickten als Zeichen der Zustimmung. »Dann werde ich die Vorschläge noch heute durch meine Unterschrift zum Gesetz erheben.«

Alle erhoben und verbeugten sich. Chelmsford glitt fast wie ein Schatten aus dem Saal. Der Rat trat noch immer in der Residenz des Vizekönigs zusammen, aber mit der Alltagsroutine hatte sich das alte abenteuerliche Gefühl verflüchtigt. Alle wußten, daß der Saal noch viele, viele Jahre lang seinen Zweck erfüllen mußte. Der neue Amtssitz in Delhi bestand weiterhin nur aus Haufen von Ziegeln, Steinen und Gerüsten.

Das kalte Wetter bereitete dem Oberst Schmerzen. Ein Zitterkrampf befiel ihn. Mit großer Willenskraft unterdrückte er ihn, bis seine Hand wieder ruhig wurde. Seit kurzem litt er auch noch unter Arthritis und wehrte sich heftig dagegen. Es war ein Zeichen des Alters, und er haßte es, daß sein Körper schwächer wurde. Die Schmerzen hinterließen ihre Spuren. Sie gruben tiefere Ringe um seine Augen und verfestigten die Falten um den Mund.

»Na, bitte!« sagte Sir Craddock neben ihm. Er war klein und dick. Mit dem roten Gesicht und der Stupsnase sah er wie ein geschäftiger Gnom aus. »Vielen Dank für deine Unterstützung.«

»Ich habe es nicht nur deinetwegen getan, Reggie. Ich glaube selber, daß die Lage sich verschlimmert hat. Aber wenn wir das erst mal überwunden haben, wird wieder Ruhe im Land einkehren.«

Beide lächelten höflich, als Sir Sankaran an ihnen vorbeistakste. Er neigte kaum den Kopf. Der verkniffene Mund verriet deutlich den Zorn über ihre Entscheidung.

»Er kann nicht in allem seinen Willen haben. Ich weiß, er meint es gut, aber eine feste Hand hat noch keinem geschadet. Schade, daß er nicht so zugänglich ist wie Sir Ram. Nebenbei bemerkt, habt ihr ihn eigentlich gefunden?«

»Nein.«

»Äußerst unzuverlässige Leute, äußerst unzuverlässig. Ist wahrscheinlich *Sunyassi* geworden oder so was.« Sie gingen zu ihren Automobilen. »Du hast dich mit Gandhi getroffen, nicht wahr? Für mich ist er ein religiöser Fanatiker.«

»Ja, ich habe ihn im vorigen Jahr kennengelernt. Ich bin zu seinem *Ashram* gefahren.« Der Colonel übergab seine Akten einem *Peon.* »Nein, ein religiöser Fanatiker ist er nicht. Er ist ein ausgekochter Politiker. Aber er hat erkannt, wie wichtig es ist, an die Religiosität der Inder zu appellieren, nicht nur bei den Hindus, sondern auch bei den Moslems, den Sikhs und den Christen. Er versucht, Politik und Religion zu verknüpfen, und das macht ihn für die Massen so attraktiv.«

»Er wird den Weg aller anderen gehen. Die Inder werden uns ihr Land nie abnehmen, es sei denn, wir selbst geben es verloren.«

»Gandhi ist von ganz anderer Art. Er wird nicht von der

Bildfläche verschwinden. Unter dem sanften Äußeren verbirgt sich ein kühl berechnender Politiker. Sicherlich führt er sich zuweilen verrückt auf, aber unterschätzen dürfen wir ihn nicht.«

»Hört sich an, als bewunderst du ihn.«

»Nein. Ich kann ihn nicht leiden, aber ich habe das Gefühl . . .« Der Oberst wollte seine Zweifel nicht laut werden lassen, aber er spürte, daß Gandhi eine neue Art von Führertum verkörperte. Hart, sachlich, nach außen hin trügerisch einfältig. Er konnte ein würdiger Gegner sein. »Ach, nichts. Es ist nur so, daß die anderen, Tikal und Gokhale, es allein im politischen Bereich versucht haben. Gandhi spannt Gott für sein Ziel ein, und in Indien ist Gott immer zugegen. Er ist eine stärkere Waffe als Kanonen.«

Er wollte gar nicht, daß seine Worte prophetisch klangen, aber sie hörten sich so an. Diese Götter hatten auch früher Indien nicht gerettet. Vielmehr hatten sie die Inder zu Fatalisten gemacht, die nichts gegen die vielen Eroberer unternahmen. Dem Oberst machte es nur Sorgen, wie geschickt Gandhi diesen Fatalismus auszunutzen verstand. Aus Indien konnte ein gewaltiger Lavastrom von Menschen werden, der unaufhaltsam einem neuen Schicksal entgegenfloß.

Indien war unruhig geworden. Es regte sich, wie aus tiefem Schlaf erwacht. Es war derselbe Geist, der sich seiner Ansicht nach kurz vor 1857 geregt hatte. Unter der ruhigen Oberfläche waren die Inder ein wankelmütiges Volk, das sich leicht in die Irre führen ließ. Ohne Vorwarnung konnte es explosionsartig zum Aufruhr kommen. Und wenn der niedergeschlagen war, würde es so aussehen, als wäre alles nur eine Fata Morgana gewesen, wenn er nicht ein Blutbad hinterlassen hätte.

Sir Sankaran Nair war eine empfindsame Seele, und sein Volk war ihm so fremd wie jedem Europäer. Und er hatte nicht die Geheimberichte gelesen. Vier Agenten des Obersten waren brutal ermordet worden. Einem hatte man die Kehle durchgeschnitten, ein anderer war erschossen worden, einen hatten sie verbrannt und den vierten in Stücke zerhackt. Die

Hinrichtungen hatten in dramatischer Art öffentlich stattgefunden und waren als Warnung für alle Kollaborateure gedacht. Jemand war dabei, sie alle zu verraten, einen nach dem anderen.

Der Oberst liebte Lahore, die Hauptstadt des Punjab. Hier hatte er seine erste, noch untergeordnete Stellung angetreten. Seit seinem letzten Besuch waren schon zu viele Jahre vergangen. Langsam glitt der Zug am Grabmal des Kaisers Jahangir vorbei, und der Oberst dachte an dessen Gedichte. Dort lag inmitten eines schönen Gartens unter dem herrlichen Marmordom und den Minaretts sein Dichter. Und er besaß die Papiere, auf denen die Hand des Kaisers einmal geruht hatte!

Durch das Fenster auf der anderen Seite war das kleinere und bescheidenere Grabmal von Jahangirs Kaiserin Nur Jahan zu sehen. Sie war von dem nächsten Kaiser Shah Jahan nach Lahore verbannt worden und hatte dort in ihren letzten Lebensjahren das Grabmal für ihren Gatten erbauen lassen. Sie hatte noch Glück gehabt, daß sie so glimpflich davongekommen war, denn als Kaiserin und praktisch als Herrscherin über Indien hatte sie ständig gegen Shah Jahan Intrigen gesponnen. Es war seine Frau Mumtaz Mahal, deren Einspruch sie vor der Rache des Kaisers bewahrt hatte. Welch eine Ironie des Schicksals, daß jetzt eine Eisenbahnlinie das Liebespaar voneinander trennte!

Am Bahnhof wartete ein Automobil auf ihn. Zu dieser Jahreszeit war Lahore angenehm kühl und trocken und wirkte beinahe grün. Die Altstadt, das Eingeborenenviertel mit den längst verfallenen Mauern des Forts, war fast gänzlich von einem Garten umgeben. Das Auto hielt vor dem *Seraj* Kaschmir. Es war Jahre her, daß der Oberst es betreten hatte. Die alten Holztore standen dauernd offen. Sie ließen sich auch nicht mehr schließen.

Langsam bahnte sich der Oberst den Weg durch die engen, übervölkerten *Gullis* in die *Mohallas.* Über den *Gullis* stießen die Balkone fast zusammen, so daß es ihm vorkam, als schritte er durch lange, dunkle Tunnel, die keinen Sonnenschein hereinließen. Kühe, Ziegen, Packpferde und Kamele drängten, sich gegeneinander stoßend, durch die Passage. An seinen Augen sah er alle Rassen Indiens vorbeiziehen: Afghanen, Sikhs, Jats, Kashmiris, Rajputs und Dogras. Die offenen Läden boten alles feil, von Gewürzen bis zum Gold, und unaufhörlich dröhnte der Lärm. Hier fühlte er sich tief im Herzen Indiens.

Vor Jahren war er noch regelmäßig durch einen Basar wie diesen gewandert, um ein Gefühl für das Volk zu bekommen. Die meisten hatten ihn ehrerbietig gegrüßt, aus den Läden hatte man ihm Lebensmittel angeboten. Jetzt fiel ihm auf, daß ihm ein Raunen vorauslief und die Menschen, an denen er vorbeikam, plötzlich still wurden. Gewöhnlich senkten die Leute achtungsvoll vor ihm die Lider. Doch hier sahen sie ihn stur, zornig, mürrisch oder herausfordernd an. Das gefiel ihm zwar nicht, aber er fürchtete sich auch keinen Augenblick. Er war in seinem Indien, und niemand konnte es dahin bringen, daß er sich hier als Fremder fühlte.

Nach einer Stunde kehrte der Oberst zu seinem Wagen zurück und ließ sich in sein Quartier im Regierungsgebäude fahren. Erst als er in seiner Suite allein war, ließ er sich gehen, und nun zeichnete sich auch in seiner Miene das ab, was er empfand: Traurigkeit. Er konnte die Feindseligkeit nicht verstehen. Bei dem Anblick dieser starren, haßerfüllten Gesichter hätten sich einem anderen, weniger harten Mann wohl die Haare gesträubt.

Dabei schätzte und liebte er sie doch alle. ›Warum?‹ fragte er sich. ›Warum? Was haben wir getan, daß sie uns so hassen? Dies ist doch auch mein Land, und sie sind mein Volk, und für jeden einzelnen von ihnen empfinde ich nichts als Achtung und tiefe Zuneigung. Sind wir nicht gerecht und freundlich gewesen? Haben wir sie nicht vereinigt und ein Indien geschaffen, das es vorher nicht gab? Haben wir sie nicht ernährt und uns um sie gekümmert? Haben wir sie nicht aus tiefster Armut befreit und ihnen das feudale Joch von den Schultern genommen? Jetzt bringen sie uns nichts als Haß entgegen. Doch ich darf mich nicht täuschen lassen. Es waren ja immerhin nur wenige Gesichter, die ich sah. Aber diese wenigen zeigten nichts als blanken Haß, und das hat mich erschüttert.‹

Um genau acht Uhr abends stieg der Oberst im Abendanzug und mit allen Auszeichnungen vor der Residenz des Vizegouverneurs aus dem Auto. Es war ein eindrucksvoller Bau mit stattlichen Säulen zu beiden Seiten des Portals. Er strahlte vor Licht, und Diener warteten, um den Oberst durch die Korridore und Empfangsräume in das nicht offizielle kleine Arbeitszimmer zu führen. Michael O'Dwyer, der Vizegouverneur der Provinz Punjab, stand auf, um ihn zu begrüßen. O'Dwyer war etwas kleiner als der Oberst und nicht viel jünger. Er hatte ein kantiges Gesicht, das Entschlossenheit verriet. Doch das etwas fliehende Kinn vermittelte einen anderen Eindruck. In seinen Augen lag aber etwas, das von Rücksichtslosigkeit gegen andere sprach.

»Sir John, was für eine Freude, Sie endlich kennenzulernen!« Sein Händedruck war übertrieben fest und kräftig. »Whisky? Mit Soda oder *Pani*?«

»Soda, bitte, Sir Michael.« Er nahm das Glas von einem Diener entgegen und setzte sich. Sir Michael klopfte an sein Glas, und der Diener füllte es. »Ich habe heute einen Gang durch die Altstadt gemacht . . .«

»Und?«

»Die Stimmung ist feindselig. Sie scheinen unzufrieden zu sein.«

»Keine Sorge! Ich bin Herr der Lage. Wenn es irgendwo Ärger gibt, sage ich der Polizei, sie soll ein paar Kerlen die Köpfe einschlagen. Ich nehme an, der Gesetzgebende Rat hat Rowlatts Vorschläge gutgeheißen?«

»Ja. Wir sind alle der Meinung, daß wir bei weiteren Gewaltakten kurzen Prozeß machen müssen.«

»Gott sei Dank. Wir brauchen diese Machtbefugnisse. Die Menschen hier begreifen einfach nicht, was Demokratie, Wahlen oder sonstwas bedeuten. Um Gottes willen, sie sind ja auch noch fünf Jahrhunderte zurück. Sie buckeln und machen

Kratzfüße vor ihren Fürsten. Und jetzt sollen sie wählen! Kompletter Unsinn. Das habe ich auch zu Montagu gesagt. Aber er hat natürlich nicht auf meinen Rat gehört.«

»Haben Sie mit den Fürsten der Glaubensgemeinschaften gesprochen?«

»Das wäre Zeitverschwendung. Sobald ich das tue, denken sie, ich wäre von ihnen abhängig, um die Lage zu meistern, und dann setzen sie sich aufs hohe Roß.«

»Ich würde sie aber nicht gänzlich außer acht lassen«, sagte der Oberst leise. »Diese Männer können eine große Hilfe für Sie sein, wenn die Lage mal wirklich außer Kontrolle gerät. Wer sind sie?«

»Da ist zum Beispiel Fazl-i-Husain, ein Dissidentenführer der moslemischen Gemeinde. Dann für die Hindus der Industrielle Harkishen Lal, der Rechtsanwalt Lala Duni Chand, Mitglied der Arya Samaj, und Rambhuj Dutt Choudray, auch Rechtsanwalt. Und noch ein, zwei andere. Nebenbei bemerkt, sind alle entschieden gegen die Rowlatt-Gesetze. Ich habe Berichte über ihre Reden bekommen. Deshalb bin ich nicht sicher, ob sie sich kooperativ verhalten werden, wenn es zu einer Krise kommt. Weder hier noch in Amritsar.«

»Trotzdem erscheint es mir wichtig, mit ihnen auf freundschaftlichem Fuße zu stehen. Aber sie sind ja nicht die einzigen, die Reden halten. Sankaran Nair schimpft und tobt fast jeden Tag in aller Öffentlichkeit und macht die Leute rebellisch. Wenn sie doch nur mal einen Moment das Maul halten würden!«

»Ich würde sie verhaften lassen. Besonders diesen Kerl Gandhi. Er nennt sie die ›schwarzen Gesetze‹!«

»Ich möchte im Augenblick keinen verhaften. Das könnte Aufstände auslösen.«

»Dann käme es wenigstens endlich zum Knall. Wie sieht es in den anderen Provinzen aus?«

»Mehr oder weniger ebenso in Madras, Bombay, Bengalen und den Vereinigten Provinzen. Machen Sie sich auf Schwierigkeiten gefaßt!«

»Bin ich schon«, sagte Sir Michael vergnügt. »Ich habe den Polizeichef angewiesen, eine Urlaubssperre zu verhängen, zusätzliche Munition bereitzustellen und in der Altstadt verstärkt Streifen einzusetzen. Außerdem habe ich der europäischen Gemeinde dringend angeraten, immer ihre Schußwaffen zur Hand zu haben.« Er schaute auf seine Armbanduhr. »Wir gehen jetzt lieber zu den anderen, Oberst, sonst läßt uns Lady O'Dwyer noch vor Sonnenaufgang erschießen.«

Als der Oberst den Zug Frontier Mail zur Rückfahrt nach Delhi bestieg, erblickte er ein bekanntes Gesicht. Natürlich konnte General Reginald Dyer nichts dafür, daß sein Anblick beim Oberst traurige Erinnerungen hervorrief. Er mußte sofort an Richard denken. Richard hatte unter dem Kommando des Generals gestanden, als er gefallen war, und daran wollte sich der Oberst ungern erinnert sehen.

»Wie geht es Ihnen, Creighton?« erkundigte sich Dyer mit lauter Stimme, fast als wäre er auf dem Exerzierplatz. Einladend schlug er auf den Sitzplatz neben sich. Der Oberst sah, daß auch in sein Gesicht Schmerzen ihre Furchen gegraben hatten. Dyer war bei einer Parade von seinem Pferd abgeworfen worden. Das Tier war über ihn hinweggerollt und hatte ihm beide Hüften gebrochen. Doch es war erstaunlich, mit welcher Entschlossenheit der Mann sein Schicksal in die Hand genommen hatte. Er hätte sich zum Invaliden erklären lassen können. Statt dessen hatte er alles getan, um wieder dienstfähig zu werden, und hatte sogar während des Krieges an einem Feldzug gegen die Stämme an der Nordwestfront teilgenommen.

»Ich bin auf der Rückfahrt nach Delhi. Sind Sie jetzt hierher versetzt?«

»Nein. Viel schlimmer. Ich bin in Jullunder. Komme gerade von einem Kurzurlaub in ›Pindi‹.« Unbeholfen stockte er. Anscheinend war er nicht sicher, ob er schmerzliche Erinnerungen aufrühren sollte. Dann stürzte er sich kopfüber hinein. »Richard war ein feiner, begabter Bursche. Aber wir haben im Krieg auch große Verluste erlitten. Wissen Sie was? Ich habe überhaupt keine jungen Offiziere mehr. Schreckliche Lücken. Einfach schrecklich. Whisky?«

Höflich lehnte der Oberst die angebotene Taschenflasche ab. Dyer nahm einen großen Schluck.

»Hilft ein bißchen gegen die Schmerzen«, sagte er.

»Wie ist die Lage in der Armee?«

»In welcher Hinsicht? Ach, Sie meinen, ob man sich auf sie verlassen kann? Absolut. Kein einziger Sepoy wird ohne meine Genehmigung die Kaserne verlassen. Wenn es Aufruhr auf den Straßen gibt, werden sie bis zum letzten Mann kämpfen. Ich habe immer gewußt, daß diese ganzen Reformen überzogen waren. Sie führen nur dazu, daß sie immer mehr verlangen, und dafür sind sie einfach noch nicht reif. Meinen Sie nicht auch?«

»Aber ja. Wir haben ja versucht, ein vernünftiges Wort mit Montagu zu reden, aber London stellte sich stur.«

»Die haben doch nicht die geringste Ahnung, welche Wirkung so etwas hat. Wissen Sie was? Ich glaube fest daran, wenn wir den verdammten Indis eine Lektion erteilen, die sie nie vergessen werden, dann gibt es im nächsten Jahrhundert keinen Ärger mehr. Wir sind verdammt zu nachsichtig gewesen. Wir lassen diesen *Babu*-Politikern ja sogar Morde durchgehen. Wir brauchen nur einige zu erschießen, besonders diesen Gandhi und ein paar Bandenführer. Danach sagt keiner mehr einen Mucks. Die Indis verstehen nur Disziplin, strenge Disziplin. Bei den Sepoys wirkte sie Wunder. Und wenn man den Zivilisten davon auch eine Dosis verabreicht, ist alles wieder in *pukka* Ordnung.«

Der Oberst hörte schweigend zu, bis General Dyer einnickte. Auf den Feldern draußen stand der Weizen gut. Die Kanäle, die sie für die Bauern des Punjab angelegt hatten, glänzten in der Sonne. Jetzt erschien ihm das alles so sinnlos. Er konnte nicht anders, als mit Dyer einer Meinung zu sein: Wenn man ihnen eine kurze, harte Lektion erteilt, wird wieder Friede in dieses schöne Land einkehren.

Noch immer teilte sich der Oberst ein kleines Gebäude mit dem Amt für Inneres. Von dem vorgesehenen Regierungsgebäude, auf den Bauplänen ein eindrucksvoller roter Sandsteinbau, stand bisher nur das Fundament aus Granit. Es würde noch zehn Jahre dauern, bis es fertiggestellt war, und dann hoffte er nicht mehr im Amt zu sein. Er sehnte sich danach, aufzuhören, sich auszuruhen, die Urdu-Gedichte auszupacken und vor der Aussicht auf die Berge mit der Übersetzung zu beginnen. Er würde ein einfaches, karges Leben führen. Als Beschäftigung würde ihm der Band mit Kaiser Jahangirs Gedichten, dem Geschenk Sushilas, genügen. Er wollte an sie denken, riß sich aber schnell zusammen. Er durfte ihretwegen nicht trauern. Sie war für immer für ihn verloren.

Auf der Veranda erwartete ihn Isaac Newton. Überrascht stellte der Oberst fest, daß auch Newton alt geworden war. Sein Gesicht war zwar nicht so zerfurcht wie seins, aber seine Haare waren weiß geworden. Der Oberst bedauerte, daß er vorher gar nicht bemerkt hatte, wie sein Freund gealtert war. Er trug immer noch denselben Anzug und dieselbe Krawatte, und in der Hand hatte er noch denselben Beutel.

»Newton, schön, dich wiederzusehen.«

»Oberst-Sahib«, sagte Newton, »für mich gibt es nichts Schöneres, als in Ihrer erhabenen Gesellschaft weilen zu dürfen.« Ehrerbietig ließ er dem Oberst den Vortritt. Er war verblüfft über die herzliche Begrüßung und fragte sich, was der Grund dafür sein mochte.

»Wie viele Jahre arbeitest du jetzt für mich?«

»Über dreißig, Oberst-Sahib.« Newton sah, wie sein Vorgesetzter leicht zusammenzuckte. Wie schnell doch die Zeit verging! ›Er spürt sein Alter‹, dachte Newton, ›das Leid und die Bürde seines Amtes, und er denkt an den Tod.‹ Er fühlte Bedauern. Der Oberst war, wie er selbst, allein. Nur daß Newton sich nie einsam fühlte.

Er schloß die Tür hinter sich und wartete, bis der Oberst Platz genommen hatte. Dann sagte er: »Kim ist im Punjab.«

Der Oberst stieß einen Seufzer aus, der von Herzen kam.

Newton spürte es mehr, als daß er etwas gehört hätte. Er konnte Kim überhaupt nicht verstehen. Er hatte in ihm immer einen Engländer gesehen, der die Gelegenheit benutzt hatte, um sich im richtigen Indien umzusehen. Darin hatte sich Newton getäuscht. Er hatte nicht bemerkt, daß Kim tiefe Wurzeln in Indien geschlagen hatte, während sein englischer Ursprung flach und ohne Wurzeln war.

»Das habe ich erwartet. Er hat sich vor zwei Monaten mit Gandhi getroffen. Was macht er hier?«

»Er ... spricht mit den Menschen. Er kennt ja viele, alte Freunde und Kriegskameraden. Und die machen ihn mit anderen bekannt. Er war immer der Freund aller Welt, und die Menschen hören ihm zu.«

»Und worüber spricht er mit ihnen?«

»Über Indiens Freiheit.« Als Newton sah, wie der Oberst die Augen zusammenzog, fügte er schnell hinzu: »Aber er predigt keine Gewalt. Er glaubt auch an *Satyagraha.*«

»Ja, so etwas sagt ihm zu. Hast du ihn gesehen?«

»Ja, Oberst-Sahib.«

Der Oberst wartete noch. Doch Newton schwieg unter dem starren Blick, bei dem es ihm unheimlich wurde.

Newton hatte gerade an seiner neuen Erfindung gearbeitet, aber das Ergebnis war enttäuschend gewesen. Da kam ein Mann in seinen Laden, und obwohl er im Dunkel blieb, erkannte er ihn instinktiv: Sein Sohn war zurückgekehrt. Aber Kim stand ihm noch näher als ein Sohn, denn ein Sohn konnte auch ungehorsam sein. Wortlos breitete Newton die Arme aus, und sie begrüßten sich herzlich. Doch Kim war nicht mehr der junge Mann, wie Newton ihn in Erinnerung hatte. Jetzt saß ein gereifter, erfahrener Mann neben ihm, den der Krieg verändert hatte. Zur Feier des Tages sagte Newton zu seinem *Chokra*, er solle ihnen Arrak bringen. Sie saßen den ganzen Abend und die halbe Nacht trinkend und rauchend beisammen. Kim erzählte ihm alles, was er erlebt hatte, und Newton staunte über seine Abenteuer.

»Nun, und was hat er gesagt?«

»Er hat hauptsächlich von seinen Kriegserlebnissen erzählt, Oberst-Sahib. Und von dem, was er drüben gesehen hat.«

»Hat er . . . hat er mich auch erwähnt?« Eigentlich hatte der Oberst sich danach nicht erkundigen wollen, und nun wappnete er sich gegen die Antwort.

»Ja, Oberst-Sahib. Ich soll Ihnen sagen, daß er es sehr bedauert, nicht mehr Ihr Agent sein zu können. ›Die Menschen verändern sich‹, sagte er, ›und jetzt bin ich wieder der geworden, der ich im Grunde immer war. Ich habe mein wahres Ich wiederentdeckt und kann der Krone nicht länger dienen.‹ Er hoffte, Sie werden ihn verstehen und bat mich, Ihnen seine *Salaams* zu überbringen.«

»Danke ihm bitte! Sag ihm, ich habe ihn immer als meinen Sohn angesehen!«

Für Newton war es keineswegs überraschend, daß sowohl ein Inder wie ein Engländer in Kim ihren Sohn sahen. Dies war etwas, das sie miteinander verband. Doch immer noch sah Newton den Oberst fragend an. Der Oberst-Sahib wirkte verständnisvoll, aber Newton mißtraute dem Anschein. Der Oberst würde es Kim nie verzeihen, daß er ihn hintergangen hatte. Und Newton wollte Kim schützen, koste es, was es wolle.

»Weiß er, was aus Sir Ram Shanker geworden ist?«

»Von dem hat er nichts gesagt«, antwortete Newton. Das war gelogen, aber einem Engländer konnte man solche Dinge unmöglich erklären.

Der Oberst interessierte sich immer noch für Lal Bahadhurs rätselhaftes Schicksal. Er hatte seine Spur bis zu dem Dorf tief im Süden verfolgt, wo sich Kim und Lal Bahadhurs Ehefrau Mohini versteckt gehalten hatten. Und dann war Lal Bahadhur einfach spurlos verschwunden. Die Polizei hatte die Dorfbewohner gründlich vernommen – er hatte den Bericht erhalten –, aber keiner hatte Lal Bahadhur oder, wie sich herausstellte, seine Mutter gesehen, die mit ihm ins Dorf gegangen war. Dann hatte die Polizei die ganze Gegend nach ihren etwaigen Überresten abgesucht und nichts gefunden.

»Und hat er dir die Namen der Menschen genannt, mit denen er hier gesprochen hat?«

»Nein, Oberst-Sahib. Er weiß, daß ich noch in Ihren Diensten stehe,und will vermeiden, daß ich Sie anlügen muß.«

»Mein Gott, es wäre ideal, wenn Kim noch für mich arbeitete! Er kennt sämtliche Unruhestifter und . . .« Abrupt hielt er inne. »Wem hältst du jetzt die Treue, Newton?«

»Ich habe Ihnen mein ganzes Leben lang gedient, Oberst-Sahib. Ich bin zu alt, um die Seiten zu wechseln.«

»Danke, alter Freund. Nun, was glaubst du, was in Amritsar vor sich geht?«

»Es liegt Ungeduld in der Luft, Oberst-Sahib. Die Menschen wollen nicht mehr warten. Sie sehnen sich nach neuen Möglichkeiten, sie wollen ihr Leben selbst in die Hand nehmen, sie wollen . . .«

»Wir haben ihnen diese Möglichkeiten eröffnet, indem wir ihnen die Dyarchie gaben.«

»Aber das ist nicht das ganze Problem, Oberst-Sahib. Sie meinen, es gibt noch vieles, was Sie ihnen vorenthalten haben. Und jetzt gibt es kein Zurück mehr.«

»Natürlich nicht. Aber wir können diesem ganzen Unsinn Einhalt gebieten. Ich will, daß du mir von jetzt an täglich Bericht erstattest, hast du verstanden?«

»Ja, Oberst-Sahib.«

»Du wirst mir die Berichte telegrafisch übermitteln, wenn es etwas sehr Wichtiges gibt, rufst du mich an.«

Newton bedachte den schwarzen Telefonapparat mit einem giftigen Blick. Vor vielen Jahren hatte auch er an dieser Erfindung gearbeitet. Und dann war ihm ein gewisser Alexander Graham Bell zuvorgekommen. Das mißfiel ihm im höchsten Grade.

»Ja, Oberst-Sahib. Und die Menschen sind auch unglücklich über die Rowlatt-Gesetze. Sie sagen, sie seien eine unnötige Strafe für sie. Damit hätten die Briten sie betrogen.«

»Ich weiß Bescheid. Deshalb will ich ja, daß du mir täglich berichtest. Und sei bitte vorsichtig! Weiß irgend jemand, daß du für mich arbeitest?«

»Kein Mensch, Oberst-Sahib. Ich bin für jedermann ein gewöhnlicher Juwelier.«

»Außer für Kim.«

»Aber Kim wird das nie jemandem verraten.«

»Es ist aber so, daß die Terroristen in letzter Zeit meine Agenten aufspüren und sie ermorden. Sei also vorsichtig! Ich bin nur um deine Sicherheit besorgt. Das wäre alles, Newton.« Der Oberst wartete, bis Newton an der Tür war. »Newton! Ich will mich mit Kim treffen.«

»Mit Kim treffen?«

»Ja, mit Kim treffen«, sagte der Oberst geduldig. Newton schien ihn nicht verstanden zu haben, oder er war zu überrascht. »Ich habe dir gesagt, und du weißt es ja selber, daß ich Kim immer als meinen Sohn angesehen habe. Ich möchte ihn wiedersehen. Es ist schon viele Jahre her, daß wir uns zum letztenmal getroffen haben. Es war . . .« Er unterbrach sich. Deutlich sah er diese Gelegenheit vor sich. Es war bei der Silvesterparty im Kalkutta-Club gewesen. Richard und Elizabeth waren dabeigewesen. Auch seine Kinder waren nur noch verblaßte Erinnerungen. »Viele Jahre. Würdest du bitte dieses Treffen in die Wege leiten?«

»Ich werde es Kim mitteilen, Oberst-Sahib«, antwortete Newton und versuchte, die Gedanken des Obersten zu erraten. Woran dachte er? Es stimmte, er hatte Kim einmal liebgehabt. Aber der Oberst war kein sentimentaler Mensch, nicht so wie die Inder. Er war sachlich und berechnend. »Und wenn er sich mit dem Oberst-Sahib nicht zu treffen wünscht?«

»Sag ihm, es ist um der alten Zeiten willen, Newton! Sag ihm, er soll sich an die Jahre erinnern, in denen wir gemeinsam das Große Spiel betrieben! Ich bin jetzt alt und trete bald in den Ruhestand. Ich würde Kim gern noch einmal Lebewohl sagen. Du mußt ihn dazu überreden.«

»Ja, Oberst-Sahib. Wo soll er sich mit Ihnen treffen? Hier?«

»Nein, nicht hier.« Er schlug seinen Terminkalender auf. »In einem Monat. Am Sonnabend, den einundzwanzigsten. Sagen wir, gegen neun Uhr abends vor dem Grabmal des Kaisers Humayun.« Als er das Buch wieder zuklappte, sah er das Mißtrauen in Newtons Augen und lächelte. »Es ist nur wegen der Geheimhaltung, alter Freund. Ich bin Regierungsbeamter und kann mir nicht erlauben, in der Öffentlichkeit mit Kim zusammenzukommen.«

»Ja, Oberst-Sahib«, sagte Isaac Newton und machte die Tür hinter sich zu.

Vierundzwanzigstes Kapitel

Februar 1919

Goode hatte keine Angst. Dabei sehnte er sich nach dem Tod. Aber es war ihm wohl nie vergönnt zu sterben. Sein Schicksal war, ewig unter seinen trüben Erinnerungen zu leiden. Auch der Krieg hatte ihn nicht umgebracht, er hatte ihn vielmehr wie ein unersetzliches Wesen verschont und dafür die hingerafft, die gern am Leben geblieben wären. Weil er sich so sicher fühlte, konnte er prahlerisch auftreten und alle bluffen. Das spürte auch die kleine Gruppe von Sikhs, die ihm den Eingang zum Goldenen Tempel versperrte. Die unerschrockene, zornige Haltung dieses Sahibs verriet nicht Mut, sondern Verrücktheit. Warum sonst würde es ein Europäer wagen, sie mit nur zwei Wachtmeistern im Gefolge herauszufordern?

»Laßt mich durch!« Er hatte nicht mal die Stimme gehoben. Den Offiziersstab hielt er unter den Arm geklemmt. Forsch trat er vor und schob den vordersten Mann beiseite. Es war ein stämmiger Kerl mit dichtem Vollbart und einem blauen Turban. Auch er war unerschrocken, gab aber auf Goodes Drängen den Weg frei. Die anderen schwankten wie Spielkarten und machten rasch Platz. Darunter waren mit Schwerter und Spießen bewaffnete Nihangs, die deutlich ihre Verachtung zur Schau trugen.

Goode hielt sich an die religiöse Vorschrift der Sikhs, zog die Schuhe aus und ließ den Kopf bedeckt. Der Marmorfußboden war kalt und feucht. Er schritt durch den Torbogen in den Hauptkomplex des Tempels, der ein Rechteck bildete. An den Außenwänden klebten wie Honigwaben Zimmer für Pilger. Im Mittelpunkt stand der Schrein mit der goldenen Kuppel. Rundum floß glänzend schwarzes Wasser, durch Reihen von Lampen erleuchtet. Eine einzige Marmorbrücke führte darüber hinweg. Der Schrein war in Licht getaucht. Davor sah man die dunklen Schatten der Pilger, die den Priestern lauschten. Die lasen aus dem *Granth.* Andere badeten im Wasserbecken oder spazierten, in Gebete versunken, an den Wänden entlang.

Hätte der Vizepolizeichef Goode Sinn für Religiosität gehabt, dann hätte er gespürt, daß dies ein heiliger Ort war. Trotz der vielen Menschen wirkte der Tempel friedlich. Es war fast still. Er machte eine Wendung und ging am Rand des Wassers entlang, im gleichen Schritt wie sein zitterndes Spiegelbild. Direkt hinter ihm kamen die Wachtmeister, beide Sikhs. Ihnen nach folgten die schweigenden, ernsten Tempelhüter. Der Stämmige beeilte sich, um Goode einzuholen, bewahrte aber einen seitlichen Abstand zu ihm.

»Wonach suchen Sie?«

»Sahib!«

»Sahib?«

»Nach Terroristen.«

»Dies ist ein Gotteshaus. Hier gibt es keine Terroristen.«

»Ich habe etwas anderes gehört. Ich habe euch einmal gewarnt: wenn ihr Terroristen in eurem Gotteshaus aufnehmt, werde ich es mit meiner Anwesenheit verunreinigen. Und mit Schußwaffen.« Vor einem verschlossenen Zimmer blieb er stehen.

»Öffne alle Türen und hole die Leute heraus!«

»Ich kann sie nicht stören. Sie schlafen oder ruhen sich aus.«

»Wenn du nicht willst, tu ich es.«

Der Sikh ging zu einer anderen Tür und machte sie weit auf. Goode blieb an der ersten Tür stehen.

»Es ist niemand drin, Sahib. Sie belästigen nur die Pilger.«

»Ich bin an dieser Tür, *Sardar*. Mach sie auf!« Goode zog den Revolver. Die beiden Wachtmeister entsicherten ihre Waffen. »Diese Tür. Wenn das Zimmer leer ist, gehe ich wieder.«

Der Mann kam widerstrebend näher und sah sich in der anwachsenden Menge nach Hilfe um. Goode nahm keine Notiz von ihrem unruhigen Drängeln und ihrem zornigen Gemurmel. Er machte eine Bewegung mit dem Revolver, und die beiden Wachtmeister rissen die Tür auf. Im Halbdunkel des Inneren bemerkte er eine schleichende Bewegung und zog den Hammer zurück. In dem Zimmer war das Klicken überlaut zu hören. Schatten sprangen auf und näherten sich der Tür. Nacheinander kamen vier Männer heraus. Sie waren alle jung, hatten noch keine Vollbärte, aber in ihren Augen glühte Haß.

»Das Zimmer durchsuchen!«

Ein Wachtmeister trat ein und zündete die Lampe an. Bis auf die zusammengerollten Matten war das Zimmer leer. Er rollte sie auf. Zwei Gewehre und ein Revolver polterten auf den Fußboden.

»Wer hat Ihnen das verraten?« fragte der stämmige Sikh.

»Na, einer von euch natürlich«, sagte Goode.

»Das war eine gefährliche Aussage, Polizeichef-Sahib«, sagte Vancouver Singh. Sie hatten sich in der Dunkelheit auf freiem Feld außerhalb der Stadt getroffen. Goode war in Zivil. Vancouver Singh hatte sich so in eine Decke gehüllt, daß man ihn nicht erkennen konnte. Goode saß in seinem Auto, und der Sikh bückte sich beim Sprechen zum Fenster hinunter.

»Es war das einzig Richtige«, sagte Goode. »Jetzt verdächtigt einer den anderen, aber dich vielleicht nicht. Du mußt vorsichtig sein.« Er übergab ihm seinen Lohn. Ohne nachzuzählen, steckte Vancouver Singh das Geld in die Tasche.

»Es wird allmählich zu gefährlich für mich. Ich brauche mehr Geld. Ich will nach Kanada zurück. Ich habe Ihnen allen gute Dienste geleistet.«

Er bedauerte nichts. Er hatte ja nur zwischen dem Strick und einem Leben als Informant wählen können. So einfach hatte es der Oberst-Sahib dargestellt. Nie hatte Vancouver Singh mit einer solchen Möglichkeit gerechnet, als er sich in Vancouver von der Gadhar-Partei anwerben ließ. Die Befreiung seiner Heimat von den Briten war für ihn die Aussicht auf ein Abenteuer gewesen. Er hatte sich vorgestellt, einen aufregenden, glänzenden Krieg zu erleben. Er stammte aus einer kriegerischen Kaste – wie oft hatte man ihm das gesagt! Allerdings hatte er im ganzen Leben noch nie eine kriegerische Handlung vollbracht. Aber bevor überhaupt ein Krieg angefangen hatte, war er, während er noch von Heldentaten träumte, auf dem Schiff verhaftet und ins Gefängnis geworfen worden. Die grausame Wahl hatte ihn stark getroffen. Jetzt wollte er nichts, als nach Kanada zurückkehren, aber ihm fehlte das nötige Geld.

»Das geht jetzt noch nicht. Es kommt eine Zeit, in der ich deine Dienste mehr denn je brauche.«

»Aber es wird allmählich unmöglich, Polizeichef-Sahib. Kein Mensch traut mehr dem anderen, und die Terroristen haben sich in kleine Gruppen aufgespalten. Ich darf nicht zu viele Fragen stellen.«

»Du mußt aber. Sonst . . .« Die Drohung blieb unausgesprochen. Vancouver haßte diesen Angrezi. Er hatte keine Geduld und kannte kein Mitleid. Unaufhörlich verlangte er etwas von ihm. Und er würde ihn sogar verraten, wenn es ihm in den Kram paßte, so viel war Vancouver klar. Ein Schauer überlief ihn bei diesem Gedanken. Er könnte noch von Glück sagen, wenn man ihm gleich die Kehle durchschnitt.

Goode spürte Vancouver Sings bedrohliche Überlegungen. Man merkte es einem an, wenn er verliebt war, und ebenso, wenn er Gewalt plante. Mit der rechten Hand ließ er das Lenkrad los und griff nach dem Revolver, der auf seinem Schoß lag. Informanten betrieben oft ein Doppelspiel. Eines Tages konnte ihm Vancouver leicht eine Falle stellen. Vielleicht würde er jetzt gleich ein Messer unter der Decke hervorziehen.

»Ich muß gehen.«

»Noch nicht.«

Goode hatte keine Augen für den ungeheuren indischen Himmel, er roch nicht den Jasminduft in der Nachtluft. Nichts berührte ihn hier. Und doch war er nach dem Krieg nach Indien zurückgekommen. Zunächst war er zwar, als er entlassen wurde, heimgefahren. Seine Eltern wohnten in einem der von der Straße zurückgesetzten eintönigen Reihenhäuser mit dem schmalen Kopfsteinpflaster davor. Es deprimierte ihn. Das Haus war klein, und drinnen war es eng. Überall roch es nach Essen und Waschpulver. Das hatte er in den Jahren seines indischen Dienstes ganz vergessen. Jetzt fand er es zum Ersticken. Beim Essen, beim Bier, beim Anblick ihres harten, beengten Lebens würgte es ihn in der Kehle. Außer seinen Erfahrungen bei der indischen Polizei hatte er nichts an Fähigkeiten vorzuweisen, und auf die legte die Polizei in Bradford wenig Wert. Er hätte höchstens wieder als Wachtmeister anfangen können.

Oft ertappte er sich dabei, wie er intensiv an Indien dachte. Auf Landkarten suchte er wie ein Frettchen nach einem Anzeichen von Anil Ray, als glaubte er, daß sich aus den gedruckten Namen der Provinzen oder Städte dessen Kopf erheben und sich offen zeigen würde. Da war ihm klar, daß er zurückkehren mußte. Aber nicht in seine alte Provinz. Er reichte ein Gesuch um Versetzung in den Punjab ein und wurde dort zum Vizechef der Kriminalabteilung befördert. Sein schiefes Gesicht wurde er natürlich nicht los, aber in Amritsar wußte wenigstens niemand, welchem Zwischenfall er es zu verdanken hatte. Hier konnten sie nur darüber rätseln und spekulieren.

Vancouver Singh sah, daß Goode mit der freien Hand das Lenkrad umklammerte, als wollte er es zerdrücken. Er ahnte, woran Goode dachte.

»Anil Ray«, sagte Vancouver Singh und bereute gleich darauf, daß er diesen Namen voreilig ausgesprochen hatte.

Die Faust des Polizeibeamten fuhr heraus wie eine Schlange und traf ihn voll auf den Mund. »Was zum Teufel weißt du von Anil Ray?« fragte er. Die Vergangenheit hatte ihn wieder eingeholt. Sogar hier wußte man also schon von seinem damaligen

Zusammenstoß und konnte selbst in dunkler Nacht seine Gedanken lesen und seine Gefühle erraten.

»Nichts.«

»Aber du hast von Anil Ray gesprochen. Kennst du ihn?«

»O ja. Wir haben zusammen eine Dynamitladung gelegt, um einen Zug in die Luft zu sprengen. Aber ich hatte die Behörden davon unterrichtet. Es gab ein heftiges Feuergefecht, und Anil Ray wurde getroffen.«

Goode war bitter enttäuscht. Wieder einmal hatte ihn das Schicksal um seine Rache betrogen. »Er ist also tot? Bist du sicher, daß er tot ist?«

Vancouver Singh trat unbehaglich von einem Bein aufs andere. Er schielte zu Goode, sah sein verzerrtes Gesicht und spürte seine starke Erregung. Anil Ray war ihm also wichtig.

»Sicher bin ich nicht.«

Goode konnte seine Erleichterung nicht verhehlen. »Er lebt also noch?« Dann war es weiterhin möglich, Rache zu nehmen, Anil Ray zu jagen und ihm zuletzt zu seiner Genugtuung eine Kugel ins Herz zu schießen.

»Das weiß ich auch nicht genau.« Plötzlich wurde er gepackt und dicht ans Wagenfenster gezogen.

»Jetzt erzählst du mir aber alles!«

»Bei dem Anschlag kamen noch zwei andere Männer ums Leben. Da Anil Ray nicht zu finden war, nahmen wir an, daß er entkommen war. Am nächsten Tag begann die Polizei mit der Suche nach ihm. Sie fanden aber nur Blut. Wir hatten angenommen, wir würden schließlich seine Leiche finden. Er hatte viel Blut verloren, und es war leicht, dieser Spur zu folgen. Schließlich kamen wir an eine Lichtung, wo er sich hingelegt hatte. Davon zeugte eine große Blutlache.«

»Und dann?«

»Nichts. Er war verschwunden. So schnell konnten seine Wunden nicht geheilt sein. Und wenn ihn ein Tiger aufgefressen hatte, dann hätten wir noch Reste von ihm finden müssen.« Vancouver Singh machte sich gewaltsam von dem Griff des Beamten frei. »Was wirklich weiter mit ihm geschehen ist, haben wir nie herausgefunden.«

»Also könnte er noch am Leben sein?«

»Möglich ist es, aber ich wüßte nicht, wie er das geschafft haben sollte. Er war sehr schwer verwundet und hatte eine Menge Blut verloren.« Vancouver Singh wußte, worauf Goode versessen war. ›Das ist sein schwacher Punkt. Und wenn ich ihm da helfe, wird er mich vielleicht freigeben.‹ Er wartete.

»Kannst du ermitteln, wo er sich aufhält?«

»Das ist möglich, aber sehr schwer. Wenn ich viel Geld dafür bekomme, werde ich es versuchen.«

»Das versteht sich von selbst.«

»Genügend Geld für die Rückfahrt nach Kanada.«

»Das geht in Ordnung. Wie willst du es herausfinden?«

»Ich habe auch meine Informanten«, sagte Vancouver Singh. »Und ich war viele Tage mit ihm zusammen und kenne seine Gewohnheiten. Natürlich wird es einige Zeit dauern.«

»Wir haben nicht so viel Zeit. Du mußt ihn schnell finden.«

»Und die Fahrkarte für das Schiff.«

»Die bekommst du.«

»Und wenn er doch tot ist?«

»Dann kriegst du sie nicht.«

Vancouver Singh trat zurück und beobachtete, wie Goode sich anstrengte, um das schwere Automobil auf der schmalen Landstraße zu wenden, denn auf beiden Seiten verliefen Gräben. Goode begann vor Anstrengung zu keuchen, und Vancouver Singh amüsierte sich darüber. Er hätte Goode sagen können, daß nur ein paar Meter weiter die Straße in ein großes Feld mündete.

Als er in der Staubwolke des Autos nach Amritsar zurückwanderte, lachte er schon wieder. Er hätte Goode nämlich auch sagen können, daß Anil Ray tatsächlich noch lebte und daß er genau wußte, wo er zu finden war. Das war im Volk allgemein bekannt. Aber die Briten waren ja nicht das Volk. Sie waren Sahibs und hörten nichts von dem Geraune, das durch die Straßen weitergetragen wurde. Es war so leicht zu hören, aber sie waren taub! Er mußte schnell und mit Bedacht vorgehen, Goode mit einzelnen Bruchstücken bei Laune halten und ihm erst die volle Wahrheit enthüllen, wenn er die Fahrkarte in der Tasche hatte. Denn dem Wort eines Polizeibeamten war nicht zu trauen. Sie hatten kein *Izat.*

Während der langen Bahnfahrt in den Süden lag Goode auf dem Feldbett, sah Indien an sich vorübergleiten und litt unter seinen Erinnerungen. Lange unterdrückte Bilder stiegen vor ihm auf und nahmen ihn völlig gefangen. Auf seine Umgebung achtete er nicht mehr. Er sah sich wieder in seinem Wohnzimmer in Lucknow. Er wähnte sich vor Verliebtheit im siebenten Himmel, ganz erfüllt von der romantischen Vorstellung der bevorstehenden Hochzeit. Auf den Lippen fühlte er noch Rebeccas Kuß, und er roch ihren Duft auf der Haut und in den Kleidern. Sie hatten sich voller Liebe in den Armen gehalten. Er hatte »Tea for Two« gepfiffen, und diese Melodie hatte er immer noch im Kopf, einschließlich der falschen Töne, die er getroffen hatte.

Dann erblickte er zu seiner Überraschung, daß jemand auf dem Sessel hockte. Ein Freund oder Kollege, der hier auf ihn gewartet hatte? Der matt schimmernde kahlgeschorene Kopf warnte ihn, und als er nach dem Revolver griff, fiel ein Lichtstrahl der Lampe voll auf das Gesicht vor ihm: Anil Ray!

Er sah, wie der Polostock von unten auf ihn zuschwang, und versuchte verzweifelt, dem Schlag auszuweichen. Aber er war wie gelähmt. Er brachte es nicht fertig, zur Seite zu springen und den Revolver zu ziehen. Ein Schuß hätte genügt, nur einer. Und dann explodierte der unsägliche Schmerz im Arm. Noch vor seinem Aufschrei hörte er das leise Knacken des Knochens. Und nach dem Schrei überkam ihn wütender, brennender Haß auf Anil Ray.

Es war nicht der Schmerz, sondern die Demütigung durch den Schlag, die den Haß erzeugte. Ein Haß, der das Gefühl seiner eigenen moralischen Rechtschaffenheit befleckte und seinen Stolz zerbrach. Nur noch hassen wollte er, und sich nicht länger daran klammern, daß er ein guter Mensch, ein freundlicher Mensch, ein Liebender war. Das wilde Tier in ihm war losgelassen, und er freute sich über seinen grausamen Urinstinkt. Allein mit den Schmerzen, gequält und entstellt durch Anil Ray, steigerte er sich in eine barbarische Wildheit, die ihn für immer von seinen Mitmenschen entfernte. Er wollte nie mehr etwas von falscher Gefühlsduselei, von Akten der Liebe wissen. Jetzt verstand er zu hassen und würde es allen beweisen.

In Madras lieh er sich für die letzte Etappe seiner Reise von einem Freund dessen Auto und Fahrer. Er hatte dröhnende Kopfschmerzen, und sein Mund war vor Aufregung trocken wie Pergament. Er bemühte sich, ruhig zu erscheinen und hoffte, daß sein entstelltes Gesicht nicht zucken würde. Was er vorhatte, durfte niemand erfahren, bis zu dem Augenblick, da er Anil Ray den Revolver an den Kopf halten und den Abzug durchdrücken würde.

Am Grenzposten hielt das Automobil. Aus der niedrigen Backsteinhütte kamen zwei Polizeibeamte in weißen Uniformen und Mützen mit Kniff und betrachteten voller Bewunderung das Auto. Sie faßten grüßend an die Mützen und streckten die Hand nach Goodes Papieren aus. Einer sprach ihn rasend schnell in einer fremden Sprache an. Er schüttelte den Kopf und zuckte die Achseln.

»Welchem Zweck dient Ihr Besuch, Sahib?« übersetzte der Fahrer.

»Sagen Sie ihm: Sehenswürdigkeiten besichtigen!«

Verständnislos hörte Goode dem raschen Redefluß in einer anderen europäischen Sprache zu. An dieser Grenze, dem Schlagbaum über der Straße, endete Britisch-Indien. Dahinter sah die Landschaft genauso aus, aber man war in Pondicherry, in Französisch-Indien. In einem anderen Land. Hinter dem Schlagbaum besaß er keine Verfügungsgewalt mehr. Dort war er ein gewöhnlicher Zivilist. Wenn er ihnen sagte, daß er Polizeibeamter war, würden sie ihm endlos lange Fragen stellen. So musterten sie ihn nur kurz, und einer hob den Schlagbaum. Der andere winkte ihn durch und grüßte.

»Wie weit ist es noch?«

»Morgen vormittag sind wir da«, sagte der Fahrer.

Als Goode am nächsten Morgen aufwachte, fühlte er sich zu seiner Überraschung ausgeruht, hellwach und ruhig. Er prüfte den Revolver und legte ihn wieder in den Beutel. Vor der Veranda wartete das Auto. Goode setzte sich das *Topi* so auf, daß ihm die blendende Sonne nicht in die Augen schien.

Die Fahrt dauerte knapp eine Stunde. Verwundert blickte er sich um. Nirgends war ein Haus zu sehen. Zu seiner Linken begann der Dschungel, und in der Ferne sah er das Meer. Es war ebenso flach und still wie das Land. Der Fahrer zeigte auf eine Baumgruppe zwischen ihnen und dem Meer. Ein schmaler Fußweg führte über den harten Sandboden.

Entschlossen ging Goode auf die Bäume zu, ohne nach rechts oder links zu blicken. Kein Mensch ließ sich sehen, bis er in die Nähe der Bäume kam. Hier war Bewegung zu spüren. Aber der Unterschied zwischen dem grellen Sonnenlicht und dem düsteren Schatten war so kraß, daß er nichts erkennen konnte. Beim Näherkommen sah er Menschen, die wartend vor einem großen Gebäude saßen oder standen. Sie wuchsen zu einer größeren Menge an, und Goode wunderte sich, wie sie hergekommen waren und was sie so anzog. Er trat in den Hain. Einige drehten sich zu ihm um und grüßten ihn. Er beachtete sie kaum. Sein Blick war auf das Gebäude gerichtet. Es war ziemlich geräumig, aber primitiv gebaut. Niedrige Lehmwände und in gleichmäßigem Abstand errichtete Bambuspfähle trugen das Strohdach. Im Inneren drängten sich Männer und Frauen. Goode zog die Schuhe aus, stellte sie zu den vielen Sandalen, bückte sich und trat ein.

Drinnen war es kühler. Die Menschen sahen auf einen bärtigen Mann, der nur ein einfaches safrangelbes Gewand trug, das den Oberkörper frei ließ. Der Bart reichte ihm bis zur Taille. Eine schöne Frau mit ovalem Gesicht, gekleidet in einen einfachen Sari und ohne jeden Schmuck, erhob sich und begrüßte ihn. Durch seinen Informanten wußte er, wie sie hieß: Sushila. Trotz ihrer höflichen Miene merkte er mit dem Instinkt des Polizisten, daß sie ihn erkannt hatte. Sie führte ihn zu einem freien Platz.

Verlegen setzte er sich. Er hatte nicht erwartet, so freundlich empfangen zu werden, und wußte nicht, wie er sich verhalten sollte. Die Gesichter der Menschen ringsum drückten höchste Spannung aus. Sie schienen hingerissen zu sein.

Nach einer Weile wandte auch er sich Anil Ray zu und lauschte seinen Ausführungen über das Ramayana. Seine Stimme klang mild und melodiös, und seinen Kopf umgab fast sichtbar eine Aura der Ruhe. Goode betrachtete ihn eingehend. Nur die gebrochene Nase kam ihm bekannt vor. Dabei hatte Goode sich vorgestellt, daß er das Gesicht, das sich in sein Gedächtnis eingebrannt hatte, auf der Stelle wiedererkennen würde. Aber es war Jahre her, seit er ihn zum letztenmal gesehen hatte.

Plötzlich wurde er unsicher. Dieser Sri Ananda sah überhaupt nicht aus wie Anil Ray. Der Vollbart begann gleich unter den klugen dunklen Augen und verdeckte sogar den Mund. Die Augen blickten nicht mit der erwarteten erschreckenden Wildheit, sondern leuchteten freundlich. Der Mann strahlte Frieden aus, und sein Lächeln erhellte den Saal. Goode spürte, daß Mitleid von ihm ausging. Er hörte kaum zu, sondern betrachtete nur angelegentlich das Gesicht. Er versuchte seinen Blick einzufangen, und endlich fiel sein Auge auf ihn. Er hatte erwartet, daß der andere ihn erkennen und vielleicht auch Angst zeigen würde. Statt dessen lächelte Sri Ananda und schien ihn willkommen zu heißen, ohne seinen Vortrag zu unterbrechen. Goode packte den Revolver fester.

Um die Mittagszeit war der Vortrag schließlich zu Ende. Die Menschen ringsum standen auf, und einer nach dem anderen warf sich zu Füßen Sri Anandas auf den Boden. Er segnete jeden und hörte jeden mit freundlicher Anteilnahme an. Zum Schluß saß Goode allein da. Sri Ananda sah ihn an, lächelte und winkte ihn heran. Goode stand auf und ging zu ihm. Er nahm den Revolver aus dem Beutel, zog den Hammer zurück und setzte den Lauf an Sri Anandas Schläfe. Der Mann machte keine Bewegung, er zuckte nicht einmal. Ebensogut hätte Goode einen Stock gegen seinen Kopf halten können. Sri Anandas

Lächeln schien ihn zu umarmen. Es herrschte völlige Stille, und Goode zögerte.

»Wenn du hergekommen bist, um mich zu erschießen, dann erschieße mich! Wenn dies deine Pflicht ist, so erfülle sie und drücke ab!«

»Du bist doch Anil Ray, oder?«

»Ich bin Sri Ananda. Aber wenn du wünschst, daß ich Anil Ray bin, dann will ich es um deinetwillen sein. Für dich ist es wichtig, daß ich dieser Mann bin, nicht wahr?«

»Du hast seine Stimme. Wenigstens kommt es mir so vor. Ich habe erfahren, daß du nach Pondicherry geflohen und ein *Sunyassi* geworden bist. Ich bin hergekommen, um dich zu töten.«

Sri Ananda lachte. »Wer hält dich davon ab? Ich bestimmt nicht. Ich sehe deine Wut, deinen Haß, und wenn dich mein Tod von deinen wilden Leidenschaften erlösen kann, so will ich ihn auf mich nehmen. Dann habe ich zumindest einem Menschen in meinem Leben dazu verholfen, daß er seine verderblichen Gefühle los wird. Für mich ist der Tod nur eine Illusion. Für dich ist es anders. Mein Tod wird dich von deinen Leiden befreien.«

»Verdammt noch mal, bist du nun Anil Ray oder nicht?« Auf einmal begann Goode der Arm wehzutun, und der Revolver wurde ihm unnatürlich schwer. Er erhielt keine Antwort, nur dieses engelhafte Lächeln. Er merkte, wie seine Finger sich entspannten. Langsam senkte sich der Revolver, bis er zu Boden zeigte. Vor Enttäuschung stiegen ihm Tränen in die Augen. ›Mein Gott, ich will diesen Mann töten! Mein Gott, gib mir die Kraft, ihn zu töten! Ich weiß, daß es Anil Ray ist, und wenn ich ihn nicht töte, wird mein Leben sinnlos sein. Für diesen Augenblick in Zeit und Raum hast du mich doch am Leben erhalten.‹

Goode sah dem Mann in die Augen, die dreißig Zentimeter von seinen entfernt waren. Er sah sein Mitleid, und dann rannen ihm langsam Tränen in den langen Bart.

»Warum zum Teufel weinst du denn?«

»Weil du eben zu Gott gebetet hast, er solle dir Kraft schenken. Nun mußt du es aber auch tun.« Er streckte die Hand aus und half Goode, den Revolver zu heben. Die Berührung war trocken und sanft wie bei einem Kind. »Ich fürchte mich nicht, und der Tod hat für mich keine Bedeutung.«

»Aber du mußt doch Angst haben«, sagte Goode erleichtert. »Du bist aus Britisch-Indien geflohen und hast hier in Französisch-Indien Zuflucht gesucht. Du weißt verdammt gut, daß ich dich hier nicht verhaften kann.«

»Geflohen? Aber nicht aus Indien. Ihr mögt es euer und deren Indien nennen, doch es ist mein Indien. Hier bin ich immer noch auf indischem Boden.«

Goode schaute hinab. Der Mann hatte ruhig, ohne daß seine Hand zitterte, die Mündung des Revolvers an seine Brust gedrückt. Goode packte den Griff. Vielleicht bildete der Mann sich ein, es handelte sich um ein Kinderspiel, und die Waffe wäre nicht geladen. Plötzlich fühlte er sich ganz leer. Das Rad des Schicksals und die Sinnlosigkeit des geplanten Mordes verwirrten ihn. Er hatte gedacht, nur der Schuß in Anil Rays Gesicht könnte ihn befreien. Und nun merkte er schon, wie der Druck von ihm wich.

Er schaute Sri Ananda in die Augen. »Du weißt doch, wer ich bin, nicht wahr?«

»Ja, Mr. Goode. Ich weiß, wer du bist.«

»Dann bist du Anil Ray.«

»Wenn du es wünschst, bin ich Anil Ray. Hör doch, ich leugne es ja nicht ab. Und ich muß dir helfen.« Er drückte den Daumen gegen Anils Zeigefinger, der am Abzug lag, gegen den Druckpunkt.

Goode schaute tief in Anil Rays Augen und sah, wie sich darin sein eigenes Gesicht spiegelte. Seltsamerweise sah es in diesem Spiegelbild wieder normal aus. Die Narben waren verschwunden, das Kinn war wieder gerade. Er sah sich als junger Mann, der sich vor vielen Jahren verliebt und gewußt hatte, wie wichtig ihm das Leben war. Er faßte sich ins Gesicht, und die Haut fühlte sich narbenlos glatt, unversehrt an.

Er entwand Sri Ananda den Revolver, drehte sich um und sah Menschen hereinspähen. Ihre Mienen drückten Kummer und Besorgnis aus. Da stand er auf und ging hinaus. Sie machten ihm

Platz, und er ging bis dorthin, wo der Schatten zu Ende war. Der Revolver baumelte in seiner Hand. Das Automobil, das an der Straße wartete, schien in weiter Ferne zu sein. Er drehte sich um, aber er sah nicht die Menschen, sondern die harte blaue Fläche des Meeres. Der schmale Sandstrand war blendend weiß und stach in die Augen. Er wollte darauf umherstapfen wie ein Kind, das auf einer Mauerkrone balanciert.

Die Hitze war grausam, doch er achtete nicht auf sie. Er trottete weiter. Wenn er sich umblickte, sah er seine eigenen Fußspuren. Jetzt war er vom *Ashram* aus nicht mehr zu sehen. Vor ihm lag ein Fischerdorf. Das Meer war so still wie die Erde. Er dachte, wenn er sich auf Zehenspitzen stellte und über den Horizont spähte, würde er England sehen. Das Wasser umspülte zärtlich seine Fußknöchel und dann seine Waden, und er fand es angenehm kühl. Wenn er jetzt weiter und immer weiter ging, würde er Indien entrinnen.

Fünfundzwanzigstes Kapitel

Februar bis März 1919

In Lahore sah Kim den Oberst dicht an sich vorbeigehen. Nur der Abglanz der Mittagssonne erhellte den dunklen Durchgang. Der Anzug des Oberst streifte ihn. Der Oberst starrte geradeaus vor sich hin. Deshalb hatte er das halb im Dunkeln verborgene vertraute Gesicht Kims nicht wiedererkannt. Kim hörte das Schweigen in der Nähe und das Gemurmel weiter vorn, das vor dem Nahen des Angrezi warnte. Der durchgedrückte Rücken, der hocherhobenen Kopf und die stahlharten Augen verbaten sich jede Vertraulichkeit. Im ersten Augenblick hatte auch Kim ihn nicht erkannt. Dieses scharfgeschnittene Gesicht, das aus der Menge hervorstach, schien einem Fremden zu gehören.

›Er ist schnell gealtert. Seine Haare sind so weiß wie seine Augenbrauen und der Schnurrbart. Ich kenne sie nur hellbraun. Damals hatte dieses kraftvolle Gesicht noch keine Falten. Jetzt sehe ich, wie die schlaffe Haut sich grausam wie ein schrumpliges Leichentuch darüber legt. Die Augen sind sich gleichgeblieben: wachsam und unergründlich. Er bewahrt eine Haltung, als schritte er durch sein eigenes Königreich und erwarte, daß wir uns in Ehrfurcht vor ihm neigen. Ich gebe zu, ich bin stolz auf seinen Mut, auf die Selbstsicherheit, mit der er sich unter uns bewegt, ohne zu befürchten, daß ihm jemand etwas zuleide tut. Aber das wird bald Vergangenheit sein. Und deshalb stimmt mich sein Anblick auch traurig. Er kann nicht begreifen, daß wir ihn nicht mehr unter uns haben wollen. Er ist schon Vergangenheit und bleibt immer schneller zurück. Doch in seiner Einbildung sieht er uns immer noch so, wie er uns gern haben möchte.‹

Kim ließ ihn vorbeigehen, ohne ihn anzusprechen. Er hatte sich eine tiefe Zuncigung für den Oberst bewahrt und würde nicht so leicht vergessen, wie freundlich dieser mit ihm umgegangen war. Aber hier waren nicht die Zeit und der Ort, sich ihm zu erkennen zu geben. Die Altstadt war voller Feindseligkeit und Zorn. Kim sah, wie der Oberst in der Menge untertauchte, und wandte sich Hamayun Sait zu. Als Kinder hatten Humayun und er auf Zam-Zammah, der großen Kanone vor dem Ajab Gher, gespielt. In jenen Tagen war Kim der Anführer des Rudels gewesen, das durch die ummauerte Stadt strolchte. Er kannte die *Gullis* und *Mohallas* wie seine Hosentasche und fand den Weg auch, ohne sich je zu irren, wenn er über die Dächer turnte.

Hamayun war in seinem Alter, aber inzwischen ein geachteter Bürger geworden. Er war hocherfreut, Kim wiederzusehen. Seit ihrer Kinderzeit hatten sie sich nur ein einziges Mal getroffen. Das war auch schon Jahre her, als Kim auf dem Weg von Kabul in den Süden durch Lahore gekommen war. Damals hatte er Hamayun erzählt, er wäre ein Händler. An diese Lügengeschichte glaubte der immer noch. Hamayuns Gesicht verriet seine Herkunft aus den asiatischen Steppen. Er war Mongole geblieben, obwohl seine Urahnen schon vor sieben Jahrhunderten über die

Pässe gekommen waren. Er saß mit untergeschlagenen Beinen vor seinem Laden, einem winzigen Verschlag von zwei Meter vierzig zu ein Meter zwanzig, der mit Getreidesäcken angefüllt war. Es roch scharf und staubig. Kim hockte sich neben ihn.

»Sie schreiten wie die Fürsten, dabei sind sie nichts als Diebe«, sagte Hamayun mit Bitterkeit. Sie hatten gerade über ihre Herrscher gesprochen, als einer von denen dicht an ihnen vorbeigekommen war. Ursache der Erbitterung war der Vizegouverneur des Punjab, Sir Michale O'Dwyer. Hamayun konnte sich nicht genug über ihn beklagen. Dieser O'Dwyer hatte absichtlich eine Bank zugrunde gerichtet, die Harkishen Lal gehörte. Es war die Punjab National Bank, deren Politik es war, nur einheimische Unternehmen und örtliche Fabrikanten zu finanzieren. Die britischen Banken, die wiederum die Einfuhr britischer Waren förderten, hatten mit Hilfe O'Dwyers ein Konsortium gebildet. Dadurch kam es zu einem Ansturm auf die indisch geleitete Bank, die den Bankrott erklären mußte. Tausende aus der Mittelschicht des Punjab hatte ihre Ersparnisse verloren. Die Schuld legte man dem Vizegouverneur zur Last. Und nun wurde auch noch durch die Rowlatt-Gesetze Öl ins Feuer gegossen.

»Wir müssen jetzt alle zusammenhalten und gegen diese ›Schwarzen Gesetze‹ protestieren«, sagte Kim. »Vor den Rowlatt-Gesetzen gelten Moslems, Hindus, Sikhs und Parsen gleich. Wir sind Inder, und diese Gesetze haben die Briten gegen uns alle erlassen. Doch müssen wir bei unseren Protestaktionen friedlich vorgehen und uns durch unsere Wut nicht zu Gewalttätigkeiten hinreißen lassen. Das bezwecken sie nämlich: Gewalt von unserer Seite. Dann haben sie einen Vorwand, ihre Schußwaffen einzusetzen und uns zu töten. Wenn also du, Hazlan-i-Fuzl, Rambhuj Dutt Choudray und andere das Volk anführen, müßt ihr streng darauf achten, daß ihr seine Wut im Zaum haltet. Nur Gandhis *Satyagraha* wird tödliche Zwischenfälle vermeiden und uns von den Briten befreien.«

»*Ahre*, Gandhi! Er predigt uns friedliches Verhalten. Aber damit erreichen wir gar nichts. Die Angrezi verstehen nur Gewalt.«

»Nein. Sie werden uns nur umbringen. Darauf legen sie es ja an. Versteh doch, sie wollen uns ihren Willen aufzwingen! Ich kenne sie durch und durch. Nur durch unseren stummen und ruhigen Protest können wir ihre natürliche Reaktion in Schach halten. Sie haben uns so lange regiert, daß sie glauben, wir könnten uns nicht selbst regieren.«

Kim hatte diese Botschaft immer wieder verkündet, und jetzt bot er seine ganze Überredungskunst auf, um auch Hamayun zu überzeugen. Der war als Kaufmann recht einflußreich und stand den politischen Führern in Lahore nahe. Mit den anderen hatte Kim bereits gesprochen. Nur durch den eigenen festen Glauben konnte er Hamayun wankend machen. So redeten sie lange Zeit, häufig durch Kunden unterbrochen oder durch Bekannte, die sich an der Diskussion beteiligten. Es fiel ihm auf, wie sich alle an dem Thema erhitzten. Jeder einzelne sah in den Rowlatt-Gesetzen eine persönliche Beleidigung, den bitteren Lohn für die vielen im Krieg Gefallenen. Sie waren zornig, weil sie sich betrogen fühlten.

Während Kim zu den Männern sprach, wandte sich Parvati an die Frauen. Nicht daß sie erwartet hätte, sie würden sich über Nacht in die Politik einmischen. So leicht ließen sich Jahrhunderte der Unterdrückung nicht abschütteln. Doch eines Tages würden auch sie eine Rolle in der Bewegung spielen. Einige reagierten schon auf ihre Worte. Die jüngeren Frauen bekamen leuchtende Augen, wenn sie von Freiheit sprach, nicht nur die Freiheit für Indien, sondern auch für sich selbst. Sie wollten sich von den alten Sitten, der Tradition, ihrer passiven Rolle im Leben lösen. Und sie wollten nicht länger in der aufgezwungenen Unwissenheit verbleiben. Die Macht der Worte Parvatis entzündete gleichsam Kerzen in ihrem Gesicht, die hell aufloderten, ehe sie wieder in Apathie versanken. Obwohl Saraswati noch zu jung war, um alles zu begreifen, lernte sie doch eine Menge über Politik. Sie spürte das Gefühl der Erregung in dem Land, das sie durchwanderten, und hörte aus den laut debattierenden Stimmen den Zorn heraus.

Von Lahore aus zogen sie auf der großen indischen Heerstraße weiter. Kim erinnerte sich deutlich daran, wie er als Junge seine Abenteuer auf der berühmten Seidenstraße begonnen hatte, als er den alten Lama Teshoo führte, der seinen heiligen Fluß suchte. In den dazwischenliegenden Jahren hatte sich auf dieser Straße wenig verändert. Wenn er im Sonnenglast die Augen eng zusammenkniff, meinte er den Lama und den Jungen vor sich zu sehen. Der Junge schwatzte unentwegt vor Erregung und Neugier, und der Lama hörte ihm geduldig zu. Er erzählte Saraswati, wie er über diese Straße gegangen war und welche Abenteuer er bestanden hatte. Doch daß man ihn als Agenten des Empire angeheuert hatte, würde er ihr erst Jahre später berichten.

Als sie in Amritsar ankamen, ging er sofort zu Isaac Newtons Laden. Sein alter Freund freute sich sehr über das Wiedersehen und schloß Saraswati in die Arme. Er betrachtete sie als seine Enkeltochter und verwöhnte sie mit Süßigkeiten und Geschenken. Kim saß da und sah schweigend zu, wie Newton mit Saraswati und Parvati spielte, und bemerkte, daß der Mann ihm mehrmals vielsagende Blicke zuwarf. Newton hatte eine geheime Nachricht für ihn. Sie warteten, bis Parvati mit ihrer Tochter in ein Nebenzimmer ging, um sie schlafen zu legen.

»Ich habe eine Mitteilung für dich«, sagte Newton. »Vom Oberst. Er möchte sich mit dir treffen.«

»In Lahore ist er ganz dicht an mir vorbeigegangen, war aber so in seine Gedanken vertieft, daß er mich nicht bemerkt hat.«

»Der Oberst schickt dir seine *Salaams*, Kim. Er nannte dich seinen Sohn. Und er wünscht, daß du dich auch als seinen Sohn betrachtest.«

»Aber . . .?« sagte Kim. »Ich kenne dich zu gut, mein alter Freund. Ich höre dein Mißtrauen heraus. Da gibt es doch ein Aber, nicht wahr?«

»Ja. Das Aber lautet: Du mußt vorsichtig sein. Der Oberst ist alt und müde, aber noch immer gefährlich. Er kann jederzeit seine Krallen ausfahren. Ich habe Angst um dich. Ich sage so etwas nur deshalb gegen meinen alten Herrn, weil meine Liebe zu dir größer ist als die zu meiner Pflicht. Möge Gott mir verzeihen! Ich will dich nicht in den Tod schicken.«

»Aber er wird mich nicht töten«, sagte Kim. »Dafür kennen wir uns schon zu lange.«

»Um so mehr mußt du Vernunft walten lassen. Du weißt zu viel, und du hast ihm den Dienst aufgekündigt. Diesen Treuebruch wird er dir nie verzeihen.«

»Aber ich habe keine Geheimnisse verraten.«

»Dann hat es ein anderer getan. Vier seiner Agenten sind ermordet worden. Da ich das aber nicht wußte, war ich so dumm, ihm zu erzählen, daß du im Punjab bist. Er hat dich im Verdacht. Du kennst ja seine Agenten, da du früher mit ihnen zusammengearbeitet hast.«

»Ja. Deshalb werde ich ihnen in Zukunft aus dem Weg gehen. Aber ich habe sie überwacht, um zu sehen, was sie anstellen. Ich fürchte, sie werden Unfrieden stiften, denn der Oberst provoziert gern Unruhen, um sie dann zu ersticken. So hat er es schon früher gemacht. In Bombay, als ich dich kennenlernte, mit Tilak beim Surat-Kongreß, und dann in Allahabad. Und auch in . . .«

Es gab noch viele andere Beispiele. Als sie gemeinsam das Große Spiel betrieben, hatte er Kim in den Norden geschickt, um sich bei den Stämmen einzuschleichen und einen Anführer gegen den anderen aufzuhetzen, hier durch ein Gerücht, dort durch Bestechung. Er wußte wirklich zu viel.

»Jetzt wartet er hier im Punjab auf die Gelegenheit zum Zuschlagen. Ort und Zeit will er selber bestimmen. Er will uns wie alle Angrezis eine Lektion erteilen, als ob wir Schulkinder wären und Strafe verdienten, weil wir nicht tun, was er von uns verlangt. Er wird seine Männer in das Klassenzimmer schicken, in dem er uns eingesperrt hat. Er wird uns Fallen stellen.« Kim rückte näher. »Was hat er dir eingeschärft?«

»Ich soll ihm täglich Meldung erstatten, durch ein Telegramm oder telefonisch.«

»Weiter nichts?«

»Nein. Aber er hat noch andere Agenten in Amritsar, und die kenne ich nicht. Er vertraut mir nicht mehr.« Newton seufzte bedauernd. »In Bombay kannte ich alle. Ich habe sie ja bezahlt. Jetzt arbeite ich allein und nur noch aus alter Anhänglichkeit.

Wenn er in den Ruhestand tritt, tue ich es auch und widme mich dann nur noch meinen Erfindungen.«

»Kannst du herauskriegen, wer hier als Agent für ihn arbeitet?«

»Nein«, sagte Newton. »Ich will den Oberst auch nicht hintergehen. Ich habe dir schon viel erzählt, Kim. Ich kann mich nicht mehr so ändern, wie du es getan hast. Bei dir geschah es, als du dein wirkliches Ich entdeckt hast. Ja, ich bin auch Inder, aber ich habe nichts außer meiner Treue zu dem Mann, dem ich fast mein ganzes Leben lang gedient habe. Ich kann jetzt nicht hingehen und seine Geheimnisse verraten.«

Kim legte seine Hand auf die Newtons. »Entschuldige, ich hätte so etwas nicht von dir verlangen sollen. Verzeih mir!«

»Dir zu verzeihen, fällt mir leicht. Ich kenne ja deine Sorgen.«

Durchs Fenster sahen sie, wie im Goldenen Tempel die Lichter angezündet wurden. Langsam erwachte der schwarze Wasserlauf und erinnerte nun an ein Stück des Himmels. Tief unten auf dem staubigen braunen Platz drängten und stießen sich die Pilger beim Betreten des Tempels. Kühe lagen ihnen im Weg, und sie gingen um sie herum. In den Abfallhaufen stöberten Ziegen. Die Laternen warfen kleine Lichtkreise auf die Passanten. Gegenüber dem Hauptportal des Tempels lag das Telefonamt. Es war ein neuer Bau, vor dem zwei bewaffnete Polizisten Wache hielten.

An der dritten Seite des Platzes erhoben sich die Mauern des Jallianwallah-*Bagh.* Es war eher ein von Häusern umgebener *Maidan* als ein Garten. Auf dem großen, unregelmäßig geformten Gelände wuchsen keine Blumen und kein Gras. Ein, zwei Bäume spendeten tagsüber der nackten, harten Erde ein wenig Schatten. Nur ein einziger Eingang führte in den Jallianwallah-*Bagh,* ein enger Durchgang zwischen zwei etwa sechs Meter hohen Mauern, der nur anderthalb Meter breit war.

Dennoch war das *Bagh* sehr beliebt. Familien entflohen den übervölkerten *Mohallas,* passierten den engen Durchgang und setzten sich dann unter den Abendhimmel.

Manchmal erfrischte eine leichte Brise die heißen Gesichter und brachte ihnen Erleichterung. Kinder versammelten sich schon am Spätnachmittag, ließen Drachen steigen oder spielten *Gilli, Dandoo* oder Murmeln. Später, aber noch im Hellen, kamen Studenten, um jeder für sich zu lernen. Und wenn es dann zu dunkel wurde, rückten sie zusammen, rauchten ihre *Hookahs* und tratschten über die Ereignisse des Tages. Gelegentlich versammelte ein Politiker hier seine Getreuen und hielt eine Ansprache. Dieser brachliegende, kleine offene Platz diente den Menschen, die im Gebiet des Forts lebten, zu allen möglichen Zerstreuungen.

»Ich komme mit«, sagte Parvati in der Nacht, als sie in seinen Armen lag.

»Nein. Du bleibst hier bei Saraswati. Ich komme doch wieder.«

»Kim, er will dir etwas antun.«

»Warum sollte er? Ich habe ihm doch nichts Böses getan.«

»Du bist immer noch so unschuldig wie ein kleiner Junge. Du wirst dich stets nur an sein freundliches Verhalten erinnern und darüber vergessen, daß er dein Leben manipuliert hat.«

»Was er getan hat, tat er nur zu meinem Besten. Aber ich weiß auch ganz genau, daß ich für ihn das vollkommene Werkzeug für seine Absichten war.«

»Und er braucht dich jetzt nötiger als je zuvor. Du bist immer noch ein vollkommenes Werkzeug. Du genießt nicht nur das Vertrauen Gandhis, sondern auch das aller Menschen, mit denen wir zusammengetroffen sind. Du kennst ihre Namen, ihre Gesichter und ihre Gedanken. Und das braucht er, um alles im Griff zu haben und die Macht zu behalten. Er wird alles versuchen, um dich herumzukriegen. Und wenn er dich nicht dazu überreden kann, wird er dich umbringen. Er läßt dich nie frei, Kim. Ja, er liebt dich, und deshalb ist er wie jeder Liebende eifersüchtig, in deinem Fall auf Indien. Eifersüchtig und zornig, daß Indien dich umworben und dich ihm abspenstig gemacht hat.«

»Ich kann mich seinem Wunsch nicht verweigern. Ich kann

nicht vergessen, daß ich ihn liebe. Er hat mir den Vater ersetzt. Allein deswegen muß ich mich mit ihm treffen.«

»Warum hat er dann Humayuns Grabmal als Treffpunkt bestimmt?« Er fühlte, wie sie bebte. »Dort ist es wie am Taj Mahal nachts einsam und verlassen. Er will dir etwas Böses tun, Kim. Sonst hätte er dich tagsüber in sein Dienstzimmer kommen lassen.«

»Da können wir uns nicht treffen. Es wäre genauso gefährlich, wenn mich andere mit ihm zusammen sehen. Als ich noch für ihn arbeitete, haben wir uns immer an geheimen Orten getroffen.«

Bei Tagesanbruch ging Kim. Parvati klammerte sich bis zum letzten Augenblick an ihn. Sie hatte eine schlaflose Nacht hinter sich, und ihre Augen waren vom Weinen geschwollen. Ihre Tränen veranlaßten auch Saraswati zum Weinen. So sahen Mutter und Tochter sehr mitgenommen aus, als er gegangen war.

Auch Newton machte sich Sorgen. Trotz seiner wissenschaftlichen Neigungen konnte er das abergläubische Gefühl nicht loswerden, daß er Kim jetzt zum letztenmal sehen würde. Nur Kim selbst war guter Laune. Er lachte über ihre Befürchtungen und freute sich auf die Reise über die große Heerstraße nach Delhi. Er hatte keine Angst vor dem Oberst, versprach ihnen aber, an ihre Ratschläge zu denken und Vorsicht walten zu lassen.

Am zweiten Tag der Abreise aus Amritsar sah er etwas Merkwürdiges. Er wußte sofort, was die Ursache war. Etwa anderthalb Kilometer entfernt sah er, wie der Himmel von großen Vogelscharen verdunkelt wurde. Sie kamen aus allen Richtungen angeflogen, kreisten und ließen sich dann nieder. Hoch über allen aber zog Jatayu endlose Kreise und schwebte dann immer niedriger, bis sein Schatten über fünf Weizenfelder huschte. Danach stieg er mit einem Flügelschlag wieder hoch in die Lüfte.

Kein Windhauch regte sich. Die Luft stand erwartungsvoll still, und als Kim näherkam, schien es kühler zu werden. Die Erde zitterte wie unter dem Marschtritt einer Armee, doch es stieg keine Staubwolke empor. Bald vernahm er die klaren, einschmeichelnden Stimmen seiner alten Gefährten Bala und Bala. Jetzt beeilte er sich. Vor ihm hatte sich eine Menschenmenge versammelt, die schweigend einen Kreis um die beiden Brüder bildete. Deren Köpfe waren zum Himmel gerichtet, und es sah so aus, als habe die Sonne selbst ein sanftes Glühen auf ihren Gesichtern erzeugt. Sie waren groß geworden, immer noch dünn, und trotz der leeren Augenhöhlen sahen sie jetzt männlicher aus. Beide hatten sich Bärte von genau gleicher Länge wachsen lassen. Ihre Stimmen hatten nichts von dem zauberhaften Klang verloren, der in Leib und Seele drang. Er spürte, wie ihre Lieder durch sein Blut strömten und wie sein Herz im gleichen Takt schlug. Die Zeit verlor ihre Bedeutung. Ihre Stimmen hoben sie auf.

Die Stunden vergingen wie Sekunden, und er vergaß sich selbst ganz. Er war eingehüllt in ein mattes goldenes Licht, das aus dem Innersten seiner Seele kam. Bei Einbruch der Nacht hörten Bala und Bala zu singen auf, und der Menge entrang sich ein lauter Seufzer. Lange blieb es nun still. Dann erinnerten sich die Vögel ihrer eigenen Bestimmung und erfüllten die Luft mit ihren Flügelschlägen, als sie ins Dunkel davonflogen. Die Menschen lachten und weinten, weil Bala und Bala die Macht hatten, sie zu reinigen.

Kim bahnte sich einen Weg durch die Menge und bückte sich, um ihre Füße zu berühren. Ohne daß sie sich nach ihm umdrehen mußten, erkannten sie, wer er war, lachten vor Freude und umarmten ihn. Die ganze Nacht über unterhielten sie sich, denn es war ja schon viele Jahre her, daß sie sich zuletzt gesehen hatten. Sie erzählten ihm alle ihre Abenteuer, und er erzählte ihnen seine. Sie wollten auf ihrer Wanderung zur Westküste Indiens bald durch Amritsar kommen. Danach würden sie sich nach Norden wenden und schließlich nach Osten. Beim Morgengrauen verabschiedete sich Kim von ihnen, nachdem er versprochen hatte, sie in Amritsar wieder zu treffen.

Eine Stunde vor der angegebenen Zeit kam Kim an der Außenmauer von Hamayuns Grabmal an. Bisher war er ihm nie näher gekommen als beim Vorbeifahren in der Eisenbahn. Er hatte nicht geahnt, wie groß es war. Es erhob sich wie eine steile Klippe, die zahlreiche Türen, *Jalis* und Fenster aufwies. In seiner Umgebung wirkte alles zwergenhaft klein. Der Halbmond überzog die Marmorkuppel mit einem leichten Silberton. Da die roten Sandsteinwände im Dunkeln lagen, schien sie zu schweben.

Er überstieg die Außenmauer, sprang hinunter und landete weich im Garten. Eine Zeitlang blieb er in geduckter Haltung stehen, bis sich die Augen an das eigentümliche Licht gewöhnt hatten. Im Schatten des Grabmals war die Nacht undurchdringlich dunkel. Garten und Grabmal schienen verlassen zu sein. Er hörte nur ein leichtes Rascheln im Unterholz und das ständige Zirpen der Zikaden. Als er ankam, hatten sie eine Weile ausgesetzt, doch bald fanden sie sich wieder in den gewohnten Rhythmus.

Ein Mungo flitzte schnell durch einen Streifen Mondlicht. Eine Malabaratte verdrückte sich in ein Blumenbeet. In den Bäumen über ihm schimpfte verhalten ein Affe. Abgesehen von dem Ring von Bäumen an der Mauer lag der große Garten frei da und bot keine Deckung. Nur rund um den langen Springbrunnen in der Mitte standen Büsche und Marmorbänke. Er richtete sich auf, verharrte noch einen Augenblick und schlich dann vorsichtig an den Bäumen entlang zum Grabmal.

›Warum zögere ich jetzt? Über Parvatis Befürchtungen habe ich gelacht, und jetzt schleiche ich rund um diesen offenen Garten wie ein Tiger um die angepflockte Ziege. Ich habe mich schon oft mit ihm an geheimen Orten getroffen, wo uns niemand sehen konnte. Nur daß ich diesmal nicht der gehorsame und getreue Kim bin, zu dem er den Jungen geformt hatte. Heute treffen wir uns möglicherweise als Feinde. Er hat mich hergerufen, um mich neu anzuwerben. Wenn es ihm gelingt, bin ich wieder wertvoll für ihn. Ich bin im Besitz vieler verschiedener Geheimnisse, die er zu erfahren hofft. Hat er keinen Erfolg, bedeuten diese Geheimnisse eine Gefahr für ihn. Ich würde Zeuge seines Versagens sein. Wenn er mich nicht halten kann, wie soll er dann Indien halten?‹

Er sah eine Laterne schwanken und hörte das Aufsetzen eines Spazierstocks. Ein *Chowdikar* machte oberflächlich seine Runde und ging dann hinter dem Grabmal wieder in seine Hütte. Kim bezweifelte, daß er heute nacht noch einmal auftauchen würde. Der lange, schmale Kanal vor dem Grabmal lag in silbernem Licht. Er setzte sich in den Schatten. Von hier aus konnte er ungesehen den ganzen Garten und den Eingang überschauen. Er hatte keine Ahnung, wie spät es war. Seiner Schätzung nach mochte es neun Uhr sein.

Da sah er, wie die Scheinwerfer eines Autos an den Mauern und Bäumen entlanghuschten. Der Wagen hielt vor dem Haupttorbogen, und wenig später betrat der Oberst-Sahib den Garten. Er kam forsch und selbstbewußt, ohne nach links oder rechts zu blicken, bis zur Mitte des Gartens und setzte sich auf eine Marmorbank. Was sollte ein Mensch an diesem einsamen, menschenleeren Ort auch anderes tun? Er schaute nicht einmal das gewaltige Grabmal an, das sich über ihm erhob und den halben Nachthimmel verdeckte. Einmal sah er auf die Uhr, dann starrte er wieder geradeaus vor sich hin.

Kim hätte gern gewußt, woran er jetzt dachte. Er hatte aber das Gefühl, der Oberst wußte, daß er sich auch schon im Garten befand. Nicht unbedingt aus Intuition. Er hatte Kim ja selber eingehämmert: Sei immer zuerst da und sondiere das Gelände! Und nun wartete er geduldig darauf, daß Kim sich zeigen würde. Kim stand da und überschaute aufmerksam den Garten. Er blieb leer und still. Zu hören waren zur Zikaden und Eidechsen, das Gesumme der Nacht. Nirgends eine andere Bewegung.

Nun wagte Kim sich in den Mondschein. Einen Augenblick lang fühlte er sich ausgesetzt. Dann ging er schnell auf den Oberst zu. Wenn er etwas vorhatte, dann würde es erst nach ihrer Begegnung geschehen. Der Oberst sah ihn nicht gleich, da er in eine andere Richtung schaute. Aber als Kim näherkam, vernahmen seine scharfen Ohren die Schritte, und er drehte sich um. Das war das einzige, was er tat. Kim sah, daß er ihn mit geübten Augen scharf musterte. Dann vergewisserte er sich durch einen Blick an ihm vorbei, daß Kim allein war. Erst als Kim zwei Meter vor ihm stehenblieb, stand er auf und wartete ab.

›Der Mann überrascht mich immer wieder‹, dachte der Oberst. ›Ich habe erwartet, den frechen Jungen vor mir zu sehen, denn dessen Bild ist fest in meiner Erinnerung verankert. Ich wünschte, Kim wäre dieser Junge geblieben. Ein Junge stellt keine Fragen, ein Mann tut es immerfort. Er will sich mit seinem Geschick nicht mehr abfinden. Ich habe ihm seine wahre Identität als Engländer geschenkt. Ich glaubte, er würde auf seinen logischen Verstand hören. Aber ich habe mich getäuscht. Seine Seele hat mich betrogen. Wie kann ich ihn ändern? Nicht seinen Verstand, sondern seine Seele. Er liebt Indien wie ich. Ich muß ihn von unserem gemeinsamen Interesse überzeugen.‹

»Oberst-Sahib«, sagte Kim respektvoll.

»Kim! Du siehst gut aus. Komm, setz dich!« Er nahm wieder Platz und deutete auf die Marmorbank.

Kim setzte sich auf den kalten Stein. »Sie sehen auch gut aus, Oberst-Sahib. Es ist viele Jahre her, daß wir uns zuletzt gesehen haben. Wir glauben immer, wir ändern uns nicht. Aber wenn man sich nach langer Zeit wiedersieht, erkennt man, wie sich der andere verändert hat.«

Plötzlich begann der Oberst zu lachen. »Wir reden wie zwei Fremde miteinander. Dabei kennen wir uns seit vielen, vielen Jahren, Kim. Du hast mir sehr gefehlt. Darum ist es eine große Freude für mich, dich hier zu sehen.«

»Oberst-Sahib, auch ich habe Ihre liebevolle Anleitung sehr vermißt«, sagte Kim. »Ich werde nie vergessen, was Sie für mich getan haben.«

»Ich habe erst deine wahre Herkunft entdeckt, daß du nämlich ein Engländer bist. Oder ich sollte vielleicht sagen, daß du ein englischer Junge warst. Das darfst du nie vergessen. Du bist Engländer! Dein Vater ist für die Krone gefallen, Kim. Er war ein guter, treuer Soldat.«

»Aber er ist doch gar nicht auf dem Schlachtfeld gefallen, Oberst-Sahib. Er starb in einer Opiumhöhle und hinterließ mich dem Land Indien. Ich habe das von der *Ayah* erfahren, die mich als ihren einzigen Sohn aufzog. Ja, ich bin Engländer. Und weil Sie mich als treuen englischen Jungen brauchten, haben Sie alles dazu getan, daß ich auf immer Engländer bleibe. Aber Sie haben nie gewollt, daß ich aus Indien weggehe und mein Indertum ablege. Sie wollten nicht, daß ich meine neue Identität völlig annähme. Dafür war ich Ihnen zu nützlich.«

»Selbstverständlich warst du mir nützlich. Ich streite nicht ab, daß ich in dir den idealen Geheimagenten gesehen habe. Du bist geschickt, ein Freund aller Welt und kannst dich als Inder furchtlos überall in Indien bewegen. Darin sah ich deinen großen Vorteil. Und mir ist auch nicht entgangen, daß du es leicht hattest, die Zuneigung aller Menschen zu gewinnen, die mit dir zusammentrafen. Ach, Kim, ich habe dich immer um deine Fähigkeit beneidet, dich in Indien unbemerkt bewegen zu können. Wenn ich heute durch einen Basar gehe, dann senkt sich wie ein dunkler Schatten Schweigen auf ihn herab. Du kannst denselben Weg nehmen und wirst nie dieses verletzende Schweigen erleben.« Der Oberst stieß in voller Absicht einen tiefen Seufzer aus. »Aber das ist ja nun alles Vergangenheit. Es hat uns beiden Freude gemacht, zusammen das Große Spiel zu betreiben, nicht wahr?«

»Ja. Wir haben gut zusammengearbeitet.« Kim wartete ab. Er ließ lieber den Oberst reden. Auf einmal schwiegen die Zikaden und fingen erst eine Zeitlang später wieder ebenso laut zu zirpen an. Kim spähte zu dem Teil des Gartens hinüber, wo das Schweigen eingesetzt hatte. Doch auch jetzt bewegte sich dort nichts. »Aber ich habe Ihnen ja schon in meinem Kündigungsbrief geschrieben, daß Sie das Große Spiel jetzt in mein Land getragen haben. Deshalb kann ich mich nicht mehr daran beteiligen.«

»Ja, deinen Brief habe ich mit Bedauern erhalten. Ich wünschte, wir hätten uns vorher darüber unterhalten. Du handelst manchmal sehr impulsiv. Das kommt daher, daß du eine sentimentale Natur bist. Es gibt aber auch Leute in Indien, die alles daran setzen, es zu zerstören. Sie gehen mit Schußwaffen und Bomben vor und ermorden unschuldige Männer und Frauen. Ich bin mir bewußt, daß in Indien Veränderungen vor sich gehen und daß sich das Volk eines Tages mit unserer Hilfe selbst regieren wird. Du liebst Indien, und ich diene ihm mit jeder Faser meines Herzens. Ich kämpfe für dieses Indien, um es zu retten. Verteidigst du diese sinnlosen Morde, die jetzt begangen werden?«

»Nein.«

»Glaubst du an die Politiker, die aus Eigennutz den Streit zwischen den Glaubensgemeinschaften schüren?«

»Nein«, sagte Kim. »Aber oft werden sie von Ihnen, Oberst-Sahib, erst dazu angestiftet und dann unterstützt. Als ich noch in Ihrem Dienst stand, habe ich häufig mitgewirkt, solche Zwistigkeiten an der Grenze hervorzurufen. Wenn Sie es fertigbrachten, daß sich die Menschen gegenseitig an die Kehle fuhren, dann konnten sie nicht gemeinsam gegen die Briten kämpfen. Sie hetzen die Menschen gegeneinander auf, aus Eigennutz und nicht zum Wohle Indiens.«

»Was gut für uns ist, ist auch gut für Indien«, sagte der Oberst scharf. »Wir lieben beide dieses Land.« Er sah Kim in die Augen, denn er wollte ihn von seiner Aufrichtigkeit überzeugen. »Ich werde dich nie auffordern, etwas zu tun, das gegen Indiens Interessen verstößt.«

»Heute weichen unsere Auffassungen voneinander ab. Früher habe ich an dasselbe geglaubt wie Sie und mit der gleichen Leidenschaft. Aber jetzt kann ich nicht mehr glauben, daß das, was für den Ausländer gut ist, auch für uns gut sein soll. Oberst-Sahib, aus der Natur Ihres Amtes und der Macht Ihres Staates ergibt es sich, daß Sie Ihre Interessen immer über unsere stellen werden. Männer, von denen Sie glauben, sie wären gut für Indien, halte ich im Gegenteil für schädlich. Was wir anstreben, wollen Sie uns verweigern. Sie werden nie auf Indien verzichten, wenn wir Sie nicht zum Abzug zwingen.«

»Die Inder können sich aber nicht ...«

»Daß wir uns nicht selbst regieren könnten, habe ich schon oft von den Angrezi gehört. Wir sind nutzlos, wir sind dumm, wir sind wie die Kinder. Und weil wir diese Lügen dauernd hören, glauben wir sie auch noch. Eines Tages aber werden wir nur noch an uns selbst glauben, und dann werden wir Indien auch ohne Ihre Anleitung regieren.«

»Wie lange willst du dich solchen Illusionen hingeben, Kim?« fragte der Oberst. »Du bist kein Inder. Und wenn sie dahinterkommen, dann wird keiner mehr Vertrauen zu dir haben. Sie werden immer denken, daß dein Blut dich eines Tages dazu bringen wird, sie zu verraten. Dieser Tag liegt allerdings noch in weiter, weiter Ferne. Die harte Wahrheit in unserem Leben, Kim, sieht aber so aus, daß wir, die Briten, ewig in Indien regieren werden. Du bist einer von uns, und keiner von uns wird dir je sein Vertrauen entziehen.«

»Aber ich kann in Indien nicht als Engländer leben, Oberst-Sahib. Wir leben hier in einem Gefängnis, das Sie für uns errichtet haben. Vielleicht wird man mir eines Tages das Vertrauen entziehen, aber nur, wenn ich ihnen Grund dafür gebe. Ich bin Inder. Ich habe eine indische Frau und ein indisches Kind.«

»Ich habe von dem Kind gehört«, sagte der Oberst. »Und von der Frau. Ich hoffe, daß es mir eines Tages vergönnt ist, sie kennenzulernen.«

»Ja, eines Tages«, sagte Kim und schwieg wieder. Er hatte gemerkt, wie kalt die Stimme des Obersten geklungen hatte.

Der Oberst seufzte wieder. »Du willst den Dienst also nicht wieder aufnehmen?«

»Dafür ist es schon zu spät.«

»Es scheint so. Und ich hatte gehofft ...« Er beendete den Satz nicht mehr. Er war zu enttäuscht. Es tat ihm leid, aber Kim war für ihn nutzlos geworden. Er stand auf und reichte ihm die Hand. »Leb wohl, Kim.«

Kim hielt die trockene, kräftige Hand einen Augenblick länger als nötig, bevor er sie losließ. Der Oberst wandte sich abrupt ab und ging am Springbrunnen entlang zum Portal.

Nun zögerte Kim nicht länger. Er glitt von der Bank und warf sich zu Boden. Seine Kriegserfahrungen hatten ihn äußerste Vorsicht gelehrt. Im Moment dachte er sogar, er benähme sich übertrieben vorsichtig. Doch er reagierte ja nur so, weil er wußte, daß dem Oberst jetzt nicht mehr zu trauen war. Er würde nicht zulassen, daß Kim nach diesem Mißerfolg weiter am Leben blieb.

Mißtrauisch hob Kim den Kopf ein wenig und spähte über die Bank hinweg. Der Oberst schritt leichtfüßig davon, ohne sich umzuschauen. Kim ließ sich zurückrollen, richtete sich dann ein wenig auf und sprintete geduckt zur nächsten Bank. Dabei hörte er seinen keuchenden Atem, sonst nichts. Er hatte sich anscheinend geirrt. Man hatte ihm keine Falle gestellt. Der Mond stand jetzt höher, und bis zu den weit entfernten Bäumen war in seinem unheilvollen Licht keine Deckung zu finden außer hinter den Bänken.

Er wollte weiter, zuckte aber rasch zurück. Das Geschoß pfiff einen Viertelmeter an ihm vorbei und riß Marmorsplitter los. Den Abschuß hörte er erst eine Sekunde später. Er kam aus den Bäumen links vom Eingangstor. Kim sprintete zur nächsten Bank. Das Gewehr hörte sich nach einem 303er an. Da dauerten das Auswerfen der Hülse und das Nachladen zwei Sekunden. Er sah sich um. Der Oberst war nicht stehengeblieben. Er hatte nicht einmal zurückgeschaut, um zu sehen, ob die Kugel ihr Ziel gefunden hatte. Er war fertig mit Kim.

Es schien ein guter Scharfschütze zu sein. Wahrscheinlich zielte er jetzt in den Zwischenraum zur nächsten Bank, denn wenn Kim die entgegengesetzte Richtung einschlug, würde ihm das nur eine Sekunde Aufschub gewähren, und danach mußte er über freies Gelände laufen. Selbst wenn er in geduckter Haltung so schnell rannte, wie er konnte, würde es nicht gut ausgehen. Kim brauchte eine bessere Chance. Er machte eine Rolle vorwärts und glitt in den Kanal. Das Wasser war lauwarm und nicht tiefer als dreißig Zentimeter, aber es bot doch etwas Dekkung gegen den Scharfschützen.

Die nächste Kugel schlug ins Wasser. Er hatte ihn also gesehen. Er mußte den Kopf tief halten, wenn er auf das Grabmal zuschlich. Zwei weitere Geschosse klatschten vor ihm auf. Jeden Augenblick erwartete er den Schmerz im Rücken, wenn die Kugel ihn voll treffen würde. Nun war er am anderen Ende des Kanals. Kühl und abweisend ragte das Grabmal wie ein Ozeandampfer über ihm in die Höhe. Es bot ihm keine Deckung. Kim berechnete, daß er bis zu den Bäumen ungefähr noch fünfzig Meter zu überwinden hatte.

Sein nächster Sprung mußte überraschend und blitzschnell erfolgen. Er hatte die Wahl. Nach links oder rechts? Wohin würde der Scharfschütze jetzt zielen? Links war es weiter, rechts näher. Wenn der Mann die falsche Seite anvisierte, konnten die wenigen Sekunden, die er brauchte, um das Gewehr herumzureißen, Kims Rettung sein. Er konzentrierte sich. Dann sprang er urplötzlich auf und begann schon im Wasser zu laufen. Nach rechts, nach rechts! Er wand sich wie eine Schlange. Er hatte gerade zehn Meter zurückgelegt, als ein Geschoß auf der Erde landete. Noch einmal zehn Meter. Diesmal krachte die Kugel an die Säulenleiste. Wie ein Schwimmer beim Startsprung warf er sich ins Dunkel, robbte wie rasend vorwärts und glitt in ein Gebüsch.

Sechsundzwanzigstes Kapitel

April 1919

Die hitzedurchflutete Stille war bedrückend. Sie lag Alice schwer wie Steine auf der Brust, schmerzhaft und erstickend. Die schwarze *Burka,* die sie vom Kopf bis zu den Zehen einhüllte, machte die Hitze noch unerträglicher. Um ein wenig Luft zu bekommen, wollte sie den Schleier anheben.

Parvati hinderte sie daran. »Wenn sie merken, daß du eine Europäerin bist, bringen sie dich um. Sie haben schon den europäischen Bankdirektor und eine Missionarin getötet. Von jetzt an schwebst du ständig in Gefahr. Du hättest nicht nach Amritsar kommen dürfen.«

»Ich mußte doch sehen, was hier los ist.«

Sie blickten vom Dach aus auf die riesige Menschenmenge hinab. Alice fürchtete sich. Die Menge hatte den Aitchison-Park besetzt, flutete an den Mauern des alten Forts entlang und reichte bis in den Hall-Basar. Wohin sie auch sah, standen die Menschen in unheilverkündendem Schweigen dicht beieinander. Kaum ein Flüstern war zu hören. ›Wie ein wildes Tier‹, dachte sie, ›das eben aus dem Schlaf erwacht ist und sich zum Angriff duckt.‹ Und es würde zum Angriff kommen. Eben diese Stille verriet es. Sie ahnte: Das ist der Anfang vom Ende. Der sture Trotz des Durchschnittsmenschen würde die britische Herrschaft zum Erliegen bringen. Hier waren keine Politiker und Revolutionäre, hier hatte sich das Volk versammelt.

Und irgendwo in der Menge steckte Kim. Grehwal, Balbir Singh, Isaac Newton und er waren vorwegmarschiert. Im Sonnenglast verschwammen ihre Gesichter. Wie in Hypnose starrte Alice in die unzähligen Augen. Schließlich wandte sie gewaltsam den Blick ab. Auch von anderen Dächern schauten die Frauen auf ihre Männer hinunter.

»Das bedeutet für uns das Ende«, sagte sie. »Ein Zurück gibt es nicht mehr. Es kann nur noch schlimmer werden. Diese Masse wird die Behörden in Angst versetzen. Sie suchen nur noch nach einem Vorwand, um das Feuer zu eröffnen.«

Auch Kim war es klar, daß die Soldaten und Polizisten, die nur eine dünne Sperrkette bildeten, schießen würden. Er sah die Angst in den angespannten Gesichtern. Noch warteten sie in kniender Stellung. Ein einziger Schuß würde die Gewalttätigkeiten auslösen. Für die Briten war es aber auch die einzige Rettung. Sie hatten die Kettenreaktion in Gang gesetzt, die zu dieser Konfrontation geführt hatte. Eine Versöhnung war nur möglich, wenn die Regierung die Rowlatt-Gesetze zurücknahm. Aber das konnte und wollte sie nicht. Eine Rücknahme würde ihre Autorität untergraben.

Kim fragte sich, ob sie die Gesetze, die am 18. März in Kraft getreten waren, absichtlich zu diesem Zweck erlassen hatten. Mr. Gandhi hatte sie die »Schwarzen Gesetze« genannt und sie verurteilt. Er hatte verkündet: »Sie sind ungerecht, widersprechen allen Grundsätzen der Freiheit und der Gerechtigkeit und setzen sich über die Grundrechte des einzelnen hinweg, auf denen die Sicherheit Indiens allgemein und die des Staates beruht. Wir erklären in vollem Ernst, daß wir, sollten sie Gesetzeskraft erlangen, ihnen und anderen Gesetzen, die wir für ungerecht ansehen, den Gehorsam verweigern werden, bis sie wieder für ungültig erklärt werden. Und wir versichern, daß wir in dem entstehenden Kampf für die Wahrheit eintreten und keine Gewalt gegen Personen oder Sachen anwenden werden.«

Danach hatte Gandhi zu einem *Satyagraha*-Feldzug gegen die »Schwarzen Gesetze« in ganz Indien aufgerufen. Das war das Signal für die beiden streitenden Mächte zum gegenseitigen Aufmarsch. Kim stand nicht länger in der Mitte, er hatte sich für die eine und gegen die andere Seite entschieden. Und wenn er hinüberblickte, sah er wie Arjuna im Mahabharata Männer seines Blutes im gegnerischen Lager. Er hatte sich für Indien entschieden, und nun war es seine Pflicht, bis zum Ende dafür zu kämpfen. Es würde Blut fließen, und Männer würden in diesem Kampf fallen. Er vermutete, daß der schlaue Mr. Gandhi ebenso gut wie er selber wußte: Sobald der Aufruf zur *Satyagraha* ergangen war, würde es unmöglich sein, das Volk noch im Zaum zu halten.

Eine Menge von hunderttausend Menschen war so explosiv wie Dynamit. Mit Sicherheit befanden sich in ihr auch Agents provocateurs, die jede Gelegenheit wahrnehmen würden, Gewalt anzufachen und den Soldaten und der Polizei den Vorwand zum Schießen zu liefern. In Delhi und in Lahore hatte die Polizei bereits das Feuer eröffnet und ein halbes Dutzend Menschen erschossen. Seit Kriegsende war die Stimmung im Punjab besonders erbittert, und die Rowlatt-Gesetze hatten das Mißtrauen des Volkes gegen die Regierung noch verstärkt. Eine *Satyagraha*, auch wenn sie friedlich und gewaltlos beabsichtigt war, würde diese Kräfte zusammenführen und Tod und Zerstörung bringen.

Kim war selbst teilweise für diese riesige Demonstration verantwortlich. Er hatte in Zusammenarbeit mit den beiden Kongreßmitgliedern Satyapal und Kitchlew eifrig dazu beigetragen, die *Satyagraha* zu organisieren. Im Aitchison-Park hatten sie sich versammelt. Von dort aus wollten sie einen friedlichen Demonstrationszug als Protest gegen die Rowlatt-Gesetze zum Regierungssitz führen. Bei ihm waren auch Bala und Bala und Nadir Shah. Die Brüder waren eigentlich hier, um an dem Hindu-Fest Ram Naumi teilzunehmen, und der alte Zauberkünstler Nadir Shah und sein Sohn Salim waren in der Absicht gekommen, der festlichen Menge Vorführungen zu bieten. Von dem leidenschaftlichen Protestmarsch mitgerissen, befanden sie sich jetzt mittendrin.

Plötzlich sah Kim, wie sich rechts von ihm ein Arm hob. Ein Mauerstein flog über ihre Köpfe hinweg und landete neben dem Pferd des Vizepolizeichefs Irving, das erschrocken einen Sprung zur Seite machte. Die Bewaffneten erstarrten.

»Nein!« schrie Kim. »Dies ist eine friedliche Demonstration! Werft keine Steine mehr!«

Doch schon flogen weitere Steine durch die Luft, und ein unartikuliertes Wutgeheul durchbrach die Stille. Irving gab seine Stellung auf. Auch die Soldaten und Polizisten wichen ein Dutzend Schritte zurück. Die leitenden Beamten trafen sich zur Beratung an einer Stelle, wo sie vor den Wurfgeschossen einigermaßen sicher waren.

Indessen drängte die Menge an den Führern vorbei, die sie vergebens zurückzuhalten suchten. Und dann schossen plötzlich aus panischer Angst die englischen Soldaten des Königlichen Sussex-Regiments, ohne daß eine Warnung ergangen oder ein Schießbefehl erteilt worden war. In Kims Ohren hörten sich die Schüsse recht harmlos an, doch drei Männer waren zu Boden gestürzt, und die Menge blieb stehen.

»Sofort auseinandergehen!« schrie Irving. »Geht bitte in eure Häuser zurück! Wir wollen euch ja nichts Böses antun, aber ihr handelt ungesetzlich.«

»Wir wollen nur friedlich gegen die Rowlatt-Gesetze protestieren!« schrie Satyapal zurück.

»Ich kann euch nicht gestatten, die Eisenbahnlinie hinter mir zu überschreiten.«

Nach den Todesschüssen war eigentlich zu erwarten gewesen, daß die Menge in wilder Flucht davonstieben würde. Aber sie hatte sich nicht vom Fleck gerührt und wartete schweigend und aufmerksam ab, als lauere sie auf einen Augenblick gegnerischer Schwäche. Satyapal drehte sich um und forderte die Menschen zum Auseinandergehen auf. Ruhig begannen sie den Rückzug, es war ein langsam fließender Strom in die *Mohallas* und *Gullis* der Altstadt. Die Polizisten gingen vorwärts, als hätten sie diesen Rückzug bewirkt. Kim warf noch einen Blick auf die drei Toten, die auf der staubigen Straße lagen. Dann wurde auch er zurückgedrängt.

Er ging zu Newtons Haus und beobachtete mit Alice und Parvati vom Dach aus, wie die Menge sich zerstreute. Wenn man von der unheimlichen Stille absah, kam es einem so vor, als wäre überhaupt nichts geschehen. Die Leichen waren schon weggeschafft worden.

»Wir müssen Sie von hier wegbringen«, sagte Kim zu Alice. »Wir können Sie unmöglich noch länger beschützen. Ich begleite Sie ins Europäerviertel, wo Sie wahrscheinlich sicherer aufgehoben sind. Aber es wäre am besten, wenn Sie Amritsar ganz verlassen.«

»Das kann ich nicht«, sagte Alice. »Ich bin doch Journalistin, Kim. Sie, Kitchlew und Satyapal werden die Menschen doch zurückhalten können.«

»Jetzt nicht mehr. Die Schüsse haben sie zu sehr provoziert. Sie sind zwar auseinandergegangen, aber bestimmt nur vorläufig. Es geht auch nicht allein darum, ob wir sie zurückhalten können, denn es sind Männer unter ihnen, die Gewaltakte absichtlich herbeiführen wollen, um Mr. Gandhis Aufruf zu friedlichen und gewaltlosen Protesten in Mißkredit zu bringen. Und wenn eine friedliche Protestaktion zu Gewalttätigkeiten führt, haben die Briten einen Vorwand, uns zu bestrafen. Bald wird die Zeit für die Lektion reif sein, die sie uns für unseren Ungehorsam versprochen haben.«

»Ich bin sicher, daß sie keine drastischen Maßnahmen ergreifen werden.«

»Was sie unternehmen werden, weiß ich auch nicht. Aber sie warten schon seit 1857 auf eine solche Gelegenheit. Die Erinnerung an den Aufstand der Sepoys hat sie nie verlassen. Sie hat ihre Einstellung uns gegenüber vergiftet. Sie wünschen, daß der Zorn uns übermannt. Sie wünschen, daß wir uns ihnen zum Kampf stellen. Sie haben ja die ganzen Jahre über nur darauf gewartet, uns wieder töten zu können. Mit diesen Rowlatt-Gesetzen drücken sie unserem Volk ihre Verachtung aus, weil sie wissen, daß uns das zur Empörung treiben wird. Uns bleibt nichts anderes übrig, als abzuwarten. Das erste sichere Zeichen für ihre wahren Absichten wird zu erkennen sein, wenn sie die Anführer verhaften, Gandhi, Satyapal, Kitchlew, mich und andere. Denn wenn wir verhaftet sind, ist keiner mehr da, der das Volk zur Besonnenheit mahnt, und dann werden die *Goondas* und die Agents provocateurs auf uns losgelassen.«

Kim hielt inne und fuhr nach einer Weile fort: »Das habe ich vom Oberst-Sahib gelernt. ›Es war sein Wahlspruch: Teile und herrsche! Teile, und du hast das Geschehen im Griff!‹«

Alice spürte Kims Feindseligkeit. Sie war nicht direkt gegen sie gerichtet, aber sie wurde darin mit einbezogen, als wäre sie in dieser *Burka* gefangen, die sie bisher so wirkungsvoll vor den Augen der Menge geschützt hatte. Sie konnte Kim eigentlich nicht böse sein, und doch war sie es. Sie wollte ihm sagen, daß sie zu ihnen gehörte und daß sie für die Inder war. Aber dafür war es zu spät. Allein durch ihre Hautfarbe gehörte sie zur Armee des Gegners. In diesem Moment beneidete sie Kim. Sie wünschte, sie könnte sich auch so leicht auf die Seite einer Partei stellen, wie er es getan hatte. Er hatte seine Wahl getroffen. Ihr dagegen blieb keine Wahl. Über sie wurde ein Urteil gesprochen: Dieser Bewegung kannst du dich nicht anschließen.

Sie schaute auf die Stadt hinunter. Im Sonnenglast glaubte sie plötzlich Feuer und Rauchschwaden zu sehen. Es mußte ein

Trugbild sein. Doch plötzlich erkannte sie, daß es keins war. Gleich hinter den Mauern wütete eine Feuersbrunst. Auch Kim sah es mit müdem Blick. Der Mob hatte bereits angefangen, zu verwüsten, zu brennen und zu plündern. Der Aufruf zum friedlichen Protest wurde durch Gewalttätigkeiten in den Schmutz gezogen.

Es war ein blutroter Sonnenaufgang. Der Himmel wirkte verwundet und aufgerissen. Die Sommerhitze ließ die Menschen zittern. Im Saal war es schon lange vor dem Ende der Morgendämmerung warm geworden. Draußen hörte man nur die Krähen und die Eichhörnchen im Garten.

Fünf Männer saßen um den Tisch. Ihre Gesichter waren übermüdet, die Augen wieder von einer schlaflosen Nacht gerötet. Neben dem Vizepolizeichef Irving saßen Hauptmann Massey, der Militärkommandeur in Amritsar, Polizeioberinspektor Rehill, Polizeiinspektor Plomer und Oberst Sir John Creighton. Nur der Oberst sah frisch und munter aus. Er saß aufrecht da und war bereit, energisch seine Pflicht zu erfüllen. Ein Diener brachte Tee. Die Männer lehnten sich schlaff zurück, rauchten und starrten blicklos vor sich hin. Der Oberst schaute durch die Veranda auf die Polizisten, die im Garten angetreten waren, und dachte an eine andere Zeit und einen anderen Ort zurück, als Männer wie er zusammengekommen waren, um eine Krisensituation zu meistern.

»Mir ist gerade ein merkwürdiger Gedanke durch den Kopf geschossen«, sagte der Oberst leise zu keinem im besonderen, und niemand schien ihn auch zu hören. »So wie wir hier sitzen und beraten, wie wir mit dieser Gewalt auf der Straße fertig werden können, so müssen auch die Männer zusammengesessen haben, die den Aufstand der Sepoys niederzuschlagen hatten. Zugegeben, sie waren überrascht worden. Sie hatten nicht geahnt, daß Inder so wild und gewalttätig werden können. Aber wir hatten diese Warnung der Geschichte immer vor Augen, sie ließ uns in all diesen Jahren nicht los, und deshalb trifft uns das alles nicht unvorbereitet. Im Gegensatz zu 1857, als die führenden Männer nach Ausflüchten suchten und alles auf die lange Bank schoben, müssen wir schnell und entschieden zuschlagen. Sonst wird, was hier geschehen ist, in ganz Indien Widerhall finden. Wenn der hiesige Mob uns straflos die Stirn bieten, morden und plündern darf, dann werden die Massen an tausend Stellen in anderen Städten das gleiche tun. Und dann bekommen wir Indien nie wieder in die Gewalt. Dann können wir ebenso gut gleich abziehen.«

Als seine Stimme verklang, trat wieder Schweigen ein. Eine Tasse klapperte gegen die Untertasse. Er fragte sich, ob sie ihm überhaupt zugehört und ob sie an 1857 und die damaligen Greuel gedacht hatten. Rehill und Irving sicherlich. Irvings porzellanblaue Augen wandten sich ihm kurz zu. Er sah zerzaust aus, und sein grobes Gesicht zeigte Sorgenfalten. Als ranghöchster Zivilist hatte er die Befehlsgewalt, und wenn er die Lage für unhaltbar erklärte, konnte der Militärkommandeur nicht an seine Stelle treten. Captain Massey war zu jung. Vielleicht hatte er Geschichte studiert, aber Indien und die Inder waren ihm unbekannte Größen. Mit Plomer rechnete der Oberst schon gar nicht.

Ein *Peon* brachte ein braungelbes Telegramm herein und überreichte es dem Oberst. Er las es und schob es Irving zu.

Es lautete: GANDHI AN DER GRENZE VERHAFTET. Unterschrieben war es von Sir Michael O'Dwyer, dem Vizegouverneur des Punjab.

»War das klug?« fragte Irving. »Gandhi hätte die Massen beruhigen können.«

»Irving, hier geht es darum, wer diese Stadt und, im größeren Maßstab gesehen, das ganze Land unter Kontrolle bringt. Vielleicht wäre Gandhi imstande, den Mob von weiteren Gewaltakten abzuhalten. Aber das würde ihm ja nur die Macht in die Hand geben, nach der er strebt. Das wäre für ihn und für das Volk der Beweis, daß er an der Spitze steht und nicht wir. Ich meine, wir müssen auch Kitchlew, Satyapal und die übrigen Bandenführer verhaften.«

»Ich habe sie für zehn Uhr herbestellt«, sagte Irving, sah den

Oberst erwartungsvoll an und zuckte unter seinem starren, unbeugsamen Blick leicht zusammen. Dann wandte er sich an Rehill und Plomer. »Lassen Sie einen Lastwagen vorfahren! In dem Augenblick, wo sie hier eintreffen, nehmen Sie sie fest und bringen sie aus der Stadt. Das muß alles rasch und ohne Aufsehen vor sich gehen.«

»Aber wenn das Volk erfährt, daß wir sie verhaftet haben, wird es einen Aufstand geben«, sagte Rehill.

»Den gibt es sowieso.« Der Oberst öffnete eine Akte und entnahm ihr eine auf billigem Papier gedruckte Zeitung. »Die haben meine Agenten gefunden. Sie nennt sich *Danda Akbar* und wird in ganz Amritsar, des weiteren im Bezirk und bis nach Lahore hin vertrieben. Ich lese Ihnen daraus vor: ›Oh, Hindu-, Moslem- und Sikh-Brüder, meldet euch umgehend für die Danda-Armee, um mutig gegen die englischen Affen zu kämpfen! Gott wird uns den Sieg verleihen. Bezwingt mit euerer Tapferkeit die englischen Affen! Brecht jeden Geschäftsverkehr mit Engländern ab! Schließt die Büros und Werkstätten! So lautet der Befehl Mahatma Gandhis.‹« Der Oberst ließ das Blatt sinken. »Mahatma heißt große Seele. Sie haben ihn also schon zu ihrem Heiligen gemacht. Meine Agenten haben mir außerdem berichtet, daß die Bauern diesem Aufruf folgen und die Stadt einnehmen wollen.«

»Aber Gandhi hat doch zu einem *Satyagraha* und nicht zu einem blutigen Krieg aufgerufen«, sagte Rehill. Das Gesicht des Obersten blieb unbewegt. Rehill fragte sich, wer wohl die Gelegenheit benutzt hatte, um in Mr. Gandhis Namen zur Gewalt aufzurufen. Aber schon verdrängten neue Sorgen diesen Gedanken. »O mein Gott!« stöhnte Rehill kaum vernehmbar. Der Oberst erwartete, daß er gleich die Hände ringen würde. Tatsächlich verschlang er wie im Krampf die Finger. Der Oberst fühlte nicht das geringste Mitleid. Der Mann war dabei, unter der Bürde seines Amtes zusammenzubrechen. »Vielleicht sollte ich Sir Michael O'Dwyer anrufen und ihn um Rat bitten.«

»Er hat schon in Lahore genügend am Hals. Der Mob hat die Altstadt in seinen Besitz gebracht.« Der Oberst zündete sich ein

Zigarillo an. »Außerdem sind die Telefondrähte zerschnitten worden. Weiß Gott, wie lange es noch dauert, bis auch die Telegrafendrähte gekappt werden. Wir stehen allein.«

Das Wort »allein« bewirkte, daß die Gesichter um ihn erstarrten. Rehill sah Captain Massey an. Der schüttelte kurz den Kopf. Er hatte einfach nicht genügend Truppen zur Verfügung, um die Stadt zu halten. Rehill wußte das, klammerte sich aber an die Hoffnung, daß sich die zweihundertfünfzig Männer wie durch ein Wunder vervielfältigt hätten.

Zur großen Verwunderung des Obersten schlenderten um Punkt zehn Uhr Satyapal und Kitchlew, begleitet von einigen ihrer Anhänger, durchs Tor. Er spähte aus dem Fenster. Von Kim, Grehwal oder Balbir Singh war noch nichts zu sehen. Verdammter Kim, verdammt noch mal! Er hatte ihn gefunden, neu geschaffen, geformt und geliebt. Und wie hatte er ihm das vergolten. Mit Verrat! Kim hatte ihn verraten. Kim hatte nicht das Recht, so zu handeln, wie er es jetzt tat. Er mußte Kim vernichten. Er hatte sein Leben verwirkt.

Und doch hatte sich sein Herz qualvoll aufgebäumt, als er den ersten Gewehrschuß im Garten gehört hatte. Er brachte es nicht fertig, sich umzudrehen. Er wollte einen Menschen, den er liebte, nicht tot daliegen sehen. So ging er rasch weiter. Als er erfuhr, daß Kim dem Scharfschützen entkommen war, war er anfänglich froh und stolz darüber gewesen. Aber dieses Gefühl verging schnell. Kim war sein Schatten, seine Schöpfung, und solange Kim lebte, würde er ihm gefährlich werden können.

Draußen fuhr ein Lastwagen rückwärts in den Garten, und die Polizisten schwärmten um Satyapal und Kitchlew herum. In dem Durcheinander sprach Irving mit den beiden. ›Sogar in solchen Augenblicken gehorchen wir dem Gesetz‹, dachte der Oberst. ›Irving teilte den beiden Schuften gerade mit, daß sie festgenommen sind.‹ Die Anhänger protestierten und schrien laut ihre Parolen, aber die Polizei jagte sie vom Gelände, und dem Oberst war klar, daß es nicht mehr lange dauern konnte, bis die ganze Stadt von der Festnahme ihrer beiden Führer erfahren würde.

Zur Mittagsstunde herrschte im Hall-Basar wieder Totenstille, aber jetzt ließ sich Alice nicht mehr davon beunruhigen. Sie hatte auch die *Burka* abgelegt. Es war zu stickig darunter, und außerdem kam sie sich darin feige vor. Statt dessen trug sie das *Salwar kamiz*, das aus einem weiten Hemd und Paijamas bestand. Um Kopf und Gesicht hatte sie einen leichten Schal gelegt. Wo gestern noch die Massen gewogt hatten, lagen die *Gullis* jetzt verlassen da. Sie glaubte schon, die Krise wäre vorüber, aber die Läden waren noch verbarrikadiert.

So kam sie zum *Zenana*-Krankenhaus und fragte hier eine *Ayah* nach ihrer Freundin Miß Easdon, der Doktor-Memsahib. Sie fand Betty auf dem Dach, wo sie über die Stadt schaute. Betty war eine dünne, abgearbeitete Frau, eine alte Jungfer, die ihr Leben dem Dienst im Krankenhaus gewidmet hatte. Sie schien mit ihren Gedanken woanders zu sein, zeigte sich aber erfreut, als sie Alice sah.

»Du hättest nicht kommen sollen.«

»Ach, meine Liebe, alle haben mich vor den schrecklichen Dingen gewarnt, die mir zustoßen würden. Ein lieber Freund hat mich ins Europäerviertel gebracht und mir eindringlich geraten, dort zu bleiben. Aber da erfährt man ja nichts. Keiner sagt etwas. Deshalb wollte ich dich besuchen und hören, was in der Stadt vorgeht.«

»Alles mögliche«, sagte Betty und machte eine hilflose Handbewegung. Jetzt wüteten auch an drei anderen Stellen Brände, und der Rauch stieg zum Himmel. »Ich begreife nicht, warum Irving nicht alle Europäer evakuieren ließ. Wir sind hier nicht mehr sicher. Was sollen wir bloß tun?«

»So lange hierbleiben, bis das *Tamasha* vorbei ist. Das dauert ja nie lange.«

»Nein, wir müssen weg, Alice. Komm!«

Dann blieben beide regungslos stehen. Aus der Ferne hörten sie leises Stimmengewirr, das rasch zu einem Brausen, dann zum Geheul anstieg. *»Angrezi . . . mar . . . Angrezi . . . mar . . .«* Sie spähten hinunter. Der Mob kam über den *Gulli* heran. Er schien führerlos zu sein. Die Männer in den vorderen Reihen schwangen *Lathis* in den Händen. Hinter ihnen schwärmten Leute aus, rissen die Holzverschläge ein und plünderten Geschäfte. Sie warfen Lebensmittel, Kleidungsstücke, Töpfe und Pfannen auf die staubige Straße. Alice und Betty wagten sich nicht zu rühren. Die Gewalttätigkeiten des Mobs erschreckte sie bis ins Mark. Sie wußten, daß man sie in Stücke reißen würde, wenn man sie entdeckte.

Alice zerrte Betty vom Dachrand zurück. »Wir müssen uns verstecken. Sie werden hier wohl nicht eindringen, aber wenn sie uns sehen . . .«

Unter der Treppe fanden sie eine kleine Besenkammer. Die beiden Frauen zwängten sich zwischen die Putzgeräte und machten die Tür hinter sich zu. Im Dunkeln bekamen sie Platzangst, und es war zum Ersticken heiß. Alice hielt entschlossen den Riegel fest, damit niemand die Tür öffnen konnte.

Betty fing zu weinen an. »Was sollen wir bloß tun?«

»Pssst, sie dürfen uns nicht hören. Sei still!«

Lange Zeit blieb es ruhig. Alice dachte schon, sie wären dumm gewesen, sich so zu ängstigen. Doch dann hörten sie das Klappern von *Chappals* auf den Steinfußböden. Stimmen wurden laut. Zuerst konnte sie nichts verstehen, aber bald hörte sie einzelne Gespräche.

»Die *Ayah* hat gesagt, hier sind zwei Europäerinnen.«

»Wir haben überall gesucht, können sie aber nicht finden.«

»Wir finden sie schon noch. Und dann bringen wir sie um. ›Schlachtet sie alle ab!‹ heißt die Devise. Versucht es mal auf dem Dach!«

Männer rannten hinauf und kamen wieder herunter. Alice hielt krampfhaft die Tür zu. Einer rüttelte daran und ging dann weiter. »Sie haben uns wohl kommen sehen und sind geflüchtet. Gehen wir weiter! Wir finden schon noch andere europäische Affen.«

Vorsichtig stieß Alice den angehaltenen Atem aus. Ihr taten die Finger vom Festhalten des Riegels weh. Sie ließ los und bewegte sie, um den Krampf zu lösen. Schon wollte sie die Tür aufstoßen, als sie die *Ayah* sagen hörte: »Ihr Dummköpfe, sie sind noch im Haus! Wenn sie weg wären, hätten sie an mir vorbeikommen müssen.«

»Hilf mir mit der Tür!« flüsterte Alice. Betty faßte mit den Riegel an, und, eng aneinander gezwängt in dem dunklen Loch, hielten sie beide fest und beteten stumm, daß die Tür nicht nachgeben würde. Jemand zog von außen, hielt inne und zog wieder.

»Diese Tür ist abgeschlossen«, sagte der Mann. »Wir vergeuden hier nur unsere Zeit. Gehen wir weiter!«

Die nachfolgende Stille zog sich unerträglich hin. Alice stellte sich vor, die Männer hockten draußen und warteten darauf, daß sie herauskämen. Ohne sich zu rühren, klammerten sie sich an den Riegel, der ihre einzige Rettung war. Die Minuten vergingen und wurden zu Stunden. Sie blieben hinter der verschlossenen Tür und wagten nicht einmal zu flüstern. Ihre Kehlen waren ausgedörrt, und die Hitze wuchs immer mehr. Sie rochen ihren Angstschweiß. Er stank ranzig und sauer.

Um sich auf andere Gedanken zu bringen, entwarf Alice im Kopf den Artikel, den sie an die *New York Herald Tribune* schicken würde. »Die Ereignisse, von denen ich hier berichte, haben ihren Ursprung in der Zeit vor 62 Jahren. Während ich hier in einem neuen Schwarzen Loch, allerdings von geringeren Ausmaßen, eingeschlossen bin, habe ich das Gefühl, daß die Geschichte sich wiederholt, wenn auch mit einem Unterschied. Der Unterschied besteht darin, daß die Briten diesmal die Inder mit voller Absicht zu einer Revolte provoziert haben, indem sie die Rowlatt-Gesetze einführten. Diese ungerechten Gesetze sollen den Inder fortwährend daran erinnern, daß er von Ausländern beherrscht und, falls er zum Protest den Kopf oder die Stimme erhebt, ins Gefängnis geworfen wird . . .«

Plötzlich hörten sie den Schritt eines einzelnen Menschen die Treppe heraufkommen, an ihnen vorbeigehen und dann leiser werden. Schon wollten sie erleichtert aufatmen, als die Schritte zurückkamen und vor der Besenkammer innehielten. Dann klopfte jemand leise an die Tür. Sie hielten wieder gemeinsam den Riegel fest. Alice dachte, daß der Jemand sie durch sein leises Klopfen täuschen wollte. Wenn sie daraufhin die Tür aufmachten, würden sie draußen den Mob sehen. Wieder klopfte es.

»Alice«, flüsterte eine Männerstimme. Er schien den Mund direkt an die Tür gelegt zu haben. »Ich bin's, Kim.«

Die Frauen ließen den Riegel los und taumelten hinaus. Im Halbdunkel kauerte Kim und legte den Finger an die Lippen. Nach der drangvollen Enge kam ihnen die Luft im Korridor angenehm frisch vor. Sie atmeten tief ein. Das Haus lag im Schweigen. Alice merkte, daß sie am ganzen Leibe zitterte, konnte aber nichts dagegen tun. Dann fingen Betty und sie vor Erleichterung zu weinen an. Es war die Erlösung nach der stundenlangen Todesangst.

Kim reichte ihnen *Burkas.* »Zieht sie euch an!«

»Woher hast du gewußt, daß wir hier sind?«

»Eine Krankenschwester hat es mir gesagt. Sie hat die Leute dazu überredet abzuziehen. Dann hörte ich, daß sie nach zwei Angrezi-Frauen suchten. Zuerst wußte ich nicht, daß sie euch meinten. Aber wir dürfen keine Zeit verlieren.«

Sie folgten ihm auf das *Gulli* hinaus. Zu ihrer Überraschung herrschte auch hier Totenstille. Das kam ihnen besonders gespenstisch vor, wenn sie an das mörderische Chaos vor wenigen Stunden dachten. Das Schweigen schien davor zu warnen, daß jeden Augenblick wieder ein Höllenkrach ausbrechen konnte. Eilig gingen sie durch die längerwerdenden Schatten der einbrechenden Dunkelheit. Eine große Erleichterung überkam Alice, als die Altstadt hinter ihnen lag und sie durch das Eingangsportal des Hall-Gate trat. Sie wußte, daß sie nie wieder herkommen würde. Die Angst davor war zu groß. Das stimmte sie traurig, denn in all den Jahren hatte sie nie Angst gehabt. Doch jetzt würde sie jedesmal erschrocken zusammenzucken, wenn sie nur eine Menschenmenge erblickte.

»Was geht in den anderen Stadtteilen vor?«

Erschöpft sagte Kim: »Der Mob ist außer Rand und Band. Er wird von Rowdys angeführt. Es sind Männer, die wir noch nie gesehen haben. Sie haben Mr. Thompson, den Bankdirektor, ermordet und eine Missionarin angegriffen. Sie ist schwer verwundet. Außerdem haben sie Mr. Stewart und Mr. Scott von der National-Bank umgebracht. Die Regierung hat es so gewollt. Deshalb hat sie Kitchlew und Satyapal verhaften lassen.«

Es war ein langer Weg bis zum Fort Gobind Garh. Unterwegs begegneten sie kaum einer Menschenseele. Wann immer ein Mann sich blicken ließ, schob Kim sie in den dunkelsten Schlagschatten, und dann warteten sie, bis der Mann vorübergegangen war. Das Fort stand auf einer kleinen Anhöhe, von der aus man Amritsar überblicken konnte. Kim führte sie bis ans Tor. Ein finster blickender britischer Soldat legte das Gewehr auf sie an. »Schnell! Zeigt eure Gesichter!«

Alice und Betty entledigten sich der *Burkas.* Der Soldat ließ das Gewehr sinken und rief den Männern drinnen zu, sie sollten das Tor aufmachen.

»Du wirst vorsichtig sein, ja, Kim?«

»Von meinen Landsleuten habe ich kaum etwas zu befürchten, Miß Soames«, sagte Kim. »Ich fürchte mich nur vor den Maßnahmen, die Ihre Landsleute jetzt gegen uns ergreifen werden.«

Dieser Traum suchte Kim immer wieder heim: wie er über seine toten Kameraden hinweg auf hohe Mauern, einen Brunnen und einen Durchgang sah. Drei Bäume warfen ihre Schatten auf Tote und Sterbende, der Himmel war wolkenlos blau und die Stille so vollkommen, daß er glaubte, taub zu sein. Er hörte weder die Schüsse, die unablässig aus den Gewehren abgefeuert wurden, noch die Schreie, aber er wußte, das war nur, weil es ein Traum war.

In Schweiß gebadet wachte er auf. Sein Herz schlug so laut, als wäre er eine lange Strecke gerannt. Über seinem Kopf dehnte sich der klare Nachthimmel. Von Horizont zu Horizont umfaßte er die himmlischen Mächte. Dieses sichtbare Zeichen der Ewigkeit und des unvermeidlichen Schicksals wirkte beruhigend auf ihn. Er wußte, alles war im steten Wechsel begriffen, es verschob sich wie im Tanz. Nur für den Menschen sah es immer gleich aus. Er mußte lächeln über diese Selbsttäuschung, diesen Drang, an Unsterblichkeit zu glauben.

Dann sah er sich oben auf dem Dach um. Gleich rechts neben ihm schliefen Parvati und Saraswati friedlich in einem *Charpoi.* Weiter entfernt zu seiner Linken schnarchte Newton leise. Kim erhob sich lautlos von seinem *Charpoi,* ging zum Rand des Daches und schaute auf Amritsar nieder. Fast auf allen Dächern lagen Schlafende, die der schrecklichen Hitze in den Häusern entgehen wollten. Selbst jetzt in der Nacht war es heiß, und kein Lüftchen regte sich.

Aber auch der Schlaf war eine Täuschung. Er verlieh Amritsar den falschen Anschein friedlicher Stille. Kim spürte, daß die Träume all dieser Menschen ganz anders aussahen. Nicht die Hitze machte ihren Schlaf unruhig, sondern der Zorn, der allen gemeinsam war. Die Nachtluft trug ihm ihre Wut und Enttäuschung, das Gefühl, betrogen und verraten zu sein, zu. Viele flüsterten im Schlaf, wenn ihre Träume heftiger wurden. Unten bewegte sich eine Polizeistreife vorsichtig das *Gulli* entlang. Ein Offizier mit dem Revolver in der Hand und vier Wachtmeister mit schußbereiten Gewehren. Als sie unter ihm vorbeikamen, drangen ihre Flüsterstimmen bis zu ihm herauf. Sie fürchteten sich in der Stadt.

»Was ist los?« fragte Parvati leise. Sie war ebenfalls aufgewacht, weil sie mit dem Einfühlungsvermögen einer Liebenden Kims Unruhe gespürt hatte, und war neben ihn getreten.

»Ich hatte wieder diesen Traum. Jedesmal war er deutlicher.«

Parvati überlief ein Schauer, und sie schmiegte sich an Kim. Sie haßte seine Träume, die von schlimmen Vorahnungen hervorgerufen wurden. Wie Gespenster suchten sie ihn von Zeit zu Zeit heim. Sie ahnte, daß auch sie darin vorkam, obwohl er ihr das nie gesagt hatte. Er konnte in seiner Traumwelt nicht von ihr lassen. Sie fragte sich bang, ob irgendwann in der Zukunft Traum und Wirklichkeit eins werden und alles zu Ende sein würde.

Schweigend und engumschlungen schauten sie über die Stadt. Parvati wußte, daß Kim auch von anderen Gedanken gequält wurde. Er hatte den Schock über den versuchten Mordanschlag des Obersten auf ihn noch nicht überwunden. Vorher hatte er nicht glauben wollen, daß der Oberst so etwas tun würde. Er konnte es immer noch nicht begreifen und war ganz durcheinander. Der Mann, den er wie einen Vater liebte, hatte ihm eine Falle gestellt, war dann einfach weggegangen und hatte ihn auf Gnade und Ungnade einem Scharfschützen ausgeliefert, in der Hoffnung, Kim würde den Tod finden. Nach dem ersten Schuß hatte er sich nicht einmal umgedreht. Noch immer versuchte Kim sich auszumalen, was geschehen wäre, wenn er sich nicht rechtzeitig von der Bank gerollt hätte. Wäre er tödlich getroffen worden, hätte der Oberst sich dann um seine Leiche gekümmert, oder hätte er sie einfach liegenlassen, bis sie auf einen Abfallhaufen geschafft wurde?

Sie hatten sich nähergestanden, als es in einer normalen Beziehung zwischen Agent und Agentenführer üblich war. Ihr gemeinsamer Glaube, ihre gegenseitige Abhängigkeit waren tiefer gegangen, in den Bereich der Liebe. Deshalb haßte Parvati den Oberst um so mehr, weil er Kim so tief verletzt hatte. Schweigend stand er neben ihr, und sie wußte, daß er in Gedanken die Ereignisse seines Lebens und seine enge Beziehung zu dem Oberst noch einmal erlebte. Er grübelte darüber nach, wie alle Liebe durch einen einzigen Gewehrschuß ausgelöscht werden konnte.

»Was meinst du, werden sie jetzt tun?« fragte Parvati.

»Sie haben es schon getan. Ich habe gehört, daß Irving die Lage für unhaltbar erklärt und die Stadt der Verantwortung des Militärkommandeurs unterstellt hat. Jetzt hat die Armee die Gewalt. Und ein gewisser General Dyer hat den Befehl erhalten, das Kriegsrecht anzuwenden.«

Der Oberst hatte das Gefühl, daß das Warten bald zu Ende sein würde. Er atmete tief aus, um sich der Stille der indischen Morgendämmerung hinzugeben. Da sich kein Windhauch regte und der Himmel wolkenlos blau war, würde es wieder ein glutheißer Tag werden. Außerhalb des Forts lag die Stadt in Erwartung der nächsten Ereignisse. Die Ruhe war trügerisch. Er spürte, wie sich die unterdrückte Erregung, einer Schlange gleich, in den *Gullis* und *Mohallas* zum tödlichen Schlag spannte.

Dann ging sein Blick über das Fort. Jetzt hatten sich alle Europäer hierhergeflüchtet, und die Stimmung schien trotz der Feindseligkeit jenseits und dem Zusammengedrängtsein innerhalb der Mauern zuversichtlich zu sein. Er war stolz auf seine Landsleute. Plötzlich fiel ihm siedendheiß ein, daß heute Sonntag war. War das ein Omen? Auch 1857 hatte der Aufstand der Sepoys an einem Sonntag begonnen, als alle Europäer in der Kirche waren. Seit diesem Tag hatten die Soldaten den Befehl, immer ihre Waffen mitzunehmen, wenn sie eine Kirche betraten.

General Dyer erklomm die Steinstufen. Der Oberst wandte sich ihm zu. Er hatte Dyer aus Jullunder angefordert. Dyer war der ranghöchste Armeeoffizier in der Umgebung von Amritsar. Er sah wie ein echter Soldat aus, kerzengerade und steif, und sein Gesicht verriet Entschlossenheit und Stärke. Es war gut, einen Mann wie ihn als Befehlshaber zu haben. Einen Mann mit großer Indien-Erfahrung, der die Geschichte nicht als Erzählung aus dem Märchenbuch, sondern als lebendige Gegenwart begriff. Sie schüttelten sich die Hand und wandten sich dann dem Blick über die Stadt zu.

»Sie liegt in Ihren Händen«, sagte der Oberst ernst. »Und Sie müssen schnell, gegebenenfalls auch hart durchgreifen, um Recht und Ordnung wiederherzustellen.«

»Wir haben immer noch nicht genügend Männer zur Verfügung, Oberst«, sagte Dyer. »Alles in allem zwölfhundert, und da zähle ich sogar die Köche mit. Eine so große Stadt schluckt die Männer leicht. Wenn ich meine Streitkräfte verteile, schwäche ich sie. Um hart zuzuschlagen, müssen wir zusammenbleiben.« Er zupfte an seiner Unterlippe. »Wenn die Inder sich an einem Ort versammeln würden und so lange dort blieben, bis wir sie angreifen können . . .«

»Das werden sie nicht tun«, sagte der Oberst. »Also warten Sie nicht auf ein Wunder! Sie müssen auf jeden Fall Stärke zeigen.«

»Ich werde mich heute selbst in die Stadt begeben.« Er zog ein Blatt Papier aus der Tasche und reichte es dem Oberst. »Ich hoffe, das wird wirken.«

Der Oberst las:

Hiermit wird bekanntgegeben, daß kein Einwohner die Stadt im eigenen oder gemieteten Fahrzeug oder zu Fuß verlassen darf, es sei denn, er hat einen Passierschein, der von einem der im folgenden aufgezählten Offiziere unterschrieben ist . . . (Der Oberst las seinen Namen und strich ihn aus.)
Nach 20 Uhr darf kein Einwohner der Stadt Amritsar mehr sein Haus verlassen. Wer nach 20 Uhr auf der Straße angetroffen wird, läuft Gefahr, sofort erschossen zu werden. Aufzüge jedweder Art auf den Straßen in der Altstadt, in den übrigen Stadtteilen und außerhalb der Stadt sind streng verboten. Derartige Aufzüge oder auch eine Ansammlung von vier Personen werden als ungesetzliche Versammlung angesehen und notfalls mit Waffengewalt aufgelöst.

»Ausgezeichnet«, sagte der Oberst und gab die Bekanntmachung zurück.

Dyer machte ein zufriedenes Gesicht. »General Beynon, der Divisionskommandeur, hat mich ermächtigt, alle Maßnahmen zu ergreifen, die mir zur Aufrechterhaltung der Ordnung angemessen erscheinen. Wir werden sehen, ob dies die Gemüter beruhigt. Ich werde es heute vormittag überall in der Stadt persönlich verlesen.«

Am Himmel erschien ein schwarzer Fleck, der langsam auf Amritsar zukam. Bald hörten sie das Motorengeräusch eines Flugzeugs und sahen, wie es eine Viertelstunde lang über der Stadt kreiste, bevor es sich auf den Rückflug begab.

»Innerhalb einer Stunde müßte ich den Bericht des Piloten erhalten. Dann bin ich auf alles gut vorbereitet.«

Sie sahen, wie unten die Soldaten antraten. Es waren 125 britische Soldaten von den 2/6. Royal Sussex und 310 Inder von den 1/9. Gurkhas und den 1/12. Belutschis. Außerdem verfügte Dyer über zwei Panzerwagen. An der Spitze der kleinen Truppe warteten Dyers Pferd und ein Ochsenwagen, auf dem eine große Trommel stand.

»Nun, dann wünschen Sie mir Glück!«

Sie tauschten, ohne viel Worte zu verlieren, einen festen Händedruck, wie Männer es in solchen Augenblicken tun. Der Oberst blieb auf den Wällen, während Dyer die Front abschritt. Rund um den Platz standen schweigend und voller Hoffnung die übrigen Europäer. Die Tore schwangen auf, und Dyer ritt an der Spitze seiner kläglich kleinen Truppe hinaus. Die Europäer stiegen die Treppen hinauf, um die Wälle zu besetzen und zu beobachten, wie der Zug sich in das Labyrinth der Stadt wagte.

Es war schon sehr heiß, und der Oberst wünschte, daß er noch jung wäre. Dann hätte er Dyer begleitet. Er wäre hinter ihm geritten. Aber für so etwas war er schon zu alt, und er verfluchte die Schwächen des Alters. Rasch wandte er sich ab, und sein Gesicht verlor jede Farbe. Einen Meter vor ihm stand Alice. Auch sie sah dem Zug nach. Ihre jugendliche Schönheit war verblaßt, in der unerbittlichen Sonne wirkte sie beinahe wie ein Geist. Doch unter den Altersfalten sah er die Ähnlichkeit mit Elizabeth.

Alice spürte den erschrockenen Blick ihres Ehemanns. Sie war im Vorteil, weil sie gewußt hatte, daß er sich mit Dyer und Irving im Fort befand. Sie beobachtete weiter, wie Dyer und seine Männer langsam aus dem Blickfeld entschwanden. Schließlich wandte sie sich ab.

»Hallo, Jack.«

Es war ihre Stimme, die ihm einen Stich versetzte. Sie hatte sich nicht verändert. Sie klang immer noch rauchig und hatte einen Unterton von Humor, als ob sie sich über ihn lustig machen wollte. Als er Alice vor dreißig Jahren unter dem Banyan-Baum kennenlernte, hatte ihn als erstes diese Stimme angezogen. Jetzt fühlte er nichts als Haß. »Jack.« Die letzte Frau, die diese intime Anrede benutzt hatte, war Sushila gewesen, und an sie wollte er sich nie mehr erinnern lassen.

»So erstaunt und wortkarg kenne ich dich ja gar nicht, Jack.«

»Bin ich auch nicht. Hätte ich mir ja denken können, daß du hier bist und deine verdammte Nase in die Angelegenheit stekken mußt. Die Presse hat in dieser Provinz überhaupt keine Arbeitserlaubnis. Wie bist du hier reingekommen?«

»Durch Beziehungen. Und warum wollt ihr uns hier nicht haben? Damit ihr wieder einmal Sachen anstellen könnt, von denen die Weltöffentlichkeit nichts erfahren darf.«

»Das bildest du dir nur ein, daß die Weltöffentlichkeit sich dafür interessiert.« Sein Zorn brach sich Bahn. »Die Schuld daran haben Menschen wie du. Du und deine indischen Helfer. Ihr stiftet sie dazu an, Aufruhr zu predigen, Revolten anzuzetteln, zu brennen, zu plündern und unschuldige Menschen zu ermorden. Hättet ihr euch nicht eingemischt, dann würde Indien heute nicht am Rand einer blutigen Revolte stehen, und wir bräuchten nicht die Armee herbeizurufen. Ihr habt ihnen solche Ideen in den Kopf gesetzt. Bevor Leute wie du sie mit euren Lügen gefüttert haben, waren sie glücklich und zufrieden.«

»Du hältst sie für kleine Kinder und willst, daß sie das auch bleiben. Aber du kannst die Veränderungen nicht aufhalten. Du kannst das Rad der Zeit nicht zurückdrehen. Ihr habt diese Krise durch die Rowlatt-Gesetze selbst heraufbeschworen. Natürlich werden sie revoltieren, wenn ihr sie unterdrückt und sie behandelt, als wären sie rückständig und machtlos. Ihr wollt hier noch ewig herrschen, aber das wird euch nicht gelingen. Es ist schon aus damit. Und du bist es, der ihr Vertrauen zerstört hat. Du trägst die Verantwortung für die Entwicklung.«

Alice war zumute, als hätte sie ihm in aller Öffentlichkeit eine Ohrfeige versetzt. Sie wußte, daß er niemals Vernunft annehmen würde, weder er noch die anderen alten Männer, die von ihrer Sicht Indiens und der Inder nicht ablassen würden. Entweder bekamen sie ihren Willen, oder sie würden diesen widerspenstigen Kindern die Leviten lesen. Die Macht und die Erinnerung an alte Zeiten hatten ihnen den Blick verstellt. Sie sah ihm in die Augen, deren kalten, zornigen Blick nur wenige aushielten. Die Tränensäcke waren stark aufgetrieben. Er hatte bestimmt jeden Schachzug vorausberechnet, und ihr würde nichts anderes übrigbleiben, als machtlos zuzusehen. Die Macht lag noch in seinen Händen.

»Vertrauen zerstört?« Der Oberst schien schockiert. »Aber ich liebe Indien doch. Ich habe diesem Land mein ganzes Leben gewidmet. Sie wollen aber einfach nicht begreifen, daß wir am besten wissen, was für sie gut ist. Diese . . . Krawalle und Revolten . . . werden aufhören, und alles wird wieder beim alten sein. Das weiß ich genau. Es muß so sein.«

Er machte auf dem Absatz kehrt und marschierte davon. Alice sah ihm nach, wie er steif an den Menschen vorbeiging und schließlich im einladenden Schatten verschwand. Ihr war nach Weinen zumute. Und da er ihre Tränen nicht mehr sehen konnte, weinte sie auch ein wenig.

Er irrte sich. Nichts würde wieder sein wie vorher.

Siebenundzwanzigstes Kapitel

13. April 1919

Kim hörte die Trommel, und dann verlas General Dyer die Proklamation auf Hindi. Dem folgte die Übersetzung in die Sprache des Punjab. In dem kleinen Saal war es stickig heiß, und Dyers Stimme klang in der Stille deutlich und gebieterisch. Kim stand auf, um den militärischen Aufzug zu sehen. Eine Menschenmenge hatte sich angesammelt, und als Dyer weitermarschieren ließ, folgte sie ihm nach. Ein *Chokra* schlug imitierend auf eine Blechbüchse ein, und ein Mann wiederholte in spöttischem Ton den Inhalt der Bekanntmachung.

»Was sollen wir tun?« fragte Balbir Singh.

»Wir halten unsere Versammlung ab«, sagte Kim. »Wir müssen unseren Plan weiterverfolgen. Nur indem wir friedliche Gewaltlosigkeit üben, können wir die anderen davon überzeugen, daß wir unsere Ziele auch ohne Aufruhr und Morde erreichen werden.«

Isaac Newton machte ein besorgtes Gesicht. Er runzelte die Stirn und zerrte an seiner Brille, als wollte er den Finger nachdrücklich auf seine Sorgen legen.

»Aber wir haben doch eben gehört, was der General gesagt hat. Sie werden auf uns schießen.«

»Warum hören wir diesen Angrezi überhaupt zu?« fragte Kim. »Sie befehlen: Tut das, und dann tut jenes! Wir halten unsere Versammlung trotzdem ab. Aber es wird eine friedliche Versammlung sein. Auch Frauen und Kinder sollen teilnehmen. Das wird unsere Absichten bestätigen. Aber es ist wichtig, daß wir unsere Leute wieder in die Gewalt bekommen. Jetzt treiben die *Goondas* und Provokateure ihr Spiel. Sie sind dafür verantwortlich, daß die Masse plündert und mordet. Wir aber wollen nur gegen die ›Schwarzen Gesetze‹ protestieren. Wir müssen uns weiter gegen sie aussprechen.«

»Zum Teufel mit den Briten!« sagte Vancouver Singh, und es klang wie eine Parole. Er genoß das anerkennende Gemurmel, das seinen Worten folgte. Nur Kims ruhiger Blick war ihm unbehaglich. Er konnte Kim nicht leiden. Es kam ihm vor, als habe Kim ihn durchschaut und wüßte, daß er ein Informant war. Es gefiel ihm ja selber nicht, daß er Spitzeldienste leisten mußte. Er wollte doch nichts anderes, als nach Vancouver zurückkehren, heraus aus dieser Hitze, den ständigen Intrigen und der Gefahr, entlarvt zu werden. Er wäre schon lange weggewesen, wenn sich dieser *Chuthia* Goode, der ihm die Fahrkarte für den Dampfer versprochen hatte, nicht im Meer ertränkt hätte. »Unfalltod«, hatte im Zeitungsbericht gestanden.

»Um welche Zeit?« fragte Grehwal.

»Um halbfünf«, sagte Durga Das, ein Kongreßmann. »Dann ist es schon kühler. Und wir versammeln uns im Jallianwallah-*Bagh.*«

Newton wartete, bis die anderen gegangen waren, und setzte sich dann neben Kim. Er legte die Hand auf Kims Hand und packte sie mit festem Griff.

»Ihr solltet das nicht tun, mein lieber Freund«, sagte Newton. »Damit erregt ihr den Zorn der Angrezi, und sie werden Tod und Verderben über eure Häupter bringen.«

»Aber wir können keinen Rückzieher mehr machen. Wenn wir uns jetzt den Behörden beugen, glauben sie weiterhin, daß sie uns überlegen sind. Ja, ich habe auch Angst. Doch ich muß die Angst überwinden und meine Pflicht tun. Aber du darfst nicht mitkommen.«

Newton seufzte. »Ich dürfte an vielen Orten nicht sein und vieles nicht hören. Aber das Leben hat mir das Talent gegeben, mich immer in Probleme zu verstricken. Ich war hier, und ich habe alles gehört. Und ich werde es dem Oberst-Sahib melden, aber erst heute spät am Abend. Dann habt ihr genügend Zeit, die Versammlung abzuhalten und euch wieder in Sicherheit zu bringen.«

»Danke«, sagte Kim.

»Da ich Agent bin, muß ich natürlich auch teilnehmen.« Und beide mußten lachen.

Schon eine halbe Stunde später wußte der Oberst-Sahib von der Versammlung um 16.30 Uhr im Jallianwallah-*Bagh.* Vancouver Singh wartete auf seinen Lohn und nahm grollend eine Handvoll Silberrupien in Empfang. Das Geld reichte immer noch nicht für die Rückreise. Aber vor diesem Oberst-Sahib hatte er zu große Angst, um mit ihm zu feilschen, wie er es mit Goode getan hatte. Als er weg war, versank der Oberst in dumpfes Brüten. Offenbar beruhte der Bericht auf Wahrheit. Ein anderer Agent hatte ihm ebenfalls von der Versammlung erzählt, und Vancouver Singh hatte die Mitteilung nur bestätigt.

Die Lippen zusammengepreßt, starrte der Oberst die Wand an, und sein Gesicht rötete sich. Wieder Kim, trotzig und ungehorsam! Er war einer von denen, die die Regierung verhöhnten. Der ihn verhöhnte. Sie brachen die Gesetze und trotzten der Proklamation. Wenn keine schreckliche, furchteinflößende Vergeltung auf diese Herausforderung folgte, würden sich die Menschen im ganzen Land über die Regierung lustig machen. Sie würden sie mit Recht für machtlos, feige und ohnmächtig halten.

Abrupt stand er auf. Er zitterte vor Wut. Bevor er losging, mußte er um Fassung ringen. Der sandige Platz war ein staubbedeckter Feuerofen. Er war dankbar, als er in das kühle Zimmer Dyers trat. Dyer lag schweratmend auf dem Bett. Er sah sehr mitgenommen und müde aus. Der Hitzemarsch durch die Stadt hatte ihn und seine Männer erschöpft. Eigentlich hatte Dyer die Proklamation noch viel öfter in anderen Stadtteilen verlesen wollen, doch die Hitze hatte ihn zum Rückzug gezwungen.

»Sie versammeln sich wieder«, sagte der Oberst ohne Vorrede. »Ich habe gehört, daß sie sich um sechzehn Uhr dreißig in Jallianwallah-*Bagh* treffen wollen.«

»Damit hat Gott sie mir in die Hände gegeben«, sagte Dyer und setzte sich auf. Seine Augen blitzten, und die Müdigkeit fiel von ihm ab. »In eine bessere Falle hätte ich sie gar nicht locken können. Nun sind sie da, wo ich sie haben will – in der Reichweite meines Schwertes.« Er hob die Augen zur fleckigen Dekke. »Lieber Gott, ich danke dir für dieses Wunder.«

Um 16.30 Uhr war es draußen noch nicht viel kühler, nur daß der *Maidan* jetzt im Schatten der Häuser und Bäume lag. Eine festlich gestimmte große Menschenmenge, Männer, Frauen und Kinder, schob und drängte sich durch den engen Zugang in das *Bagh*. *Chai-Wallahs* und *Metai-Wallahs* zogen mit und machten mit dem Verkauf von Tee und Süßigkeiten ein gutes Geschäft, denn die Läden hatten alle noch geschlossen.

Kim und Parvati ließen sich von der Menge mitziehen. Zwischen ihnen ging Saraswati an der Hand der Eltern. Als sie in das *Bagh* kamen, sahen sie sich nach bekannten Gesichtern um und erblickten Newton, Bala und Bala, Grehwal, Balbir und Nadir Shah eng beieinander im Schatten. Sie machten Platz für sie, und Kim setzte sich, Saraswati auf dem Schoß. Er schaute sich um. Bala und Bala hatten noch nie an einer politischen Versammlung teilgenommen. Aufmerksam lauschten sie den Rednern, die blinden Gesichter in genau dem gleichen Winkel hochgereckt. Nadir Shah und Salim hatten bei dem religiösen Fest am Vortag großen Erfolg gehabt und wollten sich vor dem Weitermarsch in den Norden noch etwas ausruhen. Sie hatten vor, nach Lahore und Rawalpindi zu gehen, bevor sie im Herbst nach Delhi zurückkehrten. Die Redner wiederholten einander häufig, und ihre dröhnenden Stimmen wirkten trotz ihrer leidenschaftlichen und wütenden Ausfälle auf die Dauer einschläfernd. Als sechster Redner sollte Kim an die Reihe kommen.

Auf einmal überfiel Kim ein Zittern. Er hatte diesen Ort schon früher gesehen, sogar viele Male, obwohl er heute zum erstenmal den Fuß hierher gesetzt hatte. Dies war der Schauplatz seiner Träume! Er erkannte Mauern und Bäume wieder, und dort, an der gegenüberliegenden Ecke, war auch die niedrige Begrenzungsmauer der Quelle zu sehen. Nahe dabei erhob sich das kuppelförmige, runde *Samadhi*, wo ein heiliger Mann begraben lag. Er war überrascht. Und dann packte ihn die Angst, nicht um sich, sondern um Parvati, Saraswati und seine Freunde.

»Ihr müßt hier sofort weg«, flüsterte er Parvati zu, die vor Erstaunen die Augen weit aufriß. »Dies ist der Ort, den ich so oft im Traum gesehen habe. Hier wird es bald Tote geben. Beeile dich! Nimm Saraswati mit und flieh! Sag auch den anderen Bescheid!«

»Und du? Ich kann doch nicht ohne dich gehen.«

»Hier erfüllt sich mein Schicksal. Da gibt es kein Entrinnen.«

Im selben Augenblick sah Kim auch schon Bewegung im engen Zugang zum *Bagh*. Er stand halb auf, spähte über die Köpfe der vor ihm Sitzenden und sah die Khakiuniformen von Soldaten. Engländer waren nicht darunter. Es waren Männer der 1/9. Gurkhas, die 54. Sikh-Grenztruppe und die 59. Schützen-Grenztruppe.

Durgas forderte die Menge, die sich ebenfalls erhoben hatte, auf: »Bitte, alle wieder hinsetzen! Wir wollen sie doch nicht bedrohen. Wir dürfen sie auf gar keinen Fall so reizen, daß sie Gewalt anwenden.«

Kim hob Saraswati hoch und übergab sie hastig Parvati. »Jetzt ist es zu spät. Rasch, versteckt euch hinter dem *Samadhi*!«

»Nein«, sagte Parvati. »Ohne dich gehe ich nicht.«

»Dann geh ihretwegen!« sagte Kim und schob Parvati von sich. Er sah Dyer in das *Bagh* stolzieren. Der General ließ seine Truppe in einer dünnen Kette links und rechts vom Eingang Stellung beziehen. Und hinter dem General erblickte Kim den Oberst-Sahib. Er stand kerzengerade und steif da, in der Hand den Spazierstock, und beobachtete gelassen das Schauspiel.

Parvati warf weinend die Arme um Kim. Er versuchte, sich von ihr zu befreien und sie wegzustoßen. Am liebsten hätte er sie laut angeschrien, aber er wollte die Menschen ringsum nicht in Panik versetzen. Einige standen jetzt wieder und beobachteten die Soldaten. Andere zogen sich zu den Mauern und zum *Samadhi* zurück.

»Du mußt mit uns kommen«, sagte Parvati und zog ihn hinter sich her. So fest hatte sie ihn gepackt, daß er sich nicht aus ihrem Griff befreien konnte. Ihre panische Angst verdoppelte ihre Kräfte.

Auf ein Kommando von Dyer knieten die Soldaten nieder und schlugen die Gewehre auf die Menge an. Jetzt flüchteten die Menschen. Doch das *Bagh* war eine riesige Schüssel. Die Wände ragten so hoch, daß sie nicht zu überklettern waren. Den einzigen Ausweg bot der schmale Zugang, vor dem der General stand.

Kim sah noch, wie Bala und Bala aufstanden. Ihre Köpfe waren auf die Soldaten gerichtet. Sie beobachteten sie in völliger Ruhe wie Kinder, die eine neue Sehenswürdigkeit betrachten. Plötzlich fiel ihm ein, daß sie dank der Kräfte, die Gott Krishna ihnen verliehen hatte, genau wußten, was jetzt geschehen würde. Ruhig nahmen sie ihr unvermeidliches Schicksal auf sich. Er erinnerte sich an die mit ihrer Gabe verbundenen Prophezeiung: Wer immer ihnen ein Leid zufügte, den würde der Zorn Brahmas treffen, und der Mann, der sie tötete, seine Familie und das Königreich, dem er angehörte, würden zerstört werden.

Die erste Kugel traf den Bala mit dem Saitenspiel in die Brust und schleuderte seinen schwachen Körper zurück. Als er stürzte, entrang sich dem Mund seines Bruders ein durchdringender, markerschütternder Schrei, denn auch er fühlte die tödliche Wunde. Er kniete neben dem toten Bruder nieder und begann zu singen. Doch da er nun allein war, verfügte er nicht mehr über die göttliche Gabe. Seine Stimme brach,und das Lied verwandelte sich in einen heiseren Singsang. Kim sah, wie auch aus ihm das Leben wich, während das Blut seines Bruders auf den Boden tropfte. Dann fiel er langsam, obwohl er nicht getroffen war, über ihn. Sie waren beide tot, und Kim wußte, daß die Prophezeiung sich erfüllen würde: Dieses Empire würde untergehen.

Er hob Saraswati auf, nahm Parvati an die Hand und bahnte sich mit Püffen und Stößen den Weg durch die entsetzte Menge. Er mußte sie hinter dem *Samadhi* in Deckung bringen und sie vor dem mörderischen Feuer retten. Er sah Männer, die sich abmühten, die Mauer zu erklettern. General Dyer befahl seinen Soldaten, auf die Männer und Frauen zu schießen, die sich dort in dichten Haufen drängten. Die Geschosse fuhren wie scharfe Messer in ihre Leiber und mähten sie nieder.

Von der anderen Seite her tauchte Newton neben Saraswati auf. Er stellte sie auf die Beine und wollte sie mit seinem dünnen, schwachen Körper decken. Doch er kam nur ein paar Meter weit. Dann traf ihn eine Kugel in den Hinterkopf. Er stolperte, fiel und landete auf Saraswati, die laut schrie. Kim holte sie hervor und legte abschiednehmend die Hand auf Newtons Gesicht. Tränen und der Staub, den die Menge aufwirbelte, verschleierten seinen Blick. Er sah Nadir Shah stürzen. Sofort warf sich Salim zu Boden und nahm seinen Vater in die Arme, damit die anderen nicht auf ihn traten.

Jetzt waren sie schon nahe am *Samadhi*. Nicht weit davon war der alte Brunnen. Ohne zu überlegen, sprangen manche einfach hinein. Er war tief, und Wasser stand darin. Kim wußte, daß die Menschen dort in den sicheren Tod sprangen.

Plötzlich spürte Kim einen stechenden Schmerz in der Seite. Es war, als hätte jemand brennende Kohlen an das Fleisch geworfen. Er wollte laut schreien, doch dann biß er die Zähne zusammen. Er mußte ja Parvati und Saraswati retten, und wenn er liegenblieb, würden sie bestimmt bei ihm bleiben. Deshalb schob er sie weiter vor sich her und deckte seine Tochter mit seinem Körper.

Dann geschah das Unglaubliche: Sie wurde nach vorn geschleudert und fiel aufs Gesicht. Parvati wollte sie hochziehen, sie schrie: »Steh auf, steh auf!« Aber das Kind zog nur schwach die Beine an. Kim hob sie auf. Seine Seite brannte, und jetzt schrie er vor Schmerzen. Aber in dem Krach des Gewehrfeuers hörte niemand seine Schreie. Saraswatis Kopf hing schlaff über seinem Arm, und er vergrub sein Gesicht an dem schwachen, kleinen Körper.

Parvati zerrte an ihm. Sie rief, er solle mit ihr kommen. Seine Beine waren wie Blei und gaben unter ihm nach. Er streckte eine Hand aus und faßte nach Parvatis Hand.

»Ram, Ram, Ram . . .«, flüsterte er. Dann lag er mit dem Gesicht nach unten und schmeckte den Staub im Mund.

»Kim . . . Kim . . .« Das waren die letzten Worte, die er noch hörte. Und das letzte, was er fühlte, waren Parvatis Lippen an seiner Wange.

Es war schon Nacht, als der Oberst nochmals das *Bagh* betrat, gefolgt von zwei Soldaten mit Laternen. Es stank nach Kordit und Blut, das eine scharf, das andere widerlich süß. Das Brummen gefräßiger Fliegen erfüllte die Nacht. Die Toten lagen still. Die Verwundeten wanden sich zuckend und riefen ihn an. Stöhnend riefen sie um Hilfe und verlangten nach Wasser. Vorsichtig ging er an ihnen vorbei, leuchtete ihnen ins Gesicht und ging dann weiter.

Als er Newton sah, dem im Tod die Brille verrutscht war, blieb er stehen. Jetzt konnte es nicht mehr weit sein. Er trat über die Leichen von zwei Frauen, die sich noch im Tod aneinanderklammerten. Dann fiel das blasse Licht auf Kims Gesicht. Mit ausgestreckter Hand hielt er die Hand einer Frau fest. Seine Eingeborenenfrau. Zwischen den beiden lag ein Kind. Der Oberst kniete nieder, löste die Hand der Frau und fühlte ihren Puls. Er war noch schwach zu fühlen. Sie würde am Leben bleiben, aber Kim war tot. Die Soldaten schafften ihn aus dem *Bagh.* Er konnte nicht zulassen, daß man später einen toten Engländer unter den toten Indern fand.

Bei Sonnenaufgang trat ein Soldat mit einer Fackel an den eilig aufgeschichteten Holzstoß, auf dem Kims Leichnam verbrennen würde. Ein Stück abseits stand der Oberst und sah zu, wie das Holz zu qualmen begann. Dann fing es Feuer, und die Flammen breiteten sich aus. Das Feuer brannte weiß und war im Morgenlicht kaum zu sehen. Die Luft blieb still und heiß. Selbst in einiger Entfernung spürte er die sengende Hitze des Feuers. Als die Flammen die Leiche des Mannes verzehrten, den er lieber als jeden anderen Menschen gehabt hatte, rannen dem Oberst Tränen über die Wangen. Er hatte sein Leben, seine Träume, seine Liebe diesem Jungen gewidmet. Und jetzt war ihm zumute, als ginge auch ein Teil seines Ichs in den Flammen auf.

Ein Schatten glitt über seinen Kopf. Er sah hoch und erblickte staunend einen riesigen Adler, der lautlos um den brennenden Holzstoß kreiste. Der Oberst meinte, noch nie einen so erschreckenden Anblick gesehen zu haben. Die Soldaten flohen vor dem Adler, und selbst der Oberst trat einen Schritt zurück, als der Riesenvogel niedriger und niedriger flog. Es sah aus, als wollte er sich niederlassen, um dem Toten auf dem Holzstoß ein letztes Lebewohl zu sagen. Einmal stieß er einen Schrei aus, und diese Totenklage ging dem Oberst durch Mark und Bein.

Dann stieg der Adler mit einem Flügelschlag in die Höhe, und der Wind trieb Kims Asche davon und vermengte sie mit dem Staub Indiens.

Achtundzwanzigstes Kapitel

Juli 1919

Alice hatte sich vorgenommen, nicht ein einziges Mal auf Indien zurückzuschauen. Deshalb hatte sie einen Platz am Bug gewählt. Von dort sah sie, wie der Schiffskiel durch das blaue Gewässer schnitt. Sie mußte beim Abschied von dem geliebten Land weinen, denn sie wußte, daß sie nie wiederkommen könnte, ohne sich mit Schuld und Schande für die Untat zu beflekken, die ihre Landsleute im Jallianwallah-*Bagh* begangen hatten. Dieses Massaker würde sie ebenso verfolgen wie die Greuel beim Aufstand der Sepoys.

Sie wußte, daß die britische Herrschaft vorbei war. Jegliches Vertrauen war zerstört. Kein Inder würde mehr einen Engländer ohne Widerwillen ansehen können. Es würde noch einige Jahre dauern, bis das Ende kam, und es würde viel Zank und Streit geben. Aber dann würde die Flagge zum letztenmal eingeholt werden. Dieses Massaker war ihr letzter Sieg in Indien.

›Eines Tages werden sie mir alle folgen‹, dachte sie. ›Sie können sich noch so sehr an die Hoffnung klammern, daß Dyers Massenmord ihre Herrschaft über Indien für weitere hundert Jahre gesichert hätte. In England und bei den Briten in Indien wurde er als Held gefeiert. Sie merken nicht, daß sie Liebe und Treue zerstört haben, und ohne die kann kein König regieren. Dreihundertneunundsiebzig Männer, Frauen und Kinder wurden brutal ermordet, fünfzehnhundert verwundet. Grauenhaft. Es ist grauenhaft.‹ Alice begann zu weinen. ›Wie können sie uns das je verzeihen? Wie können wir mit einer solchen Schuld auf unserer Seele noch weiter behaupten, gerecht und weise und menschlich zu sein? Gott möge uns vergeben.‹

Der Oberst war mit seinem Ruhesitz zufrieden. Es war genauso, wie er es sich vorgestellt hatte: Ein kleiner Bungalow am Hang eines Hügels, ein Schlafzimmer, ein Wohnzimmer und sein Arbeitszimmer. Alle seine Bücher befanden sich dort, und das Rollpult lief über vor Papieren. Nur ein kleines Fleckchen war freigeblieben. Dort lagen die Gedichte des Kaisers Jahangir. Jahrelang hatte er sehnlich darauf gewartet, Zeit für die Übersetzung zu haben. Jetzt würde er die letzten Jahre seines Lebens dieser beinahe wissenschaftlichen Arbeit widmen. Für immer würde man sich wegen dieser Übersetzung der Liebesgedichte seiner erinnern.

Wenn er bei der Arbeit den Kopf hob, konnte er durchs Fenster den Himalaja sehen. An manchen Tagen schien er zum Greifen nahe zu sein. Dann hatte er das Gefühl, er könne in den Garten hinuntergehen und ihn mit ausgestreckter Hand berühren. Das Gebirge war von großartiger Klarheit und Gelassenheit, und des Nachts, wenn der Wind von den eisigen Gipfeln blies, brachte ihm sein Wispern Trost und Ruhe.

Ein anderes Fenster ging auf das Tal der Blumen. In der Ferne war das nächste Dorf zu sehen, ein Haufen weißangestrichener Hütten. Blütenduft schwebte schläfrig in der stillen Luft. Er sah ins Tal hinunter und träumte von der Vergangenheit. Ein *Jutka* fuhr die enge, staubige Landstraße entlang. Müßig beobachtete er, wie es näherkam. Im Schritt kam das Pony den Berg herauf. Stolz trug es einen schwarzen Federschmuck. Das *Jutka* war prächtig bemalt und bildete einen lebhaften Farbklecks in der Landschaft. Er dachte, es würde vorbeifahren, doch es hielt am Tor. Eine Minute lang saß der Kutscher ruhig auf dem Bock, und niemand stieg aus.

Endlich zeigte sich eine schlanke, gerade gewachsene Frau, die einen Kaschmirschal um die Schultern trug. Ihr Sari war makellos weiß, und instinktiv wußte er, daß sie eine Witwe war. Sie stand am Tor und schaute zum Bungalow. Dann schob sie das Tor auf und kam den Fußweg herauf. Der Oberst wartete darauf, daß sein Diener Abdul sie anmeldete. Er war nicht neugierig. Wahrscheinlich hatte sich die Frau verirrt und wollte jemanden nach dem Weg fragen.

Er senkte den Kopf und arbeitete weiter. Erst als er den

schlurfenden Schritt des barfüßigen Abdul auf dem Steinfußboden langsam näherkommen hörte, sah er auf. Die Tür öffnete sich, und Abdul trat zur Seite, um die Frau einzulassen. Zögernd setzte der Oberst den Federhalter vorsichtig ab und stand auf, um sie zu begrüßen, wobei er sich förmlich verbeugte. Die Frau hielt die gefalteten Hände unter dem Schal. Sie sah ihn mit einem so durchdringenden Blick an, daß er zurückwich und dabei mit dem Rücken an den Schreibtisch stieß.

»Kann ich Ihnen helfen?«

»Oberst Creighton?«

»Ja.«

»Ich bin Parvati«, sagte die Frau.

Sie zog die Hände unter dem Schal hervor, und mit ihnen einen Revolver. Ganz ruhig hob sie die Waffe, und der Oberst sah gebannt zu, wie sie langsam die Höhe seiner Brust erreichte. Dann drückte sie ab. Er schwankte und fiel auf den Schreibtisch. Das Blut floß auf die kostbaren Gedichte. Er machte noch einen Versuch, sie vor dieser schrecklichen Entweihung zu retten, als ihn die zweite Kugel traf. Sterbend sah er die Frau näherkommen, bis sie sein ganzes Blickfeld ausfüllte. Er fühlte, wie sie ihm die Mündung an die Schläfe drückte.

Parvati drückte noch einmal ab. Dann drehte sie sich um und ging.

Glossar

Acha hai?	Wie geht's? Geht's gut?
Ahimsa	Gewaltlosigkeit
Ahre bhai	Meine Güte!
Amah	Mutter
Angrezi	Engländer, Brite; englisch
Arthi	hinduistisches Feuerritual
Ashram	einsam gelegener Zufluchtsort, Schule;
Attar	Duft, Essenz
Avatar	»Herabstieg«, Inkarnation eines Gottes
Ayah	einheimisches Kindermädchen; Krankenschwester
Babu	Herr; leicht abfällig für einen der englischen Schriftsprache kundigen Inder; britisches Schmähwort für Hindus und Bengalen
Badmash	Schurke, Gauner
Bagh	Garten
Bandh	Proteststreik
Beedi	als Zigarette gerollte Tabakblätter
Bhai	Bruder
Bhajan	religiöser Gemeinschaftsgesang
Bhakta	Anhänger des Gottes Krishna
Bhang	Marihuana
Bharti	Landvergabe der Briten an indische Soldaten

Burka	Schleiergewand der Moslemfrauen
Burra	Vorgesetzter; groß
Chaatri	Denkmal
Chai	Tee
Channa masala	gewürzte Kichererbsen
Chappal	Sandale
Chaprassi	Diener, Laufbursche
Charpoi	Bett; vierbeiniges Gestell mit geknüpften/ geflochtenen Seilen
Cheetal	Hirschart
Chettiar	Angehöriger einer Kaste
Chi-Chi	Eurasier, Anglo-Inder
Chokra	Gassenjunge
Chowk	Markt
Chowdikar	Wächter
chota	klein
Chukka	Spielachtel beim Polo
Chuthia	verdammter Kerl; Schimpfwort
Crore	zehn Millionen
Dacoit	Räuber, Bandit
Dak-Bungalow	Rasthaus der Regierung; eigentlich: Post
Dandoo	Kinderspiel
Darwaza	Tür, Tor
Dastur	Prozentsatz bei Provision
Dewadasi	Tempeltänzerin
Dhal	gemahlene indische Hülsenfrüchte
Dharma	individuelle Pflicht; Gesetz, Religion
Dharshan	Segen
Dhoti	aus einem Tuch gewickeltes Beinkleid indischer Männer
Diwan	Premierminister eines Fürsten
Dubash	indischer Dolmetscher einer britischen Firma
Dubba	billiger Gasthof an der Landstraße

Durbar	Empfang bei Hofe; öffentliche Audienz
Gadi	Thron
Gharri	Pferdekutsche
Ghee	abgeklärte, flüssige Butter
Gilli	Kinderspiel
Gold mohar	rot blühender Baum
Goonda	brutaler Mensch, Rowdy
Gopuram	Turm mit Skulpturen über einem Hindu-Tempel
Granth	das Heilige Buch der Sikhs
Gulli	Gasse
Gurudwar	Sikh-Tempel
Haman	warmes Bad, Badezimmer
Haram	Moslemfrauen; Frauengemächer
Hathpool	feingearbeitete, miteinander verbundene Fingerringe
Homam	rituelles Feuer
Hookah	Wasserpfeife
Howdah	Sitzvorrichtung oder Transportkabine auf dem Rücken der Elefanten
Iyer	respektvolle Anrede
Izat	Ehre
Jagir	Überlassung von Mogul-Land
Jahaz Mahal	Geschnitzte oder mit Skulpturen im Stil eines Schiffes versehene Hauswände
Jali	Gitter, Gitterwerk
Jat	nordindische Glaubensgemeinschaft
Jawan	indische Privatarmee; einfacher Soldat
Jemedar	Unteroffizier
Jezail	altertümliche Muskete, Vorderlader
Jiba	weites Hemd
Jutka	überdachter Ponywagen

Kadai	Ladenhändler
Kalari-payyatu	Stockfechten
kala Pani	schwarzes Wasser; Meer
Karma	Schicksal; individuelles Handeln, dessen Konsequenzen später auf den Handelnden zurückfallen
Karor	eine Million Rupien
Kathak	südindischer Tanz
Khadi	handgewebter Stoff
Khanasama	Koch
Kos	Längenmaß (3–3,5 km)
Krait	tödliche kleine Giftschlange
Kulumarmam	verwundbare Körperstelle
Kurta	indischer Kittel
kutcha	schäbig
Lakh	hunderttausend
Lama	Bettelmönch
Langur	Affenart
Lathi	Stock, Knüppel
Mahout	Elefantentreiber
Maidan	öffentlicher Platz (in der Stadt)
Mali	Gärtner
Mantis	gläubiger Mensch
Mantra	Gebetsformel; Zauberspruch
mar	töten
Marwari	Angehörige einer nordindischen Glaubens-gemeinschaft
Metai	Süßigkeiten
Mohallas	Wohnbezirke
Mohar	indische Münze; rot blühender Baum
Moksha	geistige Befreiung; Erlösung
Namaskaar	respektvoller Gruß

Namaste	Aneinanderlegen der Handflächen zum Gruß; »meine Verehrung«
Paan	Betelblatt
Paijama	weite indische Hose
Panchayat	gewählter Dorfrat
Pandit	Lehrer, Hindu-Gelehrter
Pani	Wasser
Peg	Getränk; Drink
Peon	Laufbursche, Bürodiener
Pice	kleine Münze
Prohit	Hauspriester der Hindus
Puja	Gebet mit Darbringen von Opfergaben
pukka	vollkommen, perfekt
Punkah	handbetriebener großer Fächer an der Zimmerdecke
Rakshashas	Dämonen
Ravanhatta	Saiteninstrument
Sadhu	Bettelasket; »guter Mann«
Salaams	Grüße
Salwar kamiz	nordindisches Frauengewand
Samadhi	Glückseligkeit; heilige Stätte
Samosa	gewürzte Fleisch- oder Gemüsetasche
Sarapa	kostbar geschmückter Umhang der Moguln
Sardar	Sikh-Armeeoffizier
Sar Panch	Vorsitzender des Dorfrats
Satyagraha	gewaltlose politische Demonstration
Sepoy	indischer Soldat in britischen Diensten
Serai	Gasthaus an der Landstraße
Seth	Dorfhändler; Geldverleiher im Dorf
Shamiyana	Zeltdach
Sher	Tiger
Shesha	Vishnus Schlange
Shikar	Jagd

Sloka	Versmaß; Sanskritvers
Subador	Feldwebel
Sunyassi	Wanderheiliger
Suttee	Witwenverbrennung
Swadesh	politische Aktion; Losungswort des Freiheitskampfes
Swaraj	Freiheit, Unabhängigkeit, Selbstherrschaft
Syce	Pferdepfleger
Tamasha	Schau; Tanzveranstaltung
Tandoor	indischer Lehmofen
Tapas	besondere Gebete
Tashildar	Steuereinnehmer der Regierung
Thali	Goldkette verheirateter Hindufrauen
Thanedar	Polizeiunterinspektor
Topi	Tropenhelm
Tonga	Kutsche oder Karren
Wallah	Mann
Yali	Dämonenart
Zamindar	Großgrundbesitzer, eine Rangstufe unter dem Radscha
Zenana	Frauengemächer, Frauen

Band 12363

Annette Motley

Die purpurrote Lilie

Ein Roman um Kreuzritter, Sarazenen und eine faszinierende Frau

Zwei Jahre schon lebt Ellen, die schöne junge Frau von Stephen de la Falaise, der sich den Kreuzrittern angeschlossen hat, allein auf Hawkhurst. Da dringt Hugo de Malfort, ihr oberster Lehnsherr, gewaltsam in ihr Haus ein und fordert sie und ihren Besitz. Voller Angst flieht die Lady an den Hof von Königin Eleonore und bittet um Hilfe. Doch schon bald erkennt sie, daß sie ihr Schicksal selbst in die Hand nehmen muß. Allen Gefahren trotzend, folgt sie der Spur ihres Mannes. Zum Glück taucht stets zur rechten Zeit ein edler Beschützer auf: Tristan de Jarnac, der bestaussehende Ritter im Gefolge von Richard Löwenherz...

BASTEI LÜBBE

Band 12373

Bruno Tacconi

Der Arzt des Pharao

Eine zauberhafte Liebesgeschichte aus dem alten Ägypten

In Theben, der Hauptstadt des Pharaonenreiches, begegnen sich der Arzt Nekao und die schöne Taimid, Tochter eines Edlen. Dies ist der Beginn einer ergreifenden Liebesgeschichte vor dem Hintergrund gewaltiger politischer und religiöser Auseinandersetzungen. Als Nekao an einem Feldzug gegen die Hethiter teilnehmen muß, fällt ein Schatten auf das junge Glück. Zum Abschied schwören sie sich ewige Treue. Doch es werden Jahre vergehen, bis sie sich endlich wiedersehen…

BASTEI LÜBBE